第七卷
散文（下）

序《诗坛诸家评论王学忠》……………………………………(404)
深深的怀念
　　——纪念毛泽东、周恩来、朱德三大伟人逝世三十周年 …(409)
不要杀他！！！
　　——我也为退伍兵崔英杰说情 ……………………………(414)
致长江大学的信 ……………………………………………(417)
纪念《讲话》，学习鲁迅
　　——纪念毛泽东同志《在延安文艺座谈会上的讲话》六十五
　　周年 ……………………………………………………………(419)
惊闻山西"黑砖窑"事件 ……………………………………(426)
老红军说话了 ………………………………………………(429)
身赖工农熔俗骨　书攻马列铸诗魂
　　——痛悼杨柄不幸逝世一周年 ……………………………(433)
话说毛泽东 …………………………………………………(439)

为克家诗翁送别 …………………………………………（330）
祝胡可同志的艺术成就
　　——在胡可同志从事戏剧活动六十五周年研讨会上的
　　发言 ……………………………………………………（333）
阳春白雪的故事
　　——赞白求恩式的国际主义战士阳早和寒春 ………（335）
曹靖华先生碑文 …………………………………………（341）
敬悼杨成武老将军 ………………………………………（342）
画册《胜利的历程》序 ……………………………………（347）
我们的女兵菡子
　　——《菡子文集》读后 …………………………………（348）
教育应向弱势群体倾斜
　　——沉重忧思中的建议 ………………………………（351）
不可淡忘的历史经验
　　——对抗美援朝战争的回顾 …………………………（354）
诗八首 ……………………………………………………（360）
《狼牙山五壮士之一——宋学义传》序 …………………（364）
纪念英雄诗人陈辉壮烈牺牲六十周年 …………………（366）
张春良的《网络游戏忧思录》 ……………………………（372）
诗人周启祥同志碑文 ……………………………………（374）
一个高举爱国主义旗帜的诗人
　　——给诗人王一桃的信 ………………………………（375）
我的几点希望
　　——在中国解放区文学研究会换届后的致辞 ………（377）
也谈农民工问题 …………………………………………（383）
白羽，您走好…… ………………………………………（388）
很有意义的礼物 …………………………………………（390）
序高智主编的画集《深切怀念毛泽东》 …………………（391）
一个共产党员的建议
　　——在纪念毛泽东诞辰一百一十二周年会上的发言 …（393）
致日本作家大江健三郎先生信 …………………………（396）
重读五十年前的读者来信 ………………………………（399）

警惕"四化"危险
　　——在《中流》杂志创刊十周年座谈会上的发言 ………… (273)
《谁是最可恨的人》序 ……………………………………… (275)
新世纪赠言 …………………………………………………… (280)
新春贺词 ……………………………………………………… (281)
振奋士气　顽强拼搏
　　——在《中流》纪念五四文化座谈会上的发言 ………… (282)
悼诗三首 ……………………………………………………… (284)
我是怎样成为这样的作家的
　　——在魏巍创作历程及《魏巍文集》出版研讨会上的
　　答词 ……………………………………………………… (286)
祝寿诗两首 …………………………………………………… (288)
革命浪漫主义的抒情诗
　　——评《切·格瓦拉》 …………………………………… (289)
辉煌的纪念碑
　　——纪念伟大的抗美援朝战争五十周年 ……………… (292)
鸭绿江情思 …………………………………………………… (295)
题《军休之友》 ………………………………………………… (299)
留给今天的启示
　　——《山花烂漫》序 ……………………………………… (300)
发展社会主义的先进文化
　　——在中国解放区文学研究会第十次研讨会上的讲话 … (305)
序《韩西雅诗词选集》 ………………………………………… (310)
谁来追踪草明？
　　——悼念草明并纪念毛泽东《在延安文艺座谈会上的讲话》
　　发表六十周年 …………………………………………… (313)
悼冷西 ………………………………………………………… (319)
怀念柯岗 ……………………………………………………… (322)
苦读马列，深入群众
　　——纪念毛泽东同志诞辰一百一十周年 ……………… (324)
他是日本人民的良心
　　——悼念东史郎君 ……………………………………… (328)

真正的爱国者 …………………………………… (162)
做八月的风荷 …………………………………… (170)
南街归来 ………………………………………… (172)
问滔天洪水谁主沉浮 …………………………… (180)
致驻港部队
　　——兼致其他部队战友 ………………… (183)
难忘的箴言
　　——为祝贺党的七十周年而作 ………… (186)
变 ………………………………………………… (191)
认识真理也要时间 ……………………………… (193)
我想到犹大 ……………………………………… (196)
菲德尔·卡斯特罗赞 …………………………… (199)
女娲补天 ………………………………………… (202)
叛徒的劝降书 …………………………………… (206)
人道何在？ ……………………………………… (211)
坚持初衷　继续战斗
　　——在《中流》杂志创刊百期座谈会上的发言 ………… (215)
辱华反共的丑恶表演
　　——我们对李志绥及其"回忆录"的看法 ………… (219)
早落的星辰
　　——怀念邵子南同志 …………………… (228)
由解放区文学想到的 …………………………… (236)
不能告别革命
　　——在清华马克思主义学习研究会五四运动八十周年
　　座谈会上的发言 ………………………… (240)
郑天翔《大庆之声》诗集序 …………………… (244)
答《当代民声》杂志问 ………………………… (246)
祖国母亲的守护神 ……………………………… (248)
《五十年英模纪念册》序言 …………………… (252)
喜读吴冷西《十年论战》 ……………………… (254)
在新世纪的门槛上 ……………………………… (258)

顶风破浪集

班门弄斧杂谈 …………………………………（69）
抗日战争在中华民族发展史上的地位 …………（75）
从范建军事件谈起 ………………………………（83）
要更加热爱我们的战士 …………………………（85）
新年，致中华姐妹 ………………………………（88）
和青年朋友谈读书 ………………………………（91）
他们到底害了什么病？ …………………………（96）
大老爷与"小学生" ………………………………（98）
到底怎么"比"？ …………………………………（101）
到底由谁来领导？ ………………………………（104）
祭在纽约无端被杀同胞 …………………………（107）
最珍贵的东西 ……………………………………（109）

新 语 丝

《新语丝》前记 …………………………………（115）
多难兴邦 …………………………………………（116）
元宵感言 …………………………………………（119）
读鲁迅论"文人相轻"想到的 ……………………（123）
驳"补课论" ………………………………………（125）
一个朴素的真理 …………………………………（128）
析"观念更新" ……………………………………（131）
析"现代意识" ……………………………………（134）
读苏轼《教战守》文有感 …………………………（136）
驳"封建论" ………………………………………（138）
鲁迅的昭示 ………………………………………（141）
谈谈文风 …………………………………………（145）
无产阶级革命家的宝贵品格 ……………………（148）
灯塔 ………………………………………………（151）
想到黑人 …………………………………………（153）
再不要迷信了 ……………………………………（158）

目　录

东西南北行

今日北大荒 …………………………………（3）
南天一柱
　　——广东公安战线巡礼 ………………（10）
东北，我祝福你 ……………………………（19）
南戴河纪事 …………………………………（22）
五访朝鲜 ……………………………………（24）
瑶池在人间
　　——1984年8月21日游黄龙日记 ……（28）
处女地
　　——1984年8月游九寨沟日记 ………（31）
瑰伟绝特滕王阁 ……………………………（34）
日出 …………………………………………（37）
重上白石山 …………………………………（41）
热海 …………………………………………（46）
您好,延安！ …………………………………（49）
黄河,母亲的河 ……………………………（53）
看家乡戏 ……………………………………（57）
在银色的晨曦中 ……………………………（62）
绿色的祝愿 …………………………………（64）

东西南北行

今日北大荒

> 继承下去吧,我们后代的子孙!
> 这是一笔永恒的财产——千秋万古长新;
> 耕耘下去吧,未来世界的主人!
> 这是一片神奇的土地——人间天上难寻。

这是著名诗人郭小川留给北大荒的诗句。对于北大荒这块人间天上难寻的神奇土地,我一直是向往的,可是从来没有去过。今年8月,我们受黑龙江农场总局的邀请,和几位同志结伴而行,穿过了三江(松花江、黑龙江、乌苏里江)一湖(兴凯湖)间的广袤原野,访问了4个农场管理局的12个农场,才知道诗人的赞颂确非虚话,我也被这块黑土的魅力吸引住了。

认真地说,这块从洪荒时代一直大梦沉沉的土地,从四五十年代起才有了自己真正的历史。也就是说,从40年代末,特别是从50年代各路英雄的拓荒大军和以后一批又一批豪气纵横的青年拓荒者来临之后,它才醒来了,被他们的呐喊声和笑声吵醒了,被他们的汗水冲醒了,被他们洒上荒原的火焰一般的热血惊醒了。从那时起,至今已经三四十年了。

今天北大荒的面貌究竟如何?也许外面的人还不是太清楚的。我可以概括地说,创业者的血汗没有白流,先行者的青春没有虚掷,今日的北大荒,已经是雄踞祖国北疆拥有农业、工业、林牧渔业等全面发展的现代化的大农场了。人们告诉我,北大荒的土地面积约等于一个浙江省,已经开垦出的耕地达3000万亩,和福建的现有耕地面积差不多。自从北大荒开垦以来,除个别年头外,粮豆产量年年上升,近年来已达 60 亿斤,交给国家的商品粮每年约 30 亿斤,北大荒已经是名副其实的"北大仓"了。

我们这几位同行者差不多都已年逾花甲,全是从小农经济田野上走过来的人,我们看惯了也看厌了在一小块可怜巴巴土地上的劳动。今天看到面前展开的无边绿野,看到现代化机器在原野上纵横驰骋,自不免心旷神怡。

这一天,天气晴和,正所谓蓝天绿野,红日如轮。我们来到丁玲曾经生活过的普阳农场。场长王玉亭是一位烈士的后代,作为上海的知识青年,已经在这里度过了 19 个冬春。党委书记张靖宇是上甘岭下来的老战士。他们俩领着我们一行人在田间穿行。这个农场基本上是围堤造田,在松花江北岸筑起了一道高 3.5 米长 100 多公里的大堤。据说,每立方土相连接几乎有 3 条黄河的长度。现在站在大堤上纵目远望,大片大片的大豆、玉米无涯无际,直接蓝天。而另一边尚待开垦的土地上,远远望去,有 3 台巨型拖拉机正在翻地,在它们的身后掀起了黑色的波浪。旁边还有一台巨大的挖掘机在不慌不忙地疏清河道,每一铲土都足有一个立方。我们情不自禁地走到田里,拣起刚刚翻起的黑土,果真是黑得发亮,肥得流油。这就是人们所说的"插根筷子也会发芽"的黑土!

那 3 台巨型拖拉机转回来了。我们望着这 3 个大家伙那半人多高的胶轮和庞大的躯体,问:

"这种拖拉机的型号是什么?"

"4450!"身着浅灰色西装的王玉亭答,"新从美国买的,175 马力。"

"一天能开多少地?"

"300 亩。比 55 功率大得多了。55 一天只能开 80 亩。"

王玉亭闪动着年轻的眼睛,兴致勃勃地说:

"这种机器功率大,抢收抢种特别来劲。这里雨季一到,小麦很难收回来,有这种大家伙就好办了。"

我们望着又转回去的 4450,说:

"司机恐怕辛苦一点!"

"不不,上面还有空调呢!"王玉亭笑着说。

太阳升高了。这时我们望见远处绿野上,有一座像是工厂的建筑物闪着白光。我们问："那是什么？"戴鸭舌帽的党委书记张靖宇笑着说："那是一座烘干塔。每年粮食打下来，如果不迅速烘干，遇上阴雨天气，粮食很快就霉掉了。一年的劳动就算白费。这是北大荒一个突出的问题，因此从去年起，就建立了这座烘干塔。"

几辆小吉普奔驰了好长时间，才来到烘干塔跟前。我们这才看清楚，原来闪着耀眼白光的，是 6 个并立的银灰色的圆筒状铁罐，高高地矗立在蓝空里。王玉亭介绍说：粮食收获后就用汽车运到这里除尘、烘干，然后储存起来，等待外运。他指着那大铁罐说："每个铁罐可以装 1000 吨，就是修起来好不容易！"

"遇到麻烦了吗？"我问。

"是的，这里地下 3 至 5 米全是淤泥，缺少承载力，我们不得不从北京请来技术人员，冲下 8 米深的大管子，填了 200 立方石子，才加固了地基。不过也还算快，从开建到使用，一共 103 天！"

王玉亭笑了。一个同志笑着说：

"这是一劳永逸嘛！不然，你年年都得为晒粮食发愁！"

正谈话间，忽听背后有隆隆的飞机声。大家回头一看，望见远处有一架双翼飞机，正在低空飞行，似乎在向下喷洒什么，直飞到远处，不一会儿又转回来。

"那是在喷洒什么？"大家问。

"那是在喷灭草剂。"王玉亭说，"不然，这么大面积的田怎么除草呀！"

"是你们的飞机吗？"

"不不，我们暂时还没有这个条件。"王玉亭笑着说，"是我们花钱雇的。不过我们给它提供了很不错的小飞机场。"

看了这一切，我们全都神色兴奋地陷到沉思里：什么时候，我们全中国，特别是我国著名的那些平原，东北平原、华北平原、江淮平原、长江中下游平原、沿海平原以及其他大大小小的平原上，都能出现这种高度机械化的景象该有多好呵！那将解放出多么巨大的创造力！

据说，现代化水平最高的要算建三江农管局的洪河农场了。

这个农场利用了世界银行的贷款，于 1984 年开始兴建，至今尚未全部完成。农管局党委书记王振捷同志陪我们来到农场住地，见楼房林立，马路皆为洋灰路面，街道清洁整齐，路旁植有鲜花，已俨然是座现代城市。我们参观了他们的农业机械，有180马力的3588型拖拉机31台，有175马力的拖拉机11台，123马力的986型拖拉机20台，另有170马力的收割机48台。大家不顾年迈都高兴地攀登上高大的拖拉机摄影留念。王振捷同志告诉我们："这里的30万亩土地，只用230个劳力。"真可说是现代化程度比较高的场子了。洪河农场的学校、医院、幼儿园等也都修得很好。尤其是市中心的那座文化宫，意料之外的漂亮。700多座位全是皮面椅子，还附设了一个室内体育馆，全是木头地板，相当堂皇，有三四百人跳舞也没有问题。晚饭后，我跑到一个拖拉机手的家里。这个拖拉机手身着花衬衣，正同他的妻子和两个孩子看电视。他们家分享两室一厨，有暖气设备和液化罐，生活颇为舒适。当屋还摆着一辆大摩托。他告诉我说，他每年收入3000元，算是这里的中等户。房钱很低，孩子入幼儿园，每月只付13元的饭钱。如此说来，他的生活水平怕已超过城市中的工人了。

看了普阳和洪河农场，我的脑海里渐渐出现了一个明晰的印象和炽热的信念：机械化的社会主义的大农业，恐怕仍然是我们今后的出路和前进的方向！

从单一农业经营到林、牧、副、渔和工业的全面发展，是北大荒十年来的最大变化。原农场总局书记赵清景同志，是一个把整个心身都献给北大荒的人。他这次一直热情地陪同我们进行访问。他对我们说，1987年整个北大荒的工农业总产值是29.39亿元，其中工业产值为9.8亿元。比起1978年的工业产值4.39亿元，增长了一倍多。今天，从农场总局所在地的佳木斯到各管理局所在地，都有许多大小工厂，特别是农牧产品的加工业。

我们参观了位于佳木斯的"三江食品公司"。该公司以2000万美金买了一套西德的机器，能将大豆"吃光拿净"，最后剩下的渣滓也能制成肥料出口。这种机器主要是能分离出一种植物蛋白，既有很高的营养价值，又无肉类带来的胆固醇高的缺点，尤其在中国短期内难以解决肉类充分供应的情况下，能廉价地解决营养问题。该厂的刘经理说，我们每人每天吃一斤粮食，还缺80克蛋白，能得到这方面的补充就很好了。赵清景同志说："我喝牛奶，只要掺上一勺蛋白粉,工作起来就一点也不疲劳。"我们听了以后都大感兴趣。

畜产品加工业发展比较突出的,恐怕要算牡丹江管理局的8511农场了。该农场原为青年农场,在完达山下。整个垦区有奶牛8000头,他们就占了5000头。我们越过完达山的丛林,进入该农场的境界后,就不断看到这些三五成群的花白母牛了。这些奶牛,有的是从法国来的,有的是从荷兰来的,不是坐轮船,就是坐飞机,现在已经在这里安家落户。由于它们能为人们带来巨大的利益,深为农户所珍爱。养一头奶牛每年就能为农户赚五六千元乃至万元。小母牛一落地就值2000元,因此农户常为它们的降临放鞭炮庆祝。我们来到坐落在小山下的这座农场时,看到办公室的大玻璃框内,摆满了各类产品,在市场上颇负盛名的黑加仑饮料、麦乳精、蛋白糖、完达山啤酒等多种制品。由于农产品加工业的迅猛发展,迄今农副业占整个经济比重的20%,这个变化是很大的。

在这里我们参观了拥有840名职工的完达山食品厂,他们的产品有奶粉、麦乳精、糖果、啤酒、饮料等5个系列的42个品种。其中完达山奶粉等4项产品荣获银牌。他们还出了一种"奶圆",一入口就化了。大家尝了一尝,赞不绝口。据说是一位女工在偶然间创制的,现在行销国内外,供不应求。

我们还到了1961年就已经成立的完达山制药厂。该厂生产的刺五加注射液引起了我们的注意。据介绍,此药治血栓有明显的疗效,既能治疗也能预防。现在在国内还是独家生产,因为这种"仙草"就得天独厚地产自完达山中。

随着生产的发展,北大荒人的生活水平也得到提高。已经有80%的人住上了砖瓦房和楼房,还有20%的人有待改善。因为大多数人家都有小片菜地,在今天菜价高涨的情况下自然显得宽松。在经济效益较高的农场,例如普阳、洪河等农场,一个劳动力的平均收入可达3000元,人均收入可达2000元,有相当数量的农场达到了这一点。但整个垦区人均收入,只有630元。自推行家庭农场后,每年收入万元、十万元以至十万元以上的户已屡见不鲜,有机户与无机户之间收入的差别,往往相差数倍之多。这样自然有各不相同的反映和议论。另外,还有许多开辟北大荒的老战士(铁道兵、农建师、转业官兵等),他们都是为开垦这块土地付出千辛万苦,立下汗马功劳的人，但他们之中的一部分至今仍然工资很低，生活困难不少。例如当年的尉官，工资为 90 元，转业后降为 70 元，以后没有多少变化，和刚参加工作的人差不多。何况他们已经年大体弱，不比当年了。这些情况都需要有关方面加以关注。然而，令人欣慰的是，我发现，北大荒的广大干部，他们身上还保留着一种极为可贵的东西，这就是战争和拓荒年代流传下来的优良的传统作风。他们的群众观点都比较强，都比较注重群众的切身利益。在建设上，他们很注意学校、医院、幼儿园、文化宫、公园等方面的建设。学校、幼儿园的收费都很低廉。普阳农场的公共设施很像个样子，而农场办公室却还是低矮的小平房，这在今天实在是难能可贵的了。人们看到这种景象，就像看到北大荒湛蓝的天空和澄碧的流水没有受到污染那样感到舒适。

　　我们在这块已经开垦还要继续开垦的处女地上奔驰了 3000 公里。当我看到一处处繁盛的村镇和美丽的田园，秀美的白桦林和碧清的流水，雨后春笋般的工厂和在绿野间闪着银光的烘干塔，笔直的像是直上青天的公路和林荫道，川流不息的各种型号的拖拉机、康拜因和运输车，我常常默默地想道：这一切，出现在荒原上的这个繁荣的世界，是从何而来的呢？这里原来不是一个地地道道的几乎没有人烟的荒原吗？这里不是只有猛虎出没，只有熊吼和狼嗥吗？她，这块处女地是怎样开辟出来的呢？她怎样会变得如此美丽呢？那些先行者，那些来自全国各地的拓荒者，他们付出了多么大的艰辛与牺牲，他们流下了多少汗水呵！这里的一切，包括我们走的每一步道路都是他们的血汗铸成的。

　　一个细雨霏霏的上午，我们访问了雁窝岛。我们做的第一件事，就是前去烈士墓前拜谒。陪我们去的是红兴隆管理局党委副书记董世明和岛上的干部们。他们介绍说：这个岛子因为多是沼泽，开垦起来颇为艰难。牺牲在这里的罗海荣，是个转业军人。当时进岛没有道路，柴油没有了，只能沿河推桶到外面去装油，然后顺着宝清河推进来。他就是极度疲劳时死在水里的。牺牲时年仅 24 岁。还有张德信，是山东的支边青年。因为康拜因的一个齿轮坏了，他冒雨走了一夜，到场部去领，没有领到，说是二分场有，他顾不上吃饭，就又往二分场赶。回来时已经疲劳万分，在越过宝清河时没有过来,和齿轮一起沉到河底。捞起他时,发现他的手还紧紧握着那个齿轮。牺牲时也才22岁。还有一位女同志陈越玖,是1969年从宁波来北大荒的知识青年。她因癌病在上海逝世,死前要求入党,并要求将骨灰葬在北大荒。死后她的弟弟就将骨灰送回雁窝岛了。我们听了十分感动,静静地立在墓前,凝望着墓碑上烈士的遗像深深地鞠躬。牺牲在这里的几位青年,他们不过是千万个先行者、拓荒者的代表,如果不是他们把全部青春、热血和生命都献给了这块土地,这块渺无人迹的荒原怎么能变得这么美好呢?三江风光好,不忘开天人!他们就是北大荒的开天人呵!我可以说,北大荒的开垦,是我们共和国建国以后最伟大、最生动、最壮丽的历史的一部分。这块土地不是没有人开垦过的,满清皇朝、国民党、日本人都开垦过,都没有成功,惟有在中国共产党的领导下,中国当代的优秀儿女,发挥了震天撼地的献身精神,才揭开了北大荒崭新的历史。这是一页英雄的历史,可歌可泣的壮丽的史诗。总有一天,在文学艺术上,北大荒也会产生出无愧于创造者的史诗来的。同时,我给北大荒垦区题了如下的词:"名将率铁兵,荒原建奇功,接力有年少,前景更峥嵘。"我给雁窝岛也题了"英雄的土地,灿烂的前程",我相信,有这样光荣历史的土地,有久经锻炼的干部和人民,如果他们不愿丢掉他们的北大荒精神,他们是一定会有灿烂的前程的。

1988年9月21日北京

南天一柱

——广东公安战线巡礼

近几年来,社会犯罪率的直线上升直接影响到人民的安全。公安战线的负担是很重的。这种情况自然引起人们的关注。去年4月,我在广东的部分地区作了一番巡礼。

严峻的形势和超负荷的工作考验着公安队伍的品质

我一到广州,负责公安工作的同志就向我介绍了公安战线的形势。这几年,流传着一句话:"东西南北中,要发财到广东。"春节后,从四川、湖南、湖北、贵州、广西等省、区涌入的民工达250万人。车站、码头人口暴涨,旅客大量积压。生活无着即自寻短见或盗窃行劫。也有一些流氓团伙,来广东的目的就是为了作案。这样,仅去年头两个月,刑事案即达两万余宗,比前年同期增加了一倍。其中盗窃案居第一位,诈骗、抢劫次之,嫖娼卖淫的丑恶现象仍在蔓延。而广东是祖国的南大门,乘开放之机,来自港澳黑社会的渗透也日益猖獗。这样就形成了南北夹击。广东省公安战线上的同志们,肩上的担子无疑越来越重了。

在这种形势下,他们的工作自然是十分艰辛的。据说世界上一般国家警察占总人口的万分之二十,香港是万分之八十,而我们仅仅是万分之六,是世界上最低的了。我听到不止一个同志对我说,他们的工作不是八小时,而是十几个小时,甚至更多。他们加班的时间,累积起来,每年可能要超过两个月。而且他们没有节假日,越是节假日也越是他们最繁忙的时候。别人是白天工作,晚上休息和娱乐,而他们愈到晚上愈要注意人民的安全。由于娱乐场所的增加,也大大增加了工作量。尤其是作为人民安全的保卫者,他们必须置身在第一线同各种歹徒进行面对面的战斗。为此,他们不能不付出一定的代价。在三年严厉打击刑事犯罪的战役中,广东省牺牲的公安干警有20多人,负伤的有900多人。优秀的武警战士车孟义,在街头同流窜罪犯作斗争的时候,被罪犯刺伤,他带着重伤仍坚持追赶,直追出100多米,才倒在血泊中牺牲。这位英勇的战士被追认为护法英雄。我们的公安干警们就是这样用自己的鲜血捍卫了人民的安全。

在长长的木椅上留下了一幅感人的版画

在广州我就听说,佛山市有一个庞兆昌,他是该市城区分局的局长。他一个月差不多有20个晚上在办公室里,守着几部电话机,睡在一张长长的木椅上。日久天长,那张木椅上就留下了一个人的印子。不久,我在佛山市见到了这位55岁已经秃了顶的"老公安"。我要求看他那张睡椅,他笑着说:"这不说明什么,在基层工作就是这样,你不带头就没有指挥权了。"我坚持要看这张椅子,他只好领我到他的办公室去看。这里果然有一张浅褐色的有靠背的长长的木椅,木椅上印着一个黑褐色的人的形象。我立刻明白了,这是由于他多年的汗渍渗入木质形成的。我的心颤动了,这是一个多么动人的共产党人的形象呵!

据说,这个"老公安"的经验相当丰富,1986年以来,在该分局侦破的91宗案件,有30件是在24小时之内破获的。而且这人铁面无私,就是公安局干部的儿子犯了法,他也照样抓起来送去劳教,这在现在真是非常难得了。

如果我们的基层政权都像这样 我们的江山就是铁打钢铸

派出所是公安工作的基层单位。为了保障人民的安全,搞好这个环节是很重要的。在广州市,我参观访问了海珠区公安分局滨江街派出所,觉得很有启发。

这个派出所管辖的区域,是水陆、城乡结合的地带,一度刑事犯罪活动比较猖獗。晚上靠河边僻静处,经常发生抢劫、强奸的事。女工不敢上夜班,要有父兄护送。自从1983年"严打"以来,连续破获了刑事案件300多宗,发案数得到控制,情况已经大为改观了。

但是近年来报失摩托车的事仍然很多。一个体育教练辛辛苦苦积蓄买了一辆摩托,被偷去了,觉得非常痛心。还有一个人骑了公家一辆摩托丢了,满街去找,竟遭到车祸,他的妻子哭着来到派出所要求破案。派出所经过摸底排队,发现盘龙里有一个房子晚上男男女女进进出出非常可疑。他们就埋伏在田里,忍受着蚊虫的叮咬,终于找到了线索,一连破获了3个专偷摩托车的团伙。前后共抓住了28人,缴回摩托车30辆。有的摩托车已经卖到外地,他们跑了5个县市的22个村庄,行程2000公里,才将车子追回。车子已经弄得很脏,他们将车子擦洗干净,才交还给失主,失主竟感动得哭了。这样的警察怎么会得不到群众的爱戴呢!

为了创造良好的治安环境,他们发动群众,建立了治安小分队、联防队、治安岗和高楼大院的看护组等防范网络,实行群防群治。他们还根据历次失盗的教训,设计出12款铁门窗样,让居民选购定做。现在差不多家家户户都换上了铁门铁窗,据说这些门户此后再没发生入户行窃的事情。我曾串了几家,看了那些铁门铁窗的确做得很好。不过我感受最深的,还是他们为人民服务的精神。有一个小巷子下水道堵塞,臭水四溢,流到人行道上,弄得四邻不安,人人皱眉。民警邓日葵见了,不怕脏,不怕臭,马上把手伸进臭水沟内去掏,直到把堵塞的杂物掏出来,疏通了渠道。这就是这个派出所的精神。派出所是我们基层政权的组成部分,如果我们的基层政权都是这样,我们的江山也就是铁打钢铸的了。

"金钱可以买到高档商品,却买不动检查员的心"

位于祖国南边的深圳和珠海,是斗争最尖锐最复杂的地方,也是公安战士任务最繁重的地方。这里时时刻刻都在考验着他们的素质,考验着他们对祖国的忠心。

我曾在出入境的文锦渡和罗湖桥那个口子停了一停。小河对岸就是香港。文锦渡是专门通过车辆的地方,各种载重汽车和巨大的货柜车,一辆接一辆川流不息。我看见汽车排出的浓烈废气,把检查站的楼房都熏得一片乌黑,即此一端也可想到检查人员的辛苦了。据边防站的同志说,汽车进出每天平均六七千辆,高峰期可达到11000辆。在这样多的车辆里能检查出走私的货物是很难的。罗湖桥是专门走人的口子。据介绍每天出入境从两万到八万人。只有三四十个工作人员,要检查六七万人共13种之多的出境证件,就可想而知他们是多么辛苦了。检查员徐永求由于疲劳过度,曾在检验台上晕倒在地,经打针服药后,他又蹒跚着来到验证台前继续工作,在场的旅客无不为之动容。

更可贵的是他们能够经得起钱和物的诱惑,维护了我们的荣誉。有趣的是,一个港客要出去,拿的只是派出所的证明,检查人员王洪和谢锦春都说不行。这位港客才说他是香港皇家警察,把"回乡证"丢了,不回去就要"炒他的鱿鱼"。说着,他满脸是笑地拿出500元港币,说:"小意思!喝个茶吧,方便方便。"谢锦春和王洪都说:你在那边行贿受贿我们不管,我们不能这样做!这关系到我们的荣誉。

像这样拒收贿赂的事不止一件,仅罗湖检查站就有17人之多。难怪那些碰了钉子的人感叹地说:"金钱可以买到高档商品,却买不动检查员的心!"我看这样的评价比得到一座金山还宝贵!

组长梁东进的事也很感人。他在验证台旁捡到一个小包,打开一看,里面有800元的港币和一张香港身份证。他立刻拿着广播筒呼唤失主的名字。当失主接到钱包,看到钱物俱在时,不禁紧紧握住梁东进的手说:"警察先生,多谢了!"

我同谢锦春谈起这些往事时,他还谈到他同王洪拒收五六千港币的事,他说:"我们思想上不是没有斗争,可这是国家的荣誉呵!看看旁边一个整修工,一天就挣1000多元,我们简直没法比了,也不去比,大家知道国家的困难!"

听到这铮铮有声的话,怎不令人感动呢!

一个不愿公布姓名的传奇人物
和他率领的反走私战艇

在深圳、珠海,最尖锐、复杂的就是反走私斗争。现在走私活动已经遍及我国东、南整个沿海。据统计,前年广东查获的走私案有2000宗,价值在两亿八千万元,去年头两个月即查获191宗,总价值有2000万元。

在深圳,我访问了一位公安战线上的传奇人物,因为他不愿在报纸上抛头露面,我只好称他为A队长了。

这个A队长不过50多岁,头发已经灰白。他自己已记不清生擒过多少特务、贩毒者、偷渡者、黑社会分子和走私集团的头目。"我可以说是个'老边防'了,"他笑着说,"这里不管岸上还是海里,我都用不着查看地图。"

他告诉我,从1982年起,这里斗争的焦点,即由反偷渡变成了反走私。走私活动逐年增加,他领导的7条艇日夜巡逻,同这些走私犯进行着激烈的斗争。他说,现在走私集团比50年代狡猾多了,并且有现代化的装备,用无线电联系和指挥。行动之前先派出"马仔"(侦探)进行侦察,随后再派出一只空船走在前面,装货的船则走在后面。如果发现我们,装货的船就不出来了。或者用一只船作为佯动吸引我们的注意力,而货船则乘隙而入。还有一些走私船船底上再装一层,将货物置于船底。边防分局的148艇,就遇到过这种情况。一次,他们在大鹏湾巡逻时,检查到一艘船,几个货仓全是空的,船员则神色慌张,讲话吞吞吐吐。说是要在大鹏湾卖鱼,可是一条鱼也没有。带回驻地检查,两天后发现船底上堆着一堆沙子有些可疑。沙子搬掉,仍是船底,只是多了两颗螺丝,拧开螺丝才意外地发现了一个仓口。原来下面还有一层,藏着160箱高级香烟。真可谓用心良苦了。还有一次,一个青年前来报案,说是有一艘载有300箱香烟的走私船将在某海滩起货,请求前去查截。这类举报真假都有,他们没有上当,一面派出干警随来人到举报地点,一面仍组织主要力量到走私分子经常出没之处埋伏。果然在深夜零时,一艘走私船靠岸了,这次缴获了173箱香烟。原来那个报案人正是同伙,他们的"调虎离山计"没有成功。A队长讲到这里哈哈大笑。

在A队长属下,还有一条147艇相当有名,他们被称为"大鹏湾上一把不卷刃的尖刀"。这条艇自1983年冬组建以来,已先后查获110多艘走私船,走私货总价值1200多万元。而每一条走私船的捕获都是一场艰辛的战斗。一次,他们为了在外伶仃洋捕获"黑鲨",白天在荒无人烟的小岛设伏,夜晚巡逻在波涛汹涌的海面。由于风大浪大,船艇颠簸得厉害,大家吃不下饭,睡不好觉,多数同志晕船呕吐。尤其是船上带的淡水少,每人每天只能分一小杯。就在这种状态下,他们潜伏了11个昼夜,那条"黑鲨"还不见踪影。正在大家都已失望的时候,一艘高速行驶的铁甲船出现了。147艇立刻像箭一样地冲了上去。"黑鲨"见状不妙,调头向公海逃窜。147艇穷追不舍。"黑鲨"见不能脱身,自恃铁甲厚、吨位大,左突右旋,企图将147艇撞翻。副艇长龙金辉识破"黑鲨"的诡计,稳驾战艇,攻防结合,一次次机灵地避开。"黑鲨"见撞不沉147艇,再次乘机逃避。147艇又猛扑过去,终于在两艇接近的瞬间,战士莫文、黄海雄置危险于不顾,飞身跃到"黑鲨"之上。"黑鲨"被制服了,走私分子束手就擒。这次查获了走私香烟800箱,电器一批,价值130多万元。他们付出了多大的辛苦呵!

在钱和物不断的诱惑下能够做到一尘不染吗?

这些反走私的单位,几乎天天接触私货,时时处处都有人向你行贿。什么彩电、录音机、录像机、高级烟酒,可谓应有尽有。如果你的思想不过硬,要做到一尘不染是很难的。而A队长和147艇却做到了这一点。据介绍,别人向A队长多次行贿,都遭到他的严厉拒绝。去年走私分子蔡某的300多箱香烟被查获,送了3400元和两条外国烟到他家里,他回到家里就立刻把这些上交了。后来蔡某又杀了两条狗送他,他也不要。另有深圳某公司的经理张某,为了给他的亲戚办证件,先是送了4000元的港币,接着又送了一台录像机,都被拒绝,但这人仍不死心,第三次又送来了一台彩电,A队长给了他严厉的批评,张某再不敢送东西了,还写了检讨。

他领导下的兵也是这样。他们认为,私货虽然随手可取,但既已缴获就是国家的财产，不能占为己有。一次，他们抓获了一艘满载香烟和高级食品的走私船，领导派莫海雄等三名战士押回码头。经过一天一夜的征战，说实在的，他们不但很累，也相当饥渴了。可是他们面对高级饮料和食品竟不为所动。连走私船上的船员都说："船上这么多吃的东西，你们不吃，还熬什么呀？"这三个战士仍不动心，硬是顶了下来。听到这个故事，我真不禁想到40年前我军打入大城市的情景，战士们面对花花世界睡在冰冷的马路上，真是秋毫无犯一尘不染呵！也许他们的革命灵魂又在这些公安战士身上复苏了吧！

把黑社会的渗透消灭在萌芽状态是至关重要的

在珠海市我访问了闻名的刑警二大队。他们也是一个战绩累累的先进集体。一年来，他们缴获的走私货总价值2800多万元。他们缴获的走私货物，除了大量的家用电器、进口香烟、贵重药材以外，还有假币、文物等等。

境内外的不法分子，除炒卖外币扰乱金融外，还在境外制造假币，流入境内黑市市场。去年元旦期间，他们就破获了一个贩卖假港币的犯罪集团。

近几年盗运文物出境的事层出不穷，大量国宝流到海外，实在令人痛心。刑警二队对此非常重视。一次，他们在湾仔海面发现有一条很小的船甚为可疑。他们追上去，小船上的船民慌了，把一个皮口袋往水里扔，皮口袋随后漂了起来。他们捞起打开一看，是一匹古代的铜马。船舱里还装着不少古陶器，上面沾着泥巴。如果不是及时发现，这些珍宝就一去不复返了。一年来，该队共查破走私文物案9宗，缴获文物348件，其中珍贵文物9件。

近几年来，港澳的黑社会分子不断向我境内渗透，并在我境内发展组织，这是一个新出现的严峻问题。澳门有一个黑社会分子，13岁就参加了黑社会组织，是"14K"的"红棍"，号称"金牌杀手"，因受警方打击，在澳门无法立足，遂回珠海居住。从1986年起，就在中小学和社会上发展黑社会组织成员37人，还从中勒索会费3000多元。这事情一出现就引起市委和公安部门负责同志的高度重视，在取得充分证据后,采取了坚决打击与取缔的措施,并召开全市的群众大会,宣布对黑社会头目依法逮捕。他们把黑社会的渗透消灭在萌芽状态的做法,是很有远见的。在我国务必不能让黑社会势力形成气候,这对我们的社会安定是至关重要的。

公安战士的思想情绪需要有关方面体察

这次南国之行,接触了公安战线上不少同志,他们也同我谈了不少心里话。归纳起来,他们的意见有以下数端:

一、尽管文件上承认,阶级斗争还在一定范围存在,但实际上某些领导人和一些干部的阶级斗争观念大大削弱了。在他们的心目中抓钱才是最重要的,而对公安工作则不够重视。几个边防干部说:"敌人派遣的特务,与十年前相比,几乎多了上百倍,难道这不是阶级斗争吗?而有些负责人却说我们边防检查站是盖图章的!阶级斗争为纲不对,不承认阶级斗争也不对嘛!"另一位公安工作的负责干部说:"有些负责人说我们公安部门是消费单位,是包袱,是不创造财富的,光我们抓获的诈骗犯,就为国家追回了1.4亿多元,还有港币、美金几千万,难道这不是财富吗?"我认为这些同志的意见是正确的。现在,问题更清楚了,过去某些领导人对资产阶级自由化感兴趣,对四项基本原则不感兴趣,其中自然包括对无产阶级专政不感兴趣,所以,出现这样的现象,也就不奇怪了。根本的问题在于,无产阶级专政(也就是人民民主专政)究竟要不要加强,削弱它究竟行不行。现在犯罪分子的气焰如此嚣张,某些地方邪气压倒正气,不就是无产阶级专政削弱的结果吗?无产阶级专政与社会主义民主是完全一致的,相辅相成的。我们必须加强社会主义民主也必须加强人民民主专政,这两者都是社会主义建设的基本内容。

二、许多同志都谈到,公安工作的装备较差,某些生活条件也有待改善。当然,我们决不应当同资本主义国家的警察相比,也不应当脱离我国现有的生活水平,而是在合理的范围内和适当的时期加以解决。

三、许多同志还谈到,今天办案的艰巨性,很大数量是来自内部的腐败和内外勾结。广州市公安局的两位队长黄炳泉、庞权谈到,他们曾破获过一宗18辆汽车的盗窃案,作案的是来自香港的盗窃分子,而销赃的却是内地的人,甚至包括乡和大队的干部。他们买了假证,非法的车就变成合法的了。为了追回一辆车要跑几个县,或者跑到外省,要花很多的钱。大量的走私案,也多半都是内外勾结。要追捕的逃犯,到某个县也可能被认为是"能人",或者通知他事先跑了。这些情况说明,公安战线的斗争要想进行得更顺利,还必须各方面的配合,并彻底进行反腐败的斗争。

  短短的南国之行结束了。公安战线的巡礼,给我留下深刻的印象。要问印象最深的是什么,我可以说我们的公安队伍是优秀的和有战斗力的。尽管客观上治安形势比较严峻,尽管"一切向钱看"的迷雾蒙住了许多人的眼,尽管在他们周围张着诱惑与腐蚀的巨网,他们还是英勇顽强地进行着超负荷的战斗,并取得了赫然可观的战果。我觉得在他们身上那种多年锤炼的传统作风并没有消失。这一点在那些老骨干的身上表现得最为明显。我希望这种作风今后继续得到发扬。最后,我送广东公安干警四个大字——"南天一柱",因为整个的公安战线同解放军一样都是社会主义江山的顶天柱呵!

东北，我祝福你

东北于我是亲切而有缘分的，虽然更多的时间我都是奔驰在华北的土地上。

1948年的夏天，是华北与东北的战局即将发生重大变化的时节。那时我在人民解放军华北第二兵团（后来为十九兵团）的一个纵队中工作。我们和兄弟部队一起活动在冀东和热西一带，阻止傅作义部，不使之出关，以便首先解决东北问题。事实上东北与华北两支大军已经互相靠近，并且在协同作战了。为了加强两军的联系，并学习东北部队的军事政治工作经验，我们便组成了华北第二兵团参观团赴东北访问。当时，刚刚打下古北口，缴获了一些美式卡车，我们参观团便分乘了三辆卡车，横越内蒙古草原，经过通辽，向东北的原野驰去。"我的家在东北松花江上"，这支哀婉而又动人心魄的歌，陪着我们度过了整个抗日战争并送走了青春年华，可是我们并没有到过东北，只是用热情和想象描摹着祖国这块美丽的土地。正是这时，我才第一次看到东北那辽阔无边的原野和松花江那清澈的江水了。

这次，我们访问了东北野战军的几支主力部队，领受了他们最热烈最亲切的战友之情。我们到了吉林、齐齐哈尔和长春附近的九台，当时长春还在我军包围中，那里每天都有跑出来的逃难者。最后我们还访问了哈尔滨。林彪和罗荣桓为我们举行了欢迎宴会。我还记得当时有一条欢迎标语，写的是"团结起来，争取革命在北方的首先胜利！"这个口号当时给我的印象十分深刻，果然不久，两支大军便汇合在一起，东北和华北全境都解放了。

大陆解放之后，在我们祖国的东方，发生了第二次世界大战以来规模最大的战争,是出人意外的。但也因此,我又和东北结下了不解之缘。1950年雪花飘落的冬天,继志愿军出动之后,我作为总政的工作人员,和新华社的顾问夏庇若同志以及陈陇同志等组成了一个小组,前往朝鲜了解美军情况。在路经东北时,我们受到了李荒同志(当时任《东北日报》社长)的亲切接待。自此以后,从北京到朝鲜半岛,东北便成为我的长长的走廊。那烟囱如林的庄严的沈阳城,那东北军区招待所的蓝沙发,那丹东市美丽的锦江山与明镜般的鸭绿江,都亲切地留在我的记忆中了。

去年夏季的北大荒之行,给我留下的印象是十分深刻的。在20天的时间里,我们游了三江一湖,访问了12个农场。我把我的印象大致写到《今日北大荒》一文中去了。我认为北大荒是宽大而深沉的,她不愧是英雄的土地,是用汗水和鲜血开拓的史诗。在这里我不仅看到了世上少有的神奇的黑土,而且看到了现代化的大农场。我越发相信,社会主义的高度机械化的大农业,才是我们正确的发展道路。

今年7月,乘"金石滩杯"散文奖发奖之便,我再次来到大连。1954年我和钱小惠同志因合写《红色的风暴》来过大连,转眼间30多年过去了。那时热情接待我们的诗人方冰,已经是白发苍苍了。这30多年的变化可真大,那高大漂亮的建筑群,那整齐的街道,那新辟的海滨公路和高速公路,都接连不断地出现在我的眼前,也许它比以前大了一倍还多吧。呵,大连,我衷心地赞叹着你,你的人民付出的巨大劳动和取得的巨大成就。

在逗留的短暂的时日里,我还借机访问了金州区的三个村庄。一个是唐家庄,一个是友谊乡的中长村,还有一个是大魏家镇的后石村。这三个村庄大部分都是漂亮的两层楼房,全村都是整洁的柏油马路,还有盖得很好的学校、青年文化活动室、浴室等等,真是和城市差不多了。这几个村庄除了农业、果园、海产外,还办了不少乡村工厂,因此收入颇丰,人均收入已达到1200元至2000元。值得注意的是,这里说的人均收入是真正的人均收入,即共同富裕的人均收入,不是百万富翁和穷光蛋加在一起用二除得出来的人均收入。这几个村庄的共同特点,是他们一直坚持着集体化的道路,发挥了群策群力的强大优势。这样的典型,我在其他地方也看到过,但似乎都不如这里集中。据金州负责同志说,像这种类型的村庄,全区约有 20 个以上,以生产队为单位搞集体化而取得优异成绩的就更多了。有些农村研究工作者,到这里来了解,都深表赞赏,称赞他们是"金州模式"。过去有些人总是把集体化、共同富裕和"穷过渡"划等号,实在是天大的误解。在金州三个村庄的逗留,使我对走社会主义道路充满了信心和希望。

经过剧烈的斗争,以无数烈士的鲜血浇灌的土地,是应当有光明前途的。

东北,我祝福你。

1989 年 12 月

南戴河纪事

今夏,我应邀在南戴河住了几天。

北戴河自然是大名鼎鼎的了,而南戴河和附近的黄金海岸,则是近几年新兴的休养区。原来这里只是金黄色的大沙滩,现在是平地起凸堆,一下冒出了一大片高高低低的新颖美观的楼房。已经形成一条整齐干净的小街,一座现代化的小镇。在她的中心部位,还有一座天马行空的雕塑,那匹天马雕塑得英挺俊秀,昂首蓝天,挺有威势,挺有意思的。

这里的浴场也很好。平平的,没有一点礁石,脚踩上去非常舒服。会游水的可以到碧波深处,尽情享受;不会游水的在边上泡泡,也蛮惬意。这里有一点是胜过北戴河的,由于楼房多半距海边很近,游泳的人在家里换上游泳衣,走不上100米就可以下海了。所以,在路上你可以看见成群结队的穿着泳衣的人,男男女女,老老少少,说说笑笑,好不热闹。路两边则是卖桃子的,卖甜瓜的,卖煮玉米的,他们不断地吆喝着:"老玉米,刚出锅!"

不过,我最感兴趣也最满意的,还是这里为普通工人修建了大片的休养地。我们是社会主义国家,对于战斗在第一线的辛劳的工人,是应当特别关注的。建国以来,各地的劳模也常常去疗养,但那毕竟是少数。这当然是我们的生产水平决定的。现在随着生产的发展,是该越来越重视解决这方面的问题了。那天,我登上一座高楼的阳台,向四外眺望,远远近近,各式各样的楼房,很是好看。有的楼顶像古代武士的头盔,有的呈八角形,有的雕塑着一群海鸥。主人指给我看,说这座楼是铁道部某某工厂的,那座楼是煤炭系统某某矿区的,这一座又是化工系统某某化工厂的,那座又是航天部门某某单位的。我一面听一面笑着点头，心里好高兴。

我住的是长辛店二七车辆厂的休养所。二七机车厂和他们本来是一个厂子，现在分成两个了。这两个厂子在这里都为工人修盖了休养所。经费是从工人的福利基金中解决的。车辆厂买地皮花了60万，修建花了60万，共120万元。机车厂花了150万元。车辆厂规定，每个工人都可以轮流到这里来休息6天。车费由公家负担，房费免收，伙食费每天5元，个人拿1元。在一定的限额内可以带一个孩子，超出的另外收钱。那些对身体有害的工种的工人，则可以在此地休息20天。

我随便问几个工人："你们来到这里心情怎么样？"一个高高个儿的钳工，35岁的孙京发说："咱是个工人，从来没让人伺候过，这次来南戴河，管吃管喝，净享受了。回去肯定会增加干劲。现在一讲工作就是钱，没钱不干，这次我觉得上下之间的感情也加深了。"40岁的龚平说："现在国家的经济情况并不太好，还能让我们来休息，很难得。休养所的服务挺好，现在的物价能吃到这样真不错了。"王幼莉是个女同志，在厂里担任核算，她说："这至少说明，把我们工人放到心上啦！这一点我想起来心眼儿里就痛快。"我接着问："四中全会以后，江泽民同志提出要全心全意依靠工人阶级，你们工人中有什么反应？"一个干部笑着说："工人的反映自然很好。"一个50岁的老铸钢工人，思索了好一会儿，皱着眉头说："这个口号多年不提了，现在提出来还得很好地落实才行。"我们都思索着这句颇有分量的话。

外面是无尽的蓝天碧海和灿烂的阳光。海滩上是一片欢声笑语和无数小蘑菇般的花伞。院子里的热水浴室里正响着哗哗的水声，那是游水回来的男女工人正在冲洗。游艺室里不时传来棋子的乒乓声和台球清脆的响声，夹着一阵一阵的欢笑。这时，我深深地陷在思索里。我的思想似乎集中到一点：我们必须为人民，其中特别是为战斗在第一线的工人做更多的好事……

1990年8月

五访朝鲜

我这是第五次去朝鲜了。

1952年岁末,我自前线返国途中,曾经访问了战时的平壤城。在半个月的停留时间里,这座城市战时的景象和特有的气氛,给了我毕生难忘的印象。那时,坐落在大同江两岸的这座美丽的城市,确实成为一片废墟了。除了边边沿沿上还有几间歪歪斜斜几乎要倾倒的小商店之外,整个市区一片瓦砾。

当时,平壤市的人口是42万,而那些想征服这个国家的人却在这里投下了44.8万多颗炸弹,平均每人一个还多,这座城市怎么能不成为废墟呢!

但是,平壤城特有的战斗气氛,我的印象也同样强烈。那时,在成年累月的残酷轰炸中,平壤市的政府工作人员照旧在地下室镇静地办公;男女警察依然服装整齐地手持红绿小旗在路口指挥;大街上的高音喇叭持续不断地播送着战斗歌曲,歌声是那样地动人心魄;牡丹峰上高高地站着防空哨兵,敌机一来,古老的"乙密台"就发出洪亮的警号,接着高射炮就同入侵的飞贼展开激烈的战斗。尽管平壤城早被夷为平地,但她并没有倒下,并没有屈服。

朝鲜战后所进行的重建工作,是极其艰巨和宏伟的。志愿军的勇士们,刚刚放下枪就拿起了镢头,同兄弟的朝鲜人民一起,又在这块土地上倾洒了自己的汗水。1958年志愿军归国时,平壤市已经有几条漂亮的街道了。1973年岁末我第四次来到这里时,平壤已经拥有许多雄伟壮丽的建筑物和堂皇的千里马大街。她以令人目眩的姿态出现在我的面前,令我叹赏不止。这次来到平壤,气象更是大大不同。当北京至平壤的列车刚刚进入市区,一座座几十层的高大建筑物，就目不暇接地映入我们的眼帘。平壤已经是一个气魄宏伟的现代化的大都市了。她现在拥有150万人口，街道十分整洁，行人文明礼貌，井然有序。身着白衣蓝裙的女警察，更使这座城市显得典雅。我们下榻的高丽饭店，就是两座并立的44层的高楼。朝鲜对外文化联络委员会的副委员长吴文汉同志，曾经陪同我们登上最高层的转式餐厅观览了市容。我们纵目四望，真不禁为平壤的庄重、美丽吸引住了。在清澈的大同江和普通江的环抱中，一座座高层建筑物像一座座山峰一样拔地而起，使我忽然想起郑板桥的一副对联："二三星斗胸前落，十万峰峦脚下青。"不过这里看到的峰峦不是自然的峰峦，而是朝鲜人民以自己的雄心壮志和难以计量的汗水集聚起来的巍然灿烂的群峰。历史再一次深刻地启示我们：一个民族想征服另一个民族，终久是不能够的。我今天静静地望着平壤，实际上是在望着一个从废墟上站立起来的英勇无畏的国家。

朝鲜在建设上的成就自然不止这些，更重要的还是她的重工业体系的建立。朝鲜民主主义人民共和国有两千万人口，现在已拥有一千万吨钢了。我们在咸兴参观的龙成联合企业也许是有典型意义的。这是一个生产重型机械为主的大工厂。1945年解放时，仅有200人，只能生产一些零件。战争中遭到彻底破坏，"连一块完整的砖瓦都没有了"。而现在它却是拥有2.5万名职工和许多巨型设备的大厂。我们站在它制造的万吨水压机这个像城门一样的大家伙前不住赞叹。

此外，我还要特别提到西海岸的新兴城市南浦。这里，在大同江的入海处，兴建了一项名为"西海水闸"的巨大工程。这项工程是为了防止海水倒灌、保证工农业用水、水库养鱼等项需要而兴建的。由于工程浩大，朝鲜政府花了40亿美元，动用了人民军3个师的兵力以及其他众多人力，自1981年起，经过5年时间，终于胜利完成。这是一条分隔海水与江水的、长达8公里的大坝。坝底宽150米，坝顶宽14米。南浦市的女副市长金春玉同志陪我们参观了这座水坝。当我们距离水坝还相当遥远的时候，在蓝色的海水上已经远远地望见了一条长长的白线。随后汽车在大坝上行走了颇长时间，才到了大坝南端。这座坝有3座船闸，可通过2000吨到5万吨的巨轮，另有36个水门和一座巨大的瞭望台，后者状如一艘货轮守在水闸之旁。看了这罕见的工程,我对朝鲜朋友说:"战争期间,我在朝鲜人民军和中国人民志愿军的阵地上看到了地下长城,今天我又看到了你们的海上长城。"

中朝两国人民以鲜血凝成的友谊,仍然深深印在朝鲜人民的心中,尤其是同中国人民志愿军一同度过艰难岁月的那一代人。除了耸立在平壤的高高的友谊塔象征着两国永恒的友谊外,在咸兴还建有周恩来同志的铜像。这座铜像建立在兴南化肥厂的大院内,我们一到咸兴就前去拜谒。站在铜像下,我们看到这位时代的伟人,仍旧穿着他那件中国人民熟悉的皮大衣,手里举着讲话稿,像是正在同人们亲切地讲话。周恩来同志是在1958年2月6日在金日成主席的陪同下访问这座工厂的,当时就在铜像的位置发表了演说。铜像旁边的碑文,刻着这样的诗句:

> 迎着扑面的寒风,
> 您来到了我们工人阶级的身旁,
> 您留下的这历史的足迹啊,
> 使朝中友谊深深扎根在大地上。
> ············
> 啊,朝中人民的友好团结是永恒的,
> 不管岁月的流逝和大地沧桑,
> 她像鸭绿红的流水一样清澈,
> 她像白头山的青松一样挺拔坚强。

我默默地诵读着碑文,望着周恩来同志风尘仆仆的姿态,感到碑文说出了我们大家心上的话。是的,中朝友谊要千载万世地传留下去,烽火遍地的日子,我们任何时候也不要忘记。

10天的访问计划匆匆地结束了。朝鲜人民在金日成主席为首的劳动党的领导下所取得的巨大成就留给人的印象是深刻的。但是,每当我看到平壤市壮丽的建筑,总还是想到过去,想到1952年岁末的那次访问。如果有人问,我在这次的友好访问中看到了什么,我可以说,过去我看到的是朝鲜人民在强敌压境时所显示的坚强意志,今天我又看到了她在和平建设中所显示的强大威力。无论过去和今天，我看到的朝鲜人民都像他们的紫铜色的金刚山那样坚强。

我深深祝愿朝鲜人民昌盛和幸福！这就是我心底的话。

1987 年 7 月 13 日于北京

瑶池在人间

——1984年8月21日游黄龙日记

晨自松潘①出发赴黄龙。车行甚速。经川主寺,地势越来越高。路过一高岭,山奇峻,寒气袭人,侧旁高峰已有白雪,下为白云,甚壮观。据说那就是海拔5588米的雪宝顶。现在是炎热的8月,尚且如是,自然是终年积雪。下山时,见左侧一列铁青色的群峰,如经过烈火烤炼刚刚冷却,还带着赤红色。十时许方到山下。

这是新设的旅游点,仅有几间房子,门前搭着一个棚子,摆着两张桌子,几条长凳。守候在这里的几位姑娘很热情,让我们坐下喝水。她们说,给我们喝的是极洁净的雪茶。随后就由一个藏族姑娘为我们做导游,她特意回屋换了一件很漂亮的黑丝绒袍子,空着的袖子露出带碎花的白纱衫,简直像一位新娘了。

出发前,她要我们每人都要换上像大马靴似的高腰儿黑雨靴,我不明白为什么要这样,直到穿过一带丛林,两脚踏入水中,我才知道要做一次水中之游。原来我们正迎着一条缓缓的山脊向上攀登,一条充盈的溪水正沿着这条山脊潺潺而下,它有时分成两路,有时分成三路,有时分成四路、五路,我们怎能避开这条从雪山上下来的溪水呢!由于这条溪水带有浓重的石灰质和其他成分,将整整一条山脊染成了金黄,这山脊也就成了一条水中的黄龙。黄龙的前面是皎洁巍峨的雪山,黄龙的后面是那列青里透红的铁峰,两边山上都是绿幽幽的原始森林,如果赶上春天,满山满谷的杜鹃一开,这条黄龙沟该是多么美妙呵!

---

① 松潘:在四川西部毛儿盖附近。

其实，我们还没有接触到这里的妙处。上去不远，才看到这里风景的主体——美池。这里说美池而不说池塘，是怕与南方田里的池塘相混了，因为它毫无人工痕迹，纯粹是这条溪流自自然然造成。随着地势，在山脊两侧形成的这些高高低低的水池，有点像梯田而又绝不像梯田，它大小不一，形状各异，尤其那池中的水，蓝中透绿，绿中透蓝，是那样澄澈、透明、纯净，好像不掺一点杂质，没有一丝俗韵，真是可爱极了。

我们的兴致更高了，大雨靴在水中啪嗒啪嗒地走得更有劲了。

接着前面传来沉重的隆隆声，隐隐若雷鸣，转出丛林，才看见是一条颇宽大的瀑布从悬崖上跌落下来。这道悬崖宽约十几米，被常年的溪流冲刷得圆润光滑，通体金黄，有如黄蜡做成。溪水分成十余股从悬崖上凌空而下。崖下有一个颇大的石洞，藏族姑娘指给我们说：这是黄龙的"洗身洞"，因为它帮助大禹治水有功，在这里洗去凡胎成了仙了。风景同神话总是不可分的，有了这神话，风景也就增添了韵味。

绕过悬崖，不远处有一个娇小玲珑的小池。池中长着一丛颇大的红柳，周遭是溜边溜沿儿满荡荡的碧水，非常好看。藏族姑娘见我们看得出神，笑着问："你们说，这一景叫什么？"我们说："这像是一盆花吧！"姑娘笑着说："对了，这个就叫盆景池。这是小盆景，那边还有一个大盆景呢！"果然上去不远，就是一个颇大的池子，里面红柳丛丛，随着溪水不停地舞动。说是盆景，世上哪有这样的盆景哟！

我们穿着笨重的雨靴一直在水中走，又是上坡，这时已显得很吃力了。尽管姑娘说上面还有"明镜倒影池"，还有"娑罗映彩池"，我和秋华都有中途而止的意思，可是从上面回来的游人，不断鼓励我们说："上面好得很呢！"我们只好鼓足劲儿，继续向上面走去。

幸而石头不滑，经过努力攀登，我们终于到达了"争艳斗彩池"。因为这里的水过于清澈，反而分辨不出深浅，略微走错，水就灌进了靴子筒里。为了饱览胜景。藏族姑娘就扶着我们，沿着窄窄的石灰质边缘，走到便于观察的地方。这时我回首向下一望，一幅从来没有见过的美景把我惊呆了。原来黄龙两侧这些错错落落的美池，从山顶延续而下，构成的画图真是五彩斑斓，宛如天上的彩虹一般。

奇就奇在每个池子的颜色都有不同,有绿的,有蓝的,绿的有深绿、浅绿、淡绿,蓝的有深蓝、浅蓝、淡蓝,还有春初新柳的那种鹅黄,真是名副其实的五光十色了。再加耳边哗哗的水声,下面瀑布的隆隆声,真的使我们完全陶醉了。过去古诗文中常常出现的西天王母的瑶池,也许就在这里吧!

然而,我已经没有继续攀登的力气。虽然姑娘说上面还有更好的五彩池,还有黄龙洞、黄龙寺,我也只好忍痛放弃。秋华从池子里舀了一杯清水,我们就席地而坐,吃起面包来。陪我们来的骆强同志,司机孙丁玉,还有猛子,他们年轻,自然不甘心,就嗖嗖地爬了上去。让年轻人去领略更好的美景吧。

我们同藏族姑娘坐在一处,随意谈了许久,就慢慢走下山来。等到了招待所,骆强、小孙和猛子也赶了回来。他们说,上面的黄龙洞深得很,爬进去百余米还不到头,未敢再进;五彩池确实波光潋滟,五色纷呈,池中还有一座自然长成的石塔;小猛子为了照相跌入水中,水灌进了靴筒,两条裤腿都湿了。

饭后回返。不意在来时的那座高岭上遇到风雪,越野车顿时陷入无边无际的昏蒙蒙的云雾之中。我们在车子里冻得打抖,只好穿起大衣来。好不容易到了山下,明丽的夕阳照着山峦,绕天红在周遭开得十分艳丽,我们像是又回到了人间。黄龙之游恍如隔世,似在梦中。

处 女 地

——1984 年 8 月游九寨沟日记

山凹凹间修了几座平房,就是九寨沟的诺尔朗招待所了。小小的广场上挤满了车辆,可见游客之多。这里的负责人是一位藏族同志,他同几位当地朋友一起陪我们游览。

我们进了日则沟,先看了镜海。早晨水平如镜,远处的雪峰和近处的原始森林全倒映在湖水里。加上太阳刚刚露头儿,原始森林在水里分出许多层次,显得特别静美深远。

顺着沟上去,又看了熊猫海和五花海。熊猫海周围多箭竹。五花海,我们是站在高处看的。由于海底的水草分布不同,加上水的深浅不一,阳光一照,便显出深蓝、浅蓝、碧绿、鹅黄以及绿黄相间、蓝绿相间的彩色,真可谓五彩纷呈了。整个的海子恰像一只孔雀,那粼粼的波光,就是她那彩屏上的斑斓的光点。大家都说,从来没看到过这样的景色。

再往沟里去,山谷越发幽深,野花很多。那一丛一丛惯于在雪山上迎风盛开的绕天红,那一片一片赤金似的牛耳大黄,还有那不知名的小小的红果子,显得十分烂熳可爱,我采了一大把送给秋华。这时,我一仰头,看见对面的高崖上有两股泉水汩汩流下。陪我们的同志说,它的名字还没有定下来。有人提出叫"泪泉",有人提出叫"乳泉"。还问我叫什么名字好。我说,中国人在漫长的历史中泪流得太多了,还是叫"乳泉"好。这是大地母亲赐给我们的琼浆。

大家对眼前的景物总是看不够,返回的路上,又下了车细细观赏。在五花海我们下了一个陡坡,踏上海子边一个长长的木桥。这木桥紧贴水面,人一走上去,水波就荡漾开来,孔雀的彩羽就更加美丽了。回来的路上还看了珍珠滩。这是一面斜坡状的瀑布,白浪飞泻而下,不绝地倾下万斛珍珠。

下午,在另一道沟里,自下而上看了芦苇海、火花海、卧龙海。芦苇海是一片灰黄色的芦苇。火花海据说在日光闪烁中会冒出火花一般的光来,可惜此刻日光为山峰遮住,未能使人看个尽兴。卧龙海是海中隆起的一道土岗,宛若游龙卧在水中。我觉得最引人入胜的,还是树正群海,实际上是湍急的河流从一簇簇树丛中穿过而形成的奇特景色。这些树大部为红柳,也有白杨和其他杂树。奇就奇在这些树成年累月为激流冲击而依然茁壮生长。有些树的树根都被水流冲得飘拂起来,露出水面作赤红色,但仍挺立如故。我下了河岸,蹲在长桥上仔细观察,深为植物的生命力和适应力感到惊异。

诺尔朗瀑布,自然是这里最壮观的景色。瀑布虽不算很高,但宽达四五十米,比有名的黄果树瀑布要宽得多。瀑布分成几十道水流挂在悬崖之上。人们纷纷在瀑布下摄影留念。

我们还游了则查洼。这里除了那个季节海,还有一个小巧玲珑的五色海。我们站在高岸上,俯瞰这座丛林怀抱着的小海子,真是五颜六色,色彩十分丰富。据说这是仙女洗澡的地方,色彩所以这样鲜艳,是因为她们将脂粉洗落在水中的缘故。

再过去,就是长海了。游客们,特别年轻人纷纷下到海岸,在水边的木筏上嬉戏着。这片海子颇大,总有十几里长。四外都是陡壁,船只很难靠岸。据说前些天,有几个青年乘木筏划到远处,上不了岸,情况相当不妙,一青年冒险回来叫人,管理处才派船把他们接回。

游了九寨沟,大家莫不赞叹她的美丽非凡。我觉得,九寨沟之美,美在她的自然,她的原始风姿。这是不加任何雕饰的自然之美,有如一个美丽的处女,以她天然的魅力使种种人工的美相形失色。我并不贬低人工美,但希望在开发与建设中,千万不要使她的这种美受到损害。晚间,诺尔朗招待所的负责人要我题字。我写了如下几句:

自然的美,

美的自然,
人间天上,
天上人间。

      1990 年 7 月 18 日重抄

瑰伟绝特滕王阁

江南的三大名楼，都以名篇而闻于世。崔颢的绝唱使黄鹤楼蒙上了神话与梦幻般的彩色，屹立于长江之滨；范仲淹的博大而深沉的雄文，将同岳阳楼与洞庭的烟波一起浩荡千古；而滕王阁则同一位少年才子连在一起，他那不同凡响的清词丽句，使赣江边的这座高阁永远活在诗境中了。

这就是美。是我们人民创造的艺术之美。假若没有这种美，我们的江山纵然壮丽，也会显得多么寂寞！假若有了这些美的建筑，而缺乏美的诗文，我们的生活又怎能升华为诗！

可是由于风雨沧桑，兵燹战火，中华人民共和国成立时除残破的岳阳楼尚存外，其余二楼皆已荡然无遗。然而，人民的政权怎能坐视我们民族的辉煌胜迹成为破壁颓垣，而委予荒烟蔓草呢？经过多年的精心筹划、辛苦经营，现在人们看到，岳阳楼早整修一新，黄鹤楼、滕王阁先后重建，其规模之宏丽远胜前朝。足以说明，共产党人不仅是人民解放事业奋不顾身的战斗者，而且是民族优秀文化的继承人。

滕王阁始建于公元675年，至今已1300余年。其间兴废重修28次。最后一次被毁是1926年，葬送于军阀之手。这次是第29次重修，工程浩大，在江岸的河道中，填筑的土方即达30万立方米。经过工人数年奋战，去年秋才胜利竣工。

《南昌晚报》举办的首届滕王阁笔会，是一件盛事。

5月15日，日丽风和，参加笔会的各方文友来到赣江与抚河的汇合处。当滕王阁出现在我们眼前的时候，我完全为她的雄伟和奇丽惊讶住了。1961年我也曾来这里寻访胜迹，那时看到的只是空旷

的江岸和一些断壁残垣,保存下来的只是题有"滕王阁"三字的一块
匾额。今天她却巍然屹立,像碧瓦红柱的仙阁耸入云中。建筑完全
是仿宋式,充满东方的富丽和典雅,是地道的中国气派。然而她又
远胜往昔。原来的滕王阁为3层,现在则为9层,原来的高度约27
米,新阁净高57.5米。正面高处"滕王阁"三字为苏东坡手书,正门
上的匾额"瑰伟绝特",是大书法家褚遂良的狂草。正门的巨联"落
霞与孤鹜齐飞,秋水共长天一色"则为毛泽东生前所留,落笔狂放不
羁,十分潇洒。据说,若从直升机向下俯瞰,整个滕王阁则像赣江边
上的一只鲲鹏。

　　我们在赞叹声中进入阁内。迎面便是大型汉白玉浮雕《时来风
送滕王阁》。讲的是滕王阁盛会前夕,王勃行经马当江面,距南昌还
有700里的路程,一夜之间怎么能够赶得到呢?幸亏遇上一位神仙
相助,长风巨浪,才送来了这位江上才人。看起来,我们的民族是很
爱才的,这段神话,使这位本来就很了不起的神童又加上了一层炫
目的色彩。

　　阁中的第二层有表现江西历史名人的大型壁画。其中有文天
祥、王安石、欧阳修、曾巩、汤显祖等数十人,真使人感到人杰地灵、
俊彩星驰了。其他各层,还有记述汤显祖在滕王阁排演《牡丹亭》的
大型壁画,苏东坡书写《滕王阁序》的钢碑,等等。阁中心雕梁画栋,
也都以宋阁的彩绘为依据,显得古色古香。

　　新阁的第五层,据说是登临远眺的最佳去处。我们登上五层的
回廊,纵目下望,果然天光水色,一碧万顷,心中天地也顿时宽广起
来。假若正值夕照布阵,也许真要进入"落霞、孤鹜、秋水、长天"的
境界了。看到眼前壮丽的山河与锦绣般的楼阁,想起我们民族光荣
的历史与灿烂的文化,怎能不为我们民族的伟大而自豪呢?想起近
年来刮起的民族虚无主义的邪风,某些文人像害了软骨病似的拜倒
在洋人的脚下,甚至歌颂侵略,骂倒祖宗,连长城和黄河也因为生到
这倒霉的土地上而蒙受诟辱。这完全是一种殖民地奴性思想的遗
毒。试问一个民族如果连起码的自尊和自信也没有,怎么能挺立在
世界民族之林呢?将来一旦外敌入侵,岂不是要跪倒在地乖乖地当
汉奸当奴隶吗?这真是万分危险的。今天,彻底清除这种可耻的殖
民地思想,弘扬中华民族的优秀文化,创造更加灿烂的社会主义文

化,以巩固我们的精神长城,这对我们是至为必要的。恢复与重建三大名楼的重要意义,也许就在这里……

当我正在沉思默想的时候,忽然盛情的主人前来索字留念。各文友纷纷卷袖提笔,挥洒成篇,我自感高情难却,遂不计工拙,留短诗一首:

碧瓦连接彩云间,
绿鹏展翅欲飞天;
八方文友颂盛世,
莫忘源头井冈山。

1990年5月28日

日　出

　　日出，也许是人生能看到的自然界最壮丽的景象。

　　年轻时，听诗人柯仲平说，他登过华山之巅，从黄河连天的波浪中看过日出。也许由于诗人热情澎湃，他把日出的景象描绘得十分动人。他特别告诉我，红日离开水面的一刹那，并不是徐徐升起，而是一跃而出，跳出了水面。事情过了多年，我一直没有忘怀。

　　战争时期，我们一般都起得很早。往往月落乌啼还没有宿营。披着浅蓝衣衫的启明星，是我们的老朋友了。这样的生活，自然使我们看到许多壮丽的日出。有时站在高山之巅看它红艳艳地涌出山海；有时立在平原看它冉冉升起在村落林莽之上，笑微微地伴着炊烟。尤其是当敌人的堡垒倾倒在烟火之中，而红日正携着满天早霞来临，我们便觉得它更加娇美了。可是，那时谁有心思安安详详地来欣赏它呢！

　　解放后有机会接触海了。但看过几次日出都不理想。有一次住在山海关附近，早晨喘吁吁地跑到老龙头去看日出，已经迟了。在北戴河也去看过两次：一次满天星斗就起身了，在海滨苦等了两个小时，哪知晓雾愈来愈浓，等它露面，已经老高了。另一次看得还不错，大半也因为云笼雾罩，出得较迟，同柯老所说的跃出水面的壮观场面，就相距太远了。今春有幸寻访黄山，黄山也是看日出的好地方。我想象着，一轮红日从白茫茫的云海中涌出，该是另有一番风采吧。记得那天一早攀到顶峰，在危崖上抢了个立足之地正准备饱览奇景，哪知正逢云阵集会，顷刻间，不要说红日，连面前的山峰都遮住了，只好掸掸衣服扫兴而归。

　　这样，我的兴致不免大受影响。可是我一生爱美，不论是自然之美或人生之美,都使我倾心相爱,美似乎已经沁彻了我的心魂。那种真正动人的自然之美,有时竟使我不由自主地像孩子一般地淌下泪来。这是某种至美引发的无以名之的泪水,或者只不过是我的呆脾气罢了。尽管观赏日出诸多不顺,也没有使我死心。何况那种一跃而出的动人景象时时诱惑着,我怎能舍弃这样的机会呢!于是,今夏的北戴河之行,我再次下定了决心。

　　这天,天色还没有发亮,我就踏着月光行走在街道上了。在稀疏的路灯下,我看见三五成群的人,断断续续地向同一个方向走着,不用说都是到鸽子窝看日出的。

　　我赶到鸽子窝公园的时候,意外地发现这里热闹得竟同夜市一般,人们川流不息地向公园涌去。为了方便人们看日出,这里沿着一溜小冈子修了一道曲折的长廊,还点缀着几个亭子。我踏进公园,才发现不仅亭子上、长廊上站满了人,连面对大海的高高的海岸也全是人了。我勉强在人丛里挤到一个亭子附近,找到了一个立足的地方。

　　这时,正是黎明与黑夜交替的时刻。尽管黎明无可阻挡地要降临人间,但夜色却无意退出自己的阵地。不知何时,东方天空的低垂处已经现出一条淡青色的亮带。这条亮带就像是经过奋力冲刺,硬从黑夜的肌体上裂开似的。亮带之上是近于黝黑的深蓝色,一向神采奕奕的启明星,为浓云所遮,只露出微弱的光芒。亮带之下是沉郁的暗紫色,海平线还是一片朦胧。大海依然黝黑而深不可测,只亮着几点渔船的灯火。西天上的那轮残月,伴着几片云,孤独而无望地等待着天幕上的演变。

　　但是,强有力的晨光,终究是无可抗拒的。渐渐地,东方那条淡青色的亮带愈拓愈宽了。顶空那近于黝黑的深蓝也浸润了亮色,而变得愈来愈淡。大海已经变得明亮柔和起来,渔船上的灯火一个接一个地熄灭了。高高的海岸下,那座被称作鸽子窝的傲然兀立的巉岩,也越来越清晰了。晨风动了,几只水鸟欢快地叫着飞过头顶,残月失去了最后的光辉,黎明终于完成了最后的占领。

　　而这时,模糊不清的海平线上,仍然是一片沉郁郁的深紫色。东方仍盘踞着很大一块乌黑的鳄鱼状的浓云。人们眼巴巴地望着东方,却不知道日出的确定消息。

借着银色的晨曦,我回头一看,亭子上,走廊里,山坡上,真是万头攒动,人山人海。海岸下的一带海滩和浅水里,也错错落落全站着人。我身后的亭子,男女老幼更是层层叠叠。儿女扶着父母,恋人相偎相依,儿子坐在父亲的肩头,女儿伏在妈妈的背上,孩子们也睁着稚气的眼睛向着东方凝望。许多人打开照相机,举起又放下,放下又举起,都在等待着庄严而美丽的时刻。这时,我觉得我们的人民是多么地爱美呀!这里数万人争看日出的场面是多么地动人呀!

可是,毕竟人们起得太早了,等得过久了,有些疲倦了。一个汉子竟然坐在台阶上打起呼噜来。有几个缺少耐心的人陆续离开了。一个打开照相机的人叹了口气,重新把照相机挂在脖子上。我身后一个三四岁的小女孩问她的妈妈:"妈妈,怎么太阳还不出来呢?"她那个戴着小花帽的年轻的母亲回答:"快了!快了!"可是孩子等不及,依偎在妈妈的怀里睡熟了。

这时,从海平线上那紫郁郁的云带里,霍然间出现了一条红线,似乎是一条细油油的耀眼的赤蛇。天空渐渐地变化了。首先是东方那块鳄鱼状的乌云,为巨大的红光所照耀,先是变成了妩媚的紫色,随后变成灿烂的红霞。海面上也出现了一缕摇曳的红光。此时尽管红日并没有出现,东方的那块被染红的云霞已经是够美的了。在我不经意间,忽听耳边喊了一声:"看,出来了!"声音很大很齐,是周围千百人不约而同喊出来的。我再定睛凝望时,一个半月形的比火还要红比春花还要鲜的红日已经出现在紫云之中。不一时它又变成了大半个红桃,也很像刚摘下来的一枚还带着露水的西红柿。耳边是一片照相机的咔咔声。瞬息间,那个给人间以光和热的火球,已经喷薄而出,发出耀眼的光焰。那种光焰,其色泽之美,之壮丽,除了刚出炉的钢水,是没有任何东西可以与之比拟的。这时,我,不仅我,而是周围的众人,都披着一身红光,沉醉在它那深沉、庄严、博大和充满无限生命力的美里。

自然,我不免仍抱有遗憾。因为日出之处是离海平线一竿高的紫色的云霭里,既不是从洪波中涌起,更别说一跃而出了。但于此我也更深刻地懂得,无论自然界或人类社会,无论历史和现实,没有一件事物的发展是不包含曲折的,一帆风顺的事几乎是没有的。至于人类最伟大的革命和创造新世界的努力,恐怕就更是如此了。然而,一位伟大的哲人说过:"道路是曲折的,前途是光明的。"这确实是辉煌的真理。

1990年8月9日于北戴河

重上白石山

河北涞源,是八路军挺进敌后从日军手中收复的第一座县城,自然是老区了。提起那里的山川村落,对我都有一种特殊的亲切感。因为我们的青春岁月,和炮火硝烟,和那些数不尽的崎岖山径是交织在一起的,更别说那些用小米养育我们的人民了。近年来听说那里也要开展旅游,我自然是心向往之,于是遂有了这次涞源之行。

涞源是太行山、恒山、燕山 3 条山脉交汇之处,又是拒马河、涞水、易水 3 水发源之地,这就造成了她独特的风光优势;再加上古战场的遗址遍及全境,抗日战争的胜迹宛然在目,就更增添了人们壮阔的民族自豪感和无限的遐想。

涞源城周围是相当开阔的小盆地,站在涞源城南望,就可以远远望见这里的风景之最白石山了。这座雄奇的山峰终年横卧在白云里,据说海拔有 2000 米。除了北面的小五台,附近没有比她更高的山了。由于她的山体为白色小雪花大理石构成,所以人们称她为白石山。

白石山距涞源城约 40 华里,我们向南走了一半路程,已可望见盘绕在白石山北麓诸峰上的长城。从这里看长城,既不像在八达岭看,也不像在慕田峪看,虽然那里已足以领略她的雄伟和瑰丽,但毕竟只是一角。而从涞源的小盆地上看长城,则是从宽大的正面去看,从东南迤逦西南,据说有 130 华里。她有时潜入深谷,有时又飞上陡峭的山岭,在那浅蓝色的山岚里,就像一条色泽鲜明的弯弯曲曲的玉带,把白石山的腰束裹住了。再加上一抹斜阳,更显得美丽壮观。据说这一段有乌龙沟、浮图峪、宁静安、白石口、插箭岭,独山城等6座关口,其中有60座烽火台,40座战台,150座敌楼,可见是北部关隘的紧要处。

第一天,我们是从插箭岭进入白石山的。传说当年杨六郎曾驻守在这里。他与敌将韩昌交战,后来韩昌兵败,答应退出一箭之地,结果杨六郎一箭竟射到草原上去了。这自然是一则罗曼蒂克的传说,不过大家听得很有兴味,边说边笑,进入了一条名叫"十瀑峡"的峡谷。

峡谷里是一条清浅的溪水,旁侧是崎岖的山径,我们沿着山径向上缓缓走着。这溪水,这山径,甚至这石头,都是多么地熟稔和亲切呀!尽管晋察冀多石的山路当年给了我不少的艰难,但处处叮咚的溪水也给了我更多的恩情。现在也许在城市里住得太久了,反而觉得眼前的景色格外新鲜,就像阔别多年的故人相逢一般。

我们在曲曲弯弯的山溪上穿来穿去,大约走了两华里,就隐隐听见前面有訇訇声,果然拐了一个山弯,便看见前面巍然屹立的高高的悬崖上,一道雪浪般的瀑布扭了一下腰肢飞落下来。导游姑娘介绍说,这就是双龙瀑了。爬上悬崖,上面还有风姿不同的飞龙瀑和卧龙瀑,可惜我体力不支,只好眼巴巴地望着年轻人去领略了。

第二天,我们从白石口进入了白石山。这座长城的隘口,原有南北两道关门,北门已被洪水冲毁,现在只有南门,门上高高刻着"云谷重关"四个大字。1939年11月,日军的一个大队600余人在白石山南的雁宿崖被我军歼灭。蒙疆驻屯军最高司令官兼第二混成旅团长阿部规秀中将恼羞成怒,亲率一千四五百人,前来报复,就是从白石口进来的。谁知这位被称为山地战专家的阿部,不仅没有得逞,反而在黄土岭重新陷入包围,又被歼900余人,自己的老命也丢在太行山了。日本报纸哀叹:"皇军自创始以来,在以往众多的战役和事变中,属于中将级将领的战死尚未曾见有先例。"这个"名将之花凋谢在太行山上"的故事,就是这样来的。

过了白石口,我们看到白石山下游人已经不少。此处距山顶还有25华里之遥。我们乘越野车,沿着简易的小公路整整爬了40分钟,才攀上1800米处的野花坡。这是一个美丽的山坳,简直遍地都是芳草野花。这里有白色的大黄花,紫色的石竹花,黄色的柴胡花,蓝色的黄芹花,紫、蓝、粉全有的锯齿花,真可谓五彩缤纷了。导游介绍说,青虚山的人多,白石山的花多。这里一年有72场浇花雨,所以花草特别繁茂。光药材就有百余种。从初春到晚秋,可以说月月有花期,期期有花主。正月里,山上还有积雪,阳坡上有一种名叫地平花的小蓝花就开了,先开花后长叶的石头花则悄悄地开在石缝里。清明前后,樱花和山桃抢先开放。随后是杜鹃中的映山红和照山白。再后便是满山满坡娇艳无比的黄玫瑰和红玫瑰了。到了夏景天,紫色的桔梗花,黄澄澄的旱金莲、白色的大黄花等等野花,便都大开特开了。到秋日,便是形形色色的野菊花,一直开到露浓霜重之时。而且随着山的高低气温上有差异,有时一种花在下面已经盛开,山上的不过刚刚含苞;待山上的开放,山下的已经凋谢了。

导游鼓励我说,在野花坡的两侧,经鳄鱼嘴翻过一个山梁,就是鬼见愁。在鬼见愁向下俯瞰群峰,有到了黄山的感觉。因此,就有人称它为"小黄山"。我自知体力有限,只好割爱。何况我的主要心思,还是要在东侧望一望雁宿崖和黄土岭那个旧日的战场。于是我便随导游登上了东面的望日崖。

当我登上了高崖之巅,我才发现这是一面万丈绝壁。脚下灰雾蒙蒙,深不可测。俯瞰群峰,在缭绕的云纱之中,一个个山头有如黑森森的古塔伏在脚下。我急切地问:

"雁宿崖呢?"

"就在你的对面嘛!"导游顺手一指。

我顺着他的手指,找到了北面的白石口,然后又找到了一条金线似的公路,随后那条金线就消失到一带黑森森的峡谷中了。他说,雁宿崖伏在那条黑森森的峡谷里。

"黄土岭呢?"我又问。

"要是雨后,你可以看见黄土岭纪念碑的塔尖,可是现在看不见了。"

他只在弥漫的白云中指给我一个方向。

我贪馋地望着下面那条黑森森的山谷,不禁陷入沉思里。那时,我作为一个19岁的青年干部也参加了这次光荣的战斗,事情虽然已经过去了52年,印象还是多么地新鲜和明晰呀!我清楚记得,雁宿崖是一条很窄很窄的山沟,宽不过几十米,敌人的一个大队就紧紧地被包围在这条峡谷中。我们的指挥员选择的地形是多么地神妙呀！战场指挥又是多么地果断呀！我那些尊敬的战友那些老红军和晋察冀的子弟兵是多么地勇敢呀！尽管敌人抢占了两个山头作困兽之斗，但他们的武士道精神还是被老红军的无坚不摧的战斗作风压倒了，最后从异国土地上来的这600余人通通埋葬在这条山沟里。据说直到今天，那条雁宿崖村前的山溪，每年都要冲出几根侵略者的骸骨来。如果侵略者野心不死，胆敢再次侵略我们，我想我们的青年人会照样把他们埋葬掉……

当我还想把这个旧战场看得更清晰的时候，却不料从西面山脚升起一疙瘩白云，飘飘冉冉，渐渐地像一团团轻烟卷了过来，把我脚下的群峰都覆盖住了。雁宿崖那条黑森森的峡谷也消失了。但我觉得似乎没有看够，就在悬崖边的一块石头上坐下来，想等待白云飘过时再看一程。

"喂，喂，往里坐坐吧！"导游拉着我，带有警告的意味说。

"不要紧。"我解释道，我年轻时走惯了山路，站在悬崖边上也毫不目眩。

白云久恋不去，眼前依然朦胧。我不禁又想起1941年的艰险岁月。那年秋季，日寇以七万之众，施行铁壁合围，企图将我军一举消灭。正是这时，我随着部队钻过敌军的缝隙穿越过白石山。当时我曾写过一篇《过白石山》的诗记述了我当时的印象。"白石山的夜……/白石山呵，/你把大月亮窘得发白，/躲在山尖旁边，/像一枚小小的铜钱。""白石山呵，/从黑山洞你呼呼地喷出冷风，/鞭击得山草和小树都阴惨地呼喊，/连你那大石下的溪水，/也在人心上敲出颤栗的声音。"那天夜里我确实觉得像钻进深井般的山谷中了，仰望天空，最多只能看见十几粒星星。我记得在这深谷里东转西折走了很长时间，才开始爬山。尽管我们都是走惯山路的人，也不免为山的过分陡峭感到惊异。由于路陡苔滑，有好几个同志跌落到山谷中去了，首长们的马匹也不得不停在半山里。这座山我们整整爬了一夜，拂晓之后才越过了山顶。这时我已经饿得顶不住了，幸亏老战友罗拉同志给了我大半块饼，我才得以继续赶路。我当时曾写了一首诗——《黎明来到白石山下》以记述其事。现在转眼间，已经过去了半个世纪，黑暗已经转化为光明，艰苦已经转化为胜利，白石山的野花所以如此娇艳，怕就是同志们当年洒下的汗水吧。我在《过白石山》那首诗里曾经写道:"今夜的每个上坡,每个转弯,/都是我们应走的历史的路!"今天看来也如此。既是时代赋予我们的应走的历史的路,不管如何艰难曲折,都是不能回避的,也不应回避的。

1991 年 8 月 13 日

热 海

当北方红叶纷飞的时候,我却陶醉在一派南国风光里了。

跨过了澜沧江和怒江,我来到祖国西南边陲一道幽僻的峡谷里。一切都带着亚热带浓郁的彩色。山里山外,有原始气息的森林,有凤尾竹、香蕉林和甘蔗田,还有许多北方人叫不出名字的花。——这就是龙陵邦腊掌温泉群的所在地。

云南龙陵县被称为温泉之乡,全县就有42处温泉。邦腊掌原来是一个彝族寨子,据当地人说,邦腊掌是彝语拴大象的地方。这里有一条急湍的溪水,名叫香柏河,日夜不息地唱着略带一些寂寞的歌。香柏河两岸,有好几处山坡不绝地冒着白汽,仿佛一团团白云缭绕在山谷里。那就是一个个露出地面的温泉。按专家们更准确的说法,称它是邦腊掌热矿泉。

据记载,香柏河两岸的温泉能够治疗多种疾病。自明清以来,每年春初至夏,布篷草舍,遍布崖间泉畔。肩舆车马,背负肩挑,终日不绝于道。远至缅甸,近至邻居各县,疗养者数以万计。还有一首诗说:"一沐能叫獭疾疗,温泉水清趁春游,儿家羞涩随娘后,夜半宽衣浴上游。"可见当年的盛况。据近两年治疗的效果看,这些温泉,不仅对各种皮肤病、风湿性关节炎等有较好疗效,而且能够调整血压,对脑血管所致的瘫痪也有康复作用。这就使人感到神奇了。

这样的好地方怎能不开发呢?这样有利的条件怎能不利用呢?这天赐的圣水既可使之惠及四面八方,又可使本县人民脱贫致富。于是龙陵县的干部们心动了,渐渐像滚热的温泉水一样激荡起来。我来到这座景色秀丽的峡谷的时候,乐声阵阵,彩旗飘扬,山岗上搭着一个挂着彩带的棚子,那里正在举行一个盛会。原来是县干部们从各地邀请来的有关地质和医疗卫生部门的专家,正认真地论证着邦腊掌温泉的开发工作。幽僻的山谷开始沸腾了。

当晚,我洗了一个痛痛快快的温泉浴,顿觉全身轻松舒适,皮肤果然润滑得多。第二天一早我便去参观温泉。距新建楼房不远的东山坡上,就是传说中的"仙人浴池"。池不大,用粗石砌成,水汩汩流出,冒着热气。我刚要蹲下来用手去试,被旁边的人一把拦住说:"不行,90多度哩,鸡蛋放进去,很快就熟了!"果然我看见附近的泉眼里浮着几根鸡毛,原来这正是附近老百姓用来烫鸡的地方。

近处还有一座地震观测站。站长是一个50多岁很和蔼的人。我问:"为什么这里要设一个地震观测站呢?"站长很通俗地解释道:这里的热矿泉含氡的成分很多。而氡这种元素,是一向很懒惰的,最不容易和其他化学元素结合,因此就成为观测地震变化最稳定可靠的东西。它一旦变化,那就很值得注意了。

我们站在山头上闲谈着。耳边传来一阵一阵香柏河的水声。我抬头向西山坡一望,那里有一大团乳白色的云气,不断地在升腾着,足有一两丈高。我一问,才知道邦腊掌最大的热矿泉就在那里。当地人称它为"珍珠泉"。

站长领我们过了小桥来到对岸。等来到近处,一时间真把我惊呆了。这真是我从来没有见到过的景象!原来贴着山崖,有一个直径一两米大的石穴,石穴里那一汪热泉正在沸腾翻滚,简直就像开了锅似的。怪不得它冒起丈把高的白汽。这哪里是什么珍珠泉!名字未免取得太不恰切。珍珠泉我在别的地方见过,那总是文文雅雅的,隔一阵子献出一丛细小的珍珠般的水珠。这也不像克拉玛依的黑油山,隔几秒钟冒出几个气泡,仿佛一个巨人在呼吸。而这个热矿泉,下面就好像有炽烈的地火在燃烧,或者像多少匹怒狮要蹿出地面,它是这样狂放不羁地、不停地、有节奏地在掀起一阵又一阵的热浪。每一次涌起的热浪总有尺把高,鼓起的水泡比核桃还大,天底下哪有这样的珍珠泉呢!这真是一种人间罕见的地球奇观!站长见我惊讶的样子,笑着向我解释说:"它下面是一个热海。"

"热海?"

"是的,它下面连着芒市、腾冲,是一个很大的地下热海!"

呵,热海!地下热能的充分利用,会给我们带来多么巨大的财富! 可是,我却忽地想起,我们的人民,我国人民的创造力,我国人民摆脱一穷二白命运的强大意志和潜力,不也是一个汹涌澎湃的地下热海吗?

我望着对面山头上那座飘着彩旗的棚子,听着那里隐隐传来的激越的发言声和一阵一阵的掌声,我笑了。

然而,只有穿过地层,望见地下有一个无际无涯热海的人,才能创造历史的奇迹……

1991 年 11 月 23 日

您好，延安！

一

已经有 54 年不曾回过延安了。

呵，延安！当年来到你身边的时候，我是多么地年轻呀，也许刚刚 18 岁吧，我是一条多么幼弱的溪水呀！可是终于汇到你这条大川里来了，我成了这大川里的一朵小小的欢笑的浪花。延安呵，那时你真不愧是时代的熔炉，经过你的锻冶，我又随着大川流向远方，没有人知道有多远的远方。大川总是对我说：光明就在前面，冲呵，前进呵，不要停止，不要后退，要冲出一条生路来，杀出一条生路来。我听了大川的话，我也呐喊着，勇气百倍地前进着。因为小溪流汇进大川，已经同大川融为一体了，它也有了力量，有了更强大的生命了。大川奔腾着，一往无前地奔腾着，沿途的小溪流纷纷投进她的怀抱，大川也越发壮阔豪迈，涛声震撼着原野和群山。一座又一座的怪石恶岭穿过去了，那些看来无法逾越的绝路也冲过去了。已经记不清经过多少有名与无名的山水了。终于迎来了一个百花盛开、芳草如茵的绿洲。但是，这不是大川的终点，她的终点是更加美丽的阳光明媚的大海。

大川问小溪流：你还记得自己的来历吧？小溪流说：我怎么能忘记赋予我生命和力量的源泉呢！

二

于是,我和几个老战友——还是说几朵小浪花吧——来到了延安。

我们是经过整整一天的奔波,于黄昏时分来到延安的。我们想看看宝塔山,想看看凤凰山,想看看清凉山,想看看清清的延河水,可是它们在夜色里都过于朦胧了。我们一下子便闯进灿烂的灯火织成的海洋里。呵,延安,你确实变了!古老的城墙,古老的钟鼓楼看不见了。展现在我们眼前的,是好巍峨的高楼,好宽阔整齐的街道呀!"那时,你们在延安的时候,就想到了会有今天吗?"是的,那时我们看到凤凰山上那高一层低一层错错落落的窑洞里的灯火,就这样说:我们会有明天,美好的明天。现在,这再也不是现实的梦,而是梦化的现实。我们这些小浪花都不禁地一齐欢叫道:您好呵!母亲!您好呵!延安!

三

沿着延河,我们来到杨家岭、王家坪和枣园。我们来的时间真好,枣园的桃花、梨花和丁香花全开了。园里是这么地幽静、闲适,一派乡里风味。这儿曾居住过世界上最强大、最忠实、最勇敢、最富有理想也是最高尚的灵魂。我们脚步轻轻地走着,就仿佛他们仍然在工作,不愿惊扰他们。我们沿着小径一面走,一面听那位陕北姑娘如数家珍地说着他们的故事。她说,毛主席有一次发现,住地的一位农村青年有些懊丧,问起他来才知道他还没有找着媳妇。毛主席帮了忙,找到了一个姑娘。青年很高兴。可是过了很长很长时间还不见结婚。"为什么不结婚呢?"毛主席问起来,青年才说:"她非要坐花轿不可,我到哪里找呢?"毛主席笑着说:"这个好办。"就找人把八仙桌子倒过来。上面扎了个花花绿绿的棚子,还缠上彩绸,插上鲜花,就嘀嘀哒哒地把新人娶过来了。大家听了,不由得哈哈大笑。

暖暖的阳光照着,轻轻的风儿吹着。我们跨进一个院落又一个院落,走进一个窑洞又一个窑洞。我们徘徊复徘徊,留连又留连,似乎还想同那些伟大而高尚的灵魂进行交谈。可是在这里,只有毛泽东终年陪伴的油灯,只有周恩来的纺车,只有刘少奇磨秃了的毛笔,只有朱总司令的镢头和棋盘。再就是那同黄土高原一样颜色的墙壁和那些简陋的木床、木桌、木椅了。呵!高尚而伟大的灵魂!清贫而朴素的生活!真是一尘不染的洁白呵!然而就是这些黄土窑洞,这些简陋的木桌、木椅,迎来了一个崭新的中国!

回想当年,延安是一座多么奇异的城市。小米饭豆芽菜呵,挖窑洞开荒呵,背粮背柴呵,可是她却从早到晚都是歌声。这似乎是一座难以理解的艰辛而又充满着欢乐的城市,一座贫穷却又是最富有的城市!他们靠的什么?难道不是胸中燃烧着的革命理想吗?失去革命理想还有什么延安精神呢?延安呵!什么都可以丢,惟独延安精神不能丢呵!

四

我登上了清凉山。

你是要寻访旧迹吗?是的。当年有一个刚刚18岁的青年,他到这里来住过。这里不仅有他许许多多的脚印,而且他在这里加入了一支最崇高最壮丽的队伍。不错,那还是一个很美好的春日,就在这山上的一个窑洞里,他面对着马克思和列宁的画像举行了入党宣誓。可不是么,一切都像是在昨天。

"是这座窑洞吗?""不,不是。""是那一座吗?""似乎也不像。""那么,大概是这一座了?""是的,有点像了。好,就在这里照张相吧。"

照完相,我依然默默地站在那里。对面就是宝塔山,西面就是凤凰山,山下就是延安城和延河的流水。我静静地望着她们,望着她们。"你是想再呆一会儿吧?"是的,我是想再呆一会儿。"你是想对她们说什么吗?"是的,我心里的确有几句话要说。当年我是一个普普通通的青年,我是为了寻找真理来到你身边的。几十年在硝烟和风雨中过去了,今天,我应该说:你的确给了我真理,你没有欺骗我。而且我想说:你告诉我的真理——共产主义的真理,是这个时代最科学、最真实也最辉煌的真理。即使这真理的实现,比人们预料的时间要长一些,曲折要多一些,但它绝不是乌托邦!我们绝不要为共产主义运动的暂时挫折而灰心吧。我们仍然坚信:惟有共产主义才是人类最合理最理想的制度,惟有共产主义的旗帜才配写在全世界辽阔无垠的蓝天上……

1992年5月31日北京

黄河，母亲的河

黄河，是我故乡的河，母亲的河，我从小对她就是熟稔的和亲昵的。长大以后，随着时代的风云，我又多次渡过她的激流，也察看过她各段的腰身和雄姿，可是却没有观赏过有名的壶口瀑布，我不能说不是一件憾事。

黄河，永远像诗像梦一般地留在我童年的记忆里。她离我住的县城不算太远，我和别的孩子有时到那里去远足。我还记得，离黄河五六里远，就听到远远传来呼隆隆，呼隆隆，一种近乎天际滚过的轻雷。开始我不知道是什么，别人说这就是黄河的涛声；夜静时分听得还要远呢！住在黄河岸上的人，大约十几里外在枕上就能听见这隆隆的涛声了。我第一次走到她的身边时，真要惊呆了。哦，这就是黄河吗？她那铺天盖地而来的赭红色的滚滚黄流，无涯无际，就仿佛整个大地在向前移动，而你站在岸边，反而像站在船上向后飘去。我也曾登上邙山之巅看过黄河：遥望北岸，仅能看到一条窄窄的模糊的黑线；而向西一望，更是天连水，水连天，那汹涌澎湃的黄流，就像真的是从天上倾下来似的。惟有这时你才能真正体会到"黄河之水天上来"的境界。我相信这位天才的诗人，如果不是到过我的家乡，是绝不会写出这样的诗句来的。黄河啊黄河，你是何等地浩瀚呵！你的雄伟磅礴的气概有谁能够与之相比呢！难怪人们把你看做我们中华民族的象征了。

卢沟桥的炮声震动着全国青年的心。接着是敌寇深入华北，大片国土沦丧。当我面对着黄河滔滔的巨浪时，不知怎的，我再也制止不住自己的泪水。黄河啊，那一次我记不清洒向你多少泪水了！当时我写下了五百行的长诗，随之便离开了故乡。

在西安，我赴延安的行动受阻，不得不折返潼关。在这里我又看到了黄河。她刚从秦晋的峡谷里奔腾而出，顿时呈现出狂放不羁的性格，那一泻千里的气势是何等地豪迈！当我在汹涌的水流上回顾巍巍雄关，也许因为一种慷慨赴战的心情，觉得祖国的山河真是从来未有的壮丽！

此后，我接触的就是秦晋峡谷间的黄河了。1938年春初，我随军经山西吉县到延安去，正巧在壶口附近渡河。可是一来军情紧急，日军距我仅15华里，二来黄河正在解冻，我们便急匆匆地踩着冰越过去了，哪能看到壮观的壶口瀑布呢！我只记得，当时每个人挟着一束谷草，边走边把谷草铺在冰上。黄河的冰足有一两丈厚，有一块已经深深地陷了下去，我们是沿着曲曲折折的冰的边缘走过去的。

在延安经过八九个月的学习，我又回到前方。这次是在壶口的上游佳县渡河。尽管黄河在秦晋峡谷中涛声震耳，常常发出狮虎一般的吼声，可是比起我故乡的黄河，我总觉得她不是黄河。我同伙伴们一起跨上木船，本来想在船浮中流时好好地欣赏一番，不想在艄公们的呐喊声中，船颠了两下便像箭一般地斜射到了对岸。从此，我便好多年没有见过黄河。

解放战争后期，我随大军参加了解放大西北的战役，又在潼关南渡黄河。解放宁夏后，我便和我的团队一起，驻守在黄河边的一座小城。那时我朝朝夕夕都可以看到黄河，来往银川也要渡过她。这里虽不像我故乡的黄河那样浩瀚，但却比秦晋峡谷中的黄河宽阔得多。她行驰在贺兰山下的黄土高原上，显得那样从容不迫；水流上不时飘过的羊皮筏子，也浮浮沉沉悠然自得。她是多么尽职尽责地滋润着这里的土地，使这里成为塞北江南。

近几年，我又看了包头、兰州等处的黄河，还有青海高原"远上白云间"的黄河。黄河的源头对我自然是有吸引力的，但未必有亲近她的机缘了。而近在咫尺的壶口瀑布却始终没有观赏过，这不能不是最大的憾事。

终于，这次乘赴延安的归程之便，可以了却这一心愿了。

听说我们要去壶口，延安的朋友连忙告诫说："你们可不要离瀑布太近了！一旦忘乎所以，那可就麻烦了！"我却开玩笑说："那就顺便回一趟故乡吧！"

壶口在宜川境内，距县城还有一百多华里的路程。我们在宜川略事休息就上路了。路上，宜川的同志说，壶口是黄河惟一落差40多米的大瀑布。而距壶口下游50里的龙门却有名得多。一本古籍说，龙门下往往集大鱼数千，上不了龙门；上去的就变成龙，上不去的就"点额破腮"。可是龙门之下，鳞介畅游无阻，并没有什么上不去的地方。志书还说，黄河到了龙门，直下千仞，地皆震撼，其下湍澜惊波，如山如沸。可是龙门也没有这种景象，有这种景象的倒是壶口了。因之，古来所说的龙门，实际上指的就是壶口。清乾隆年间宜川的知县吴炳多次在实地考察，想来他的这个看法是有道理的。

蓦然间，已传来黄河隆隆的涛声。原来车子已经驶出山口，正在陡峭的河岸上沿河而上。这涛声在深谷中回旋激荡，越来越显得激越和沉重，一如怒雷在山间回响。过去我听《黄河大合唱》，尤其是《保卫黄河》一段时，常常敬佩作者真的把黄河的涛声摄取到旋律中了。今天我听了黄河涛声，不禁又沉入到那"风在吼，马在叫"的令人热血沸腾的呐喊里。"这就叫'十里龙槽'。"宜川的同志又说，据史书记载，大禹治水就是从壶口开始的。在"龙门未碎，吕梁未凿"之前，黄河在这里受阻，上面是一片洪水。就是这位大英雄率领万千百姓，在这里凿开了河水的通道，才使这条滚滚巨流宣泄而下。当地还传说，壶口附近有一个衣锦村，禹的家就在那里。禹新婚离家，三过家门而不入的故事也出在这里。不管这传说是否准确，都表现了人民对他的钟爱。有趣的是，当地人为大禹修的庙宇，不说是"大禹庙"，也不称为"禹王庙"，而称之为"姑夫庙"，可见是以乡亲相称了。我望着十里龙槽两岸青石壁上那些斑斑驳驳的遗痕，究竟是先民们辟凿的呢，或是这巨流不舍昼夜冲刷的呢，还是这两者兼而有之的呢？想到这里，我不禁对先民们的艰苦创业肃然起敬了。

正谈叙间，忽见前面的河谷里腾起了几丈高的白烟，仿佛大团大团的白云落在峡谷里。刚想动问，宜川的同志就指着白烟笑道："那儿就是壶口瀑布了。"

在黄河峻拔的高岸上，有一个很好看的观瀑亭，但是谁也不愿留在那里，满地都是紫色的岩石，被常年水流冲磨得异常润滑。我们要想进入龙槽接近瀑布还得再爬下一个陡岸。这时就听宜川的同志在后面喊:"不要下去了! 不要下去了!"可是我们望见升腾着白烟的瀑布下,簇拥着的游人正在指指划划地观看,怎肯就此止步呢! 说话间,我们就攀缘着巉岩跳下去了。我刚刚接近瀑布,想站在岩石上留一个影,不意被溅起的飞沫打得衣襟尽湿,不得不向后退了几步。这时,忽听耳边有人叫:"彩虹! 彩虹!"我仰头一望,果见头顶蒸腾的白雾中挂着一弯伸手可触的七色彩虹。此时此地,虽上有惊涛凌空但不见其状,下有深渊雷鸣也不见其形,一切都为白皑皑雾蒙蒙的雪涛所掩盖,只觉山摇地撼,夺人心魂。

"还是到上面来吧! 这里好看。"上面有几个同志喊道。我立刻攀缘上去,立在惊涛扑下断崖处。果然一切尽收眼底。向北望去,那汹汹黄流简直像千万匹战马疾驰而来,两岸群山却似在惊飞后退;俯视窄窄的壶口,惊人的狂涛如同三条争相夺路的黄龙扑下断崖。呵! 看,黄河在一霎时竟立起来了! 呵,壶口瀑布,你哪里是什么瀑布呢? 一条偌大的黄河,在秦晋峡谷间也足有400米宽的黄河,要从仅仅三四十米宽的壶口冲过去,这该是何等的声势呵! 世界上哪有这等声势的瀑布呢! 不,这不是瀑布,这既不是高山断崖间那种雄浑的匹练悬空的瀑布,也不是静谧幽深的山林里那种如珠帘垂落的瀑布,更不是那种曲转曼回、细流如线、饮泣似咽的流泉;这是夺路求生的惊涛,是冲决一切的狂澜,是集万钧之力准备与敌决一死战的大军,是不容任何人轻侮的、黄河之被称为黄河的那种力量和尊严!

在这一霎之间,我似乎进一步感悟到黄河的性格了。呵,我的故乡的河,母亲的河! 你像你的土地那样朴素,那样厚重和真诚;你挚爱和平,并不想要别人的什么;你的坚忍力常常出人意料;当你驰行在西北高原时,你是那样地雍容大度;当你进入秦晋峡谷,被两岸群山紧紧地约束着,你仍然忍受了依你的性格是不能忍受的。可是,当你进至壶口,恶岭怪石要从根本上断绝你的生路时,你暴怒了,你再也不能忍受了,这时候,你才显示出你内在的真正的性格,你的无可抵御的伟力,掀起万丈狂涛,予毁灭者以毁灭!

呵,黄河! 我故乡的河,母亲的河,中国的河!

1992年5月北京

看家乡戏

我喜欢家乡戏,同我对故乡的爱一样深沉。

也许可以说,我从小就是家乡戏的小戏迷了。不论是中原大地上的河南梆子、洛阳曲子和南阳曲子、越调和久已不闻的二夹弦,我都深深地迷恋着。那些我熟稔的旋律,似乎已渗入到我的血管里,只要一听到,就会引起我特殊亲切的情感。童年时看的那些戏,那些演员的形象,也都深深地刻在我的记忆里。几十年来,我已接触到紫万红千的音乐世界,依然没有夺去我心灵中留给家乡戏的那块地盘。直到今天,只要孩子们打开电视机看是家乡戏,便会立刻说:"爸爸,您的家乡戏来了!"我便立刻坐下,用脚打起节拍听起来。

在旧中国,我的家乡一向多灾多难,人民是穷苦和不幸的。但人们总还是要活下去,而且渴求有一点艺术享受。每逢春节庙会,有钱人家办红白喜事,总要请台戏来,这便是乡民们的节日了。来的戏班子,大都是穷苦的艺术家,从戏装的破旧和褪色的幕布,就可以窥知他们可怜的生活。然而,只要他们一到,消息便立刻传开。三里五乡,三十里二十里地赶来观看。有钱人家套上骡马轿车,一般人家赶上牛车,拉上闺女媳妇,来度这个难得的节日。

这种野台子戏,戏台往往搭在村边较空旷的地方。只要台子搭起,卖凉粉的、卖水煎包和丸子汤的小贩便都跟着来了,给枯寂的乡村带来少有的喧闹气氛。开戏前照例要打"三通鼓",每一通至少 15 分钟,实际上不过是掩护演员化妆罢了。孩子们不懂这个,便早早地被锣鼓声招引了来。而台上却毫无动静,这种锣鼓点儿真是敲得人心烦意乱。好容易鼓声住了,出来一个皂巾青衫的苍髯老生,他拉长声念了两句上场诗,便在台正中一坐,好半天才道一句台词。

如果演员在后台尚未化妆完毕,他便一直讨人嫌地坐着。孩子们忍不住了,便喊:"快下去吧!"而台上这位老生却是极有修养的,面上毫无愠色,依然稳若泰山。直等接到后台某种暗示,知已化妆完毕,这才开唱。"昔日里有一个二大贤,他弟兄推位让江山……"通常是唱这么一段伯夷叔齐的故事,不上20句就结束了。这样人们在望眼欲穿中才能迎来戏的正文。

那时最有名的须生是同庆,人称他是铜腔铜调;还有一个著名的黑头叫金刚圈,声音浑厚无匹。这两个人在乡民中具有压倒他人的威信。如果听说戏班中有他们,戏台前就会人山人海。可惜我小时候,同庆就已年迈,他的戏我只看过一次,又大约唱的是《秦琼卖马》,嗓音已经顶不上去了。金刚圈的戏我却一次也没有看过。那时女演员已开始出现,一说来了"坤角儿",也很招惹人。当时最有名的女演员,在郑州一带是司凤英,在开封一带是陈素真。陈素真的戏我只看过一次,还是半场。司凤英的戏我常看。她唱西府调很优美,还有一句用作结尾的花腔是十拿九稳要喝彩的。《桃花庵》《大祭桩》《三上轿》等是她的拿手戏。不知怎的,豫剧演员很擅长演苦戏,听众也很欣赏悲调,讲的虽是古人故事,却能使台下人泪洒前胸,唏嘘不已。我想,这也许是中州大地有过多苦难的缘故。革命胜利后我回到家乡,曾问到过司凤英的去向,据说她的遭际很不幸,不知沦落何处,我听后不禁为之惋叹。当时扮演旦角和青衣的男演员还有金聚。他最拿手的是《刀劈杨藩》。戏中讲的是薛丁山与樊梨花的恋爱故事。樊梨花的前夫杨藩追来了,她竟挥刀将杨斩于马下。此时由于她极其激烈的内心冲突,使她的眼珠也掉了出来。戏演得很精彩,到今天我还记得。

那时人民没有地位,演员自然也没有地位。人民的生活很困苦,演员的生活也很可怜。其中一些演员甚至染有鸦片的嗜好。常常搞得面黄肌瘦。有时演些文戏,演着演着,坐在那里竟当众入睡。若是在城里,台下一定会嘘声大作,但乡里人很厚道,此情此景,便会相顾一笑,悄声说:"睡着了!"台上的花旦也不禁莞尔,竟与台下的观众采取同一立场,临时拣根草棍儿什么的,蹑手蹑脚地去捅酣然入梦者的耳朵,直到那人蓦然惊醒,又接着演下去。这段小插曲竟天然成趣地构成戏剧的一部分,观众既不谴责,演员也不过分尴尬。

大庙会的戏有时要演三天,三天完了,最后还增加夜场。那时乡下既没有电灯,也没有汽灯,戏台两侧的杆子上,各吊着一个很大的鳖灯。这种灯如一只玄色大鸟,盛满了棉籽油,嘴里吐出很粗的灯芯,点起来熊熊然如火把,也很明亮。戏班子为了报答观众的盛意,往往演到夜深。最后还白送一个戏,名叫"捎出"。这"捎出"往往是诙谐逗乐的戏,如"怕老婆顶灯"之类。饰演怕老婆的丑角,在节骨眼上要跪倒在地,头上真的顶起一盏铁灯来。而旦角则手执棒槌作欲打状,其唱词有:"你叫我声姑姑,我饶你一棒槌!"丑角则以亲昵温柔的声调叫:"姑姑呃!"旦角笑着接唱:"我饶你一棒槌!"观众则哄然大笑,乐不可支,得到一次少有的愉悦。

我的家乡郑州,是全国药材集散地之一,每年春季都有药材骡马的贸易大会。为繁荣市场,在县城南关要开三台大戏。一唱就是一个多月。这三台戏,一台是河南梆子,一台是越调或曲子或二夹弦,另一台是京剧。河南戏这边往往人山人海,而京剧台前则观众寥寥,可见河南人对家乡戏的挚爱之情。

三座戏台一搭起,茶水行业的老板便以三面环抱之势搭起了看台。看台上设有桌凳,专卖茶水瓜子,上看台的人自然是有几个钱的。台前一片天井形的空地,则是留给下层站着看的观众了。那时穷人多,平时能花钱买票进戏园的为数极少,而一旦有了不花钱的戏,乡下的农民和城市的贫民,便一窝蜂似的拥到这里。我这个小戏迷更是闻声而至。

在戏台与看台之间的这块天地里,可说是一片骚动的海与热情的海。这里拥挤着的都是劳苦群众。他们人挨着人,肩挨着肩,我的前胸贴着你的后背,真是挤得风雨不透。川流不息的来客,一般都从前面楔入,再往后涌,不到十分钟,便从最佳距离涌到中间或后面去了。血气方刚的年轻人,自然不甘心,一个愤怒的浪头便把前面的人挤到戏台底下去了。这些很像大海边的波浪不停地涌动。我年纪小,个子小,常常被挤到中间,宛若陷入重围,简直喘不过气来。如果这时再有人放一个大屁,更使人上天无路,入地无门,只好默默享受。劳苦大众真是艺术最热烈的渴求者。

持续一个多月的演出,对县城人,对我都是一个很大的馈赠。

每天演两场，每场平均三出，一个多月过去，要有一百多出了。这样我越看越上瘾，上学便常常迟到。随之就受到斥责和羞辱，但我仍无意改正。因为那时我上学很难，买不起书，常受到刺激，对上学已失去志趣。相反，对家乡戏却一天比一天热乎。有时还面对城墙练练嗓子，模仿一些演员的唱腔，甚至颇有挤入梨园之意。如果不是后来革命思想的种子落入心中，也许真的追随哪个戏班子飘零天涯去了。

自我参加革命，转战北国，便很少有机会看到家乡戏了。而河北梆子、山西梆子倒听了不少。也许民间的东西有一些相通之处，这些地方戏曲我也深为喜欢。全国解放，我从遥远的西北调往北京，在路经甘肃平凉时，忽然看到路边正演家乡戏，我立刻像被磁石吸住了似的走不动了。说来可笑，我竟站在那里整整看了半日，才恋恋不舍地离去。

全国解放后，看家乡戏的机会自然就多了。解放不仅给人民带来了青春，也给艺术、给家乡戏注入了新的生命。豫剧艺术，无论是内容、形式、唱腔、表演、音乐等方面都有革新，显然比以前更完美了，地位也提高了，已成为全国性的大剧种了。几位著名的表演艺术家，像常香玉、马金凤、崔兰田、毛爱莲、申凤梅等，都使我得到赏心悦目的艺术享受。常香玉的《红娘》，吸取了曲子优美的曲调，使豫剧的唱腔更为丰富。马金凤的《穆桂英挂帅》，崔兰田的《对花枪》，使人百看不厌。她们的唱腔可谓是地地道道的豫剧。毛爱莲和申凤梅的越调，也使人听得入迷。50年代以来，豫剧人才辈出，出现了一代又一代的新秀。豫剧现代戏的出现，更是豫剧的一大发展。魏云等人的《朝阳沟》，不仅在河南，而且在全国获得了巨大影响，说明豫剧在开辟现代题材的道路上具有广阔的发展前景。

豫剧（我的看法，不应专指河南梆子，应包含越调、曲子、二夹弦等在内）作为一个大剧种，具有独特的魅力。这个魅力的核心就是浓郁的乡土色彩，它的曲调是优美而丰富的，丝弦随着演员走，在抒情上可以作出许多发挥。尤其它的唱词，异常通俗生动，如果与京剧相比，京剧就显得宫廷化、贵族化了。不少京剧唱词，未免带有士大夫的陈词；而豫剧则说的都是庄稼理儿，即使不识字的农民也一听就懂。比如《对花枪》中妻子斥责喜新忘旧的丈夫那一段，农民往往听得啧啧称赞。我高兴地看到,一些豫剧现代戏的作者也保持了这个长处。写河南戏,如果没有河南人民的风俗画,没有民间生动的语言,那是难以成功的。我曾说,豫剧就其特点说,基本上是农民的戏剧。这丝毫没有贬低它的意思,而在于指出它为广大农民群众喜闻乐见的特征。在曲调和唱腔上,一些音乐设计者很想创新,有些地方确实丰富了,但有些地方却走了味儿,听去不像豫剧了,未免使人感到遗憾。在其他地方戏曲的改革中,似乎也有这个缺点。我以为曲调可以大大丰富,越调、曲子等的唱腔都可以糅合进去,但以不走味儿为好。此外,河南梆子中的小生和须生,按传统唱法都是假嗓,用真嗓就不够味儿了。但假嗓要有天赋,不是人人可以做到,这就是难题。这一点还需探索。

我深知故乡的父老,对家乡戏的挚爱是深厚的。这就是豫剧艺术的生命所在。我想豫剧的艺术家们,将认真体察这一点,使豫剧艺术越发丰富和完善,并且进一步深入民间,对热爱你们的人民作出报答。

1992 年 6 月 14 日

在银色的晨曦中

1944年岁末,毛泽东发出了扩大解放区的号召。要求敌后军民1945年"必须把一切守备薄弱在我现有条件下能够攻克的沦陷区,全部化为解放区"。这实质上是一个很大规模的反攻。

那时我在冀中军区部队,从春天到夏天,一直随着前方部队参加了两个战役——子牙河东战役和大清河北战役。这两个战役共收复了11座县城,把"五一扫荡"后被日军占领的土地全部光复了。大军直逼天津、北平和保定近郊。

我从大清河北刚刚回到冀中腹地,日本就投降了。

这个消息,是8月14日午夜,最先由冀中军区《前线报》收到的。报社的社长路扬和副社长张烽同志兴奋之至,立即到各处敲门,并高呼:"快起快起,日本投降啦!"起来的人又到处去叫:"日本投降啦!日本投降啦!"男男女女全闻声而起。整个的村庄都陶醉在狂欢里。试想,对于整整八年浴血苦战的敌后军民,对于付出巨大代价、失去丈夫和儿女的亲人,对于曾在敌人占领下度日如年的人们,这一天的到来是何等地不易呵!

我得到这个消息晚一些。因为我住在另一个村庄里,同司令部、政治部住在一起。早晨,同志们聚在街头,为这个突然飞来的消息兴奋不已,谈个没完。我还惟恐这个消息不准确,不牢靠。一会儿,传来通知,说杨成武司令员和李志民副政委找我。我立即到了他们住的一个农家院子里,看见他们二人正并肩坐在一张炕桌前处理公务。杨司令员微笑着告知我日本投降的喜讯,同时说,调动一下你的工作,派你到第七军分区政治部任宣传科长。李副政委也笑微微地说了一句祝贺的话。杨司令员还对日本投降后的工作讲了几点口头指示,让我把这些很快传达给七分区。

这时候,我正同《前线报》社的一个女同志"谈对象",而我经常随部队在前方打仗,几乎没有时间和她相聚。现在又要离开军区,往后的事真是遥遥无期了。看样子,报社的领导很怜惜我,就邀我到报社吃了一顿饺子,以表饯行之意。出人意外的是,他们还给了这位女同志一个探家的机会,以便让她伴我上路,再作一次交谈。这项临时倡议无疑是充满人情味的。

那时是一日两餐,吃过晚饭已经五六点钟了。我们开始上路。我背着小背包,斜挎着一支德国造的大净面二把盒子。她穿着黑裤白褂,提着一个小手巾兜儿。相伴的还有一个青年,那人似乎很知趣,经常掉得老远。我们走了十几里,便上了潴龙河的大堤。

夜色很快就降临了。大堤两侧有很深的大麻子棵,还有成行高大的柳树,使大堤的夜色显得更加朦胧。从大堤上向两面望去,一簇簇星火点点,便是冀中平原上那些稠密的村庄。我们一路走,听见从远远近近的村庄里,不时传过来村剧团的锣鼓声、歌声和管子、胡琴声。它们像美妙动人的夜曲,听去十分悠扬有致。这是一块两度被日军占领又两度解放的洒满血泪的土地,今晚,人们怎么能不充满无限的欢欣呢?

在长堤上我们相伴走了整整一夜,说了好几篓子的话。行将拂晓,我们分手了。这位女同志一年后便成为我的妻子。

在银色的晨曦中,我同七分区司令员杜文达同志见了面。向他传达了日本投降的消息和杨司令员的几点指示。我还记得,其主要精神是,不要因胜利而麻痹,还要继续保持警惕,冀中的地道也不要破坏。果然,为时不久,浸沉在狂欢中的善良的人民,又面临着完全意想不到的复杂局势了。

绿色的祝愿

我爱树，我爱绿色，我爱森林。我曾想像如世上没有树，没有森林，没有绿色，那么这个世界将成为怎样的世界呢？人类还能活下去吗？即使勉强生存，世界将变成何等地荒凉与枯索呵！

然而，我没有到过真正的森林。

这次，终于来到松花江畔长白山的林区了。

我到的林区叫红石。

蓝天白云，极好的黄沙路。越野车在半山问愉快地畅游。山下是米粮川，山上是黑压压的森林，放眼望去，全是绿山绿谷，好不喜人！

我们渐渐地进入深山中。

这时，不绝的杉树，不绝的古松，不绝的白桦林，不绝的曲柳，还有高大的橡树、檞树、伟岸的白杨、青杨，以及一切不知名的树的家族，都以各自不同的姿态向我们含笑涌来，我们已经处在遮天蔽日的林海中了。

"你看，我们的林子像个大花园吗？"林业局局长兼党委书记王富生说，"它不光是大花园，还是我们的大菜园、大植物园、大动物园、大乐园和大观园！"

我笑了。我说：

"老王，你真是绿色事业最挚诚的热爱者！"

"本来，绿色就是生命，绿色就是希望嘛！"王富生说着，也笑了。

王富生54岁了。他有一张黑里透红经过风霜的脸，一副坚强的体魄。他在林海雪原已经工作34年了，把他的青春年华献给了这块土地，献给了父老乡亲，献给了他挚爱的绿色事业。

经过进一步了解得知,林业方面存在着两大困难:一个是资源困难,一个是资金困难。后者是国有企业带共性的问题,而前者却是一个独特的问题。我国的森林资源本来就不够丰富,就长白山地区来说,日本人在占领期间,已经多次采伐过了。建国以后,由于建设事业的急需,又采伐过量,这就造成了资源方面的危机。红石林区开发得晚,相对说来是比较好的。

"面对这种困难,你们是怎么解决的呢?"我问王富生。

"我们的着眼点是两个。"王富生说,"一方面是重视育林工作。你已经看过我们的苗圃了,我们培植了大量的树苗,还引进了意大利松,都是为了有计划地充实后备资源;另一方面就是加强木材的深加工、细加工。过去我们光卖原木,结果木材卖空了,人卖傻了,越卖越穷!"说着,王富生重重地叹了口气。

在红石这个清洁、整齐、文明的镇子上(它过去曾是一个人口不多的小屯子),我参观了几个林业局木材加工厂,如规模并不很小的制材厂、油漆板厂、筷子厂、炭棒厂等,就是王富生说的深加工、细加工了。他们制作的炭棒很有意思。不过是些锯末制压而又经过炭窑烧成的。敲起来当当响,烧起来没有异味,没有有害气体,用作吃烧烤,吃火锅、吃涮羊肉等,那是很理想的燃料。所以很受日本、韩国的欢迎。

王富生是个勤政、廉政的典型。他坚持做"四不"——不收礼、不吃请、不贪污、不受贿,因此享有崇高威信。再加上他很有头脑。他的改革,绝不听风是雨,机械抄袭,而是真正从本地的具体情况出发,为广大职工着想。他并不以随意裁减人为本事。他的三个轮子一齐转,使我很感兴趣。第一个轮子,就是局办企业。通过深加工、细加工来提高市场效益。第二个轮子,就是场办企业。局以下的林场也要动起来,争取各有拳头产品。第三个轮子,就是职工的家庭副业。在林区,家属们采蘑菇、生产木耳、搞各种养殖业,都是很方便的。

这样一来,人不但不要裁减,而且人力还不够用了。整个的效益大大增加了。欠债还清了,企业主动了。整个的面貌改观了。职工的人均收入,现已达到5656元。家庭副业搞得好的,可达七八千元。

在美丽、幽静的青山绿谷中,盖了不少一排排漂亮、优雅的楼房。这就是职工们的宿舍。一般小家庭都可以分到带有卫生间、厨房的两个居室。不远处就是小学校,那里静静地飘扬着红旗。我拜访了几个职工家庭。每家都有电冰箱、电视机。还有近半数的住户拥有程控电话。在这远离城市喧嚣的山区,空气是如此清新,人们生活得如此安适,真令人感到心境舒畅!当众多国有企业处于困境之时,来到这里,不禁有世外桃源之感。

在离开林区时,我给搞林业的朋友,题了如下的话:

青山常在,绿水长流。
风正人美,共同富有。

顶风破浪集

班门弄斧杂谈[①]

思想政治工作是一门学问。它既是一门科学，又是一门艺术。或者说，它是把科学和艺术融为一体的这么一门科学。同志们常说"动之以情，晓之以理"。动之以情就是艺术，晓之以理就是科学。它既是艺术又是科学，搞这门工作的人当然就是做思想政治工作的专家。

过去，一提政工干部，大家就说是"万金油"，政治干部也这样自称，现在就要正一正名。

思想政治工作是在中国长期革命战争中发展起来的，它同革命是不可分的。从第一次国内革命战争时期开始，我们党在军队中就开始了政治工作。从那以后，经过几十年的斗争，政治思想工作的经验越来越丰富，有了很大的发展。可以说，这是我们党的一个特长。

思想政治工作的地位和作用

关于政治工作的地位和作用，过去毛泽东同志曾经讲，它是我们的生命线；建国以后又讲它是经济工作的生命线。政治工作既是生命线，这个重要性也就提到应有的高度了。其他领导同志对于思想政治工作也曾发表过很重要的讲话，强调了思想政治工作的重要性。去年9月召开的党的十二大，又提出了建设两个文明的问题，即

[①] 本文是作者于1983年5月18日应邀在石油院校思想政治工作会议上的讲话摘要。

建设高度的社会主义物质文明和精神文明。建设社会主义的精神文明,政治工作在这中间当然占有重要地位,离开了思想政治工作,那社会主义精神文明还怎么建设?所以,自从十二大提出这个问题以来,思想政治工作的责任无疑更加加重。

说思想政治工作重要,是因为它事实上很重要,这是经过历史证明的。就拿部队来说,我们过去所以能战胜敌人,政治工作是起了巨大作用的。不但朝鲜战争,而且从红军一产生起所进行的战争,我们的武器装备都处于绝对劣势或相对劣势。那么究竟是怎样战胜敌人的?当然这里有军事指挥,有马克思主义的军事科学,有毛主席的指挥艺术等等。除此以外,还要靠广大指战员的英勇作战,这就有思想政治工作发挥的威力。

建国以来工业战线也同样证明了这一点。原来我们是没有多少工业基础的国家,怎样取得了现在这样伟大的成就呢?拿石油战线来说,开始原油年产只有十几万吨,现在增长了近一千倍,这一千倍是怎样来的呀,还不是石油战线上的千百万劳动者在那里搞起来的吗!这中间就有思想政治工作的巨大作用。这是事实,也是真理。从建国以来整个经济工作来看,也是这样。大庆不就是活生生的例子吗?当然,大庆有它一套科学的方法,这是肯定的,但是,没有王铁人式的那种革命精神,能搞得起来吗?根据以上情况,可以说一切轻视思想政治工作的思想和做法,都是不对的和有害的。

社会主义时期为什么要加强思想政治工作

在社会主义阶段为什么必须加强思想政治工作,我讲这么四点理由:

(一) 社会主义社会是一个新社会,但它又是从旧社会脱胎而来的。在这个时期社会制度虽然改变了,但人们的旧思想意识还不可能完全改变过来。这就是马克思所说的,社会意识的改造落后于社会的改造。这里就有两个问题:一个是社会制度本身,它虽然经过变革,但不可能马上就很完善,它的完善需要一个相当长的过程;一个是旧的思想意识和新的制度还不适应。在这种情况下,如果我们不用加强教育的方法来提高人们的思想认识,那么人们的思想就和这个制度不适应。这个制度是社会主义制度，人们的那个思想是资本主义的，或者还有封建主义残余的意识形态，这两个东西就要发生矛盾。再加上这个制度本身也不是那么完善，那么这中间就可能会出很多乱子。这就需要加强思想政治工作来提高人的觉悟，使这个意识形态跟社会主义制度相适应。这样，新的社会制度才能巩固。所以，加强思想政治工作，是关系到我们整个社会主义制度的巩固和发展的问题。

（二）在社会主义时期，还存在着三大差别，特别在初期，人们的物质生活也不是那么富裕。在这个时期，一方面需要实行按劳取酬的制度，一方面又必须发扬共产主义精神。比如说，由于存在着城乡差别，乡村许多人都愿意流到城市，一些青年不安心农村工作，这个现象并不少见。我去年访问罗马尼亚，看到乡村建设得不错，乡村里很多是两层楼房。有一个两千户的农村，有一百多户有了汽车，这个水平就不低了。就是在这种情况下，青年还是愿意往城里跑。为什么呢？就是因为还有城乡差别，在城市里生活好一些嘛。城市里的物质文化生活好一些，看电影、干什么都要方便一些。至于体力劳动跟脑力劳动的差别也往往产生这种情况。即使同样性质的劳动，在社会分工上，也都想追求比较舒适一点的工作。例如，都是上大学，有些行业，如师范、农业、土木、石油等就不愿意报考。现在到边疆去搞石油还要作动员，做很多工作。那么这些问题怎么解决？在制度上要实行按劳取酬，使它尽可能合理；另一方面也还要加强共产主义的教育，来提高人们的精神境界，使他们不局限于那种狭隘的眼界，要使他们冲破这个仅仅为金钱而劳动的眼界，能够做一个高尚的人，有共产主义觉悟的人。只要有了这种精神，再结合合理的按劳取酬的制度，这样才能解决问题。我国是一个经过长期革命战争的国家，是富有革命传统和革命精神的，在我们的革命队伍中间，还有许多同志保持着这种精神，这是我们用来发扬共产主义精神的很有利的条件。

（三）社会主义时期，是一个新旧并存、新旧杂陈的时期。在这个时期，新的思想与旧的思想，社会主义、共产主义的思想与资产阶级的封建的思想仍继续不断地进行着斗争。阶级斗争也没有完全消失。即使一个人的头脑里面，也有新的思想和旧的思想，有积极的方面和消极的方面。问题就在于我们怎么去引导,向哪个方向去引导。不同的引导,自然就有不同的结果。有些同志不是也讲到用什么做青年进步的动力吗?现在的青年学生确实学习很努力。但另一方面的情况也存在,几个人住在一间屋子里,暖瓶空了,谁也不愿意去打水。那种个人主义的东西也是一种动力,也可以做到发愤忘食,但到了关键时刻就不行了。什么是关键时刻?比如说毕业分配时谁到边疆去呀?国家培养一个人,培养好了,但是这个人不愿意为国家服务,不愿意为人民服务,那究竟是为谁培养的人才呀?所以不能向个人主义方面引导,而要向好的方面引导,向着共产主义觉悟方面引导。

(四)思想政治工作,是建设社会主义精神文明的需要,也是我们的社会向前发展的需要。1984年党的十二大提出了建设两个文明的问题,非常辩证地解决了精神和物质的关系。建设社会主义精神文明,是以共产主义思想为核心的,当然离不开思想政治工作。共产主义教育就是思想政治工作最重要的方面。共产主义社会将来怎样形成?我看还是两方面:一是物质方面的,一是精神方面的。而且这两个东西都是逐步发展的,经过长期的积累和发展,在一定程度上跃到一个新的阶段。没有物质确实不行,穷困,落后,会造成很多不幸的东西。这方面我们的体会也很深,"四人帮"时期,就是把意识形态夸大到极端的程度,相对地对物质不重视,历史已经证明是不行的。物质确实是必需的,是个很重要的东西,需要得到很好的发展。但是搞共产主义,光是物质不行。我曾说过,将来的社会即使遍地都是高楼,满街都是汽车,而住在高楼上的人精神都是非常自私和空虚的,品格都是非常低下的,那也不是我们的理想。那肯定会使我们失望。我们需要的不仅是物,而且是共产主义的人。因此,我们必须在建设物质文明的同时,建立起高度的社会主义精神文明。这样将来才能出现我们理想的共产主义社会。

怎样做好思想政治工作

思想政治工作如何才能做得好,这个内容很丰富,我只谈几点粗浅的体会。

（一）必须以青年同志为知心朋友。我们学院的工作对象基本上是青年。这就有一个如何对待青年的问题。究竟如何看待他们，这是个根本的问题。我觉得现在还不能说彻底解决了这个问题。过去，部队里的官兵关系问题，毛主席就说：他们都说是方法问题，我总说不是方法问题，是个根本态度问题。我们也要提高到这样的高度来认识。因为这个问题不解决，就会发生一系列的问题。我们应当把青年同志看做是自己的知心朋友，以朋友相待。过去不是常讲阶级兄弟吗？确实我们应当把他们当作兄弟，应该给他们以温暖，给他们以力量和勇气，不断提高他们的觉悟。不能对他们冷冰冰的。思想政治工作本身不是一般的工作，是做人的工作。所以，对他们必须有深厚的感情。我们还应当看到，现在的青年人生长环境的特殊性。十年内乱，无政府主义的影响，还有近些年来不正之风的影响，自由化的影响，以及一些不好的作品的影响，这些都要考虑进去。正因为如此，我们更应该以双倍的热情来关怀青年一代。

（二）必须以马列主义、毛泽东思想为灵魂。这一条是说，政治工作千头万绪，究竟最重要的是什么。政治工作最重要的是思想工作，思想工作最重要的是以多种方式来灌输马列主义、毛泽东思想，来提高人们的觉悟。一条战线，一项事业，一个部门，没有灵魂是不行的。我们的灵魂就是马列主义、毛泽东思想。我们要用各种方式向青年学生灌输共产主义的思想。这里就有一个自己首先学习马列主义的问题。政工干部本身更应该这样。由于我们党过去有过失误，加上某些不恰当的宣传，就造成这样一个印象，好像建国以来我们党就没有什么成绩似的，于是一些人在信念上发生动摇。政工干部队伍里也有这种现象。因此，我们必须正确看待我们党领导的建国事业。我们建国以来取得的成绩是伟大的，所遭受的挫折只是暂时的曲折。比如长江到东海为什么不一直流过去，要转那么多弯，黄河也是这样，民歌里就说，天下黄河九十九道弯。我们党的历史也如此，这些曲折客观来看是很难完全避免的。因此，我们对这些曲折必须有一个正确的认识。从整个中国革命的历史来看，毛主席他老人家的功绩是非常伟大的，不幸的是他晚年犯了一些错误。但是不能因为他晚年的错误就否定毛泽东思想的伟大，就否定他是一个伟大的马克思主义者，更不能否定建国以来的伟大成绩。过去我们的石油只有十几万吨,现在是一亿吨,石油战线本身的事实,不就是一个明显的例证吗!

(三)必须以群众路线为基本方法。群众路线是发展我们事业的根本方法,思想政治工作尤其是这样。做政治工作不能光靠一两个人去做。一个学院只靠院长、书记去做不行。要发动大家都来做。要依靠党员、先进分子,组成一支强有力的骨干队伍。我们提倡的教书育人就是搞群众路线嘛。教师不能光教书,还要育人,这就是发动教师参加政治工作嘛!我们石油战线是有群众路线这个传统的。抗美援朝时,部队的政治思想工作搞得生动活泼,很注意群众路线。比如一个祖国慰问团,把各种人士都动员起来了,实际是各行各业的人一起到战场上去做政治工作。后来朝鲜战场又组织了一个志愿军归国代表团,走遍全国,作用很大。这一来把建国和打仗的国内外两个战场都搞得热火朝天。这就是群众路线。在一个班里,当一个辅导员也要这样。要依靠党员和骨干分子,让他们都能去做工作。每个人去做一两个人的工作,那力量就很大了。

(四)必须以言行一致为前提。这一条是指政工人员的模范作用。从一些院校的经验来看,党委做出表率,就会使党风和院风有明显好转。这里有一条根本的经验,就是党委成员起模范作用。没有模范作用,只靠讲空话,政治工作就没有威信。没有这一条,我前面讲的三条也不起作用。我们部队里是有这个光荣传统的。我入伍时,连队有专门的党支部书记,不是副指导员,就是排级干部。最艰苦的工作,他都要走在前面,单独执行任务,就让他带一个排,很辛苦。那时的支部书记可以说完全靠模范作用。在当前新时期里,思想政治工作也要靠政工人员的模范作用。

抗日战争在中华民族发展史上的地位[①]

今年是抗日战争胜利的40周年,也是世界反法西斯战争胜利的40周年。1937年抗日战争爆发,那时我才17岁,战争爆发后不久,我就离开家乡在山西前线参加了八路军。我的青年时期正是在抗日战争中度过的,因此,我对这场战争印象十分深刻。我们的国歌中说:"中华民族到了最危险的时候,每个人被迫着发出最后的吼声,起来!起来!起来!我们万众一心冒着敌人的炮火前进!"就是这样呵,我们那时代的青年,还真有一点慷慨悲歌上战场的味道哩。如今这场历时整整八年的神圣战争已经胜利结束40年了。距战争爆发时,已经将近半个世纪了。但是岁月的风尘不会磨灭这场神圣战争的光芒,它的伟大意义和它在中华民族发展史上所占的光辉地位,倒是愈来愈清楚了。

依我个人的体会说,首先,我认为,中国的抗日战争是世界反法西斯战争的重要组成部分,在这场战争中,中国人民既得到了国际的有力支援,同时又对全人类最终战胜法西斯做出了自己的伟大贡献。以德、意、日为轴心的法西斯联盟,是世界最反动、最野蛮、最黑暗的势力对全人类命运的挑战,甚至可以说是人类的一场瘟疫。如果人类不能战胜这帮丑恶的东西,全人类都会倒退到比中世纪更黑暗更可怕的年代中去。因为法西斯就意味着中世纪的暴虐再加上现代化的杀人武器。而在这场关系全人类命运的战争中,中国人民的抗日战争,差不多开始得最早而又结束得最迟。可以说,在相当长的时期内,中国人民是以自己的力量,在东方战场上坚持着对日

[①] 本文是为中央广播电台写的广播稿,于1985年8月18日播出。

本法西斯的殊死战斗，从根本上削弱了日本法西斯的战争能力。今天回顾这段历史，我们深深感到，中国人民对世界反法西斯战争所做的伟大贡献，是我们中华民族不朽的光荣！

以上是就世界范围说；而就中国本身说，我认为，抗日战争的伟大意义尤其重大。可以明显看到，在中国的近代史上，抗日战争是我们中华民族起死回生的转折点，是一百年来由兴盛转为衰败，经过抗日战争，又由衰败转为兴盛的转折点。凡是经历过抗战前这段历史的人，都会深深感到，那时的社会危机和民族危机，是多么严重！由于蒋介石"攘外必先安内"的反动卖国政策，使得民穷财尽的中国各种危机进一步深化了，不要说广大劳苦民众挣扎在死亡线上，就是广大的小资产阶级甚至中产阶级也毫无出路。成千上万的进步的青年不断遭到屠杀和监禁，谁说一句抗日的话就要遭到镇压，我们的民族确是大难临头，命运岌岌可危。而在这时日本法西斯打进来了。有许多人说要亡国的，因为我们的国力、军力，人民的组织状态都比不过日本。可是，历史却有它自己的辩证法。置之死地而后生不是没有一点道理。物极必反，事物发展到它的反面就要转化。经过抗战，消极的事物引出了积极的结果。分裂转化为团结，群众由一盘散沙转化为有组织的状态，进步的力量得到发展和增强，腐朽、落后的势力受到了削弱，于是落后的中国，衰弱的中国，变成了进步的中国，强盛的中国。中国就好像经过烈火再生的凤凰出现在世界的面前，不过，这个过程是经过另一次激烈的战争——解放战争才完成的。

第三，抗日战争的伟大意义，我还认为，它为新中国的诞生创造了条件，或者说，它为新中国的诞生直接和间接地做了准备。现在回过头看，很明显，没有抗日战争的胜利，便不会有解放战争的胜利；没有解放战争的胜利，便不会有中华人民共和国。这里面起关键作用的因素，是以共产党为代表的人民力量的发展和壮大。人民的力量正是在抗战中得到飞跃的发展和壮大的。到抗日战争胜利前几个月为止，中国人民解放军由出征时的几万人发展到91万人，民兵220万人，解放区从华北华中到华南遍及全国19个省，解放区的人口有9550万人（那时全国人口是4.5亿人）。人民力量的壮大，不仅保证了抗日战争的胜利，而且决定了中国未来的命运。这种结果的出现,大出蒋介石的意料,因为他原来是借刀杀人,企图借助日本侵略军的力量来消灭共产党八路军、新四军的,没有想到事与愿违,共产党的力量不但没有被消灭,反而成几十倍地壮大。其实,这是很自然的。你既然要抗战,当然谁抗战最坚决,人民就跟谁走。谁真心实意地打日本,部队的战斗力才会愈战愈强。蒋介石在抗战中始终动动摇摇,后来就进一步消极抗战积极反共,尽管国民党部队的多数官兵具有爱国热忱,然而在这种反动政策的影响之下,抗战意志也日渐消沉。历史就是这样严酷无情而又是最公正的。

以上讲的是抗日战争胜利的伟大意义。下面自然地就要谈到,共产党领导下的八路军、新四军、华南抗日纵队和广大解放区人民对抗战所做的伟大贡献,他们在历史上的特殊作用。

说到这里,自然也会想到一些不愉快的事。那时,随着几次反共高潮的兴起,蒋介石的阵营中制造出一种舆论,说八路军是什么"游而不击"。若干年后,也还有"为政治服务"的历史学家重新拾起这些反共先生的唾余。我们说,这不仅是对中国共产党的污蔑,也是对敌后广大军民的污蔑。记得当时晋察冀军区一分区司令员杨成武将军就写过一篇文章,题目是《"名将之花凋谢在太行山中",瞧瞧我们是不是游而不击?》"名将之花凋谢在太行山中",是借用的日本报纸的一个标题。因为那时驻张家口的日军第二混成旅团旅团长阿部规秀中将在黄土岭被我军击毙,他是日本有名的山地战专家,而且是到那时为止在中国惟一被击毙的中将。因此日本一直悼念了好几天,称赞他是"名将之花"。杨成武将军提出的这个质问,显然是很有力量的。是呵,既然你们说八路军是"游而不击",那么阿部中将是怎么死的呢?你们打死了几个中将呵?其实回答"游而不击"这个问题是很容易的。敌后抗日根据地能够在敌人的重重包围中巍然屹立,不经过最顽强的战斗,是不可能存在的。今天,当我们重新回顾这段历史的时候,我们的认识应该更加深刻了。

说起解放区,今天有些青年同志怕搞不清楚,这里不得不多说几句。当时日本侵入中国以后,中国出现了三种地区。一种是国民党统治区,一种是敌占区即日军占领的地区,一种是解放区。解放区除陕甘宁边区之外,全部是从日本人手中重新收复的地区。也就是国民党丢弃的土地。这种地区完全是敌后广大军民以自己的热血创造出来的。这些地区到抗战胜利前夕，遍及全国19个省。记得朱总司令说过，你们拿着解放区的粮票，从山海关可以吃到海南岛了。然而这些解放区都处在敌人的包围之中，而又包围着敌占区。华北有三块大的解放区，一是晋察冀边区，一是晋冀鲁豫边区，一是晋绥边区。以晋察冀边区为例，她处在同蒲路以东、津蒲路以西，山海关以南和正太路以北的这个地区内。按面积说，差不多相当于欧洲一个不小的国家了。虽然根据地有时扩大，有时缩小，但敌占城市我占乡村的形势基本上没变。尽管后来敌人把解放区所有的城市都占领了，我们也仍旧没有退出乡村的阵地。例如北京（那时叫北平）城里驻有敌人重兵，我们的游击队仍旧活动在门头沟一带，上一任的北京市长焦若愚同志，他就是那时的宛平县长。1943年反"扫荡"，敌人进了山，我随游击队到了保定以西的满城一带，夜里睡觉离铁路不远，听火车的鸣笛声听得很清楚。敌人虽然占领了铁路线，可是铁路、桥梁经常被游击队炸毁，火车并不能经常畅通。而边区内部架设的电话网、电话线，却从来是不花钱的，全是从敌人的电线杆上收来的。事实上我们的活动，已经达到城市的内部。有一年，我们有一个电台区队长携带着密码投敌了。他投到保定，保定的敌人把他弄到易县，设法建立专门侦听我们的电台。由于此事危害很大，领导上决定把他从敌人窝里抓回来。随后就派了一个很能干的保卫干部，果然在第六天头上就把这个叛徒抓回来了。我想这些情况，有助于了解敌后抗日根据地这个概念。

　　至于说到敌后抗日根据地的伟大作用，我想首先在于她抗击了侵华日军的大部和几乎全部的伪军，从根本上削弱了敌人；同时坚决抑制了反共与投降的逆流，使抗战得以坚持到最后的胜利。1945年4月，朱德总司令在《论解放区战场》的报告中说：在1944年中原战役以前，八路军、新四军和华南抗日纵队抗击侵华日军的64%，抗击伪军的95%；截至1945年3月，共击毙与杀伤敌伪军96万余名，俘虏敌伪军28万余名，争取投诚反正伪军10万余名。这些数目字足可说明我军给予日伪军的沉重打击。而事实上敌后抗日根据地所起的战略作用远不止于此。我们可以设想，假若根本没有敌后抗日根据地屹立在敌人后方和它的腹心地区，那情况就完全不一样了，日本侵略军就会放开胆子向西南、西北继续侵犯，当时的半壁河山就会保不住了。那才真正是可怕的亡国的局面。以上说的是军事方面,至于说政治上,在日本侵略者加紧诱降,蒋介石动动摇摇,反共投降逆流甚嚣尘上的时候,敌后抗日根据地是当时真正的中流砥柱。如果没有根据地的存在,没有中国共产党的坚定态度与斗争艺术,中国究竟是战是降,那局势确是险恶难测的。至于抗日根据地在经济上对日本侵略者的打击,也是沉重的和致命的。大家知道日本是一个物资资源贫乏的国家,它的侵略计划的如意算盘是寄托在以战养战上,即充分利用它在占领区的人力物力,以支持和扩大战争。他们把华北当作"大东亚战争的兵站基地",就是这个意思。但是出它意料的是,在它的占领区,出现了抗日根据地,出城不远就不再是它的地盘。太平洋战争开始后,敌人不断在敌后发动频繁"扫荡",就是为了掠夺粮食等战略物资。但是他们施展了各种灭绝人性的手段之后,仍然不能如愿。固然,敌人对根据地的封锁,造成了我们相当大的困难,而我们对敌人的封锁,也造成了敌人的巨大困难。工业品缺乏,我们容易克服,例如当时没有火柴,我自己抽烟就靠打火镰,这并不妨碍我享受易州大叶的香味。而敌人没有粮食吃就难受了。当时大城市不得不吃所谓"混合面",最后连日本兵也吃不饱了。日本侵略者的战争机器,像一盏灯,因为没有油往里面添,也就渐渐干枯了。战争后期,日本人已经外强中干,战争已经很难维持了。

  以上说的是解放区在抗战中的伟大作用,如果从历史发展的角度看,解放区本身实质上就是新中国的雏形,或者说是新中国的摇篮。说实在话,在敌人重重的包围之中,能够站得住脚就很不容易。国民党的部队在敌后也有好几十万,但通通没有站得住,不是被消灭了,就是投降了。这不是一个简单的问题,因为要站得住,有所作为,就要有一系列正确的政策。聂荣臻元帅在他的回忆录中曾说,创建根据地地形虽然是一个重要的条件,但人民群众是更为重要的因素。只要把人民群众充分发动起来,不论山地还是平原,都有可能成为巩固的根据地。这话是不错的,事实上每一个巩固的根据地,都是发动群众的成功。而怎样才能把群众发动起来呢?这就要最起码地改善人民大众的生活,并且给他们以民主的权利。所谓改善人民生活,只不过是实行了减租减息政策,即使这一点,也使农民在重压下多少喘了一口气。大家都知道,解放区的基层政权的人员是经过普选产生的。由于许多农民不识字,就用"丢豆子"的办法进行选举。正是由于做到了这一点,使得解放区的群众开始抬起头来,充满了勃勃的生机,在战争中创造了惊人的伟业。而国民党始终不愿这样做,相反抗战之后苛捐杂税更加重了,政治上不单不实行民主,还加强了特务统治,这就使得人民喘不过气来。试想,下层人民活都活不下去,还怎么去抗战呢?靠谁去抗战呢?于是他们就靠抓壮丁,把壮丁像犯人似的用绳子捆着送到兵营,再换上军服押上战场,这怎么能不一败涂地?1942年,旱情十分严重,河南一省就饿死了300万人,而同样遭受旱灾袭击的解放区,加上日本法西斯毁灭扫荡,比蒋管区情况严重得多,反而由于军民团结,政府领导有方,群众自救互救,胜利地度过了困难。这个例子就最鲜明地说明了两条不同的抗战路线所导致的不同的结果。解放区的对敌斗争不仅是军事上的斗争,而且是政治、经济、文化、教育的全面斗争。由于斗争的需要就不能不加强各条战线的全面建设。事实上每一块根据地就像一个国家似的进行着各方面的活动。值得特别指出的是,解放区的政权机关,完全摆脱了旧政权那种高高在上,压迫人民,敲诈勒索人民,官僚衙门那一套,树立了真正为人民服务的群众的民主的作风。这样高效率的、民主的、廉洁的政府的出现,还是中国破天荒的第一次。这一点曾受到到敌后访问的许多国际朋友的赞扬。而且十分有意义的是,通过这样的斗争和建设,培养了大批的建国的干部。在今天担负着国家党、政、军、文化、教育、经济工作要职的各级领导人,不就是当时成长起来的干部吗?新中国成立之初,有人认为,共产党虽然能打下天下,但是他们是否能管好国家,特别是管好大城市呢?这是因为他们不了解,中国革命不是经过一个晚上的暴动胜利的,而是经过几十年根据地的建设,在经验上和干部上都是有充分准备的。所以我说,解放区就是新中国的摇篮。

解放区还有一方面的重要意义,就是她创造了一系列弱国打败强国、弱军战胜强军的丰富经验,这一点对于世界上一切殖民地、半殖民地国家的人民争取独立解放有重要的参考价值。解放区孤悬敌后,得不到政府一支枪、一粒子弹、一文钱的接济,而与装备居于绝对优势的强军对垒,反复较量,终于战而胜之,这些经验是颇具典型性的。这是中国自出现红色根据地以来，经验越来越丰富，越来越成熟的结果。就日军说来，他们也接受了国民党自江西剿共以来的丰富经验，各种残酷手段可以说发展到最高峰了。但最后仍不得不宣告彻底失败。像内战时期的"围剿"与反"围剿"一样，"扫荡"与反"扫荡"成为敌后抗日根据地的通常的战争形式。这种斗争是相当紧张激烈的，搞不好就要受到重大损失。1941年秋季的大"扫荡"，日军出动了七万余人，集中力量想摧毁北岳区（平汉路以西，以阜平为中心的山岳地带），想一举摧毁晋察冀的党政军领导机关。当时的确很紧张，有七八天的时间，中央和军委总部中断了和晋察冀军区聂荣臻司令员的联系。敌人的北平电台广播说，"聂荣臻总部的电台已被英武的皇军炸毁了"。那几天中央很焦急，总部也很焦急。原来聂司令员，带领着军区机关，还有边区党政机关学校的男男女女将近一万人，同敌人周旋。只有一个步兵团（缺一个营）担任掩护。他们走到哪里，敌人的飞机就跟到哪里进行轰炸。当他们转到阜平以北30里的雷堡时，东面，敌人已经到了距雷堡十里的柏崖；西面，敌人已经占领了安子岭，距雷堡不足20里；北面敌人已进到一山之隔的段家庄；南面的敌人也到了马棚、温塘一线。他们已经完全陷入了敌人重兵的合围圈。由于带的大部分是后方机关人员，老老少少，男男女女，走不能走，打不能打。这时敌人的飞机已经发现了他们，开始轰炸。聂司令员这时想：为什么走到哪里敌人的飞机就跟到哪里，敌人为什么对我们的行踪捕捉得这么准呢？这时电台嘀嘀嗒嗒的呼叫声，使他猛然想起，恐怕问题就出在这里，敌人很可能是由此测出了我们的方位。于是他果断地指示侦察科长带一部电台到一个叫做台峪的村庄，仍旧用军区的呼号同各方联系，而其他的电台则停止工作。这一切布置妥当之后，他就率领着近万人的后方机关擦着段家庄的南山脚，在离敌人不足一里路的空隙中，向西插过去，连夜急行军80里，插到一个只有几户人家的小村子，名叫常家渠。但是仍然没有跳出两万日军的合围圈。集结在阜平至五台大道上的敌军主力，距常家渠不过十里路，敌我的哨兵，一个在山下，一个在山上。从这里想跳出包围圈，一连两次都发现敌人阻塞着道路没有成功。第三次，发现通龙泉关的方向敌人的合围圈有个小口子，才在敌人的鼻子底下突出来了。后来人们就把这段惊险的故事,叫做"三进三出常家渠"。这个例子说明,扫荡与反扫荡的斗争是多么紧张激烈。"扫荡"是每年都要进行,除了"扫荡",敌军还采取了蒋介石步步为营的堡垒政策,对边区进行"蚕食"、"分割",并别出心裁地制造"无人区",达到"车水捉鱼"的目的。敌后军民也正是在这样的斗争中,创造了一系列的战术,地雷战、地道战、麻雀战、挑帘战,花样繁多的化装轰击等等战争史上从未出现过的战争奇观。这是只有群众创造力得到高度发挥才能出现的壮丽景象。用我们的语言说,这就是共产党领导下的真正的人民战争。这种经验,对于世界上的革命人民,将具有极大的价值。

一个闪光的、壮丽非凡的、爱国主义最为昂扬的年代已经过去40年了。虽然在那个年代里有苦难、流血与牺牲,但在我心头也保留了许多美好的东西。我多次说过,生活在那样的年代我是决不后悔的。我追随着我们伟大的党,追随着我们伟大的军队、伟大的人民战斗过来,并得到一些锻炼,我回想起来是很愉快的。在纪念抗战胜利40周年的时候,我更深刻感到,一个青年应当把祖国的命运、人民的命运看得高于一切,并且把个人的命运同祖国的、人民的命运紧紧地融合在一起,站在队伍的前列,为祖国和人民的美好的前途而斗争!

1985年8月2日至4日于北京

从范建军事件谈起

新年前夕,从《人民日报》上读到一则消息,标题是:《发生在石家庄繁华地段的怪事——记者范建军孤身斗歹徒血染衣衫,车上车下乘客无动于衷袖手旁观》。讲的是《石家庄日报》记者范建军在公共汽车上指出一歹徒行窃,当即遭到五六个歹徒痛殴,从车上打到车下,被打得头破血流。最后还被捅了几刀,重伤倒地。而在这个过程中,车上几十名乘客和车下几十名围观者竟无一人出来制止,也无人到附近的派出所报案,那位险些被盗的干部模样的人已不知去向。

看了这样的消息,真使人心里难受万分。不单过年的喜气被冲得干干净净,而且抑郁充塞胸间,好半天缓不过劲儿来。为什么一个经过几十年革命的国家竟会出这样的怪事?为什么人民群众竟如此麻木不仁胆小怕事?而一小撮歹徒在光天化日之下竟如此胆大妄为气焰嚣张?

如果这种"怪事"仅此一件,倒也罢了。事实上不是这样。要是我们不健忘,很容易就会想起广州那位年轻的共产党员安珂。他是在类似的情况下同歹徒搏斗,他的鲜血也是洒在我们和平年代的大城市繁华的大街上的。当然,安珂比范建军更为不幸,范建军是身负重伤,而安珂已经离开了我们。

发生在安徽合肥的陆忠事件,也给了人深刻难忘的印象。陆忠是公共汽车的售票员。别人为了安全可以不坐公共汽车,司机和售票员却无法离开自己的岗位。他们不能不在类似的情况下以身殉职。

如果说这是以前的事,那么山东泰安的中学教师于元贞的"捐躯闹市",则是在范建军负伤的 5 天之后。他也是在扭住小偷时被刺伤的。报道还说:"当时在市场上围观的数百名群众都不上前救助,在窃贼逃脱时他们还纷纷躲闪让道。公安机关集中力量侦查,但可悲的是,所设摊点与现场近在咫尺的三四十个商贩都说没有看清,无一人提供真实情况。"那位可敬的文弱书生也因为救助过晚而牺牲了。

报上称这类事是"怪事",看来这类怪事层出不穷,已渐渐变为常事。我想,看了这类事,听了这类消息,只要有起码的正义感就会痛心疾首。为什么我们的群众,我们的社会会变到这种程度,见到打人、杀人都不敢吱一声?难道大家统统都麻木了?难道大家已经回到了鲁迅笔下的那个阿 Q 时代?如果真的这样,那可真叫人太悲哀了。我想不是。一个经过几十年革命的国家,怎么能是这样?!那么,群众又为什么如此胆小怕事,坏人竟如此气焰嚣张呢?其实原因很明白:这主要是我们人民民主专政机器的威力还没有或者说还不足以抑制坏人的凶焰,因此也就没有为群众提供应有的安全。尽管我们在保卫人民的安全上做了许多工作,在这条战线上工作的同志非常辛苦。报纸号召人们破除"各顾各"的有害观念,对坏人坏事勇于抗争是完全正确的,但要同加强人民民主专政结合起来。如果人们的安全受到威胁,我们的四化、改革、开放,也难顺利进行。

党的路线的两个基本点之一,就是坚持四项基本原则。四项基本原则有一条,就是坚持人民民主专政,也就是无产阶级专政。革命导师们解释得很清楚,专政和民主是一件事情的两个方面,对人民是民主,对敌人和坏人是专政。在我们的社会生活中,看来这两方面都需要大大加强。如何从积极方面减少社会犯罪,也是一个极其重要的问题。

为了四化大业,我们的人民正在各条战线上进行着忘我的劳动,我们理应使他们得到起码的人身安全,再不要让他们在和平的日子里喋血闹市、无辜"捐躯"了。

1988 年 1 月 13 日

要更加热爱我们的战士[①]

近几年来,保卫祖国南疆的战士们,进行了旷日持久的艰苦而英勇的战斗。当全国人民安度和平生活的时候,他们却在老山狭窄的阵地上,默默地、无私地做出自己的奉献。他们的热血和汗水灌溉了那里的土地,甚至将肉体和灵魂一起留在那里,化成了那里的山脉。他们,是崇高的爱国主义的象征。人们敬仰他们,任何时候也不应该忘记他们。

我的印象,反映南疆战斗事迹的报告文学作品也搞得不错。新闻记者,部队的文化宣传工作者,都热情而勇敢地活跃在前线。由于部队文化水平的提高,许多指战员也参加了写作的行列。这就使作品的内容大为丰富。这些作品不但生动地反映了战士们的英雄事迹,而且揭示了他们的内心世界,在沟通前后方的精神联系上起了重大作用。

也许大家听到过"吹灯兵"的故事。《解放军报》的女记者李亚丹就写过《"吹灯兵"的情怀》一篇文章。讲的是战士张玉江当了八年兵,八次立功受奖,当了八次代理排长,可是有八位姑娘和他"吹了灯"。第八次本来是板上钉钉要成了,正赶上上前线,女方提出要他退伍结婚,他内心斗争了一番,决定还是上前线。后来在阵地上打得很好,同志们夸他"心里有盏吹不灭的理想之灯"。文章发表后,全国各地有一百多位姑娘向"吹灯兵"寄信致意,愿作他的知音。其中一位姑娘说:"玉江同志,我被你那高尚的情操所感动。我觉得真正的爱情并不是物质生活的享受,而是心灵上的吸引和感情上的

[①] 这是为《保卫南疆》报告文学集写的序言。

呼应。在我的心中军人是高尚的,我愿与你这样的军营男子汉结成朋友。"另一位姑娘说:"玉江同志,我爱你,爱你在八次吹灯的打击下,没有消沉,没有颓废,而是更加顽强地生活、工作、战斗,你是一位真正的军人。我爱军人,不仅爱他们有整洁的军容,更爱他们对祖国、对人民有颗赤诚的心。"还有一位姑娘激情地说:"假如有一天,我手捧鲜花,在凯旋门前迎接你,当我发现你失去了身体某个部位,却没有失去军人的威严——爱国之心,我心中的爱情将更加炽热。"……以上足以说明:南疆的报告文学作品。已经在战士与人民之间架起了一座心灵之桥。人民的心是相通的,高尚的灵魂更易触媒相燃。尽管"一切向钱看"的迷雾使人困惑,浊风秽气随处横流;但是,"人间有正气,江山不夕阳",灿烂的阳光总要穿透云层……

  人们称誉保卫边疆的战士是"新一代最可爱的人",我想,他们是应当得到这个称号的。这本书里所描写的优秀人物,他们身上就保持着我军的优良传统。如本集中朱增泉等写到的好指导员朱厚良,就使我想起战争年代基层干部的形象,尽管他们的特点已有不同。朱厚良是一个参军十二年的老兵,上阵地前家里很困难:年逾七旬的父母多病;哥哥痴呆;妻患眼疾,几乎双目失明;四岁的独生女患肝炎;家里欠着上千元的债。上级本来已经批准了他的转业请求,但是南疆烽烟却留住了他,他义无反顾地走上了阵地。他待战士如亲兄弟:上级发下来的东西,他将好的送到前线,差的留在连部;来了慰问品他一件不留,还把妻子寄来的糖果、麦乳精也送给战士;新战士没经验,在三面受敌的阵地上,他陪新战士一同站岗。直到最后,在敌人炮火急袭时,他将四位同志推入猫耳洞,而自己却献出了宝贵的生命。当战友们用干净的山泉水洗去他的血迹,换上崭新的军衣安葬时,副团长点燃了三支"大重九",放在他的头前,含着泪说:"老朱呵,生前有一包好烟你都要送给战士,现在你吸上几支烟再走吧!"这样的英雄,这样的事迹,是多么感人!……最近几年,由于社会上"价值观念"的变化,某些人不再尊重我们的战士了,他们称我们的战士是"大兵"、"傻大兵",这自然使战士们的自尊心受到损害。几年前我就接到某军区一个连队给我的信,对此表示了他们的不安。我想,那些称战士为"傻大兵"的人,看到朱厚良这样的战士,他们该有所思考吧。据说前方某猫耳洞里有这样的对联:"图私利老山之路铺满黄金龟儿才上；为祖国敌阵地前遍布地雷老子在前。"这才是真话。试想，如果不是这些"傻大兵"，我们能够得到这样的和平、安定与幸福吗？某些人真该净化一下自己的灵魂了。

本书收入的优秀作品很多，此处恕不一一列举了。总之，这是一本内容丰富、生动、富有思想营养的报告文学集。我想它会对我们的生活之路给予有益的启示，对人生价值作出正确的判断。近年来，读者对纪实文学的兴趣越来越浓，而对那些胡编滥造的小说表现冷淡。我想这是有道理的，因为他们从前者能得到切实的好处。

在本书出版的时候，我愿借此机会献上我衷心的祝愿：愿我们党领导和培养的、在长期革命烈火中成长起来的伟大的军队，永远自尊自爱，永远保持自己的优良传统和无产阶级的本质，使我们的钢铁长城永远巩固！因为这关系到我们社会主义的前途和民族的根本利益。同时，愿我们的人民也更加热爱我们的战士！

1988 年 3 月 19 日于北京

新年,致中华姐妹

1990年来到了,这将是艰难、奋进并萌动着希望之光的一年。

在这里,我向中华大地的姐妹们致以节日的问候。同时,我心里也确实积了一些话,想向姐妹们倾诉。

近几年来,由于坚持四项基本原则不够一贯,由于资产阶级自由化在各方面的泛滥,我深切感到,资本主义的污水浊浪,使我们的妇女首先蒙受了损害,她们也许是受害最深的一层人。

一、在我国出现的贩卖妇女的现象,恐怕是最丑恶、最令人发指的了。这些为数不少的贩卖人口的犯罪团伙(其实应该称他们为匪帮,因为他们是毫无心肝的),在全国各地都进行着罪恶的交易。他们把偏僻山区的妇女(尤其是四川、贵州、云南等省)作为猎取的对象。他们公然称自己的行动为"办货",或者强迫,更多的是以介绍工作为名进行诱骗。他们对这些落到手中的妇女,先行奸污,然后把"货物"出售到内地。据说在个别地方,甚至将这些不幸的妇女剥得裸身露体,标价出售。在我们的社会主义国家里,出现这样的怪事,难道能不令人震惊吗?然而由于过去对这些犯罪团伙打击不力,量刑过轻,这种丑恶现象,至今并未根绝。

二、随着社会上大量流氓团伙的出现,构成了对妇女的极大威胁。近几年来我国的社会犯罪率在直线上升,而其中盗窃和强奸占有相当大的比例。妇女遭受凌辱的事,时有所闻。

三、随着世风的日渐浮华奢靡,越来越多的妇女被诱入卖淫者的行列。新中国成立后,这种早已绝迹的丑恶现象重新出现了。但是它同旧社会不同,旧社会的妓女是因饥寒所迫,而这些妓女多数是为了追逐金钱,过更奢华的生活。

四、由于宣传上的失误，造成了极端畸形的崇洋媚外心理。坦率地说，我还从来没有见过崇洋媚外的心理像今天这样严重。这种心理像鬼魂一样迷住了一些女人的心。她们把资本主义甚至一些并不发达的国家都看成了天国，为了出国，她们宁肯以妙龄之年嫁给60岁的"老外"，或者只不过与"老外"鬼混。这种风靡一时的"婚姻"，有不少是上了当的，等到出国以后，才发现自己的洋丈夫已有妻室，不得不沦为家奴。那些不顾人格、国格，丧失民族自尊心，令人感到羞耻的事就更不用说了。

五、资产阶级自由化的另一个罪恶表现，就是用地球上最腐朽的思想来蛊惑和腐蚀妇女。一个时期以来，黄色的录像带、录音带和淫秽出版物充斥市场，它们污染了千千万万善良而纯洁的妇女的灵魂。除此之外，一些文人还制作了不少宣扬"性解放""婚外恋"的下流作品，实际上是要把人性还原为兽性，把人类已经形成的文明和道德退回到原始的野蛮状态。在这种思想的毒害下，出现伤风败俗有损于道德的事，就不奇怪了。这些事已经使无数家庭不正常地解体，并酿成种种悲剧。

六、按照妇女解放的要求，我们是应当不断开阔她们的视野，扩大她们活动的舞台的。而近些年来的某些思想导向，却常常是把她们引向个人的小天地，使她们进一步地束缚于家庭。

七、在"商品经济"的浪潮中，妇女的地位也在无形中降低了。我们看到，在分配工作中，许多企事业单位不愿要妇女。即使女大学生、女研究生也有这种情形。不单私营企业有这种现象，国营企业也有这种情况。这是完全不对的，是有悖于社会主义的原则的。各级领导班子中妇女的人数也似乎在减少。如果说我们应从妇女的解放来看一个社会进步的尺度，那么我们该怎样解释这种现象呢？

八、随着社会分配不公问题的产生，新的"读书无用论"越来越严重了。许许多多青少年放弃就学，而女孩子占的数量无疑更多。我们将怎样对待这支数量庞大的文盲大军呢？

可见资产阶级自由化对妇女的损害是严重的。

资产阶级自由化同共产主义的原则是根本对立的。在妇女问题上也是如此。资产阶级和资本主义一向把妇女当作玩物，当作商品,当作榨取的对象,不过用表面的虚伪的文明掩盖着罢了。而共产主义则把妇女真正地当作人,当作有独立人格的人。妇女问题从来是革命问题中的重大问题。共产主义者一直把妇女问题同人类的解放事业联系起来,鼓励妇女积极地参与这种斗争,并从中解放自己。按照列宁的说法,妇女必须从双重奴役中解放出来。第一是从资本的剥削和压迫中解放出来;第二是从男女不平等中解放出来,从琐碎、繁重的家务劳动中解放出来。为此,就要不断提高她们的学识和能力,以便使她们在经济上具有与男子平等的地位。我们不赞成把妇女的眼界弄得越来越狭小,我们不赞成把她们永远束缚于家庭。妇女在才能上并不逊于男子,她们应当多方面发展自己的才能,将自己的才能贡献给祖国和人类。

为此,在新年来临之际,我赠送姐妹们六个字:自尊、自强、自信。

自尊。主要是:不为金钱、虚荣所诱,不为奢侈浮华所惑,不为强暴所欺,不为甜蜜谎言所骗。要做到自己的言行不愧为中华的好女儿。

自强。主要是:克服脆弱,在工作上奋发努力,在学习上刻苦自砺,在经济上有独立地位。

自信。主要是:不自卑,不悲观,相信女子并不弱于男子,相信正气终必压倒邪气,相信社会主义终必战胜资本主义,相信伟大祖国历经艰难曲折终必有光明前途。

中华姐妹们!

无论在革命战争中还是在社会主义建设时期,我国妇女的贡献都是光辉的和巨大的。就是今天,我也时时处处都在看到你们勤勉地劳动,为祖国创造着巨大的财富。我谨向你们致以深深的敬意。在新的一年中,祝你们健康、幸福和进步!

和青年朋友谈读书

编辑同志出了一个题目：和青年朋友谈读书。

我从小就爱读书，但又并非饱学之士。因为战争年代主要是行军打仗，既没有时间，也没有很多书可读；建国后书多了，一年到头，又总像赶公共汽车似的那么匆忙。我有时望着满架的书想道：也许有一天临闭上眼睛会痛切地悔恨起来，哎呀！那么多应该读的好书还没有读。

高尔基说，书籍是人类进步的阶梯。这话讲得很好。因为人类不正是接受了前人的经验，再加上自己的创造，才一代一代地向前迈进吗？而这些经验的获得主要是通过书籍。如果不是这些书籍，人人像原始人那样从零开始，那就谈不到人类的文明和进步了。

社会的进步，国家的强大，归根结底是依赖人的素质的提高。往远处说，共产主义社会的实现，除了物质极大地丰富之外，还要有人的高度觉悟这个精神条件。这些都要在创造新世界的斗争中，结合学习来完成。对一个社会主义国家的青年（当然不只是青年）来说，要想对人民有所贡献，就必须提高自己的觉悟和本领。而这二者都需要通过学习。读书是其中的一个主要手段。现在大家不都在学雷锋吗？即以雷锋为例，如果不是他从毛泽东同志的著作中汲取了那么多的营养，仅仅依赖少年时所受到的阶级苦难，是不能达到共产主义战士的精神境界的。不错，雷锋所受到的苦难是良好的阶级基础，而这种觉悟的真正被唤醒，并突破小生产者的狭隘眼界，却是因为他接受了共产主义的思想。现在我们学雷锋也要抓住学习马克思列宁主义、毛泽东思想这个环节。

多年前，我曾聆听过周恩来同志一次极为深刻的讲话。他说，一个革命者必须树立四个坚强的观点:第一是阶级观点,第二是群众观点,第三是革命观点,第四是辩证唯物论的观点。这个讲话对我很有启发,使我至今铭记不忘。我认为这四个观点是对无产阶级革命者世界观的最完备的概括。而要树立起这四个观点,除参加革命实践之外,不刻苦地读书学习,是不能达到的。

读书要不要选择?要选择。世界上的书浩如烟海,即使一个人一辈子什么事不做,也读不完。事实上也没有这种必要。世界上有许多许多好书,但也确实有许多坏书和用处不大的书。有些简直是精神鸦片和精神垃圾,读后不但不能提高你的精神境界,反而会毒害和污染灵魂,甚至使你无法冲洗干净。远的不说,就说这几年,随着资产阶级自由化思想的泛滥,许多黑色的(反动的)、灰色的(散布悲观绝望的)、黄色的书籍充斥市场,造成了大量青少年的犯罪,事实俱在,有目共睹。这些事例,就毋庸多举了。看来,一个人的生命是有限的,时间是有限的,应该在有限的时间里,多读一些好书、有益的书。

读书,无非是两个大的方面:一个是有助于提高自己的业务知识和能力的;一个是有助于树立和完善正确的世界观的。我想仅就后者谈点自己的体会。世界观对每个人来说,都是一个极端重要的问题。它是一个总开关,世界观错了,在价值取向上必然会出现迷误和偏颇。

我们要干革命,干社会主义,要成为一个有理想的人,学一点马克思主义是万分必要的。这几年,马克思主义的命运不大好。在一个社会主义国家里,竟出现了以贬损马克思主义为时髦的咄咄怪事。马克思主义本来是当代人类最先进的思想,又是我们国家一切理论和政策的根本指导思想,有人竟把它贬低为学术界的一个派别。另一些人则借口情况的变化,指责马克思主义已经过时。某些有名的报刊,批毛泽东还觉得不够过瘾,又进一步批判恩格斯,批判列宁。有人以马克思主义是一百多年前产生的,对我们的实践找不到现成的答案为由,否定学习马克思主义的经典著作。这实在是似是而非,荒谬不通。我们学习马克思主义,是要用马克思主义的立场、观点和方法,结合具体情况来解决实践中的问题,从来没有要求去书本上寻找现成的答案。更不能因为书本上没有现成的答案,就宣称马克思主义过时。马克思主义的历史使命，就是在全世界根除私有制，消灭一切形式的剥削，只要资本主义没有在世界上全部消灭，共产主义没有实现，马克思主义就不会过时。我们必须通过学习马克思主义，来树立建设社会主义的牢固信念。在今天的国内外形势下，在资本主义道路与社会主义道路生死斗争的时刻，加强对马克思主义的学习，无疑是更加重要了。

说到学习马克思主义，读毛泽东同志的著作是必不可少的。因为毛泽东思想就是中国的马克思主义，是具有中国泥土气息的马克思主义。学习毛泽东著作在中国本来很盛行，广大干部和群众都很感兴趣。但后来林彪等人出于某种政治需要，把学毛著渲染得太过分了，而且提出的方法也不正确；再加上毛泽东同志本人晚年的失误，就使这种过程中断下来。这几年，某些对毛泽东怀有偏见的人甚至怀有仇恨的人，借批"左"之机，对毛泽东思想极尽挖苦、讽刺、贬损、辱骂之能事，恨不得把毛泽东思想踹入九层地下。而历史就是这样怪，往往时间久了，离得远了，人们反而看得更清爽。经过许许多多的事变，现在人们的头脑更客观了，更理智了，看得更全面了。毛泽东同志的威望又在回升。我高兴地听到，现在某些大学里，对马克思主义的著作，包括毛泽东的著作，又重新有了兴趣。这使人感到欣慰。毛泽东，还有鲁迅，这是中国现代史上两个最伟大的人物，也是我们中华民族历史上的两个巨人。作为一个中国人，连他们的著作都没有读，那真是很大的憾事。不读鲁迅，你就不能对旧中国有深刻的理解；不读毛泽东，你就弄不懂中国革命，也弄不懂中国共产党优良作风之所在。

十三届四中全会后的中央，号召大家要学点哲学。这是完全正确的。中国革命的胜利，是马克思列宁主义的胜利。从某一点上，也可以说是唯物辩证法的胜利。我们党的理论水平，在国际共运中曾经被称誉一时。可是遗憾得很，在我们这个出过像毛泽东这样辩证法大师的国度，形而上学却往往像腾起的尘雾。毛泽东同志自己就批评"文革"期间某些现象是"形而上学猖獗"。这些年来，情况好些了吗？在一个时期内，可能是好些了；而随后形而上学又在另一种形式下猖獗起来。例如，我们党为了防止偏向，从来是进行两条战线的斗争：有"左"就批"左"，有右就批右。可是一个时期以来，就是只批"左"不批右。资产阶级自由化的泛滥，是其必然结果。在我们的国家里，总有那么一批人爱走极端。一个政策下来，要是不把它推到极端就不过瘾。有的政策当初制定时可能是正确的，经过三推两推，到头来也会落个面目全非。当然这中间有种种不纯的动机，并非全是思想方法的过错；可是就多数人来说，却是缺少辩证思维造成的。再说那个人人讨厌的"一刀切"吧，这是典型的形而上学。可是直到今天，不是时时处处都看到那把"刀"在挥舞吗？因此，学点哲学，主要是学点唯物辩证法，对于我们的事业胜利前进是特别必要的。

学点近代史。近几年来出现的资产阶级自由化有两个特征：一个就是美化资本主义、帝国主义，一个就是丑化和诋毁社会主义。在这种迷云乱雾中，崇洋媚外的心理发展到前所未有的程度，一些人已经不知道帝国主义为何物了。一个刚刚从帝国主义脚底下"站起来"的国度，竟发生了这种情况，也足以令人慨叹了！在这方面，《河殇》恐怕算个典型。这个在中央电视台两度播放的电视片，不仅否定了十月革命，否定了中国现代史上最伟大的革命，否定了一百多年来中国人民前仆后继的斗争，而且否定了我们的老祖宗，否定了我们的民族、我们的文化。连流在这个倒霉土地上的黄河，立在这个倒霉土地上的长城，都跟着不值钱了。作者惟一倾倒的、顶礼膜拜的，就是具有坚船利炮的"蓝色文明"。而且要求"不仅是中国走向世界，还要世界走进中国"。可是作者竟忘记了，从鸦片战争直到1949年中华人民共和国成立的一百多年间，"世界"不是早就走进中国了吗？中国不早就是帝国主义列强的半殖民地吗？被《河殇》这类货色弄花了眼的人，可能不少。因此，我痛切感到，在我们的青年中，提倡认真地学一学近代史，很有必要。从1840年起，中华民族遭到了何等沉重的灾难呵！一部惊天动地、以千百万人牺牲作代价的中国革命史就是来自那个历史深处。如果我们不学一学这段历史，我们将怎样理解现在的一切呢！

看一点文学及其他。我是不赞成青年人只读小说不读理论书籍的。小说提供不了那么多的思想和知识。但是也不要只读理论书籍。一个人总是要尽可能地全面发展。思想上弄清楚了，情感上还需要更丰富，整个精神世界都需要更宽广。要尽量提高自己的文化教养,用民族的和人类的优秀文化营养自己。整个中国文学是一个极为丰富的宝库。外国18、19世纪的小说,可以给你提供许多资本主义社会的景观。工作之余,读一点好的小说和诗歌,不是对自己也很有好处吗?在科学如此发展的今天,读一点科学的东西也不可少。

我十分希望青年中能形成一种浓厚的读书风气。1951年,我访问苏联时,看到莫斯科图书馆的石阶,被人们的脚步磨成了弯弓形,当时给了我很深的印象。50年代,我国青年的学习热情也很高。一本好书出来,大家都争相阅读,有的能销售几百万册。粉碎"四人帮"后,学习热情也不错,大学生们常到图书馆里抢座位。可是"一切向钱看"这股风一来,不行了。知识贬值了,人们觉得还是捞点钱更实惠。有的干部很少买书,或从来不买书。有些人家里,沙发、组合柜,布置得头头是道,就是没有几本书。一个民族,要是连书也不读,我看是没有多少前途的。我希望读书的热潮能兴起。有一副对联——"书囊应满三千卷,人品当居第一流",我就抄送给同志们吧。如果其中没有贬低实践的意思,这对联应当说是蛮好的。

1990年2月7日至8日

他们到底害了什么病？

在近几年的报刊上，我不止一次地看到，有些文章发出抱怨：中国人真难弄！你干个什么事儿，他动不动就要问：是姓社？是姓资？他们把这种现象称之为"恐资病"。

这自然带有辛辣的讽刺意味。

可是我却对这种挖苦话持怀疑态度。难道中国老百姓连姓社姓资也不该问？比如说，我们一起出门去，你要我跟你走，我自然要问：是往东走呢？还是往西走呢？难道我连这样问一问的权利也没有了？再说"恐资病"，如果恐资而又尚未达到病的程度，又有什么不好呢？难道受了几十年社会主义教育，又辛辛苦苦搞了几十年社会主义建设的中国人，不该对资本主义有一点儿警惕吗？有这种警惕不是比没有警惕要好吗？这有什么值得责备的呢？

由此，我倒不禁想到：说这些话的人有没有病？他们到底害了什么病？

这几年，为了领教这些先生们的高论，我特地订了一份《世界经济导报》。果然奇语迭出，妙文不穷。如果说他们开始宣传资本主义还藏头露尾，到后来胆子愈来愈大，就变成赤裸裸的了。自然，打的都是"改革"的旗号。

到1989年2月，要把我国公有制变为私有制的宣传，就达到了高峰。2月6日那一期，该报发表了一篇文章：《为何中国应一跳过河地进行民营化？》文章提出，这些年来的改革，试验了各种各样的办法和模式，通通不行；惟一的出路就是实行私有制。该文明明白白地说，目前"造成混乱的根本原因是没有实行私人财产为基础的民营制造成"。"只要将国有制变成私有制，并在法律制度上保护私有财产和平等竞争,则价格制度自然会自由化,也不会造成目前这种负效果。"作者慨叹道:"人们想尽办法,试了各种方案,就是不敢试被全世界上百个国家数千年历史证明最有效最简单的一个方案——私有制。"

私有制既是如此美妙,那末究竟怎样才能实现呢?作者已经煞费苦心地构想好了,即准备个三几年"一跳过河"。办法是从共产党那里学来的赎买政策。作者估计到,要实行私有制,一定会遇到广大干部的激烈抵抗。然而办法是有的,即将国营企业都化作许许多多的股份,用这些股份就可以换取他们手中的权力。于是私有制实现,一切问题迎刃而解,天下太平。据说,这是"用人的私欲制衡人的私欲",是真正的"长治久安"之策。为了达到此目的,作者竟明目张胆地提出这样的建议:"邀请台湾诸公,来大陆共管经济。"瞧瞧!

当然像《世界经济导报》这样的报纸,绝不是一家;像上面所说的文章,也绝不止一篇。这些太多的事实与太多的印象,给了我一个概念,在中国确实存在着复辟资本主义的势力,这是确定无疑的事实。他们同对官倒、腐败现象不满的群众,完全是两码事、两种人。

于是,我也就明白了:不是别人害了什么"恐资病",而是他们这些人害了"爱资病"。

我还要说,这些"爱资病"患者的梦想是注定要失败的。因为他们的主张同99.999%的中国人的根本利益是相敌对的。他们把私有制讲得像天堂般的美妙,而绝大多数的中国人对此早就领教过了。倘有弄不明白的人,还可以学点儿历史,不久以前的历史和几千年来的历史……

1990年2月10日,元宵节

大老爷与"小学生"

刘宾雁跑到台湾去了。

这并没有什么奇怪。因为许多共产党的叛徒早就是刘宾雁的先驱。那个鼎鼎大名的张国焘，不就是一个吗！现在逃到台湾去的国民党残余分子，既然还占据着一个小地盘，残茶剩饭总是有的，尽管未必很理想，只要肯出卖灵魂，还是可以找到一个归宿的。至于最后的下场如何，那就很难说了。

据外电说，刘宾雁是于1989年12月11日自美国抵达台北"访问"的。令人感到有趣的是，这个在大陆一向以"青天大老爷"自居的刘宾雁，却一下子变得媚态可掬，毕恭毕敬地称自己为"小学生"。据法新社白台北报道，刘宾雁说，他"要像一个小学生那样来观察台湾过去40年所取得的成就"。

既是宣称要当"小学生"，自然就要当得够格。在台湾的半个月中，他对共产党进行了百般辱骂，对国民党进行了肉麻的吹捧。这都是在意料中的。然而不曾料到的是如下一则消息："大陆作家刘宾雁昨日指出，他的作品第一次在台湾刊出，是民国七十一年一月底《中央日报》晨钟版连载了他的《人妖之间》，他幽默地说：'《中央日报》当年没付我稿费，当心这次是来要债的！'"（见国民党《中央日报》12月20日）当然国民党官员对此给予了足够的重视，于12月24日派《中央日报》总编辑许志鼎前往饭店见刘宾雁，"将七年前的这笔稿费致赠刘宾雁，替七年前的文字缘画下美丽的句点"（见12月25日该报）。这笔钱究竟多少，报上没有透露，既然当"小学生"当得那么够格，自然是稿费从优了。其实刘宾雁也还是有愚蠢之处，即使不说"要债"的话，就凭那半个月无尽无休的吹捧，主人也还是会给一笔厚厚的赏赐的。不过我觉得最精彩的还是发表在国民党《中央日报》上的照片。你看那一向道貌岸然的刘宾雁手托金票时那种含情脉脉的样子是多么地动人呀！如果有哪位画家要画叛徒的形象，那真是绝好的资料了。

中华人民共和国建立以来所取得的伟大成就，凡是有一点良知的中国人都是承认的，就是敌人也无法否认。而刘宾雁对于共产党和人民取得的这些伟大成就，却没有任何热情，换不来他一声赞美。在他眼睛里，总是这也不对，那也不对，人民的事业简直是一片黑暗，一团漆黑。而对真正的黑暗势力——帝国主义和国民党反动派，却没有看见他有过什么指责。这是很叫人纳闷儿的。如果说特点，这恐怕就是他作为记者和作家（其实他是没有多少作品的作家，这一点他自己也清楚）的特点了。可是他巧辩说，这是"第二种忠诚"。他特意写过一篇作品，题目就叫《第二种忠诚》。意思是像雷锋那样的人，可谓第一种忠诚，而这种忠诚不过是愚忠愚孝，一种工具罢了。而像他这样的人才是真正的忠诚——"第二种忠诚"。他还专门找了一个模特儿作为作品的主人公。可惜这个模特儿不长脸，为时不久就叛逃了。这个耳光真是打得脆响。不过，这还不算最有趣的。我觉得最有趣的是，通过刘宾雁对台湾的"访问"，我们发现他身上不仅有"第二种忠诚"，也有"第一种忠诚"，不过"第一种忠诚"是专门献给帝国主义和反动派的，第二种才甩给共产党和人民。事情就是这样奇妙的组合，正如大老爷和"小学生"也可以统一在一个人的身上。

刘宾雁是1987年被开除出共产党的。一个人既然天天骂共产党，反共产党，老是想把她推翻打倒，那就不如把他请出去。如果还有人对此不理解，那么看一看他对台湾记者的谈话，也许就了然了。记者叙述说："刘宾雁跌入回忆中，他说自己在1984年开始怀疑，开始绝望，热情被浇熄，理智在良心上萌芽，此时写了《第二种忠诚》，呼吁不要盲目服从党的领导，正是他当时心态的反映。'1986年，我清醒了……'这句话刘宾雁尘埃不惊地淡淡说出，却令人有从无声处听惊雷的震动……"这不是给《第二种忠诚》作了一个最准确的注脚吗？一个"清醒了"的要同共产党最后决裂作对到底的人，共产党为什么要把他硬留在自己的队伍中呢？

刘宾雁像其他叛徒一样,在主子面前表示要反共到底。"他决定写成各种小册子,用各种伪装,寄给大陆民众。"可是我倒觉得他应该更多地想一想叛徒的下场,实在说还没见过哪个叛徒有好的结局。就说前面提到的张国焘吧,刘宾雁绝不会比张国焘对国民党更有价值。张国焘"红"了一阵之后,在国民党特务机关里连个车都要不出来,后来又到香港摆香烟摊子,最后像狗一样地冻死在加拿大。这种景象不是也可以让刘宾雁之流警醒一些吗?

1990年2月16日

到底怎么"比"？

最近，《人民日报》连续发表了几篇文章，谈到在经济发展上中国如何与西方发达国家比，社会主义如何与资本主义比，以及新中国与旧中国的对比等问题。材料翔实，论证确凿，对青年的教育大有好处。这几年，上述诸方面不能作正确的对比，是造成思想混乱的重要原因之一。

对于我们这些老年人来说，这些都是刚刚经历过的事情，问题本来是很清楚的。而对青年人来说，由于这些年宣传教育上的重大失误，却成为影响他们政治方向的大问题了。不说别的，就说北京吧，人民解放军刚刚进城的时候，那是一个什么样儿的北京呀！我站在老北京饭店前望了一望，它就是当时惟一高大的建筑物了。到处垃圾遍地，几辆有轨电车黑里巴唧地勉强行驶着，那个破烂劲儿，真像是一艘快要沉没的破船。经过这几十年来的建设，我可以说，现在的石家庄、保定，以及国内的大部分地区级的城市，都远远超过当时的北京，更不要说北京自身的变化了。这还不算翻天覆地的大变化吗！在旧中国的废墟上，我们于十年前就建立了完整的工业体系，我们的经济力和综合国力已经极大地增强。钢铁解放前只有几十万吨，现在是六千万吨了；石油解放前仅仅十几万吨，现在是一亿几千万吨；其他的成就不必说了。尤其是我们在原子弹、导弹、氢弹等方面获得的巨大成功，使我们跨入世界几个有数核大国的行列。在中国共产党领导下中国人民取得的这些伟大成就，是史无前例的，是举世公认的，就连我们的敌人也不能否认。可是奇怪的是，你如果说起这些，有些青年人就会把嘴一撇："我们不要纵比，我们要横比！"就是说，他不要作新旧中国的历史对比，他要和发达的西方国家相比。

　　这种思想是从哪里来的呢？如果你留点心，就会发现，这是来自某些醉心全盘西化的"改革家"的错误宣传。他们这些年"红"极了，东奔西跑，到处发表演说。讲一些西方如何先进、如何富裕的例子，然后和我们的贫穷落后作对比。譬如有人说，他在伦敦打一个国际电话，只要几秒钟，而在北京打一个普通电话，比那个还难。这些对比，一直要把你比得自惭形秽，无地自容。如果是为了激发青年们的进取心，作一些横的对比，也不是不可以；如果得出的结论是社会主义不如资本主义，那就大谬特谬了。我认为这种所谓"横比"，必须有一个前提。只要学过一点近代史就会明白，我们和那些发达国家完全是两种类型：在一百多年的漫长岁月中，我们是饱受帝国主义列强剥削的半殖民地，而他们是吸我们的血吸饱了的帝国主义。或者说他们是大腹便便的富翁，我们是刚刚翻过身来的瘦骨嶙峋的穷汉。我们怎么能同他们相比呢？只让"横比"不让"纵比"，那就等于剥夺共产党的发言权。因为尽管你为人民做了天大的好事，立下了盖世功勋，但是一"横比"，也就微不足道了。这种只能"横比"不能"纵比"的蛊惑人心的宣传，是必须要击破的。

　　还有一个国民年收入的人均比。这种比作为一种参考是可以的，但它毕竟带有一些不可比的、不科学的因素在内。从表面上看，这种比似乎是很科学的，而实际上并不能完全准确地显示出各国人民实际的生活水平。比如意大利，在人均收入上会比我们高好几倍，但实际生活水平并不如此。前几年我曾访问过意大利，同一个比较熟的司机聊天，他的工资猛一听很不少，比我们的工人工资高多了，但是他光付房租就去掉了将近一半，加上物价很高，一双皮鞋就100多美元，因此生活就很紧张，每天下了班还得去打零工，生活水平也就是"吃意大利面条"。这样说，他们的生活水平就不像统计表显示的那样高。第二，要明白，这种人均收入，是百万富翁、亿万富翁和穷光蛋加在一起用二除的人均收入，完全不能体现社会的公平。如果单看这种对比，社会主义的优越性就会被淹没得干干净净。比如美国，它的人均收入比我们高得多，可是并不能说明美国那些露宿街头的无家可归者，比我们过得还要舒服。再说台湾，也比大陆的人均收入高，可是敢说那里的下层群众都生活得很舒服吗？如果那样也就不会有15分钟要接一个客人的妓女了。第三，这种比也不能确切说明一个国家的实力。我们国家的特点之一是人口众多，尽管一些项目生产能力位于世界前列，而用人数一均，就不得不退入世界的后排。但是决不能由此得出结论：我们的国力、经济力还不如一个"蕞尔小邦"。这几年有一种吓唬人的说法，说我们将有被"开除球籍"的危险。如果意在刺激人前进，随便说说也无不可，但毕竟是形而上学的吓人战术。现在不少青年人被这种说法吓得泄了气。有些人提出质问："中国为什么这样穷？"不就是这种宣传的有害后果吗？

总之，我们不怕比，但要正确地比，科学地比，要比出信心，比出勇气，比出希望。我认为，从宏观看，从远景看，我们中国可能是地球上最有希望的国家。这绝不是说大话。因为像美国这些发达的资本主义国家，它的发展已经到达极限了，如果它不解决自身的矛盾，它大体上也就是那个样子了，甚至会要衰退；而那些发展中国家，由于自身的社会矛盾未能解决，短期内也难以有大的作为；某些社会主义国家，正在闹乱子，争斗还要一个长的时期；而惟我中国，当前虽有相当困难，前面却跃动着希望之光。只要我们坚持正确路线，不忽"左"忽右，不害急性病，不害冷热病，不搞不正之风，不自毁长城，扎扎实实，发扬党的优良传统，振奋革命精神，发扬民主，群策群力，紧紧依靠工人阶级，依靠人民的大多数，我们的目标就一定能够达到。一个名字叫做"中国"的世界上的第一流强国，一定会在地球上出现。那时人人都要用羡慕的眼光来看待她。

1990年2月17日

到底由谁来领导？

这几年奇谈怪论不少。其中之一就是：中国不应由工人阶级来领导，而应由知识分子来领导。这自然不是思想感情正常的知识分子提出来的，而是以"精英"自命，颇有几分野心的那类人提出来的。例如方励之、刘宾雁之流，他们的讲话中就常有这个内容。我开始听到这种说法，很感惊讶，因为建国以来我还从来没听到过这样的言论。

刘宾雁就说："其实真正最先进的力量，我认为不是工人阶级而是知识分子。"刘宾雁从心里鄙视工人阶级，他在谈到上海这座城市时说："正因为它是工人运动最发达的地方，所以大批起用工人，那些没文化的没有政治头脑的工人当干部，到现在中心工厂的领导，还有很多是那些工人。"在另一处则又说这些工人是"愚昧的，保守的，盲目的，崇拜顺从权威的"。方励之也说："到底谁是最先进的力量？我觉得知识分子当然是最先进的。"他们的根据就是借口"科学技术是生产力"。刘宾雁说："在马克思时代，最先进的生产力就是在机器边操作的工人，现在最先进的生产力是科学技术。科学家的一个奇思妙想可以产生对人类很重要的东西。"这是他们把科学家的特殊作用，与代表历史发展方向的先进阶级混为一谈。科学家的这样那样创造发明自然是对人类的贡献，但他们丝毫也不能代替工人阶级争取人类解放的斗争。这完全是两回事。科学技术固然是生产力的重要组成部分，但科学家的任何奇思妙想，离开工人阶级的实践，也不会变成现实。这是很明显的道理。如果刘宾雁、方励之们言之成理，那么，即使在马克思时代工人阶级也不能说是先进的了，只有瓦特和爱迪生这些人物才是先进阶级。方励之、刘宾雁之流的企图，无非是贬低工人阶级的先进作用，从而进一步否定共产党的领导作用。

革命的领导权，国家的领导权，这自然是头号问题，不可置之不理。

我们的中华人民共和国，宪法为什么规定要由工人阶级来领导呢？

第一，这是由工人阶级的地位和它的阶级特质所决定的。在旧中国，工人阶级处在三座大山重压下的底层，除了革命别无出路。事实证明，工人阶级革命的坚决性和"特别能战斗"的能力，以及它特有的组织性、纪律性，超过了一切革命阶级。只要随便翻翻历史书就可以看到，在工人运动中，尤其在二七罢工、上海罢工和省港罢工中，工人阶级是多么英勇，他们显示的力量是多么强大。这些一向被人瞧不起的穷工人，竟把反动军阀和帝国主义吓得惊慌失措，屁滚尿流。

第二，这是由中国革命过程中工人阶级已经形成的领导地位所决定的。自从工人阶级出现在政治舞台，它的先锋队——中国共产党，便挑起了领导中国革命的重担，团结各阶层人民，同一个又一个强大的敌人进行了长期艰巨的斗争。她以自己的奋斗和牺牲赢得了人民的信任和拥护。人民从自己的切身经验中认识到：中国共产党是他们利益的忠实代表者和当之无愧的领导者。这种历史的事实，是无可改变的。

第三，这是由我们国家的根本性质所决定的。宪法确定，中华人民共和国是以工人阶级为领导、以工农联盟为基础的人民民主专政的社会主义国家。中国共产党所以能领导这个国家，是因为她是工人阶级的代表。

下面再谈，知识分子能不能取代共产党、取代工人阶级来领导这个国家。

知识分子以个人的身份，凭个人的才能，担任任何领导职务都可以，直到担任国务院的总理和国家的主席。但是，他要作为知识分子的代表取代工人阶级的领导地位，那就决然不行。这是为什么呢？因为知识分子只是一个阶层，它从来就不是一个独立的阶级。从经济地位和政治态度来说虽都称为知识分子，但却有极大的不同。有的依附于帝国主义、军阀、大地主大资产阶级,有的则更接近下层劳动群众。比如依附蒋介石的胡适,同一个穷苦的小学教员,就绝不会有共同的语言。用知识分子的概念,把一切地位、利益绝不相同的人说成是一个阶级,显然是不合适的。用他们的代表人物来取代工人阶级的领导地位,自然是更不对了。

也许有人会说,那么,毛泽东、周恩来、刘少奇、朱德等人不都是知识分子吗?他们为什么能够领导呢?不错,这些人都是知识分子,而且是大知识分子,但是他们并不是以知识分子的身份,更不是以原来的阶级出身的身份来领导中国革命的。相反,他们是叛变或脱离了原来的阶级,投身到无产阶级的队伍中来,以无产阶级一分子的身份来领导的。

这些本来都是政治常识,刘宾雁之流是不会不知道的。现在知识分子已经是工人阶级的一部分,就更不会产生取代工人阶级领导的问题。刘宾雁、方励之之所以要这样做,不仅是从内心里鄙视工人阶级,而且是为了把水搅浑,以便浑水摸鱼。自然,这鱼不是小鱼,而是国家领导权这样的"大鱼"。他们要知识分子来领导,绝不是指一般的知识分子,而是"知识分子"中的"精英"。刘宾雁之流自然是责无旁贷的了。

想到此处,我不禁哑然失笑。

1990 年 3 月 22 日

祭在纽约无端被杀同胞

今天,在《人民日报》上看到李增国写的一篇文章,讲的是一个华裔学生在纽约无端被杀的事情,读后久久不能平静。文章说:

3月15日晚9时许,纽约市立大学广东籍31岁的学生亨利·刘在鞋店打工后乘地铁回家,途中偶然抬头瞥了坐在对面的一个中年男子一眼。岂料,那个汉子顿时勃然大怒,朝他吼道:"你瞪我干吗?"亨利·刘忍气吞声,一再解释,但对方怒气不消,骂骂咧咧,竟突然疯狂地从腰间抽出一把匕首。亨利·刘猝不及防,胸部连中四刀,其中一刀正刺中心脏部位,送医院后不治身亡。

据警方说:当时车厢里有40余名乘客,竟无一人见义勇为。车到站后,凶手若无其事地扬长而去,迄今逍遥法外。

看了这篇文章,心里很不是个滋味。一时竟说不清是痛?是酸?是怒?是怨?文章之中说,"这桩骇人听闻的命案在美国华人中引起极大的震惊和愤慨",大概同属炎黄子孙,我也不免受到感染了。

大千世界,景象万千。仇杀、情杀、奸杀、暗杀,都听说过,惟独随便看了别人一眼,而横遭杀戮的事,却闻所未闻。在一些人的心目中,美国不是最民主、最文明、法制也最健全的国家吗?光天化日之下,众目睽睽之中,为什么竟会发生这样的事?既发生了这样的事,为什么又让凶手"迄今逍遥法外"?

愤慨之余,我也想了很多。过去旧中国时期,中国人在世界上的地位是很低的。我不止一次听老一代知识分子说,他们在外国受够了窝囊气。事情过去了几十年,提起来还是非常激愤。自从新中国成立,情况大大不同了。中国人出国,处处受到尊敬,腰板挺得很直。确实是"站起来了"。国外的侨胞尤其扬眉吐气。可是近几年，由于宣传教育上的严重失误，自己轻视自己，自己给自己抹黑，加上全盘西化论者胡吹八吹，这样崇洋媚外的邪风迷雾，便大大损害了新中国的形象，迷糊了一些青年的眼睛。例如出国留学，这本来是很正常的事情，可是后来一哄而起的"出国热""出国潮"，便带有许多盲目性了，由于出国人太多，好学校不容易找，有人就去上三四流的野鸡大学，哪里比得上我们的一般大学？千里迢迢，这是何苦？可是你总说不服他，因为他早已把资本主义看成天堂，梦寐以求，你怎么唤得醒呢！

可是美国以及其他资本主义国家，毕竟不是所有人的天堂呵！亨利·刘同学的遭遇即是一例。

当我读到此文时，亨利·刘君恐已化为青烟而去，不知骨灰能回归祖国否？谨作小诗以悼之。诗曰：

　　慧彼小星，瞩望西方，
　　怀抱美梦，远离故乡。

　　慧彼小星，适彼乐土，
　　汗水和泥，打工真苦。

　　慧彼小星，好梦正浓，
　　横祸飞来，喋血车中。

　　慧彼小星，何以遭难？
　　只因望了，白人一眼。

　　呜呼小星，哀哉小星，
　　一场美梦，尽成泡影。

1990 年 3 月 25 日

最珍贵的东西

石玉山同志是长于写随笔小品的作家。近些年来,他热情很高,写作甚勤,收获颇丰。一部《石玉山随笔》刚刚出版,这本《毛泽东回归人间》的新集子又将付梓了。

今年以来,石玉山连续在《光明日报》《中流》杂志上发表了五谈《读一点毛泽东》的文章,受到了广大读者的热烈欢迎。在我国政治思想战线开始发生转机的时候,在各条战线都在大力加强政治思想工作的时候,在资产阶级自由化泛滥造成的迷雾需要进一步廓清的时候,石玉山同志能够提出这样一个事关重大的问题,这是非常难能可贵的和特别适时的。这无异在百万军中登高一呼,必能激励革命战士奋然前行。

这本书的名字叫《毛泽东回归人间》。题目很有意思,是对当前一种社会现象的概括。既然讲"毛泽东回归人间",那就是说,在过去一段时间内,一定程度上是失落了,或者至少是冷落了。当然,在坚定的革命战士的心中,不论风云变幻,潮涨潮落,毛泽东仍然是毛泽东,是任何时候也不会失落的。可是在某种社会气氛的影响下,前几年居然出现了这样的事情:有的城市连买一本毛泽东的"两论"都很困难。甚至有的步兵团竟找不到一套完整的《毛泽东选集》。马列书籍的命运也好不了多少。跑几家书店找不到一本《共产党宣言》的事也出现过。在我们社会主义国家里,作为人民共和国和军队主要缔造者的毛泽东,竟遭如此冷遇,也足以使人感慨的了。

其实,这些事都极平常,是不须挂齿的。令人难以容忍的是,前些年,一些报刊对毛泽东和毛泽东思想进行了无尽无休的贬损、嘲讽和辱骂。尽管1981年党的十一届六中全会已经作出了庄严的决议,对毛泽东同志的是非功过作了历史性的分析和结论,但是某些人、某些报刊完全置决议于不顾,对毛泽东同志和毛泽东思想,仍以指名和不指名的方式,进行阴一句阳一句的诟辱和攻击。随着资产阶级自由化的泛滥,一些人胆子越来越大,此种邪风恶浪越掀越高。一直到去年达到了高潮。安徽有一个刊物叫《百家》,去年发表过一篇极其下流的文章《毛泽东现象》,其中对毛泽东进行的肆意诬蔑可谓登峰造极了。

然而,历史是无情的,人民是公正的,客观事物是有其自身的发展规律的。而且有些人和事,往往距离得稍远一些才能够看得更清晰;一些真理也需要经过反复地检验和比较才能够显示得更鲜明。对毛泽东和毛泽东思想的认识,也是这样。生活毕竟是严厉的教师,它可以告诉人们很多的东西。随着岁月的推移,在不知不觉中,事物又悄悄地发生了新的变化。人们在社会生活中看到,毛泽东和毛泽东思想的威望,又在回升了,又在由冷变热了。比较明显的是青年人。听说在大学里一些青年人又在开始阅读毛泽东的著作和马列的著作。书店里毛泽东的著作以及毛泽东的传记、纪实文学相当畅销。到"毛主席纪念堂"参谒的人也显著增多。据说平时每天平均2万多人。1988年一年近900万人。而在毛泽东95岁诞辰那一天,半天竟达15000人。由此也就可想一般了。

在这一冷一热之间,蕴含着多么丰富的内容和深刻的教训呵!这是值得深长思之的。

俗话说,"宝剑锋自磨砺出",这话不错。同样的,真理之剑也要经过实践的反复磨砺,才能显得愈加锐利和明亮。近年来国际上的一系列事变,已经用惊心动魄的事实证明,毛泽东对社会主义阶段存在着阶级斗争、存在着两条道路斗争的论断,以及资本主义可能复辟的论断,是何等地正确!如果漠视或者否定这一点,将会吃多么大的苦头呵!真理是可贵的,经过实践检验的真理,以及以鲜血为代价获得的真理,无疑是更加宝贵了!

我从许多事实中觉察到,敌对营垒中的人,有时候比我们自己的人对某些问题的认识还清楚。就比如说那个方励之吧,他在讲话中就从来都没有忘记过"批毛"。他说:"一定要彻底批判毛泽东思想才能改革。不能绕开这个关键问题。"他所说的改革就是复辟资本主义。他很明白毛泽东思想才是他们复辟资本主义的不可逾越的障碍。这也从反面证明,毛泽东思想对于革命的人民是如何值得珍贵了。

　　这里,我衷心祝贺《毛泽东回归人间》的出版。我想,它能够给予我们的,就正是这些最珍贵的东西。

1990 年 11 月 29 日

新语丝

《新语丝》前记

四中全会以来,广州欧阳公致力杂文,新篇佳作迭出,已成《广语丝》数十篇矣。公以耄耋之年,怀对党之赤心,秉鲁迅之遗风,一扫邪气妖氛,实为可敬。然岂可有南无北,有《广语丝》而无《京语丝》乎?岂可任战士奋争于前,我辈袖手观风乎?岂可贤人行于前我独不能步其后乎?而"京语丝"之名我不敢擅专也。因名《新语丝》以唱和之,望我各省各地宜各有自己之《语丝》也。

多难兴邦

正当我们的工业稳步走出困难,力争农业再获丰年的重要时刻,老天好像故意与我为难,入夏以来,连降暴雨,从南到北,暴风雨猛袭着中国大地,可以说,这是一个洪涛恶浪冲击中的中国之夏!这场遍及全国18个省市的洪涝灾害,自然给我们增加了许多困难。但是,我们在这场百年罕见的特大灾害与困难中,也看到了一种光明的、美好的、令人振奋的东西。这些东西也许是我们平时感觉不到或感受不深的,而现在却像刚出炉的铁水一般光彩夺目地涌到我们的面前了。

我们看到和感到的是什么呢?

首先就是共产党的崇高形象和伟大作用。当南方诸省告急的时候,我们的总书记江泽民同志,就打着雨伞,穿着大雨靴,一脚泥一脚水地出现在灾民中。李鹏总理访问六国归来,喘息未定,就马不停蹄地来到了重灾区。省、市、县各级党和政府的领导,无不投身到抗洪抢险的第一线。那些基层的党员和干部就更不用说了。尽管他们自己家里同样墙倒屋塌,但他们却忙于救护群众或者日夜战斗在大堤上。这一幕幕图画,充分显示了共产党员冲锋在前的本色。值得大书一笔的是我们的解放军,还有武警部队和民兵,哪里困难他们就出现在哪里,哪里危险他们就出现在哪里。他们在危急的堤段去抢堵决口,他们甚至以自己的身体搭成人墙来顶着恶浪。他们从被水围困的村庄里、孤岛上,把成千上万的群众转移到安全的地方。不管情况如何危急,只要他们出现,人心立刻就安定了。人民把他们当作救星,当作自己的依靠。从这次洪水我不禁想起1976年的唐山大地震。那突然降临的灾难真是可怕,一个几十万人的城市,在一两分钟之间就毁灭了。没有砸死的人也全被惊呆了。就在这危难的时刻,不也是从四面八方赶来了解放军么?他们要从一堆堆瓦砾中把人挖出来。有时为救出一个人要动用两三个吊车和一个连的兵力,才能把那些堆积如山的预制板移开去。为了不遗漏一个活着的人,一到夜静更深的晚间,战士们就拿着小锤子去敲瓦砾堆上的砖瓦,一面敲一面伏地询问:"里面还有人吗?""还有人吗?"直到确实没有回声,才转到另一个瓦砾堆去。我记得当时一个地方负责同志感慨地说:"解放军真是人民的主心骨呵!"这话说得多么贴切! 人们看到,当滔滔的洪水威胁着人民生命财产安全的时候,解放军再一次成为人民的主心骨了。听说在抗洪前线,指战员的战斗精神非常好。大禹当年是三过家门而不入,我们有的战士已是六过家门而不入了。且不说他们终日一身泥一身水地与洪水搏斗,而且往往在抢堵决口时献出自己的生命。看到这些谁能不动心呢! 总之,在这次大灾难中,中国共产党以及她领导的政府和军队,在全国人民面前再一次显示了她的崇高形象,显示了她为人民服务的本质!那些常常爱说共产党这也不行那也不行的人,那些想在人民心目中把共产党涂黑、抹掉的人,现在该清醒清醒了!

第二,我们可以最明显地看到社会主义制度的优越性。尤其像我们这些经历过旧社会的人,两者相比,感受是很深的。在我的记忆里,旧中国的灾荒还特别多,不是水灾,就是旱灾。灾荒一来,随之是成千上万的灾民涌进城市,露宿街头。愈是荒年,愈是富人发财的好机会,接着就是囤积居奇,粮价飞涨,米珠薪桂。即使有些赈济,也多为贪官污吏自肥,很难到灾民手中。这样灾民只有卖儿卖女,吃树皮和观音土了。再不就是铤而走险,流为盗匪。不敢为盗匪的,就只有活活饿死。1931年那场大水灾,和今年颇类似,有16个省受灾,死亡了370万人。丁玲的名著《水》就是写那年的故事。1942年河南那场大旱灾、蝗灾,饿死了300万人,有不少逃荒的河南人流落到陕、甘等省。这对河南人印象该是非常深刻的。如果把今天的情况与那时相比,真是新旧社会两重天了。这次的大水灾比1931年还要严重,但人民的生命得到基本的保证,死亡人口才两千余人。我们之所以能够比较顺利地做到这一点,首先是同建国以来我们党长期重视水利建设并进行了大量的工作分不开的。而在旧社会由于层层贪污腐败,堤防千孔百疮,一旦遇见今年这种洪水,就会到处江河横溢,不可收拾了。1931年的情况正是如此。其次,当灾害发生之际,由于我们国家强有力的集中领导、统一指挥,救灾物资如粮食衣物、医药用品甚至帐篷和搭棚子的竹子、油毡、塑料布等等,很快就能运到灾区,发到灾民手里。这就基本上保证了灾民的生活安定和情绪安定。其三,由于我们的经济制度不同,我们既没有近年来被吹得天花乱坠的单一的市场经济,也不允许奸商的活动,虽发生了这样大面积的水灾,粮价至今依然平稳。这在旧社会是不可想象的。如果是过去,怕早已是哀鸿遍野、饿殍遍地了。其四,我们的救灾工作是在各级党和政府有组织有领导下进行的,不像旧社会那样没有人管,各奔前程。总之,这一切都来自社会主义的经济和政治制度,来自真正热爱人和关怀人的社会主义的本质。那些一天到晚嘴上挂着人道主义而实际反对社会主义制度的人,我看他根本就不懂什么叫社会主义。至于那些一面高喊人权,一面放肆地把大批炸弹投到别人头上的人,我看更应该羞死了。

第三,在这次洪灾中,我想人人都可以感到的还有中华民族强大的凝聚力。自从灾情发布,两个月来一直牵动着全国人民的心。人们不分男女老幼,各行各业,都纷纷伸出了援助的手。中国大地上出现了一方有难、八方支援的最生动的图景。笔者在偏僻经济落后的老区看到,那些生活还很拮据的老农在捐款上也毫不后人。尤其令人高兴和振奋的是在港澳同胞、台湾同胞、海外侨胞中出现了对大陆灾民异乎寻常的关切,深刻地表现了炎黄子孙血浓于水的手足之情。看来我们中华民族越到艰苦危难的时刻越能显示出她强大的凝聚力。在抗日战争中,中华民族由一盘散沙凝结为钢铁长城,是当代历史上最典型的表现。如今这种凝聚力在这次水灾中又得到了证实。我认为这一点很重要,它是我们的民族终于能统一和强大昌盛的征兆。

"多难兴邦",这是一句富有哲理的古话。愿同志们以更高的热情战胜困难。愿灾区同胞再接再厉,不灰心,不泄气,振奋精神,重建家园。

1991年8月20日

元宵感言

今天是元宵佳节。我来参加党中央召集的文艺界朋友的聚会，非常高兴。这使我想起敬爱的周总理生前在紫光阁、在新侨饭店、在青年艺术剧院同文艺界人士的那些会见。我们党的领导人像毛主席、周总理等许多领导同志，都是热心关怀文艺工作的。他们对文艺界的朋友，既有鲜明的原则性，又有亲密的友好关系。这应该说是我们党的光荣传统。今天的元宵聚会，我感到这种传统又回到我们身边。我既高兴，又深为感动。

面对着自己的党，自己的同志，我说几句心里话。

我认为当前对于我们党最危险的，也就是足以威胁党的生存的，是两个东西：一个就是腐败现象，一个就是资产阶级自由化。这是党的肌体上两个孪生的毒瘤。这两个毒瘤不除掉，我们迟早要吃大亏。即使我们的经济搞上去了，也会被它们摧毁。这里我着重谈一下反对资产阶级自由化的问题。

资产阶级自由化泛滥所造成的严重后果，是有目共睹的，我想已经不需要多加证明了。十三届四中全会之后，政治思想战线上确实出现了转机，资产阶级自由化得到一定的抑制，文艺工作在"一手抓整顿，一手抓繁荣"方针的指导下，也取得了一定的成绩。但是老实说，反对资产阶级自由化的任务还很艰巨，决不能对成绩估计过高。这个工作看来很不平衡，有的地方很认真，有的地方就很不认真，还有不少人是持观望态度，看这个风到底是往哪里吹。这样的地方你怎么能说它有很大进展呢？再说，冰冻三尺，非一日之寒，种种自由化观点的散布，已经不是一天半天了。过去不少报刊散布了那么多错误的东西，对我们的青年造成了很深的毒害。你只要研究一下青年的思想，许多错误观点都可以在报刊上，以至讲坛上找到来源。而今天要来分清是非，加以澄清，这个工作是相当艰巨的，何况还没有深入去做。从表面看，现在很平静，情况缓和多了，但能不能说已经消除了潜在的危险呢？恐怕还不能这样说，我们不能自己欺骗自己。

从外部情况看，资本主义和社会主义的对立，不是缓和了，而是加剧了。国际阶级斗争是不以哪个人的意志或看法为转移的。有帝国主义存在，有反社会主义势力存在，有反共产党势力存在，我们就不能认为天下太平，高枕无忧。以美国为首的西方资本主义集团，对社会主义国家实行"和平演变"的战略，不但不会放弃，而且由于东欧的事变而兴高采烈，变本加厉。他们高喊的"民主""自由""人道"等等，实际上都是进攻社会主义的武器。他们把这些武器公开或秘密地运送到社会主义国家内部，交给一些人，用来进行颠覆活动。这是头脑清醒的人都懂得的。

看来，我们还应该深入地进行反帝教育。我们同帝国主义的买卖尽可以做，但是不能有丝毫的幻想。我们要百倍加强自己的力量，其中也包括精神的力量，精神一旦解除武装，飞机、坦克也没有用，我们就会陷入可悲的境地。

鉴于以上内外情况，我希望全党要加强意识形态的工作，最好中央能做出相应的决议，以便统一全党的思想和行动。四中全会到现在已经快要两年了，别的大政方针都有了，为了彻底纠正过去一手硬、一手软的问题，应该专门研究意识形态方面的工作。其中，自然包括把反对资产阶级自由化的斗争和教育进行到底。

所谓"到底"，就是坚持进行，不要中途停步，不要半途而废。这是联系着过去的经验教训说的。过去反对资产阶级自由化的斗争，曾经三起三落，教训是极其深刻的。每次反复，都要给一些反资产阶级自由化的人的心灵留下伤痛。每次反自由化都是党布置的，执行人是抱着贯彻党的指示去工作的，但过不了几天，又说你错了，甚至把你拿下来。这是很不公道的。1987年那一次动员反对自由化，我曾经说：上面要没有决心，就不要进行了吧！我自己也觉得这话是够难听的，但结果还是被我不幸而言中。我希望今后再不要有这种情况发生。

反对资产阶级自由化的斗争,我的理解,绝不是要把谁打倒。把一些人打倒,否定他们的历史,否定他们的成绩,那是"四人帮"的作法。这些都过去了,决不会再重复了。我们针对的只是一种思潮,是那种对我们危害最严重的反党反社会主义的思潮,也可以说是反共思潮。出于无产阶级和民族的利益,我们不能不进行这场斗争。这是一场有高度原则性的斗争,是关系我们党和国家兴衰存亡的斗争。

　　至于学术讨论,同志间的批评与自我批评,那是一种正常的思想交流,一定要做到与人为善,方式也尽可能地讲究,并且要允许反批评。我认为正常的健康的文艺批评,是有利于我们文艺事业的发展的。过去鲁迅、郭沫若、钱杏邨这些革命的文学前辈,互相之间都进行过批评,照他们的办法开展批评,只能活跃我们的文艺工作。但是一些不了解情况的人,总是把文艺界的争论看成是个人之间的恩怨,是"窝里斗",是"永远扯不清的纠纷"。这不符合事实,而且模糊了问题的性质。从我个人来说,大家对我不错,我没有什么个人恩怨。为了繁荣我们的社会主义文艺,文艺界是必须团结的。四项基本原则是我们各族人民团结的政治基础,当然也是文艺界团结的基础。只有在这个基础上建立起来的团结,才是最巩固的团结。团结安定,是我们全党全国人民的最大利益,在当前国内外形势下,我们没有理由不更牢固地团结起来;但是反对自由化的斗争同团结安定绝不是截然对立的,只有消除一切不安定的因素,才能达到真正的安定。七中全会的决议号召我们把经济搞上去,这是我们全党全国人民的最大利益。但是,这同全面加强意识形态的工作,也不是对立的。只有加强意识形态的工作,做到万众一心,发挥出巨大的精神力量,才能更有效地把生产搞上去。依据过去的经验,就生产抓生产是万万不够的。在这方面,我们文艺工作者有不可推卸的责任。文艺工作就是要唤起人民的热情,推动社会生产力的发展。在当前世界风云变幻,国际共产主义运动遭到极大挫折的历史关头,我们党要高举马列主义、毛泽东思想的旗帜,力挽狂澜,坚定地走在社会主义的大道上。毛主席有一句词,叫"已是悬崖百丈冰,犹有花枝俏";我看拿它来形容当前的中国,是恰切不过的。中国的坚定姿态不但为世界进步人士所称赞,也使我们作为中国共产党的党员感到骄傲。让我们团结在以江泽民同志为核心的党中央的周围,把我们的社会主义文艺搞得更加繁荣!

1991年2月28日

读鲁迅论"文人相轻"想到的

鲁迅逝世前一年,连续写了7篇论"文人相轻"的文章。为什么老人有此逸兴呢?后来我结合实际仔细想了想,也就明白了。

凡是读过鲁迅著作的人,都知道鲁迅是有强烈的爱憎的。不管在为人或为文上,他都主张"有明确的是非,有热烈的好恶"。而"文人相轻"这个"模模糊糊的恶名","不但是混淆黑白的口号,掩护着文坛的昏暗,也在给一些人'挂着羊头卖狗肉'的"。因此,他坚决反对那种"彼一是非,此一是非"的无是非论,而主张"他得像热烈地主张着所是一样,热烈地攻击着所非,像热烈地拥抱着所爱一样,更热烈地拥抱着所憎——恰如赫尔库来斯的紧抱了巨人安太乌斯一样,因为要折断他的肋骨"。

联系到今天的文坛,不是也常常有人责怪文艺界"多事"么?不是也有人认为文艺界是"窝里斗",是"永远扯不清的纠纷"么?如果属于不了解情况,那是可以原谅的;如果是故意这样说,那就有点儿混淆黑白,近于"文人相轻"这类模模糊糊的口号了。

文人"多事"么?是的,一点也不错。鲁迅就说,文人"既然还是人,他心里就仍然有是非,有爱憎;但又因为是文人,他的是非就愈分明,爱憎也愈热烈"。如果更直率地说,他们都各自拥有各不相同的人生观、艺术观、政治倾向并代表着社会上各不相同的阶级和集团的利益,又怎能不发生相互之间的撞击呢?问题在于这种斗争是无原则的纠纷还是原则性的是非。这几年,文艺界在一些问题上的斗争是很激烈的,例如我们的文艺究竟是坚持党的领导还是"无为而治"?究竟是应当保持社会主义文艺的性质还是多元化?究竟是应以马列主义、毛泽东思想为指导还是摒弃和打倒它?究竟是坚持

"二为"方针还是回到"自我",回到"文学自身"？究竟是坚持优良的民族传统和革命传统还是全盘西化？难道这些不都是有关文艺方向的原则问题吗？不是直接或间接关系到人民的命运吗？可是一个"窝里斗",这一切就都定了性了。真是简单省事,玄妙无穷。

"窝里斗",这名词儿近几年很流行。据说是中国人的劣根性之一。究竟是何人的版权,没有查。这个"理论"看来已被一些人所接受,有人把中国人民的解放战争也说成是中国人打中国人、黄皮肤打黄皮肤的"窝里斗"。如此说来,一部近代中国革命史,除反抗异族者之外,都可以说是"窝里斗"史了。抗日战争也是黄皮肤打黄皮肤,不知是否也要归入这一类。至于共产党内的斗争,例如遵义会议当然更是典型的"窝里斗"了,可是如果没有这个"窝里斗",哪里会有中国革命的转折及其以后的历史呢？哪里会有今天呢？

说文艺界的斗争是"永远扯不清的纠纷",看来这话站不住。1942年,延安文艺座谈会之前,思想也曾一度混乱,看法很不一致,并且有各种各样的错误认识。但是经过整风学习,经过批评和自我批评,又听了毛泽东同志那个有名的讲话,最后大家统一了思想,精神焕发地投入到群众之中。这不是一个最明显的例子吗？怎么能说是"永远扯不清的纠纷"呢？相反,按照某些领导人"不干预,不介入"的政策,那才会使问题越积越多,越难扯清了。

近10年来,反对资产阶级自由化的斗争,已经三起三落,都没有坚持到底。教训是沉痛而深刻的。其主要原因,就是领导的决心不够坚强,很容易受到外界因素的影响。其次,大家对这场斗争的性质认识上不够一致,恐怕也是原因之一。最近江泽民同志的"七一"讲话,我看是讲清楚了。他说:"资产阶级自由化同四项基本原则的对立和斗争,实质是要不要坚持共产党领导、坚持社会主义道路的政治斗争。"简言之,也就是走资本主义或者走社会主义这两条道路的斗争。既是政治斗争,当然也就是阶级斗争。但是江泽民同志又说:"在意识形态领域,大量的矛盾属于人民内部的思想认识问题,必须严格区分和正确处理两类不同性质的矛盾。"这样,他把两方面的问题都讲清楚了。问题的性质清楚了,大家在这种认识上统一起来,我想今后反对资产阶级自由化的斗争可以更有成效了。

1991年8月24日

驳"补课论"

在资产阶级自由化思潮泛滥时期,有一种相当流行的说法,就是认为中国的经济和文化都很落后,当初就不具备实行社会主义制度的条件。也就是说,当初选择社会主义就搞错了。其错误就是千不该万不该逾越了资本主义阶段。解决的办法自然是"补课"。人们就称这种貌似理论的东西为"补课论"。与此同时出现的,还有"空想论"和"早产论",意思也差不多,无非是说社会主义不该搞或者搞早了。一句话,都是为了否定中国人民在中国共产党领导下几十年来的社会主义实践,希望赶快"补"上资本主义这一"课"。

的确,40多年前,中国的经济和文化都是很落后的。但是经济、文化落后就不能建设社会主义吗?

无独有偶。十月革命前的俄国,在帝国主义中也是一个经济和文化比较落后的国家。当时也有人借口俄国落后认为不能搞社会主义。列宁有一篇《论我国革命》(载《列宁选集》第4卷724页)的文章,专门批评了这种有害的观点。列宁说:

"'俄国生产力还没有发展到足以实现社会主义的水平',第二国际的一切英雄们,当然也包含苏汉诺夫在内,把这句话视若至宝。他们把这个无可争辩的道理一再重复,他们觉得这是评价我国革命的有决定意义的标准。"

接着,列宁反驳道:

"既然建设社会主义有一定的文化水平……我们为什么不能用革命手段取得达到这个一定水平的前提,然后在工农政权和苏维埃制度的基础上追上别国的人民呢?"

中国共产党和中国人民建设社会主义的实践,完全证明列宁这一论断的正确。建国以来,中国人民在并不很长的时间里,通过自己的艰苦努力,已经建立起相当强大的完整的工业体系,其中一些部门已经跃居世界的前列,比起旧中国有了几倍、几十倍甚至上百倍的增长。在短短的 40 年中已经走完了英国 100 年才走完的路程。难道这些惊人的成就,不正是像列宁说的依靠人民政权和先进的社会主义制度方才获得的吗?

说我们是"超越了资本主义阶段",这好像是天大的罪过了。可是,我倒要反问一句:中华人民共和国建国前是什么社会?难道是一个完整的封建社会吗?不,早就不是了,那是一个大家公认的半封建半殖民地的社会。所谓半殖民地,就包括了外国资本、本国的官僚资本和民族资本这几种经济形态的统治。它本身就是资本主义这个大系统中的东西。在这样的基础上实行社会主义,怎么能说是超越了资本主义的阶段呢?何况列宁在同一篇文章中是这样说的:

"他们根本不相信任何这样的看法:世界历史的发展是按着总规律进行的,这不仅丝毫不排斥在形式和顺序上有所不同的个别发展阶段,反而预定了要有这样的发展阶段。"

你听听,"反而预定了要有这样的发展阶段"!讲得多么好呵!这才是革命的辩证法!新中国在建国后实行社会主义是既符合社会发展的总规律,也适应革命的具体发展的。所谓"超阶段"云云,至少是可怜的机械论吧!

其实,在完成民主革命后究竟建立个什么社会,是党成立后就不断议论着的问题了。这就是中国革命的前途问题。究竟是资本主义的前途或者是非资本主义的前途。对这一问题给予最周密分析的是毛泽东。大家可以看一看他的《新民主主义论》。他早就指出,资本主义共和国的路走不通,那只不过是完全的"梦呓"。中国的无产阶级在民主革命中之所以特别重视革命的领导权,一来是中国的资产阶级软弱和动摇,无力完成民主革命的任务;二来也是为了革命成功后能够顺利地实行向社会主义的转变。

时至今日,中国的社会主义建设已经辛辛苦苦搞了 40 多年,成绩有目共睹。可是不知从哪里吹来了一股邪风,说应当补资本主义这一课,这岂不是要把一列正在顺利向东疾驰的列车,让它倒个头向西去吗？我看这种人实在是得了很重的病——"爱资病"！

1991 年 9 月 11 日

一个朴素的真理

最近,忽然想到一个极寻常的问题:帝国主义、法西斯、封建军阀,以及世界上一切形形色色的反动派,为什么都那么仇视共产党呢?而且一门心思地要打散她和消灭她呢?

蒋介石算得上是一个反共的"英雄"了。"不消灭共产党死不瞑目","宁可错杀三千,也不放走一个",都是此公的版权。他在十年内战期间,捕杀的共产党员和无辜青年,真是成千上万;在苏区屠杀的老百姓,更是算不清了。最后,共产党不仅没有被剿灭,反而越剿越多,而他本人已经寿终正寝。至于他究竟是瞑目而死,还是死后一直瞪着眼睛,我们就不得而知了。

在反共这点上,日本帝国主义者也绝不逊色。在抗日根据地,成千次成万次地出现着如下的场面:几百名日军突然包围了一个村庄,把男女老幼赶到一个广场上,然后把机关枪架起来,把长长的战刀架在老百姓的脖子上,逐个逼问:"哪个是共产党员?哪个是村干部?"不说,就当场杀掉。再问第二个,不说又杀掉。这里值得寻思的是,敌人为什么非要查找出共产党员不可呢?

日本侵略者,在冀东靠近长城一带的地方,还有山西一些地方,都搞过无人区。为什么要搞无人区呢?因为他们屡遭打击,吃够了苦头,就渐渐悟出共产党、八路军同老百姓鱼水关系的含意了。如果不把水车干,鱼是不会死的。于是,他们就想了一个办法,把老百姓通通驱赶到"无住地带",挖上壕沟,修上岗楼,把人们严格地看管起来。这真是堂堂"皇军"20世纪的新创造。老百姓无以名之,呼之为"人圈",即与牛圈、马圈、羊圈、猪圈相类之谓也。越南战争期间,自诩为最文明、最讲人权的美国,也起而仿效之,在越南南方搞了很多"人圈"式的"战略村",其目的也都是将共产党困死,扼死。

最近两年发生的事情,也是这样。在一些地方,人民又面临着另一种命运的地方,矛头所向,又是那里的共产党。一种是用的掏心战术,即首先改变党的性质,随后是改变党的名称,把最刺目最令人不快的"共产"二字拿掉,换上温情脉脉的"民主"。另一种用的是砍头政策,即从根本上予以全面的解散与扼杀。当然追捕党的负责人,把大批大批的普通党员辞退,更是不在话下了。

自从伟大导师马克思、恩格斯合著的《共产党宣言》问世以来,共产党的存在已经将近一个半世纪了。世界上一切形形色色的反动派,莫不把共产党看做最可怕的敌人,必欲斩尽杀绝而后快,这究竟是为什么呢?

也许由于这问题过于平常,人们反而很少去思索。其实这里面很有学问,以下试解析之。

第一,说明共产党是人民利益的真正代表。世界上五花八门的政党很多:一类是为少数剥削阶级服务的;一类是争名逐利的政客集团;一类是代表某一阶层的利益,虽有一定的进步要求,但并不要求改变现存的剥削制度。这些政党对统治阶级的威胁,自然要小得多。而共产党却不同,她是以消灭剥削制度进而消灭私有制为目标的。那些代表剥削制度的反动势力,怎么能容忍呢?当共产党代表全民族的利益,向着民族敌人冲锋陷阵的时候,她又是最坚决的,自然她要接受最严酷的斗争风雨的洗礼了。

第二,共产党是率领群众进行革命斗争的带头人。要镇压人民的反抗,要扑灭革命的烈火,只有一个办法,这就是先砍掉群众的头。这个头就是领导群众斗争的共产党员。

第三,共产党是群众的组织者和宣传者。有了党,有了党的活动,散漫的群众就能组织起来,哪怕是几百人、上千人,也就很有力量了,而没有党的组织,即使亿万之众也只能是一盘散沙。

这里揭示了一个重要的问题,就是共产党和人民群众的关系:人民群众是党的真正靠山,离开群众就会一事无成,甚至不能生存;而共产党又是人民群众的主心骨和命根子,失去党就会随之失去一切。

人们常说,真理是朴素的。这正是一个朴素而又朴素的真理。

也许由于当前发生的事变,使我们觉得这个真理越发新鲜而深刻了。

1991 年 9 月 16 日

析"观念更新"

前几年,有一个红极一时的时髦口号。名叫"观念更新"。它随着众多的报刊满天飞,产生了不小的影响。在这个口号的导向下,一时间,"为钱正名","为个人主义正名","重新认识社会主义","重新认识资本主义",不一而足。似乎要在意识形态领域,要翻一个个儿。

可是,提出这个口号(至今也不知道是谁提出的),至少有一个缺陷,就是没有讲清楚哪些是旧,哪些是新,其目的是要把什么样的旧,变成什么样的新。哪些的确是陈旧了,过时了,需要更新;哪些是好东西,是宝贝,丢了的还要捡回来,让它重放光明。由于这个根本问题没讲清楚,就产生了始料未及的重大后果。至于究竟为什么不讲清楚,是压根儿没弄清楚呢,还是不便讲清楚,不能讲清楚呢?这个就不知道了。

但是,不管是什么原因,我们在实际生活里,已经看到了这个口号所产生的效应。

例如,在相当一部分人中,为人民服务的这个"旧观念",的确是被为金钱而拼搏的"新观念"更了新了。不是有一阵子,某些报刊"为'钱'正名"搞得很红火吗?那首很流行的歌谣——"抬头向前看,低头向钱看,若要向前看,就得向钱看"——不是被某些人看做是社会发展的动力了吗?这种很卖力气的宣传,再加上经济生活上的变化,一部分人就一步一步地实现了"观念更新"。当然,你也可以用另一个说法,叫它是"和平演变"。

再如,在相当一部分人中,我们一再倡导的集体主义这个"旧观念",也被改头换面的个人主义这个"新观念"更了新了。某些报刊

"为个人主义正名"不是也搞得很起劲儿吗？说什么个人主义并非自私自利等等，给个人主义头上插了不少的花。过去有人说，个人主义是臭豆腐，不好闻但是好吃，这样一来，是既好闻又好吃了。宣传集体主义要讲很多道理，宣传个人主义是既省力又有效，所以个人主义就像霉菌一样迅速地传播开来。

再如，过去倡导的艰苦奋斗、艰苦创业，那更是"旧观念"中的"旧观念"了，因此，也最迅速而有效地为"能挣会花"的"新观念"所取代。一些报纸敞开嗓门喊着："能挣钱，会花钱，花了大钱再挣钱。"加上五光十色的奢靡生活的引诱，我们多年来形成的艰苦朴素的作风，就翻了个底朝天。

以上不过略举数端，实际上这种"更新"所引起的变化，比这里说的要深得多也广得多。

问题是，这种"观念更新"究竟意味着什么呢？也就是说它的实质是什么呢？依我看，这不是"更新"，这是复旧，在"更新"名义下的复旧。这也不是进步，而是倒退，由社会主义意识形态向资本主义意识形态的倒退。

我们的国家是社会主义国家。而社会主义国家是以公有制的经济为特征的，为主体的。如果没有这一点，也就不是社会主义了。既是以公有制为主体的经济，就要求它的上层建筑包括意识形态与之相适应。如果不适应，它就会破坏这个经济基础。同时应当看到，在中国长期的革命斗争中，在马克思主义与中国实际结合的实践中，我们锤炼出的一套思想、理论、作风、道德，不仅不是什么"旧观念"，而且是属于无产阶级的崭新的文化。相反，资本主义的那一套，才是陈旧而又陈旧的。例如"为人民服务"，不是历史上第一次出现的、也只有无产阶级才能提出的最新最美的世界观吗？而"做事就是为了钱，这是资本主义的道德"（列宁语）。把"一切向钱看"的观念来代替"为人民服务"的思想，这不是一种复旧和倒退吗？怎么能算是更新呢？再如"集体主义"，这是无产阶级的意识形态，也是历史出现的新事物、新观念。而个人主义，包括形形色色改头换面的个人主义，则是伴随着资产阶级产生和发展的根深蒂固的旧观念。把集体主义搞掉，代之以个人主义，这不也是复旧吗？怎么能叫做"更新"呢？至于说艰苦奋斗，清白朴素的生活，这是同劳动者的本性相联系的。而奢靡腐败，贪欲无度，一掷千金，则是同剥削者的本性相联系的。不要说我们正处在创业时期，艰苦奋斗对我们有特别重大的意义，即使我们将来有了更好的条件，生活比较富裕的时候，资产阶级的腐朽的生活方式也不值得效仿。

我们所说的更新，是沿着社会主义方向，在优良的民族传统和革命传统基础上的丰富和发展，这同那种把资本主义一套搬来的做法，毫无共同之处。

1991年9月18日

析"现代意识"

前几年，还有一个很时髦的口号，叫"现代意识"。特别在文艺界很流行。它像色彩鲜艳的摩登服装一样，经常出现在某些文艺报刊和某些文学名人的笔下，号召作家们在作品中要注入"现代意识"。评价作品时也看它是否具有"现代意识"。于是，这个"现代意识"就成为很值钱的货色了。

但是，究竟什么样的意识才是"现代意识"，"现代意识"包含着什么内容，就没有人讲清楚了。其实，我何尝不想学习一下，以便领会其要旨，在作品中也注入一些"现代意识"，我的作品的声价不就提高了吗！可是我得到的却是一次又一次失望。因为这些倡导者总是不愿讲清楚，只讲葫芦里的药好，却不把葫芦里的药倒出来。

我思之再三，也就渐渐有点儿明白。在当今的世界上，难道真有一种大家都共同承认的统一的"现代意识"吗？那互相对立着的资产阶级的意识形态和无产阶级的意识形态，究竟谁是当之无愧的"现代意识"呢？再说国内，那互相对立着的资产阶级自由化思潮与四项基本原则的思想，谁算得上是"现代意识"呢？这样想了一下之后，我才知道，原来在当今世界上，只有互相矛盾着的、对立着的意识，并不存在着什么统一的"现代意识"。

大家知道，资产阶级和无产阶级是近代社会的对立物，它们出现在历史上的时间差不多。也都各有自己的意识形态。如果就其先后来说，以马克思主义为代表的无产阶级的意识形态，恐怕比资产阶级的意识形态还要新，还要"现代"。这两种意识形态的对立，是到处可见的普遍存在，而且还将长时期地斗争下去。即使全世界都实现了社会主义之后，资产阶级的意识形态也未必立即消失。在这样的情况下，"现代意识"的倡导者嘴里说的"现代意识"，究竟指的是无产阶级意识呢，还是资产阶级意识呢？如果指的是无产阶级意识，我们社会主义国家，一向倡导的就是这个，何用另起炉灶呢？如果指的是资产阶级思想，又何不明说呢？当然其中有不便明说、不能明说的苦衷在。

故意不区分事物的性质，故意混淆资产阶级与无产阶级的界限，故意抹杀资本主义与社会主义的区别，以超阶级的面貌来蒙骗缺乏阶级观点的青年人，兜售资产阶级的货色，这就是问题的实质，也是资产阶级常用的手法。

1991 年 9 月 19 日

读苏轼《教战守》文有感

友人吴子厚送我一本他著的《苏轼作品赏析》,读后颇受教益。其中有一篇《教战守》文,前几年读了,我即若有所思,最近重读,感受越发深了。

这篇文章,是苏轼向北宋王朝的献策。开头说:"夫当今生民之患,果安在哉?在于知安而不知危,能逸而不能劳。此其患不见于今,而将见于他日。今不为之计,其后将有所不可救者。"这便是文章的主旨。

作者接着发挥说,从前那些圣明的君主是深知军事的重要的,"是故天下虽平,不敢忘战"。总是利用秋冬的空隙,教民田猎讲武,使民"耳目习于钟鼓、旌旗之间而不乱,使其心志安于斩刈、杀伐之际而不慑",这样将来一旦受到外敌入侵或别的什么变故,就不会慌乱了。但是后世接受了"迂儒之议","以去兵为王者之盛节,天下既定,则卷甲而藏之"。以至"数十年之后,甲兵顿弊,而人民日以安于佚乐,卒有盗贼之警,则相与恐惧讹言,不战而走"。

读了东坡公这篇快要过去一千年的文章,忽然觉得似乎是针对今天的情况写的。至少是说中了相当一部分社会现象。本来,我们建国后的社会情况并不是这样,但是由于资产阶级自由化的一度泛滥,把西方某些腐朽的生活方式和高消费也引进来了,使我们的社会主义风尚和道德观念在短短的几年中就起了惊人的变化。艰苦朴素的作风,被某些人认为是陈旧过时的东西而受到鄙夷。一种奢靡浮华、追逐享乐、讲究排场的生活作风,在我们的社会中蔓延开来。靡靡之音充塞耳际。什么"有爱尽管爱,别问爱从哪里来",什么"多少蝶儿为花死,多少蝶儿为花生",什么"管他去爱谁,我要美酒加咖啡",等等,试问在这种靡靡之音中陶醉的青年,还怎能想起对祖国、对人民的使命呢?

不错,我们建设社会主义,正是为了不断提高人民的物质与文化生活水平。但是我们不仅要使人民生活得更富裕,更舒畅,也要使人民的精神生活更充实、更高尚。这同资产阶级腐朽的生活方式是毫无共同之处的。享乐主义的人生观,是剥削阶级的人生观。用这种人生观来影响青年,并用各种声色犬马来引诱他们,腐蚀他们,是一种罪过。这是害了我们的青年。

我国青年担负的历史责任是很重的。这就是建设社会主义的伟大祖国,还要关心世界人民的命运。今后几代人不付出足够的汗水,建设强大祖国的艰巨任务是不能完成的。我们只能加强而决不能淡化和模糊他们的这种责任感。青年人的生活应当搞得很活跃,有健康的文化生活和体育活动,有娱乐,也有恋爱,这大概是不会有人反对的。但是不能享乐盖过一切。我们的革命前辈也恋爱,也娱乐,但是从来不搞"恋爱至上""享乐至上"。今后十年和下一个世纪到底会怎么样?我们虽无法作出预言,但是资本主义和社会主义的矛盾、资本主义和第三世界的矛盾,以及资本主义之间的矛盾都会继续尖锐化。意外事件的发生并非没有可能。如果我们的青年,平时锻炼得很坚强,经历过艰苦生活的磨练,有吃苦耐劳的精神,有强健的体魄和坚强的意志,就能立于不败之地。否则,就要大吃苦头了,我们的国家也将陷于不幸。有鉴于此,改变一下"知安而不知危,能逸而不能劳"的空气,加强对青年的责任感的教育,以各种形式加强对青年的体魄与意志的锻炼,以提高青年的刚心勇气,看来是十分必要的了。

1991 年 9 月 21 日

驳"封建论"

前几年,有些"爱资病"患者,把我国现在的社会叫做"封建社会",或"涂了社会主义油彩的封建主义",从根本上否定我国的社会主义性质。其理由是我国的"民主革命不彻底",没有经过资本主义发展阶段。看来,这同"补课论""早产论""空想论""失败论"等如出一辙,故名之曰"封建论"。

"封建论"的主要论据,就是在我们意识形态领域和某些现行体制上,还存留着不少"封建主义的沉淀"。但是,大家知道,判断一个社会的性质,主要是看这个社会实行的是什么所有制,以及它的国体是什么,并不是由意识形态领域的若干方面和政治体制上的某些残留物来决定的。马克思主义告诉我们:"社会意识的存在落后于社会制度的存在。"也就是说,一个社会变动了,发展了,而这个社会的成员,他们的意识不一定就随之而改变。因之,前一阶段的意识形态,以及体制上习惯上的遗留物,势必还要在新的社会发展阶段中表现出来。中国的封建社会差不多是时间最长的了,至今仍残留着不少封建性的东西,这是不奇怪的。既然如此,我们就应该严肃地对待它,决不忽视它。也就是说,把民主革命阶段遗留下来的任务,在社会主义革命阶段继续完成。但是,决不能以此来否定我国民主革命的巨大成就,更不能以此来否定我国的社会主义性质。从所有制看,我国是以公有制为主体的;从国体看,我国是以工人阶级为领导的、以工农联盟为基础的人民民主专政;我们的社会是社会主义社会,这是毫无疑问的。

"爱资病"患者们有一个通病,就是对中国的民主革命缺乏认识。他们不是贬低它,说它"不彻底";就是否定它,说"救亡压倒了启蒙"，白白耽误了时间。实际上中国的民主革命是世界上最伟大的革命之一。由于敌人的强大，中国人前仆后继，持续战斗了一百多年。不说旧民主主义革命，单说中国共产党领导的新民主主义革命，就进行了 28 年，加上建国后土地改革的最后完成，就是 30 年了。而有些人对法国大革命佩服得五体投地，对中国的新民主主义革命却茫然无知。应该说，法国大革命在资产阶级革命中是公认的典范，进行得是比较彻底的。然而与中国的新民主主义革命比较起来，后者却比前者要深刻和彻底得多。下面试简析之：

一、衡量民主革命的彻底或不彻底，自然是看对封建势力的摧毁程度，尤其是看土地制度的改变是否彻底。这是革命的中心问题。就法国大革命来说，公布的第一个土地法令，仅仅是没收逃亡贵族的土地分成小块出售，地价分十年偿还。其中贫苦农民虽然也得到一些土地，但政府优待的是能够立即付清全部地价的购买者，从而使富有者得了利。第二个法令，是将二百年来地主从农村公社夺来的土地归还农民，按人口分配。第三个法令，是无条件废除一切封建特权，如人身依附、苛捐杂税等。至于广大贫苦农民的均产要求和限制大地产的要求，则并未得到满足。中国的土地改革则不同，地主的土地除留下应分的一份外全部没收，无代价地平均分配给一切无地和少地的农民，从根本上彻底解决了农民的土地问题。这就比法国大革命彻底得多。

二、从革命的领导力量来看，革命的彻底性也不同。法、英等国的民主革命是资产阶级领导的，中国的新民主主义革命是无产阶级领导的。资产阶级总是同封建阶级有或多或少的联系，因而同封建阶级进行斗争的坚决性不能不有一定的限制。例如法国大革命中的贫农，曾力争限制富裕农民的"农场"和领地的范围，要求收回他们多余的土地，分给无地的农民。但是，连资产阶级中最坚定的雅各宾派也不敢支持这些要求。而中国新民主主义革命的领导者无产阶级，在同封建势力数十年的斗争中，则从来没有动摇过，可以说是反封建的最坚定的力量。最后不仅彻底摧毁了封建势力，而且将支持封建势力的帝国主义列强也驱逐出中国。

三、从革命的广度和深度看，中国的新民主主义革命，比那些资产阶级领导的革命也大大地超过了。中国革命是以无产阶级领导的农民战争为特点的。几十年间,由南而北,再由北而南,在广阔的幅员内真正深入到了穷乡僻壤,数以亿计的农民都深深地卷入了。从深度说,中国革命完全不是那种水过地皮湿的革命,而是深入扎实地进行着革命根据地的长期建设。这种建设是包括政权和党在内的军事、政治、经济、文化等各方面的全面建设。民主政治更是其中的重要内容。各根据地早就实行了普遍选举,民主生活是相当活跃的。一些人对此完全无知,反把西方的民主奉为样板,实在可笑。

四、外国旧式的民主革命,是以一种剥削形式代替另一种剥削形式的革命,而中国的新民主主义革命却是社会主义革命的前奏,是与社会主义革命相连接的。因此,在新民主主义的阶段内,就广泛地宣传了共产主义的理想。同时,由于民主革命为时很长,中国共产党对农民发挥了广泛和持久的影响力,使其中不少人锻炼成为共产党员和社会主义的信奉者。这是旧式的资产阶级民主革命不可能有的,实际上也为下一步的革命作了准备。就以上举出的几个方面来看,伟大的中国新民主主义革命不是很值得我们自豪吗?所谓"不彻底"云云,是完全站不住脚的。

1991年9月23日

鲁迅的昭示

1991年9月25日,是鲁迅先生110周年诞辰。在当前的国内外形势下,缅怀一代伟人,也自感有几句话要说。

我从青年时期起就喜爱鲁迅,敬佩鲁迅,直到今天。我虽不敢公然自称是鲁门弟子,但在内心里却是默默地以鲁迅为师。今年春我在全国青年业余文艺创作者会议上,谈到"走什么样的道路,做什么样的作家"时曾说:虽然我们不是人人都可以成为鲁迅,但我们却应该学习鲁迅的精神,做鲁迅那样的作家。

在我们民族的历史上和我们党的历史上,出现了许多了不起的光辉灿烂的人物。但我还是要说,毛泽东和鲁迅至少是近代史上的两位巨人,是杰出人物中之最杰出者。他们不愧为中华民族精神的真正代表。

对鲁迅的认识和评价,随着时间的检验而愈发深刻了。开始说他是爱国主义者,民主主义者,战斗的民主主义者,看来都很不够了。从他晚年的思想看,应该说鲁迅是一个伟大的共产主义者,而且是一个具有相当高水平的坚定的马列主义者。在这些评价中,毛泽东的评价是最全面和最深刻的,他说:"鲁迅是中国文化革命的主将,他不但是伟大的文学家,而且是伟大的思想家和伟大的革命家。鲁迅的骨头是最硬的,他没有丝毫的奴颜和媚骨,这是殖民地半殖民地人民最可宝贵的性格。鲁迅是在文化战线上,代表全民族的大多数,向着敌人冲锋陷阵的最正确、最勇敢、最坚决、最忠实、最热忱的空前的民族英雄。鲁迅的方向,就是中华民族新文化的方向。"

鲁迅给我们留下的是多彩而丰富的思想宝库与艺术宝库。作为一个中国人,如果不学点鲁迅的著作,那是会很遗憾的。但是我以为最应该从中学习的,还是鲁迅精神。鲁迅精神是什么?我看鲁迅自己讲的"横眉冷对千夫指,俯首甘为孺子牛",就是这种精神的概括。毛泽东要我们把这两句话作为自己的座右铭。我看不但是文艺工作者,一切党员、干部、革命者都应当把这两句话当作座右铭。这两句话,头一句是指对敌人的态度,第二句是指对人民的态度。对敌人就是要有高度的憎恨,对人民就是要有无限的热爱。没有对人民无限的热爱,就不会有对敌人高度的憎恨;没有对敌人高度的憎恨,就不足以体现对人民的无限热爱。在旧中国那黑暗的年月,鲁迅就说:"在现在这'可怜'的时代,能杀才能生,能憎才能爱,能生与爱,才能文。"对敌人的憎与对人民的爱,统一在这位伟大战士的身上。

在对敌斗争上,鲁迅的态度是最坚决、最坚韧,其革命性是最彻底的。在他那篇论"打落水狗"的文章(《论"费厄泼赖"应该缓行》)中最鲜明地表达了这一点。这实在是一篇具有卓识远见的杰作。一只"狗"落水了,到底该不该打?"善心人"是以为不应当再打了,否则就有失绅士风度。而鲁迅则以为,狗的本性是不会改变的,而且狗是会浮水的,重新爬上岸来是会咬人的,因而非痛打不可。在这一点上,毛泽东与鲁迅颇有相似之处。以解放战争为例,经过三大战役的战略决战,蒋介石已经退居长江之南。这时和平停战之风甚炽,解放战争是就此止步,还是将革命进行到底?这曾经是历史上的一个关键时刻。而毛泽东却说:"宜将剩勇追穷寇,不可沽名学霸王。"结果在大陆上很快取得了全面的胜利。假若学那种"不打落水狗"的绅士风度,实行划江而治,还会有今天的局面吗?

鲁迅逝世前一个月,写过一篇杂文,题名为《死》。篇末列了几条他拟定的遗嘱。这篇文章看来寻常实不寻常,给我留下了很深的印象。其中有几条,我一直记得。如"不得因为丧事,收受任何人的一文钱。一旦老朋友的,不在此例"。这一条是有深意的,就是死后也不为敌人和坏人留下任何可资利用的空隙。再如"损着别人的牙眼,却反对报复,主张宽容的人,万勿和他接近"。鲁迅一生痛恨叭儿狗,说它"虽然是狗,又很像猫,折中、公允、调和、平正之状可掬,悠悠然摆出别个无不偏激,惟独自己得了'中庸之道'似的脸来"。鲁迅之所以要自己的后人"万勿和他接近",是谨防上当受骗也。给人印象最深的自然是末尾一段。他说,欧洲人临死时有一种仪式,是请别人宽恕,自己也宽恕别人。而他却决定:"让他们怨恨去,我一个都不宽恕。"此篇遗嘱的深刻性在于:直到临死,这位伟大的战士也决不同任何敌人妥协。

毛泽东称赞鲁迅的骨头最硬,是殖民地半殖民地人民最可宝贵的性格。这一点很重要。一个人也好,一个党也好,要做到骨头最硬,至少要能做到如下三点:第一,对敌人不抱任何的幻想;第二,不屈服于敌人的任何压力;这两条都做到了,还要加上第三,不相信敌人的任何欺骗。鲁迅和毛泽东都毫不含糊地做到了这一点。这三条看来简单,实际并不简单,只要有一条犯了错误,就会导致革命的失败。尤其第三条需要予以特别的注意,只要略略回顾一下中国革命的历程就会明白。抗日战争初期,一度国共合作比较顺利,王明就要实行"一切经过统一战线,一切服从统一战线"的阶级投降政策,如果党和毛泽东不予制止,发展下去,中国革命的前途不就断送了吗?再如日本投降后的重庆谈判,如果毛泽东相信了敌人的欺骗,放松了自己的准备,革命不是也要失败吗?

一般地说,一切反动派,一切革命的敌人,都是惯于并且善于使用反革命的两手策略来制服革命力量的。他们一手拿着大棒,一手拿着胡萝卜,轮番使用,以便使革命人民就范。50年代以来,由于他们的大棒政策在东方遭到痛击,碰得头破血流,便改而实行"和平演变"的战略。这期间,我们国内也出现了某种变化。阶级斗争扩大化的偏向被纠正了,但是在一些人中又萌发了另一种偏向。这就是忽视必要的斗争,忽视批评的调和主义倾向。什么"宽松""宽容""宽厚"的三宽之说,就是一种表现。这无疑对资产阶级自由化以及其他歪风邪气、腐败现象提供了温床。讲"宽松""宽容""宽厚",首先要有前提,要分清敌我,要区分问题的性质,还要衡量轻重。最根本的是必须区分对人民有利还是有害。如果什么也不讲,只讲宽容,那就是孔夫子的"恕道"了。老实说,如果鲁迅不同这种旧的意识形态彻底决裂,那就不会有伟大的鲁迅。

当前,国际风云变幻,敌对势力妄图动摇我们的信念,搞垮社会主义事业。作为革命战士,我们要时刻保持高度警惕。在这种情况下,我们纪念鲁迅,实在觉得鲁迅的硬骨头精神太可贵了,学习鲁迅的这种精神,比任何时候都有必要。我们的党走社会主义道路的决心是坚定不移的,我们的军队是久经考验的,我们的人民是有高度觉悟的。只要我们有鲁迅那样的硬骨头精神,有毛泽东那种把帝国主义和一切反动派都看做是纸老虎的精神,天就塌不下来,敌人就奈何我们不得。只要我们万众一心,对敌人不存在幻想,不屈服于敌人的压力,也不受敌人的欺骗,我们就能立于不败之地。

1991 年 9 月 14 日

谈 谈 文 风

毛泽东同志发表《反对党八股》的演说,到今天已经整整50年了。今天重新阅读这篇文章,不免会生出许多感慨来。

关于文风问题,前几年曾闹得很严重。某些报刊上曾发表一种怪文,句子长达百余字,甚至有不加标点者,简直如读天书,不知所云。连国内的大作家、大教授,也摇头叹气地说:"看不懂。"既然发展到连大作家、大教授也看不懂的地步,问题可谓严重了,如果这样的文章尚属个别,那么在诗坛上令人看不懂的诗,却并不罕见。我曾问一个诗歌编辑:"你们刊物上发表的诗,你都懂得吗?"他坦率地告诉我,他也看不懂。问题就来了:你既看不懂,为什么还要发表这样的诗呢?有时打开一本新来的杂志,随着扑面而来的油墨的香味,不禁兴奋地想读几篇,可是刚一接触,内容且不说,那别别扭扭使人喘不过气来的长句子,那些生僻词语和外来名词一连串的疲劳轰炸,简直使人就像行走在堆满大大小小乱石的山坡上,不得不望而却步。过去提倡写文章要"深入浅出",就是说深刻的思想内容,通过浅显易懂的语言表达出来。陈毅老总曾说,白居易的诗是"晓畅有深意",可见这二者是可以经过作者的努力,使之完美地结合的。而目前的许多文章和诗篇,却恰恰相反,不是"深入浅出",而是"浅入深出",你费了好大气力,连想带猜,好不容易把一篇东西读完了,那里面包涵的思想却甚为可怜。看到这种现象,我就不禁心中暗想:我们的文风,究竟是前进了,还是后退了?

文风问题,是毛泽东同志始终关注的问题。在他看来,这是一个和学风、党风密切联系的问题,因而也是直接影响到一个民族精神面貌的大问题。事实上,在提出《反对党八股》之前的1938年,他就提出这种指导思想了。他在党的六届六中全会上曾说:"洋八股必须废止,空洞抽象的调头必须少唱,教条主义必须休息,而代之以新鲜活泼的、为中国老百姓所喜闻乐见的中国作风和中国气派。"这里指的自然不仅仅是文风问题,而是马克思主义如何进一步与中国实际相结合的问题。但对宣传文化工作者来说,对改进文风来说,也是一个至关重要的指针。

1942年开始的全党整风运动,在党的历史上具有极其伟大的意义。这次整风,彻底摆脱了教条主义的束缚,使马克思主义进一步中国化了。党员、干部,上上下下,不管干什么都要讲调查研究,都要讲从实际出发,都要讲具体情况具体分析。经过整风,全党面貌一新,各条战线生气勃勃,在党的历史上可说是一次巨大的飞跃。现在回顾起来,那次整风实际上孕育了中国革命的胜利和新中国的诞生。在那次整风中,解放区的文艺工作者,进一步解决了与群众相结合的问题。在与工农群众思想感情打成一片的同时,还特别注意到学习群众的语言。因为毛泽东同志多次告诫文艺工作者,"应当认真学习群众的语言"。还说,"语言这东西,不是随便可以学好的,非下苦功不可"。到今天我可以说,解放区的作家们和文艺工作者,没有辜负他老人家的期望。在我熟悉的作家中,我就知道像杨朔、马加等同志,就随身带着一个小本本,听到群众生动的语言就随手记下来。康濯同志是湖南人,在他的小说中你会发现,他对北方农民的语言是多么熟悉。这些都是下了多少苦功呵!五四时期兴起的白话文,是一次具有伟大意义的解放。但因为时不久,一些文章未免还留有小脚放大的"改组派"的味道;另一些文章则有浓厚的欧化气息,读起来简直像读翻译作品。如果你读一读解放区作家的作品,像丁玲、赵树理、孙犁、邵子南、马加、秦兆阳等人的小说和散文(诗歌、戏剧且不说),你就会发现,过分欧化的八股气和改组派的痕迹,已经大大地扫除了。可以说已经树立了一种新的、具有中国作风、中国气派的文风。这在文学史上不能不说是一个巨大的进步,其意义是不能低估的。令人遗憾的是,近几年某些人反而把这些看做是落后的、不时髦的东西。在他们的作品里,不是洋八股的气息越来越少,而是洋八股的气息越来越浓,以致弄出一些看不懂的东西。这不能不说是一种文风上的倒退。应当说明,我们决不反对吸收外来的有用的东西,但是应该很好消化,化为自己的血肉,并且服务于创造中国作风、中国气派的文风。

毛泽东同志的文章,可以说是这种崭新文风的典范。不论他的讲话或写作,总是那么新鲜活泼,深入浅出,既有深刻的思想,又有通俗易懂、饶有风趣的表达。可以说毫无八股气,通体都是中国气派。就以《整顿党的作风》《反对党八股》《在延安文艺座谈会上的讲话》这三篇文章来说,是何等地深刻和生动呵!我们拿出来读读,仅从文风上来说不是也很值得我们学习吗?

1991 年 12 月 21 日

无产阶级革命家的宝贵品格

前篇《新语丝》，我着重赞扬了古巴的革命领袖菲德尔·卡斯特罗的硬骨头精神。其实这种精神，在中国无产阶级革命家的身上也是体现得很充分的。可以说，在革命进程中，究竟害不害怕帝国主义，是他们都会要遇到的严峻考验。

60年代，为了写《邓中夏传》，我和钱小惠同志住在广州研究省港大罢工的材料。有一件事对我印象很深。罢工中期，由于国民党右派的活动越来越厉害，香港英帝国主义以为广东很快会发生政变，态度变强硬了。他们扬言英国要派出10万大军进攻中国。一路攻天津，一路打上海，一路攻广州。这消息自然非同小可。清朝时期，外国军队带着洋枪洋炮，往往出动一两千人，就可以吓得清廷屁滚尿流，赶快订城下之盟。现在说要出动10万大军，那还了得！自然搅得人心惶惶。可是在这位省港罢工的领导者邓中夏看来，这只不过是帝国主义惯用的恫吓战术。于是，他召开了一次工人群众的大会，作了一次讲演，题目就叫《欢迎英国的十万大军》。这次讲演诙谐生动，对英帝国主义作了无情的嘲笑，大大增长了罢工工人的志气。第二天，在广州所有的街头、路口，出现了大幅嘲笑英帝国主义的宣传画，在万人瞩目的长堤上，还竖着一条横挂的标语：

欢迎英国的10万大军！

英帝国主义的恐吓，就这样被粉碎了。

在中国的无产阶级革命家中，毛泽东自然是一个既不受帝国主义的欺骗也不怕帝国主义威胁的典型。

50年代末,我参与编写华北战争史当中,曾看到一些电报。有一份电报使我很感兴趣。平津战役期间,我大军已将北平城紧紧包围。城外机场均被我军占领,敌人的空中联络被斩断了。这时敌人想了一个办法,将城内的东单体育场(也是美国兵出操的地方)辟为临时机场。我军为阻止敌军的飞机起飞降落,决心施行炮火封锁。可是这座临时机场紧靠着东交民巷外国使馆区,如果炮弹稍有误差,难免会落到使馆区去。炮兵部队担心引起涉外事件,犹豫了,就发了一份电报请示毛主席,问此事当如何处理。毛主席当即复电说:"照常打炮,不要害怕外国人。"我品味着这份电报,深感在这位无产阶级革命家身上,对帝国主义者简直没有一粒懦怯的细胞。

在解放战争中,这当然不是惟一的例子。譬如解放青岛,青岛附近就驻有美国的舰队;大军渡江,长江中就有英国以及其他国家的兵舰。而这些都没有动摇过毛泽东的指挥决心。

自然最严峻的考验是抗美援朝。依据当时的情况,作为头号帝国主义强国的美国,其国力、经济力、军事装备,比起刚刚站起来的新中国,不知要强多少倍,出国作战的决心是不好下达的,甚至可以说充满了风险。现在看,如果没有像毛泽东这样的胆略,是不可能下定这样的决心的。然而,毛泽东的决心又绝不是什么盲目的冒险,而是建立在对人民力量的深刻信任和对马克思主义深刻理解基础之上的。随后的历史进程已经完全证明了。经过抗美援朝险风恶浪考验的新中国,不仅没有打烂坛坛罐罐,反而建设得更好了;不仅没有削弱,反而更加强大了。在殖民地半殖民地国家的革命家中,在无产阶级的革命家中,毛泽东不愧是一个大无畏的典范。

毛泽东异乎常人的胆略,是建立在他对帝国主义本质深刻全面的理解上。即既看到帝国主义强国铁老虎的一面,也看到他们纸老虎的一面。看到铁老虎的一面,就会认真对待;看到纸老虎的一面,才能深刻认识其虚弱的本质而充满信心地去战胜它。

当前的世界形势,自东欧剧变、海湾战争、苏联解体以来,越来越动荡不定。美帝国主义称霸世界的野心已经越来越明显了。在这种情势下,美帝与社会主义国家之间的矛盾,与发展中国家之间的矛盾,以及与主要发达国家之间的矛盾,势必日渐深化和尖锐。尽管作为发展中国家的中国,一向希望有一个和平的国际环境,以利于自身的发展和建设,但客观事物的发展变化,并不以我们的主观愿望为转移。因此,今后我国面临某种严峻局面,是完全可能的,也许是无可避免的。这样,我们觉得像毛泽东等无产阶级革命家的胆略和气概,就越发可贵了。学习他们那种既不受帝国主义的欺骗,又不怕帝国主义威胁的品格,就更加必要了。

1992年2月23日,北京

灯 塔

今以此作,纪念《在延安文艺座谈会上的讲话》发表 50 周年。

有人把《讲话》看做是达摩克利斯之剑,
　　是因为他是魔鬼;
有人把《讲话》看做是明亮可爱的武器,
　　是因为他是战士。

有人把《讲话》看做恼人的枷锁,
　　是因为他刻意营造象牙之塔;
有人把《讲话》看做飞奔的骏马,
　　是因为他愿在风云中驰骋。

有人斥《讲话》把人引向可鄙的"功利",
　　是因为他以清高自许实则并不清高;
有人把《讲话》看做指路的罗盘,
　　是因为他要推动革命的车轮。

有人反对生活是艺术的源泉,
　　是因为他只愿耕耘孤芳自赏的心灵;
有人勇敢投身于火热的斗争,
　　是因为他钟爱创造历史的人民。

有人把思想改造视做扭曲灵魂,

是因为他把自己看成完美的"上帝";
有人不断自觉地完善自我,
　　　是因为他是人民最忠诚的仆人。

有人宣布文艺必须与政治离婚,
　　　是因为他要与另一种政治联姻;
有人公开宣称为人民的利益战斗,
　　　因为这是无产阶级的本色。

有人把《讲话》看做是斩杀文艺的刀子,
　　　是因为他错当了资产阶级的卫士;
有人把《讲话》看做丰美的乳浆,
　　　是因为他渴望成为无产阶级文艺的士兵。

有人诅咒《讲话》扼杀了美,
　　　是因为他怀有井蛙的偏见;
有人赞颂《讲话》将指引艺术走向真正的辉煌,
　　　是因为它揭示了人类最壮阔最崇高的美学领域。

五十年了,让辱骂者辱骂吧,
　　　真正的战士将坚定地走自己的路;
五十年了,让诅咒者诅咒吧,
　　　《讲话》将永远是巍然屹立的灯塔。

1992年4月12日,北京

想 到 黑 人

正当春光明媚、柳绿花红季节,忽然从大洋彼岸被称做天堂的地方燃起了火星,传过来一股辛辣的火药味。这火星是从美国的第二大城洛杉矶燃起的。说是火星,其实规模不小,报道说有5000多座楼房起火,浓烟蔽日,连飞机都不好降落了。仅仅几天工夫,就宛如一个经过一场战争的城市。

一个黑人青年,遭到四个白人警察的痛殴,结果反而宣判四个白人警察无罪。这就是洛杉矶事件爆发的导火线。黑人被警察痛殴,这在美国是司空见惯的事。为什么这次竟引起黑人如此的狂怒,并迅速波及到全国呢?这正是人们所关注的问题。

黑人在美国的处境和命运究竟如何?他们对种族歧视的严重存在是怎样想的?以及如何才能解决这种不幸的问题?这是一切具有人类同情心的人们不能不关心的。

中国作为一个长期受压迫的民族,对世界上一切受压迫的民族和种族,都是抱有热烈的同情心的。我还记得,30年代,中国有名的《文学》杂志,就集中发表过美国黑人作家的作品。美国著名黑人诗人朗斯敦·休士于1937年还访问过中国。此后不止一家出版社出过《黑人诗选》。田间曾对这些诗深为赞赏。这些诗在我脑海里也留下极为深刻的印象。读了这些诗,确实使你感觉到,黑人的灵魂"像河流一样深沉"(休士)。抗美援朝期间,我曾在我方俘虏营中同不少美军的黑人士兵谈过话,他们的心头都深深烙印着美国种族歧视留下的伤痕,更使我感到那些黑人的诗表现得真实和深刻了。

最近我重新阅读了人民文学出版社出的《黑人诗选》,它对当前发生的洛杉矶事件,不啻是一个最明晰的注解。这些诗反映的黑人的悲惨遭遇和愤懑的情绪,依然使人感到沉重。"我们微笑,然而,伟大的基督!我们受折磨的灵魂向你痛哭。"(顿巴尔)这就是黑人在假面具下的真实心灵。他们甚至说:"最好在你没有长大成人,没有发现你是黑人的时候,便已死去。"(丰顿·约翰逊)可见这种种族歧视已经到了何等不堪忍受的程度!

在美国,黑人有自由吗?你听,黑人诗人这样回答道:

> 他们叫我们忘记
> 民主被踢开。
> 他们叫我们忘记
> "人权宣言"被焚烧。
> 我们做了三百年的奴隶,
> 今天还在做奴隶,受痛苦。
> 我们的骨头和血肉在反抗,
> 他们却叫我们忘记。

著名诗人休士是这样回答的:

> 在这"自由人的故乡",
> 我从来没有得到平等和自由。
>
> ……谁说是自由人?不是我说的吧?
> 是今天千百万靠救济过生活的人说的吗?
> 是我们罢工时被枪弹射倒的人说的吗?
> 是得不到报酬的千百万人说的吗?
> 对于我们做过的一切梦,
> 对于我们唱过的一切歌,
> 对于我们怀抱的一切希望,
> 对于我们悬挂的一切旗帜,
> 除了今天几乎已幻灭的梦想,
> 我们得到了什么!

……呵,是的,
坦率说吧,
美国从来不是我的美国,
然而我发誓说——
美国一定会成为我的美国!

我们必须重新缔造美国!

但是黑人并没有绝望,休士在《我也歌唱美国》中说:

我也歌唱美国。

我是黑色的弟兄。
客人来了,
他们打发我到厨房去吃饭,
我却大笑,
我吃得很饱,
长得很健壮。
明天

客人来了,
我要坐在餐桌前。
没有人
敢对我说:
"到厨房去吃。"

并且,
他们看到我这么壮美
怎不感到羞愧——

我,也是美国。

他们如何才能争取到这个"明天"呢？这在黑人心里是很清楚的。诗人罗伯特·海登在纪念因领导奴隶起义而被绞死的黑人英雄加布瑞尔中说：

> 愿奴隶母亲的乳房
> 哺育着起义，
> 愿黑人
> 永远永远不歇息，
> 直到奴隶制度的柱石被劈碎
> 倾倒在尘埃里，
> 直至奴役的锁链
> 被铁锈腐蚀得不留痕迹。

读了这些诗，我想对于当前发生的洛杉矶事件，大概可以有些了解了。可以说黑人心中的痛苦、不满和愤怒，早就郁积成为一座火山，只要滴落上一点火星，就会爆炸燃烧起来，这是并不奇怪的。

自然，这次洛杉矶事件，像以往那些许许多多的事件一样，又被残酷地镇压下去了。除了被打死打伤的黑人青年以外，光被捕的就有11824人。如果洛杉矶的监狱没有足够的宽大，恐怕将有人满之患了。

我想，世界上的一切民族和一切种族，不论白种人、黑种人、黄种人、红种人、棕种人，都应当是彻底平等的。如果不是用希特勒的眼光看问题，他们之间是本无优劣之分的。应当说，种族歧视是历史遗留下来的最落后、最野蛮、最丑恶的东西，是应当从根本上彻底摈弃和扫除的。尤其是以现代文明著称的美国，这种丑恶现象是早就应当打扫干净的了。然而恰恰相反，这种与现代文明格格不入的东西，在美国却依然根深蒂固。要说人权，种族歧视就是最大的人权问题。美国当权者不仅不注意去解决本国内部的这些严重问题，反而以人权卫士自居，公然拿出教师爷的架势，在全世界教训人，恫吓人，制裁人，难怪他们会遭到全世界舆论的嘲笑。现在我们奉劝教师爷：还是管管自己，不要到处说嘴的好！

洛杉矶事件激起的风波，似乎暂时平息了。但种族歧视问题能够彻底解决吗？看来很难。即使美国法院改变一下不公正的判决，根本问题也还是没有解决。因为种族歧视是同一个不公正的社会制度联系在一起的。种族歧视现象的根本解决，是同整个无产阶级的解放事业联系在一起的。黑人兄弟想必不会忘记，在黑人牧师马丁·路德·金被杀害时，毛泽东曾发表过一个声明。他说："美国的种族歧视，是殖民主义、帝国主义制度的产物。美国广大黑人同美国统治集团之间的矛盾，是阶级矛盾。只有推翻美国垄断资产阶级的反动统治，摧毁殖民主义、帝国主义制度，美国黑人才能取得彻底解放。美国广大黑人同美国白人中的广大劳动人民，有着共同的利益和共同的斗争目标。"在这之前，他还说过："万恶的殖民主义、帝国主义制度是随着奴役和贩卖黑人而兴盛起来的，它也必将随着黑色人种的彻底解放而告终。"

最后，让我用黑人女诗人沃尔柯在《为了我的人民》中的一段话作为本文的结束。她说：

> 为了我的人民，为了我的游伴，为了上述的那愚昧的年代，为了那些男孩子和女孩子，让一个崭新的世界兴起吧。让另一个世界诞生吧。让那用鲜血赢得的和平写在蓝天上。让英勇的第二代生长吧，让爱自由的人民成长吧，让那医治创伤的"美"和最后决斗的力量在我们心中跳动吧。让我们写出战歌，让葬歌消灭。让新的人类现在就起来统治全世界。

1992 年 5 月 19 日

再不要迷信了

这次洛杉矶事件的爆发，除了种族歧视的因素外，还要特别注意到，它是在美国经济持续衰退的历史背景下发生的。世界人士已有不少人注意到这一点。美国的经济衰退（事实上不止是美国），是早已存在的事实。随着经济的不景气，失业者愈来愈多，不仅白人劳动者身受其害，平时黑人的失业率就比白人高得多，这一来更是首当其冲。这种不幸的境遇，加上根深蒂固的种族歧视，黑人终于无可忍耐，这就是波及全国的洛杉矶事件爆发的原因。可以预言，随着美国经济衰退的严重化，美国这个贫富极其悬殊的畸形社会，各种社会危机都会逐渐爆发，他们的日子将越来越不好过。很明显，这个黄金帝国已经无可掩饰地走向衰落的道路了。

这一事件的发生，对于我们社会主义国家，对于我们自己，有没有什么启示呢？

第二次世界大战结束以来的几十年间，出现了一个世界资本主义相对稳定的时期。他们的生产力曾得到一定的发展。其中，由于资本主义发展不平衡的规律，那几个被打败的国家，其经济的恢复和发展尤为迅速。一切事物的发展都不是直线的，这种历史现象，本来没有什么奇怪，但却带给人一种错觉，一些人便认为资本主义还颇有强大的生命力。再加上新生的社会主义制度还有不完善处，在其发展过程中出现了这样和那样的挫折和失误，有些人便动摇了，从而认为社会主义不行了，还是资本主义好。随之在思想领域，便出现了什么"重新认识资本主义""重新认识社会主义"，资本主义与社会主义的"趋同论"也由此发生。这种国内外机会主义思潮的广泛散布不能不造成很大混乱，其中对青年的危害尤其巨大和深远。一时间,仿佛资本主义被认为是包医百病的灵丹妙药,只要服了这种药,什么困难都能迎刃而解,任何疑难病症都能起死回生。说这是一种"现代迷信"也不为过。

在这种错误思潮的作用下,必然认为马列主义、毛泽东思想都过时了,列宁的"帝国主义是资本主义的垂死阶段"的话也说错了。他们振振有辞地说,既然资本主义如此蓬蓬勃勃,还怎么能说它是垂死的呢?有一位1989年跑到美国的知名人士,就以现身说法的口吻说:"我是以毕生精力从事马克思主义经济学之研究的,自信对马克思主义尚有一知半解。我认为:马克思(在《资本论》中)所解剖的资本主义,不过是资本主义的初级阶段,资本主义也是在不断演变、发展,以适应时代要求的。现在的资本主义,既不是马克思19世纪、20世纪的资本主义,也不是列宁20世纪所讲的垄断资本主义,更不是斯大林二次世界大战后所武断的两个世界平行市场的资本主义。这是一种新型的含有许多社会民主主义因素的资本主义。"因此,他断定"资本主义还有强大的生命力"。再加上"这些年科技的发展,真可说是一日千里","科技的进步,改变了世界,亦改变了资本主义运行规律"。

好,这位先生已经讲得很清楚:时至今日,资本主义的性质已经改变了,变好了,变得极为善良可爱了。既然如此,那么坚持马克思主义,坚持社会主义,统统没有任何意义了,没有任何必要了。只要全心全意地搞资本主义,就会万事大吉,前途光明。因此,他响亮地提出一个口号:"惟有和平演变能救中国。"对这位先生的高论我无以名之,可谓之曰"资本主义万世一统论",或"资本主义万岁论"。

看了这位先生的文章,颇有一点感觉。以前有些共产党的叛徒,写自首声明时就常常这样说:"我以前也是共产党员,但是由于我看到了共产党内部如何如何,现在才觉悟了。才知道共产主义并不适合中国国情。今后愿在蒋委员长的感召下,洗心革面。"云云。这位自称以毕生精力研究马克思主义经济学的先生,毫不害羞地说出那些话,不也是这样吗?

对这种妙论,我想提出以下几点:

第一,对列宁的话究竟应当怎样理解?不错,列宁在《帝国主义论》中,曾经指出,"帝国主义是资本主义的最后阶段""是垂死的资本主义"。前几年有不少论者攻击过列宁的提法,仿佛列宁的论点已经错了。难道真的错了吗?我看没有错。要知道,列宁是站在历史的峰巅,洞察整个资本主义的发展进程,并依据其具体阶段的特征来作出判断的。现在看,他对这些特征的分析,指出它的寄生性和腐朽性,都没有错。而且,应当注意,一个制度的历史阶段,并不是像一个人的寿命那样,按十几年或几十年来计算的。如果说一个人到了垂死阶段,那就意味着不要多久就完蛋了,可是历史并不是这样。资本主义的发生、发展已经有了好几百年的历史,说它到了"垂死阶段",也不是说很快就寿终正寝。何况一个制度的灭亡,是要经过许多历史曲折,并且是由多种因素的发展来决定的。而世界无产阶级的觉悟,更是不容忽视的因素。退一步说,即使现实生活的发展比革命导师们的判断预料的迟缓,也不能因而就说他们对资本主义具体阶段的分析错了。毛泽东同志曾说马克思主义不是算命先生,也正是这个意思。相反,由于资本主义一个时期的相对稳定模糊了自己的视线,并且宣称马列主义过时,那倒是彻底错了。

第二,资本主义的性质是否变了。按上面那位"经济学家"的说法,现在的资本主义已是"含有许多社会民主主义因素的新资本主义"。还说,这种"新资本主义""课重税于资产阶级,用之于失业救济。老人、残废者、儿童的福利待遇,远远超过社会主义国家"。这里不禁想请教两个问题:第一,既然资本主义如此温柔善良,为什么还会触发洛杉矶的黑人如此狂烈的不满呢?既然他们的老人、儿童的福利待遇远远超过社会主义国家,黑人儿童的死亡率为什么竟高达 17.6％呢?为什么 33.8％的黑人生活在贫困线以下呢?为什么还有那么多的人无家可归呢?第二,即使资本主义国家从他们的超额利润中能拿出一点作失业救济之类,是否就能说明资本主义已经善良到不剥削了?资本主义社会的基本矛盾(生产的社会性与私人占有之间的矛盾)已经消失了?资本帝国主义对第三世界的剥削已经不存在了?先生既是"以毕生精力从事马克思主义经济学之研究"的,为什么要避开这些要害问题呢?是当年研究马克思主义经济学根本就没有入脑,还是因某种政治需要而故意颠倒黑白呢?应当说,资本主义在某些做法上可能有某些新花样,但是它的本质却没有变,也不会变。因此,不能说马克思对资本主义的分析失效了,而只不过是先生巧舌如簧地为资本主义涂脂抹粉罢了。

　　这次在资本主义最大的王国发生的事件,将沉重地敲响一声警钟:资本主义决不会"万岁",绝不可能万世一统。即使发生了苏联、东欧的悲剧,也绝不意味着资本主义可以从其固有的矛盾中解脱出来。可以断言,它们的前途绝不会是美妙的!

　　朋友们! 一切善良的人们! 还是安心地、扎扎实实地走社会主义的路吧,再不要听政治骗子织造的迷信了!

1992 年 5 月 20 日

真正的爱国者

最近《中流》杂志6月号上，以显著地位转载了三篇好文章。一篇是台湾大学外文系教授颜元叔先生的《向建设中国的亿万同胞致敬》，一篇是台湾著名作家陈映真先生的《寻找一个失去的视野》，还有一篇是暨南大学教授潘亚暾先生的《中华民族揭开了腾飞的历史》。《中流》编者说，这三位作者"胸中都跳动着一颗炽热的中国心"。确乎如此，只要你血管里还奔腾着中国人的血，你读了这样的文章就不能不怦然心动。

自从毛泽东同志向全世界庄严宣告"中国人民从此站立起来了"那一天起，实际上就是中华民族复兴大业的真正开端。四十几年来，中国人民在中国共产党的领导下取得了举世瞩目的伟大成就，凡是有良心的中国人，没有不承认的。即是敌人也不能不承认这一点。颜元叔先生说得好："……40年来的中国，虽说走了一些弯路，但是除非是汉奸，除非是洋奴，除非是鲜廉寡耻的'烂香蕉'（这包括那众多的心灵被西方殖民的华人知识分子在内），才会说40年大陆还在原地踏步，甚至倒退……"他还一针见血地说："打开天窗说亮话，中国的前途不在台湾（什么叫做'台湾经验'？可笑！）中国的前途不在港澳（受殖民统治的地区岂是民族复兴基地！但内地一民运人士竟然认为'中国被殖民才能现代化'，疯子！不过他已自称'疯狗'！）不在海外华人，不在舔洋人后跟的学运民运小丑，中国的前途在中国大陆，在那11亿心含'鸦片战争'之耻、心含'八年抗战'之恨的中国人身上！他们衣衫褴褛地制造出原子弹、氢弹、中子弹，他们蹲茅坑却射出了长征火箭，他们以捏泥巴的双手举破世界纪录，他们磨破屁股包办12面亚运划船金牌，他们重建唐山而成联合国颁奖为世界模范市……同胞们,他们为的是什么?没有别的:他们爱此'中华',他们不能让'中华'再陨落!"这话说得何等好、何等令人动情呵!在祖国的大地上,那些英勇献身的洒下成吨成吨汗水的创业者可以得到些许安慰了!

和颜元叔那种火辣辣的诗人性格不同,陈映真更近于理论家的冷静思维。他在举出极有说服力的论证后说:"即使是对中共最苛评的经济学家,都不能不说中国的社会主义发挥了无法否认的成绩。"他对40年来的评价是:"而即使有过1958年'三面红旗''大跃进',1966年的'文化大革命'那样重大的起落和转折,到1970年代末,中共还是取得了这些不平凡的成绩(M. Selden, 1990):消灭了以财产为基础的不平等,在城乡内部缩小了不平等;快速而巨额地增加了累积和投资,使工业显著发展,打下了重工业发展的技术和总体经济的基础;消灭了外国资本对中国现代贸易、工业、金融和财政支配;农业生产率初步超过了人口增长率;工人阶级获至实质和精神上的解放,收入、社会地位及福利有巨大增长。"这些对中国社会进步所作的具体分析和公允的评价,比起那些只懂得从人均收入上看问题的浅薄之见,是多么地高明呵!

对中国人民建国以来所取得的这些伟大成就,在基本态度上,是承认它还是贬低它、否定它,这是一个重大的原则问题。这个问题最后势必归结到,中国共产党还能不能领导中国的问题。回顾过去,在这个问题上不是没有教训。粉碎"四人帮"之后,由于大家对"左"害都有切肤之痛,集中一段时间批"左",以便认真汲取教训,不再犯同类错误,是完全应该的、必要的。但是没有注意到,在长时期漫无节制的发展中,资产阶级自由化思潮乘隙而入,以批"左"的面貌出现,实际上攻击马克思主义最根本的东西,大肆兜售资本主义的货色,其势力越来越大,否定的东西愈来愈多,否定的时期愈来愈长,最后发展到公然对马列主义、毛泽东思想以及毛泽东本人进行诋毁和诬蔑;对建国以来的光辉历史大都否定或全面否定;给人的印象仿佛是共产党几乎没有做什么好事。其间虽然出现了十一届六中全会的决议,对错误思潮起了一定的抑制作用,但是从实际情况看,那些党内外的资产阶级自由化势力,对这个庄严的决议根本不放在眼里,在他们掌握的报刊上,依然继续兴风作浪。一些理论刊物是这样，一些文艺刊物也是这样。那些泛滥成灾的"伤痕文学""反思文学""集中营文学"，都渐渐发展成了对共产党、对社会主义的控诉。作品中出现的小小的支部书记，你都很难找到正面人物。把人民大众特别是知识分子都写成了社会主义制度下的受害者。试想，在这种作品包围下的青年人，怎么会不受到消极的影响，走向歧路呢？所谓的"三信危机"，和这种宣传不是没有关系的。

我们的宣传工作应当实事求是。尤其是涉及到党的历史，更应该遵循历史唯物主义的科学态度，有多大成绩就讲多大成绩，有几分错误就讲几分错误。而我们往往为了突出现在的成绩，就把过去拼命贬低，甚至说得一无是处。其结果不仅否定了过去，也否定了现在，使整个党的形象受到损害。这是很失算的。

夸大错误，否定成绩，是资产阶级自由化分子破坏社会主义声誉的主要手段。他们多年来就想从这里打开缺口，以便推翻共产党的领导，达到全盘西化的目的。在其他社会主义国家中，他们的同类也莫不如此。（你千万不要以为这种手段不屑一顾，长时间的混淆黑白，就会搅乱人们的思想，最后导致悲惨的结局。这种活生生的例子，不是一个接一个地出现了吗！？）而真正站在人民立场上的人，或站在民族利益立场上的人，对于党和人民取得的成绩，总是抱热情肯定的态度，对其决策中的或工作中的失误，也是比较容易理解和谅解的。因为社会主义事业是人类历史上前无古人的崭新事业，需要从没有路的地方踏出路来，其间就不可能不出现曲折和失误。我多次举过长江、黄河的例子。我说，天下黄河九十九道湾，长江也是千回百折，为什么它不一从巴颜喀拉山和各拉丹冬出来就笔直地流到大海里去呢？社会现象也是如此。天底下几乎没有一帆风顺的事情，事物的发展过程无不充满着迂回和曲折。例如人们经常指责和嘲笑的"大跃进"的确是一次大的失误，也确实造成了很大损失。但是你如果冷静、仔细地分析，也不是没有深层的原因。一个站了起来的人民，手中既掌握了政权，就急欲改变一穷二白的落后面貌，这几乎是当时所有中国人的普遍心理。对于毛泽东这个一向壮心不已的革命家，自然更是这种意志的代表者。再加上50年代初期和中期，抗美援朝战争取得了伟大胜利，三大改造几乎没有什么震动和损失就顺利成功，其他各项事业也都获得了巨大成就。往往过分的顺利就是挫折的先导,在这种情况下,难免就不那么谨慎了。这样就产生了主观愿望和客观规律的矛盾。加上对经济建设毕竟缺乏经验,后来就出现了这样的失误。这里我谈的都是主观因素,还没有谈国外的因素和严重的自然灾害。当然,一个郑重的党必须从失误中接受沉痛的教训。但是站在历史的高处看,从历史发展的总过程看,这些失误毕竟不过是前进中的一个曲折。退一步说,即使像"大跃进"这样的失误,也不是从头到脚都是错误,没有成绩。在那个时期,且不说工农业的进展,我们的核工业不就是在那最困难的年代加紧攻关,打下了巩固的基础吗?几年之后不就响起了震动世界的原子弹的爆炸声吗?如果要叙说全国万千座水库(它们已经构成了我国农业生产的稳定因素)的历史,就不能不从1958年说起。大家都知道的十三陵水库,现在已是京郊风景优美的旅游区,那不就是"大跃进"时期的产物吗?人们不会忘记,那里还洒下了毛泽东、周恩来等众多领导人的汗水。可是对人民的事业一向冷眼相看的人,不管你用血汗换来多少成绩,他一丁点热情都没有,而对错误则千方百计地夸大,无非是要把共产党打倒在地,让她再也爬不起来。时间是无情的,它使我们越来越清楚地看清了各种人的面目。谁是爱国,谁是卖国,我们看得清清楚楚。我们既看到了像颜、陈、潘这些真正爱国者的可敬,也看到了那些资产阶级自由化分子的可鄙!

一个人胸中燃烧着爱国的火焰,自然会觉得那些舐洋人脚后跟的叛逃"精英"可鄙可憎。颜先生骂他们是"猪油蒙心"的"可怜可鄙亦可悲的学运民运小蠢材",真是骂得痛快,一点都不过分。可这一来倒真的把他们刺痛了。于是苏晓康就来了一个反击。只要你看看那个反击,你就会看出它是多么色厉内荏,苍白无力。我真没有料到,这个"小蠢材"竟堕落到这种程度,真是"士别三日,当刮目相看"了。他竟说大陆上"谁藏粮食就吊起拷打,甚至点'天灯'"。这不是多年前出现在反共传单上的下流语言吗?过去我们在战场上不是经常缴获到这样诬蔑解放区的传单吗?现在也被他抄在这里了。苏晓康还说"大跃进"时期的几个月内就死了2000万人,等于抗战八年的死亡总数。这不是说共产党比日本帝国主义还可恨吗?而且他说这是"官方承认的数字"。我们在大陆多年谁也没听说过这样的数字,经向有关方面询问,也说并无此事。苏晓康的这个数字究竟是从哪里来的?他所说的"官方"究竟是哪个官方?因为现在的官方,既有他仇视的官方,也有他卖身投靠视若父母的官方,这样的官方也许还不止一处。但是凡是有脑子的人都会想一想:当时中国才6亿人口,几个月就死去两千万,那就是说二三十个人中要死去一个。苏晓康说那时是"易子而食",他本人那时还是个娃娃,大概是出于某种侥幸才没有被吃掉。不仅没有被吃掉,而且还健壮地成长起来,上了大学,成为能够写点儿像《河殇》那种电视片的作家。颜元叔先生说,看了《河殇》,无论剧中人摆出什么学者口吻、理性姿态,在"虚假的理论之后看到的只是'不更世事'的知识孩童!"这点我有同感。我当时就感到好像一个幼儿园的孩子拼命拉开架势发表纵论天下大势的演说,既可恨可气又滑稽可笑。不过他现在确实进步多了,从《河殇》到这次对颜先生的"反击",可以看出这个"知识孩童"已经颇像说谎话大话脸不红心不跳的反共老手了!这个进步的秘密,后来我看了台湾的报纸才明白:原来洋主人100万美元的施舍真叫没有白花呵!

苏晓康在他的这篇《对苦难漠视的残忍》中,一口一声大陆的"苦难",斥骂颜元叔先生没有在大陆呆过,所以才这样残忍,说如果颜先生到长江或黄河边上住一阵子,哪怕是一天都会受不了的。但是,我倒想问问这个"小蠢材":你真的懂得什么叫苦难吗?你见过旧中国卖儿卖女的惨象吗?你见过1942年河南饿死300万人的惨象吗?你见过江西、鄂豫皖等苏区遭到残酷烧杀的惨象吗?你见过日本侵略者在华北广大乡村是怎样搞"三光"政策的吗?你见过美国人在朝鲜丢下了多少炸弹,造成了多少孤儿吗?你见过日本人制造的"无人区"和美国人在南越制造的"战略村"吗?是的,这些不久以前发生在我们周围的事,你全没见过,全不知道,也不愿知道,你但凡多少知道一点儿,也就不会被"猪油蒙心"了。可以毫不夸张地说,在中国共产党的领导下,中国人民经过几十年的苦战所得到的独立和解放,是一种真正意义上的独立和解放,其革命的深度和广度,是没有多少国家可以与之相比的。人们常常把法国大革命看做是民主革命的光辉代表,其实长达28年的中国共产党领导的新民主主义革命,比法国大革命要深入得多和彻底得多,中国人民得到的实际利益是有目共睹的。纵然目前人民的生活还不能说十分富裕，但比起旧中国，那简直是天壤之别了。旧中国人民的平均寿命是35岁，现在平均寿命是70岁，这不是活生生的事实吗？现在我们的青年身强体壮，身高普遍超过他们的父辈，这不也是事实吗？更重要的是过去处于社会底层的劳苦大众，已经成为自己国家的主人。正是由于这种根本变革，才使得人民从来没有这样心情舒畅，意气风发。那种长期被压制的生产力，像地下的岩浆冲天爆发出来。中国的各项事业在短期内所以能出现奇迹般的成就，其奥秘正在这里。在这些问题上，苏晓康们是既不懂历史，也不懂现实。如果人民像苏晓康说的那样每天都觉得自己在受苦受难，能释放出这样的能量吗？那些奇迹是从哪里产生的呢？在旧中国为什么就出现不了这样的奇迹呢？抗美援朝的胜利，也是一个明显的例子。苏晓康辈须知，手执劣势武器的战士，并不是谁用鞭子赶着才前仆后继、压倒现代化的敌人的。这些本来都是一般中国人最基本的感情，然而苏晓康辈身上没有，而且感觉相反。也许他们喝"蓝色海洋"的水喝得太多了，已经失去了一般中国人的人性。

读过颜元叔三位先生的文章，再次使我深切感到，爱国同反帝是两个多么密切的命题。其实，一部中国现代史已充分说明，凡是真正的爱国者几乎没有不反帝的。反过来说，凡是在反帝立场上模糊和动摇的人，也很难做到真正的爱国。可以说，中国近代的爱国思想正是由于帝国主义列强的欺凌而强烈地激发起来的。帝国主义和我国的矛盾是不可调和的、关系到中华民族生死存亡的矛盾。在这种情况下，不反帝何以救国呢？又何能称之为爱国呢？从三位先生身上可以看出，他们爱国的思想如此浓烈，正是因为他们反帝的立场十分鲜明。反过来说，正因为他们看穿了帝国主义的狼子野心，他们的爱国热情才如此炽烈。而且应当指出，帝国主义同中国的矛盾，并不因中国的解放，并不因大陆上驱逐出帝国主义的势力就结束了。这一点，颜、陈两位先生都有洞察。颜先生在《盘古龙之再临》中说："时至今日，东方还是东方，西方还是西方；中国还是中国，非中国还是想吃掉中国！外籍的个人可敌可友；但是作为国，作为族，中国与世界——特别是西方世界——则永远是死对头！"陈映真先生的文章则通篇都是从世界帝国主义同第三世界的矛盾来阐明问题,中国自然是第三世界中的一个主要棋子。他语重心长地提醒我们:不要忘记第三世界的穷人,在建设自己国家的同时,不要失却了"与世界穷人同舟一命的认识"。他还说"西方正以低廉的费用,吸引大量的大陆知识分子进行高效率的、精密的洗脑,和60年代、70年代以来的台湾一样,大陆知识分子到西方加工,塑造成一批又一批买办精英资产阶级知识分子……"他举出的这些事实,看来是很值得已出国、想出国的青年学子们警惕的吧!此外,他提出的不要忽视阶级分析的意见,也是值得我们十分重视的。

民主、自由,是近几年被搅得最为混乱的题目。反共分子,叛逃分子,以及大小汉奸卖国贼、烂香蕉,莫不以民主、自由相标榜。颜先生斩钉截铁地提出:"为历史上此刻的中国,我胆敢高呼:反民主!反自由!反西方民主!反西方自由!"话说得如此激烈,无非是想让一些糊涂人清醒清醒。这里说得很明白,反的是西方民主,西方自由。也就是资产阶级的民主,资产阶级的自由。他之所以说得如此痛切,是因为他对资本主义的"民主""自由"体会得太深了,彻底地看穿了。当然,他不是指社会主义民主,而我们的社会主义民主是必须日臻完善和充分发扬的。这是社会主义的本质、本性所决定的,而且是我们的力量所在。而资本主义的"民主""自由",是我们一向鄙视的。我们认为,民主、自由绝不是一个空家伙,它首先要有经济内容,也就是要建立在人与人经济地位平等的基础上,要消灭剥削、压迫、奴役,要人人都有饭吃。单是这一条资本主义就做不到。有人把美国看做民主、自由的天堂,它的数百万无家可归者也只有挨饿的自由。经济上如此,政治上他们有实质上的自由吧?也没有。朝鲜战争时,我曾到俘虏营中调查访问。我同众多的美俘谈过话。可以说几乎百分之百的美军士兵是不愿到朝鲜来打仗的。尤其是那些刚刚参加过二次大战的老兵,怀有强烈的不满。但他们的自由最多也只是骂骂杜鲁门,此外,别无他法,最后还是得乖乖地到异国他乡来当炮灰。一些糊涂人只看到美国议会上可以互相对骂,可以掷墨水瓶,就以为这是令人陶醉的民主了,其实,这样的"民主""自由"对人民毫无用处。现在美国正是用这样的"民主""自由",作为向社会主义进攻的武器。颜先生看得很透,美国用"自由""民主"的口号,是要"企图分化我们,打散我们,切割我们,制造我们的内部矛盾,让我们互相抵消"。现在有的社会主义国家不就是这样吗？人民面对着政治分裂、经济崩溃、思想混乱的困境,往往苦笑着说:"我们这里除了自由,什么也没有了！"这是多么痛苦的教训！经验已经证明:在当前这个历史阶段,在我们社会主义国家,人民民主专政才是惟一可以选择的最理想的政治制度。它既包含着对广大人民群众的充分民主,又包含着对一切反动力量的专政。两者构成了完整的统一。我们应该使这个制度愈来愈完善,愈来愈成熟。民主与专政两者不可偏废。但是现在两个方面我们都还做得不够,不仅民主不够,专政也不够,现在种种社会丑恶现象的出现和得不到有效的防止,就是证明。因此,我们在民主和专政两个方面都要做出足够的努力。不管帝国主义分子和反社会主义的小丑如何叫嚣,我们只能沿着人民民主专政的路线前进,决不能听信他们的胡说。

最后,我还想顺便谈一下近年来出现的"振兴中华"的口号。提出这口号的用意无疑是好的,但是如果以为中国革命取得的震撼世界的伟大胜利和几十年的创业都不算"振兴",那就不能令人同意了。陈映真先生就说:"1949年中国的革命,对于绝大多数的第三世界不发展国家,是一个仍然必须付出艰难而巨大的努力犹难于取得的成绩。帝国主义的支配被彻底驱逐。和帝国主义内外勾结荼毒民族发展的国内反动势力被摧毁。半殖民地半封建的社会经过了根本性构造改革。中国成了她自己的主人。"难道这些都不叫振兴？这样就把中国革命胜利的意义和含辛茹苦得来的建国成绩全看得太低太低了。现在的主要问题是经济上的发展还远远不够,还要做很大努力。这只不过是一个继续发展的问题。如果把1949年建国作为中华民族已经复兴的起点,把此后的发展看做是持续振兴的过程,那就比较适宜了。颜先生高声赞美盘古龙之再临,我看这是除一小撮卖国贼之外全体炎黄儿女的心愿。而且我将预言:长风破浪会有时,直挂云帆济沧海,已经重新腾飞的盘古龙,定将为全人类带来更为辉煌的贡献,也将为我们的民族带来远远超过往昔的光荣！

1991年七一前夕

做八月的风荷

周总理逝世已经20年了。抚今追昔,人们更加怀念他。

周恩来同志在道德风范上是大家公认的比较完美的典型。这一点不仅为我国广大人民群众所倾倒,也赢得了国外众多人士的由衷钦佩。这实在是我们党和中华民族的光荣。

然而,周恩来绝不是一个超阶级的"好人",更不是深得中庸之道的"好好先生",而是一个有高度原则性的无产阶级政治家,一个卓越的马克思主义者,一个体现无产阶级新道德新作风的典范人物。

周恩来为什么会成为这样的人物?他所体现的无产阶级新道德新作风的内涵又是什么呢?

周恩来同志生前,我曾有幸听过他许多次报告。其中印象最深的,就是他讲的如何树立革命人生观、世界观问题。他讲,要树立这样的人生观,必须要树立四个观点,即革命观点、阶级观点、群众观点和辩证唯物观点。他的这次教诲,使我收益很大。我认为周总理这四个观点的阐述,可以说是共产党员修养的最完备的概括了。这不就是无产阶级新道德新作风的思想基础吗?无产阶级的新道德新作风不就是依据这些观点在实践中产生的吗?不妨说,这也是周恩来本人思想方面的总结,他本人也是在这些方面不断完善着自己的。

如果这样说还不够明确,我们还可以参照一下周恩来1963年3月6日关于学习雷锋的题词。题词说:"向雷锋同志学习憎爱分明的阶级立场,言行一致的革命精神,公而忘私的共产主义风格,奋不顾身的无产阶级斗志。"这里同样可以看到他对培养革命人生观、世界观的要求。

因此,我们的党员要向周恩来学习,不能只在表面上用功夫,而是要学习周恩来高尚品德的思想内涵。

就以上面说的阶级观点、阶级立场来讲,对共产党员就是很重要的东西,很基本的东西,甚而可以说是安身立命的东西。这是任何党员都不应忽视的。很明白,如果我们的党员没有阶级观点,没有无产阶级的阶级立场,也就无法同其他阶级、其他阶级的思想尤其是资产阶级思想划清界限了。而长期不能划清界限,这个党就势必为形形色色的异己思想所淹没,久而久之也就不存在了,或者名存而实亡。周恩来在这一点上是很清醒的。在抗日战争中的重庆,有一次需要派一个党员去作"资本家",一来掩护党的工作,二来也为党赚些经费。临行时,周恩来紧紧握着这个党员的手,语重心长地叮嘱说:"你要像八月的风荷,出污泥而不染;同各方面打交道,交朋友,一定要记住同流而不合污呀!"想想周恩来的一生,他本人何尝不是一株香远益清的八月的风荷呢!大家知道,统战工作几乎伴随了他的一生,其间他同多少达官贵宦、巨富名流以及中外形形色色的资产阶级代表人物打过交道,然而他却没有受到旧社会污泥浊水的影响。尤其是他本人当了总理,可谓权重如山,而他最后不是仍然穿着经过补缀的旧衬衣吗!

想到这些,无法使人不联想到当前的现实。改革开放时期,是我们党同不同思想体系、不同生活方式打交道而最易受到影响的时期。在这样的环境里,按道理,我们的党员、干部,应当脑子里多一根弦才对。我说的弦就是政治观点、政治立场的弦。然而这根弦在一些党员头脑中似乎很难说了,至少说是大大地淡漠了,模糊了。近年来每年有为数不少的党员和干部沦为经济罪犯和腐化堕落分子,这不都是些被糖衣炮弹击中的人吗?如果他们脑子里还有较强的无产阶级立场,怎么会落到这么可鄙亦复可悲的境地呢!

愿大家都来学习周恩来,做八月的风荷!

1995年11月13日

南街归来

对河南临颍县的南街村,我是闻名久矣。张爱萍老将军的诗句"山重水复疑无路,柳绿花红南街村",更牵动了我的心。看了南街村的录像带和介绍南街村发展过程的小册子《理想之光》,便越发心向往之。然而迟至今年春夏之交,才算偿还了这一夙愿。

在南街村我整整盘桓了四天。在这四天中,我和几个朋友一起,参观了他们的几个村办工厂和机耕队,漂亮的南街学校和幼儿园,设施齐全的居民楼,还有医院和敬老院。我们同南街村的党委书记王洪彬、村主任王金忠以及其他干部和居民进行了亲切的交谈。我们一直沉浸在兴奋愉悦之中。现在,一座为全体居民所共同享有的真正共同富裕的现代化村落,已经货真价实地矗立在我们的眼前,能不使人惊叹吗?能不使人感慨、折服吗?"如果全国的乡村都能像南街村这样,该有多好呵!"这就是几个朋友的心声,也是我的心声。

随着南街村声名远播,其影响日益深远。自 1995 年以来,前来参观者络绎不绝,包括 15 个国家和地区的客人。各地飞鸿更如雪片,其中有些来信非常动人。辽宁本溪市小堡畜牧场一个已经退休的高级兽医师隗永海就说:"我真心实意愿去您村工作。一不要工资,二不用养老,干不动了,回本溪儿女身边度晚年。如果有人问我为的什么? 就是为的理想。"我在南街村就遇到了远离家乡情愿在南街村义务劳动的人。最近一位朋友新从南街村回来,我问他印象如何? 他只回答了一句话:"朝闻道,夕死可矣!"以上这些,我想绝不是偶然的。它至少说明南街村典型的出现,不是无根之木、无源之水。它是植根在中国大地上的,是符合大多数人民的利益和愿望的。换成政治术语,这也就是中国人民对社会主义深沉的信念,对共产主义热烈的向往。因此,南街村的成就,才获得了全国人民如此广泛和热烈的回应。但是,另有一小批人,却根本不理会这一点,他们从自设的格局和偏执的理念出发,老是对南街村看不顺眼,说什么"直到90年代,这里还在唱毛主席的颂歌《大海航行靠舵手》和《东方红》,还在学习毛主席的著作《为人民服务》,还在实行'一大二公'的制度","还在'吃大锅饭'","村庄里一草一木都姓'公'","村里还有文工团,演的是革命戏"。从这些感情色彩颇为浓烈的话看,他们对这南街村是何等地憎恶!但也暴露出,他们与中国人民的思想感情是相距得太遥远了。

随着南街村影响的扩大,议论日渐多起来。包括一些经济学家,对南街现象作出了各式各样的分析。我想不管怎么说,唯物论者总要先承认客观事实。至少在以下三个问题上,我以为是无可争辩的。

一、这里真正做到了物质文明与精神文明双丰收

据介绍,南街之路是逼出来的。15年前,他们也采取其他村庄的做法,把两个村办企业承包给了两个"能人"。几年过后,承包人发了财,群众吃了亏。大家开始大骂村干部不负责任,告王洪彬的大字报直贴到县委门口。这样,一向受到群众尊重的王洪彬不能不反思了。经过酝酿讨论,他召开了党支部会议,讲明了收回企业承包权、对土地实行自愿上交集体经营的想法,支部成员一致赞同,群众听了拍手欢迎。从此,南街村又开始走上集体致富之路。自1984年开始,经过群众奋发努力,辛勤经营,年产值达到70余万。此后每年即响箭般地连续上升。1985年130多万,1986年320多万,1987年730多万,1988年1400多万,1989年2100多万,1990年4100多万,1991年突破亿元大关,1992年2.1亿,1993年4.2亿,1994年8.02亿,1995年12亿,1997年16亿。利税从1984年的7万多元,猛增到1997年的8000多万。从以上数字看来,这是何等神奇的速度!简直是一步一重天,一年翻一番。问题是这种神奇的速度是从哪里来的?为什么同样一个南街,同样是南街的人,搞个人承包搞

得山穷水尽,天怒人怨,而一旦走上集体致富之路,却蓦地里豁然开朗,柳暗花明了呢?实际上这是一个生产关系的问题。个人承包只是个人或少数人得利、大家吃亏的办法,是群众所不欢迎的;而集体致富的道路则是大多数人都乐于接受的,因而才能激发起极大的劳动热情。南街村的事例,对先进生产关系可以大大促进生产力,作了最生动的说明。

在社会主义建设的事业中,物质文明同精神文明本应是相辅相成地向前推进的。但令人遗憾的是,在许多地方,经济发展是上去了,但精神文明却滑了坡。有的地方甚至不惜以牺牲精神文明为代价,来换取经济的暂时攀升。结果造成了社会风气败坏,拜金主义风行,资本主义社会的种种丑恶现象几乎应有尽有,社会犯罪日甚一日,有增无减。尽管领导上对"两手都要硬"一再强调,却收效甚微。正是在这种氛围中,我们来到南街,有如迎面扑来一阵清风,使人有耳目一新之感。这里不仅物质文明上去了,精神文明也上去了。即使不说构成社会主义精神文明的那些基本方面,如共产主义式的奉献精神蔚然成风,以及人与人之间的友爱和睦关系等等,仅就治安一项来说,也是使人羡慕的。连续十余年,全村没有发生一起较大的刑事案件;全村700余户,没有一户安防盗门的;全村26个企业都只有门楼,没安大门;村里30多个建筑工地也没有围墙。事实上南街村已经做到了路不拾遗,夜不闭户。来南街村的人莫不感慨良多,盛赞这里是"桃花源",是喧嚣的大千世界的一块"净土"。然而,王洪彬是不赞成这个说法的。他说任何地方都不是真空,南街村之所以能够这样,是经过许多斗争和艰苦工作的结果,今后也丝毫松懈不得。我认为他的话比较符合实际。物质文明与精神文明的双丰收,都要从南街村正确的方向和艰辛的努力中去寻找答案。

二、真正做到了共同富裕

大家都知道,低工资高福利的分配制度是南街村的特点。按照南街村的说法,也就是工资制加供给制。从1986年起,随着南街村生产的发展,就逐步增加了供给部分。从1986年到1994年,由最初的水电免费发展到了14项公共福利。如煤、气、食用油、面粉、节假日改善生活的食品,以及儿童入托、学生上学直到大学毕业,一切费用均由集体负担;文化娱乐、人身保险、防疫、医疗费、计划生育、农业税、农村各项提留也由村里负担。这就从基本的生活保障上解除了人们的后顾之忧,使南街村开始过上了舒心的日子。

从1993年起,南街村开始兴建高标准的住宅楼。大套三室一厅,92平方米;小套二室一厅,72平方米。室内统一配备了中央空调、54厘米平面直角大彩电,高档家具齐全,卧室摆好了席梦思床、高低柜、床头柜。炊具有双芯液化气灶,抽油烟机。卫生间设备齐全,每周供两次热水。仅每套居室配套下来就近8万元。这些居民楼都已分别按人口多少,免费分给村民。我曾亲自到这些居民楼中座谈访问。室内设施确实漂亮,绝不次于北京一些处级干部的住房。谈起话来,主人们自然称心如意,眉开眼笑。我们也到幼儿园和南街学校去过。幼儿园办得绝不在我们大机关幼儿园之下。南街学校孩子们的食堂,更漂亮得使人感到惊愕。那一排排定做的,不高不低的桌椅,都是明光锃亮的钢制品,开饭时每个孩子都在自己固定的座位上免费就餐,餐后还有专门洗涮消毒的设备。在这里上学,家长不再有任何经济负担。不仅学杂费全免,连校服和课本都由村里提供。在这里没有一个孩子失学和辍学的。南街村的孩子们简直生活在天上了,使我们这些从旧社会走过来上不起学、买不起书的苦孩子,真是感慨万分。

南街村的敬老院,和该村的免费医院面对面住在一个院里。老人们出门就可以看病,或者不出门,只打一声招呼,医生们就可应声而至。从这些细微处都可以看到领导人的用心。老人们分开男女,每两人一个居室,以便相互照顾。衣服被褥定时有人拆洗,所以都很整洁。大厅里放着一部大彩电,这是他们共同活动的场所。这里多半都是无儿无女的孤寡老人,也有人是和儿女不和情愿住到这里来的。他们在一起亲密相处,颇像一个家庭。我们去敬老院访问的时候,他们正在就餐,吃的是白面馍和河南人爱喝的胡辣汤。同他们谈起话来,他(她)们都感到无忧无虑,生活得自在,并说这是托共产党的福,也盛赞南街村的领头人。南街之行,深感"幼有所教,壮有所用,老有所养",已不是空话,而成为活生生的现实。

从现有南街村的分配制度看，基本上仍是按劳分配。但从通常按劳分配的观念看，其基本的生活资料方面按需部分也许会使人觉得稍许多一些。不过这是有理由的。王洪彬等人长期生活在农村，对农民的理解自然比较深，农民比较实际，不喜欢空泛的道理。按王洪彬的话说，就是要"搞一些有形的东西，把先进的理论与看得见、感受得到的东西有机结合起来，才能增强吸引力和说服力，逐步把共产主义思想渗透到群众当中去"。当然更根本的前提是，随着南街村生产的发展，使他们已经具备了坚强的实力，能够在群众的基本生活资料方面给以必要的满足。果然这样的实践效果很好，不仅大大激发了群众的劳动热情，而且鼓舞了对共产主义美好未来的向往，相对的私心也减少了。南街村的经济之所以能够每年以翻番的速度增长，从这里是可以找到答案的。

但是，正是这样一个先进的有效的分配制度却遭到某些人的讥笑，说他们是"一大二公"，"吃大锅饭"。如果我的记忆不错，某些人，确曾猛批了一阵"一大二公"和"吃大锅饭"。可是我们冷静下来想一想，说"一大二公"不好，难道"一小二私"就好？是不是"越小越私"就越好呢？如果是这样，我们不仅需要退回到资本主义，还得退回到封建时期的自然经济去。其次，把毛主席在世时的分配制度笼统地说成是"吃大锅饭"，也是不对的。那时我们实行的是八级工资制，是正确实行了按劳分配原则的，只不过级差不大，也许这更合乎中国的国情。为了批倒这个"吃大锅饭"，有些人公然说，工人吃工厂的"大锅饭"，工厂又躺在国家身上"吃大锅饭"。试问，工厂的大锅饭，国家的大锅饭是从哪里来的？是政府领导人从家里带来的吗？难道不都是工人、农民的劳动成果吗？其实，现在看来，某些人之所以把"大锅饭"批臭，不过是为了在分配制度上大大地拉开距离，在人民内部制造人为的鸿沟罢了。而这样做的目的，是因为他们相信只有刺激人的私欲才是激发个人积极性的内在驱动力，这同我们提高社会主义觉悟促进社会发展的思路完全南辕北辙。至今这种拉开距离、扩大差别的作法，所造成的人与人之间的重重矛盾、隔阂和对立，是大家都看得见的。毛主席在《毛泽东读社会主义政治经济学批注和谈话》中说："反对平均主义，是正确的；反过头了，会发生个人主义。过分悬殊也是不对的。我们的提法是既反对平均主义,也反对过分悬殊。"看来毛主席的看法是有远见的。

我看,在生产发展的基础上,在客观条件许可的范围内,多兴办一些社会集体福利事业,使群众多得到一些实惠,没有什么可责备的。在这本书上毛主席又说:"社会主义社会不搞社会集体福利事业,还成什么社会主义?"

在这本书上,毛主席对有关"按劳分配"的问题,有一系列的论述。一方面他肯定教科书所说的"生产工作者的报酬也不可能一样,而应当符合于劳动的数量和质量"这个原则是对的;一方面,他又指出教科书"彻底实行按劳分配"的提法有"带来个人主义危险"。也就是说,他不赞成把"按劳分配"绝对化和凝固化,还要着眼在社会的发展。他在《读斯大林〈苏联社会主义经济问题〉谈话记录》中也说:"他(指斯大林)讲社会主义经济问题,好处是提出了问题,缺点是把框子划死了,想巩固社会主义秩序,不要不断革命。母亲肚里有娃娃,社会主义社会里有共产主义萌芽,没有共产主义运动,如何过渡到共产主义?"按照现在南街村经济发展的情况看,比之人民公社时代,已不可同日而语了,在现在的条件下,其按需部分稍稍多一些,是符合毛主席论述的精神的。

三、这里没有腐败

腐败问题,至今已成为全国上下最难办、最头疼的问题。公众相聚,友朋相见,没有不涉及这个问题的。多年前陈云同志就提出过党风问题,是执政党的生死存亡问题。现在就腐败问题泛滥的深度和广度说,确实已大大超过那个时期了,到了关键时刻了。尽管上下都想了很多办法,又制定了不少法律条文,虽不能说没有收效,但何时能够有一个根本好转,还是很渺茫的。而在这种情景下,南街村却可以理直气壮地说:这里没有腐败。

人人都知道,南街村干部的最高工资是 250 元,被称为"二百五干部"。"二百五"者,"傻子"之谓也。他们正是有意来提倡这种共产主义式的"傻子精神"。我曾对王洪彬同志说,"你们这一条,倒符合巴黎公社的原则"。恩格斯在《法兰西内战》导言中曾说:"为了防止国家和国家机关由社会公仆变为社会主人——这种现象在至今所有的国家中都是不可避免的——公社采取了两个正确的办法。第一,它把行政、司法和国民教育方面的一切职位交给由普选选出来的人担任,而且规定选举者可以随时撤换被选举者。第二,它对所有的公职人员,不论职位高低,都只付给跟其他工人同样的工资。"后面这一条,就是为了从根本上切断一切升官发财的道路。南街村的做法,是有意无意符合这种精神的。现在南街村的一些技术人员工资有的上千元,不是远远超过干部的工资了吗!

当然仅仅依靠这一条,想保住干部的清廉自持是不够的。因为今天实行的是市场经济,他们的干部不可能不同外界接触,其形形色色的诱惑是不可免的。于是他们又规定了一个"外圆内方"政策。在同外面交往中,为了在市场经济中求生存、求发展,容许在坚持原则性的同时采取灵活性,随俗应时,通权达变;但是,回到南街,必须把交往中收受的礼品、礼金如数上缴。"一丝不苟干南街事,一尘不染做南街人",就是他们的口号。当然,仅仅依靠这些规定也仍然是不够的。因此,他们除了以毛泽东思想育人,不断提高干部、党员的觉悟之外,还找到一个最可靠的办法,这就是发扬民主,开展批评和自我批评,提倡群众对干部的公开监督。这也正是当年毛主席在延安回答黄炎培的问题,也就是共产党如何避免历史兴衰"周期率"的问题时所提出的办法。值得大书一笔的,就是1994年南街村的整风。由村党委带头动员全村群众,动真过硬地揭查挖自己身上存在的不正之风。随后王洪彬首先在全村200多名党员、干部的大会上公开作了检查。他说:"以权谋私方面,严格地讲,我身上确实有。我让大家住楼哩,结果我又盖了三间房子。因为啥盖?因为父母搬过来了,原有的三间住不下,我想再盖三间和父母住在一起。前十几年没少惹父母生气,没有行孝,现在自己40多岁啦,再不行点孝,父母都70多岁了。所以我以权谋了个私。……另外,官僚主义方面,近两年我认为比过去严重了,这个问题,我身上很突出,今后要下决心解决。"在王洪彬的带动下,其他党委成员也都纷纷作了自我检查。然后把所有录音分发给下属七个支部进行民主评议。民主评议不过关的,还要继续查挖,直到过关为止。最后将查出的问题,分别进行批评教育、退赔和处理。这次整风收效极大,深刻地教育了干部,调动了群众的积极性,密切了干群关系。对巩固与发展南街村事业,起了重大作用。南街村之所以能够消除腐败,保持干部的清廉作风,这是有决定意义的。我想,这对全党也有借鉴价值。

这篇短文,远不是对南街村的全面论述。但仅就上述三项成就来说,南街村也不愧是 20 年改革开放中的佼佼者。尽管从经济水平上说,有如南街村者不乏其例,而上述三点做得如此完美,却是很罕见的。这样来看,南街村完全可以称为改革开放中最优秀的典型之一。

当然,毋庸讳言,南街村是以建设共产主义小社区为目标相标榜的。依我看,这没有什么关系。我们完全不必像害怕火一样地害怕共产主义。我听说不久前,日本也有一个试验共产主义的村庄——山口岸村,曾派出代表团到南街村访问。既然资本主义国家都不干预进行共产主义的实验,我们是共产党领导的国家,当然更可以进行共产主义的实验了。20 年来,我们办了许多特区,何不也办几个这样的实验区,以百花齐放精神使其各现异彩呢! 一些人对南街村横加指责,简直荒唐之至。把南街村说成是极左,不是把"左"抬高到天上去了吗? 共产主义社会是人类最美好的理想,是共产党人鞠躬尽瘁追求的目标,全人类,尤其是中国人是决不会放弃这一理想的。我奉劝某些人,在闲暇无事的时候,静下心来,对南街村的成就以及获得这些成就的真正原因深长思之,这是大有好处的。

笔者在南街村只呆了四天,所见所闻毕竟有限。不妥不周之处,还望南街村的同志和其他朋友指正。

1998 年 7 月 11 日于北京

问滔天洪水谁主沉浮

1998：又是一个滔天洪水冲激的中国之夏！而且是南北两面夹击的中国之夏！

在这些漫长的时日里，我每天面对着电视屏幕，望见我们的人民、我们的战士，为了保卫人民的生命财产，为了保卫社会主义的建设成果，在第一线进行着生与死的搏斗。我望见他们天天在泥里、水里，在骄阳如火的烈日下，背负着百余斤的沙袋，奔驰在大堤上。我望见他们驾驶着冲锋舟，冲进激流，冲进被洪水围困的村庄、城市，把即将陷于灭顶之灾的老人、妇女和孩子背到船上，转移到安全的地方。我望见他们背磨破了，脚泡烂了，有时昏倒在大堤上，醒过来再冲上去。几十天了，他们吃在大堤上，睡也睡在大堤上。看到种种场景，有时我真想大喊一声：同志们！你们真是太辛苦了！太辛苦了！太辛苦了！我们的民族将怎样感谢你们呢？将怎样感激你们呢？我们共和国的历史将怎样记载你们这不朽的功勋呢？

辛勤的记者们，每天都为我们传送着抗洪的消息和激动人心的故事。据报道，7月初，簰州湾有一处垸堤决口，汹涌的狂涛正向几十个村庄猛扑。尽管大部分群众已经撤离，但仍有一小批人未脱离危险。舟桥某部和空军某部的400名官兵，立即跳进滚滚的洪水奋力抢救。20岁的舟桥兵杨德文，第一个跳到水中，被一个在水中挣扎的妇女抱住了脖子。他使出全身力气才脱下救生衣套在那位妇女身上。接着，后面又传来呼救声。他把那位妇女交给别的战友，立刻向回游去。呼救的是一位老大爷，正立在摇摇欲坠的房顶上。他迅速地游过去，与另一位战友把老人接下来，刚刚离开，房子就坍塌下来。杨德文带着老大爷游了20多米，接近了一棵树，他几次努力把老大爷送上树去都没有成功。最后他硬是用自己的肩头把老大爷顶上了树。可是他一点力气也没有了,这时一个巨浪打来,杨德文就沉没到洪涛中去了。他们经过两天一夜奋战,从楼顶、树上救出了两万多名群众,才发现少了19名平均年龄不满23岁的战友。这些可敬的战士们,就是这样以自己年轻的生命为代价换来了人民的生存。

8月7日,九江城西长江大堤的决口,是1998年最惊心动魄的一幕。大堤在洪水长时间的浸泡中,终于被暴烈的洪涛撕破了口子。九江立刻面临着被洪水吞噬的危险。情况万分危急!一辆企图堵住口子的载重汽车推下去,立刻像小玩具一般被冲走了。一条长80米、装有1500吨煤的货船沉下去,又被冲进堤内。接着一连沉下七艘铁壳船和机轮船,水势才减弱下来,但洪水仍从沉船底部向外奔涌。此时军委调来了多支部队,云集此处,宛如一个进行大会战的战场。战士们用钢管将装满石料的铁笼固定起来,擅长打桩堵口的工兵,又直接在决口两侧插钢管、搭架子、筑堤坝。经过整整五个昼夜的鏖战,那些身披柑红色救生衣的橄榄绿们,终于以他们的血肉之躯,将洪魔重新牢牢地锁在大堤之内,一场不堪设想的危局才避免了。

在这次抗洪斗争中,人民和战士所显示的崇高心灵,更是感人肺腑。在湖南重灾区,有许多官兵的亲人下落不明,依然过家门而不入,继续战斗。在武汉,不少官兵家里同样进了水,依然转战在千里江堤。在荆江大堤上,有一位没穿军装的"编外战士",在奋力地劳动着,他就是大学生刘伟。1952年,他的祖父曾为修荆江大堤牺牲在长江之滨,46年后,他又从河南千里迢迢赶来重新站上祖父的岗位。在湖北嘉鱼县簰州湾,一位年轻的女子桂丹,一面恸哭着,一面将一束紫罗兰抛进混浊的江水中。她的未婚夫杨德胜是空军某部的战士,前几天为救护老百姓牺牲在这里,而牺牲的日子,正好是他们预定的喜日的后一天。这对桂丹该是何等沉重的打击!然而她没有忘记自己的未婚夫是为何而牺牲的,她把两个人全部的积蓄12万元,一起捐献给了簰州湾的灾民。用她的话说,她是以此来安息未婚夫的灵魂……这些是多么好的战士,多么好的人民呵!

紧张激烈的抗洪斗争,至今已经整整两个月了。它是一场规模极其宏大的战役,是一场名副其实的鏖战。在这段难熬的时日里,我们许多座人口繁密、工厂林立的如花城市,我们的交通命脉,我们美丽的田园以及千百万的父老兄弟,随时随地都有陷入灭顶之灾的危险。我不禁想问:究竟是谁,是什么力量,支撑着,抗击着,以自己的生命拼搏着,才使我们避免了一场不堪设想的悲惨的结局呢?是谁?到底是谁?我想只能有一种回答:是人民!是共产党领导下的千百万可敬可爱的人民!是我们的工农兵!没有他们,谁也抵抗不住。他们是这场戏真正的主角,是我们民族的脊骨,是我们时代的脊骨!正如毛泽东说的:"群众是真正的英雄","人民,只有人民才是创造世界历史的动力!"

应当特别提到,在这场生死搏斗中,我们的人民子弟兵,无疑表现得最出色。什么地方人民有了危险,他们就出现在哪里;哪里出了险情,形势最危急,哪里就有他们的身影。他们无疑是这场斗争的先锋和中坚。这场重大灾难再度检验了他们对人民的忠心、勇气和牺牲精神。他们再次为我们的共和国立下不朽的功勋,为我们的军旗增添了新的光彩。他们必然会进一步受到人民的拥戴,称他们为新一代最可爱的人!

当前,抗洪斗争已进入最吃紧的阶段。我们一定要下定决心,坚持不懈,争取抗洪斗争的彻底胜利!但是我同时也想到,这次的教训,实在是太深刻太沉痛了。我们应当深深地反思:为什么洪灾越来越频繁,越来越严重了?它究竟是什么原因?我们在工作上、思想上究竟有什么疏漏?什么才是带根本性的长治久安之策?这些问题都是需要扎扎实实解决的。否则,我们还将面临更加难以对付的被动局面。我们只有认真对待、认真解决这些问题,才不负人民的希望和这次付出的沉重代价。

1998 年 8 月 25 日于北京

致驻港部队
——兼致其他部队战友

香港回归已经一周年了。我中国人民解放军进驻香港也整整一年了。

回想1997那个动人的夜晚,我目不转睛地面对着电视屏幕,凝视着我们的部队、我们的战友、我们的威武雄壮之师如何进入香港。那面在这块土地上炫耀了150年之久的米字旗如何在夜色里黯淡地徐徐落下,而我们的五星红旗又如何在军乐声中迎风飘扬。我周身的热血都在沸腾。

那天夜晚,我之所以特别激动,是因为一位老战友的女儿早就告诉了我:

"叔叔,你知道吗?这次进驻香港的,就是我们的老一团、红一团!"

"真的吗?是我们那个老一团吗?"我问。

"没错儿。是我爸爸和你呆过的那个老一团。我们以后也到那里看看吧!"

"好好。"

"到时候,你可别忘了叫上我。"

这就是那个夜晚我特别激动的原因。尽管我凝望着的是我还没有见过面的年轻的战友们。

我说的这位姑娘,她的父亲就是老一团一营营长李德才。江西人,造纸工人出身,战斗中是一员猛将,外号"土佬",连聂荣臻元帅都知道他。长征时他是红一团的重机枪排排长,曾为掩护17勇士冲过大渡河立下战功。

这个红一团，就是在安顺场最先冲过大渡河的大渡河团，其二连就是出过17勇士的大渡河连。其七连又是出过狼牙山五壮士的狼牙山连。所以，它是很有名的。抗日战争爆发，红一师改编为一一五师独立团，由杨成武任独立团团长东渡黄河，挺进敌后。乘敌后空虚，连续攻克了7座县城，成为晋察冀最初的发展基地。我作为一个年轻的干部到这个团初学乍练，已经是1939年春天的事了。这时的团领导是陈正湘和王道邦。在日趋频繁激烈的敌后战场上，在杨成武将军的统一指挥下，老一团作为主力，连续取得了大龙华歼灭战、20天雨季战斗，尤其是秋末冬初雁宿崖歼灭战和黄土岭围攻战的胜利，击毙了被称为"名将之花"的阿部中将。这是老一团战史上光辉的一页。此后团领导先后由宋玉琳和邱蔚同志担任，但它依然保持了勇猛善战的作风，依然是驰骋华北的劲旅，成为我们心头的骄傲。哪里想到，数十年后进驻香港的就是这支部队呢！

说老实话，当我以亲切和尊敬的目光，注视着这支部队的前进时，我的心情是复杂的。也就是说，一方面我对自己的部队充满信心；一方面也不是没有一点担心：它在未来漫长的征途上，是否能经得起新环境的考验呢？因为这毕竟是一个崭新的课题。

一支军队，一个党，也同一个人一样，是要经过许多不同时代、不同环境的考验的。从长征结束到全面抗战开始后的国共合作，就是一个环境上的大变化。这时候在党内曾出现了阶级投降主义，在军队的干部中也不是个个都经住了考验，有人甚至以接受国民党的委任状为荣，结果成为历史渣滓而为时代所抛弃。但是就整体来说，我们的部队不仅经受住了考验，而且在最艰苦的条件下空前地壮大和发展了。全国胜利前后，我军进入大小城市，这是军队历史上又一次重大的考验。那时我军加上全国党员也不过几百万人。在全国人口中占极少数。而按照毛主席的比喻，那时资产阶级的污泥浊水淹到了我们的胸脯。我们究竟是被这种污泥浊水淹没或者融化呢，还是我们以自己的无产阶级的崭新作风来影响和改造这一座座旧城市为新的城市呢？若按许多人的看法，不要很久，我们就会被这些腐朽腥臭的东西吞噬掉。然而，这一切已为历史所证明：在毛泽东思想和党的坚强领导下，我们不仅没有被腐蚀，反而使一座座旧城市吹满了新风。在这中间，应当说我们的军队发挥了巨大的主导作用。提起来不能不使我们感到自豪。"南京路上好八连"就是其中最优秀的典型。同志们看过《霓虹灯下的哨兵》这出很精彩的戏吗？很动人的电影吗？那就是这个过程很生动的写照！

　　同志们，我的未见过面的战友们！现在你们在香港驻军，不就是去做这个霓虹灯下的哨兵吗？也许这个新的环境会比过去的霓虹灯更迷离，更复杂，因为150年殖民统治所留下的影响及其特点，毕竟不是我们即刻就认识的。在这种岗位上，我们如何来做好一个尽职的哨兵？如何能经得住多方面的诱惑和考验？是不是能做到"拒腐蚀，永不沾"？这些问题，我劝战友们多想一想。在新的八一节即将到来的时候，我心里有许多话想对你们说。但千言万语凝为一句话，这就是希望战友们，不要忘我们的老根子，不要忘我们是伟大的马克思主义者毛主席缔造的军队，是井冈山下来的朱毛红军，更不要忘我们艰苦奋斗的光荣传统。千万不要贵族化，千万不能资产阶级化，而要永远珍惜和保持我军无产阶级的本质！……我想，这不仅是我个人的心愿，也是万千老同志的心声。我坚信：你们是一定会这样做的！"南京路上好八连"一定会重新出现在香港，新时期的霓虹灯下的哨兵，一定会给我们的老红军团继续写上光荣的记录、光辉的篇章！

　　同志们，你们的责任是重大的，你们的工作是艰苦的。在八一节来临之际，请允许我向你们致以节日的问候。

难忘的箴言

——为祝贺党的七十周年而作

周恩来同志是我们党历史上受到举世钦敬的伟大人物,这是不待多说的了。我曾有幸听到过他许多次讲话,其中有一次印象尤其深刻,至今难以忘怀。

这次他讲的是有关共产党人世界观的问题。他说,一个共产党员,一个革命者,在世界观上必须树立起四个鲜明的观点:第一是阶级观点;第二是革命观点;第三是群众观点;第四是辩证唯物观点。周总理生前没有专门写过论共产党员修养的著作,我看这四条恐怕就是共产党人世界观最完备的概括了。

至于他对这四条当时是如何具体阐释的,因年深日久,我已经不记得了。但这四个观点所标志的内容,却是清楚明白的。当我们伟大的党七十岁诞辰到来的时候,我把这四句话作为礼物转赠给共产党员和一切革命的同志,我想是会受到欢迎的吧。如果同志们能够结合今天党内的思想状况,特别是个人的思想状况,好好地思考一番,那对加强党的思想建设恐怕是很有好处的。下面就谈一点自己的体会。

先说阶级观点。我们共产党不是什么一般的党,而是无产阶级的党。指导我们党的思想理论,也不是什么别的理论,而是马克思列宁主义。作为中国共产党来说,还有马列主义与中国具体实践相结合的毛泽东思想。马列主义、毛泽东思想都是渗透着无产阶级党性的科学。《共产党宣言》的第一句话,就是自原始氏族社会解体以来"到目前为止的一切社会的历史都是阶级斗争的历史"。毛泽东同志也说过:"阶级斗争,一些阶级胜利了,一些阶级消灭了。这就是历史,这就是几千年的文明史。拿这个观点解释历史的就叫做历史的唯物主义,站在这个观点的反面的是历史的唯心主义。"革命战争时期入党的那些党员们,大都是经过阶级斗争的风雨,具有一定的阶级觉悟,才投身到党的行列的。即使其他阶级出身的人,也都是背叛了原来的阶级站到无产阶级的立场上来的。再加上马列主义的理论教育,所以阶级观点一般是比较鲜明的。而这些年,由于客观情况的变化,也由于理论教育的放松,党员的阶级观念似乎大大地淡薄了。特别是资产阶级自由化的泛滥,一些时髦"理论家"以批"左"为名,大肆攻击马克思主义,公然把阶级观点也批了。岂不知阶级斗争扩大化的教训是应当认真吸取的,而阶级观点是决不可批的。失去阶级观点,对社会现象不作阶级分析,也就没有马克思主义了。在文艺作品中,还有人把国共两党几十年残酷的阶级斗争说成是"一场误会",看做是"相逢一笑泯恩仇"的个人小事。在组织上,甚至有人主张新形势下剥削者也可以入党。这种种主张虽然耸人听闻,却又都是我们周围发生的事情。此外,还有一种流行的新思潮,叫什么"民主社会主义",主张"人类的共同利益高于任何国家、集团和阶级利益"。具有起码阶级观点的人都明白:人类自分化为阶级以来,剥削者与被剥削者、压迫者与被压迫者,是不存在什么共同利益的。更不能要求无产阶级和被压迫民族争取解放的斗争,服从于什么抽象的人类的共同利益。这种新思潮的目的只有一个,就是企图改变共产党的无产阶级性质,在帝国主义的进攻面前束手投降。大家知道,一件事物只要改变了它的性质,那件事物的本身也就起了根本变化。尽管它还可以保留着"共产党"的名义,实际上也就成了空壳壳了。何况现在某些国家的共产党从内容到形式都起了变化,最后连一顶空帽子也不愿戴了。你只要稍稍想一下就明白:世界上的反动势力——帝国主义者推行的和平演变,最后要达到的也就是这个目的。于此可见,保持共产党的无产阶级先锋队的性质是多么重要。而要做到这一点,增强每个党员的阶级观点又是多么重要。

　　再说革命观点。中国革命的道路是漫长而艰苦的。这个革命是分两步走的。第一步新民主主义革命用去了二十八年的时间。这个革命可以说是世界上最伟大最壮观的革命之一。斗争的长期性、艰苦性和残酷性，群众动员的广度，革命深入的程度，以及党和群众非凡的献身精神，都是历史上罕见的。这一步已经以消除中国人民灾难的根源——推翻压在头上的三座大山而告终。第二步进行的是社会主义革命和建设。这一步也已经四十年了。总体来看，应当说，其中虽有挫折和失误，其成就仍然是极为宏伟巨大的。尤其是三大改造的顺利完成，不仅及时地实现了从民主革命到社会主义革命的转变，而且几乎没有什么社会震动，这实在是一个成功的先例。但是如何保持社会主义革命的成果并且发展这个成果，如何进行社会主义建设，如何进一步完善社会主义制度，如何进行意识形态领域的革命，毕竟是一个需要不断探索的崭新课题，这就难免付出一定代价。从这四十多年的经历中，我们才真正体会到毛主席在七届二中全会上说"夺取政权，只不过是万里长征走完了第一步"，"以后的路程更长，工作更伟大，更艰苦"。而我们许多人当时并没有认识到这一点，反而认为革命成功了，天下太平了，敌人没有了，工作就是上班、吃饭，没有什么革命不革命的问题了。可是近年来国际上出现的一系列事变，给我们连续敲响了惊心动魄的警钟。它严峻地告诉我们：在社会主义阶段中，阶级斗争并没有结束，走社会主义道路和走资本主义道路这两条道路的斗争依然存在，尤其在意识形态领域里谁战胜谁的问题并没有解决。如果任资产阶级自由化泛滥下去，资本主义的复辟将是随时可能的，人民已经到手的胜利果实还是会重新丧失的。我们决不可以漠视这些用鲜血写成的教训。当前两条道路的斗争，仍然是一切社会主义国家斗争的焦点。我们进行的反对资产阶级自由化的斗争，从性质上说，也就是保卫社会主义成果，反对资本主义复辟的斗争。我们需要把这个革命观点明确地树立起来。

　　群众观点。毛泽东说："人民，只有人民，才是创造世界历史的动力。"马克思、恩格斯和列宁都说过类似的话。可以说这是一条马克思主义的基本原理。我们党要推翻一个旧世界，创造一个新的世界，就必须依靠群众。在长期革命战争中特别是从1942年全党整风以来，我们党形成了一整套群众路线的工作方法。这是我们中国共产党的一项伟大创造，也是我们党的一大特色。这是老党员们所熟知的。但是现在的情况如何呢？如果认真地检查起来就会发现，党同群众在战争年代的那种休戚与共的亲密关系已经淡薄了,工作上群众路线的光荣传统也大大削弱了,这是不能不令人感慨的。董必武同志生前说过,中国过去是个"官国"。这是旧中国污泥浊水的一部分,旧习惯势力的影响是很深很深的。一个共产党员居于执政地位,如果不经常注意抵制这种官气,扫除这种官气,时间长了,反而会陶陶然而不自觉。一旦沾上官僚恶习,自然离群众就渐渐地远了。现在有些人当了一个小小的官儿,就官味十足,官气扑人,这怎么能保持共产党人的本色呢!大家经常说,我们要当人民的公仆,但是,如果不树立起坚定的群众观点,就会变成群众的老爷。只有把群众看做真正的英雄,把自己看做小学生,这一点才能做到。

辩证唯物观点。唯物论和辩证法是马克思主义的世界观,也是我们共产党人的世界观。我们观察分析社会现象、制定政策、进行工作,都要依据唯物论和辩证法。1942年的整风运动,对全党是具有伟大历史意义的思想改造运动。在这之前,主观主义、教条主义还在人们的头脑中深深地盘踞着。经过这次运动的洗礼,唯物论和辩证法才真正成为全党占统治地位的思想方法。这次整风整出了五个大字,就是"从实际出发"。那时,即使文化程度很低的党员,也知道问一问:你调查研究了吗?你知道这里的实际情况吗?你制定的措施是从实际出发,经过分析得出的结论吗?一问这话,那个凭主观主义办事的人就要脸红了。这就是唯物论辩证法在党内普及所形成的新风气。对照这些年的情况,就未免有些失色了。可以看到,有许多工作并不是从实际情况出发,而是从主观愿望出发,从抄袭来的某种外来模式出发。在贯彻上级的指示时,也不看是否符合当地情况,群众是否乐意,而一味机械地执行,只因为那是"上级"说的。这都是违反唯物论的工作方法的。近年来陈云同志提出"不唯上、不唯书、只唯实",大概针对的就是这种状况吧。至于形而上学,更是盛行。那个弥漫在许多领域的以命令、规定面目出现的"一刀切"、"切一刀",造成了多少痛苦的教训啊!可是直到今天仍然未能纠正。四中全会以后的党中央,郑重发出全党学哲学的号召,我看是有深刻含义的。回想当年周总理提出每个党员都要树立辩证唯物的观点,对于我们党的事业的发展是具有伟大意义的。

当党的七十岁生日行将到来的时候,我一方面为我国人民在中国共产党的领导下所取得的光辉成就感到欢欣鼓舞,一方面也为我们党的光荣传统和优良作风有所减弱而惋惜。今后我们的党究竟如何,这是与我们国家的命运密切联系的,也是与世界的前途密切相关的。作为中国共产党的党员,我们每个人都应深知责任的重大而自尊自重,自强不息。当此良辰佳节,望我同志共勉之。

1991 年 5 月 30 日

变

世界上万事万物都在变,
可是却有各种不同的变。

农民分了地主的土地,把土地证领到手里,高兴得几乎想在地里打二个滚。这是一种变。逃亡国外的地主、王公纷纷回来,用手杖指指说:"滚开,这是我的庄园!"这也是一种变。

"剥夺剥夺者!"霹雳一声,山河变色。那些像轧肉机、吸血管般的万千工厂,破天荒地回到了手脸乌黑、衣不蔽体的人们手中。这是一种变。又霍然之间,响起了一片"私有制万岁"的赞歌,那个化了装但浑身每个毛孔依然滴着血和肮脏东西的怪物,又重来到人们身边。大街上每个国营工厂都挂出了大拍卖的牌子:"一律平等,人人有权购买!"自然来买的不是你,不是我,也不是他,来买的只能是外国的石油大王、煤炭大王或别的什么大王。这也是一种变。

红旗在硝烟中挺进。国际歌声震撼着大地。在他们的后面血流成河,泪也流成河。但他们终于胜利了,红旗插上了魔鬼盘踞的宫殿,飘扬在美丽的碧空里。这是一种变,而且是本世纪最大的剧变。数十年之后,忽然歇斯底里的反共暴徒吵吵嚷嚷地拥挤在大街上,他们怀着被推翻的阶级才有的疯狂和仇恨,把浸染着千百万烈士鲜血和寡妇眼泪的红旗,从高高的建筑物上撕扯下来,把象征着人类勇敢和智慧的神圣庄严的列宁的巨像也推倒在地,使地球上一切善良的心都滴着血……这也是一种变,也是本世纪最大的剧变。

总之,政权一变,一切皆变。最神圣的变为最受轻蔑的,最卑污的变为最神圣的。民族的精华顷刻变为泥土,共产党员到处被追捕、被审讯、被辞退,大批大批的工人、职员在饥饿中咀嚼着失业的苦果,堂堂的大学教授成了地铁的售票员,名记者和评论员在卖香烟。昨天在宴会上彬彬有礼的驻外大使在街头卖报。最可叹的还有那些党的首脑,在自己偌大的祖国却找不到一席立足之地!呵,多么惨烈的变,惊心动魄的变,刻骨铭心的变!

可以清楚地看到,这两种变是完全不同的:以巴黎公社为序幕而在本世纪展开的历史变革,是将历史车轮推向前进的剧变,是人类从资本的奴役中和一切剥削制度中解放出来的剧变,这是人类进入黎明期的开始;而近年来发生的剧变,却是历史的大倒退,是资本的卷土重来,重新将工人阶级和一切劳动者抓在它的血手之中,使人民再度回到黑暗。一句话,这是血腥的金元的复辟!

这一切不幸的变,究竟是怎样发生的呢?

让我用一位伟大哲人的思想来说明:质变是从量变开始的,是通过量变完成的。但是"不能说量变的时候没有质变"①。也就是说,那一切的不幸,一切预示着悲剧的变化,早就在悄悄地进行中了。

资本主义的谋士们早就说过:只要让社会主义国家的年轻人,喜欢我们的歌,喜欢我们的舞,喜欢我们的生活方式,他们就会渐渐地跟我们走了。于是,一个或长或短的可怕的过程开始了:一面是和平演变的霍霍磨刀声;一面是我们不少的人在软绵绵甜腻腻的香风与臭气中陶醉、消沉、腐烂、灭亡!

那么,资本主义为共产主义所代替的客观规律仍然是不会改变的。这些不幸的事变,只不过是螺旋形发展中的一段曲线罢了;因为资本主义剥削的本性是不会改变的,它与世界上绝大多数人的利益是对立的和不可调和的。人民总是要革命的,尤其是尝过解放甜味的人是不会甘受宰割的。一句话,冬天过去,还是阳光明媚的春天!

1991年8月29日

---

① 毛泽东的话。

认识真理也要时间

发现真理，需要实践，需要时间。而马克思主义的经典作家发现了某一真理之后，人们认识它，懂得它，也需要时间。

近两年来，国际上一系列惊心动魄的事变，一系列社会主义国家政权易帜，社会变质，已经成为人们的热门话题。一切关心社会主义命运的人们，不能不陷入深刻的思考之中。这一切是怎样发生的，原因是什么，教训是什么，人们将长时间地讨论下去。但是，从这些各种各样的原因和教训之中，我们能够找出社会主义阶段客观存在的共同规律吗？

这使我不禁想起毛泽东同志的若干论断。这些论断，尽管已经盖上了厚厚的岁月的风尘，但今天默诵起来，不仅不觉得旧，反而觉得格外清新，值得再三玩味。

例如，毛泽东同志说："在我国，巩固社会主义制度的斗争，社会主义和资本主义谁战胜谁的斗争，还要经过一个很长的历史时期。"又说："社会主义制度在我国已经基本建立。我们已经在生产资料所有制的改造方面，取得了基本胜利，但是在政治战线和思想战线方面，我们还没有完全取得胜利。无产阶级和资产阶级之间在意识形态方面的谁胜谁负的问题，还没有真正解决。"固然，这些话是50年代末在中国共产党全国宣传会议上讲的，已经过去几十年了，可是就今天来说，能说社会主义和资本主义谁战胜谁的问题彻底解决了吗？尤其是在意识形态问题上能说解决了吗？前几年自由化泛滥时，作为我们国家指导思想的马克思主义，起初被贬为众家中的一家，以后连这一家的地位也没有了，资产阶级自由化的东西可以畅通无阻，而坚持马克思主义的作品却无处发表，这能说谁战胜谁的问题解决了吗？我们再看看其他社会主义国家，包括比中国资格老得多的社会主义国家在内，这个问题解决了吗？如果解决了，怎么会出现今天这样悲惨的曲折呢？这个问题不知是否可作如下理解：所有制的变化固然是最根本的变化，剥削者已经不是统治阶级了，但是，阶级和阶级斗争还依然存在。资产阶级的意识形态和文化依然存在，他们广泛的社会联系和影响依然存在，很容易接受资产阶级思想影响的阶层依然存在，加上还很强大的国际资产阶级的颠覆和渗透，这样无产阶级和资产阶级在意识形态方面的交战就不可能不是长期的。谁忽视了这一点，就必然要吃大亏。

再如，毛泽东同志一向认为，在社会主义历史阶段还存在着阶级、阶级矛盾和阶级斗争，存在着无产阶级同资产阶级两个阶级、社会主义和资本主义两条道路的斗争。如果说提出这一论断的时候，历史还没有展示出足够的证明，那么现在已经是我们许多人的切身体验了。这些年来出现的坚持四项基本原则与资产阶级自由化的对立和斗争，不就是社会主义与资本主义两条道路的斗争吗？其他社会主义国家所发生的事变，不也是两条道路的斗争吗？有的已经资本主义复辟，不是都由走资本主义道路的代表人物来实现的吗？正因为这种斗争是两条道路的斗争，所以才带有不可调和的性质。看来这一斗争将交织在整个的社会主义时期，短时期是不会完结的。国内外的事实都证明了这一点。这是因为在社会主义阶段中，不仅剥削阶级的残余和他们的影响依然存在，国际资产阶级的影响依然存在，而且还有新生的资产阶级分子，腐化变质分子，共产党队伍中的动摇分子，以及为资产阶级思想俘虏的人，他们都是走资本主义道路的社会基础。

毛泽东同志还说过，在社会主义阶段，还存在着资本主义复辟的危险性。当毛泽东提出这一论断的时候，除个别国家一度发生过类似的动乱外，所有的社会主义国家都没有出现过这样的事。毛泽东同志是依据社会主义阶段存在的阶级斗争和两条道路斗争的客观实际，也依据资产阶级革命胜利后封建阶级复辟的历史经验作出这种论断的。但是在社会主义国家毕竟还没有发生过复辟的事。人们对这一论断也只能半信半疑，作为一种可能来看待。现在看这一论断，已经不是推断，不是可能，而是发生在我们眼前的惊心动魄的事实了。仔细想来，只要在社会主义阶段，还存在着阶级斗争，还存在着两条道路的生死斗争，那么随着国内外情况的变化，随着主客观力量的变化，是可以既出现这种结果，也可以出现那种结果的。

如果说实践是检验真理的惟一标准，那么这一点再次得到了证实。

1991 年 8 月 31 日

我想到犹大

不知道为什么,最近我常常想到犹大。

大家都知道,犹大是耶稣的十二个门徒之一。他为贪图三十块银币出卖了耶稣。为捉拿耶稣的人带路的就是他。达·芬奇的名作《最后的晚餐》,画的就是这个故事。我在佛罗伦萨看到了这幅名画,画面有些斑驳,但犹大那副手握钱袋惊慌又卑鄙的叛徒嘴脸,还是活灵活现。

自古以来就有叛徒。自古以来的叛徒,无不受到人民的唾骂。因为在人民的心目中,总是有一个判断是非的尺度。不管叛徒当年如何风光,总逃脱不掉遗臭万年。

最典型的要算秦桧了。此人已经死了八百多年,至今提起来,还是人人痛恨。杭州西湖的岳王坟前,有几个跪着的铁人,其中就有这个奸臣。前几年我去那里游览,看见秦桧满头满脸全是游客的痰液,真可谓万人唾骂了。而与此对照的却是含冤而死的岳飞英名长存。

当斗争最激烈最尖锐的时刻,就会出现叛徒。民族斗争和阶级斗争都是如此。共产党是无产阶级的先锋队,她拥有大批大批的英勇战士和出类拔萃的英雄,但也常常出现叛徒。最典型的要算张国焘了。他身为中国共产党的元老和高层领导,最后却卖身投靠,成为敌人特务机关的走卒。而叛徒们是没有一个有好下场的,张国焘最后竟冻死在加拿大。

许许多多做过地下工作的老同志都说:叛徒最可怕、最危险!因为他可以带着敌人来抓你,指着你的鼻子说你是共产党员。其实战争中也如是,一个肮脏的叛徒告密可以使军事计划全盘落空。因此,革命老同志都懂得:叛徒往往比敌人更可怕。

而今是天下太平,天朗气清,我们阵营里、党里,还会出什么叛徒吗?

过去的叛徒多属如下类型:一种是革命意志不坚定,一旦被捕,不能临危受命,软弱了,投降了,给敌人做事了;一种是入党就带有浓厚的投机心理,想借助党的事业把自己变成出人头地的人物,随着地位的增长而野心越发膨胀,最后碰了壁,就干脆反戈事敌。而今天的叛徒随着时代的变化却带有新特点。我这里说的时代变化是指相对的和平环境和资本主义的相对稳定;在和平演变战略下资产阶级意识形态的广泛渗透;还有共产主义运动中右倾机会主义思潮的持续灌输。在这种影响下,某些缺乏阶级斗争经历的年轻人,很早就接受了资产阶级思想影响,并且形成了自己的世界观,这种人虽然加入了共产党却并不信奉马列主义。马列主义的理论是建立在阶级斗争的基础上的,他们却从内心里厌恨阶级斗争,而相信那种人人应当相爱的抽象人道主义的胡说;马列主义主张从资本主义到共产主义过渡的阶段只能实行无产阶级专政,而他们却学着资产阶级的腔调,也骂这种政体是"极权政治";马克思主义的经济学说早已科学地证明资本主义必然为社会主义所代替,而他们却把资本主义市场经济吹得天花乱坠,把它看成是挽救社会主义的灵丹妙药;在哲学上,他们主张取消一切革命斗争,实行全面调和,实际上是实行民族投降主义和阶级投降主义……总之,这种人加入共产党就是为了反对共产党,搞垮共产党,或把共产党"改造"成为资产阶级的工具,至少是对资产阶级无害的俱乐部。这种人一旦爬上了共产党的高位,就会首先对准共产党开刀,最无情地打击一切正直的共产党员,逮捕他们,迫害他们,审判他们,直到把整个共产党搞个稀巴烂,把好端端的社会主义国家也搞个稀巴烂。

如果说,过去一个叛徒叛变,可以使一些党员遭受杀害,甚至搞垮一个组织、一个地区,而现在一个这样的叛徒占据了领导地位,就会使整个党、整个国家完蛋。过去敌人以数百万大军达不到的目的,现在不费吹灰之力就达成了。人们看看,这是多么危险啊!

现在大家常常谈到帝国主义的和平演变战略,其手段是很多的。广播喽,书籍喽,电影、电视喽,各种文化渗透喽,通过贸易的接触喽，以及其他又打、又拉、又吓的手段喽，这些自然不能小看。但是更重要的，却是借助社会主义国家内部的资产阶级自由化势力来推行和平演变，他们尤其希望于自由化势力的代表人物，支持他们，吹捧他们，希望他们能够攫取共产党的高层权力。事实也证明，并不是从国外派多少万人来搞和平演变，而是我们的"自己人"在推行和平演变，危害的严重性正在这里。因此，要真正抵制和平演变，首先就要认真反对资产阶级自由化，尤其要高度警惕资产阶级自由化分子篡夺党和国家的领导权。

也许正因为这个，我最近常常想到犹大。

1991年9月7日

菲德尔·卡斯特罗赞

社会主义的大厦,一个接一个地倾覆了。那面从十月的硝烟中升起的最鲜艳的红旗,也在七十年后的一个除夕,一个交织着风雪与饥饿的黄昏悄然落下了。

敌人在狂笑。而一切善良人民的心头却滴着泪和血。

这一系列的悲剧都是由帝国主义导演,并且同修正主义和一切反社会主义的内应力量相互勾结完成的。

历史确实发展到最险恶的时刻。

历年来,这种越来越严峻的形势,正在考验着一切社会主义的政党和一切共产党人。不但考验着他们的理论,也考验着他们的行动,考验着他们对共产主义事业的坚定性和革命的胆略。

考验是何等地无情啊!我们看到,坚定的更加坚定了,动摇的越发动摇了,那些原本就不是马列主义信徒的人,露出了资产阶级走卒的本相,变成了可耻的犹大,滚到敌人的营垒里去了。

这时,正是这时,我听到一个最热情、最坚定、最果敢的声音,从加勒比海上升起,穿过大西洋上空弥漫的浓云传过来:

"古巴决不降下自己的红旗,我们宁肯与社会主义共存亡!"

这声音于此时此刻发出,是如此地气壮山河,震撼世界。它使世界上的一切同志、朋友和进步人类振奋鼓舞,也使最顽固的帝国主义者瑟瑟发抖。

这声音是一位常常身着橄榄绿军服的大胡子发出来的。他的名字世人皆知。自从他率领游击队奔下马埃斯特腊山以来,摧毁了美帝走狗的独裁统治,没收了美国资本家的财产,到今天已经三十多年了。在这三十多年惊涛骇浪的考验中,已经说明,这个名叫菲德尔·卡斯特罗的人,不愧是古巴民族英雄何塞·马蒂的继承者,是古巴最热忱的爱国者和马克思主义最忠实的信徒。他那坚定的意志所以特别引起世人的惊异,还因为古巴只不过是个刚刚一千万人口的小国,而美帝这个庞然大物天天都以无比的憎恨注视着她,无时无刻不想扼死她,困死她,扑灭她。古巴革命的这种特殊环境,给古巴带来了双倍的险恶和困难。然而在敌人面前,卡斯特罗和他的人民,却像顶天立地的巨人一样巍然屹立,挺身相向,一无所惧,这一点怎能不引起世人深深的钦敬!

卡斯特罗在古巴深得人心。古巴人民衷心地热爱他,亲热地称他为"大胡子"。不管他走到哪里,都会受到热烈的欢迎。正因为如此,美国统治者对古巴未敢轻易动手。除了不停息的颠覆活动以外,美国对古巴采取了长期经济贸易封锁的方针,以便逐步地来消耗她,困死她。长达三十多年的封锁,已经使古巴蒙受了巨大的损失。

长期以来,古巴的贸易建筑在同苏联和东欧等国产品交换的基础上。由于这些国家猝然变色,不能不使古巴受到绝大的打击。食品不足,燃料缺乏,成为经济生活中的突出问题。在这种情况下,一部分工厂被迫停工了,一些铁路和公路的交通减少了班次,人们大量地用自行车代替汽车,有的地方停下拖拉机换上黄牛,空前严重的困难来到了古巴人民的面前。

阴险的敌人,认为这是制服卡斯特罗的好时机。他们越发加紧了经济封锁和颠覆活动,企图迫使古巴实行多党制,实行资本主义的市场经济和私有制,退回资本主义。

然而,在今年7月,卡斯特罗就斩钉截铁地说:我们决不后退!他说:"资本主义、私有制、庄园主、新殖民主义、帝国主义,所有这一切垃圾已成为过去","我们不必恢复小农经济,我们不会对国营企业实行私有化,因为这种做法是世界上最荒谬的行为"。他还说,如果收割机没有燃料,我们就人工收割甘蔗,而决不作出任何让步。"古巴仍将是社会主义在世界上的最后一条战壕。"

卡斯特罗对共产主义的前途充满信心。他说:"今天古巴的伟大使命仍然是:捍卫革命、保证革命、巩固革命和推动革命。"他认为,社会主义阵营的一部分可能崩溃。卡斯特罗还声言,他不怕孤立,因为古巴的革命有"孤军奋斗的传统"。卡斯特罗还说:"如果美国征服了古巴,就会把它变成另一个迈阿密,而我们宁愿看到自己的骨灰成为自己土地上的肥料。"他对《巴黎竞赛画报》的记者说:"我永远都不会对美国让步……就算它封锁我们一百年,我们也不会屈服,不会作出让步","我永远都不会放弃斗争。我们的一位20年代的革命战士说过,革命者的休息地就是墓地"。

听了这响彻云霄的声音,谁能不为之激动和振奋呢!我仿佛看见加勒比海上,有一只睥睨一切丑类的山鹰在骄傲地飞翔。他不仅是古巴人民最勇敢的儿子,而且是当代共产主义的英雄。从他身上我们看到了古巴光辉的未来。在我看来,不怕帝国主义,这是革命战士尤其是革命领导者最重要的品格。如果不具备这一点,就将寸步难行。不容否认,古巴要经历一段最艰难的时期,但她绝不是孤立的,在全世界她有着无数的知心朋友。

1991 年岁末

女娲补天

人们没有料到,本世纪末会发生如此震骇人心的事件:社会主义的天有半边崩塌了。在这样的地方,光明转化为黑暗,主人转化为奴隶,阴风怒号,虎狼遍地,嗜血的资本兽重新出现,人民跌入苦难的深渊。

而社会主义的另半边天空,虽有阴影,却依然阳光灿烂。这就是今天颇为特殊的形势。那么,生活在这半边天空下的人们,对整个社会主义的命运,该负有何种历史责任呢?

这里,我想起了一个我们民族最古老的神话故事:女娲补天。

据传,女娲住在太行山一带,是一位法力无边的女神。她人头蛇身,一天七十种变化。据说就是她创造了人。不幸的是,忽然天的西北角崩塌下来,雨水洪流倾泻不止。天已经盖不住地面,地也载不起万物。"火焰焱而不灭,水浩洋而不息,猛兽食颛民,鸷鸟攫老弱。"看来那是很恐怖、很险恶、很吓人的。而这位女神却神态自若,终于炼出一种五色石把崩塌了的天补起来了。然后,"断鳌足以立四极,杀黑龙以济冀州,积芦灰以止淫水",使人民又过起太平日子。这则"女娲补天"的故事,同"精卫填海""夸父追日""愚公移山"的故事一样,表现了我们中华民族的伟大精神。今天重温起来,大概会给我们一些启迪吧!

也许会有人说:那是神话;而现实的天,社会主义已经塌了的那半边天,是补不起来的。

我说:不对!

第一,具体的道路是曲折的,但总的历史发展规律是不会改变的。从历史经验看,自1640年的英国资产阶级革命起,到1917年的十月社会主义革命止,资产阶级革命经历了近二百八十年的历史。在这漫长的时日里,资产阶级革命的道路,同样是有迂回和曲折的。不论在英国还是法国,在资产阶级夺取政权的二十年后,都发生过封建阶级的复辟。在英国,斯图亚特王朝复辟后,其报复手段是极其残酷的。他们甚至把当年革命者的尸体从坟墓中挖出来,装上木架游街示众,并施以绞刑。但是这种复辟并不能挽救封建阶级没落的历史命运,更不能改变历史的发展方向。看来无产阶级进行的社会主义革命,其规律也只能是这样,而且会比资产阶级革命更为复杂和艰巨。这是因为资产阶级革命是用一种剥削制度代替另一种剥削制度,而社会主义革命却要求从根本上消灭私有制。现在从十月革命算起,社会主义革命才刚刚进行了七十多年,从历史角度看,时间并不算长,某些社会主义国家发生的资本主义复辟,也像历史上的封建阶级复辟一样,并不是不可理解的。同样,这种复辟既不能说明资本主义的最终胜利,更不能改变资本主义的必然没落。对于社会主义国家的人民来说,这仅仅是一个暂时的挫折,并不表示他们同共产主义最后告别。或者说,这只不过是社会主义革命另一个斗争回合的开始。

第二,一些社会主义国家变质的教训是应当吸取的,和平演变是可以防止的。现在看,一些社会主义国家导致变质的因素有三个:一是帝国主义长期积极地推行和平演变战略产生了影响;二是某大国的修正主义集团向其影响的国家施加了强大的压力;三是该国内部资产阶级自由化势力兴风作浪。这三个因素常常是互相勾结,互相配合,互相呼应,最后时机成熟,一举夺取政权,造成一个社会主义国家的倾覆。自然,对每个具体国家来说,侧重点可能有所不同。但应指出,在这三个因素中,最要害的,起决定作用的,还是国内的资产阶级自由化势力。个别大国之所以演变得那样猛烈和迅速,以致在很短的时间内土崩瓦解,主要是修正主义和其他反共势力篡夺了党和国家的领导权。这是危险中之最危险者,是导致社会主义国家变质最沉痛的教训。但是,只要马列主义的党真正认识到这一点,把反和平演变提到战略的高度,采取一系列坚决的措施,和平演变是可以防止的。

第三,在经受挫折的地方,斗争不会终止,党和人民将更加坚强。毋庸讳言,人民群众是被修正主义骗子一步步引入深渊的。这些政治骗子用什么"公开性""民主化""多党制""新思维"等蛊惑人心的货色,搞乱了人们的思想,使他们相信仿佛只要再跨进一步就是天堂了。经过这场剧变之后,幻梦破灭了,人们已经痛苦地感到是受了愚弄和欺骗。有一位科学家的话也许是有代表性的,他说:"当我想到过去对那个人的信任时,对那时的激动心情要嗤之以鼻。我现在闹不清楚那个人除了使我们一无所有和把责任推给别人之外,是否还做过有价值的事。"可以说,在最近一两年遭受剧变的国家,人民已经普遍地尝到了苦果。社会的动荡不安,经济的迅速下降,通货膨胀的恶性发展,物价成倍成倍地飞涨,大批大批人被推进失业的队伍,以致从来没出现过乞丐的国家也出了乞丐。要知道尝过社会主义甜头的人,是决不会甘心吞吃这种苦果的,他们必定会或早或晚地起来抗争。据报纸资料,罢工和示威游行,在某些国家里已经此起彼伏,持续不断。这些国家的党虽然遭受到空前未有的打击,有的被解散了,有的被击溃了,有的改了名字,但是真正的共产党员是不会停止战斗的。他们必将重新凝聚起来,使自己的队伍更纯洁、更坚强、更有战斗力。他们一定会认真地总结经验教训,紧紧地依靠无产阶级和人民群众,重新夺回被复辟者窃夺的政权。要知道,这些国家毕竟是几十年的社会主义国家,人民的觉悟是高的,共产主义思想的根子是深的,党也是有相当基础的,对他们的潜在力量是不可低估的。

第四,还要提到,一些社会主义国家的变质,固然是共运史上的重大挫折,但并不能挽回资本主义发展的颓势。据美国及其他一些国家五十名经济学家的预测,出现一场世界经济衰退的威胁越来越大。美国经济自1990年夏天开始下跌,现在仍在继续。英国、加拿大、澳大利亚和新西兰等国也处于衰退之中。意大利和法国正朝着这个方向发展。法国和日本经济发展的速度也大大放慢。可见资本主义的前景是并不美妙的。

于此可见,对共产主义前途的任何悲观都是没有根据的。帝国主义者、修正主义者和一切大大小小的反共小丑们,都不要高兴得太早了。社会主义的天是可以补起来的!世界上所有的共产党人和革命人民,尤其是经过惊心动魄事变的人民,一定会加倍地惊醒起来,战胜一切困难勇敢前进。伟大的中国人民将更深地意识到自己的历史责任,在前进的途中作出自己应有的贡献。让我们都来做一个女娲吧!我们将用最美丽的五色石,使社会主义的天更加皎洁、辽远、璀璨、光明!

1992 年元旦

叛徒的劝降书

最近看到奇文一篇,作者虽不算大大有名,也算小小有名。此人曾当过中共江苏省委书记,后又派到香港任新华分社社长。两年前忽然不辞而别,叛逃在外,已被开除党籍。本来人各有志,甘愿寄洋人篱下,靠赏钱过日子,那是他自己的事。这种人愿跑尽管跑,中华人民共和国不会损一根毫毛。中共作为伟大的革命政党,弃掉这类渣滓只会感到轻松。这件事本来早已被人忘却,不意此公不甘寂寞,忽于日前抛出《试论和平演进——世界社会主义运动低潮后的反思》一文。人既然过去,总得有所表现,这是情理中事,本不足怪。然而可笑可悲的是,此公竟在文章中不害羞地加上许多马克思主义、社会主义的词句,甚至还有什么"发展当代马克思主义""推动人类社会发展的新思想体系"等等。我觉得世界上再没有比叛徒嘴里吐出的马克思主义词句更令人作呕的了。这里,我是否可以问问这位先生:你的叛逃行径,是不是当代马克思主义的新发展呢?或者是你创立的新的思想体系呢?

这篇奇文主要是说:继"八九风波"之后,东欧社会主义国家相继垮台,尤其是苏联解体,世界社会主义运动面临全面溃败,这是"列宁、斯大林社会主义模式的失败"。在此情况下,他劝告社会主义国家当权的共产党人进行反思,应赶快放弃"僵化教条","探索新生之道"。"新生之道"是什么呢?就是"和平演进"。据此公说,当年资本主义处于危机时,罗斯福即毅然实行新政,"采用了共产主义的理论",挽救了资本主义;那么现在处于"风雨飘摇之中"的社会主义国家,就应学习罗斯福,采用"他人的处方医治自己,健壮自己"。他还循循善诱地说,这样"看似被别人'演变',实际上是自身的进化"。办法是什么呢？就是"补资本主义的课"。这就是文章的核心。此公并率直指出：现在中国的改革之所以未能取得进一步发展的原因，就在于私人所有制只停留在"补充"阶段，因此必须"冲破"。当然，他也没有忘记提到推行资本主义民主的政治改革。总之，这是一封不折不扣的马列主义叛徒的劝降书。

关于"补课论"，前几年曾一度甚嚣尘上，可以说这是资产阶级自由化的核心论据。鉴于其危害之大，理论界已有不少文章予以痛斥，鄙人也以专文批驳之。故这里着重探讨一下东欧、苏联变质的原因，因为这是该文作者立论的前提。

该文认为，造成东欧社会主义垮台和苏联解体的根本原因是"列宁、斯大林社会主义模式的失败"。这话能站得住吗？是事实吗？否！稍谙世事的人都知道，这完全是颠倒黑白，把老李的账写到了老张头上。

先说东欧。东欧各国社会主义垮台的原因，既有各自特殊的原因，又有共同的原因。其共同的原因有三个：一个是西方帝国主义围绕和平演变的战略，进行了长期的颠覆和渗透；二是本国党内的机会主义者和反社会主义势力的猖狂活动；三是苏联戈尔巴乔夫叛徒集团不断施加的压力。正是这三种力量的相互勾结，把这几个社会主义国家搞垮了。难道这不是全世界人民有目共睹的事实吗？

一种论调说，这些国家是因为采用了"列宁、斯大林的模式"经济没有搞上去而垮台的。试以东德为例，经过 40 年的建设，民主德国跃居世界十大工业强国之列，人均国民收入 6500 美元，不仅在社会主义国家中居于首位，而且已经超过英国。他们的人均住房面积为 24 平方米，且房租低廉。50％的住户拥有小汽车。每人每年 92 千克的肉类，鱼还不在内。家用电器齐全更不必说。试问，在战争废墟上，在并不太长的时间内，民主德国取得的这一辉煌成就，是以什么模式取得的呢？信口雌黄者将何以解释这种经济成就呢？

然而就是在这样一个国家里，由于一系列内外因素促使它发生了变化。首先是西方利用西柏林对民德进行了长时期的颠覆和渗透，其中专门对付东欧的就有两个电台。这且不说，更厉害的是来自苏联修正主义集团的政治压力。自戈尔巴乔夫上台以后，便屡次逼迫昂纳克接受戈尔巴乔夫式的"改革"。这些都为坚定的昂纳克所拒绝。于是戈尔巴乔夫就派他的亲密助手梅德维杰夫来到东德，暗暗勾结德罗斯顿专区的第一书记莫德罗，这个莫德罗早已被西方称为"民德的戈尔巴乔夫"。此后，民德的戈尔巴乔夫们就在前苏联支持下形成了一股强大的势力。他们向昂纳克提出了挑战。接着戈尔巴乔夫亲自出马访问东德，进一步向昂纳克施加压力。这样，昂纳克终于在内外勾结、上压下挤中被迫下台。人们不会忘记，昂纳克正是在戈尔巴乔夫访问东德后的第12天下台的。接替昂纳克的是克伦茨。此人步步退让，使形势急转直下，终至不可收拾，招致彻底垮台。这样一个好端端的社会主义国家，明明是被戈尔巴乔夫之流的叛徒集团内外勾结搞垮的，怎么能说是被"列宁、斯大林的模式"搞垮的呢？

还有一种说法，说东欧的垮台是由于不搞改革造成的。这也不合事实。以匈牙利而论，自1968年起就最先实行改革了。在一段时间内，经济曾有所上升。但自70年代以后，困难即日渐严重。至1988年初，外债总额即高达160亿美元，人均外债1500美元，居东欧诸国之首。财政赤字增加，消费大大超过生产。国家对消费的补贴相当于一年预算支出的1/3。此后经济形势更加恶化，物价不断上涨，人民生活水平连年下降。终于造成党的分裂，政府垮台。这怎么能说匈牙利的垮台是由于20年前采用的"列宁、斯大林的模式"呢？

至于前苏联，把这个伟大的社会主义强国的瓦解，说成是"列宁、斯大林模式"的过错，更是一派胡言。对前苏联建设的成就，尽管可以得出这样或那样的看法，但至少应该承认最基本的事实。从1917年十月革命到第二次世界大战爆发，仅仅24年。前苏联真正搞经济建设还不到20年。可是就在这样的基础上，不仅顶住了最强大的帝国主义的侵犯，而且成为战胜法西斯的主力，最后打到了希特勒的巢穴，对人类作出了莫大的贡献，这是不是也是"列宁、斯大林模式"的罪过呢？尽人皆知，前苏联革命前是资本主义国家中经济最落后的，可是经过前苏联人民几十年的建设，到1985年戈尔巴乔夫上台之前，已经成为世界上最强大的社会主义国家。无论在经济上和军事上（包括战略核武器），足以同美国抗衡的，不就是苏联吗？即单以经济而论，也不像某些人说的，经济没有搞上去，而是人均收入5000美元,与我国的人均收入300美元相比不是高得多吗?这不是举世公认的事实吗?这究竟是"列宁、斯大林模式"的成绩呢,还是"列宁、斯大林模式"的罪过呢?然而,无情的事实正是:攻击和否定"列宁、斯大林模式"的戈尔巴乔夫上台并以他的新思维施行所谓"改革"之后,政治思想才越来越混乱,经济才越来越糟,最后导致全面崩溃、彻底瓦解,难道事实不正是这样吗?

据利加乔夫说,60年代至70年代,前苏联经济并不像戈尔巴乔夫说的那样停滞了。在此期间,国民收入增长了3倍,新建住房增加了两倍。苏美之间实现了战略上的均势。但自1988年党主动放弃了领导权之后,才使国内的政治经济形势急剧恶化。到1990年,国民总产值与上年比下降了2%,国民收入下降了4%,社会劳动生产率下降了3%。国家内债增加了1500亿卢布,超过5500亿卢布。通货膨胀率高达12%。后来又继续恶化,终至弄得民不聊生。几年之间,就把偌大一个强国,变成一个到处伸手求援的乞丐式的国家,这怎么能说是"列宁、斯大林的模式"搞垮的呢?这不是故意向列宁、斯大林的脸上抹黑,朝天字第一号大叛徒戈尔巴乔夫的脸上贴金吗?

如果说,社会主义在其发展过程中,还有不完善处,甚至还有缺点和弊病,在坚持社会主义方向的前提下,需要不断地自我完善,这是讲得通的,并且是十分必要的。但对第一个社会主义国家前苏联的经验,应取郑重和科学分析的态度。我们应以马列主义的立场观点,结合实践,作出客观和具体的分析,区分出哪些是成功的,哪些是不成功的。这才是正确的态度。如果将这些通通斥之为"列宁、斯大林的模式"而予以彻底否定,则完全是错误的。对于中国在长期社会主义实践中的经验,同样要作具体分析:把中国的做法笼统地称为"列宁、斯大林的模式"或"前苏联模式",也是不正确的。因为中国的社会主义建设,除借鉴前苏联的经验以外,从一开始就带有自己的特点。这种特点是中国革命的传统所赋予的。自从毛泽东同志于1956年提出《论十大关系》,中国的特色就更鲜明了。因此,完全不能说中国是什么"照搬"。其实,其他社会主义国家,也或多或少各具有自己的某些特点,如果笼统地把这些都称做是"列宁、斯大林的模式"而予以彻底否定,这正好是戈尔巴乔夫之流的新思维——民主社会主义思潮的特征。因为从这种流行的时髦思潮看来，什么公有制，什么计划经济，什么民主集中制，什么无产阶级专政，都是他们深为厌恨的，视之如仇敌、弃之如敝屣的东西，恨不得在一小时之内就彻底打倒消灭而后快。而对于立足私有化的市场经济，多元化的政治，资产阶级式的民主和自由，才是他们奉为神明而从内心里羡慕和追求的。因此，可以明白，他们嘴里的什么"列宁、斯大林的模式"根本不是什么模式不模式，而是对马克思主义、社会主义的诅咒！

看了这位知名人士的奇文，已可明白无误地得知他已堕落到什么程度。他的胃口真不小，否定斯大林还不够，还要加上列宁，天底下有这样的马列主义者吗？他在文章里还说，要"挽救世界社会主义运动于今日，变空想社会主义为科学社会主义于将来"。那就是说社会主义直到今天还是个空想。他还在文章中希望"和平演进的新世纪开始，也是结束暴力竞争、相互残杀、有异于低级动物时代的转折"。中国人民一向热爱和平，更希望在和平中发展，但是此公竟把过去的战争，在性质上不加任何区分，一律称做"低级动物时代"，这是什么意思？这么说，中国人民过去为抵御外侮、解放自己所进行的斗争，都是低级动物的行动了；包括阁下当年也当过这种"低级动物"了。由此可见，此公的叛徒面目已暴露无遗。至于说，他为什么偏偏在这时候将这份劝降书抛出来，是为了取悦于新主人想立一点新功呢，或者是发现了什么有利时机，想用来达到不可告人的目的呢？这些我们就不便妄断了。但是，我们正告作者：不管"和平演变"也好，"和平演进"也好，都是帝国主义战略武器库中的货色，这一点中国人是清楚的，你的劝降书是没有用的。因为人们要做的第一件事，就是要弄清你的身份，第二个要揣测一下你的来意。

1992年7月4日

人道何在？

前几年资产阶级自由化泛滥时期,某些时髦的理论家和文艺批评家,连篇累牍地撰文宣传一种时髦理论,好像我们的政治和经济,我们的理论和文艺,我们的社会,都是由于违背或缺少"人道主义"而搞坏了,因而要高举"人道主义的旗帜"来拯救。国际上也如是。在帝国主义一面挥舞大棒,一面高唱"人道、人权、民主、自由"的嘶叫声中,某些"社会主义"者,似乎觉得如果不在自己的旗帜上加上"民主的、自由的、人道的"字样,就不大光彩似的。仿佛他们所鼓吹的"人道主义"一旦实现,世界就会立刻变得美妙起来,一切对立和斗争都将消失,一切战争、流血、贫穷和压迫都将绝迹,国家与国家之间就会像有些人说的"地球村"一样和谐,人和人之间就会像兄弟一般相亲相爱。但不幸的是,我在这世界上听到的看到的却与此相反,例如重病缠身的八旬老翁埃·昂纳克被无情地追捕入狱的事就是一例。

埃·昂纳克是前民德的领导人。他是由戈尔巴乔夫叛徒集团与民德的反党分子相勾结,以突然袭击的方式被搞下台的。从此以后,他像东欧各国的共产党领导人一样,到处遭到追捕。从那时他就患有很严重的心脏病,不得已,只好躲避到驻德苏军的医院里。苏军自民德撤出,他无家可归,迫于前苏联公众的舆论,前苏联政府于1991年3月把他接往莫斯科。随后德国当局即向苏联提出要求:昂纳克必须回到德国接受审判。苏联解体后,昂纳克更加无处存身,只好于1991年11月躲避到智利驻俄罗斯大使馆。由于昂纳克当政时期,曾经庇护过智利的进步人士,因而双方存在着深厚的友谊。但是随着政局的演变,昂纳克的处境越来越恶化了,德国当局的催逼日甚一日。其间有的国家,例如古巴和朝鲜也曾见义勇为地伸出过援助之手,答应昂纳克前去避难,但未获成功。这时昂纳克的病已越来越重,到医院去一次都很困难。即使这样痛苦难挨的时日也无法继续下去,终于在1992年7月29日离开智利驻俄罗斯大使馆,随后被一架俄罗斯飞机送往德国。据俄通社——塔斯社援引智利使馆发言人的话报道说,俄罗斯和智利经长期谈判已经把昂纳克转交给德国当局达成协议。昂纳克到达柏林不久即被关进莫阿比特监狱。而最令人震惊的倒是如下的情节,即年迈的昂纳克经过医生检查证实,已经患了很重的肝癌。而这个不治之症,在莫斯科经俄罗斯医生检查时即已发现,却被隐瞒了。我们不禁要问:你们迫不及待地催着,逼着,把这样一个将要死去的八十老人投进监狱,还要进行审判,你们平时口口声声讲的人道在哪里?你们身上还有一丝一毫人道的细胞吗?

昂纳克早年就是一个反法西斯战士,14岁投身革命,17岁加入德国共产党。1935年被捕,1937年以"阴谋叛国罪"被关进法西斯集中营为时8年,至1945年希特勒垮台才出狱。出狱后,他一直在民主德国担负各级领导工作,至1971年被选为德国统一社会党第一书记。我曾说过,民主德国在40年的社会主义建设中,是成就最显著的国家之一,她已经跃居世界10大工业国的行列。民德的人均国民收入,不仅在社会主义国家中居于首位,而且已经超过英国。我上次说民德的人均国民收入为6500美元,据亲自到过民德的同志讲,实际为8000美元。这种伟大成就的取得,我想昂纳克也是有一份功劳的。这样说来,在广大人民面前,昂纳克不仅无罪,而且有功,是一个大大的人民功臣。试问,当昂纳克同法西斯作生死搏斗的时候,你们——那些追捕、出卖、准备审判昂纳克的人,都是在干着什么呢?你们对这样的反法西斯战士和有功之臣不仅不予奖赏,还要将他垂暮的残躯投进监狱并进行审判,能说得过去吗?这不正好说明,在资本主义复辟的地方毫无真理、正义可言吗?这不正好说明在那里是彻底的人妖颠倒吗?

那么,给昂纳克加上的罪名到底是什么呢?报道说,法官向他宣布的起诉状是,他被指控犯有49起杀人罪,25起杀人未遂罪。据称他下令边境卫兵向企图逃往西方的东德人开枪。自1961年至

1989年止,有二百多人被守卫柏林墙的卫兵、地雷和自动榴霰弹枪杀……可是,据科隆的一位法律教授科尔曼说,如果要证明昂纳克有直接杀人罪,就"必须证明昂纳克对每一枪、每致命的一枪都有责任";如果要证明他起间接作用,就必须证明"他本人操纵了"这些杀人者。而法律界人士说,尽管检察官们疯狂地搜查成堆的档案,但迄今未能找到昂纳克在国防委员会开枪命令上的任何签字。

从根本上说,这些构陷的罪状是压根儿站不住脚的。因为很明白,在东德没有被统一之前,联邦德国与民主德国是两个国家。它们像一般国家一样都为自己的安全负责。在敌对势力不断地颠覆、渗透、破坏的情况下,东德自然不能丧失警惕。现在这一方为另一方吞食了,昨天的对立已经成为历史,怎么能以这个国家的法律审判另一个国家的法律呢?连德国的外交部长、前司法部长金克尔都对昂纳克是否会判有罪持怀疑态度,因为"西方的刑法无力处理一个已经消亡的共产党国家的案件"。事实很明显,以法律的形式出现,其实是为了达到并掩盖政治上的报复。其他如对日夫科夫等共产党人的审判和定罪也莫不如是。

现在,这位反法西斯的战士昂纳克,正在冷酷的铁窗下忍受折磨。他或者以病残之躯迎接即将到来的无理审判,或者会不等审判结束就死在狱中。但是我们对这位值得尊敬的同志说:全世界的一切共产党人和进步人士,一切有正义感的善良的人民,都是站在你一边的。当你被送到柏林机场的时候,你的人民不是高举着民德的国旗,高呼着口号在支持你吗?智利的人民不是也举行了游行示威支持你吗?法国共产党不是在《人道报》上发表文章抗议对你的摧残吗?尤其是前苏共的《真理报》也代表人民发出了正义的声音。他们说:"昂纳克,请宽恕,我们的领导人已为他们开了先例,想到这一点您应当可以自慰了。"还说,昂纳克是过去的朋友和同志戈尔巴乔夫之流道德败坏的牺牲品。"历史不会饶恕这种事情。"这才真正是人民的立场。我认为,在察知昂纳克已患有肝癌的情况下,立即取消对昂纳克的审判,恢复昂纳克的自由,是最明智的做法。如果一意孤行,必将在德国人民和世界人民面前,遭到道义上的彻底失败。

最后,我还想说:昂纳克的命运,就是资本主义复辟之处的一切共产党人和进步人士会遇到的命运。一些人空喊的"人道主义",不过是对好人的麻醉而已。

1992 年 9 月 7 日

坚持初衷　继续战斗

——在《中流》杂志创刊百期座谈会上的发言

我首先向光临今天座谈会的同志们表示衷心的感谢,他们的热情的讲话对于我们是有力的鼓舞。我还要向全国的广大读者表示深切的谢意,这些年来他们对我们在精神上的鼓励以及力所能及的物质上的支持是非常感人的。我还要向海外支持我们的朋友们,包括马列主义者、爱国主义者和其他各方面的朋友们表示诚挚的谢意,刚才克鲁申斯基同志就传达了《真理报》对于我们友谊的声音,感人肺腑啊!

八年来,《中流》杂志做了一些工作,概括起来,无非是宣扬了一些马列主义、共产主义的思想,满腔热情地歌颂了社会主义新人,鞭挞了某些社会丑恶现象,在坚持四项基本原则、反对资产阶级自由化方面做了一些工作。这正是广大读者认为《中流》旗帜鲜明的原因。但是认真说来,这方面的工作做得是很不够的。在自由化几度泛滥的浪潮中,《中流》不过是选择了少许几个典型作些剖析,实在是挂一漏万,还有不少流传全国、为害甚烈的东西被遗漏了。这是我们应当做自我批评,并在今后切实改进和加强的。

但是,即使这样,也引起了某些搞自由化很起劲的人的不满。他们不断地冷嘲热讽,造谣中伤。至于逃到海外的所谓精英以及某些外国传媒如美国之音和路透社之类的攻击和谩骂就更不用说了。这应当看做是我们的工作取得成绩的证明。相反,如果他们说我们的好话,赞扬我们,那倒是说明我们的事情办糟了。

最近一个时期,我观察到,资产阶级自由化的活跃人物,又有重新掀起一个自由化高潮的势头。我翻阅了一本名为《交锋》的书,就有这样的感觉。他们今天究竟要搞什么,他们将会有些什么动作,这是值得我们认真思考一番的。

这本书的一些题目很吓人,什么"三次思想解放",什么"冲破姓社姓资",什么"冲破姓公姓私",真是气势汹汹。在党的文件上是找不到这种提法的。看了这些口号,我不禁产生了一点联想,想起了"八九风波"以前的形势。那时也出现了一些这样的报刊,这样的舆论。我曾订了《经济学周报》《世界经济导报》一类的东西,我经常看到他们的表演。例如严家其,他同温元凯的谈话,当时说的就是这一套,什么"改革的战车陷入了泥潭,只有向前冲才是出路"啦,什么"经济改革的出路就是进行所有制的改革"啦,什么"只有实行私有制才是改革之道"啦。他们甚至提出要修改宪法,指责宪法没有明确规定"私有财产神圣不可侵犯",如此等等。看起来,《交锋》提出的口号,他们的老师严家其早在十年以前就提出来了,他们现在不过是步他们的老师的后尘罢了。所不同的是,那一部分人跑到了国外,在国外呐喊,这一部分人留在国内,在国内响应。他们配合得多么好啊!

这本书的名字叫《交锋》。我说,不错,这场斗争确实是在交锋。问题是为什么交锋,谁同谁交锋。这里我想起了江泽民总书记《在庆祝中华人民共和国成立四十周年大会上的讲话》。他在这篇讲话中提出了两种改革开放观的著名论点。他说:在改革开放问题上,实际上存在着两种截然不同的主张,一种是坚持社会主义道路,坚持人民民主专政,坚持共产党的领导,坚持马列主义、毛泽东思想的改革开放,即作为社会主义制度自我完善的改革开放;另一种是同四项基本原则相割裂、相背离、相对立的"改革开放",这种所谓"改革开放"的实质,就是资本主义化,就是把中国纳入西方资本主义体系。当时我读了这篇文章,觉得人们长期以来混混沌沌、不大明白的问题,一下子变得非常清楚。我就立即写了一篇表示赞成和拥护的文章,题目就叫《这条线划得好》,发表在几家大报上。从这个角度来观察,今天我们和一些人交锋的性质就一目了然了。我理解四项基本原则是立国之本,离开了四项基本原则,改革开放就不可能坚持社会主义方向,就会葬送党和人民七十多年奋斗的全部成果。从当前这场交锋的性质来看,它不是改革与反改革的斗争,而是两种改革观的斗争,是要不要坚持改革的社会主义方向的斗争。《交锋》一书的结束语说,三次解放贯穿一条反"左"主线。我说,不对。这本书的指导思想倒是有一条主线,这就是否定四项基本原则,把改革引入歧途,其实质是资本主义化,把中国纳入西方资本主义体系。这无异于从根本上毁灭改革。

通观全书,其否定四项基本原则的气焰是极为嚣张的。它不仅攻击了《中流》,攻击了《当代思潮》《真理的追求》等兄弟报刊,甚至也批判了包括《人民日报》《求是》杂志在内的许多报刊。从老的专家、学者到初出茅庐的青年学者,只要是坚持四项基本原则的,甚至是仅仅表达了一点爱国主义精神的,几乎都遭到他们的批判。那种否定一切、打倒一切、扫荡一切的气焰,简直无与伦比了。这些人不是常常以"民主派"自居吗?不是口口声声讲"宽容"吗?为什么就不给别人一丁点儿民主,对别人有一丁点儿宽容呢?假如这些人一旦上了台,中国老百姓还有活路吗?

特别令人不解的是,我还看到了书中对河南省临颍县南街村的批判。南街村是一个享有盛名的先进典型,不仅真正做到了物质文明、精神文明双丰收,而且达到了真正的共同富裕,可谓路不拾遗,夜不闭户。凡是去参观的都说好。张爱萍老将军曾专门写诗歌颂说:"山重水复岂无路,柳绿花红南街村。"南街村的文工团还到中南海去演过戏。为什么要批判和否定南街村?说是南街村人至今还在学《为人民服务》,还在唱《东方红》,好像这犯了天大的忌讳。我感到万分的惊讶,这些人实在太厉害了。但是我在这里要正告他们,企图在中国的大地上根本扫除毛泽东这位巨人的影响,不要说你们这些人做不到,即使能量比你们大上一万倍的人,也绝对办不到!

我注意到,这本书在结束语中公然声称:"80年代末到90年代初的两三年里,无论理论的还是实际的进程都呈现出另外一个方向,那时的舆论也完全是另外一种面貌。"这里,批判的是谁?矛头指向的是谁?这不是毫不掩饰地全面否定1989年春夏之交的政治风波以后那几年以江泽民同志为核心的党中央的工作吗?所以,我说它打倒一切,一点也不过分。

这本书虽然非常嚣张,但是它有一个根本的弱点,就是只靠以势压人，手中并没有真理，因此尽管张牙舞爪，却没有多少说服力。人们反而觉得书中那些被批判的东西倒是比较的有道理。这是这本书的最大的悲剧。这一点也不奇怪，因为他们的批"左"，实际上是批马克思主义，批社会主义。我看这些人也太目中无人了。中国共产党是一个大党，她毕竟有几十年光荣的斗争历史，她拥有一大批有觉悟的党员和一大批有觉悟的干部，更别说那些千千万万经过革命锻炼的群众。在这些人面前，你们凭一些编造出来的条条，就要冲破"姓社姓资"，"姓公姓私"，你们做得到吗？你们冲得破吗？你们说不要讲"姓社姓资"，四项基本原则中就有坚持社会主义道路这一条，如果不讲"姓社姓资"，岂不是对四项基本原则的背叛？你们说不要讲"姓公姓私"，《共产党宣言》中就讲"消灭私有制"，当然这是有步骤的；改革开放二十年来我们一直强调以公有制为主体，如果不讲"姓公姓私"，岂不是对《共产党宣言》的基本原理的背叛？你们手中没有真理，又要装作气壮如牛的样子，不仅可怜，而且可笑！

  1986年，邓小平同志在党的十二届六中全会上说，反对资产阶级自由化要搞二十年。1987年，他又说要再加五十年，至少要搞七十年。现在，《中流》出了100期，还不到十年，就算是十年，还差六十年。本刊愿坚持办刊初衷，继续战斗下去。

1998年4月

辱华反共的丑恶表演

——我们对李志绥及其"回忆录"的看法

日前,我们收到以花俊雄、董庆圆先生为联系人的从国外寄来的《关于〈毛泽东的私人医生回忆录〉一书的公开信》。此信已先后在美国《亚美时报》、台湾《海峡评论》和香港《文汇报》刊登。在公开信上先后署名的七十余位旅美爱国华人和台湾作家教授,均为海外具有颇高知名度和较大影响的知识分子。他们在一片辱华反共的鼓噪声中,挺身而出,仗义执言,揭露和驳斥了反动势力的恶毒图谋和卑鄙伎俩,实属难能可贵,其凛然正气,令人深为敬佩。公开信中所指责的那本"回忆录"的作者李志绥,借一度做过毛泽东保健医生的身份,出卖民族尊严,向帝国主义摇尾求荣,献媚求富,以盗名欺世的荒诞故事,对毛泽东和他的战友们含沙射影,造谣中伤,对中国人民在共产党领导下艰苦缔造的社会主义事业,极尽歪曲诬蔑之能事。凡是有一点正义感的中国人,莫不义愤填膺,为之发指!

李志绥的所谓"回忆录",完全是用恶意和谎言编织起来的。不仅事实本身造假,细节也造假。熟悉他的人,对此并不感到奇怪。因为他的外号就叫"狐狸",是一个说谎从不脸红的人。这本书就是活生生的证据。例如,1957年他才当主席的保健医生,在书里他可以提早两年多。他本人生于1920年,他可以改为1919年,由属猴变成属羊。他在书中说他当过中南海的门诊部主任,实际上他一天也没当过,门诊部主任一直是郑学文。他在书中说他在门诊部当选为"特等模范",而门诊部从来没有评选过模范。他说他负责教毛主席英文,而负责教英文的是别人并不是他。小事如此,大事也如此。例如,毛主席逝世前的抢救工作,是以陶寿祺、吴洁、方圻、姜泗长等著名专家组成的,而他在书中却恬不知耻地说自己是抢救组长。同样,保护主席遗体的工作,是由中央卫生部副部长兼保健局局长黄树则牵头,吴阶平、林钧才等著名专家参加的,他却在书中大事渲染,说自己是头儿。人所共知的政治性事件,他也敢造假。例如,毛主席接见尼克松,他竟敢说是他将尼克松领进门,事实上一个医生是绝不会出现在这种场合的。他还敢胆大包天地说,一个负责人把粉碎"四人帮"这样绝顶的机密计划提前三个月就透露给他。这从头到尾都是假的,因为当时此事绝无可能提上议事日程。李志绥编造的谎言竟达到如此离奇荒唐的地步! 其他如周总理如何关起门来与他谈九大的人事安排,叶剑英如何尊重他,毛主席又如何深夜找他去谈心,议论张三如何,李四又如何,这一切通通都是假的! 因为毛主席从来不对身边的人议论别人,更别说中央领导同志了。这是多少了解一点实情的人都知道的。李志绥还别有用心地丑化周恩来,说周恩来有一次向毛泽东跪着汇报,这完全是对周恩来同志的污辱! 至于李志绥在书中费尽心机捏造的有关毛主席私生活的部分,可说是这本书最大的特色。看了这些耸人听闻的描述,毛主席身边的工作人员尤为气愤。他们说:李志绥虽一度当过主席的保健医生,只是毛主席外出时才跟着,平时他住在中南海南船坞,并没有同毛主席住在一起,只是有事情才找他来。而且很多人都知道,毛主席一向是不大喜欢医生去麻烦他的,即使有病也不大愿意吃药,更不是那种无病求医的人。至于李志绥和毛主席的关系,也绝不像他在书里吹嘘的那么密切。事实上,由于他本人作风虚伪,毛主席很有些讨厌他。而我们这些秘书、卫士却是日夜守候在毛主席身边的人,李志绥所看到和听到的那些乌七八糟的事情,怎么我们既没有看到也没有听到过呢? 李志绥向世人郑重声明,这本"回忆录"是他的经历。他"只写看到的,听到的不写",难道这些信口雌黄的东西,都是他亲眼看到的吗? 他不是在另一个地方又说,这些事情他"一件也没看到过"吗? 大家都知道,毛主席一向习惯于夜间工作,往往为国操劳,通宵达旦。他住的房门是从来不关的,院门和房门各有一个警卫,李志绥杜撰的那些丑事,怕是他自己丑恶心灵的幻象或者是他本人醉心的追求吧! 因为他本人就是一个道德败坏的人。一次,他家的保姆发现他同儿媳一起"洗澡",曾骂他为畜生,这个保姆就被辞退了。"文革"期间,他还乘人之危,与一位干部的妻子在公园里出丑,被警察当场抓获,不得不派人将他领回。这些丑事证据确凿,是无法抵赖的。像这样一个人品低下、满肚子坏水的骗子,为了金钱,为了某种政治需要,什么谎言编造不出来呢!

公开信指出:"毛泽东是中国和世界历史上一位伟大的人物,广大的中国人民,因为中国出了个毛泽东这样的人而感到光荣。人们之所以尊敬他,怀念他,是因为他有一个崇高的政治理想,并为了实现这个理想奋斗终生。在奋斗的过程中表现了令人折服的勇气、魄力和无私的品格。更重要的,他让广大中国人民看到了光明和希望:一个公正平等的社会是可以实现的。而今天有人所以还要污蔑他,攻击他,正因为那么多的中国人仍然尊敬他,怀念他,向往他指出的道路。"这段话实在说得好极了,可以说完全反映了广大中国人民的心声。凡是有正义感的,站在大多数人民利益立场上看问题的中国人,都会作出这样的判断。而且我们还可以说,毛泽东不仅为中华民族和中国人民贡献了自己毕生的精力,立下了丰功伟绩,即使在个人生活上也是艰苦朴素的、廉洁勤劳的和光明磊落的,同一切堕落腐化的生活是格格不入的。毛泽东的光辉形象是帝国主义及其走卒泼来的几桶污水所打不倒的。单凭满腔仇恨把他涂抹得像荒淫无度的封建帝王那样,像花天酒地的资产阶级政客那样,能够让人相信吗?只有不动脑筋的人或只用脚板皮思考问题的人才会相信。

公开信还回击为"回忆录"摇旗呐喊撰写序言的黎安友说:"黎安友说这本书是至今为止最能暴露毛泽东真实面目的书,我们认为这本书所暴露的不是毛泽东的真面目,反而恰恰是李志绥和黎安友堕落和下作的真面目。"一语中的!围绕着这本书的出版,其前台表演者及幕后策划者(包括作者、译者、出版者、评价者与匿名的参与者、支持者),其手段之卑鄙,用心之恶毒,笔法之下流,以及其后台老板对出版界、新闻界、学术界动员之广泛,规模声势之大,在历来国内外的政治斗争中也颇为罕见。人们惊奇地发现,哦,原来帝国主义及其走卒们,今天已堕落到这样可怜的地步:他们既不敢进行理论上的争辩,又无任何事实根据可作佐证,只能求助于下流无耻的人身攻击和谣言的反复散布。其卑鄙的政治目的,不仅是妄想搞臭中国人民和世界共运的领袖,把社会主义的新中国涂抹得漆黑一团,而且是对中华民族的莫大污辱!

为了表达炎黄子孙的共同义愤,我们对公开信表示最坚决的支持!对"回忆录"的幕前幕后的炮制者表示最强烈的谴责!我们民族的尊严、祖国的尊严、人民革命的尊严,是不容许侵犯的。我们必须回击国内外那些披着人皮狼狈为奸的鼠窃狗偷们!

伟大的东方巨人毛泽东将永远是中国人民的骄傲!

一切民族败类及其支持者的污蔑都是徒劳的!

本公开信的签名者:

师　哲　中国共产党中央政治局办公室前主任
叶子龙　毛泽东主席秘书
汪东兴　中国共产党中央办公厅前主任、警卫局局长兼毛泽东主席卫士长
黄树则　中华人民共和国卫生部前副部长、毛泽东主席保健医生
申虎成　毛泽东主席行政秘书
高　智　毛泽东主席机要秘书
高富有　原毛泽东主席驻地警卫连连长、国务院参事室第一副主任
李银桥　毛泽东主席卫士长
王鹤滨　医学家、教授,毛泽东主席保健医生
郑学文　女,原中南海门诊部主任、中央保健局保健处处长
王宇清　毛泽东主席卫士、警卫科科长
韩桂馨　毛泽东主席家庭工作人员,李银桥夫人
李连成　毛泽东主席卫士
田云玉　毛泽东主席卫士
张木奇　毛泽东主席卫士
吴连登　1964年至1976年9月,毛泽东主席家务、生活管理员
顾作良　1963年至1972年,毛泽东主席膳食管理员
周福明　1960年至1976年9月,毛泽东主席卫士
杨根定　原中央警卫团一中队干部,负责毛泽东主席驻地警卫

	工作
佘兴发	原中央警卫团分队长,负责毛泽东主席驻地警卫工作
刘吉茂	原中央警卫团区队长,负责毛泽东主席驻地警卫工作
朱德魁	1958年至1964年,毛泽东主席专车司机
卢鸿盛	毛泽东主席驻地警卫战士
张　越	原中央警卫局警卫处副处长,负责毛泽东主席警卫工作
张长胜	原中央警卫局警卫秘书,负责毛泽东主席及中央首长保卫工作
李正泰	原中央警卫团文化教员
缪俊胜	原中央警卫团参谋,负责毛泽东主席及中央首长警卫工作
脱德良	原中央警卫团政治指导员,负责毛泽东主席及中央首长警卫工作
韩宝贵	原中央警卫团参谋,负责毛泽东主席及中央首长警卫工作
王遂良	原中央警卫团副分队长,负责毛泽东主席及中央首长警卫工作
王先举	原中央警卫团副政治指导员,负责毛泽东主席及中央首长警卫工作
李　民	原中央警卫团分队长,负责毛泽东主席及中央首长警卫工作
辛新民	原中央警卫团分队长,负责毛泽东主席及中央首长警卫工作
刘光荣	原邓小平卫士长
牛相英	原朱德卫士
靳山旺	原宋庆龄警卫秘书
尚寅斌	原河北省公安厅副厅长
张凤玲	女,人民大会堂工作人员
沈菊华	原解放军总医院医务人员
侯　波	中国女摄影家协会主席,原毛泽东主席和中央首长身边摄影记者

王岚影　歌唱家,原战友歌舞团演员
马文瑞　全国政协前副主席
吴冷西　中华全国新闻工作者协会主席
魏传统　老红军、人民解放军将军,诗人、书法家
李尔重　原河北省省长,作家,武汉大学中文系教授、华中理工大学文学院名誉院长
朱仲丽　医师、作家、中华医学会荣誉理事,王稼祥夫人
王季青　国家教委原巡视员,王震夫人
王泽民　《人民日报》前国内政治部主任
李　真　老红军,人民解放军将军,书法家
张贤约　老红军,人民解放军将军
曹思明　老红军,人民解放军将军
史进前　将军,书法家,原人民解放军总政治部副主任
华　楠　将军,新闻家,原人民解放军总政治部副主任
黄英夫　老红军,将军,原武警总队副司令
张常海　《中流》杂志社社长,原《光明日报》总编辑
栗　栖　《心潮诗刊》总编辑
彭绪一　原中国人民志愿军总部资深军官、军事评论家,香港《中华热土》社总指导
邓　斌　武汉市政法委员会办公室主任
李安士　教师,柳直荀烈士的夫人李淑一的胞妹
曹　禺　戏剧家,中华全国文学艺术界联合会主席
臧克家　诗人,全国政协会员,中国作家协会顾问、中国毛泽东诗词研究会名誉会长、《诗刊》顾问
林默涵　文艺理论家,《中流》杂志主编
欧阳山　作家、广东现代革命作家研究学会会长
贺敬之　诗人、剧作家,中国毛泽东诗词研究会会长
徐肖冰　中国摄影家协会主席
胡　可　剧作家,中国戏剧家协会副主席
瞿　维　作曲家,中国音乐家协会副主席
胡　朋　演员,中国戏剧家协会理事
钱丹辉　诗人,陕西社会科学院副院长、中国解放区文学研究

　　　　　　会副会长
魏　巍　　作家，中国解放区文学研究会会长
朱子奇　　诗人、中国作家协会主席团委员
陈　涌　　文艺理论家，《文艺报》总编辑
杨　柄　　文艺理论家，诗人
陆梅林　　文艺理论家，中国艺术研究院副院长、研究员
郑伯农　　文艺理论家，《文艺报》总编辑
周良沛　　诗人、作家、诗评家
刘绍棠　　作家，中国文联委员、北京市作家协会副主席
柯　岩　　女作家，中华文学基金会副会长
程代熙　　文艺理论家，《文艺理论与批评》主编
刘朝兰　　女作家，一级电影编剧，《中流》杂志副主席
麦　辛　　《中流》杂志副主编、高级编辑
江　波　　作家，《中流》杂志特邀编委
陈志昂　　音乐家，《中流》杂志特邀编委
潘仁山　　文艺评论家，《中流》杂志特邀编委
李　钧　　诗人
郑永惠　　中国国际关系学院教授
邓湘田　　"中国出了个毛泽东丛书"办公室负责人、研究员
李润来　　"中国出了个毛泽东丛书"办公室编辑、研究员
王继忠　　杂文作家，山西灵丘县委政研室主任
栾保俊　　上海《解放日报》原副总编辑
刘　金　　杂文家，《文学报》前总编辑
曾文渊　　《文学报》副总编辑
方家文　　上海市文艺创作协会会长
刘荣庭　　上海市文艺创作协会理事，书法家
于　逢　　作家，广东现代革命作家研究学会副会长
罗源文　　作家，广东现代革命作家研究学会副会长兼秘书长
梵　扬　　作家，广东现代革命作家研究学会副会长
楼　栖　　广州中山大学中文系教授
陈　衡　　广州中山大学中文系教授
李天平　　作家，副教授

谭志图　广州暨南大学中文系教授
徐乐义　全国政协委员、原安徽省政协副主席
陈　窗　安徽省老新闻工作者协会副会长,编审
陈向东　安徽省老新闻工作者协会副会长,编审
陶有法　安徽省出版工作者协会主席,编审
陆庭植　原中共安徽省委党校常务副校长
王治家　原中共安徽省委党校校报编辑室主任、一级组织员
方　明　安徽省老年书画联谊会副会长
萧克非　合肥包公研究会副会长
梁长森　安徽省新闻出版局副局长,编审
陈永镇　中国美协理事、安徽美术家协会副主席
黄书元　安徽教育出版社社长
曾德方　安徽文艺出版社副编审
周步青　安徽省新华书店党委书记
袁秀君　合肥市文联名誉主席、编审
孔凡仲　安徽省《新闻出版报》副总编辑、副编审
李安邦　安徽农业大学党委副书记
黄振平　105中心医院副院长,主任医师、教授
田日祥　105中心医院主任医师
万振亚　83480部队副参谋长
狄　循　安徽省军区原副参谋长
雷兴隆　安徽省广告县人武部原部长
张　祥　安徽省六安军分区原顾问
贾文昭　安徽大学古籍整理研究所研究员
吕美生　安徽大学中文系教授
张器友　安徽大学中文系副教授
刘秉书　安徽大学信息管理系教授
孔正毅　安徽大学中文系讲师
徐林祥　安徽大学历史系党总支书记
肖　雷　合肥工业大学社科系副教授
陈　啸　合肥联合大学宣传部副部长
王季琨　合肥联合大学教授

王祝生　合肥联合大学副校长
孔成才　军队驻徐州中心医院副主任医师

（以上排名不分先后）

早落的星辰
——怀念邵子南同志

邵子南同志是我们那一代作家中一位个性鲜明并有些传奇色彩的人物。他政治上很强且富有才华,可惜他建国初期39岁时就病逝了,所以我说他是早落的星辰。如果上帝对他多少有一点宽容,他肯定是会有更大贡献的。真是太可惜了!我对那些英年早逝的同志,那些人类早谢的花朵,也每每发出这种感叹。

他是四川资阳人,1916年生于一个农民家庭。17岁初中毕业后,即离开贫困的家乡,在外流浪。在岷江上撑过船,在松潘淘过金,在重庆拉过黄包车,在峨眉山还当过和尚。他后来在《自传》中说:"当和尚,是以为拿着度牒好到处行走,目的是要作一个诗人。"1936年,邵子南流浪到了上海,靠卖苦力挣得一点生活费,抽空钻到图书馆去读书。不久,他结识了丘东平、欧阳山、草明、于逢等进步作家,并开始了文学创作。1937年初,就在当时的进步刊物《中流》等杂志上发表作品。欧阳山在《邵子南选集》的序言上说,他和丘东平都认为邵子南是一个"不同寻常的人",并引了一段邵子南对当时进步文学的看法:"光写一个人驯服地在受苦,受蹂躏,要说有进步意义也可以,可是读起来多不带劲,叫人多难忍受!我虽然不会写,可是有一天我会写的话,我就绝不这样写。我要一颗明珠从污泥之中放出光芒来!"这里他所说的"明珠",自然是指在苦难中挣扎斗争的劳苦大众。这就是邵子南对无产阶级革命文学所怀的雄心壮志。

1938年,我和子南相识在延安。那时我正在抗大学习,因为爱诗、写诗,常往诗人柯仲平的战歌社跑。后来我也加入了战歌社,并在我们的大队成立了战歌分社,专门出了诗歌墙报。参加的还有冯塞伟(已牺牲)、侯亢、夏梨、朱子奇、胡秋萍(胡征)等同志。1938年7月,丁玲率领的西北战地服务团从前方回到延安。在文协的一次座谈会上,我第一次看到身着戎装还很年轻的丁玲。所谓座谈会真是名副其实,大家就亲热地坐在院子里的土地上,围成一个圈圈,侃侃而谈。当我得知慕名已久的诗人田间也在这个团里,就迫不及待地到西北旅社看望他去了。

接待我的就是田间和邵子南同志。田间的几本诗集《未明集》《中国牧歌》《中国农村的故事》,我都在外面拜读过。他在诗歌形式上的大胆革新,使人们又惊讶,又佩服。特别是他那两三个字一行的分行法,就像小炸弹般地一路爆炸着在行进,给人以跳跃、奔腾和战斗的感觉。他在叙述到中国农村深重的苦难时,大声地呼喊:"扬子江,你站起来吧!"使我很为佩服,有时也学习着他这种句式。邵子南则比较生疏些。但他们俩对我都同样热情。田间朴实、热情,还似乎有几分腼腆;邵子南则直率、健谈,更像一个大哥哥。第一次见面,田间就把他在山西前线写的诗稿《呈在大风沙中奔走的岗卫们》拿给我看,邵子南也把他以战土为笔名发表的诗作剪报拿给我。那年我18岁,他们俩都是22岁,我们都是多么年轻啊!那种一见如故的、纯洁的、毫无杂质的革命情感是多么令人怀念啊!

不久,以柯仲平为首的战歌社与以田间、邵子南为首的战地社共同议定:在延安发起一个街头诗运动。这是为了除诗歌朗诵之外,进一步让诗歌进入群众。延安的诗人们热烈地响应了这一号召。8月7日这天,延安街头用红布拉起了长长的横幅,上面大书着"八七街头诗运动日"。同时,众多诗人用红绿纸书写的街头诗,以鼓楼为中心贴了个满街满城,一夜之间,小而繁华的延安城变成了一个诗城。我们这些年轻的战歌社的社员,自然也都献出了自己幼稚的诗篇。发起街头诗运动,对各抗日根据地都是一个有力的推动。至于延安本身,以后也未中断。直到我离开延安奔赴前方的时候,尽管延安已经遭受了日本飞机的两度轰炸,我看见延安的街头,墙壁上仍旧赫然写着柯仲平的诗句。

1939年初,我同田间、邵子南所在的西北战地服务团是差不多同时到达晋察冀抗日根据地的。春节过后不久,聂荣臻司令员同彭真同志就召开了一个文艺座谈会。边区文艺界的同志和我们这些新从延安来的同志,像田间、邵子南、徐明和我都参加了。这个会由负责宣传工作的邓拓同志作报告,聂司令员和彭真同志都讲了话。这个会对边区文艺工作的繁荣,自然是个有力的推动。不久,街头诗运动在晋察冀边区就展开了。在军区驻地蛟潭庄、李家岸,也都贴满了街头诗。田间、邵子南自然是走在最前面的闯将。邵子南从陕北奔向晋察冀的途中,在路边的岩石上就留下了他那有力的诗句,到边区后一发而不可收。他和田间都出了街头诗集。田间的街头诗还被人配上插图写在墙上。在敌寇的"扫荡"中,尽管村庄的房屋被烧毁,而在熊熊火光中依然可以看到那些诗句顽强地存在。

值得大书一笔的,是田间、邵子南主编的油印诗刊——《诗建设》。后期又由诗人方冰接手主编并亲自刻印。尽管是油印,但却刻印得相当精美。在那样残酷、频繁的战争中,能够坚持了数年之久,实在很不容易。正是这本诗刊,团结和培育了边区许多年轻的诗人。那时候,人和人的关系非常好,那是一种真正同志间的革命情谊。一个人写了好诗,就会立即受到称赞;一个人写了倾向不好的诗,也会受到善意的批评。田间和邵子南都像兄长似的关爱着边区的诗坛。他们都在《诗建设》发表诗话似的评论。我的《黄槐花悄然飘落的时候》刚一发表,就收到田间来信鼓励;随后又有邵子南发表的简短评论。我写于1942年最艰苦年代的长诗《黎明风景》,邵子南和孙犁都发表了长篇评论。这些都是对我的鼓励和鞭策。我们这些年轻的诗人,正是在这样健康的土壤和同志的情谊中成长起来的。任何时候想起这点都令人感念不忘。

邵子南进入晋察冀这块新生的、战斗的土地,仿佛进入了一块新的天地。人民的觉醒和生动的斗争赐给他无尽的灵感,这成为邵子南诗歌创作最旺盛的时期。他在晋察冀的几年间,写得又多又好。他不仅诗的感觉锐敏,而且许多诗具有深刻的思想内涵,因此很受伙伴们的赞美。例如他的一首诗传单:

> 人民有了晋察冀,
> 心眼里开了花!
> 花——
> 又鲜明又大!

花——
长生不老，
要开出新中华！

再如他的《英雄谣》：

我的头，我的肩，
我的手脚，
我的心，
永远向前！
前面，
有大道，
前面，
没有边。
聂司令
在那边——
军号，
响过田园；
旗帜，
高举上天！
我的头，我的肩，
我的手脚，
我的心，
茅屋下，不能眠！
不是我不安贫穷，
不是我眼皮儿浅，
我要改造世界——
海阔天空，幸福的人间！

邵子南有一首《故乡的诗章》，田间和我都很喜欢。诗篇开头说："我的故乡是奇异的/而我是它奇异的旅客。"诗篇也写到故乡的美：

我的故乡，
　　美丽的、奥秘的、绿色的国土，
　　梅花红了，软雪融在地上，
　　在大雾的早晨，橘子像火烧似的，
　　穿着夹衣就可以过冬了，
　　水汪汪的一条江流，流过江城，永远不结冰。
　　我就在那里生长大。
　　但是如此美丽的故乡，却使人厌倦：
　　我开始流浪，
　　当高利贷债户塞满故乡的时候，
　　我离开了它。
　　从明晃晃的大路走向地平线，
　　我半眼也没有望望我的故乡。
　　故乡是厌倦的狭隘，养不了我。
　　…………
　　我不爱我的故乡，
　　我独自走得遥远，一直到海边，
　　死了似的，一去不回，
　　我的母亲以为我死了，
　　替我立了碑，招我的魂。

　　作者以下说，他参加了革命斗争，爱上了异乡的人民，几乎忘记了故乡的事情。但是有一天他忽然又想起了故乡，因为"故乡建立了和我信仰不同的王国／杀我伙伴的人去那里强占了"。最后，他决断地说：

　　——我的故乡，要我们互相了解，
　　除非你变成我的伙伴们的王国！

　　这首诗，不仅概括了作者的命运和情感，也揭示了国统区和解放区两种制度下人民的命运。

邵子南解放后没有出过诗歌专集,他的诗恐怕有许多遗失了。我编选《晋察冀诗抄》的时候,虽选了他十七首诗,怕还是有不少好诗遗漏。但从这十七首诗中,还是可以看到诗人的独特风格和成就。劳动人民的高尚品质和战斗风貌,无疑是这些诗篇歌颂的主题。这里有"把标语贴到临近敌人据点去"的儿童团员,有紧扎着头发,像大兵一样在大队中行进的小脚妇女,有带着自己的骡子参加革命的辛勤的骡夫,有在危急时刻用石头击毙敌人的支部书记,有在敌占区被捕后拒绝敌人一切诱惑而宁死的工会干部。……正像《邵子南研究资料》的编辑陈厚诚所说,尽管邵子南在上海时不满于"光写一个人驯服地在受苦,受蹂躏",而要让"一颗明珠从污泥之中放出光芒来",但是他在上海时期的小说创作却无法做到这一点。这是时代和生活环境的限制使然……只有到了这个时候,他才在诗歌创作中实现了当初立下的宏愿。这个分析是正确的。邵子南诗篇中所显示的人物的高尚灵魂和英雄风貌,不都是过去在泥淖中的明珠所展示的光彩吗?

1942年整风运动和毛主席《在延安文艺座谈会上的讲话》的发表,大大推进了各解放区的文艺运动。在这一运动中,邵子南跃进到一个崭新的境界。此前,他曾一度有这种看法,以为"大众化"不能一味要求诗人的作品通俗易懂,还要提高群众对诗歌欣赏水平。因此在《诗建设》上出现过一篇评论:《加强诗的宣传》。在文艺整风中,被批评为"化大众"论。个别部门负责人上纲为"艺术至上主义倾向"。今天看,这个纲未免上得太高了。但邵子南对此并无埋怨,而是从积极方面理解自己的不足,下定进一步群众化的决心。文艺整风后,他自愿下乡当小学教员。1943年秋冬,在漫长的反"扫荡"的日日夜夜,他同阜平五丈湾李勇的游击组滚在一起。同他们一起转山头,埋地雷,住窝棚,抢稻子,在群众中做了许多工作。战后,他得了晋察冀边区模范工作者奖,并光荣地参加了边区第一届群英会。这是边区文艺界的光荣和骄傲。据曼晴同志说,邵子南在反"扫荡"中打着赤脚,满腿泥巴,简直同农民没多大差别了。正是由于子南同志同群众有这样密切的结合,同他们建立了深厚的感情,对他们有了深刻的了解,所以不久回到延安后,他所写的《李勇大摆地雷阵》(后简称为《地雷阵》),顿时轰动了解放区的文坛,此后,他又接连发表了《贾希哲夜夜下西庄》《牛老娘娘拉毛驴》《阎荣堂九死一生》等作品。这些作品不仅说明邵子南在向大众化的奔进中有了突破性的飞跃发展，而且完全实现了他当年在上海时立下的宏愿，使埋在污泥中的明珠经斗争而升华，焕发出了夺目的光彩。1946年，当郭沫若在上海读到《李有才板话》和包括《地雷阵》在内的《解放区短篇创作选》时，曾兴奋地说："我是完全被陶醉了，被那新颖、健康、素朴的内容与手法。这儿有新的天地，新的人物，新的感情，新的作风，新的文化。谁读了，我相信都会感到兴趣的"，"十二个短篇，所写的都是实人实事，但比任何传奇的作品还要传奇"。郭老最后说："十二篇中我最喜欢的是康濯的《我的两家房东》，那可以说达到了完美的地步。邵子南的《地雷阵》，是'板话'式的颂歌。"

  为什么邵子南会取得这样令人钦羡的成就？这是离开他的生活实践和思想改造所无法解释的。他在《写于群英会上》这篇文章中讲了自己的体验。他说："我参加群英大会，使我更深一步地考虑我下乡的深入程度，我的立场"，"从前，我口口声声说是为了群众工作，实际上是个人英雄主义，认为群众不智，要自己教育他。'化大众'的实质就在这里，没有认识够群众的力量，群众的'伟大'只是一个模糊观念……认为群众今天不懂，让群众明天来懂。"邵子南说："下乡中，我认为最大的收获就是认识了群众某些方面，了解了劳动……在这之中，我认识了什么是立场……以上这些问题，都是只有下乡才能解决的。"他的这番话，对我们是有深刻启示意义的。

  自从1944年邵子南随西战团回延安，我就没有再同他相聚了。听说他先是在鲁迅艺术学院当教员，后又被调至重庆《新华日报》当采访部主任，与国民党经常进行面对面的斗争。1948年，他又随"川干队"南下，开辟陕南地区。他曾带领一支小小的武工队深入敌后进行工作。我在《难忘一位无名作家》里提到的我的老师和朋友黄正甫，曾经和子南在一个地区活动过。他写过一篇短篇小说《轻舟巨浪》，就写到邵子南。在这篇小说里，邵子南的形象显得十分高大。正是白河县人民处于水深火热之中时，汹涌的汉水中一只轻舟破浪而来，船头上稳坐着一位英武的青年。他面前的小桌子上，还摆着一个墨水瓶，斜插着一支蘸水钢笔。这就是武工队长邵子南。我很喜欢这篇小说，而且感到特别亲切。遗憾的是这篇小说因一个编辑的逝世而难以寻觅了。不然,对子南同志当是一个很好的纪念。

我与子南同志只是在建国初期在丁玲同志家里,与孙犁等同志一起见过一面,此后就没有再见过他。不幸的是,为时不久,他就因白血病逝世了。那时,他的各方面都已成熟,正要结出辉煌的硕果来,意外的夭折实在令人特别痛惜。

现在,子南同志逝世已经四十四个年头了。他的研究资料,本来是早该问世的,然而由于资金缺乏,出版社不肯出。经过子南同志的夫人宋铮同志多年奔走呼吁,最后得到中国作协和四川作协的支援才算出版了。此书的出版,正值毛主席《在延安文艺座谈会上的讲话》发表五十七周年即将来临。邵子南同志不仅是一个杰出的诗人和作家,而且是无产阶级坚强的文艺战士和毛泽东文艺路线实践的典范。今天,我们多么需要多有一些这样的人啊!只要多有一些这样的人,自然会有好的、大的、辉煌的作品,这也才是对毛主席《讲话》最好的纪念。然而,人世沧桑,思潮更迭,这一切都似乎变得非常遥远了。尽管《讲话》仍旧堂而皇之地写在《关于建国以来党的若干历史问题的决议》上,有时也偶尔提到它,但对照今天的现实,对照人们的实践,的确是距离得十分遥远了。今天我弄不清谁是我们作品的主人公,工农兵作为文艺作品的主人已经显得十分模糊了,仿佛他们要离开这个历史舞台、这个阵地,无产阶级的声音已经变得十分衰微。因此,我简直有点不敢正视《讲话》。但是我相信,忠于《讲话》的文艺工作者还是有的,像邵子南这种类型的作家尽管不多,还是会有的。对人民命运和前途深深关注的人还是会有的,而且他们还将会不断地再生出来。只要这样,那就是我们的希望。因此,在今天纪念《讲话》,并怀念邵子南这位革命文艺战士的时候,我写此短文来提供给我们的同道。

1999 年 1 月 24 日

由解放区文学想到的①

今年是五四运动八十周年,又是新中国诞生五十周年。我们回顾一下中国解放区文学的成就、发展及其命运,是很有意义的。

中国的解放区文学不仅是地区的概念和历史的概念,而且具有独特的内涵。它是继承了五四新文学运动和30年代以鲁迅为首的革命文学的传统,在中国共产党领导下的长期革命斗争中成长起来的。它是名副其实的革命文学,人民大众的文学,也是无产阶级的文学。随着中华人民共和国的成立,社会主义改造的深入,它进一步发展成为更加完整意义上的社会主义文学。

自从中国解放区文学研究会成立以来,对解放区文学进行了日益深入的研究,取得了很大成绩。在这里,我仅想指出解放区文学的几个基本点。也就是说,从解放区文学的总体来看,它究竟取得了哪些方面的成就,并且对社会主义文学的发展具有重大意义。

我想有以下三个基本点是至为重要的:

一、解放区文学解决了它与革命斗争的关系。不论是在土地革命、抗日战争、解放战争等各革命阶段,它都自觉地成为革命运动的一翼,在团结教育人民和打击敌人上发挥了强大的威力。

二、解放区文学比较彻底地解决了它与革命主力军工农兵大众的关系,从而在文学上开拓了一个新的历史和新的世界。

三、解放区文学解决了它与当代最先进的世界观,即无产阶级世界观马克思列宁主义的关系。这就使得解放区的作家、艺术家成为被先进思想武装起来开拓前进的战士。一个时代的文学究竟是

---

① 该文为在中国解放区文学研究会第九次研讨会上的讲话。

否以当时最先进的思想为指导是有重大意义的。我在1983年为羽帆诗社的题词中说:"如果说18、19世纪的伟大作家和诗人是用民主主义思想照亮他们作品的话,那么,我们该用什么思想呢?我看只能用共产主义思想才能引导人民前进。"

对中国解放区文学的研究,如果仅从一枝一叶上去看,难免会感到有这样那样的不足和不成熟之处;因为它也像一切新生事物一样,处在一个发展的过程之中。但如果从它的整体看,从整个解放区文学这棵大树看,以上三个关系的解决,对社会主义文学的发展是具有重大意义的,是非同小可的。不能不指出,解放区文学之所以能够取得如此重大的进展,是同毛泽东同志《在延安文艺座谈会上的讲话》的指导与推动分不开的。

正是在这一基础上,迎来了中国革命的胜利和新中国的诞生,迎来了解放区和国统区两支文艺大军的会师。在第一次文代会上,为工农兵服务的口号响彻云霄。全国广大的文艺工作者为毛泽东崭新的文艺思想和解放区文艺实践的新鲜经验所吸引,意气风发,团结奋进,为新中国的文艺打开了欣欣向荣的局面。随着社会主义改造和作家队伍自我改造的深入,我们的社会主义文艺之花开得越来越绚烂了。"文革"前的十七年,尽管有一些波折,有这样那样的偏差和失误,但从总体状况和作品实绩看,可以说是新中国文艺史上最好的时期之一。

然而,社会主义的道路是不平坦的,文艺作为意识形态,它的发展也不可能一帆风顺,不可能没有风雨。今天,从经验教训的角度看,"左"的和右的倾向都使社会主义文艺的发展受到了损失。由于"四人帮"在"文革"中推行的"打倒一切,否定一切"的"左"的错误做法,我们的文艺队伍受到了很大伤害。这一切虽然过去二十年了,仍使人记忆犹新,不能不痛下决心,引为鉴戒。令人遗憾的是,当这一剧痛刚刚过去,右倾思潮便借我们拨乱反正之机,乘隙而入。其来势之凶猛,浸淫之深广,为害之剧烈,不仅将文艺队伍中的许多意志薄弱者席卷而去,而且使广大群众包括青少年受到极大的戕害,对我们的社会主义文学无疑是一个摧毁性的打击。这种形势现在并没有过去,且有愈演愈烈之势。具体来说,我们的社会主义文学正面临着三个方面的冲击:

一是文艺商品化的强大冲击。由于社会转型（我也借用这个现成的说法）带来的市场经济,已成为我们经济生活的主宰,文学作品作为一种劳动产品,不可避免地卷入了市场商品的运动行列。在这种情况面前,我曾有过疑问:究竟是应当以意识形态来引导市场,还是应当以市场来引导意识形态呢？也许主观上我们想以意识形态来引导市场,但事实上往往是市场的需要决定了产品的方向。于是迎合市场需要的文艺商品化的倾向就产生了。随着有偿新闻的出现,有偿文学也出现了。那些难以尽数的海淫海盗的低级下流作品,那些毒害大众心灵、贻害青少年一代的文化垃圾和精神鸦片,便大量堆积在书摊上,而许多比较严肃的文学作品和学术著作则找不到出版的机会。这无疑堵塞了社会主义文学的发展之路,对文学事业是很不利的。

二是资产阶级自由化思潮的强大冲击。我们没有忘记,粉碎"四人帮"之初,正当全国人民拨乱反正之时,资产阶级自由化的邪恶思潮,即利用解放思想的口号露出了地面,向我们的党,向我们的社会主义制度,向我们的革命历史,发动了打倒一切、抹杀一切的猖狂攻击。小说《苦恋》(电影《太阳和人》)以及后来出现的《河殇》,就是进攻者所发出的信号,此后,这种思潮低一阵、高一阵,并未完全中断,且有日益强劲之势。在文学上,他们的旗帜是资产阶级的人道主义和表现自我,他们呼唤"新的美学原则的崛起"。他们公然宣称:他们不屑于做时代精神的号筒,也不屑于表现感情世界以外的丰功伟绩。他们甚至回避去写那些我们习惯的人物的经历,英勇的斗争和忘我的劳动的情景,不是直接去赞美生活,而是追求生活溶解在心灵中的秘密。他们狂热地呼喊:"个人在生活中应该有一种更高的地位,既然人创造了社会,就不应该以社会的利益否定个人的利益。"总之,他们要以个人主义来代替集体主义,以资产阶级的人道主义来代替马克思主义。这一有害思潮并没有得到有力的遏制,以后导致了资产阶级自由化的泛滥,使文艺成为重灾区。近几年有人甚至公然提出"告别革命",不仅否定了"五四"以来的革命传统,甚至将辛亥革命以来的革命历史一笔抹杀。《交锋》作者提出的全面非毛化,冲破"姓社姓资"、冲破"姓公姓私",已经达到资产阶级自由化的峰巅了。应当看到,这种资产阶级自由化的势力,已经使社会主义的命运受到了严重的威胁,更别说社会主义文学所受的厄运了。

　　三是西方形形色色腐朽的艺术思潮,也不能不对我国的文学产生了冲击。记得30年代我初学写作时,那时现代派的东西已很流行,没有想到经过几十年翻天覆地的革命,这种旧东西连包装也没有换又粉墨登场,被视为"创新"和"突破"。这不过是以旧充新,以新作旧的大倒退。某些作者甚至写出了一些连大学教授也看不懂的文学来。当年解放区作家为了抛开"学生腔",努力学习群众生动活泼的语言,现在,某些文章的文风,却同蹩脚的翻译作品差不多了。应当说,上述几个方面的冲击,不能不对我们的文坛产生相当影响,使我们的文学面貌发生了不小的变化。我们的文艺队伍,很自然也因个人世界观的不同,走向不同的方向,发生了一定的分化。概而言之,在文艺队伍中有不少同志仍在沿着社会主义的方向坚定地前进着,纵然他们面前存在着许多干扰和困难,但他们依然继续艰苦地跋涉。这中间有老同志,而且还有一些年轻人,不断写出一些关心人民命运的好作品,这是非常令人高兴的。但不可否认,也有不少人对我们文学的革命传统和民族传统都失去了兴趣,他们已经不再关心人民的命运和社会主义的前途,在他们的笔下只是个人的小天地。当然还有第三种人,这种人的心底对社会主义制度似乎有不可解脱的仇恨。他们拼命歌颂、呼喊的则是被称做"幸运骑士"的暴发户和"私有制万岁"之类。这也很自然,因为他们原本就是一些"爱资病"患者。总之,文学艺术也像其他事物一样,是沿着曲折的道路发展前进的。我们的社会主义文学也是如此。总起来看,五十年来还是有所开拓的,有所前进的。例如题材的广泛,形式风格的多样,都有明显的进步。但有些根本性的东西也令人遗憾地丢失了。一个令人怵目的现象,就是文学同人民大众的关系显得疏远了,作家同人民的现实生活和对马列主义的学习也都显得疏远了。工农兵早已在一些文艺作品中失去了主人公的地位,远远退隐了,甚至消失了,这是不能不引人忧虑的事。也正因为如此,我们对解放区文艺的革命传统和经验,实有大力提倡的必要。这正是我们解放区文艺研究者的责任。愿与同志们共勉之。

1999年5月31日

不能告别革命

——在清华马克思主义学习研究会五四运动八十周年座谈会上的发言

一、革命是不能告别的

1995年,你们的马克思主义学习研究会成立的时候,我曾来表示祝贺。那时我兴奋得热泪盈眶。现在据说参加者已有4000人,这很难得啊!

"我们的旗帜是共产主义!"你们喊出的这个口号,多么响亮,它标志着全人类正确的前进方向。马克思认为社会主义是共产主义的第一阶段。共产主义既是分阶段的,又是不可分割地联系在一起的。我们的脚要踏在社会主义的大地,而眼睛却要望着共产主义的前方。我们要一天天地向共产主义靠近,而不是一天天地距她更遥远。

"五四"是中国青年伟大的节日,也是中华民族起死回生的起点。它的伟大意义在于,十月革命一声炮响送来了马克思列宁主义,从此中国革命开始展开了一个新局面,中国共产党领导的新民主主义的革命,在仅仅三十年的时间里就取得了伟大的胜利!

什么是五四精神?五四精神就是革命精神!

什么是五四传统?五四传统就是革命传统!

没有这种精神,就不能推翻三座大山,就不能打倒强大的敌人,就不能取得革命的胜利!

毛泽东、周恩来就是这一代青年的代表。正是他们的大智大勇，他们的献身精神，他们的艰苦实践，才使马克思主义的真理与中国的具体实践结合起来，才赢得了革命的胜利。

"一二·九"运动是中华民族危机发展到最严重的标志。以"一二·九"为起点，为抗日战争、解放战争献身的青年，是中国新民主主义革命的第二代。这一代人在枪林弹雨的残酷战争中付出了极大的牺牲，并成长为建国的骨干。我曾说，这个时代对人的考验是极其严峻的，甚至是严酷的。也许正因为如此，才把他们锻炼成为无愧于民族、无负于人民的坚强的一代。

以黄继光、雷锋为代表的青年，我把他们称为建国后的一代。他们在最艰苦的条件下，从事社会主义的建设工作。正像台湾大学教授颜元叔所说的，他们这一代人付出了三代人的辛苦，是衣衫褴褛地制出了原子弹、氢弹、中子弹，是蹲茅坑却射出了长征火箭！

现在，你们在座的诸君，可称为毛主席去世后的一代，是第四代。你们这一代刚刚登上赛场，正待举步，正待冲锋，胜败荣辱，尚未见分晓，我还不敢贸然就下结论。但是我相信：你们是不会拒绝革命的，是不会拒绝前几辈的革命传统的，你们一定会把共产主义的旗帜扛下去！

但是要分析你们这一代的生长环境，比起我们有有利的方面，也有不利的方面。你们的生活条件比我们优裕，某些方面比我们顺利。但整个来说，也有许多不利的因素，消极的因素，妨害着你们的健康成长，甚至会诱使你们走上错误和堕落的道路。

比如说"五四"，之所以定为中国青年节，是为了发扬"五四"的革命传统，现在却有人提出"告别革命"。有那么几个"知识精英"，说什么"五四"是由于救亡压倒了启蒙，才使中国近代史走错了道路。甚至说从辛亥革命起就错了，如果从那时起就搞改良，学习日本的明治维新，中国早就现代化了。中国折腾了几十年，死了那么多人，到现在还是这么落后。结论就是："告别革命！"他们把中国人民一百多年来轰轰烈烈、前仆后继的近代革命史全否定了，把百余年来无数仁人志士的牺牲流血全否定了。把中华民族引为骄傲的光荣的一页全否定了。如果当时中国人民不去奋起救亡，不去革命，中国人不早成了亡国奴了吗？能站得起来吗？新中国又从何处出现呢？中国人现在不仍然是殖民地的奴隶吗？所以，我说，我们决不能告别革命！必须继续革命，不断革命！马克思说，革命是历史的火车头，只有革命才能把我们的共产主义事业推向前进！

二、你们前进的道路是不平坦的

这一代青年的处境，表面看起来，道路是平坦的，是无风无浪、风和日暖的。但我说老实话，这只是表面现象，实际上是绝不平坦的。不是无风无浪，而是会有浊风恶浪包围你们。

从大的方面说，你们仍旧摆脱不了两大矛盾。

一是国外矛盾——同帝国主义的矛盾。帝国主义同中国的矛盾依然存在。不要把外交辞令、握手言欢当做帝国主义的本质。帝国主义的本性是不会改变的。不要把狼外婆当做慈眉善目的真外婆。对于帝国主义，我们这一代人的体会是深刻的。从我个人经历的抗日战争、解放战争，及美帝侵朝战争、侵越战争，都说明帝国主义者是极端残酷无情的。日本帝国主义者对抗日根据地的"扫荡"和"三光"政策是反复进行的，村庄的房屋不是烧过一次两次；我到过战争中的平壤城，偌大一个城市，几乎被夷为平地，全城仅剩下一座半楼房，还是千疮百孔的，平壤市民平均每个人挨一吨炸弹；美国人在越南搞的地毯式轰炸，就更不用说了。现在以美国为首的北约，不是正在轰炸南斯拉夫吗？轰炸已经六十多天了，现在还没有停止的样子。无端地干预一个国家内部的事务，是什么理由？这同当年八国联军的强盗行径有什么不同？如果让美帝继续横行下去，炸弹有没有可能落到中国人的头上，落到你们的头上，我可没有保证。[①]

帝国主义的本质，就是无限制地占领你的市场，攫取你的资源，控制你的经济、政治和文化，榨取你的廉价劳动力，如此而已。说老实话，即使你变成资本主义，它也不会允许你平起平坐。他们是万变不离其宗，变换的只是手法不同。现在美帝一个更强大的武器，就是全球化。什么是全球化？全球化就是美国化。现在帝国主义

---

① 这篇发言是4月5日在清华大学讲的，过了几天，就发生了我驻南使馆遭美机轰炸的严重事件，这话竟被不幸而言中了。

最大的跨国公司有二百五十多家,已经居全球资产的一半。如果让它控制了你的经济,说让你垮掉就可以垮掉。中国如不警惕,被人控制,还会重蹈半殖民地悲惨的命运。另一方面,是国内。建设社会主义的道路也是不平坦的。苏东社会主义国家的剧变,使世界共运陷于低潮。这一沉痛的教训,说明社会主义时期是一个很复杂的时期。早在三十多年前,毛泽东同志就说,在社会主义这个历史阶段中,还存在着阶级、阶级矛盾和阶级斗争,存在着资产阶级和无产阶级的斗争,存在着社会主义道路和资本主义道路的斗争,存在着资本主义复辟的危险性。一要认识这种斗争的长期性和复杂性。现在活生生的现实,已经完全证明这一论断的真理性。因此我说,今后的道路仍是不平坦的。

三、要关心人民大众的命运,关心社会主义的命运

知识青年仍然要同工农群众相结合。现在虽然一部分人确实富裕了,或比较富裕了,但不要忘还有许多劳苦人民的处境还很困难。尤其是那些为数众多的下岗工人和贫苦农民。我们应当站在他们的立场,想他们所想。以往的革命青年,有出息的知识分子都是这样做的。因为只有和工农群众在一起才能推动历史的前进。只顾个人,也不过只能个人生活好一点,住一个好房子,有点什么职称而已。如果国家、民族、人民大众都很倒霉,又有什么意思呢!只有消灭剥削,消灭压迫,消灭剥削制度带来的一切丑恶,使人类达到真正的自由平等,那才是人类最高尚、最美好的理想。为了达到这个目的,多少代人憔悴、战死,但人类还是要革命要前进的。我们就是要把我们的生命投到这个伟大的事业中去。

一句话:我们的旗帜是共产主义!

1999年4月5日

郑天翔《大庆之声》诗集序

郑天翔同志的新诗集出版了,他要我在集前写几句话,我向他致以衷心的祝贺。郑老是党内外深孚众望的老同志。他是"一二·九"运动中涌现的青年革命者,1936年加入中国共产党。在抗日战争中,我们曾共同战斗在晋察冀抗日根据地那块令人怀念的土地上。北岳区那些善良纯朴而英勇的人民,那里的山山水水,都是我们熟悉的和难忘的。

平津战役,我们进了城。天翔同志从1953年到北京市委工作,任市委常委兼秘书长、市委副书记、书记处书记兼秘书长,先后在北京市工作了十几年。我还清楚记得,我军入城时,那是一个多么老朽、腐败、破破烂烂的北京啊,简直就像一艘将要在风浪中沉没的破船。城内的垃圾粪便,到处堆积,有的垃圾据说是明清朝代留下来的。北洋军阀以及国民党的达官显宦,哪有工夫管这些呢!新的市政府成立以后,为了净化环境,光清除的垃圾粪便就近四十万吨。其他对妓院的取缔,对妓女的改造,对吸毒贩毒、赌博的禁绝,都在很短时间内就实现了。如今的陶然亭、龙潭湖、紫竹院等美丽的公园,就是当年污水横流的龙潭沟等臭水沟变成的啊!想想那个破烂不堪的旧北京,看看如今这个庄严美丽的北京,包括天翔同志在内的先后任北京市领导人的同志和北京的人民大众,该付出了多少心血与汗水啊!

郑老属于那种"闲不住"的人。尽管他已辛劳了一生,最后从最高人民法院院长的岗位上退下来了,且已到耄耋之年,但仍心系国事,忧国忧民。前几年他写了一本《论反腐败》的书稿送给我看,提出跳出"历史上兴衰周期率"的问题,这无疑是对全党发出的警号,使我深深感到,仿佛"一二九"时代的青春热情仍在他的胸中燃烧。据说这篇著作问世以后,受到读者的热烈欢迎。郑老除了专题著述外,还向中央提出积极的建议,更显示了他对党的耿耿忠心。此外,郑老还根据生活的感受,常随手写下许多诗文,摆在读者面前的这本集子,已经是他的第二部诗集了。他的诗崇尚自然,不事雕琢,不计工拙,往往有感即发,直抒胸臆,挥手成篇。其间最可贵的就是诗篇中流露的人间真情、革命之情。

收在本集的诗篇,大体可分为两类:一类是心系国事的忧国忧民之作;一类是对众多老战友的热烈情怀。两类诗中均有佳作。如《闻子云已逝》之二:

> 党内腐败令人惊,
> 为进真言共签名。
> 直言直心能有几,
> 可怜忠义又折兵。

再如《感时》:

> 地球不老兮,红旗不倒;
> 偷天换日兮,枉费心机。
> 心同海阔兮,不怕天塌;
> 天塌能补兮,惟有马列。

怀友之诗,动人者甚多,此处就不一一列举了。总之,流淌在诗篇中最可贵的情感,就是那种永不衰竭的革命情感。在如今许多人不只在口头而且在实际上已经"告别革命"的时候,这是多么可贵啊!

谨祝郑老和他的终身战友宋汀同志健康长寿!

1999 年 7 月 19 日

答《当代民声》杂志问

问:1949年开国大典那一刻,您在忙啥?

答:我正在连绵的秋雨中向前进军。那时我是一个骑兵团的政治委员,在人民解放军19兵团的战列中,向大西北进军,目标是解放宁夏。终日响在我耳边的是细雨声和马蹄声。

问:您平生最难忘的一件事是啥?

答:应当说是参加革命。抗日战争爆发后,当年10月底我离开家乡,怀着美丽的憧憬奔赴延安。但因我没有介绍信,西安八路军办事处没有收留我。我不得不转赴山西前线,几经周折,终于在山西赵城(现属洪洞)马牧村参加了八路军。记得第一次吃着八路军的糙米饭和漂着一层辣椒油的洋芋豆腐汤时,我心里很舒服。

问:您平生最高兴的一件事是啥?

答:日本投降那天夜里,我们听到消息,半夜里去敲别人的门,还发狂似的大喊:"日本投降啦!"弄得全村人都起来了,那不算是最高兴的事吗?还有第二天,我同我未来的妻子相伴着走了一夜,一直到出现银色的晨曦,那也是使人感到愉快的。

问:您平生最遗憾的一件事是啥?

答:在过去党内生活中,也有对个别同志斗争过火的地方,这是令人遗憾和对不起同志们的。

问:对您一生影响最大的一个人是谁?

答:毛泽东。

问:您认为人生最宝贵的是什么?

答:是为共产主义而斗争,为人类的彻底解放而斗争。站在世界大多数人民一边,站在劳动人民一边,为他们做更多的工作。

问：每个功臣的身后，都站着一位幕后英雄，您对"那口子"印象如何？

答：您说对了，我背后也站着一个，那就是我的妻子。她是一位十分勤劳朴素的妇女，而且充满正义感、热心肠，工作上尽心尽力，她的同事都很喜欢她。她全力支持我的工作和我们这个家庭，家里的一切事，她全包了，几乎用不着我分心，我可以集中精力干工作。

问：您教育子女常说的一句话是啥？

答：我常说的话就是要他们好好地为人民服务，不要投机取巧。也常说不要羡慕资本主义，对帝国主义不要抱任何幻想。

问：请用一句话对您自己作一个客观的评价？

答：我不妨抄一首我75岁生辰时写的《自题》吧！

> 黄河岸上一少年，不觉霜雪飞鬓边。
> 烟飘青春从不悔，雾迷关山志更坚。
> 鲁师遗训铭心底，痴牛永俯孺子前。
> 胸中自有青松气，尽瘁不唱夕阳残。

这里说的"鲁师"指鲁迅。他是我平生最敬佩的人物之一。

问：都说"烈士暮年，壮心不已"，您最近在忙啥？

答：自1997年我的长篇小说《火凤凰》出版后，我的革命战争三部曲完成了。此后即进入短暂的休整状态，以便把身体养得更好些。现在我正同默涵老以及其他同志同心协力力求把《中流》杂志办得更好，以报答广大读者的厚爱。有时也写点短文。

问：您最想对家乡父老倾吐的一句心里话是啥？

答：我去年曾回到家乡，到临颍南街村参观。当时我曾说：南街村太好了！可惜太少了。如果全国的乡村都像南街村，该有多好啊！现在要我说一句心里话，我就想说：愿中原大地出现更多更多的南街村！

1999年

祖国母亲的守护神

我们的人民共和国,已经建立整整五十周年了。她像一艘巨轮乘风破浪行驶在充满风涛的大洋上。五十年来,从我们身边滚过了多少惊涛骇浪啊!

我在一遍又一遍地寻思:在这半个世纪的搏战中,谁是置身在第一线最忠实最艰苦的实践者?当我们的国家面临危境时,谁又是不惜付出牺牲的最勇敢的捍卫者?一句话,我们民族的安危,国运的兴衰,我们最基本最可靠的力量是谁?或者说,谁才是我们祖国母亲的守护神呢?

建国之初,发生在我国东部边境的朝鲜战争,是我们共和国面临的第一个也是最险恶的惊涛骇浪。它对这个刚刚诞生一岁的婴儿,无疑是个最严峻的考验。即使对久经战阵的毛泽东来说,恐怕也是一个最难抉择的问题,因为敌我双方的巨大反差是至为明显的。一个刚刚站起来,满身战伤的新中国,并没有完全站定脚跟。大陆还未完全解放,全国尚有百万土匪没有肃清,土改还未在全国实行,尤其经济还未恢复,困难重重。至于敌我装备的悬殊,就更不用说了。以这样的力量出国作战,来对抗世界上头号的帝国主义和十六个仆从国的军队,究竟是否能够顶得住呢?如果顶不住了又怎么办?不能不使人担心。不仅中国人担心,世界上一切进步的人士也无不为我们担心。但是毛泽东这个东方巨人,却在万分危急的历史关头毅然决然下定了决心:出国作战。结果如何?结果是不仅顶住了敌人,而且打退了敌人。尤其第二次战役,我军一举歼敌三万六千余人,活捉美、英俘虏数千人。正如我在一首短诗中所述:"中华好儿女,何惧风雪狂,一战惊天下,大败兽中王。"此后,战争的进程表明:新中国的建设不仅未受到阻滞,反而更加快了前进的脚步,前方和后方,国内和国外,反而像是两个互相激励、互相竞赛的战场一般,热火朝天地奔腾前进。新中国的航船终于驶过惊涛骇浪,中国人民胜利了!

今天当我回首这段往事,并不在复述史实本身,而在着重探寻:毛泽东本人为什么会有这样异于常人(更别说政治庸人)的胆略呢?他所以敢下这样的决心,究竟是有科学根据呢,还只不过是盲目的勇敢和冒险呢?如果是后者,那就早被无情的事实撞得粉碎,不会有那一页光照日月的历史了。

其实,历史揭示的事实并不神秘。毛泽东的胆略和慧目正在于,他不仅看到了事物的表象而且看到了事物的本质,不仅看到了事物的现在而且看到了事物的未来。不错,从表面来看,敌人的军力和经济力都是很强大的,气势汹汹很可怕的,然而它毕竟还有虚弱的一面;我军的装备是很落后、很简陋的,然而我军的士气却是敌军无法比拟的,作战技巧是相当娴熟的(敌人曾称我军指战员为"打仗专家"),毛泽东、彭德怀的指挥艺术更是第一流的。至于整体国力和经济力也是可以发展变化,不是一成不变的。果然,随着轰轰烈烈的抗美援朝运动的广泛展开,又展开了剿匪反霸、镇压反革命和土地改革等项革命运动,人民身上的封建枷锁被砸碎了。站在人民头上的什么南霸天、北霸天被打倒了,农民手里有了土地,腰板挺起来了,开始扬眉吐气了,很自然地,人民群众的革命积极性极大地发挥起来。不妨说,抗美援朝中出现的奇迹,不过是人民群众革命积极性的初次展示罢了。战斗英雄黄继光就是最明显的例子之一。他是四川省一个普通贫农的儿子,在上甘岭英勇献身时才20岁,入伍不过刚刚一年。他正是在减租反霸的高潮中入伍的。当上甘岭鏖战打得难解难分之际,祖国人民慰问团的亲人到来了。正是在这个重要时刻,黄继光拎起爆破筒,向后面说了一句:"请祖国人民听我的胜利消息吧!"几分钟之后,他就伏在敌人的射口上牺牲了……我们的人民就是这样对待新生的祖国的。

在朝鲜战场上,我军愈战愈强,祖国的实力也愈来愈雄厚,以至于最后不可一世的美帝国主义者不得不在板门店低头签字,这都是合乎逻辑的结果。

可是这种可以预见的结果,为什么只有毛泽东和其他少数人能够看出来,而更多的人却看不出来呢?

1991年我发现了一个颇有启示性的例子。

这年秋季,我到了云南一个叫龙陵的地方。那地方有不少温泉,被称为温泉之乡。有些温泉,很远就望见有白汽蒸腾,近看有如热汤滚沸,冒着很大的气泡。当地人介绍说,这里地下有很大的热海,一直连着腾冲和芒市,相当大呢!我哦了一声,顿时触发了一点灵感,建国以来,我国人民那种建设社会主义的沸腾热情不就是一座地下的热海吗?应该说,毛泽东正是最早看到这个热海的人。因为他长着一双深邃的马克思主义的慧目,所以他能穿过地层发现这座热海,而别人却不能够。正是因为如此,所以他能有足够的胆略和勇气在重重困难下作出像出国作战那样的英雄式的决定。也正因此,他敢于从战略上藐视敌人,把美帝国主义和一切反动派都看做纸老虎。这就是问题的关键所在。

"人民,只有人民,才是创造世界历史的动力。""群众是真正的英雄,而我们自己则往往是幼稚可笑的。"这是毛泽东的名言,也是屡试不爽的马克思主义的真理。建国五十年来,哪一项成就不是这些普通人用成吨成吨的汗水凝成的呢?哪一次危局不是由于他们英勇的献身精神才得以渡过的呢?即以刚刚过去的1998年夏季的洪灾为例,不是他们英雄的肩膀才使我们许多如花的城市避免了灭顶之灾吗?现在,我们可以回答文章开头提出的问题了:以工农兵和广大知识分子为主体的人民群众,才是置身在第一线的最忠实、最艰苦的实践者;当我们的国家处于危境时,他们才是肯于付出任何牺牲的最勇敢的捍卫者。他们是我们民族的脊梁和共和国大厦的顶梁柱,中华民族安危之所系,国运兴衰之所寄的最基本最可靠的力量,是我们祖国母亲的守护神!

然而,要想使这个守护神永远守护我们,我们就得真正忠实于她,依靠她,为了她,而且必须是真心为了她并使她得到真实的利益。如果我们总说为了她,其实只是假心假意,半心半意,或者只是口惠而实不至,那她也是会一眼就看穿的。已故书法家魏传统老将军,晚年常为人书写"载舟覆舟,所宜深慎",也许是有益的提醒吧!

展望前途,建设社会主义的道路仍然是不平坦的。外部有帝国主义的存在,亡我之心不死,仍然是不可漠视的事实;内部有敌视社会主义的势力,他们并没有放弃"分化""西化"的图谋。把我们的发展看得那么一帆风顺是不现实的。在欢呼五十大庆的时候,还应清醒地反思:我们对人民的付托,是否还有做得不够的地方?是否还有违背人民利益、人民意志的地方(例如严重的腐败问题!)?是否还有说是依靠人民群众其实并没有依靠他们的地方?总之,只有我们全心全意为了他们,依靠他们,祖国母亲的守护神才会永远守护我们,使我们立于不败之地!

1999 年 6 月 19 日

《五十年英模纪念册》序言

在共和国建国五十年大庆的日子里，新华社陆续播发了五十三位英雄的事迹，他们有如洪亮的号角在指引着人们继续前进。现在由新闻工作者陈禹山等同志将多年新华社、《人民日报》等单位发表的这些英模人物的事迹汇集成册，借以向全国广大青年进行人生观、价值观的教育，我想这是有重大意义的。

这些人物，从慷慨献身、视死如归的黄继光到近年来为保护人民与歹徒搏斗的徐洪刚；从爱厂如家的老英雄孟泰到"宁可少活二十年，也要拿下大油田"的王铁人；从净做好事不留名的共产主义战士雷锋到"一人脏换来万家净"的淘粪工人时传祥；从为"两弹一星"献出卓越智慧的钱三强、钱学森和邓稼先到为祖国找出许多地下宝藏的李四光；从县委书记的好榜样焦裕禄到带领农民走共同富裕道路的史来贺……可以说，在我们共和国的创业史上，他们每个人都是一座辉煌的纪念碑。

当然，这五十三个人，只不过是我国群众性英模人物的杰出代表。如果要把全国各地各条战线成千累万的英模人物汇聚在一起，那就是一条光辉灿烂的星河了。

为什么我们的新中国能够涌现出如此众多的英模人物呢？如果我们能够从历史的深处去探寻，就可以知道，这首先是由于新中国带来的中国人民命运的改变。中国人民从漫长的旧中国的苦难中解放出来，成为新中国的主人，这就给他们带来无穷的积极性和创造力。要讲找源头，这才是英雄行为的真正动力。有了这种雄厚的基础，再加上党所进行的共产主义教育，这就使他们的思想境界进一步地升华了。当黄继光的母亲受到毛主席接见的时候，毛主席热情地称赞了她的儿子,黄妈妈就说:"这是共产党、毛主席教育得好。"这是实话,许多英雄人物能够创造出那样惊天动地感人肺腑的事迹,如果不具有高度自我牺牲的共产主义精神,是难以想象的。这正是英雄人物的最可贵之处。今天我们要向英雄人物学习,就是要学习他们的共产主义精神。我们进行的爱国主义教育只有同共产主义教育结合起来,才能进一步提高人们的精神境界。

多年来,西方帝国主义的政治家,一直在谋求转变社会主义国家青年的价值观念。其核心就是要把个人主义代替集体主义,把自私唯我代替为人民服务,把颓废的享乐主义代替对人生的积极创造。国内的"爱资病"患者也不遗余力地帮他们的忙,这对我国青年的成长是很不利的。有志气、有出息的青年们,必须从形形色色的诱惑中摆脱出来。本书的出版,将提供一个机会,使我们从这些英雄人物的身上,从他们的人生观、价值观上得到人生的启迪,使我们生活得更有意义,步子也走得更坚实。

1999 年 10 月 20 日

喜读吴冷西《十年论战》

吴冷西同志历时十年,终于完成了一部大书:《十年论战》(1956—1966 中苏关系回忆录)。这是他晚年的一大贡献。

我在今年漫长的夏日,读完了他的这部著作,感到收获很大。这部书对那段历史写得翔实生动,思想内容极为丰富。它不仅展现了以毛泽东为核心的党中央高度的马列主义理论水平,而且显示了我党的战斗风格和令人赞叹的斗争艺术。如果我们的党员、党内外干部、知识分子、大学生都来读一读这本书,将会大大提高他们的理论水平,开阔他们的眼界,坚定他们对共产主义的信念,并从多方面吸取营养。公平地说,吴冷西同志的《十年论战》是为我党和共运历史写了一部极好的党史的补充教材,我们不妨当做党史来读。

苏联领导人斯大林逝世后,由苏共中央书记马林科夫接任部长会议主席。十天之后,马林科夫中央书记的职务被解除,其权力为赫鲁晓夫所篡夺。他在苏共二十大所作的秘密报告,大肆丑化和全面否定斯大林,引起全世界共产主义队伍的极大混乱。不久就出现了波兰、匈牙利事件,使社会主义阵营处于危险之中。在这重要时刻,以毛泽东为首的党中央,先后发表了两篇论无产阶级专政的历史经验的重要文章,并帮助苏联共产党正确地解决了波、匈事件,才使局面稳定下来。这当然大大提高了中国共产党在国际共运中的威望。但是由于赫鲁晓夫修正主义集团顽固地坚持其大国沙文主义的立场与修正主义路线,不仅企图控制中国,而且要全世界的共产党都跟随他的指挥棒转,中国共产党当然不能屈从,这就展开了为期十年的中苏论战。斗争的性质是世界共运中马列主义路线与现代修正主义路线的严肃斗争。斗争的焦点是对帝国主义的态度,特别是对美帝国主义的态度。苏共二十大的核心口号是"和平共处""和平过渡"与"和平竞赛"。他们所谓的"和平共处",实质上是要求与美帝国主义者实行无原则的妥协。这样一来,就把一个党的错误路线规定为国际共运的总路线,并要全世界的共产党都顺从,如果实行这条总路线,资本主义国家的共产党都要放弃革命,实行和平过渡,殖民地半殖民地国家的共产党也应当放弃民族独立和解放的斗争,以免引起"战争的火星"。从其实质看,这是一条不折不扣的投降帝国主义的路线。以毛泽东为领袖的中国共产党,是忠于马列主义的党,是视人民利益和马列主义的原则为生命的党,当然不能屈从这样的路线。因为屈从这条路线,就意味着断送世界革命,就是背叛全世界无产阶级和广大人民的最高利益。因此,我们必须挺身而出,与现代修正主义者进行英勇的斗争。但是由于大敌当前,帝国主义还站在我们身边,国际共运内部,社会主义阵营内部,还是以不破裂为好。我党中央是自始至终高度重视维护团结这一原则的。所以这一场斗争仍在有理、有节的限度内进行。团结的局面能多拖一天就多拖一天。这一点我们从吴冷西同志的著作中是看得很清楚的。

值得称道的是,在为期十年的论战中,我党发表了一系列有高度理论价值的文章。这些文章都是经过我党中央领导集体讨论,又经过毛主席亲笔修改的。即使今天读来,依然感到马列主义震撼人心的生命力和夺目的光彩。这些文章,除了"关于无产阶级专政的历史经验"和"再论无产阶级专政的历史经验"等不朽的篇章以外,还有著名的"九评",尤其第九篇"关于赫鲁晓夫的假共产主义及其在世界历史上的教训"及"关于国际共产主义运动总路线的建议"等著名论著,对国际共运和指导我们的行动,将有长远深刻的意义。出版部门如果能将这些文章辑录重印,用来教育我们的党员,对加强党建工作将是大有裨益的好事。

从赫鲁晓夫篡党夺权上台到赫鲁晓夫被赶下台,在为期十年的论战中,我党中央的确为此花去了不小的精力,但这场斗争既是不可避免的,意义又是十分重大的,其收获也是不容低估的。

第一,这场斗争不仅教育了我们党,而且教育了全世界的共产党人。可以说在这以前,我们党的大多数人对什么是马列主义路线,什么是修正主义路线,并不是弄得很清楚的,而经过这次对修正主义路线的大揭露,人们的认识大大提高了,对两条路线的分歧比较清楚了。这就使他们能够进一步坚定自己的革命立场,不能说这不是一个重大的收获。

第二,经过对赫鲁晓夫、陶里亚蒂等现代修正主义者的揭露,使国际修正主义者的阵地削弱了,处境比较孤立了。从斗争中我们逐步认识到,在国际共运中,修正主义的根子是很深的,尤其在欧洲,其影响力是很大的。加上赫鲁晓夫大国沙文主义的指挥棒,遂使修正主义的气势相当嚣张。在布加勒斯特罗马尼亚一个党的代表会上,赫鲁晓夫的指挥棒竟使几十个党对阿尔巴尼亚及中国共产党群起而攻之,这太不正常了。同时也说明修正主义者仍然占有优势。但随着斗争的展开,某些修正主义头子无论在党内外都逐渐孤立了,他们顶不住了,最后要求停止论战,以至于赫鲁晓夫连个像样的分裂会议也开不成。这自然说明马列主义的伟大胜利。

第三,反过来看,如果我们在赫鲁晓夫修正主义的威胁下屈服,不起来斗争,又会出现什么局面呢?那将是世界共运形势的全面逆转,那将是正在风起云涌的民族解放运动和各资本主义国家革命的偃旗息鼓,那将是帝国主义侵略气焰的进一步高涨,本来是东风压倒西风的局面会一举变为西风压倒东风了。幸而我们没有走这条道路。而经过这场斗争,尽管没有把修正主义的力量完全压倒,但至少遏止了世界共运的全面逆转,应该说这是一个很大的胜利。

回顾这场斗争,已过去三十多年了。它的深远的历史意义与现实意义,现在已经显示得更加清晰了。我们当时还不理解的问题,现在可以认识得更加深刻了。在"九评""关于赫鲁晓夫的假共产主义及其在世界历史上的教训"中,我党就发出了对苏共预言性的警告。吴冷西在介绍该文第三部分时,曾扼要地概括说:"由于赫鲁晓夫实行修正主义路线,现在在苏联的新资产阶级分子不仅在数量上空前地增长,而且在社会地位上也有了根本的变化。在赫鲁晓夫上台以前,他们在苏联社会上并不占统治地位,而在赫鲁晓夫上台之后,随着赫鲁晓夫逐步篡夺党和国家的领导权,新资产阶级分子在苏联党、政、经济、文化等部门占据了统治的地位,形成了苏联社会上的特权阶层。这个特权阶层,就是苏联资产阶级的主要组成部分,就是赫鲁晓夫修正主义集团的主要社会基础。而赫鲁晓夫修正主义集团,就是这个特权阶层的政治代表。"文章说:"由于赫鲁晓夫的修正主义,伟大的苏联人民用血汗创立的世界第一个社会主义国家,正面临着空前严重的资本主义复辟的危险。"看看今天,这种预言不是在苏联和一系列社会主义国家中完完全全地兑现了吗?这不是最充分地证明了那场国际范围内反对现代修正主义斗争的深远意义了吗?

在这场旷日持久的伟大斗争中,我党显然处于风暴的中心。随着斗争的展开,我党充分显示了高度的马列主义理论水平和运用唯物辩证法的纯熟,显示了捍卫马列主义原则的勇敢坚定和对世界革命的热忱,也显示了我党的集体智慧和团结力。如果说当年反对第二国际修正主义的旗手是列宁,那么这场伟大斗争最英勇的旗手就是毛泽东。这场斗争是完全可以与当年列宁反对第二国际修正主义的斗争相媲美的。

这场斗争的烟云早已化为历史的化石。但是在国际上我们与帝国主义的矛盾依然存在,作为帝国主义的助手的修正主义还是存在,在社会主义国家两条道路两条路线的斗争还是存在。因此,好好读读吴冷西同志的这部著作,重新温习这段历史,还是有很大好处的。

1999 年 9 月 21 日

在新世纪的门槛上

现在,我们正踏在新世纪的门槛上。伴着我们这一代走了大半生的20世纪,即将与我们告别。新世纪已赫然来到面前。对于即将逝去的世纪,人们已在纷纷议论。且不说,"告别革命"的先生们早就抱怨历史没有按照他们的意志行进,即使那些在共产主义旗帜下举过手,宣过誓,跟着革命队伍走过来的人,也不乏低头悔罪之徒,甚至有指责20世纪为"共产主义碰壁的世纪",马克思、列宁、毛泽东为"乌托邦"者。这就不能不引起我们的思考了。作为这个世纪战斗过的人,至少作为这个世纪的见证者,我们必须说出自己的看法。

一、一个伟大而辉煌的世纪

我想说,20世纪是世界无产阶级和广大人民艰苦战斗的世纪,也是人类历史上一个伟大而辉煌的世纪。这一评价,不仅出自我们这一代人的感情,也是实实在在的事实。

(一)伟大的十月革命。列宁领导的俄国十月革命,具有无可否认的历史意义和世界意义。这个革命之所以伟大,在于它为全人类开辟了通向未来的光明道路,并且展示了人类根绝私有制,消灭一切剥削、压迫,实现理想世界的可能。十月革命不是已往革命的重复,它的炮声迎来的是人类的黎明。

(二)世界反法西斯战争的伟大胜利。以苏联人民为主力军的世界人民赢得的胜利,扫除了帝国主义中最丑恶的法西斯瘟疫,避免人类重新陷入中世纪的灾难。随着德、意、日法西斯的覆灭,东欧及朝鲜等一系列国家的解放,大大壮大了世界革命的力量。

（三）中国革命的伟大胜利。中国革命是人类历史上艰苦卓绝的最伟大、最壮观的革命之一,其经历时间之漫长,动员之广大与革命之深入,尤其中国工农红军史无前例的二万五千里长征,不愧为人类牺牲精神的典范。由于中国革命的胜利一举突破了帝国主义的东方战线,大大改变了社会主义阵营与帝国主义阵营力量的对比,使世界局势发生了巨大变化。

（四）亚、非、拉殖民地半殖民地的革命。这一革命在世界社会主义阵营的支援下,形成了世界革命的相对优势。菲德尔·卡斯特罗领导的古巴革命,是本世纪社会主义运动的后起之秀,直到今日仍是傲然屹立的社会主义阵地。

这就是本世纪人类一幅辉煌壮丽的画图。应该说,马克思列宁主义和毛泽东思想是贯穿这幅画图的灵魂。它的实践者是全世界英勇的无产阶级和广大的人民群众。他们付出的牺牲是巨大的,他们的献身精神是可歌可泣的,在他们身上,人类的美好品质得到最充分的体现。尽管他们走过的道路血流成河,但革命的巨流终于将资本主义的半边天冲垮了。世界上 1/3 的人口,从资本主义的污泥浊水中冲出来,向着美好的目标迈出了一大步。这是本世纪战斗过的人永远引以为自豪的。

二、社会主义的优越性无可置疑

自从崭新的社会主义制度在地球上出现,便与衰亡着的资本主义制度展开了无情的竞争和竞赛。如果说人们的社会实践是检验真理的标准,历史已经宣告社会主义制度具有无可置疑的优越性。

前苏联和中国的例子是最明显的。

革命前的俄国,按领土来说在世界各国中占第 1 位,按人口来说占第 3 位（仅次于中国和印度）,按工业品总额来说占世界第 5 位,占欧洲第 4 位。它拥有的现代生产工具,等于英国的 1/4,德国的 1/5,美国的 1/10。在国内重工业的部门中,外国资本家主宰着一切。而在十月革命后,从 1930 年到 1937 年期间,苏联工业产值每年的增长速度平均约为 20%,同一时期,资本主义国家每年的增长速度,平均只有 0.5%。苏联工业的增长速度,比各主要资本主义国家工业在其兴旺的时代的增长速度,高过许多倍。例如美国工业产值每年的增长平均如下:19世纪最后30年为5％,1901—1929年期间为4％。美国学者莫里斯·迈斯纳在回顾这段历史时曾说:在那些比较晚出现在工业舞台上的国家中,德国、日本和苏联这3个国家是成功地实现了工业化的最突出的历史范例。在1880—1914年期间,德国的经济每10年的增长速度为33％(人均17％);日本在1874—1929年期间每10年的增长速度为43％(人均28％)。苏联在1928—1958年期间每10年为54％(人均44％);而在毛泽东时代的中国,在1952—1972年,每10年的增长率高达64.50％(人均34％);中国的经济发展并不像许多西方记者错误地告诉读者的,是以"蜗牛速度向前发展"。又据世界银行统计,1950—1970年,除日本外,一般工业国家增长5倍,中国则增长了15倍。中国40年走完英国100年的路程。

  以上这些本来都是已被历史证实的确凿无疑的事实,然而在毛泽东逝世之后这些年硬是被一些人把水搅浑了。

  何况经济的发展速度,作为社会主义制度的优越性,不过是其表现之一,它尤其表现在社会的巨大进步和人在精神上的解放。由于新的社会主义制度的确立,剥削制度的消灭,人由被迫出卖劳动力的雇佣奴隶,成为自己国家真正的主人。这才是千金难买,人间最可贵的。至于他所享受到的工作权、教育权、休息权以及相应的福利设施,我国人民已有亲身体验,此处就毋庸详述了。

  我所以称赞社会主义制度比资本主义制度无比优越,是说它从根本上改变了私人占有的生产关系,消灭了剥削,并非说一切都会立刻尽善尽美。一切制度在其发展过程中都是由不完善逐步完善的。共产主义是一个人类崭新的社会制度,是千百万群众的事业,是依据无产阶级和人民大众的意志,按照客观规律,不断地创造着和完善着。在其发展过程中出现一些缺点和错误、挫折和曲折,几乎是不可避免的。这才是从整个历史过程看问题,这才是从历史唯物主义的观点看问题。有人咬住一点缺点错误不放,喋喋不休,动辄以贬损诬蔑革命为能事,仿佛革命导师反不如他高明,这种人其实不过是"斥鷃每闻欺大鸟,昆鸡长笑老鹰非"罢了。

  美国学者莫里斯·迈斯纳还在他的《毛泽东的中国及后毛泽东

的中国》一书中,特意引了伟大的英国历史学家 E. H. 卡尔在结束他宏伟的多卷本苏联历史著作时发出的警告:"危险并不在于我们去掩盖革命历史中的巨大污点,去掩盖革命带给人类的痛苦的代价,去掩盖在革命的名义下犯下的罪行。危险在于我们企图完全忘却并在沉默中无视革命所取得的巨大成就。"迈斯纳接着说:"卡尔的话不仅适用于苏联,也适用于中国。不幸的是,革命本身很难有助于使自己获得公允的评价……正是毛泽东时代的污点,尤其是'大跃进'和'文化大革命',深深地留在当代的政治意识和历史意识之中,人们不能够也不应该忘记这些事件的巨大失误及其造成的巨大的人员损失。但是,未来的历史学家在看到这些污点和罪行的同时,肯定会把人民共和国历史上的毛泽东时代(无论他们对此作何评价)作为世界历史上伟大的时期之一,作为一个取得了社会成就和人类成就的时期。"

看,西方的学者尚有如此清醒的看法,我们就更应该客观和公允了。

三、世纪末的悲剧

发生于 80 年代末和 90 年代初的东欧变质和苏联解体是本世纪的最大悲剧。其性质是资本主义在已经建立起社会主义制度的国家内重新复辟,这是毫无疑问的。尤其苏联是世界上第一个社会主义国家,且已经建国 70 余年,一夜之间土崩瓦解,不能不格外震撼人心。这场大悲剧使一切共产党人和进步人士痛心疾首,使帝国主义阵营和其他反动派兴高采烈,也使许多中间人士更加动摇,本世纪曾经一度风起云涌的革命高潮,顷刻陷入共运的低谷。有一本名叫《围城》的小说,有一句台词是"城里的人都想冲到城外,而城外的人却想冲进城内"。本世纪末也竟出现了这样一幅迷离错综的图画:处于资本主义困境中的劳动者总想冲出"城"外,寻找新的世界;而社会主义国家的一些人却想冲进"城"里,把资本主义视为梦中的天堂。结果"城"里的人还没有冲出来,而"城"外的人已经深深陷入护城河中去了。

一个建立起社会主义数十年的国家,竟然会遭逢资本主义复辟的命运，这是出人意料的，甚至是一般人想也没有想到的。能够清醒地看到这种危险的，只有极少数人，他们的代表人物就是毛泽东。他远在1956年就预见到了这种危险的萌芽，并起而抗争，这就是为期十年的中苏论战，也就是那场著名的反对现代修正主义的斗争。今天回头看来，这场斗争的意义是何等重大何等深远啊！也许只有列宁当年反对第二国际老修正主义者的斗争才能与之相比。可惜这场斗争未能取得当时苏共队伍内部更广泛的响应，以致苏共的修正主义势力坐大，积重难返，形成了今天的悲剧。这不能不引为共运历史上的沉痛教训。

至于说到前苏联、东欧等国资本主义复辟的原因，曾流行过一种极其浅薄的平庸之见，即认为苏联之所以垮台，是由于经济没有搞上去才造成的。以苏联的国力与经济力而论，苏联是当时世界上惟一能与美国并肩的国家，怎么能说成是经济没有搞上去呢？从人均收入来说，苏联当时的人均收入是一年5000美元，中国的人均收入一年不过300美元，以300美元来嘲笑人均收入5000美元的国家经济没有搞上去，岂不是太可笑也太缺乏常识了吗？

前苏联等国资本主义复辟的教训，是一个重大严肃的课题，是值得我们几代共产党人认真研究、深长思之的。

近年来已有不少文章进行了探讨，复辟的原因已经越来越清楚了。一般认为，剧变发生的外因和内因都是不可忽视的。外因主要是帝国主义的和平演变战略加强了。自从美帝国主义的武装侵略在东方遭受挫折之后，便开始采取对社会主义国家的和平演变战略。尼克松的《1999：不战而胜》就是最明显的例子。但是仅有外因，没有内因是不能成功的。外因是通过内因起作用的。前苏联和平演变的内因，主要是党内的修正主义集团篡夺了党的最高领导权，并与内部一切反社会主义的势力结合起来，以政策开路，有计划地一步一步地改变社会主义国家的性质。应当说，在苏联这一过程是从斯大林逝世、赫鲁晓夫上台开始的。尽管赫鲁晓夫表面上还打着共产主义的旗号，但实际执行的却是一条修正主义的路线以及一系列修正主义的政策。毛泽东说，量变就包含着部分质变。于是由量变而质变，终于在30年后由赫鲁晓夫的徒子徒孙戈尔巴乔夫等人来完成了这场剧变，使希特勒的数百万大军没有攻破的共产主义壁垒在一夜之间崩塌了。"卫星上天,红旗落地"成了被不幸言中的现实。现在的苏联人民已陷入深深的苦难之中,生产下降了一半,比当初打了四年的苏德战争,其损失和破坏还要巨大。苏联、东欧等国提供的教训是何等惨痛啊!

令人愤慨的是,一些人为了把水搅浑,反而把前苏联的垮台说成是"苏联模式""斯大林模式"的失败,这不是故意颠倒黑白、张冠李戴吗?这种手法岂不是太可耻了吗?

综观20世纪末的悲剧,足见现代修正主义影响之深,泛滥之广,欺骗性之大,为害之烈,使历史至少倒退了数十年,使亿万革命群众和无产阶级英雄儿女的鲜血付诸东流了!这个教训实在太深刻、太惨痛了!因此,在反对帝国主义的同时,彻底进行反对现代修正主义的斗争不能不是世界共运具有关键性的重大任务。列宁说:"反对帝国主义的斗争,如果不同反对机会主义的斗争密切联系起来,就是空话和谎言。"①可见反对帝国主义的斗争同反对机会主义的斗争是不可分割的。

四、现代修正主义的若干特征

根据对苏联、东欧等国复辟资本主义的观察,现代修正主义具有如下的特征:

(一)打的是社会主义的旗子,走的是资本主义的路子。他们一般都依然打着马克思主义或种种社会主义的旗号,但却以实用主义的手法阉割其革命的灵魂。他们口头上挂着人民群众,实质上却代表着新旧资产阶级的利益,是以复辟资本主义制度为目的的。他们共同的手法是欺骗。因为他们深深懂得,在社会主义国家内以反社会主义的面貌出现,是不得人心的,是无法得逞的。因此,他们往往以改革社会主义社会的弊端为名,干的却是改变社会主义制度之实。他们有时甚至只做不说,或者做成再说。他们是从来不说出自己真实的动机和目的的,仅仅以实用主义的口号和眼前的利益吸引群众,实际上却天天都在改变着社会主义的生产关系,破坏着社会

---

① 见《列宁选集》第二卷,第686页。

主义的经济基础,一步一步地把人民引向资本主义的深渊。等到人民觉察时大势已去,为时已晚。戈尔巴乔夫其人直到前苏联社会主义大厦倾覆时才最后说出他"一生的主要事业已经完成了"。原来他的本意就是要改变苏联的社会主义制度。他在回忆录中坦率承认,他是从大学时代开始对共产主义怀疑的,并认为:"只有从这个制度的顶端,才能有效地改革这个制度。"他一生的事业确实完成了。

（二）在国际问题上,对帝国主义妥协退让,实行无原则的和平共处,是现代修正主义者的共同特征。因此他们必然放弃无产阶级国际主义的旗帜和反帝的旗帜。赫鲁晓夫的"和平共处"与戈尔巴乔夫鼓吹的"全人类的利益超过一切阶级、集团的利益"就是他们的口号。列宁说,帝国主义是无产阶级革命的前夜,现在是帝国主义与无产阶级革命的时代,其实并没有过时,但却被他们丢到九霄云外去了。

（三）在社会主义国家内部,现代修正主义的显著特征是推行全民国家全民党的主张,或借口所有制改造的初步完成,不再提或漠视无产阶级与资产阶级之间的阶级斗争,包括在意识形态领域中相当激烈的阶级斗争。他们这样做,实质上不过是放任资产阶级思想对无产阶级的进攻。苏联、东欧等国几乎没有一国不是造成极端的思想混乱而垮台的。前美国驻苏大使马特洛克在其《苏联政变新历记》中曾说:"只要苏联领导人真的愿意抛弃这个观念（指阶级斗争的学说）,那么他们是否继续声称他们的指导思想为马克思主义也就无关紧要了。这已是一个在别样的社会里实行的别样的'马克思主义',这个别样的社会则是我们大家都可以接受的。"这句话确实说到了要害处。放弃阶级斗争,是社会主义国家垮台的致命因素。

（四）在建党思想上,他们同样是以全民党或阶级斗争熄灭论为指导的。对外既讳言与资产阶级的阶级斗争,对内也不强调改造党员的非无产阶级思想,更缺乏进行系统的马克思列宁主义教育,作为无产阶级先锋队的党员,就这样逐渐消融在一般的群众之中。再加上党的民主集中制遭到破坏和缺乏诚恳的批评与自我批评,使党既缺乏严整的纪律,更缺乏生动活泼的民主生活,党也就逐渐丧失了先进性、战斗性与无产阶级的本质。甚至日渐腐化堕落,脱离人民,党也就变成各阶级和平杂居的俱乐部和争名逐利的团体了。

（五）在建设路线上,他们共有的特征是对市场经济万能论和私有制驱动力的迷信。为了扫除改变社会主义制度的强大阻力,他们声嘶力竭地把计划经济贬斥为"斯大林的模式",把它说得一无是处,而实际上却难以解释苏联为何在短短的时期内发展为如此强大的国家。其目的无非是以资产阶级的新自由主义来代替马克思主义的政治经济学,以资本主义的私有制来代替已经实现的公有制而已。

（六）在依靠谁的问题上,他们天天都说依靠人民,依靠工人阶级,实际上却天天都在改变其主人翁的地位,收回其已经到手的福利,并且使其沦为资本的雇佣奴隶。而其真正依靠的却是党内外的资产阶级,把无产阶级专政演变为资产阶级专政。

（七）现代修正主义的社会基础与阶级基础,是社会主义国家中新生的资产阶级分子和党内的特权阶层。由于在社会主义阶段忽视阶级斗争和对资产阶级法权不加限制,党内便会出现特权阶层。这个阶层是倾向资本主义的,因为资本主义会带给他们更大的利益。他们与国外帝国主义的影响相呼应,企图改变社会主义制度,几乎是不可避免的。一个马列主义的党,必须坚决展开对修正主义的斗争。

五、"补课论"必须深入批判

一个时期以来,一种流行甚广的修正主义理论就是"补课论"。也就是说,社会主义国家应当进行资本主义补课。其论据是,现在的社会主义国家,例如俄、中等国都是原来经济、文化落后,资本主义尚未充分发展的国家。这些国家的社会主义革命都是不应当发生而发生的,都是不满月的"早产儿"和"畸形儿"(这话从他们的老祖宗考茨基一直讲到现在)。因此,重新补上这一课作为一个必要的阶段是不可少的。这就是被人称之为的"早产论"和"补课论"。

的确,像前苏联和中国等许多社会主义国家的情况都是这样。但是我们何不进一步想一想,难道历史上发生的这一切都是偶然的吗？马克思什么时候说过社会主义革命只可能发生在资本主义最发达、最成熟的国家呢？资本主义链条在它最薄弱、矛盾集中点的地方，或各种革命条件已完全具备的地方断裂，为什么就不可以呢？这难道不是最可怜的教条主义和机械论吗？幸亏列宁和毛泽东都不是这样的人。在这一点上，他们才是真正的革命者，富有创造性的伟大的马克思主义者。列宁早就从理论上粉碎了这种论调。他在《论我国革命》中说："'俄国生产力还没有发展到可以实行社会主义的高度。'第二国际的一切英雄们，当然也包括苏汉诺夫在内，把这个论点真是当做口头禅了。"但是列宁接着问道，既然如此，"我们为什么不能首先用革命手段取得达到这个一定水平的前提，然后在工农政权和苏维埃制度的基础上赶上别国人民呢？"①毛泽东与列宁的见解相同。他不仅从理论上并且在实践上适时地进行了从新民主主义革命到社会主义革命的转变。中、俄两国都以其辉煌的速度，建成了完整的工业体系。这不都是万众瞩目的事实吗？

　　马克思曾经预言，资本主义必将被社会主义所代替。但是他并未说过社会主义革命必然在资本主义最成熟、最发达的国家首先发生，更没有说过，在经济比较落后、资本主义不甚发达的国家不能发生和不应发生。现在的情况是社会主义革命恰恰发生在东方资本主义发展仅有一定程度的国家里。是否能武断地说，这是违反了社会主义革命的规律呢？看来不能这样说。根据本世纪已经出现的情况，也许资本主义的链条首先从薄弱的环节裂断，反而合乎正常的规律。有出息的马克思主义者，真正的无产阶级革命家，完全没有必要依据资本主义是否高度发展而束缚自己的手脚。因为革命的爆发，其因素是多方面的，生产力的发展水平不过是其中的一个因素，但绝不是惟一的因素。从俄国革命和中国革命的发生看，当时都是矛盾的集中点，主客观条件都已完全具备，包含着深刻的历史必然性。我们高兴也罢，不高兴也罢，它都是要发生的。那种把生产力发展水平视做惟一标志的人，不承认其他因素的人，只能证明不过是庸俗的生产力论者和机械论者罢了。

　　列宁曾经明确指出，要使社会主义革命在一个国家内取得胜利，只要具有像革命前的俄国那样的中等资本主义发展水平就可

---

① 见《列宁选集》第四卷，第777页。

以；同时工人阶级依靠自己的政权，可以同全体劳动人民一起，在过渡时期中克服本国经济和文化的落后状态。毛泽东接着指出："列宁指出的那句话很对。一直到现在，社会主义革命成功的国家，资本主义发展水平比较高的，只有东德和捷克；其他的国家，资本主义发展水平都比较低。西方资本主义发展水平很高的国家，革命都没有革起来。列宁曾经说过，革命首先从帝国主义世界的薄弱环节突破。十月革命时的俄国是这样的薄弱环节，十月革命后的中国也是这样的薄弱环节。"①

从列宁和毛泽东的思想，我们可以深刻领会到生产力与生产关系之间的辩证关系。一方面我们要承认生产力的决定作用。同时也要承认生产关系以及作用。毛泽东认为："一切革命的历史都证明，并不是先有充分发展的新生产力，然后才改造落后的生产关系，而是要首先造成舆论，进行革命，夺取政权，才有可能消灭旧的生产关系。消灭了旧的生产关系，确立了新的生产关系，这样就为新的生产力的发展开辟了道路。"②一句话，毛泽东认为，不是先有充分发展的新生产力，然后再改造落后的生产关系，而是先造成新的生产关系，才能使新的生产力充分发展。

从资本主义生产力与生产关系的发展史看，就是如此。

以英国为例。英国的资产阶级革命是从17世纪开始的。革命前自然具备了必要的社会经济前提。事实上英国的农奴制度在14世纪末已经解体，资本主义经济在封建社会内部逐渐成长，工场手工业也相当繁荣，商业势力已扩展到海外。但在资产阶级革命前，资本主义经济还不占主导地位。1660年10月，英国的资产阶级和新贵族在国会的选举中取得胜利，与专制王权的斗争进一步激化了，此后经过数十年曲折复杂的复辟和反复辟的斗争，于1689年方才取得了革命的胜利。但是这一革命仅仅为英国资本主义的进一步发展扫清了道路，一百年后，英国发生的工业革命，才使英国成为大机器工业的发源地。众所周知的瓦特的蒸汽机就是这时（1784年）发明的。这正说明，毛泽东的论断，即先改变旧的生产关系，才

---

① 见《毛泽东读社会主义政治经济学批注和讲话》，第88页。
② 见《毛泽东读社会主义政治经济学批注和讲话》，第170页。

能出现新的生产力的大发展是正确的。

以无产阶级领导的社会主义革命为例,也是如此。本文已就俄、中两国的实例作出充分的说明,不需再重复了。如果依照某些政治庸人的见解,以生产力的发展作为革命因素的惟一标准,列宁是绝不应当发动十月革命的,他必须等到落后的俄国生产力达到美国的水平(也许需要几百年)方才举事,那是不会有20世纪的这段历史。如果中国也按照这些庸人的看法,则应当在大陆上革命取得胜利以后,至少插上一百年以上的资本主义发展阶段,让资产阶级充分发展起来,等到几百年后再发动人民起来以第二次流血的方式来推翻它。请问世界上有这样的蠢人吗?

"补课论"在我国的广泛流传,绝不是偶然的。它其实不过是"爱资病"患者拒绝社会主义、复辟资本主义的借口罢了。这种"理论"危害甚烈,流传甚广,是必须深入批判的。

六、新世纪的展望

总之,20世纪是一个伟大而辉煌的世纪,一系列社会主义国家的出现和民族解放运动的兴起,毕竟是人类取得的巨大进步。尽管世纪末的悲剧使它遭受到极大的挫折和反复,但只要温习一下历史的进程,就是不难理解的。历史上各种不同性质的革命,如果它是真正的革命,很难是一帆风顺、没有反复的。资产阶级革命就是如此。例如英、法等国的资产阶级革命就都经过复辟与反复辟的反复斗争。何况无产阶级的社会主义革命,其性质是根除私有制的革命,它的深刻性和复杂性远远超过任何革命,怎么能够设想不经反复交战一举成功呢?客观地看,资本主义与社会主义谁胜谁负的斗争,不论在一个国家内或者在世界范围内,都将是一场长期的、持续的、不可调和的斗争。虽然斗争的双方力量的消长会有不同的变化,只要矛盾没有解决,这个斗争就会继续下去。所以世纪末出现的社会主义低落的悲剧,绝不是共产主义的终结。它只不过是一个回合的结束和另一个回合的开始。人们将认真研究世界共运的历史经验,吸取教训,面向未来,重整队伍,再振旗鼓,在全世界无产阶级联合起来的口号下,在马克思主义的旗帜下,迎风搏浪,再一次迎接新的胜利！

人们看到,世纪末出现共运低潮不久,由亚洲金融危机触发的世界资本主义的经济危机也随之出现了。这真是一个戏剧性的变化。这个变化明确无误地告诉全世界的资产阶级：你们不要高兴得太早了！你们未来的日子不一定是很好过的！这场危机目前正在发展之中。许多有见识的经济学家已经看到,这场危机不同一般,许多地方有类似1929年至1933年那次世界资本主义经济危机的征兆。事实的发展如果真是这样的话,其深刻性在于它必然引起革命危机的出现,而使各种矛盾更加激化为燎原之火,使世界出现新的革命形势。一切有志于为改变人类命运奋斗的人们,将把共产主义的低谷再次引向新的世界革命的高潮,这不是不可能的。

21世纪已经来到眼前。如果我们想对新世纪的前景作出比较可靠的判断,我们就得向我们的导师——伟大的列宁请教。他的《帝国主义是资本主义的最高阶段》仍是我们分析现实的经典。近些年来,不少人为资本主义经济上取得的某些发展所迷惑,而认为列宁的论断过时了。他们说,资本主义明明白白还在发展嘛,怎么能说它腐朽、垂死了呢？其实列宁在本书中说得很清楚："如果以为这一腐朽趋势排除了资本主义的迅速发展,那就错了。不,在帝国主义时代,某些工业部门,某些资产阶级阶层,某些国家,不同程度地时而表现出这种趋势,时而又表现出那种趋势。整个说来,资本主义的发展比从前要快得多,但是这种发展不仅一般地更不平衡了,而且这种不平衡还特别表现在某些资本最雄厚的国家(英国)的腐朽上面。"[①]何况列宁讲的"垂死阶段"是指一个历史阶段,一种趋势,并非像一个人一样危在旦夕,立刻寿终正寝。如果我们认真研究一下帝国主义的现状,就会发现列宁概括的帝国主义的五个特征,一个也没有变,变的只是列宁指出的帝国主义的垄断性、寄生性和腐朽性等方面成倍地严重化了。以资本的集中和垄断来说,现在全世界100家最大的跨国公司竟集中控制了14000亿美元的年销售额。跨国公司占有了全世界贸易的2/3。事实上它们已成为全球经济的主宰,这是何等惊人！以资本主义的寄生性和腐朽性来说,列

[①] 见《列宁选集》第二卷,第685页。

宁曾经指出，帝国主义作为其重要经济基础的资本输出，使食利者阶层完完全全脱离了生产，在世界商业最发达的国家，食利者的收入竟比对外贸易大4倍。这是当年的情况。现在更严重了。据经济学家提供的资料，60年代以前，美国的外汇交易还是以商品进出口为主。至1976年即急剧下降到23％，1981年再下降到5％，1992年竟下降到2％以下。其余98％的金额都用做搞金融投机、赌博去了。整个美国经济，自本世纪70年代以来，一方面是各种金融工具及其衍生品的投机、赌博活动空前猖獗，赌博金额的空前增长；另一方面则是物质生产在国内生产总值中所占的比重急剧下降。现在所谓的"市场经济的全球化"，不过是在广大发展中国家为这种投机资本、食利资本提供超额盈利的场所罢了。

列宁曾经提出，我们的时代是帝国主义与无产阶级革命的时代。从半个多世纪以来的现实看，这个看法并未过时。自从第二次世界大战结束以来，帝国主义除了直接出兵侵略弱小国家，为了控制更多的殖民地，还不断利用民族宗教纷争挑起内战。无论东方或西方，大大小小的战争一直连绵不断。不久前还发生了以美国为首的北约对南联盟发动的侵略战争。据统计，第一次世界大战死了2000万人，第二次世界大战死了5000万人，而二次大战以来的数十年间这些大小战争的死亡的总人数却已达7000万人。所谓和平与发展只不过是好心人的主观愿望罢了，实际上是并不存在的。这个时代所存在的几个基本矛盾，例如帝国主义统治者与其本国无产阶级和广大人民之间的矛盾，帝国主义与第三世界国家之间矛盾，帝国主义之间的矛盾以及帝国主义与原社会主义国家之间的矛盾，不仅继续存在，而且将继续发展。如果我们承认这一基本事实，那么在21世纪里将仍然是这些基本矛盾错综复杂、相互交织的激烈斗争。

应当指出，随着世界资本主义经济危机的进一步加深，上述各种矛盾必然激化。现在，在整个地球上穷和富的两极分化比任何时期都要突出。据统计，世界上358名亿万富翁所拥有的财产，相当于25亿人，即几乎世界上一半居民的所有财产。据联合国秘书长安南关于人类发展状况的报告，世界上1/5的穷人只消费着商品的1.3％，几乎只有30年前2.3％的一半。世界上最富有的3个人拥有的财产，竟超过48个最不发达的国家。另据统计，从70年代至今

20多年的时间里,世界范围的贫富差距急剧扩大。即从1970年最富的20%比最穷的20%的平均收入差距高30倍,到1991年这一比率扩大为61倍。也就是说,资本主义五百年的最后20多年贫富差距拉大的幅度,可以与前480年相比。现在,就是资本主义最发达的国家,劳动人民的生活水平也在下降。美国经济学家拉若其说过,今天美国的一个劳动人口,平均拥有的物质产品和劳动条件仅仅相当于25年前的一半。尽管今天人们有了更多的货币收入,但实际购买力却下降了一半。何况越来越严重的失业率,对人民群众仍是一个致命的威胁。据估计,随着科技的进一步发展,未来的世界起用有劳动能力居民的20%即足以维持世界经济的繁荣,而80%希望工作的人却没有工作岗位。如果资本主义制度不加以改变,人类将无法生存了。至于不发达的第三世界国家,随着帝国主义资本的全球化,受到的控制和剥削将越来越严重了。其沉重的负债率已使这些国家难以从穷困中翻过身来。目前在非洲的人口中,每10人就有4人挨饿或营养不良。在加纳死亡人数中的一半是5岁以下的幼儿。资本主义世界的经济危机一旦爆发,当代世界的几个基本矛盾都会随之激化,革命危机与战争危机都是不可避免的。

　　帝国主义为了摆脱困境,转嫁危机,必将进一步加强对世界市场的争夺。尤其居于惟一超级大国的美国,其称霸世界的野心已膨胀得难以收敛了。现在它已成为全世界人民最凶恶的敌人,同时也是当代四大矛盾的集中点。不仅第三世界,而且中国和原苏联地区都将是它下步打击和控制的目标。战争的危险显然不是减少而是大大增加了。善良的人们不加警惕是必然会吃大亏的。全世界人民必须团结起来,结成统一战线一齐对付它。

　　至于原社会主义现在演变为资本主义的国家,资产阶级暴发户与无产阶级的矛盾也必然会加剧起来。应深切理解,已经尝到社会主义甜头并已成为国家的主人,随着他们主人翁政治地位的丧失和生活的恶化,以及面临的生存的威胁,是不会长期沉默的。那些深受马列主义教育的有觉悟的共产主义者,也必然会重新凝聚自己的力量,再度坚强地团结起来,领导人民群众,向资产阶级的代理人进行坚决的斗争。应当指出,在这场斗争中,毛泽东的反修防修、反对资本主义复辟的革命理论,将是最有力最有效的武器。这些武器将把有觉悟的无产阶级武装起来,进行义无反顾的斗争。尽管这种斗争将会遭到镇压,但有经验的革命人民,有可能在资本主义复辟的地方再度首先取得革命的胜利。这是可以期望的。新世纪将仍然是一个艰难斗争的世纪,也将是一个重新掀起世界革命高潮的世纪。让我们勇敢地迎接这个有希望的世纪吧!

1999年7月1日至5日,2000年1月2日校改

警惕"四化"危险

——在《中流》杂志创刊十周年座谈会上的发言

在座的同志都是《中流》的热情的支持者和赞助者,冒着这么冷的天气给我们送来了温暖,送来了热情的鼓励和力量,使我们编辑部的同志深受感动。对此,我表示衷心的感谢,并对十年来一向从精神上、物质上支持我们的海内外读者也致以深深的谢意。

当前社会生活中出现了新的"四化",这不是毛主席、周总理生前提出的社会主义的四个现代化,而是与此背道而驰的西化、分化、腐化和私化。这是在鲜花美酒、欢声笑语掩盖下的深刻的危机,是正在侵蚀我们的党和国家的肌体的四害,威胁着我们的生存。这是我们在看到成就的同时不能不看到,不能不严重地加以关注和警惕的。

这里,我着重谈谈"私化"的问题。最近一位经济学界的朋友告诉我,现在我国公有制经济的比重已经只有25％左右了。如果属实,那公有制的主体地位还存在不存在？然而,在某些经济学家看来,这还很不满足。这里,我不妨举出一个典型人物,此人名叫曹思源,他有个雅号"曹破产"。据说他可能成为21世纪我国学界的三大名人之一,另两位是厉以宁和吴敬琏。曹破产气壮如牛地宣称:"人们有时害怕某些概念的刺激性,便绕来绕去打外围战,结果总也攻不下目标。""在私有化问题上发生莫名其妙的文字游戏,皆因旧的意识形态在挡道。然而,私有化偏偏又是一个无论如何绕不开的问题。不仅绕不开,而且是一个斩不尽、杀不绝,野火烧不尽、春风吹又生,星星之火、可以燎原的玩意儿。"他说:"客观规律不仅决定了国有制比重在过去下降,而且决定了它今后还要下降,一直下降到占全社会生产资料总值的 15% 左右,在竞争领域则要一直下降到零,与绝大多数国家的国有制比重情况大体相同。"请看,曹破产要我们走的私有化之路,不就是和西方一样的资本主义道路吗?看来这个曹破产已经不是他吹嘘的破产法实行以来已经处理了二万四千多起国有企业破产的那个曹破产,而是要使绝大部分国有企业统统完蛋,使成千上万工人下岗的曹破产,使整个公有制为主体彻底完蛋,使建国五十年来亿万劳动者付出成吨血汗积累的财富落入个人腰包的曹破产,使整个社会主义制度变成资本主义制度,使百余年来无数仁人志士为之奋斗的伟大事业付诸东流的曹破产!此人还说,中国共产党应该改名为"社会党"。如果他是社会党党员,代表资本家,那另作别论;如果他还挂着共产党员的招牌,我们只能说他是吃里扒外的内奸。我这里说曹破产,当然不是指曹先生一个人,而是指他们的同类。他们一伙中,有人比他名声更大,地位更高,经常在报刊上以经济学权威或政府高参的名义指手画脚,其危害性更大。改革开放之初,我们党就提出以公有制为主体,其他经济成分为补充。这是向全党、全国人民所作的庄严承诺。尽管后来有不同的提法,但既有主体,就有补充,这是普通的常识。如果把国有资产掏空了,把公有制经济的主体地位放弃了,我们的社会主义制度就会失去经济基础。那时,中国将会是一个什么样的局面?我们靠什么来坚持社会主义制度?靠什么来巩固人民的政权?靠什么来保证全体人民的共同富裕?所以,私化是当前"四化"中为害最烈的一化。

"四化"既然是危害社会主义的四害,我们就要与之作坚持不懈的斗争。1998年《中流》一百期时我曾说过"不改初衷,继续战斗",今天我们的态度依然是:不改初衷,继续战斗!

1999 年 12 月

《谁是最可恨的人》序

最近,几位新闻工作者编了一本书,取名为《谁是最可恨的人》,嘱余作序。我一看这题目:怪吓人!细一看,才知道这里所选的新闻报道,都是近一两年报刊上发表的多数为厅局长一级的腐败案件。我的理解,编者的意思并不是说,世界上除了这些人就没有更可恨的人了,当然不是。例如那些随时都可以把导弹、火箭掷到别国人头上的帝国主义强盗,就仍然是敌人营垒中的元凶。他们是说,书里面的这一类人,是直接骑在人民头上、作威作福、敲骨吸髓的家伙,老百姓对他们已经切齿痛恨了!

说起腐败,记得十年前,1991年元宵节,中央领导在中南海召开过一次文艺座谈会。笔者在发言中曾说:"腐败现象和资产阶级自由化,是党的肌体上两个孪生的毒瘤。如果说有什么足以威胁党的生存,就是这两个东西。"后来这篇发言,曾作为《元宵感言》发表在当年《真理的追求》杂志上。不少同志还记得我当时说过的话。回想当年我说这话的时候,腐败现象虽已渐成气候,但还不是不可遏制的,我那个发言本身,也就饱含着根治它的厚望。想不到十年过去了,腐败顽症不仅没有根除,反而愈演愈烈,愈陷愈深,其泛滥的广度和深度,已经远非昔比了。传说扁鹊为齐桓公治病,最初说他病在腠理,齐桓公一笑置之;后来说他病入肌肤,病入肠胃,齐桓公仍说"寡人无疾";最后病入骨髓,已经无药可治了。现在腐败究竟到了什么程度,大家可以研究,恐怕已经不是"病在腠理"了吧!如果当时发出怨声的,还只是受害的一部分人,则今天已经是千夫所指、万民痛恨了!因此,这几位记者发出如此的呼声,把这些名副其实的官僚资产者、新恶霸、吸血鬼、蛀虫、硕鼠、蠹贼称为"最可恨的人",不是没有缘由的!

应当说,近几年来,中央领导对此花费的力气是不小的,健全法制、检查党纪的力度是大大加强了,反腐倡廉的讲话已是连篇累牍,公安纪检部门的干部更是跑断了腿,但是老百姓头脑中解不开的疙瘩是,为什么腐败问题反而愈来愈严重,腐败案件反而一直在上升呢?为什么犯罪规模反而由个人到集体愈来愈大,犯罪人的官职反而愈来愈高呢?既然关乎党的生死存亡,这个问题能否得到比较彻底或者至少得到令人满意的解决呢?古人说:"善除恶者察其本,善理疾者绝其源。"这无疑是至理名言。那么今日之腐败问题,其根源和症结究竟在哪里呢?

有人说,腐败自古就有,哪个朝代都有,不足为怪。这实际是说腐败是人性的必然,反也没有用。又有人说,腐败是世界现象,各国均如此。这也是一种不可免论。还有一种说法更恶劣,认为腐败是发展经济的必然产物,既不可免,也不可怕。这简直把人人痛恨的腐败现象视为可爱的宝物了。另有一种颇具普遍性的说法,就是高薪养廉,认为今日官吏之贪财,盖出于待遇菲薄,如给以高薪则自然洁身如玉了。实际上这些谬论都是为腐败打掩护的。

我们说,腐败是剥削制度、剥削阶级及其思想作风的产物,并不能说是自古有之的。建国初期,我国边远地区,有的少数民族还遗留着某些古老纯朴的风俗。他们之中谁猎杀了一头野兽,还要分送给大家吃。这里有什么腐败呢?还是后来出现了剥削制度,随着剥削阶级奢靡腐化生活的散播,这才逐渐成为一个民族的痼疾。在中国,腐败的根子无疑是很深很深的。可以说,毛泽东等无产阶级革命家对此是有深刻认识的。因此,在他的一生中对腐败的警惕性是从不懈怠的。当中国革命即将胜利的时候,他就号召全党学习郭沫若的《甲申三百年祭》,用这一页沉痛的历史告诫全党。在三大战役的决战中,他又在有名的七届二中全会上发出警惕资产阶级糖衣炮弹的警告。进城之前,他再次提出"进京赶考"的诤言,要人们千万不要落入李自成的下场。进城不久,他又对某位将军提出严厉的批评,因为这位将军对解放军生活太低,比城市资产阶级生活相差太远发出了抱怨。毛主席说,现在资产阶级的污泥浊水已经淹到了我们的胸脯,我们是要来改造旧的城市的,而不能被资产阶级的污泥浊水所吞没。(大意)毛主席正是用这种无产阶级的彻底革命精神,把为数不过二三百万的党员和解放军武装起来。其结果我们的人不仅没有被资产阶级的污泥所淹没,而且硬是把充斥着腐朽污秽的旧城市改造过来,成为充满着朴素的新风和富有革命朝气的新城市。这是一件多么了不起的事情!接着,经过建国初期的"三反""五反"运动,对刘青山、张子善事件的果断处理,使我党的党风和社会风气出现了从未有过的好时期。不仅做到了路不拾遗、夜不闭户,即使哪个外国人丢了钱,都会有宾馆的服务员为他送到机场。当时,我国是国际上惟一不收小费的国家。就政府官员的清正廉洁来说,这样的国家不仅历史上没有过,恐怕也是世界上惟一的国家了。至今回忆起来,是多么地令人怀念和神往啊!

可是曾几何时,腐败这个毒瘤却神色可疑地悄然出现了。十余年间,由小而大,由少而多,逐步浸润、扩散、蔓延开来,几乎已经成为咄咄逼人的庞然大物,在严重威胁着党的生存。那么,这又是什么土壤和气候促成了它如此恶性的疯长呢?

前几年,郑天翔同志写了一本《论反腐败》的著作。此文先在《求是》杂志上发表,后又出了单行本,成为畅销书,很受群众欢迎。此文在论及腐败现象恶性发展的原因时,认为"市场经济万能论"的流行,是其根本原因之一,尽管不是惟一的原因。我认为郑老的看法,比起其他论著来,要符合实际和接近真理。因为市场经济是以追求最高利润为目的的,它与资本的特性是相伴而生的。马克思一语道破,"资本来到世间,从头到脚,每个毛孔都滴着血和肮脏的东西"。其中不就包括着腐败吗?万润南就曾坦率地说,中产阶级(应读做资产阶级)要发展自己,自然要用手中的钱来换掌权者手中的权,不然它就无所作为。我们在本书中看到,权钱交易已经成为腐败案件中最基本的情节与最重要最习见的方式。权钱交易,或者权、钱、色交易,其实色也是钱的变种。我们那些大大小小的官吏(过去称他们为革命干部,现在很难这样称呼了)的被打倒,几乎无一不是被钱和色所击中。钱和色几乎成了无攻不克的东西。试看湛江大走私案,从副市长到市委书记的儿子,从海关总署稽查司副司长到海关的调查处长、缉私大队长、"打私办"主任、集装箱科长、海关驻港办事处主任等等,凡海关、港务局、港务监督、商品检验、船务代理等部门,无不为走私分子的"金榔头"敲开,走私分子如入无人之境,事实上我们的海上壁垒已经不存在了。这是何等的可怕啊!建国以来,我们的海岸线哪里出过这样可怕的局面呢?当年毛主席再三警告的资产阶级的糖衣炮弹指的不就是这个东西吗?可叹现在我们的不少大小干部,已经深深沉醉在那种香车宝马、流光溢彩、灯红酒绿的歌舞声中,一个每年要吃喝 50 万元的天津市劳动局副局长原晋津曾说:"我已经对那种地方(指歌舞厅等地)上了瘾,心里总想去。一到了晚上就鬼使神差地往那儿跑!"可见他们已经完全变质为吸人民血的官僚资产者了!

这种权钱交易,实质上就是资产阶级的阶级斗争。它不仅会腐蚀共产党,而且会打垮共产党,或者按照资产阶级的面貌来改造共产党。如果讲政治,从政治上看问题,那就不仅是经济领域的阶级斗争,同时也是政治思想领域的阶级斗争。撇开这一点,只就腐败谈腐败,从法律谈法律,那就不能够深刻理解腐败问题的严重性,也不能彻底地解决腐败问题。要知道,法律手段也不是万能的。例如近年来新建的反贪局,不言而喻,是为了对付贪污受贿等腐败行为而设的。但是有的反贪局长上任不久就被拖下水,且连连中箭落马,不得不一再撤换。我们的公检法部门,都是为了对付犯罪行为而设的,但是近年来这些部门的若干环节、若干人被腐蚀下水的也颇不少。本书中所举的全国闻名的三盲(文盲、法盲还兼流氓)院长,就是个知法犯法、破坏法纪的典型。

不久前,我们党举行了古田会议七十周年的纪念活动。这是有重要意义的。古田会议的深刻性在于,在党内我们必须注重用无产阶级思想来武装我们的党员。为此就要经常划清无产阶级与一切非无产阶级思想的界限,并与一切非无产阶级的意识形态进行斗争。所以,我们党纵然一向以农民等小生产者成分为多,党却能长期保持无产阶级的本色,其原因盖出于此。这正是毛泽东建党思想的伟大之处。现在我们党正处在社会主义革命与建设时期,我们党更需要重视划清无产阶级思想与资产阶级思想的界限,并坚决同资产阶级思想进行斗争。这才是党的建设的着力点。如果我们因为党过去犯过阶级斗争扩大化的错误,那就会使党又陷入另一个极端——阶级斗争熄灭论的极端。如果用这样的思想指导建党,党员就会不知不觉地解除了思想武装,连自己也忘记了自己的无产阶级性质了。那么,这样的党员还怎么能抵挡住资产阶级的进攻呢?这样的党,尽管党员数量很大,却虚弱得很,因为它已经丧失了作为无产阶级先锋队的本色了。这是我们在思考这些腐败案件时不能不想到的。

根据近几年反腐败的经验,加强党内纪检工作和公检法各部门的执法力度,是完全正确的。但是仅仅依靠这个方面,仍然是不够的。除此而外,还特别需要发动群众,依靠群众,把广大群众组织到反腐败的大军中来,充分发挥他们的监督作用。过去的群众运动有些失之于过火,这是不足取的,但是这些过火行为并非是不可以防止的。如果因为已往的运动过火,因噎废食,而对群众运动一概排斥,也不免落入形而上学。鉴于今天腐败现象的泛滥程度,不充分发动群众积极参加,恐怕是不能奏效的了。只有正确地总结经验,使腐败分子陷于群众的汪洋大海,并且与加强法治力度密切地结合起来,才是出路。陈云同志生前告诫说:"执政党的党风问题是有关党的生死存亡的问题。"既然已是关乎生死存亡的问题,那还有什么问题比这更重要更迫切呢?看来是应当把反腐败推到更重要的位置去了。

读完这本书,反复思考,夜不成寐,特书此数语以为序。

1999 年最后一天

新世纪赠言

不能告别革命,还是要走社会主义的路。

不学习马列,不以阶级斗争的观点分析生活,就掌握不了现实。

不关心人民命运,不为劳苦大众说话,文艺就没有生命。

不要彷徨四顾吧,要敢于直面生活,不怕矛盾,大胆地写;既不为资产阶级的花哨货弄花了眼,更不为金钱和虚荣出卖灵魂,也许文艺就有希望了。

1999年11月7日

新春贺词

一、不迎合行市，不随波逐流；
二、不骗人，也不受人骗；
三、学习马列、学习社会，并使二者密切结合；
四、关心人民命运，大胆反映现实，惟此才是出路。

2000 年 1 月 14 日

振奋士气　顽强拼搏

——在《中流》纪念五四文化座谈会上的发言

我们为什么要讨论文化问题？这是因为文化对于一个民族的振兴有巨大的作用。振兴我们的民族，不仅要注重发展生产力而且要处理好经济、政治、文化三者的关系。从今天会上反映的各个文化艺术门类的情况看，工作不是没有成绩，但存在的问题相当严重。人们对文化发展的现状表示忧虑不是没有缘由的。因此，借五四运动八十周年即将来临的机会，我们来讨论一下这个问题，以期引起大家的注意。这是召开这个座谈会的宗旨。

我想着重指出的是，我们应当珍视"五四"以来的新文化的传统。五四运动开辟了中国新民主主义革命的伟大时代。随着运动的发展，原有的队伍分化成了两股潮流：一部分人继承了五四新文化的精神，并且在马克思主义的基础上加以改造，这就是共产党人和党外马克思主义者所做的工作，是运动的左翼；另一部分人则坚持西方资产阶级共和国的方案，乃至同国内外敌人相妥协，这就是自由主义者或曰民主个人主义者所选择的道路，是运动的右翼。共产党人和党外的马克思主义者把五四新文化发展为马克思主义指导下的、无产阶级领导的、人民大众的、反帝反封建的新民主主义文化。这个文化在 30 年代得到了发展，在抗日根据地进一步同人民群众相结合，成为中国革命的一个重要的方面军，发挥了很大的作用，促进了中国革命的胜利。社会主义文化正是在这样的基础上发展起来的。这是一条光辉的道路。今天我们应当珍视这个传统，继续沿着这条道路走下去。

现在文化工作的状况怎样呢？有几股逆流值得引起注意：一是

西方资产阶级没落时期文化的侵入。它与国内资产阶级自由化势力紧密结合,互相呼应,向社会主义文化反扑,形成重重包围的态势。二是半封建半殖民地文化的复活。这不仅影响文艺,而且影响到人民的生活,一些事例触目惊心。这些逆流围攻社会主义文化,使社会主义文化处于艰难的境地。尽管革命的文化艺术工作者仍在恪尽职守,奋勇斗争,但应当承认,社会主义文化被大大地削弱了,有些地方甚至连生存都不易。这不能不引起人们的忧虑。

面对这种情况怎么办?首先是希望党加强对文化工作的领导。经济工作搞不好会翻船,思想、文化工作搞不好也会翻船。中国共产党应当成为中国先进文化的前进方向的忠实代表。同时,我们作为无产阶级文化战士,应当振奋士气,顽强拼搏,同围攻社会主义文化的逆流作坚决的斗争,发展和繁荣社会主义文化。现在,有的同志对错误的思潮才提出一点摆事实、讲道理的批评,就有人大喊"请放下你的棍子",这完全是只许州官放火、不许百姓点灯的霸道行径。其实,不是批评者在打棍子,而是被批评者及其同道在挥舞鞭子。只有彻底扭转这种极不正常的局面,我们的社会主义文化才有发展和繁荣的希望。

2000 年 4 月

悼诗三首

悼李真将军

我人民解放军总后勤部原副政治委员李真将军,系长征干部,曾多次负伤。晚年又困于癌魔,屡屡开刀,身体受损甚大。但忠心耿耿,意志坚强,心系国事,不能自已。日前,闻我驻南使馆被炸,于病中拍案而起,痛骂美帝不止,亦复忧心国事也。不数日竟弃世而去。痛哉!惜哉!

闻名将军书法家,
原是井冈放牛娃。
血洒华北光山岳,
复战朝鲜壮中华。
好友走了真情在,
将军去矣战绩存。
忠心为党常忧国,
笔走风雷震心魂。

1999年5月26日

悼程代熙同志

余自豫东归来,惊闻代熙同志逝世,深为痛惜,以歌悼之。

山城秀士出巴蜀，
劈波斩浪勤耕耘。
七十入党不为晚，
俯仰无愧真党人。

1999 年 5 月 27 日

悼郑维山将军

原北京军区司令员、兰州军区司令员郑维山同志，是我军名将之一。他于 1930 年带赤卫队参加红四方面军。由于他勇冠三军，智勇兼备，20 岁即担任了师政委，常率领夜老虎团，屡创战绩。解放战争时期任晋察冀第三纵队司令员及 63 军军长，率部纵横华北，在清风店、石家庄、新保安、太原、兰州等各大战役中，均作出了卓越贡献。在抗美援朝战争中任第 20 兵团代司令员，在北汉江东岸作战中，指挥所部一举突破敌军防线 10 余公里。并参与组织指挥金城反击战役，迫使敌人停战。数年前，我曾应四川苏区碑林之约，书《郑维山将军赞》一首，勒诗于石，今闻郑维山将军因病逝世，不胜痛惜，特重书此诗，以表悼念之意。诗曰：

赫赫猛将出少年，
行似疾风势如电。
今晚出动夜老虎，
明朝定有捷报传。
纵横华北称劲旅，
金城一战美胆寒。
平生视敌如草芥，
豪气冲天斗群顽。

2000 年 6 月 1 日重录

我是怎样成为这样的作家的

——在魏巍创作历程及《魏巍文集》出版研讨会上的答词

这次会议到了这么多老同志、各级领导,这么多老战友和文艺界的朋友,令我十分感动,深受鼓舞。我谨向在座的和没有能够到会的同志们、朋友们致以深深的谢意。

时光过得真快,我今年已经80岁了。回想起1937年抗日战争爆发的时候,当时我多么年轻,才17岁,我跑到延安去寻求真理。50多年后我重回延安,我曾说,当年我来这里寻求真理,延安真的给了我真理,她没有欺骗我。几十年来,我就沿着她指引的道路和伟大的理想奋斗着。我从下层干起,一步一步地成长。今天,我应当说,我是依靠党的培养,革命军队的培养,以及人民群众精神的滋养和吃了老百姓的小米成长起来的。当然我还要感谢那个伟大的革命和伟大的时代,使我能够得到锻炼和改造。离开这一切,我是成不了这样的一个作家的。我表达这一点,是想说明我同我们那一代革命作家成长的历程,也就是说我们的来历。更重要的是警告我自己:永远不要忘记自己的来历!

今天是5月20日,再过两天,5月23日就是毛泽东同志在延安文艺座谈会上发表那个著名讲话的58周年。今天,我应当承认,我和许多革命作家、文艺家都是沿着这条路线,为工农兵服务的路线,与革命斗争结合、与人民群众结合的路线走过来的。我还应当说,这条路线是正确的!只要一息尚存,我就要沿着这条路线坚定不移地走下去!

1983年,我曾经说:"如果说18、19世纪的伟大作家和诗人是用民主主义思想照亮他们作品的话,那么,我们该用什么思想呢?我看只有用共产主义思想才能引导人民前进。"这就是我的理想和信念。我们的旗帜是共产主义,我们的方向和目标是共产主义。不管经过多少艰难曲折,我们都要达到这个目标。艺术的天地是广阔无限的,而我们个人的才能却是有限的。但我们的能力不管大小,只要紧密地结合现实,深入群众,紧紧地联系群众,时刻关心人民的命运,为人民群众的利益而战斗,并且用共产主义思想来教育人民,这就尽到了一个作家的职责。我愿为此而继续努力!

  同志们,让我们共勉。谢谢大家!

2000 年 5 月 20 日

祝寿诗两首

祝杨柄八十大寿

莱茵书屋四面开,
八方风云入壮怀。
惟有马列定天下,
击败残冬春日来。

2000年12月25日

祝战斗英雄姚显儒七十五大寿

抗美英雄姚显儒,
勇敢善战人人夸。
朝鲜战场传佳话,
地雷也会大搬家。①

---

① 敌阵地前地雷种类繁多,姚显儒深入敌阵,将各种地雷起回来,冒险进行试验。然后摸透性能,将地雷埋在敌人出没之地,予敌人大量杀伤,被人称为"地雷大搬家"。

革命浪漫主义的抒情诗

——评《切·格瓦拉》

前些时,听到我女儿、女婿说,北京某剧场正在上演《切·格瓦拉》的戏剧,并且说他们去买票看了,该剧已经上演几十场了,场场爆满,观众反应热烈,效果不错。听说还要加场呢!我听后不免有些惊奇。在当前,告别革命之声,批判、否定甚至反对革命之声盈耳,而革命的声音相对消沉喑哑之际,忽然传出这样的消息,这至少是件新鲜的事。

切·格瓦拉是当代世界的共产主义英雄,也是我所敬仰的无产阶级革命家之一。二三十年前,我就看过一本《切·格瓦拉日记》。这是他带领一支小小的游击队,深入玻利维亚国土,在山野丛林间开展游击战争,同时也宣传组织群众闹革命的故事。切·格瓦拉是阿根廷人,抱定共产主义的坚定信念,立志为解放拉丁美洲的人民而斗争。告别了新婚的妻子,首先投身到古巴革命,与菲德尔·卡斯特罗并肩作战,夺取了古巴革命的胜利。胜利后,他不满足于已经取得的成就,更不留恋政府的高级职位,毅然决然地离开古巴,同几十个志同道合的战友一道,投身到玻利维亚的革命斗争。试想一支不足百人的队伍,终日跋山涉水,风餐露宿,活动在丛林间,同绝对优势的反动派相抗,该是何等地艰难!从一开始,格瓦拉就没有以领导人自居,而是和战士同甘共苦,自己每天捆绑吊床,自己收起吊床。有一天过河,他的干粮袋失落在水里,那一天他就悄悄地忍受了一天的饥饿。经过整整一年的严酷斗争,终于有一天不幸落在敌人的包围圈中,这支小小的游击队在美国装备训练和指挥的政府军手中毁灭了。为了掩护同志们突围,格瓦拉重伤被俘,于1967年

10月壮烈牺牲。直到近年来，才将他的遗体重新掘出，运回古巴安葬。他的英名转遍了全世界。即使在欧美等国，进步的青年也都很敬仰他，把他奉为世界革命的象征。《切·格瓦拉日记》我已经看过许多年了，一些细节已经记不得了，但那种伟大的革命精神，我是永远难以忘怀的。

这样伟大的人物，当然值得大书特书。听说把他搬上舞台，自然是令人高兴的。今年在银幕上重现了保尔，对青年的思想教育起了很好的作用；现在又推出《切·格瓦拉》，是又一次扩张战果。这说明我国文艺工作者正在努力响应党中央加强思想政治工作的号召，为培育有理想的青年而努力并付诸实践。同时，也许是，至少我希望是舞台剧由沉寂转为活跃的征兆。

但是，因身体关系，我已经很难到外边看戏了。幸亏有女儿、女婿拿来的录像，使我一饱眼福。后来又托朋友买了一本载有该剧的《作品与争鸣》，手持放大镜看了一遍。切·格瓦拉富有魅力的形象，不禁又回到我的心中，使我像年轻人一样的激动感奋起来。我觉得很久很久没有读到这样的作品了。

依我看，看这样的演出，读这样的剧本，不能以常规的剧作来要求。读者更应看重其强大的精神力量与思想力量和诗剧的独特风格。我觉得作者宽广的视野和风雷激荡的感情，给作品带来了强烈的感染力。这正是作品艺术魅力之所在。通篇读后，我认为《切·格瓦拉》不仅是一部革命浪漫主义的抒情诗，而且是对一切告别革命论者的严厉批判！

在当今世界，人类的出路和前途究竟是什么？究竟是挣脱资本主义的锁链，做一个堂堂正正的人，还是做一个苟且偷生的奴隶？人类不革命究竟有没有出路？要革命不付出任何代价，不作艰辛的奋斗，究竟能不能成功？这就是作者向读者、向人民群众严正提出的问题，同时也用切·格瓦拉的光辉形象回答了这一问题。这正是作品的价值所在。

例如，在"格拉玛号"（这是当年卡斯特罗和格瓦拉起义时乘坐的船只，在这里是革命的象征）起航一节中，作者是这样描写告别革命者的诅咒的：

反面甲：四十年，四百年，过去了四千年，人上人，人下人根本没法改变。

反面众：这就是人性，这就是世界不要异想天开，这就是法则，这就是规律都得听它安排！

而革命群众却这样回答道——

画外声：不要问篝火应不应该燃烧，先问剥削压迫还在不在；

不要问子弹该不该上膛，先问剥削压迫还在不在；

不要问正义事业有没有明天，先问人间不平今天还在不在。

画外声：在暴风面前

众战士：飞鸟可以避开；

画外声：在洪水面前

众战士：走兽可以避开；

画外声：在强大的邪恶面前

众战士：人，不可以避开！

不多引了。在这里，正义之声和革命之声是响彻云霄的。

2000 年 7 月 12 日

辉煌的纪念碑

——纪念伟大的抗美援朝战争五十周年

伟大的抗美援朝战争,至今已整整五十个年头了。

朝鲜战争是第二次世界大战以后规模最大的战争,也是对诞生不到一年的新中国最严峻的考验。战火已经烧到了身边。在当时情况下,中国人民究竟应作何种选择?也就是说,这个仗该不该打?能不能打?打而能不能胜?这曾是当时从上到下考虑的头号问题。当矛盾尚未充分展开,本质尚未暴露,自然容易议论纷纷。幸而我党在东方巨人毛泽东明亮如炬的目光下,以马列主义的慧眼,看见了地层下蕴藏着的正义战争的地火,这才毅然决然地作出了胆略惊人的决定。高举国际主义、爱国主义旗帜的中国人民志愿军就这样雄赳赳、气昂昂地踏上了鸭绿江桥。然而,风雪弥天,胜负难知。尤其"唯武器论""唯技术论"的迷雾,是更浓重的迷雾,人们,全世界的人们,还不能不用既是期冀又是惶惑不安的眼睛,注视着他们?结果如何呢?谜底不久就揭开了。正如作者为丹东抗美援朝纪念馆题诗中所说的:"中华好儿女,何惧风雪狂,一战惊天下,大败兽中王。"中国人民志愿军,一连三个战役,就把美国侵略军及其仆从赶过了三八线以南。以后我军愈战愈强,国内建设不仅未因战争而停止,反而因正义战争的激发进展得速度更快了。这是人们想也没有想到的。美国人在痛楚的教训中看到,如果他们不停下手来,将会失败得更惨,这才在我军1953年夏季的金城大反击后,被迫宣布停战。停战线仍旧在美军当年气势汹汹地大举越过三八线的那个地方。这就是事情的全部答案。

抗美援朝的伟大胜利,是中国人民近代反帝史上一座辉煌的纪念碑。它是在中国人民虽然站起但尚不壮大的情况下进行的。它所显示的中国人民志愿军伟大的国际主义精神、爱国主义精神和革命英雄主义精神是可歌可泣的,他们的伟大功勋是人民永远不能忘记的。抗美援朝战争伟大的历史意义是不可磨灭的。至少下述三点是至为明显的:

一、它有力地维护了我们新生祖国的安全,并保障了国力的恢复和建设。志愿军出国之际,我们的国家还带着满身战伤,经济并未恢复,大陆还未完全解放,土改更未进行,全国尚有几百万残匪不曾肃清,新生的政权还不是很巩固的。经过三年抗美援朝战争,我们的经济不仅迅速恢复到战前最高的水平,且胜利地完成了土改、镇压反革命等各项任务,并开始了大规模的建设。全国各地、各条战线,一片欣欣向荣。这不能不说是正义战争所焕发的伟力。事情还可以反过来看,假若我们在大敌当前之际,采取的是怯战、避战、对友邦的存亡置之不理的态度,帝国主义者见我软弱可欺,很可能乘胜掠取我东北一块领土,或重新帮助蒋介石反攻大陆,这不是不可能的。即使不越过鸭绿江(麦克阿瑟说,鸭绿江并不是不可逾越的边界),只占据北朝鲜进行骚扰破坏,我们的建设工作也是无法安心进行的。

二、与朝鲜军民一起,有力地捍卫了朝鲜民主主义人民共和国的独立。当中国人民志愿军向朝鲜境内出动的时候,正是美军攻陷平壤向鸭绿江疯狂推进的时刻。据美国俘虏亲口告诉我,那时他们的脸上充满了笑容,把麦克阿瑟看成了圣诞老人,以为战争立刻可以结束,他们很快就可以回家了。而这时朝鲜人民军的主力还隔断在南方,正是朝鲜人民政权生死存亡系于一旦的严峻时刻。可是,霹雳一声震天响,中国人民志愿军出现了!接二连三的打击,立刻扭转了危局。随后中朝军队并肩作战,一直打到最后胜利。这场战争不仅捍卫了朝鲜人民的革命事业,而且同朝鲜人民结成了生死不渝的友谊,这是很可贵的。

三、有力地保卫了世界的和平。美国军队在世界上没有碰过很大的钉子,因此他们往往以胜利者自居,狂傲得很。抗美援朝战争是给予他们最严重的打击。在朝鲜战场上,他们最优秀的部队,像美国骑兵第一师、美陆战一师都尝够了苦头。经过这次战争,他们才认识到了真正的"打仗专家",才认识到"在错误的时间,错误的地点同错误的敌人"打了一场错误的战争。应当说,美军涉足的越南战争,是对他们第二次最重大的打击,至今他们仍心有余悸。尽管他们在越战期间使用了一切灭绝人性的手段,但最后还是以可耻的失败而告终。第二次大战后美国在东方受到的这两次打击,从中吃到的苦头,使更大规模的战争推迟了好多年。这就是朝战和越战对世界和平作出的贡献。否则,我们的日子是不会过得那么自如的。

上述抗美援朝伟大的历史意义,本来都是中国人民所公认的,但在当前席卷一切的翻案的黑风中,有人却站出来翻案了。例如广东的《随笔》杂志就抛出这样的文章。文章大意说,美国政府本来是不准备同中国打一场大战的,也更无意侵占中国的台湾,而对朝鲜只不过是"仓猝参战"。毛泽东也仅仅是感到唇亡齿寒,加上斯大林的"一再鼓动和提供无偿武器的许诺"而下定参战的决心的。"战争并不是迫在眉睫",本来是不应该打的,但是却打了三年多,使"中国流了很多血,损失了很多财产";同时也搞坏了中美关系、国际关系,使"中国二十年不得参加联合国,阻滞了中国社会和经济的进步";"使中国无限期延缓了统一台湾的目标";并且使南北朝鲜的对峙状况固定化了;尤其是牺牲在朝鲜的几十万中国人,他们都是在不明"真相"的情况下死去的,简直是一些冤死的鬼魂。作者为这些冤魂深沉地悲哀,并且要求中国人对这场战争有"新的思考"。我在抗美援朝五十年后看到这样的文章,感到比那位作者更加深沉的悲哀。不过我悲哀的不是烈士,而是五十年后中华民族怎么会出现这样一批说鬼话的不肖子孙!也许说他们是不肖子孙太不够了。正如有人哀叹的"汉奸情结何时了",这些人如果不是秦桧转世,也是汪精卫复生了。再不就唤他们是"洋奴"或"西崽"!

我们正告他们:在中国人民的心中,抗美援朝的历史,是庄严而神圣的,是值得中国人民骄傲的一段历史,它是不允许任何人来亵渎的。谁要胆敢翻案,谁就会受到全中国人民的嘲骂!在纪念抗美援朝五十周年的时候,我们向牺牲在朝鲜土地上的光荣的烈士们和他们的家属深深致敬!向尚健在的参加那次战争的整整一代人深深致敬!我再次说,抗美援朝的伟大胜利,是中国人民近代反帝史上辉煌的纪念碑!

2000 年 7 月 26 日

鸭绿江情思

呵,鸭绿江,我又来到了你的身边。今天,我看到你那碧盈盈的江水,在孩子们的钓鱼竿下安静地流去。锦江山上半山红枫,半山金黄,你的秋光是多么地明艳啊!碧空里传来一阵阵的鸽哨,比好听的笛声还要悠扬。江上的白鸥在绿波上怡然自得地飞翔。对岸新义州的烟囱安详地冒着黑烟,和丹东市像姊妹一样地应和着。

呵,鸭绿江,我又来到了你的身边。回顾五十年前,对岸新义州的大火烧红了你的江水,妇女儿童的哭喊声随着漫天的黑烟卷过江来,它震动着千百万中华儿女的心。"中国人民志愿军"(一个响彻历史的名字!)就是从这里跨过江去,迎着弥天大火,披着漫天风雪走向胜负难知的战场。

谜底不到三年就揭晓了:一支具有最现代化装备的敌军,徒然拥有可以将一个山头削低两米的威力,却不能逼使我军后退一步;而一支装备落后的军队,却可以将强敌打得屁滚尿流,在美军历史上被称为"黑暗的十二月"。这真是一场富有戏剧性的奇妙无比的战争!对于唯武器论者,对于唯技术论者,这将是他们永远无法理解的。

呵,鸭绿江,我又来到了你的身边。许多志愿军的老战士也怀着深厚的情意来到这里。我们漫步在鸭绿江大桥上。

空军战斗英雄韩德彩和我走在一起。他已经六十七岁,但还显得很年轻。在当年的空战中,他曾先后击落五架敌机。其中击落美国"双料王牌"飞行员哈罗德·爱德华·费席尔,尤其引人注目。原来按美国空军规定,击落五架可称为王牌,击落十架就可称为双料王牌了。

我问韩德彩:"那时你多大年纪?"

"二十岁。"韩德彩说,"我第一次击落两架敌机,才飞行了不过几十个小时。"

"你是怎么把这个'双料王牌'费席尔击落的呢?"

"说起来还真有趣,"韩德彩笑着说,"我本来就要返航了,不料飞到大堡机场上空,正好与费席尔驾驶的F-86飞机遭遇。当时我看见费席尔击伤我一架战机,就再也压不住心头的怒火。我就猛扑过去,不过一分钟,我就把瞄准环紧紧套住了它,猛按炮钮,我这一炮打得也够狠的,三炮齐射,一气打出八十多发炮弹。这架F-86就着火坠落了。我看见飞行员跳了伞,就报告地面:快点抓俘虏!等到我的战机停到跑道上,好险!已经一滴油也没有了。……更有趣的是,四十四年之后,1997年10月,我在上海又见到了这位费席尔。"

"怎么,你又见到了他?"

"是的,这时费席尔已经弃军从商,他到了上海,非拜见我不可。他见到我的第一句话就说:'我此生最大的愿望,就是见一见你这位优秀的飞行员。我对当年的一切记忆犹新。将军,您胜利了,我很敬佩!'我连忙说:'你的技术比我高。'他摇摇头说:'不!如果我的技术比你高,怎么会让你打下来呢!'这次会面,费席尔送了我一架他当年驾驶的F-86飞机模型,我也回赠了一个恐龙模型和我书写的一个条幅:'着眼未来。'"

韩德彩讲完了这则有趣的故事,然后带着深沉的感慨说:"技术很重要,我看勇敢更重要。朱总司令曾说:勇敢加技术就是很好的战术!我以为他的话是很深刻的!不重视政治,只看重物质是不行的!中国人民志愿军那种伟大的革命精神是用金钱买不来的!"

韩德彩的话使我再次陷入深深的沉思。我认为他的话是对抗美援朝战争的某种概括,也是对这场战争奇妙性、戏剧性的一个注解,一个回答。

在这里,我看见张立春老人也来了。五十年前,我在汉江南岸的阻击战中访问过他。那时他是335团的一个排长。他曾率领突击排最先摸上敌人的阵地。有四个美国兵正钻到北极睡袋里,他首先打死了一个,然后用脚踏住了一个,另两只手摁住其余两个,然后狠狠地骂道:"过去中国人是在你们脚底下,现在你们该低低头了!"……我曾把他的这段事迹写在《汉江南岸的日日夜夜里》,我还说,你看我们的战士哪一个不像个小老虎呢!可是几十年来,我一直不知道这位英勇战士的下落。没想到不久前,我忽然接到他从朝阳市托人捎来的信,还有一幅戴着旧毡帽的老人的照片。信上说:"魏巍同志,我们已经有五十年没有见过面了。那天你采访我是在一个防炮洞里,外面战斗很激烈,洞子又小又黑,我也没看清你的面貌,我很想念你,什么时候我们能再见上一面呢?"我凝视着他的照片,望了很久,也想了很久。我立刻回信说:"我不久要到丹东,我们就在那里会面吧!"结果,他真的来了,我看见他穿着军衣,挂着军功章等好几枚奖章,还是戴着那顶旧毡帽。我喊了一声:"张立春!"他立刻跑上来,热泪盈眶地抱住了我,说:"我真没有想到在这里能见到你。不容易呀!说实话,我当年真没想到能活着回来!"我挽着他那双粗糙带点紫色的终年劳动的手,默默地漫步在大桥上。在中朝友谊桥的桥头,留下了我与这位战友的合影。

我在《谁是最可爱的人》中写到的马玉祥也来了。我曾说他当年像秋天田野里一株红高粱那样淳朴可爱,如今也七十岁了。我们一同站在抗美援朝纪念塔下一幢黑大理石的纪念碑前。长期以来,他也像"活烈士"李玉安、井玉琢一样隐姓埋名,不事张扬。退休以后他自任宿舍楼的楼长,每天清扫楼道,清除垃圾。他还自购图书,从自己有限的居室里辟出一间作为少年儿童的阅览室,从不嫌烦。他作为关心下一代的委员,还经常到学校作报告,从来不要车接车送,总是骑着他那辆破自行车随时赶到。令人高兴和激动的是1992年的八一建军节,我和马玉祥、李玉安、井玉琢,还有他们的营长王宿启在哈尔滨相会了。令人惋惜的是,几年之后,两位活烈士和王宿启已经先后去世。1993年抗美援朝纪念馆落成的时候,前中国人民志愿军副司令员洪学智将军曾建议说:《谁是最可爱的人》这篇文章很有教育意义,应当刻在碑上留传下去。经过纪念馆的同志多方筹措资金,直到1998年才让我把这篇文章的全文用行书书写出来,这幢宽二米、长十八米的黑色大理石纪念碑,终于经过精工巧匠之手在抗美援朝五十周年的前夕完成了。在碑下我想到,如果李玉安、井玉琢和王宿启等同志能亲眼看到,该有多好啊!可惜他们已经看不到了。也许松骨峰连仍旧健在的战士只有马玉祥等少数人了。想到这里，我把"献给最可爱的人"的红领巾系在马玉祥的脖子上。让中国人民志愿军伟大的爱国主义、国际主义和革命英雄主义精神永远传留下去吧！让中国无产阶级和中华民族不畏任何强敌的硬骨头精神永远传留下去吧！

在离开丹东的前夕，我拜谒了志愿军的烈士陵园，向这些为正义事业献身的英烈们深深地鞠躬致敬。在青松与红枫之间，我默默地走着，注视着这些墓碑。我没有忘记，还有更多的战友和同志长眠在朝鲜的国土上。这时，我再次望一望山下鸭绿江平静的流水，望一望江边怡然自得的白鸥，耳边又传来一阵阵比笛声还要悠扬动听的鸽哨。我心中不禁默默喊道：鸭绿江呵鸭绿江，如果不是当年血与火的斗争，如果不是无数英雄的鲜血，怎么会带来眼前的这一切呢！

2000 年 11 月 5 日

题《军休之友》

为纪念抗美援朝五十周年：
一、不要忘帝国主义的侵略本性；
二、不要忘最可爱的人的丰功伟绩；
三、不要忘毛主席的英明决策；
四、不要忘全国人民的大力支援；
五、不要忘中朝人民的深厚友谊。

2000 年 10 月

留给今天的启示

——《山花烂漫》序

在文学上我曾发过一种议论,认为文学上的一个重要问题是创造人物,尤其是有独特个性的人物。但搞创作的人都知道,要成功地创造出典型环境中的典型人物来,既有共性又有个性,写得很出色,那是最困难的。也许写一辈子,也没有写出几个让人能够记得住的人物来。与其如此,倒不如扎扎实实研究一下周围的各种活生生的人物,把他们摹写出来,这样也许可以写出几个成功的人物。自然这种手段也不免会有一定的片面性。我只不过在提倡一种实践的途径罢了。

和我一起在长辛店二七厂深入生活的钱小惠同志,也许受了我这种议论的影响,他在这方面下了很大功夫。从上到下,他对工厂中的各种人物的性格特点以至生活细节,都很认真地记录下来,积累的创作素材相当丰富。他后来创作的《独臂厂长》,就是许多工厂人物的素描集,读起来那是很有味的。这种文章,不仅生活的气息向你扑面而来,而且各种活生生的人物就仿佛站在你的面前。我也为这本书写过序言。

最近,小惠同志又把这本《山花烂漫》的书稿拿给我看。书的主人公取名"孟虎",可是我看了几页就不禁哑然失笑:这里写的不是我的老朋友黄英夫吗?干吗要取名"孟虎"呢?小惠解释说:"老黄太谦虚了!他说自己不是什么大首长,又不是什么名人,写什么传记哟!"我说,他误解了,在外国,并不是拿破仑、华盛顿才可以写传记,普通人也是可以写的。在我看,只要对人生有某种启迪意义的都可以写。像老黄这样的老红军、红小鬼,他那奇迹般的成长过程,老实说,也只有中国革命的独特历史环境中才可能产生,这样的人为什么就不可以写呢?

我认识黄英夫同志是在1953年。那时我年轻,雄心勃勃,正在为写一部大的反映抗美援朝战争的长篇作准备。我想,这部长篇,不仅要写朝鲜战场,而且要写国内,才能充分展示这场战争的意义、规模、力量的源泉和历史的丰富性,才能摆脱军事文学就战斗写战斗、就战役写战役的单调和局限。这样我不仅再一次深入农村,了解战争前夕的阶级动态,同时又关注到城市的工人阶级。认真说来,我对现代的工人阶级是太陌生了,我深感,作为一个党员作家,对于自己的阶级缺乏感性的认识,这是不正常的,也是不应该的。于是我在北京的几个大厂走了一下,想选择一个点蹲下来。这时我就在二七机车车辆厂,遇到了性格开朗、满腔热情的黄英夫。他同我一见如故,亲热地说:"别犹豫了,你就来这里吧!这里工人阶级很老,是很值得写的。"就这么一句话,把我留住了,并且开始了我们之间长达半个世纪的友谊。

那时黄英夫风华正茂,不过二十七八岁,显得异常精明强干。问起他的过去,才知道他是个"年轻的老干部",1935年就参加了红军,经过了长征。我问老黄:"那时你多大啦?"他说:"那时候我才11岁。长得又黑又瘦,红军战士听说我要当兵,都哈哈大笑,说还没有枪高哩,就要当兵?回去使劲地长吧,长高了再来。我跑了好几个单位都不收我。我就赖着不走啦!看见炊事员烧火,我就跑去劈柴,拉风箱。看见大伙吃完饭,我就赶去帮助刷锅、洗碗。开饭了,我也拿上碗去打饭,他们居然也不拒绝。后来他们就给我拿来身改短了的灰军衣,一顶缀着红五星的八角军帽,我也就成了红军了!"

谈起抗日战争的事情,才知道在漫长的抗战岁月,我们都战斗在同一个地区——晋察冀抗日根据地。不过我在东线,他在西线。他所在的晋北一带,比我们那里还要艰苦得多。尤其在1942年,他们那个地区,差不多被日军蚕食完了,有些地方已经变成了无人区。这些在本书里,是描写得很生动的。

令我深感兴趣的,像他这样一个文化程度不算很高,经历比较简单的红小鬼,怎么就成了一个管理现代化大企业的大厂厂长了呢?这难道不是奇迹吗!而这个奇迹又怎样产生的呢?这部纪实文学所要回答的主题,也就在这里。

在二七厂那段生活里,留下的一个很深刻的印象,就是50年代的干部政策。这个政策的核心,就是充分信任、全力依靠工人阶级,并从工人中大胆地提拔干部。我记得当时除厂长、军代表和个别总工程师是从别处调来以外,几乎所有的车间主任、支部书记、工会主席等人,都是从工人中提拔起来的。从我切身体会中看到,这些工人出身的干部,是非常能干的,生龙活虎的,不仅有很高的责任心和积极性,而且对管理非常内行,在技术上也是真懂而不是假懂,似乎比刚跨出学校门的人懂得多。尤其是他们对工人弟兄很贴心,有深厚的阶级感情。我也正是从这些事情上进一步体会到,什么叫群众路线,什么叫阶级路线,什么叫依靠工人阶级。黄英夫同志以及其他厂的领导同志,都是忠于这一条路线的。如果不是这样,我敢说他们再有天大的本事,工作也是做不到那样好的。

老黄对自己、对家人的要求是很严的。爱人调来厂工作时,他特地预先提醒说:"你的工资只会比别人低。即使干得好,也不会提拔。"爱人笑着说:"这个我知道。"

对老黄的另一个深刻印象,就是他对工人群众有深厚的感情。长期的军人生活,使他养成了一种认真、严肃和处事果断的风格,批评起不好的作风时,也是很严格的。比如有一次他批评一个干部说:"工会后边有群众,老兄,你后边有什么?只有沙发!"但另一方面,对工人的生活却从心底里关心他们。1958年,厂里招进了几千名徒工,一时全厂热气腾腾。老黄对这些十几岁的娃娃很是喜爱,有空就跑去看望他们。看到宿舍里卫生搞得不好,就抓起笤帚帮助扫地。看到有的青年工人床头枕巾很脏,就下手给他们洗净;有的被子很脏,就带回家代为拆洗。他还对干部语重心长地说:"人家父母把自己的孩子交给厂里了,咱们就得像父母一样关心他们啊!"后来有些徒工分到外厂了,与老师傅分手告别时,莫不泪水涟涟。后来有的孩子还给老黄来信,称老黄是"父亲大人",落款处写着"亲生的女儿""模型班的大个"等等。那种上下亲密的关系是多么动人!今天回顾起来,又是多么令人感慨啊!老黄不仅爱钻研,爱学习,还很善于向工人学习。1956年,中央号召工业战线领导干部深入第一线,熟悉生产,成为真正的内行。一天,车间主任领着一个人,来到高速切削能手史师傅面前,说:"老史,今天我给你领来一个徒弟。"老史抬头一看,见是老黄,心里不免有些吃惊。老黄笑着说:"我是向你拜师学艺来的!"过后,老史并没有把这事搁在心里,认为不过是当头儿的随便说说罢了。不料第二天一早,老黄真的穿着工作服来了,站在车床边问这问那,认真地学了一天。收工时,还帮助用棉丝擦床子,清理一堆堆的刨花。老史不安地说:"厂长,你歇歇,让他们徒弟干吧!"老黄说:"我就是徒弟嘛!"此后,老黄一有空就来认真地学。经过一年时间,不仅他和老史成了无话不谈的好友,后来他旋个珐琅盘、短轴什么的,已不在话下了。他把自己旋的小活儿放在办公桌上,当做艺术品来欣赏,心里美滋滋的。这项活动北京市搞得很不错,老黄又是其中最突出的一个。像这样的作风,提起来多么令人羡慕!今天,这种作风如果可能还有,恐怕也不多了!

　　从一个文化程度并不很高的红小鬼,到管理现代化大企业的厂长,其间自然经过一个艰巨的过程。我记得老黄亲口对我说过:在开初进入工厂的时日里,曾经遇到过许多困难,那时我心里烦躁得真想跑到旷野里,甩起驳壳枪打几梭子!可是这些看来似乎难以逾越的困难,都被他一步一步地战胜了,跨过了。他和他的战友们,不仅把过去旧中国留下的烂摊子——管理混乱,效率低下,有些甚至是手工操作的旧工厂,转变成一个井井有条的现代化工厂,而且把我们党和老红军的优良传统作风,也带给了工厂,带给了工人阶级,使我们的工厂出现了一种崭新的、完全新型的社会主义企业的新风尚。这真是新中国工业史上出现的一项伟大成就。谁敢说我们的工农干部这也不行那也不行呢?谁敢说他们没有才能呢?他们之中,不仅出现了数不清的将军,不仅出现了许多管理国家的栋梁之材,不是也出现了管理现代化大企业的能手吗?如果说过去有人轻视知识分子的倾向不对,那么今天反过来轻视工农出身的人就更不对了。

　　黄英夫同志干了十几年的工业局长,回到部队,长期任正军职务,以后调任武警总部的副司令员和武警北京总队的司令员。正是由于担负这些工作劳瘁过度,连续数年不能休息,把身体搞坏了。这事本来也该大书一笔,但本书却略而未提。我想也许是为了突出上述主题的缘故吧。

读完这本纪实文学,或者说文学传记,应该说小惠同志在搜集材料上是下了很大功夫的。这里所描写的主人公,在我看虚构之处是没有的,几乎一点一滴都有事实根据。正因为本书独特的真实性,丰富的细节,带来了浓厚的生活色彩和无限的亲切感。真可谓写得栩栩如生。我想,也许只有老黄这一代人才会有这样传奇性的经历,也只有老黄这一代人才会锻炼得那样坚强,那样高尚。现在现实生活似乎正向着另外一个方向发展。对于当今在完全不同的环境下成长起来的青年人,如果读一读这本书,我想是会有不少人生启迪的。

2000 年 12 月 1 日

发展社会会义的先进文化

——在中国解放区文学研究会第十次研讨会上的讲话

　　我们伟大的党已经走过了八十年的战斗路程。今天,为纪念和庆祝这个光辉的节日,我们中国解放区文学研究会的同志们,在唐山举行第十届学术研讨会,是特别有意义的和令人高兴的。唐山市是一座光荣的城市,唐山地区不仅是革命先驱李大钊的故乡,而且唐山的开滦煤矿是中国北方工人运动最早最活跃的地区之一。中国工运领袖邓中夏等许多人都到过这里。1922年爆发的开滦五大煤矿工人的大罢工震动了全中国。抗日战争初期爆发的二十万冀东人民的武装大起义,更是震动了全世界。今天我们来到唐山,不能不由衷地向英勇的唐山的工人阶级致敬,向从地震灾难中挺身而起重建新唐山的英雄人民致敬。

　　在纪念党的诞辰的日子,回顾我们的革命文学事业,回顾其他一切革命和建设事业,可以说都是同党的领导分不开的。没有共产党的领导,就没有现代的革命文学,更没有解放区的文学。因此,这次会议的主旨,就是总结在中国共产党领导下中国解放区文学所取得的光辉业绩,回顾解放区文学在20世纪中国现代文学发展过程中的地位和作用,探讨如何发扬解放区文学的革命传统,促进社会主义文学的发展和繁荣。当然也不是说要死死限定在这些题目上,其他有关当前文艺、文化现状的分析及发展前景的探索,都很欢迎。总之,希望大家各抒己见,畅所欲言,可以有不同看法,有插话,有争论,不必拘束;只有使会议开得生动活泼,才能有所收获。

　　在本会举行的第九次研讨会上,我曾以《由解放区文学想到的》为题做了发言。那个发言把我对解放区文学所达到的成就,以及对当前文艺状况的看法都涉及到了。因此,在这次会上,我就不做长篇大论的发言了。我们的名誉会长李尔重同志、贺敬之同志,还有余飘、马鋈伯以及其他许多同志都做了发言的准备,希望大家关注他们的发言。

这里,我只想提两个问题,即什么是先进文化的代表?如何发展社会主义的先进文化?先进文化的代表是一个历史的概念和时代的概念,是以历史发展的总方向及其对历史发展起到的作用来判断的。比如说在资产阶级为领袖的革命时期,其历史要求是发展资本主义,那么代表这个阶级意识形态的文化,必然在冲破封建阶级意识形态方面起到伟大的进步作用。这个历史时期资产阶级的文化,自然可以称为先进文化的代表。可是到了俄国十月革命以后,世界一系列无产阶级的革命运动蓬勃兴起的时候,世界历史已经进到另一个崭新的时期了。这个时期已经以无产阶级为世界革命的盟主,为开辟社会主义、共产主义的前景而开拓前进了。那么,这个时期的文化,也只有代表无产阶级意识形态的文化,代表社会主义和共产主义方向的文化,才有资格称为先进文化的代表。至于代表资产阶级意识形态的文化,从总体上说早已随着这个阶级的腐朽而腐朽,再也难以起到推动历史前进的作用了。我们只要把资产阶级上升时期的文学艺术作品与现代西方颓废没落的作品对照一下,便可一目了然,不必多说了。

从我们的历史实践来看,也是如此。在中国革命中起了巨大作用的新民主主义文化(解放区文学自然是它的一部分),便是这种先进的文化。毛泽东同志在《新民主主义论》中,曾经给予它充分的估价。他说:"在'五四'以后,中国产生了完全崭新的文化生力军,这就是中国共产党人所领导的共产主义的文化思想,即共产主义的宇宙观和社会革命论。"又说:"由于中国政治生力军即中国无产阶级和中国共产党登上了中国的政治舞台,这个文化生力军,就以新的装束和新的武器,联合一切可能的同盟军,摆开了自己的阵势,向着帝国主义文化和封建文化展开了英勇的进攻。……二十年来,这个文化新军的锋芒所向,从思想到形式(文字等),无不起了极大的革命。其声势之浩大,威力之猛烈,简直是所向无敌的。其动员之广大,超过中国任何历史时代。而鲁迅,就是这个文化新军的最伟和最英勇的旗手。……"最后又说:"全部中国史中,五四运动以后二十年的进步,不但赛过了以前的八十年,简直赛过了以前的几千年。假如再有二十年的工夫,中国的进步将到何地,不是可以想得到的吗?"这些话可以说是对中国新民主主义的文化,亦即对中国无产阶级领导的、人民大众的反帝国主义反封建主义的文化,最热情、最崇高的评价了。果然在毛泽东同志说这话的九年之后,中国革命就夺取了全国的胜利;又不到十年,中国已经完成了社会主义改造,进入到新的历史阶段了。

我们的解放区文学为社会主义文学打下了巩固的基础又继续向前发展了。至此,我们可以当之无愧地说,我们的解放区文学,我们的社会主义文学,是当代先进的文化。我们也可以概括地回答前面提出的问题,在当代只有有利于推动历史向社会主义和共产主义前进的文化,才有资格称之为先进的文化,也只有马克思主义世界观指导下的文化才能称之为先进文化的代表。此外,帝国主义的文化,封建主义的文化,没落的资本主义的文化,都没有资格冒充为先进的代表了。

遗憾的是,近些年来,由于资产阶级自由化造成的混乱,一些人的认识错位了。他们反而把西方资产阶级没落时期的东西,看做是新的事物,新的东西;把中国革命中产生的真正崭新的东西,属于无产阶级体系的先进文化,却看成是旧的老一套应该丢弃的东西。在这种背景下,中国出现了三种文化现象:一是西方腐朽文化的大量涌入;二是旧中国殖民地文化、封建文化的沉渣泛起;三是资产阶级自由化的大肆泛滥。这三种力量似乎结成了"神圣同盟",它们一起向无产阶级体系——先进文化展开了一次又一次的猖狂进攻。它们的总目标和总口号是"消解主流意识形态"。什么是"主流意识形态"? 在我国不明明白白说的是无产阶级的意识形态吗? 不明明白白指的是马克思主义和马克思主义的思想体系吗? 什么叫"消解"? 不就是打垮、瓦解、消灭吗?

"北大"的一位教授,写过一篇《说:"食人"》的文章。文章认为:中国人是一个食人的民族,至今尚未走出"食人"时代,中国更多的是有理论指导的食人。中国近百年的现代史是以革命的名义杀害"反革命"与"不革命"的历史;罢黜百家、独尊一家的局面,杜绝了历史的多种选择和思想文化多元发展的可能性;本世纪共产主义运动带来了人的新的奴隶化,1949年以后,知识分子与单位的关系是一种奴役关系;"毫不利己,专门利人",违背人的本性,个人利益与民族利益发生矛盾时,"个体精神自由"绝不能让步,如此等等。作者又说:"而每一次'革命'都要成批成批地杀异己者。这样我们中国近百年的现代历史就变成了一部不断地杀人、轮回杀人的历史。用革命的名义杀人是非常可怕的。"还说:"为革命而死,而牺牲,这恐怕是我们一直在倡导的一个'新伦理'。我们青年时候读老三篇,其中有一篇就讲'人固有一死'……为革命而死就是重于泰山。还有一句教导叫'一不怕苦,二不怕死',这是我们年轻时候都记得很熟的。而我们今天正应该对这种似乎不容置疑的前提性的伦理原则提出反省。"大家看,这里进攻的矛头是指向谁呢?不就是"主流意识形态"吗?不就是马克思主义的意识形态吗?应当指出,这比起李泽厚的"告别革命"已经更进一步了,已经公然是控诉革命、声讨革命了。作者认为"中国近百年的现代历史就变成了一部不断杀人、轮回杀人的历史",是在革命的名义下进行的,是在"杀反革命合理"的理论指导下,有组织、有领导、有计划进行的。请问他指的什么理论?不就是反对剥削、反对压迫,争取民族解放和社会解放的那些理论吗?中国共产党就因为搞了这些工作,倒成了近百年来"不断杀人、轮回杀人"的罪魁祸首了,倒成了有理论的"食人"者了。按照作者的说法,"毫不利己,专门利人"违背人的本性,个人利益与民族利益发生矛盾时,"个体精神自由"绝不能让步,这不是号召人去当周作人、汪精卫吗?这不是要人去当汉奸吗?说这话的还算个中国人吗?这不仅违反马克思主义,也违反我们中华民族无数先贤的遗教和道德风范。拿着国家和人民的钱,在大学神圣的殿堂上这样毒害我们的青年,岂不太令人可叹吗?

　　回顾近年来的历史,以资产阶级自由化为盟主的三种反动文化,向我们的社会主义的政治、经济、文化和社会的全面进攻,简直是一浪高过一浪,愈来愈咄咄逼人。这种形势,使我不禁联想到《新民主主义论》中提出的十年内战时期的"两种围剿",军事围剿和文化围剿,现在当然没有那样的围剿,但是否也有另外的两种围剿呢!一种围剿是新生的资产阶级通过钱权交易,用大量的糖衣炮弹围剿共产党的干部；一种是资产阶级自由化等三种反动的文化力量对"主流意识形态"的围剿。第一种围剿的效果是很明显的，已经有难以胜数的各种干部纷纷中箭落马，使党的生存面临着严重的威胁。另一种围剿的结果如何呢？我们也可以看出，许许多多的思想文化阵地已经丧失了，我已经很难说还有多少是在真正马克思主义者的手中了；中国的马克思主义以及马克思列宁主义体系下的众多的文化工作者，他们是有强大的战斗力和坚定的立场的，但是他们在丧失了阵地的条件下，已经发不出多少声音来了。马克思主义的声音已经显得很微弱了，原来被称为"主流的意识形态"，是否还可以称为"主流"，已经令人发生疑问了。另一方面，以资产阶级自由主义为核心的意识形态，以及宣扬拜金主义、享乐主义、利己主义，颓废、色情的文化产品，则充塞了人民生活的空间，每日每时地持续不断地起着腐蚀人民灵魂的作用。可叹中国革命文化长期营建的精神长城，即使不能说崩塌了，也是出现裂缝了，残缺不全了。人民精神的大滑坡，已是不容争辩的事实。《新民主主义论》中说，从五四运动到十年内战，中国的革命文化走了一个"之"字，那么这些年来的变化，是否又出现了一个"之"字呢？这一点也是令人触目惊心的，不能不令人深长思之的。当然，这里还没有说到深层次的问题。按唯物主义的原理说，经济是基础，意识形态、文化，只是经济基础的反映，上面所说的变化，不是同经济基础的变化没有关联的。

因此，我们既不能灰心丧气，也没有理由歌舞升平。这次会议我们着重讨论如何发扬解放区文学的革命传统，以便有利于繁荣社会主义文学的事业，使之在中国足以称之为先进的文化，革命的文化，继续向前发展，其意义就在这里。伟大的哲人说过，"道路是曲折的，前途是光明的"，我愿再一次引这句话，来表达我们的决心和信心。

2001年6月6日

序《韩西雅诗词选集》

最近,韩西雅同志笑嘻嘻地把他的诗稿捧给我,嘱我作序。我一看,嗬,好大一摞!要知道,他并不是一个专业作者,忙里偷闲,呕心沥血,能够有如此丰富的收获,实在令人惊羡不已。

西雅同志,是最近几年才认识的。听人说,他是店员工人出身,1940年就参加了中国共产党,一直在上海做地下工作,同敌人进行了艰苦的斗争。解放后曾任上海总工会秘书长。后来又调到中华全国总工会,任全总办公厅主任、宣教部长、书记处候补书记,直到离休。就是离休后他也仍然参与全总工运研究会的活动,没有与他毕生为之奋斗的工人阶级失去联系。

西雅同志告诉我,他小时候家里穷,上不起学,只上了一年初中就辍学了。但我从他发表的这些诗词看,他的文学修养、历史知识,都是有相当功底的,这自然是他长期刻苦钻研、奋力攀登的结果。条件再好,没有艰苦的跋涉,想取得任何成功都是不可能的。这首先是值得我们向西雅同志学习的地方。

这部诗稿,我从头到尾拜读了一遍,很快发现了他身上的一个特点,即使不说他是一个诗迷,也可以说他和诗歌女神不可分离地结合在一起了。爱诗,追求诗,已成为他生命中的一部分。诗词集中,最大的一部分是旅游诗。他在全国走了许许多多地方,每到一地必欣赏名山大川,古今胜迹;每访必有所思考,有所感悟,也必有诗词以记其事。其中有不少是饶有意趣、颇富情思的。

然而,我对诗词中最感兴趣的部分,还是那些触及现实、触及社会生活的部分,我感到近年来诗歌上一个很不好的倾向,就是逃避现实,绕开矛盾,远离劳苦大众的悲欢,写一些无关痛痒的东西。相当一部分诗歌已经与人民群众远远地离开了。而在这部诗集中,我们却仍然可以看到一个革命者的情怀。

例如,《满江红·毛主席百岁瞻仰遗容》:

> 满腹忧思,来谒日,秋风萧瑟。
> 见主席,安然高卧,似忧思索。
> 脑蓄真诠知举废,胸怀劲旅方筹策。
> 貌肖然,仍令害人虫,心惊愕。
> 只当代,风涛泼;列宁骨,将埋脱。
> 纵观人世上,拜金争夺。
> "贵族家门"生异彩,"打工仔妹"遭盘剥!
> 问导师,此后百年中,为何作?

同年,作者所写的《满江红·毛主席百岁参谒西柏坡》,可称是上篇的姊妹篇,诗云:

> 西柏坡头,来参谒,当年帷幄。
> 似重睹,运筹决战,构图开国。
> 长剧方长真卓见,戒骄戒躁频相托。
> 切莫学李闯甲申年,王旗折。
> 光阴迫,弹指越;星斗转,元勋殁。
> 看长征道上,吉凶难测。
> 糖弹铺天如雨射,阵前将校从鞍落!
> 问导师,为保我红旗,筹何策?

此情此境,是不可能不发问的。不仅诗人会发问,成千上万群众的内心也会发问,不过由诗人说出罢了。作为革命战士,这的确是值得深思的。

其他类似佳作还有不少,为:《六州歌头·参谒歌乐山》《六州歌头·抗日,反法西斯战争胜利五十周年纪念(二)醒于安乐》《七律·读同志来信有感》,写苏联解体的《古风·愤填膺》《六州歌头·观东方明珠·金茂大厦所见》《七律·七十九岁述怀》《古风·变调琵琶行》《诉衷情·莫斯科冻死人》《七律·闻坐台小姐做法官》等等,都是充满革命激情的篇章。那些从思想上已经告别革命、耽于安乐,惜身保命的人,是写不出这种作品来的。

  本集中有一首词是我最喜欢的。这就是《满江红·党龄——花甲》:

> 困难当头,孤岛上,救亡心切。
> 宣盟誓,悲歌慷慨,把红旗接。
> 从此奔腾鏖战急,为争黎庶千秋业。
> 指顾间,六十个春秋,何曾歇?
> 如今已,双鬓雪;恨霸主,犹没灭!
> 逼神州演变,逞凶威胁。不朽老儿
> 风骨峻,余年还愿挥黄钺。
> 霹雳车,可载此头颅,轰顽敌。

  这首词,是作者于入党六十周年写的。这是诗人的小传,也是作者的言志之作。我非常喜欢作者"不朽老儿风骨峻,余年还愿挥黄钺"这样的诗句。西雅同志,让我们遵循当年的初衷和誓言,永远站在大多数人民一边,为社会主义的前途,为无产阶级和劳苦大众的命运,而继续挥动黄钺吧!

2002 年 8 月 28 日

谁来追踪草明?

——悼念草明并纪念毛泽东《在延安文艺座谈会上的讲话》发表六十周年

我国杰出的女作家、新中国工业题材文学的开拓者草明同志于今年二月逝世,在八宝山我与这位辛劳一世的作家作了告别。回来后,读了她晚年写的回忆录《世纪风云中跋涉》,又读了《草明文集》中的若干作品,更增加了我对这位作家的崇敬与怀念。

今年是毛泽东同志发表《在延安文艺座谈会上的讲话》六十周年。六十年的历史证明:《讲话》是中国文艺史上的划时代事件。它的重大意义在于:它为一切革命的文艺工作者指明了方向和道路,提出了崭新的世界观和无产阶级的革命文艺路线。我们不能忘记,这条路线曾经鼓起了千万文艺战士的热情,抛弃了一切不健康的文艺观念,争先恐后地背起背包,投入到工农兵火热的斗争中去,与工农兵相结合。其中草明同志就是满腔热情地投身到工业战线,与工人阶级相结合的典范。

应当说,草明的艺术生涯与革命生涯是同步发展的。她是广东顺德人,从小就很熟悉缫丝女工的苦难生活,对她们怀有深厚的同情。"九一八"事变后,她萌发了革命的要求,就将"萌"字拆开以"草明"为笔名,开始发表反映缫丝女工的作品。1932年她参加了中国左翼作家联盟广东分盟,从事革命的文艺活动;次年被广东反动当局通缉逃往上海,转入中国左翼作家联盟。在这期间她结识了鲁迅、茅盾等人,并多次聆听了鲁迅先生的教诲。除参加左联工作外,她还写了不少短篇小说,发表在当时的大型杂志《文学》以及《申报》"自由谈"等报刊上。1935年草明在上海被反动当局逮捕,在狱中,她得到共产党员的指导与鼓励,进行了不屈不挠的斗争;后经鲁迅、茅盾先生和战友们的援救,才于1936年获救。可以说,这位作家的每一步前进,革命与艺术是始终融合在一起的。

最近我读了草明同志的早期小说,这些小说大都是她二十岁前后写的。展读之余,颇有相见恨晚之感,很惊讶她起步时就有那样高的水平。小说大部分是描写缫丝女工流入大城市后的种种不幸遭遇,也写了许多挣扎在社会底层的求生者。小说不仅描写了她们的苦难,也写出了她们反抗意识的觉醒。令人惊奇的是,草明写起这些东西毫不吃力,往往采取第一人称,写得非常轻松自如,就仿佛写一篇记事散文;篇幅都不长,有时一两千字,有时两三千字,实际上却是一篇匠心独运的短篇小说;有些篇章在思想上也是颇为深刻的。30年代初,一位名叫伊罗生的美国记者,要求鲁迅、茅盾先生介绍一些左翼作家的作品到国外,两位先生便介绍了丁玲、夏征农、楼适夷、张天翼、艾芜、吴组缃、葛琴、卫东平、欧阳山、沙汀、何谷天等人的作品,草明的短篇小说《倾跌》也在其中。后来这些小说便结集为《草鞋脚》行销国外。茅盾先生在评价草明时说道:"她很年轻,但是作品的风格已成熟。"今天回头看草明的这些短篇小说,是无愧于这个评语的。可以说,草明的艺术生涯从这时已奠定了巩固的基础。

在延安的生活,特别是她亲自聆听了毛主席《在延安文艺座谈会上的讲话》,对她的生活道路产生了重大的意义。草明曾多次提到:"从此,毛泽东文艺思想一直鼓舞我前进。"她说:"听《讲话》以前,我写工人,爱他们,同情他们,替他们说话都是对的;但很不够,仅仅停留在感性认识上,不是有意识地深入生活,用马克思主义观点去分析他们的生活与阶级关系。一句话:不深不透。《讲话》督促我,鼓励我今后需要长期地深入到他们的生活、深入到他们的思想感情中去。我采取到厂里参加实际工作的办法,并决心为此奋斗终生。"是的,从此草明的精神境界升华了,明亮的道路在她的面前展开了,尽管这条道路需要付出十分艰辛,但她终于由此攀上更高的巅峰了。

有必要提到,这时在草明的生活中出现了重大的挫折——她的婚姻破裂了,这对一个女人来说自然是一次重大的打击。草明是一个非常谦逊、性格温和的女人,但这时却显出异常的倔强。她在心里说:"从此,我的历史要单独重新写了。是啊,重新写罢!我是个有独立人格的人,我是党的女儿,我是属于人民的。让自己一生的精力、工作都献给人民罢。"不久,日本投降了,国民党与我拼命抢夺东北战略要地,延安的大批干部派到东北去了。草明的身体一向单薄,此时正处在疗养之中,但是她却一心要求参加向东北进军的行列。在离开延安前,毛主席还特意接见了她,给了她终生难忘的慰勉,她就把两个女儿和一个儿子留在延安,骑着一头小毛驴随队向东北进发了。

随后,她就全身心地投入到群众火热的斗争中去,也没有再结婚,可以说她把自己的全部热情和精力献给了工人阶级。随着革命形势的发展,她首先参加了哈尔滨市邮局的接收工作,后来到镜泊湖水力发电厂工作较长的时间。她深入生活的方式,主要是直接参加工作,通过工作来取得对生活的更深切的体验。沈阳一解放,她就自觉地到皇姑屯铁路工厂工作。从发放救济粮、献纳器材、组织写墙报和成立音乐队、戏剧组,并大力支持工人自动地利用业余时间用旧器材修复一部新机车准备大军南下解放全中国的壮举,直到在工人中建立团组织以后,她才离开该厂。从1954年起,她下了更大的决心,把户口也迁到鞍钢落户,并被任命为第一钢厂的党委书记,而且一蹲就是十年。丁玲提出的"到群众中去落户"已为不少作家接受,柳青在长安附近皇甫村落户的事远近闻名,还有不少军内外作家住在朝鲜志愿军的阵地上。此时毛泽东的文艺思想,可以说深入人心,深入生活蔚然成风。今天,回忆起这种景况,是多么地令人兴奋鼓舞啊!对照今天,又是多么地令人感慨啊!

深入地耕耘,必然带来丰硕的收获,这是规律。对草明来说,她在文艺战线上尤其在工业题材的开拓上,其成就是很明显的,她先后出版了中篇小说《原动力》,长篇小说《火车头》《乘风破浪》《神州儿女》等丰厚的作品。一般人认为工业题材虽然重要却是很难写的,即使对比较成熟的作家来说,也是如此。一个不熟悉工厂的人下到工厂,烟火弥漫,机器轰鸣,令人头晕目眩,会不知从何写起。郭沫若看了《原动力》之后,就说了很内行的话,他说:"它是很成功的作品,我是知道你是费了很大的苦心写来的。我们拿笔杆的人,照例是不擅长写技术部门,尽力回避,但你克服了这种弱点,不仅写了,而且写好了。写技术部门的文字,写得固然吃力,读者也一样吃力,但你写得却恰到好处,以你的诗人的素质,女性的纤细和婉,把材料所具有的硬性中和了。"郭老这里讲的,正是草明对难以驾驭的工业题材的创造和开拓。

我最近读了草明的长篇小说《乘风破浪》,它给了我十分愉悦的心情。我可以毫不夸张地说,它是反映我国工业战线的一部力作。它反映了我国在第一个五年计划期间工业发展的光辉灿烂的历史,这是一页极其动人的沸腾的生活。如果现代的年轻人想了解那一段真实的历史,你就到《乘风破浪》中去寻找吧,它将使你比读某些抽象的论著得到更丰富、更真实的东西。

我以为这本书,有以下几点突出的成就:

第一,它通过真实的人物形象和沸腾的生活,显示了工人阶级推动历史的伟大力量。工人阶级已经不再是可怜的受苦受难者,而是社会的主人,在他身上焕发出的无限的主动性和创造力,正是他作为一个伟大的阶级在推动历史前进。这是这部小说的最可贵之处。

第二,作品正确地揭示了工业建设中两条路线的斗争,并通过矛盾和斗争成功地刻画了各种人物。本书表现的两条路线斗争,绝不是外加的,而是存在于生活本身。某些技术领导人,轻视群众的创造力,把某些旧的技术成规教条化、神圣化,相当程度地阻碍了生产力的发展。本书中的厂长,一个很有魄力、富有才干的厂长宋紫峰就是这样一个典型,结果在党和群众的帮助下才彻底转变。小说在这方面写得是很成功的。

第三,小说成功地塑造了一系列先进人物。如老工人刘进喜、青年工人李少祥、总经理陈家骏、厂党委书记唐绍周、市委女宣传部长邵云端、市工业部长钱友太等,这些人物都写得性格鲜明、真实可信。如果不是作者长期深入工厂生活,是绝对不可能写出来的。

第四,由于作者对工人阶级怀有很深的感情,在劳动斗争中发掘出生活的诗意,使得此作品浑厚感人。例如,总经理陈家骏上任不久,给他的妻子写信说:"……我留下来了,也许你觉得我这人容易改变主意,但要是当你也来这儿待上几天,看见这只大熔炉冶炼着几十万人,把人们残余在脑子里的旧思想无情地淘汰成为渣滓,把工人阶级的优良素质升华为社会主义先进思想的时候,你也会被迷住,会完全赞成我这个决定的。"又说:"我盼望你快点来,你到了这儿,会很快爱上它的。这儿比农村有趣多了。特别可爱的是这儿的人。假如你和这儿的道地的工人接触,你会把心也交给他们的!……假使我长了千头万臂,我将一个一个地拥抱这儿的人。"不用说,其中自然表达了草明的感情。正是由于作者深入了这种感情,被认为是机械枯燥的工业劳动被诗化了。你看:

"……车间里,车轮像条弧线似的飞速转动着,加工的钢板在磨床上穿来插去;这角落刚冒起一阵电火的红光,那边又飞溅着紫色的火花。李少祥正眼花缭乱,耳朵却响彻着机器的大合唱。他含着微笑细细一听,分辨出来哪是小姑娘在娇嗔似的砂轮的均衡的尖叫,哪是少妇在欢笑似的瓦斯枪的吱吱格格的喧闹;还有那时高时低或紧或慢的敲打金属的声音,使合唱起着各种变化,而那具一吨半重的汽锤的低沉的吟哦,虽然并不突出,但那浑厚的音响却使很远都听得见,有如男女混声合唱队里的男低音似的,显然起着使整个合唱达到和谐优美的重要作用。他虽然那么热爱平炉车间的浑厚、凝重的格调,喜欢听钢水的惊涛骇浪似的咆哮,然而他同样也喜欢机器修理车间的轻快和灵活。假如说一个炼钢工人在炼钢时怀着一种怀孕母亲似的庄严的心情的话,那么现在听见金属的切削声和钢材的焊接声,就如母亲听见儿子在念书、在打球、在发议论那样,心情会变成快慰和感激了……"

这里写的是多么美妙动人啊!真是一首工业交响诗!

1991年5月,毛泽东同志《在延安文艺座谈会上的讲话》发表四十九周年的时候,举行了草明同志创作六十周年研讨会。这次会议是在草明同志的生活根据地鞍钢举行的,我也参加了这次盛会。全国总工会、作家协会以及草明的家乡都来了人表示祝贺,除了作家和评论家,还有一些草明辛勤培养的工人作家。会议开得很热烈,大家公认,草明是中国从30年代到90年代一生写工人的惟一女作家,其成就也是杰出的。其次,大家还对草明辛勤培养工人作家称道不已。这些足以证明,她不是把文学事业看做是个人的事业,而看做是阶级的事业、革命的事业。只有从工人阶级中培养出众多的作家来,工业题材的文学才有真正的繁荣。我在这个会议上也作了简短的发言,我提出了"研究草明现象,弘扬草明精神"的问题。因为我觉得像草明那样长期深入工人生活,毕生热爱工人阶级,将一切献给工人阶级的精神太可贵了,这是自觉地实践毛泽东文艺思想才会出现的"草明现象",是值得大力提倡的。

同时我深切感到,这些年来,我们的不少作家与劳动人民的生活离得太远了,与工农兵离得太远了,写他们写得太少了,尤其描写工人的东西,简直是凤毛麟角。也就是说,当年的"草明现象",将成为历史的陈迹了。这种局面怎么能够让它继续下去呢?我也曾打听那些当年在文坛上曾相当活跃的工人作家,他们现在的情形怎样?他们在想些什么?总是不得其详。当然,工人阶级已不再像当年那样风光,他们的政治地位和经济地位都在下降,许许多多的人遇到难以想象的困难和难堪的处境,他们已被现在流行的说法归入弱势群体。但我要说,他们仍然是一个伟大的阶级,最忠实于社会主义、共产主义的阶级,归根到底将仍是决定中国历史命运的阶级。他们当前所处的困境与不幸,不能成为我们疏远他们的理由,而应该成为我们更加关注他们、热爱他们、接近他们、了解他们、描写他们的动力。同时,工人阶级本身也应该生长出更多的作家,成为工人阶级的发言人。今天工人的文化教育程度已经提高了,其遭遇也是不平凡的,我想经过工人本身的努力是完全可以达到的。世界文豪高尔基不就是一个工人出身的作家吗?只有这样,我们的文学事业才是真正有希望的!

今天为了悼念草明,为了纪念毛主席伟大的《讲话》发表六十周年,我写了上面的话。我提出:谁来追踪草明?我相信是会有更多的草明跟上来的!

2002年4月4日清明前夕

悼 冷 西

冷西同志的突然逝世,实在令我痛惜不止。

冷西,一向是我所敬重的同志。这不仅因为他曾是新闻战线上的重要领导者,而且是我们党闻名的大秀才,一些具有伟大历史意义的文章的参与者。如《关于无产阶级专政的历史经验》《再论无产阶级历史经验》,以及"九评"苏共中央的公开信等,都是光芒万丈永垂青史的。这些文章大都由毛泽东同志亲自主持,集中了党中央领导的集体智慧才形成的,在世界共运史上起到了不可磨灭的伟大作用。

所以我总以为,冷西同志能够参与那么重要的活动,他比我的年龄一定大很多。后来才知道,他仅比我大一岁,而且到延安时间也差不多,都在那个时代的大熔炉——抗日军政大学学习过。不过他多上了一期马列学院,毕业以后就留在延安,到中央高级机关里工作了,而我则分到了敌后,去了前方,一直在部队下层接受锻炼。所以我见了冷西同志总说:"吴老,您成熟得早啊!"我指的是,他在三十六七岁上就当了《人民日报》的总编辑并兼任新华社社长,还写出了那么多重要的文章,没有出众的才华怎么能做得到呢?

但是因为彼此业务不同,我们的接触却很少,只是近年来才稍为多一些。1995年发生了一件事,自称毛泽东私人医生的李志绥,在美国出版了一本回忆录,制造了许多所谓毛泽东私生活的丑闻。这本书矛盾百出,而且是同一个形迹可疑的美国人共同构撰的。此书在美国和台湾同时出版,引起了海外华人的莫大愤慨。在美国的进步华人学者,除公开集会揭露批判外,并郑重发出了四十一人的公开信,对李志绥的丑恶行径进行痛斥和批驳。公开信发出不久,他们还通过《中流》编辑部找到我说，大陆各界对此事也应当有所反应才好，因为李志绥的回忆录造成的影响实在太坏了，不仅对中国共产党不利，而且使世界各国的共产党都感到被动。我当即找到一向富有正义感的老将军魏传统商议，老人家认为，此事责无旁贷，而且真正的知情人，毛泽东身边的人都在大陆，理应澄清此事。于是由魏老将军和我共同发起，由毛泽东身边的工作人员提供情况起草了一封公开信，征求各界签名。麦辛同志也参加了具体的组织联络工作。一开始我就想到了吴冷西同志，他长期接近毛主席，对毛主席是应当有所了解的。因此也发给他一封征求签名的信，果然很快就收到了他的回件，在回件上除写了"吴冷西"三个大字外，还注明"中华全国新闻工作者协会主席"的身份。不久又接到了文联主席曹禺同志的签名。他们两人的签名是特别令我高兴的。经过两个多月的筹备，一百三十五位各界著名人士的签名活动告一段落。除毛主席身边的工作人员如汪东兴、叶子龙以及毛主席的卫士、护士、医生外，各界著名人士还有臧克家、欧阳山、王稼祥的夫人朱仲丽、王震的夫人王季青等等。随后，一封题名《辱华反共的丑恶表演》的痛斥李志绥的公开信就在美国发表了。此事我当时就向中央负责同志作了汇报。

在这件事情上，吴冷西自然给了我极好的印象。

1999年5月，我收到冷西同志新出版的著作《十年论战——中苏关系回忆录》。这是吴冷西同志晚年的重要著作，是他历时十年写成的。我用了一个夏季的时间把这本五十万言的大书认真拜读了。十年论战的斗争过程是作者的亲身经历，毛主席多次召开的高层领导会议他都列席参加了。因此他对这段历史写得十分翔实生动，尤其具有极高的思想理论价值。它不仅展现了以毛泽东为核心的党中央高度的马列主义理论水平，而且显示了我们党的战斗风格和令人赞叹的斗争艺术。我认为本书的出现，是冷西同志晚年的一大贡献，具有不同凡响的意义。因为自斯大林逝世后，我们党同赫鲁晓夫集团的斗争，除了反对其大国沙文主义之外，主要是反对现代修正主义的斗争。以毛泽东为旗手的中国共产党，敢于高举马列主义的大旗，同赫鲁晓夫修正主义进行了坚决而顽强的斗争，对推动世界共产主义运动的革命化，是有重大意义的。按其重要性说，完全可以与当年列宁反对第二国际伯恩斯坦、考茨基修正主义的斗争相媲美。从现实意义上来说，那就更明显了。苏联、东欧等社会主义国家的变质和资本主义的复辟不是完全彻底地证实了毛泽东当年领导的反对现代修正主义的斗争是完全正确的吗？遗憾的是，这段重要的历史已经很少提及了，连"反对修正主义"这个词也很少讲了。因此我认为吴冷西同志这本书的出现，是很重大的令人高兴的事。对此我们不应该无动于衷。于是我就同《中流》编辑部的几位同志商量，准备开一个关于本书出版的座谈会，得到大家的一致赞同。不久座谈会举行了，不出所料，本书在座谈会上得到各界人士很高的评价，也对十年论战那场反对现代修正主义的斗争作了正确的评价。会后，许多读者来信要买此书，《中流》为此办理了代销业务，卖出了不少。那年冷西同志正好八十岁了，读者的热情也算是对他的一点安慰吧！

从内心情感上说，有许多问题我是很愿找冷西同志请教的，但是因为他身体不好，还是接触得太少了。听到冷西同志猝然去世，我心中留下的遗憾，怕是永远也无法弥补了。

冷西同志，为了共产主义事业，你奋笔耕耘了一生，有许多文章都是夜以继日呕心沥血赶出来的，你太辛苦了，你好好地安息吧！

2002 年 8 月 14 日

怀 念 柯 岗

柯岗同志是抗日战争中成长起来的作家。他是我的河南老乡，我们都是从这苦难的土地上走出来的。我们参加革命的时间也差不多，都是延水之旁宝塔山下，那座被称为大熔炉的"抗大"的同学。他的妻子曾克，也是河南人。抗日战争的炮声响起以后，她是最先走向豫北前线写出报告文学的作家，曾经受到茅盾先生的赞扬。她和柯岗这一对比翼双飞的作家就像海燕一般穿飞在太行山的烽火和解放战争的硝烟中。

抗日战争中成长起来的作家，这是一大批人，其阵容是相当壮观的。他们共同的特点是：革命实践的经验比较丰富；同工农劳苦群众的思想感情有血肉联系；马列主义毛泽东思想的根子也扎得比较深。这是他们独具的优势。但是，在文化素养上，与"五四"那一代作家比就比较差。因为他们参加革命时都年纪很轻，大半仅受过中学教育，像柯岗那样上过大学的，已经是凤毛麟角了。参加革命之后就是战争环境，不是行军，就是打仗，哪有时间专心读书呢？再说也没有书读，偶尔从后方来人带一本书来，也被大家抢着读，很快就读烂了。

应当说，柯岗就是这批人中的重要作家之一，而且是军旅作家中成绩显著、成果丰硕的作家之一。他长期在晋冀鲁豫根据地和第二野战军中工作，战斗的足迹遍布大半个中国，参加了各次重大的战役，1950年又进军西藏。他的长篇小说《三战陇海》《逐鹿中原》和《金桥》等著作，几乎是第二野战军的一部战史。应当说，他在军事文学上作出了重要的贡献。

《柯岗文集》出版的时候，我曾参加了柯岗创作五十五周年的研讨会,并向他致以衷心的祝贺。我当时在发言中就是这样说的。而且我说,从《柯岗文集》看来,他不仅是个小说家,还是个多面手,不仅小说写得好,诗和散文也写得不错。他的诗中有不少佳作,如描写太行山根据地生活的《采椒》就写得很美:

> 她们笑了,
> 她们笑红了花椒。
>
> 我在漳河岸上走,
> 她们在花椒树间笑。
>
> 她们一声笑,
> 剪落一串红玛瑙。

从诗中充分流露出作者对根据地人民的热爱。还有《一个女人》,也写得很动人。

散文方面,例如《红军妈妈》《刘伯承印象记》都写得很好。1950年我由骑兵团政治委员的岗位上调到总政治部宣传部。为了迎接部队向文化进军的任务,我参加了为部队编文化课本的工作。在我负责编的《语文》第六册中,我就选了《红军妈妈》这一篇,因为它确实深深地感动了我。我认为,柯岗在文学语言上也取得了相当成就。他的语言读来通俗流畅,很群众化,这是接触群众很少的作家难以达到的。

柯岗同志近年得了不治之症,终于驾鹤西去了。这无疑是中国军事文学的重大损失。但是他留在《柯岗文集》中的一系列作品,将同第二野战军的战绩一起留在中国革命的战史上,永远放出不朽的光芒,为教育一代代后人服务。这也许是对作者的最好纪念。

2003 年 1 月 8 日

苦读马列，深入群众

——纪念毛泽东同志诞辰一百一十周年

毛泽东同志已经去世二十七年了。随着岁月的流逝和风云世态的变化，中国人民仍然深深地怀念着他。尤其是千千万万的劳苦大众，对他的感情不是减弱了，而是愈来愈深厚了。对他的认识不是模糊了，而是愈来愈鲜明了。人们认识到，他不愧是当代最伟大的马克思主义者，是中国人民最忠实的儿子，是中国人民永远引以为自豪的伟大领袖和导师。他的伟大功绩和历史地位，如江河行地，日月经天，是任何人夺不走，扑不灭，也抹不掉的。

但是，在这位历史巨人逝世之后，却遭遇了种种不幸。一种是，帝国主义者和国内的阶级敌人以及其他怀恨革命的分子，疯狂地掀起了否定和贬低毛泽东的狂潮，并进而把中国人民建国以来创立的伟大功绩涂得一团漆黑，说得一无是处。另一种则不同，他们表面上仍部分承认毛泽东的历史功绩，也笼统地承认毛泽东思想的历史地位，但却徒有空言，并不准备去实行，只是把毛泽东和毛泽东思想作为无害的神像供奉起来。除此之外，还有第三种，那就是新出现的假马克思主义。这种假马克思主义正像充斥市场的假货一样，尽管装饰着许多五光十色的马克思主义的词句，但却是毫无革命的马克思主义气味的赝品，任凭叫卖者一再叫嚷："这是真货，这是马克思主义的新品牌！它和马克思主义一脉相承！"也只能让识者啼笑皆非。

以上三种表现纵横交织，造成了人们思想上空前的大混乱，对毛泽东和毛泽东思想的戕害，自然是极其严重的。

尽管如此，由于毛泽东在人民心中扎的根太深，毛泽东思想的真理性昭如日月，数年以前，却忽然从民间涌起了"毛泽东热"。这股热没有任何人指使，也没有任何人布置，这股风，完全是不期而至地铺天盖地而来。我亲眼看到许许多多城乡的汽车司机，驾驶舱里挂起了毛主席的肖像牌，把这位老人当做吉祥的象征了。此外，还流行着一些传说，在什么名山上，有群众集资并亲自动手修建了"三元庙"，供奉着毛、周、朱三人的塑像。还说，海南岛和长江三峡出现了"毛公山"。海南岛的"毛公山"我还没见过，长江三峡中的"毛公山"，我却仔细鉴赏过。那座山确有点像，似乎毛主席他老人家在安详地仰卧着。惹人寻思的是，长江里的船只，每天都有成百上千地在三峡里来往，为什么过去没有发现这座"毛公山"呢？显然这不过是人民对这位伟人深深的思念加上想象罢了。

如果说这些都是民间传说，带有某些神话色彩，那么毛主席纪念堂前绵延不绝的人流，却是人们在天安门广场上每天都可以看到的。前年和去年毛主席的诞辰，我都到纪念堂去。我每一次都为这长长的绵绵不绝的人流所感动。那些从祖国四面八方汇集而来的队伍，老老少少，男男女女，穿着各色的衣服，扶老携幼，向纪念堂不断地涌动着，我在上午十点进入纪念堂，数字牌已经标志着进去近万人了。据纪念堂的工作人员说，每天来参谒的不下三四万人，每逢节假日，可以达到五六万人，甚至还多。这无疑是中国最壮丽的一道风景线，是一道无坚不摧的情深义重的长城，也是一条孕育着光明与希望的奔流不息的江河！

但是，我们还必须看到事情的另一面。这些年来，马列主义、毛泽东思想确实被虚化了，淡化了，大大地淡化了。不要说许许多多的人被无形的力量驱赶到钱眼里，对人民的命运漠不关心的人也为数不少，对马列的著作和毛泽东的著作，已经很少有人读了。据说，许多县团级干部甚至更高的干部，根本没有读过毛泽东的著作，没有读过《共产党宣言》，甚至在书店里买不到《共产党宣言》。我们想一想，为什么政治骗子和理论骗子能够大行其道？为什么假充马列的冒牌货能够畅行无阻？为什么一些很容易识别的谬论人们看不出来，反而让它们风头十足地流行？其原因不在别处，不学马列是痛苦的教训。毛泽东同志生前曾不止一次地强调，要弄通马克思主义，方能抵制那些政治和理论骗子。他在林彪事件发生前的沿途讲话中还谆谆告诫说:"庐山会议上讲了要读马列的书。我希望你们今后多读点书。高级干部连什么是唯物论、什么是唯心论都不懂,怎么行呢?"现在的情况不是比那个时候还严重吗?那时大多数干部还是很认真地读了一些马列著作和毛泽东的书的,总还是扎下了一些根子,现在呢?恐怕与马列的著作已经十分疏远了,更别说那些腐化干部,不是到歌台舞榭,就是搓麻将去了。

因此,我诚恳建议,我们的好同志,特别是关心祖国命运的青年同志,要认真读一些毛泽东的著作和马列的基本著作。乍看起来这是小事,实际上这是与人民命运、与社会主义前途攸关的大事,更不要说与青年的健康成长有直接的关联了。回想我们这一代人,当年为什么要参加革命?为什么要千里迢迢跑到延安去寻找真理?除了旧社会的压力外,还不就是接触了一点马列主义的火种吗?不就是从迷茫中看到了一点朦胧的真理之光吗?如果我们从根本上疏远了马列主义、毛泽东思想,革命的火种岂不是要熄灭了吗?当然,人民总是要革命的,革命的火种是永远不会熄灭的。

我高兴地听到,近年来有些大学里,一些很有志气的青年,发出了"寻找毛泽东"的呼唤,并且对马列著作和毛泽东著作埋头苦读了。据说他们的学习很有效果,有些人已经读完了《资本论》。他们对共产主义的理解和信念,以至于观察社会问题的眼光,都有了很大的提高。这些使我从内心里感到高兴和振奋。在他们身上,我看到了中国的未来和希望。

至于从事文艺工作的青年同志,苦读马列,深入群众就更为迫切和必要了。一个优秀的作家和艺术家,如果不是为金钱和虚名而写作,他是不会逃避现实、回避矛盾的。而要正视社会现实,就必须有不怕矛盾的勇气,还要有透彻的观察和正确的反映。而缺乏一定的马列主义的素养,我看他是很难理清纷纭复杂的社会生活的。毛泽东同志告诉我们,一要学习马列,二要学习社会。现在有些文艺工作者,连毛泽东的《在延安文艺座谈会上的讲话》都没有读过,或者读过也不以为然,这怎么行?因此,读一些毛泽东的著作和马列的基本著作还是很有必要的。鲁迅的文章那样深刻犀利,基本观点比某些共产党人还正确,是同他认真钻研过马列著作,具有深厚的马列主义素养分不开的。同时,鲁迅本人也曾告诫文学青年不应只看文学作品,还要读点理论书籍。毛泽东和鲁迅都是中华民族的伟大人物,作为一个中国人,此生不读毛泽东和鲁迅的著作,那将是最大的憾事。

苦读马列和深入群众这两者要密切联系起来。为什么要这样说?因为马列主义是革命的科学,它本身是战斗性和实践性很强的东西。我们学习它不仅是为了认识世界,更在于改造世界。同时,我们也只有和广大工农群众——社会实践的主体结合起来,才能真正学到。仅仅在书斋里是成不了真正的马列主义者的。前几年我曾看到,一些颇有学问的人甚至大半辈子搞马列主义的人,却在社会的大变动中,反而摇身一变,站在反马列的阵营去了。我在慨叹之余,随手写下一首小诗。诗曰"寻章摘句老雕虫,口口声声奉马翁,一看城头旗色变,叛贼营中打先锋",就是嘲笑这种人的。说老实话,不投身到群众之中,不同广大劳动者在一起真心奋斗,不管读了多少书,也是成不了马列主义者的。至于说文艺工作者,那就更需要深入群众了。我们不是常说生活是创作的源泉吗?离开这个源泉,我们不是成了一口枯井了吗?……

值此,在纪念我们敬爱的领袖和导师毛泽东同志诞辰一百一十周年的时候,我写了上面的话来献给同道者。

2003 年 5 月 7 日

他是日本人民的良心

——悼念东史郎君

不久前,从报上得知,东史郎君逝世了。

东史郎这个名字,我想中国人是并不陌生的。他曾是前侵华日军的一名士兵,战后回国。1987年,他出于对参加侵略战争的反省和向中国人民谢罪的愿望,在日本京都的和平展览会上,公布了他的战时日记,其中包括记录当年南京大屠杀的情景。同年12月,东史郎以《我的南京步兵队》为题,将日记节选后交青木书店出版,在日本国内外产生了较大反响;同时也遭到日本右翼势力的嫉恨。1987年12月至2000年2月,他先后六次来中国谢罪。我就是他第六次来华时,在国史学会举行的欢迎会上认识他的。

那时,东史郎已经八十八岁了,虽然满头白发,但身躯强健,讲话声音洪亮。那天我听了他的讲话,他再次揭露了侵华战争的罪恶并表示了为中日友好奋斗的决心,令人深为感动。宴会后,他把在中国刚刚出版的《东史郎日记》送给我,并在扉页上题写了"正义必胜,粉骨精白。东史郎八十八岁"等字。我翻看了该书的序言,他以鲜明的语言写道:"应该永远不忘中国人民对我们的恩情,因为他们并没有对日本军国主义——军阀犯下的滔天罪恶以牙还牙,而是对我们'以德报怨'。"又说:"日清战争中,日本占领了台湾,从中国索取了大量的赔款。然而这次日本战败后,中国并没有占日本一寸土地,没让日本人赔偿一分钱,反而对我们说:'我们要永远为友好而努力!'这种恩情我们要报。"他又说:"因为我们错了,所以必须反省,切不可成为忘恩负义的卑鄙小人。我要忏悔,坦白罪过,脱胎换骨。遗憾的是至今军国主义阴魂仍然不散的那些家伙竟然控告说:

'东史郎在说日本军的坏话,这是毁坏名誉。''不光彩的侵略和残暴的日本军究竟有什么名誉?!'我义正词严地反驳他们,六年来与他们斗了整整两千个日日夜夜。三百万人出征,而我为了洗刷自己的罪过一直在与军国主义斗争。"

哦,这就是东史郎!

看了他的这些话,怎么能不令人感动呢？东史郎代表了日本人民的良心！他是真正从罪恶的侵略战争中吸取了教训的有觉悟的日本人！日本民族的前途就在这些人的身上。

第二天,在与东史郎送别的时候,我将自己写的反映抗日战争的小说《火凤凰》送给他。我对他说,我是一个抗日战士,书里也写了我的抗战经历。这里既写了日军的残暴,也写了当年最先觉悟的日本朋友——他们组成的反战同盟支部在战场上的活动。今后让我们共同为中日人民世世代代友好而努力吧！东史郎与我说话时,发现我的耳朵不好,回国后曾寄来一副助听器,纪念我们这次相识的友谊。

倏忽间,几年时间过去了。当东史郎君不幸逝世的消息传来的时候,也正是日本的极右势力不断制造紧张局势,中日关系很不好的时候,这就更增加了一层悲凉。在日本国内,一方面是极右势力甚嚣尘上,一方面是日本人民的正义力量受到严重打压。这不能不使我特别难过。当然,这些都是在美日结盟的特殊背景下发生的。近年来,日本小泉政府一意孤行,坚持参拜靖国神社,非但不断恶化与中、韩、朝等邻国的关系,而且死心塌地追随美国霸权主义,图谋复活日本军国主义。日本人民正面临着一个关键时刻,不能不严肃考虑,究竟什么才是日本民族应走的道路。在我看来,以小泉为代表的右翼势力,死心塌地地追随美国,把自己绑在美国霸权主义的战车上,为美国火中取栗,是一条非常危险的道路,绝非日本民族之福。相反,以东史郎君等正义人士为代表的和平发展的道路,与中国等东亚人民睦邻友好的道路,才是真正日本民族的光明坦途。这是我在悼念东史郎君衷心的话。我寄希望于日本人民。

2006 年 1 月 10 日

为克家诗翁送别

克家诗翁于万家灯红的元宵之夜驾鹤西行了。

去年10月,适逢他的九十九岁诞辰,我和女作家丁宁同志相约去看望他。那时正是他病危的时刻,郑曼大姐面带忧容地把我们引进病房,这位瘦弱的老人正处于昏迷状态。郑曼轻轻地在他耳边唤了几声,我也轻轻地呼唤着:"克家!克家!"他似有所动,睁了睁眼没有睁开,却从被子边伸出手来。我握着那只枯瘦的手,为人民作出重要贡献的手,默默祷祝着诗人能够转危为安。果然不久,就传来奇迹般的消息,他的病情转趋稳定,亲人们和朋友们都庆幸他可以活到一百岁了。哪里知道又出现了这样的变化呢!

当克家同志像一颗新星一样照耀诗坛的时候,我已经在读他的诗了。那时候我不过十五六岁,对诗歌女神正处于热恋时期。中原各地如郑州、开封、洛阳、新乡、安阳以及豫南,还有一帮写诗爱诗的朋友,这些人大部分受到以鲁迅为首的上海左翼文化的影响,思想激进,不满现状,为深重的民族危机与社会危机而骚动不安。他们由高天、程率真、陈雨门等人牵头组成了"劲风文艺社"。学诗、写诗、办诗刊,搞得很起劲。一位年轻的诗友周启祥,从上海回来,带来了臧克家的《烙印》《罪恶的黑手》《运河》《自己的写照》,还有田间的《黎明集》《中国牧歌》《中国农村的故事》等诗集。大家如饥似渴地读着。这些诗,像《烙印》中所写的《难民》《老哥哥》《老马》《贩鱼郎》《崇思》《洋车夫》《神女》等等,立刻引起了我们的共鸣。因为我们的身边就是这样的生活。只要我们睁一睁眼,大街上就可以看到背井离乡蓬头垢面的逃难者,在苦难中挣扎的流民图。田间写的农村故事也是这些内容,不过另有独特的风格。他那小炸弹般的短句,给人以前所未有的新鲜之感。他诗中有一句"扬子江,你站起来吧",至今我仍然记得。我们之中,有人学克家,有人学田间,他们都对我们中原诗坛有强烈的影响。

克家同志写于 30 年代的诗,忠实地描绘了当时的社会生活,描绘了人民的悲惨命运和改变这种命运的要求,至今读起来仍是沉甸甸的,是新诗宝库中的重要部分。正如诗人所说:"对当时的黑暗社会,对命运悲惨的农民,我确实是含着眼泪苦吟,蘸着浓情把它写在纸面上的。"(《学诗纪程》)我想正是这样的诗才具有长远不衰的生命力。

抗战爆发,我到了延安,两地悬隔,读克家的诗就比较少了。解放后,大家聚首北京,在许多集会上,常常能听到他的诵诗声和兴高采烈的读诗声。他竟如到了一片新的天地,再一次焕发了青春,歌颂社会主义新生活的诗篇,歌颂党和毛泽东的诗篇,不绝地喷涌而出。从他身上我感到他确是一位与人民同心与时代同步的诗人。

除自己创作外,克家很重视新诗的建设。他在任《诗刊》的主编期间,与毛主席等领导人谈诗、论诗,毛主席同他谈诗的信,对新诗的发展产生了极大的影响。此外,他在培养年轻诗人方面,也倾注了很大热情,在这方面是有建树的。克家同志为人热诚谦和,朋友很多,但他在原则问题上也是很严肃的,尤其关心我们的社会主义文艺事业向着正确的方向发展。对出现的好诗他每每热情赞扬;对于不良的文艺现象,也常常著文批评。在这方面他的正义感是很强的。有一次他曾写信给我,对嚣张一时的重写文学史的荒谬主张,表示异常愤慨,要我和默涵同志商量,能在我们主持的刊物上关注此事。在我们的印象里,克家愈到晚年,仿佛经霜的红叶愈加艳红了。

去年 8 月,郑曼大姐告我,克家同志的全集出版了,要开一个座谈会邀我参加。我怀着对这位老诗人崇敬的感情,再次翻阅了他的作品,为他写了以下的祝辞:

  随战斗世纪而来,
  与劳苦大众同心,
  迎风斗雨,巍然屹立,

> 雄峙如泰岳者，
> 大诗人臧翁克家也。

克家同志一生写了许多好诗，其中我最喜欢、最感动的，是他那首《老哥哥》，就像我读艾青的诗最喜欢那首《大堰河》一样。我曾说，艾青是属于《大堰河》的，臧克家是属于《老哥哥》的。他们都是我国老一代诗人中最杰出的诗人！也只有属于劳动人民的诗人才能跨进大诗人的高峰！

克家同志安息！

2004 年 2 月 11 日

祝胡可同志的艺术成就

——在胡可同志从事戏剧活动六十五周年研讨会上的发言

胡可同志是我相熟相知的老战友。过去我们都生活战斗在晋察冀根据地这块战斗的土地上。解放后又在总政和北京军区相聚在一起。他的重要作品我都是看过演出的,不论是在村头的冰天雪地或者在剧院里,这些作品都给我留下了深刻的印象,我是很喜欢他的作品的。

从他的作品看,《清明节》《戎冠秀》《战斗里成长》《英雄的阵地》《战线南移》《槐树庄》等都是反映革命战争和社会主义革命和建设的。可以说它们相当生动、具体地,也相当深刻地描写了历史的真实,是充满革命理想的扎扎实实的革命现实主义作品。这样的作品是富有生命力的,是决不会转瞬即逝的,是会长期活下去的。因此,完全可以说,胡可同志的作品反映了一个历史时代,他是来自解放区的一位有代表性的作家,一位当代杰出的戏剧家。

胡可同志所以能够取得这样显著的成就,熟悉情况的人都知道这不是偶然的。

首先,他确实扎扎实实地深入了生活,深入了火热的斗争,从群众中汲取了营养。近年来,我看了胡可同志出版的战时日记,使我的印象越发深刻。当时,他虽然在文艺团体,但却常常背着背包深入连队,和战士干部们滚爬在一起。太原外围战时,他就钻在简陋的防炮洞里。有时还深入到遍地是炮楼的敌占区,仅仅依靠一两个地下工作者的掩护进行活动。反扫荡时,他还被派出找粮食,爬山越岭把粮食背回来给同志们吃。在这一点上,我看他比我还要辛苦,我随部队生活和战斗,有什么吃什么,还不用自己操心。我看了他的战时日记,很是感慨。想想现在文艺工作者脱离群众、脱离生活的现状,这不是很好的教科书吗!

应该提到,胡可同志在深入群众生活中,是同不断改造自己联系在一起的。他从来不像有些知识分子那么狂妄,认为自己天生就比群众强,用不着改造了。

其次,从胡可同志的作品看,不可否认,他是富有艺术才华的,同时他的艺术才华又同刻苦勤奋结合起来了。一个既有才华又同勤奋结合起来的人是不可能没有成就的。

归根结底,还是由于胡可同志真正领会和掌握了毛泽东同志的文艺思想,并且始终如一地毫不动摇地坚持了几十年,这就是胡可同志能取得以上硕果的根本原因。

我希望一切有志者,都能沿着这条道路走。

2004 年 2 月 26 日

阳春白雪的故事

——赞白求恩式的国际主义战士阳早和寒春

中国人民的挚友、著名的国际主义战士美国人阳早同志,于2003年12月25日去世了,我是很晚才听到这个消息的。

几年以前,我曾怀着敬慕之心,在京北沙河镇的小王庄拜访了他和他的妻子寒春,并且参观了他们工作的奶牛场。这是我第一次看到他们。怪不得他们自称为"乡下人""土包子",他们那身打扮,除了鼻子大些以外和中国的农民没有多大差别。他们住在几间普通的平房里,屋子里放着一张非常显眼的桌子,是用砖头架起来的。一套旧沙发不知道多少年了。房间里还有一个经常动用的工具箱和这对夫妇经常要下牛圈穿的胶鞋,完全是一个普通劳动者住的屋子。屋子外边是几棵高大的白杨。当我站在萧萧的白杨树下与这对老人告别时,不禁想到,现在不少人梦寐以求地想往美国跑,而这两位美国的大专家却宁愿在中国偏僻的乡间为中国人民工作,这究竟是一个什么现象,难道不值得我们深思吗?

去年春,听说阳早因病住院了,我曾和朋友到协和医院看望他。正巧寒春也去了那里。那天阳早虽然躺在病床上,但精神却很好。我们围着床边闲聊起来,谈的自然是布什悍然用重兵侵略伊拉克的事件。大家冷嘲热讽地称布什是当年的希特勒。寒春则说:"这个布什坏得不能再坏了。"那天大家谈得很高兴。一位年轻朋友还与阳早约定,要在他出院后一块儿"喝两盅"。哪想到阳早竟在年底就谢世了。

今年2月14日,我和妻子带了女儿、女婿及外孙一家到沙河小王庄去看望寒春。一是向阳早致悼念之意,二来也是让后代从中受点教育。那天,我把事先写好的条幅"向中国人民的朋友,白求恩式的共产主义战士阳早、寒春同志致敬"献给寒春,寒春一个字一个字念过,面含笑意地收下了。然后她就让我坐在阳早平素坐的那个单人沙发上谈起来。我首先问起如何处理阳早的后事,寒春答道:

"儿女的意思是进行树葬,就是说买一棵树,把他的骨灰埋在下面。但是要埋在他能够看见那些奶牛的地方。"

我"噢"了一声,心弦颤动了一下,不禁想道:这位著名的外国专家,既没有提出把骨灰送归故乡,也没有提出按正常的礼遇葬在八宝山革命烈士公墓,而是按照儿女的意愿埋在一个能看到牛的地方。难道是出于他天性爱牛吗?显然不是。许多人都知道,他是在年轻时卖了自己的奶牛,漂洋过海,怀着满腔热情到中国来的。他为什么不在自己的家乡美国养牛,要跑到万里之外一个最寒苦的地方——中国的延安来养牛呢?这就是阳早的故事。也是上世纪三四十年代出现的一段历史传奇。

那天,我们夫妻俩还有几个在座的年轻人,就同寒春谈起阳早的故事和她的故事。

寒春是从她的哥哥韩丁说起的。韩丁又同阳早是好朋友,他们都是美国的进步青年,斯诺的《西行漫记——红星照耀着中国》,为他们打开了一个新视野,使他们倾心于神话般的中国革命。韩丁于1945年首先来到中国,会见了在重庆谈判期间的毛泽东,为毛泽东的魅力深深吸引,他回国后又广为传布。阳早就是在这个影响下决定来中国的。当时二十七岁的阳早已经在康奈尔大学农牧专业学习过,正在从事饲养奶牛的工作,便毅然决然地卖了自己的奶牛,动身来到中国,又辗转到了延安。一到延安他立刻感到来到了一个从未见过的新世界,这里浓郁的革命气息、艰苦朴素的生活和延安特有的作风,很快把他吸引住了。尤其是延安那种人与人之间的关系——真诚的友爱互助,批评自我批评,上级可以批评下级,下级也可以批评上级的真正民主平等关系,使他钦佩不已。他于是决心在这里干下去。但是不久胡宗南大举进攻延安,战争的考验来到了。这时在奶牛场工作的阳早,积极参与了几十头奶牛的转移工作。这可不是一件轻松的事。因为牛和人不同,不管敌机如何跟踪轰炸,它总是从容不迫地走着。有一次面临着一条冰河,奶牛就是不肯过去,把人们几乎急疯了。阳早只好先把奶牛赶进冰河,然后自己也穿着棉衣跳进冰水里,带着奶牛游过河去。不用说,他的衣服全湿透了,而且冻在身上。同志们只好把他抬到农家,换下全部湿衣服才渐渐恢复过来。"我到延安之前,阳早已经经受了战争的考验。"寒春笑着说,"这次保卫延安之战,毛泽东以两万多人,打败了胡宗南十倍以上的兵力,使阳早佩服得五体投地,认为中国革命的胜利是毫无疑问的。于是他下定决心,留在中国,不走了,要同中国人民一起革命到底。……我是比阳早晚两年,于1949年才到达延安的。"

于是寒春开始讲起她自己的故事。

"有的记者说,我是追随未婚夫阳早来到延安的,这不对。"寒春认真地说,"我和阳早已经有了很好的感情,这不错;但是他不是我的未婚夫。假如他不是在延安而是在一个别的国家,我是不会奔他去的。"

"那么,你是为什么到延安去的呢?"一个年轻人插嘴问。

"可以说是一个梦想的破灭和另一个信仰的开始。"寒春笑着说。

寒春说她和阳早不同,她是生活在一个知识分子的家庭。母亲是个教育家,担任着一个有名中学的校长,从小就注意培养锻炼她爬山、滑雪、骑马,动手盖小房子、制作陶器,养成她坚强的性格。她对科学最感兴趣,在著名的威斯康星大学专攻物理并获得硕士学位。当时,第二次世界大战正在进行,美国政府集中力量研究原子弹,作为年轻的女物理学家,寒春参加了在新墨西哥州进行的第一颗原子弹试制。

1945年7月,原子弹在美国西部墨西哥州的荒无人烟的沙漠地区试爆成功。爆炸时的那种地动山摇的感觉,自然使这个年轻的女物理学家感到惊骇。不久,美国在日本广岛、长崎投下两颗原子弹,炸死了几十万和平的人民,包括无数的妇女和儿童。当寒春在一个小房间里从一部高级秘密录像中看到那可怕的蘑菇云上升的时候,听到身后的一个科学家轻声说:"那都是日本人民的血肉啊!"这两声巨响不是把寒春震骇了,而是把她震醒了。原来自己醉心的"纯科学",竟制造出这么个怪物和魔鬼!她不能再干下去了,她的天真的幻想彻底破灭了!这时,那个东方正在创造的新世界又重新回到她的心中，又在强烈地吸引着她，向她招手。她已经清楚地意识到，在现实社会中自己那个纯科学研究，只不过是一个幻想，作为一个核物理学家要么出卖自己的灵魂，要么退出核能研究中心，除此别无出路。所谓自由社会其实并不自由，民主也不是真正的民主。经过剧烈的思想斗争，她终于作出了决定：到远方去，到她的朋友已经先行一步的地方去，那个毛泽东正以"小米加步枪"战胜强敌，正在创造神话的地方去。

这就是寒春的故事。

1949年阳春三月，阳早与寒春在延安久别重逢。4月在边区政府礼堂举行了气氛热烈的婚礼。中共著名元老、边区政府主席林伯渠亲自到场祝贺。鞭炮齐鸣，唢呐高奏，好不热闹。林伯渠的喜幛"爱情与真理的结合"格外引人注目。自此以后，这两位喜结同心的美国伉俪，就共同为中国革命的事业奋斗了。他们先是被派到荒凉偏僻的三边地区建立牧场，后来又到渭河之滨的草滩农场饲养奶牛，使西安第一代新中国儿童喝上了他们的鲜牛奶。在这里一干就是十年。此后又调到北京郊区红星公社的奶牛场工作了几年，最后就在沙河镇小王庄的农机试验站奶牛场安营扎寨。在此期间，寒春设计安装的管道式挤奶设备、直冷式奶罐，在中国率先实现了奶牛饲养机械化。为了培育牛的优良品种，阳早还用自己家的钱买回美国、荷兰优质的奶牛精液和胚胎，进行了移植，使小王庄以优质、纯净、高产、低耗的奶牛闻名全国。2003年，每头牛的牛奶产量达到9088公斤，居全国之首。享有盛誉的"卡夫"酸奶，就是用小王庄的鲜奶制成的。奶牛场的负责人陈继承说："没有这对老革命，牛场不会有今天。"

这就是阳早和寒春五十多年来的风雨历程。

在他们的身上，我还看到了另一种十分光彩的东西，就是几十年来他们一直保持着当年延安的作风。在这点上，我可以坦率地说，比我们许多老干部做得还好，这是十分难得十分可贵的。在延安时期，那时实行的是供给制，固不必说。实行工资制以后，上级把他们作为专家对待，提高了工资，他们却坚决不干，经过反复要求，又把工资降下来。他们说："多数工人干部都是几十块钱，我们这一百多块已经很不错了。"在红星公社时期，他们本已受聘为农机部顾问,担任畜禽机械研究所副所长,北京市和农机部都为他们找了房子,请了几次都被他们拒绝。他们说:"出出进进看得见工人、农民,听得见机器响,住在这里心里才踏实。"他们吃的是地道的中国饭菜,无非是烙饼、面条、饺子、玉米粥和米饭炒菜之类。而且给保姆规定,不能不吃粗粮。尤其可贵的是,他们终身不脱离劳动,不像有些专家只动嘴不动手,他们不论刮风下雨,严寒酷暑,总是骑上自行车上班,在车间和牛棚里和工人一起干活。夏季天气热,阳早就脱个光膀子和工人滚在一起。工人们跟他开玩笑说:"人们都说工人身上有多少土,你们身上有多少土,这不对,老阳的身上,应该比我们多些,因为你的汗毛长,自然比我们沾土多了。"阳早、寒春上下班,自行车上总挂着一个旧挎包,看到哪里有能用的旧零件,甚至是一个螺丝帽、一个钉子也要捡起来。他们嘴上经常挂着一句话:"不要忘了我们还不富裕,要用延安精神搞四化!"他们还经常说:"中国是一个农民占多数的国家,四个现代化的问题,占第一位的还是农业和农民问题,农业和农民问题解决了,中国实现四个现代化就有了希望。"

据寒春说,近年来不少人向他们提出这样的问题,说:"中美建交了,美国生活水平那样高,为什么你们不回美国?"阳早是这样回答的:"我在美国长大,深深了解美国,资本主义是癌,我们是怕癌才来找社会主义的。人和动物不同,想吃好,要舒服,这是动物的本能。人是要有理想的,崇高的理想是任何金钱都换不来的。中国现在还比较穷,同中国人民一起改变贫穷落后的面貌,这才是最有意义的呀!"1979年,北京派出一个"北京市奶牛机械化代表团"出访美国,阳早、寒春是这个代表团的顾问。自然,他们在美国见到了许多老朋友,这些老朋友出于好心也提出:"寒春,你为什么放着核子物理研究,放着博士的学位不争取,而到中国去,你不觉得惋惜吗?"寒春幽默地说:"核子物理,这是自然科学的尖端;人民革命,中国是榜样。我从自然科学的尖端跨到社会科学的尖端,有什么不好呢?"

听了阳早和寒春的这些经历,使我不禁想起毛泽东同志在《纪念白求恩》中的几句话:"一个外国人,毫无利己的动机,把中国人民的解放事业当做他自己的事业,这是什么精神?这是国际主义的精神,这是共产主义的精神,每一个中国共产党员都要学习这种精神。"我看阳早、寒春正是拥有这种精神的白求恩式的共产主义战士。毛泽东同志在上述文章里又说:"一个人能力有大小,但只要有这点精神,就是一个高尚的人,一个纯粹的人,一个有道德的人,一个脱离了低级趣味的人,一个有益于人民的人。"阳早和寒春也正是这样高尚的人,纯粹的人。他们都有着白求恩一样的高尚的灵魂!

在我们告别寒春回家的路上,我脑子里仍旧不停地想起一些人和事,也想起许多像斯诺、史沫特莱、安娜·路易斯·斯特朗等优秀人物,我认为只有他们才是美国人民真正的代表。我同时也想起在中国人民最困难的时候来帮助过我们的外国朋友,他们无疑都是各国人民优秀的代表,尽管他们在各自国家里是少数,但他们却代表着人类的良心,代表着世界发展的前进方向。他们才是中国人民真正的朋友,中国人民是不会也不应该忘记他们的。同时我也相信,不管世界反动势力多么强大,多么凶恶,多么疯狂,人类的这种良知是不会泯灭的,世界还是要前进的!

2004 年 3 月 9 日

曹靖华先生碑文

　　曹靖华先生是我国著名的文学家、翻译家、教育家。他把十月革命后世界最先进的革命文学介绍到中国,产生了巨大的影响。他的挚友鲁迅曾称他是给起义的奴隶偷运军火的人。他生前对青少年寄予希望,曾说:最可贵、可爱的,是人类的宝花——新生代。青少年朋友们,愿你们健康成长,成为有共产主义理想的大有益于人民的宝花!

魏巍

二〇〇四年春三月

敬悼杨成武老将军

杨成武老将军去世了。

他是我的老首长。我在延安抗大毕业后就来到了华北敌后晋察冀抗日根据地,被分配到他领导的部队里。那是1939年初的事,当时我刚十九岁,而将军也正年轻,风华正茂,不过二十五岁,正担任着八路军独立第一师师长,兼晋察冀军区第一军分区司令员。所谓的一分区,就是保定以西的以狼牙山为中心的那一块山地。人们都知道,杨成武是长征中一昼夜疾驰二百四十华里飞夺泸定桥的传奇人物。有这样的人作为我们的司令,又恰好把我分配到在安顺场冲破大渡河的红一团,真使我深感欣幸,不免增添了几分自豪。

我们的部队位于狼牙山东侧,面对着北平、保定、石家庄一线的敌人,是边区东线的门户。敌人一来就到了大门口,战斗是相当频繁的。随着战斗的实践,我日益明显地感到,我们年轻的司令员不同凡响。他不仅战斗经验丰富,且富有军事才华。很明显感觉到他善于捕捉战机,善于组织奇袭,更善于打伏击战。例如,我到一团不久的大龙华歼灭战就是一个奇袭战的范例。1939年5月,日寇驻保定的桑木师团——110师团一部正在易县梁各庄附近的大龙华镇建立据点,企图打通易县、涞源之间的联系。司令员亲自到大龙华附近看了地形,认为驻大龙华的日军不过三百人,加上附近能够增援的敌人也不过五百多人。只要集中绝对优势兵力,是完全可以将该敌歼灭的。于是经过周密布置发动了一次夜袭。袭击前,由大龙华七名自告奋勇的老百姓(其中有共产党员)担任向导,他们分头带领几支突击队绕过敌人的哨兵,来到日本兵住的房子跟前,直到战士们的手榴弹在屋内爆炸,日本兵才光着屁股跑出来。经过一夜激战和第二天的打援战斗,将四百余名日军全部歼灭。此次战斗不仅缴获了几门炮和全部武器,还活捉了十一名俘虏。尤其是缴获的一大箱机密文件,很有价值,受到军区和延安总部的表扬。大龙华的胜利,使边区军民沉浸在欢乐的气氛中。那时从延安来的西北战地服务团,正在一分区活动,部队从战场上胜利归来时,田间、邵子南等诗人创作的红红绿绿的诗传单,已经在人群中飞舞了。

1939年11月,杨成武在军区参加一个会议时,接到涞源情报站机密情报,得知驻张家口的日军第二混成旅团一部到了涞源,将分三路向边区进犯,其中一路一个大队附一个炮兵中队,将沿白石口至银坊一带"扫荡"。杨成武敏锐地察觉到,这一路相对孤立,比较好打,不禁喜上眉梢。随即向聂荣臻司令员报告,得到聂的首肯,同时又征询了贺龙、关向应和彭真诸同志的意见,也都表示赞成。杨成武立即策马到白石口一带勘测地形。结果发现三岔口至雁宿崖、张家坟一带,是两山对峙的一条窄窄的山沟,两山相距仅有四十多公尺宽,中间一道浅浅的溪水。只要将敌人诱至此处并将其后路切断,那它是插翅难逃的。数十年后我重访旧战场时,仍不绝地为当年的杨成武将军的绝妙选择惊叹。当年日军过村大佐率领的这个大队六百余人,就是被一支小小的游击支队引进来的。然后被几个团的伏兵包围,经过一天的激战,于黄昏时分将其彻底歼灭了,这一仗打得十分干脆漂亮。作者由战地日记改写的通讯《雁宿崖战斗小景》即记述此事。这一仗引起了旅团长阿部规秀中将的羞怒,遂亲率其主力约一千五百余人汹汹而来企图报复。杨成武将部队稍向后撤,又将其包围在黄土岭一带,向敌人展开了大围攻战。经数日激战,又歼其九百余人。没有想到的是这一位素称为山地战专家的阿部规秀中将也被击毙了。我们事后才得知,当时日本东京的报纸,以通栏大标题《名将之花凋谢在太行山上》表示悼念,并说这是"皇军成立以来损失的最高级将领"。当然也是抗日战争中被我击毙的最高级将领。当时作者随队作战,所写的《黄土岭战斗日记》,已把一些动人场景告诉给读者了。

我在作品中曾经说到,胜利是一个部队的维他命。一个部队不怕伤亡,但是如果没有胜利,就像树木困于干旱,蔫巴巴的没有生气。这是我在部队中多年的体会。随着胜利的不断取得,部队的士气总是鼓得足足的。求战情绪总是很高,一听到打仗就嗷嗷叫。我们的革命部队大约都是如此。在这时,杨成武这个传奇人物在我们的心目中已经成为真实的英雄了。

1940年我军举行了"百团大战",取得了空前最大的战果,深深地震撼了敌人;同时也暴露了敌后我军的实力。第二年秋天,华北敌军向我发动了"百万大战"进行报复。敌华北方面军司令冈村宁次纠集了七万日军和数万伪军,向我北岳区疯狂进犯。这是前所未有的一次毁灭性的"扫荡"。采用的战术是所谓"铁壁合围""梳篦式清剿""马蹄型堡垒线"和"鱼鳞式包围阵"。也就是以多路、多梯队、多层次的分进合击,企图把我军主力与领导机关一举歼灭,并以"杀光、烧光、抢光"的三光政策将我根据地从根本上摧毁。这无疑是对根据地军民的重大考验,首先是对军事指挥员应变能力的严峻考验。这场恶斗整整持续了两个月之久。然而除对我根据地造成了严重的烧杀破坏之外,我军主力及领导机关并未受到重大损失,冈村宁次的"铁壁合围"终成泡影。这不能不说是军事上的一个奇迹。仔细想想这里边也是有学问的。我作为过来人深切体会到杨成武司令员是一个游击战争的高手,用一句通俗的说法,他是"善于跳圈子"的。当多路敌军以七路、八路甚至十路以上向一个中心点合击时,要想跳到圈外并不容易。在时机的掌握上,既不能过早也不能过迟。如果行动过早,则很容易被敌人发现,成为新的合击目标;如果行动过迟,则必然难以脱身。其秘密是必须在合击圈将要合拢而尚未合拢之际跳到圈外。我曾亲自听到杨司令员讲过这个诀窍。这是我们的主力,能够在千变万化险象环生中得以存在的原因。其次也可看到他掌握了集中与分散的辩证法。在反扫荡开始善于以我之分散对敌之集中。反扫荡后期在敌人筋疲力尽时,又善于以我之集中对敌之分散,适时集中兵力予敌人以打击。内线与外线的结合也做得很好。在敌人集中兵力向我根据地腹地进攻时,我则以主力移向外线打击敌铁路沿线,使得敌人不得不回军掩护老巢。正是这些战法使根据地多次脱离险境。

1942年是敌后最艰苦的一年。冈村宁次以五万兵力对我冀中地区进行了空前规模的"扫荡",冀中我军主力于激烈的战斗后不得不向其他根据地转移。从此敌人完成了对冀中地区面的占领。山区根据地也在敌人不断地蚕食封锁下,日益缩小,那一年,我根据地几乎缩小了一半。加上空前的旱灾,军队仅能靠"吃黑豆"过日子。皖南事件后国民党发动了几次反共围剿,根据地的处境是极其险恶的。在此情境下,聂荣臻司令员号召部队展开向"敌后之敌后"挺进的新战略,派大量游击队到敌占区活动,才使局面渐渐向好的一方面转化。

1944年,毛主席乘太平洋战争扩大,华北敌人兵力空虚之机,号召敌后军民积极开展扩大解放区的活动,凡敌人一切可攻克据点城镇均应积极夺取之。此时,杨成武被任命为冀中军区司令员,担负起重新恢复冀中抗日根据地的任务。他告别了多年生死与共的一分区军民,仅带了几十名军政干部到冀中去了。我也正是这时随杨司令员到冀中平原这块战斗的土地上去的。这时冀中平原上,自主力转移之后,又生长起一批批小型的游击队,分散活跃在炮楼如林、公路如网的残酷环境之中。我们穿过封锁线,进入冀中后,杨司令员与我们每人都换上了便衣,头上戴着毡帽头或者扎一条白毛巾。杨司令员也离开了他那匹乘骑多年的白马,换上了自行车,深入到敌占区去了。经过一段熟悉情况,认清了敌人分散孤立、士气低落的弱点之后,便于1945年之初发起了一个春季战役,共毙伤俘日军及伪军四千人,收复了任丘、河间等八座县城,解放了五百多个村镇,拔除敌人碉堡三百多个,大清河以南、沧石路以北,子牙河以西、平汉以东的根据地已经连成一片。是年6月,在路西整训的四个大团开回了冀中,一个规模更大的夏季攻势便随之展开了。先是子牙河东,后是大清河北,自春季以来共歼灭敌伪军一万一千多人,解放县城十一座,游击区扩大到北抵北平,南越沧石,东达渤海,西至平汉线,整个冀中区已使九百万人口的地区获得了解放,为不久开始的反攻打下了坚实的基础。

在短短的时期内能够取得这样光辉的成绩,这固然是依靠了冀中军民恢复根据地的强烈意志,同时也由于领导者正确掌握了作战与整训的辩证关系。当时杨司令员一方面注重于发起局部的战役进攻,一方面则集中了新整编的四个团拉到山地整训,派得力干部加紧进行短期有效的训练。所以几个月后,即将这个强有力的"拳头"投入夏季攻势。显然没有这个训练,是不会发挥出这种战斗力的。就整个抗战时期来说，杨成武一贯重视战役空隙的练兵。因此能在实战与整训密切结合上不断提高部队的战斗力。

此外，在多年随队作战中，我还深切地体会到，这位将军很重视部队作风的培养。可以看到，他带出来的部队，明显具有优良的战斗作风与工作作风，即战斗上勇猛顽强，能攻能守，工作上一竿子插到底，深入贯彻，雷厉风行。这种作风无形中成为一种强大的力量。当然这种优良作风是由中国工农红军一代代保留下来，也是由他言传身教有意培养形成的。

以上是我就抗战时期的一点体会记述下来的，至于以后他成为高级指挥员，纵横华北，迭克名城，建国后又率领二十兵团驰援朝鲜期间，所创立的辉煌业绩，已广为人知，我这里就不一一尽述了。

总之这一切成就，归根到底，都是由于他忠于共产主义的炽热信念，深入领会毛泽东的军事思想与战略战术，并且善于结合战争的实际创造出来的。他能成为一代名将绝不是偶然的。

近年来，因将军年事已高，身体欠佳，我们这些老部下常常挂念到他的健康。每逢他的生日重阳佳节，我总是写首诗来表示自己的衷心祝愿。今将几首诗录在下面（诗略，见本书《诗八首》），以表示对这位一生忠于共产主义、忠于党、忠于毛主席、忠于人民，劳苦功高的名将的追念和敬意。愿他在天之灵安息！

2004 年 2 月 19 日

画册《胜利的历程》序

这是一个抗美援朝的画集,是宁夏石嘴山市志愿军老战士协会收集整理的。其中所收照片都是当年在朝鲜战场上出生入死的同志们保存下来的。在我看来是十分珍贵的。

去年是抗美援朝取得伟大胜利的五十周年。我曾说,这一伟大胜利是中华民族历史上一座最光辉的纪念碑。它的历史意义十分重大。因为它是在新中国建立后第一次显示自己的力量,在极其困难的条件下,终于将世界上头号帝国主义及其联军打败了。它彻底结束了鸦片战争一百多年来中国人民屈辱的历史,为世界赢得了和平。

21世纪,美国在亚洲进行了三次战争:一是对日作战,二是侵朝战争,三是侵越战争。这三次战争,它在国内大肆宣扬的是抗日战争,认为他们取得了完满的胜利;越南战争就谈得较少,认为自己军事上取得了部分胜利,政治上却失败了;惟独朝鲜战争谈得最少,或绝口不提,人们称它是"被遗忘的战争"。因为他们自己也认为失败了,很丢脸,很没面子。去年有人访问美国西点军校的一位教官,那位教官就流露出上面的情绪,并且说:"我们不怕中国军队的现代化,我们就怕中国军队的毛泽东化!"这真是说了一句大实话!

我们希望,我们的后代,永远不要忘记这段光荣的历史,永远不要忘记志愿军战士有我无敌的英雄气概,更不要忘记那些长眠在朝鲜国土上的同志们!

2004年5月5日

我们的女兵菡子

——《菡子文集》读后

三卷本的《菡子文集》(江苏文艺出版社)出版了。我过去读她的作品不是太多,这次集中读了,不能不为她的成就感叹。

我和菡子是同时代的作家,都是在抗日烽火升起的年月参加革命的。年龄相仿,经历也差不多。不过一个在南,一个在北。

我们只有两次相聚:一次是 1951 年十月革命节中国作家代表团第一次访问苏联。这个代表团以冯雪峰为团长,以曹靖华、陈荒煤为副团长,参加者有马加、孙犁、柳青、陈企霞、康濯、李季、胡可、王希坚、徐光耀、陈登科等,我和菡子也参加了。一次是 1965 年,越南战争升级,美帝开始轰炸越南北方,中国作家协会先后派出巴金和我、杜宣和菡子赴越南战地访问。可惜这两次我和菡子都没有在一起畅谈。

菡子自称"女兵",大家也叫她"女兵菡子",这是名副其实的。因为她本来就是新四军的老战士,在朝鲜又到过上甘岭,经过上甘岭的恶战。我在朝鲜西线活动,没有到过上甘岭,但却看到过来自上甘岭的两件东西:一件是一棵松树的树干,树干从上到下嵌满了密密的弹皮,且烧得全身乌黑,其表皮已烧成了焦炭;一件是来自相反方向的两颗炮弹在空中相遇,小弹头钻进大弹头中去了,乍一看看不出是什么东西。这两件东西,志愿军作为不寻常的礼物送给了朝鲜。志愿军归国时我在元山博物馆看到过,真是动人心魄!女兵菡子就是在这样的阵地上,与英雄们一起坚持着,常常经历着十万发以上的炮弹的轰击而毫无惧色。也许可以把她比做是一枝开放在烈火和硝烟中的红花吧。因此,我必须在她的称号前加上"我们的"女兵菡子!

菡子是个温柔、谦逊和感情丰富的女子，同时却又贯穿着坚毅、顽强的兵的特色。作为一个作家，她大部分时间都泡在生活里，生活在群众中。她曾说："我是《在延安文艺座谈会上的讲话》不折不扣的信徒，八年在工地、工厂，其余都在农村。其中一年半的军事生活，在朝鲜和越南，有点志愿军的性质，经过的艰险，也不亚于从前。与其说我是个'专业作家'，还不如说我是一个具体的工、农、兵或者是他们的干部。人民大众主宰着我的一切，我的优点和缺点，他们了如指掌。困难时期相濡以沫的情景，不仅当时是我的精神支柱，什么时候回想起来，都叫我泪流不止。"

我想，这段话可以看做是《菡子文集》的一个注解。菡子正是因为有了这样丰厚的土壤和生活积累，对群众有这样深厚的感情，她才取得了这样优异的成就。

菡子最大的贡献在散文。虽然她不无遗憾地说，她没有什么长篇巨制，其实在我看，这不是什么遗憾。每个作家都有所长，也有所短，并不需要那么全面，门门都好。何况菡子发表于1945年的成名作《纠纷》，至今看来，还是高水平的，即使放在赵树理的小说中，也并不差。此后她又写了很好的短篇《综丝事件》《万妞》等，这说明菡子并非不能写小说，只因后来她钟情于散文并致力于攻取散文高地，所以散文的成就也就特别突出。她已经给世人留下这么多动人的、美丽的散文，还有什么遗憾呢！

菡子散文的特色在于其深厚的情感、俊逸的文笔和浓郁的诗意。文集中所收的大部分是这类散文，有些则类似于小说，但也带有散文的格调。像收入本集的《玉树临风》和《红叶无恙》都是主要描写她的女兵生活的。写朝鲜战地生活的还有《和平博物馆》《石洞里人家》《从上甘岭来》《和黄继光相处的日子》等。《这是我的儿子》也写得非常感人，充分展示了烈士李家发的父母那种豪迈的感情。

我对集中的《乡村小曲》，尤其赞赏不止。这篇长篇记事散文，生动而具体地又是深刻地反映了作者和群众血肉相连的关系。在生活中，她不是站在群众的旁边看，而是也作为群众中的一员劳动着，实践着。她拜老农为师，向老农学习优美的"锄步"，使留下的庄稼好似一篇简洁的散文；她为自己制作了"菡子扁担"，为群众挑水、担泥；她还兼任了蔬菜队的副队长，在天将黎明时，和队员们一起面不改色地把屎尿收入蔬菜队的大桶。此外，她还兼做内科、外科医生和心理医生，随时为群众服务。因此，怪不得她在群众中赢得了亲人们的热爱。在共度饥荒的岁月里，一个乡村老大娘曾把十几斤红小豆装在一只口袋里托人捎给她。当她在千里之外捧在手中时，竟不禁号啕大哭起来。今天，我们的作家有多少人能同群众有这样生死与共的联系呢？总之，她完全融化在群众中，群众也真正融进她的灵魂中，她通过自身的行为使党和群众合成了一体。同时她也从内心里领略了劳动之美和劳动者之美，并使这一切都流淌在她优美的散文中。我可以说，达到这样境界的作家是不多的。

文集中还有一篇《重逢日记》，引起过许多人的注意。这是一篇写她的情感史的重要篇章。她和她年轻时的爱人离异了许多年，晚年时却相逢在一个医院里。她每天都去看望他，抚慰他。这篇《重逢日记》就是记述重逢期间的故事，其缠绵悱恻，诗意浓郁，可称人间至文。

菡子没有孩子却十分热爱孩子，她以母亲的心写了不少孩子的故事。如《小牛秧子》《金金》《白云就是妈妈》《五颗小小的心》《士兵的种子》等等都是优美的篇章。

其他佳作甚多，也难以一一列举了。

菡子在回答"我为什么写作"时曾说：

> 我只服务于养育了我并为我尊敬的人民。
>
> 最渴望写的是一些无名的群体，默默地埋在地下的人们，他（她）们的死，使我惊心动魄，至今萦回脑际；他们的死，是后人必读的一本书。
>
> ……………
>
> 我的灵魂在战争和不寻常的遭遇中得到冶炼，我要把握我所处的时代，写出自己沧海之一粟。

我想菡子是忠实地实践了她的诺言的。

最后，请容许我说，在我们同时代的作家中，我们以我们的行列里有女兵菡子而骄傲。

2004年8月24日

教育应向弱势群体倾斜

——沉重忧思中的建议

也许是临近秋季开学的缘故,网上有不少关于学费问题的反映。其中有些事颇引起人们的吃惊和忧虑,如有的学生为筹集学费,告贷无门,不得不持学生证上街求乞,有的学生为学费做"蜘蛛人"致坠楼身亡;有的女孩甚至声言,如有谁给她那万元的学费,即许以终身;还有一个名叫张溪的女孩子,以 615 分的成绩考入中央民族大学,这本来是一件欢天喜地的事,但母女俩却为筹不到 8000 元的学费而抱头痛哭。事后,母亲悄悄上街贴出一张"卖肾"的告示,此事被女儿得知,哭着说道:"妈妈,我不要你卖肾,我不上大学了……"这类事,谁听了能无动于衷呢!

其实,穷人的孩子上学难,上大学更难,在我国的弱势群体中已经是普遍现象。每年高考,接到录取通知书因缴不起学费不能入学的事,几年前就已经不少了。

我听了这种事,总不免引起刻骨铭心的痛。因为我自己就是穷孩子出身,上不起学的苦味,我是亲自领略过的。我家是城市贫民,小时候上了几年平民小学,那是不收学费的,也不要求做统一制服。等升入正规小学就不同了,每年做制服,又做什么童子军服,都是家里最头疼的事。后来上了简易乡村师范,虽不收费,课本总是要买的,可是我买不起。我还清楚记得,一本范寿康著的《教育概论》定价一元,我父亲整整用了一周的工资才买了这本昂贵的书。买不起的课本就与同桌的同学一起看,和同桌关系不好的时候,他就不让我看了。老师看我的面前没有书,那是很难为情的。后来我给学校写石印讲义,才勉勉强强上完了那个师范。穷孩子读书就是这么难。接着毕业就是失业,连一个月八块钱的乡村教师的位置也找不到。但是这种际遇也带给我很大的好处,即很容易接受革命思想和来自上海的以鲁迅为旗帜的左翼文化的影响。一旦接触这些,我也就很快地变成一个左翼青年。正像一个歌谣说的:"此处不留爷,自有留爷处。到处不留爷,爷去投八路。"抗日的烽火一起,我就义无反顾地到前线参加八路军去了。

失学和失业,说到底是一个社会制度的问题,在旧社会是永远也解决不了的。后来全国一解放,新中国一成立,这个难题很快就解决了。我至今清楚记得,上世纪50年代,连蹬三轮工人的家庭也有大学生,因为那时上大学不要学费,还管饭吃,哪还有什么人上不起呢?我曾到郑州大学参观过那里大学生的宿舍,很多都是非常土气的蓝印花被子,一看就知道他们大多是农民子弟。这些学生也都一个比一个朴实,学习非常刻苦。那时的大学生一毕业很快就能分到工作,用不着发愁。青年的问题,最大的无非是学习问题和就业问题,这两个大问题解决了,剩下的就是他个人的努力了。回想起来,那时的青年是多么幸福啊!谁能料到几十年后,青年们又遇到了我们少年时那种不堪回首的窘境呢?

当前,一个至为明显的问题是,如果这种情况持续下去,必然会把一般的农民子弟和工人子弟以及城市贫民的子弟关在学校大门之外,那就会使这些青年人寒心了,以致引起他们的失望和愤懑。正像过去一部印度电影中说的:"法官的儿子永远做法官,穷人的儿子永远是穷人。"人心不平,阶级对立的形势必然更加尖锐和激化,这自然是许多人所不愿看到的。因此,我认为,在教育问题上,必须向弱势群体倾斜。

在重重忧思中,我有如下三点建议:

一、必须尽快地增加对教育的投入。当前,大、中、小学的收费如此高昂,固然与市场经济条件下教育的日益商业化有关,而其深层原因是教育的投入太少。从许多国家的情况看,人均GDP已经达到1000美元的国家教育的投入至少应占GDP的4%,而2003年,中国的GDP已达到1000美元,教育投入却仅占GDP的3.41%,连发展中国家的平均数都达不到。现在中国经济的发展令世人瞩目,教育的投入却远远低于经济发展的速度。实在令人不解。我们不是天天都在喊"教育兴国"吗？为什么却出现这样的现象呢？

二、希望大幅度降低大、中、小学学费并取消一切不合理的收费，以解决更多的孩子入学问题。从国外的情况看，学费占人均 GDP 的比例，一般占 20% 左右，中国人均按美元计算，学费不应超过 200 美元，即人民币 1700 元左右，现在的 5000 元，显然是太高了。希望政府规定出科学合理的收费标准，并下大决心贯彻执行之。

三、在当前的条件下，即在前两项尚未彻底实现的情况下，政府应拨出款来对学校现有的及已被录取却缴不起学费的特困生实行优待，免除其学费负担，以利于其入学安心学习。彻底清除那种收到录取通知书却不能入学的不合理现象。

总之，我国是人所共知的社会主义国家，我国青年的入学和就业问题，都是他们应当享有的生存和发展的权利。这些问题，在我们 50 年代都能够解决，现在经过改革开放，经济大发展了，国家实力大大增强了，为什么反而不能解决了呢？我看是应当也能够解决的，是有条件也有能力解决的，办法也是不难找到的。

以上意见，是否正确，供大家研究讨论，也希望有关部门予以关注。

2004 年 8 月 31 日

不可淡忘的历史经验

——对抗美援朝战争的回顾

一

今年是中华人民共和国建立五十五周年。纪念这个日子不能不说到抗美援朝。因为新中国成立不久,在我们东邻爆发的朝鲜战争,是对新中国最严峻的考验。那时新中国犹如一个新生的婴儿,是否能够战胜汹涌扑来的世界头号强敌,具有生死存亡的意义。但是中国人民在中国共产党和毛泽东同志的英明领导下,一场伟大的抗美援朝战争终于以胜利而告终,使我们新生的祖国在东方巍然屹立,以其强大的生命力继续蓬勃发展。回顾这一胜利,可谓鸦片战争以来中华民族反帝斗争史上最辉煌的纪念碑。比起抗日战争的伟大胜利似乎更为辉煌。抗日战争的胜利,尽管我党我军起到中流砥柱的决定作用,但毕竟是在国共合作的条件下进行的,苏联红军出师东北,击溃日本关东军,也是一个重要因素。而抗美援朝战争却是在我党独立地领导中国人民与朝鲜人民并肩作战取得的。这一个胜利不仅沉重地打击和削弱了美帝国主义,维护了朝鲜的独立,赢得了世界的和平,且使我国雄踞东方,立于不败之地。其历史意义是巨大的和不可磨灭的。

去年,在抗美援朝战争胜利五十周年之际,我看到一篇访问记很有点意思。那是美国西点军校一位高级教官的谈话。他说美国在亚洲进行过三次战争:一是参与了二次大战中的抗日战争,二是朝鲜战争,三是越南战争。这三次战争,美国在国内最热衷宣扬的是抗日战争,越南战争次之,但却讲得不多,惟独对朝鲜战争很少提及,因此有人称之为"被遗忘的战争"。为什么呢?因为朝鲜战争他们在军事上完全失败了。他最后的结语是:"我们不怕中国军队的现代化,就怕中国军队的毛泽东化!"我认为这位美国西点军校的教官还是很有点眼光,也说出了一点真理。因为中国军队的现代化,固然很重要,是绝对不可忽视的;但短时间内怕还难以达到美国军队的现代化水平。可是用毛泽东思想武装起来的军队却是不可战胜的。美国人正是在这方面吃尽了苦头才领略到这个真理的。

二

抗美援朝战争已经过去了半个多世纪。当年的参战各方,都有许多专著来总结各自的经验。那么对我们来说,从战略上看,我们究竟取得了什么历史经验呢?

我认为,至少有下列两点,是决不可忘记的:

第一,要牢牢记住,美帝国主义的侵略本性是不会改变的。这是由帝国主义的反动本质决定的,对他们绝对不能抱一丝一毫的幻想。

第二,对待帝国主义的威胁和侵略,必须有起码的硬骨头精神,也就是说至少要有"不怕"二字。既不怕帝国主义的恐吓,也不受帝国主义的欺骗。从战略上要敢于藐视它,从战术上又要重视它,在这方面毛泽东无疑是最光辉的典范。

朝鲜战争发生之后,尤其是当美军不顾我之警告,悍然越过三八线,占领平壤,向鸭绿江边疯狂推进的危险时刻,中国当时究竟如何处置,是否应当立即派兵出境作战?这无疑是一个最难决断的问题。当时的条件是明摆着的:对方是帝国主义阵营中的头号强国,其军力与经济实力都是头等的;而我国却是一个满身战争创伤、经济上尚未恢复的弱国。当时解放战争还处在扫尾阶段,全国尚有百万残匪仍在各地活动,进军西藏的部队尚在中途,全国范围的土地改革正待展开。在这样的情况下,能够出国作战来帮助别人吗?能够顶得住,打得退汹涌而来的敌人吗?如果顶不住、打不好怎么办?岂不是要引火烧身吗?岂不是要打碎我们自己的坛坛罐罐吗?那么,我们的建设又如何进行呢?岂不是自找倒霉吗?当时,难怪不少党外民主人士提出种种疑难,即使党内又何尝不是这样呢?不说别人,就像林彪这样统帅过百万大军英名盖世的人,在毛泽东委以出国重任之际,也以有病推辞了。在讨论是否出国作战的会议上,他曾摆出,美军一个师有多少炮,我军一个师有多少炮,那自然无法相比了。我可以说,没有毛泽东那样惊人的胆略,没有毛泽东那样雄伟的气魄,是不可能作出出国作战那样的英明决定的。

毛泽东的不凡之处,不仅在于他具有惊人的胆略,还在于他具有深刻的马克思主义的洞察力。他不是仅仅从武器装备上看问题,也不是用静止的形而上学的方法看问题,而是用辩证的发展的观点看问题。正是如此,别人没有看到的,他看到了。这里我可以打个比方,1991年我去云南游龙陵等地,当地的温泉露出地面,从远处即可看到热气蒸腾。当地杀鸡不用煺毛,只要放在温泉里片刻即可。陪同的朋友告诉我,此地及腾冲的地下有一个庞大的热海。我立刻感悟到,毛泽东不就是能看出地下有一个热海的人吗?别人没有看到,他看到了。这就是人民中蕴藏的潜力,伟大的创造力。只要能把人民充分发动起来,这个地下的热还就可以发出无穷的力量。正是他那句话:"战争的伟力之最深厚的根源,存在于民众之中。"

回顾抗美援朝的全过程,完全验证了毛泽东的预见。我们由弱而强,愈战愈强;而敌人却由强而弱,愈战愈弱。这说明强与弱不是一成不变的,是必然要起变化的。同时强与弱并不是绝对的,而是相对的。敌方虽强,但强中有弱;我方虽弱,但弱中有强。在朝鲜战场上明显看到,敌人装备虽然比我军优越,但因为他们从事的是侵略战争,士兵并不理解也不相信他们上级所宣扬的什么"防止共产主义的威胁",而从内心里是厌弃这个战争的。作者曾访问过碧潼俘虏营,同许多美军战俘谈过话,对此有深刻印象。这样,武器和人就难以做到完满结合。相反,我军装备虽然比敌人差,但我军的斗志却十分高昂,且战斗经验丰富,战术灵活,被敌人称为"打仗专家"。再加上毛主席是世界上罕见的统帅和指挥艺术的大师,彭老总又是久历沙场,战争经验十分丰富的战场指挥高手,麦克阿瑟一类人物岂可望其项背。这样也就弥补了我方的不足,而屡战屡捷。尤其是第二次战役,我军一举歼敌三万六千人,被美军称为"黑色的十二月"。等到战争第二年后期,战争便在三八线上稳定下来。从东海岸到西海岸形成了巩固的"地下长城"。1952年春我第三次入朝时,见到了老首长杨得志将军,他就指指地图信心十足地对我说:"以后就是我们向前进的问题了!"说着用脚尖点点脚下的土地,"今后不会再向后退了!"那年冬季发生在东线的上甘岭战役,敌人把山头削下了两公尺,并付出二万五千人的代价,也未能越雷池一步。第三年,金城反击战,我一举突破敌阵数十里,歼敌七万八千人,使得胡搅蛮缠的敌人不得不乖乖地在板门店的停战谈判桌上签字。因为再打下去,形势将对他们越发不利,事情就不好收拾了。

至此人们已经清楚看到,这场战争和某些人的看法相反,我们不仅没有被打烂坛坛罐罐,不仅没有破坏建设,反而激发了全国人民热火朝天的积极性和最活跃的创造力,前方与后方,国内与国外,像两个齐头并进又互相推进的战场奔腾前进。不仅前方捷音频传,而且国内的经济恢复工作、土地改革、镇压反革命等几项革命运动都顺利完成,西藏也如期和平解放了。那真是全国人民斗志昂扬,精神面貌最好的时期。

这一切都证明了毛泽东思想的伟大和正确。反过来说,如果当时我们在野兽面前表现出丝毫的怯懦、怯战、畏战,采取妥协退让政策,我们的锐气被敌压倒,那就完全是另一种结果了。一种可能是我们的部分地区(例如东北)被占领,因为当时疯狂的麦克阿瑟说过,鸭绿江不是最后的边界;一种可能是,即使东北不被占领,敌人以鸭绿江与我隔岸对峙,我们的建设怕也是无法安心进行的。万万料不到,事过多年,时至今日,仍有人对这场伟大的正义战争说三道四,说什么当时就不应当出国作战,结果死伤了多少人,把美国人也得罪了,如果不是这样,也许中国早就进入联合国了。……这真是纯粹的屁话!那些当时出生入死奋战在朝鲜的战士们,以及用自己的鲜血和生命换来祖国的尊严和世界的和平的英烈们,他们听到这种话当作何感想呢?这种人,说他们是中华民族的不肖子孙,恐怕不算过分吧?如果他们不是患了先天的软骨病,也是秦桧的遗毒深入骨髓了。

三

朝鲜战争结束至今已经半个世纪过去了,我们再看,美帝国主义的侵略本性改变了吗?没有,一丝一毫也没有。应该说反而变本加厉了。

朝鲜战争之后不久,便是美帝侵略越南的战争。1965年越南战争升级,美帝开始轰炸越南北方。老作家巴金与作者曾受周总理之命赴越南访问。那真是一个绝好的机会,使我有幸亲眼目睹了胡志明主席领导的极其出色的人民战争。这场战争,继抗美援朝战争之后,极大地削弱了美帝国主义的实力,使他们后来不得不乞求中国帮他们从越南脱身。这场战争一直像可怕的梦魇笼罩着侵略的士兵,使他们多年后仍旧"谈越色变"。但是即使如此,美国统治者作为垄断资产阶级的代表,其反动本性改变了吗?人们看到,随着苏联解体,东欧一系列社会主义国家变质,世界共运进入低潮,美帝国主义称霸世界的野心便更加炽烈了。它公然以世界霸主自居,不是制裁这个,就是颠覆那个,再不就明火执仗杀人杀到别人的国内。一句话,美帝国主义是当今世界一切灾难和恐怖的总根源。

即以近年来的事件为例,侵略南联盟和轰炸我使馆的烟云还未散尽,便又燃起了侵略阿富汗的战火,去年又进行了规模相当巨大的对伊拉克的入侵。这次开战是以惩办伊拉克拥有大规模杀伤性武器为名,结果把伊拉克弄了个底儿朝天,连这样武器的影儿也没有找到,完全证明是布什总统先生制造的一派谎言。这不仅欺骗了世界舆论,也欺骗了本国人民。再加上虐待战俘的恶行,其丑名传遍了全世界。其实这场战争的真实目的,说到底不过是为了掠夺中东的石油。掠夺中东的石油,又是其称霸世界的战略的一部分。现在他们又开始制造不利于伊朗的种种舆论,恐怕下一步就要对伊朗动手了。总之,美国垄断资本,为了掠夺别人的战略物资,是不会怜惜那些善良人民的鲜血和孤儿寡母的眼泪的。自鸦片战争以来饱受帝国主义侵略和种种灾难的中国人,如果有哪一个至今仍相信狼可以改变吃人的本性,那他恐怕是天底下最天真的人了!

今天,值得中国人特别关注的是,美帝国主义的战略重点已经东移。从两年前开始,美国的航空母舰与战略轰炸机已集结关岛,近日美国国防部宣布,又将其三至四艘后勤航母调往东亚。这种船是四万至六万吨级的战略储备船,每艘将承载一个重型旅的装备,包括一百三十多辆坦克和步兵战车,一千一百多辆其他各型车辆、大批补给品及弹药。一旦爆发战争,美国本土的美军,可以在短短数小时内乘运输机飞抵东亚海域,拿起武器立刻投入战斗。此外,美国还准备把太平洋三军指挥部都移到日本。这表明它对中东和中亚一些国家的控制更加收紧了。不可淡忘的历史经验告诫我们,要随时提防侵略战争的发生,否则迟早是要吃大亏的。让我们还是虚心地学习毛泽东吧,好好学习毛泽东思想及其风格吧!

2004 年 8 月 4 日

诗 八 首

谒毛主席纪念堂

世事惊逆变,
伟人仍安详。
自信兴亡事,
人民有主张。

2003年12月26日毛主席诞辰一百一十周年,携孙子参谒纪念堂后作

悼邓大姐

  邓大姐前几年两次惠赠我《周恩来选集》,甚感之。忽闻大姐仙逝,悲痛难禁。读其临终遗书,尤感人肺腑。这无异于是对全体共产党人的殷殷忠告,谁能无动于衷?今特作短诗以表悼念之情。

女杰崛起亚洲东,
玉洁冰清共产星。
身历千难万险地,
长征几陷草泽中。
无儿无女无私产,
临终复敲警世钟。
闻君忽化彩云去,
拭去清泪望碧空。

1992 年 7 月 13 日晨

怀杨成武将军

飞夺泸定一夜间，
击毙阿部太行巅。
赫赫战功留青史，
名将出马敌胆寒。

雄鸡一唱又重阳，
不似春光胜春光。
功成身退心自得，
山高水长寿而康。

狼牙高耸气萧森，
易水悲歌动心魂。
忆及抗战八年事，
百姓谁不夸将军。①

2001 年 9 月 24 日

贺郑天翔同志九旬寿

一曲赞歌献郑公，
革命热情火样红。
年少崛起一二九，
晚岁犹如太行松。
战斗步迹遍北国，

---

① 杨成武将军遭林彪陷害时，易县一带老百姓说："你们不要他，我们养他！"感人至深，今记之。

誓与北岳共峥嵘。
马列在胸笔在手,
搏风击雨力无穷。

2003 年 8 月 5 日

春 蚕 颂
——献给教师节

春蚕精神在,
国运永不衰;
生命化长丝,
笑眼看未来。

1992 年 6 月

观 潮

望尽低潮是高潮,
高潮来时伴惊涛。
怒雷沉沉撼天地,
魑魅魍魉无处逃!

2004 年 4 月 5 日钱塘江观潮归来

登 泰 山

八十三龄登泰山,
仙舟送我入云端。
绝顶未见众山小,
天街下望云漫漫。
壮志未随年俱老,

忧国仍宜心放宽。
战斗道路本曲折，
且学岱岳立世间。

2003 年 9 月 5 日

偶 感

依傍大款是潮流，
不随潮流定碰头。
理论但求摩登化，
敌我煮成一锅粥。
惶惶大厦即倾倒，
英烈鲜血付东流。
世上赝品何须叹，
假冒马列是源头。

2001 年 8 月于医院

《狼牙山五壮士之一——宋学义传》序

狼牙山五壮士的故事，恐怕全国人民没有不知道的。事情发生在上世纪1941年秋季。当时日寇以七万之众进犯我敌后抗日根据地晋察冀边区，企图将我一举摧毁。这场反扫荡战历时整整两个月，是很激烈、很残酷的。

我当时也在狼牙山地区部队中工作。狼牙山五壮士的事件出在一分区老一团的七连。这个团就是红一方面军的红一团，是当年在安顺场强渡大渡河的那个红军团队，有名的十七勇士也出在那里。我曾很荣幸地在这个团工作过，不过后来调到分区政治部编小报去了。这场壮烈的故事发生在9月25日。事件传开不久，我就很快从另一个团队赶到一团七连进行访问。也许可以说我是这一事件的第一个采访者。当时我在狼牙山下的一个村庄里，见到了七连连长刘福山，一个山东人，一只眼过去在战场上被打瞎了，外号叫刘瞎子。指导员是蔡展鹏同志。我当即同五壮士中生还的葛振林和宋学义两位同志谈了话，详细询问了当时激战的过程和一些细节。他们的故事使我非常感动。很快我就为小报写了一篇社论：《壮哉，五大勇士》。随后我就写了一篇通讯，寄给延安总部的《八路军军政杂志》发表。此稿我手中没有留存。我还写了一首歌词《五壮士之歌》，经作曲家罗浪谱了曲，也在边区唱开了。

狼牙山的故事深深感动了全边区的人民。尤其在那艰苦、残酷的鏖战仍在进行的时候，发扬五壮士誓死不屈的革命气节，是十分必要的。因此，晋察冀军区聂荣臻司令员指示在狼牙山上要修一座纪念塔，作为永远的纪念。这件事也落在政治部宣传科身上。当时就分配科里的王德恒同志领导其事。在那艰苦的年月中，要在狼牙山之巅修起这样一座巨塔，每天都要带领民工往山上背石头也是很艰苦的。但是后来还是把这座高高的白塔修成了。它庄严地巍然屹立在狼牙山之巅，对人民是激励、是鼓舞，对继续进犯的敌人则是一个威严的无声的警告。

我当时为"狼牙山五壮士塔"写了一首诗，题为《最高的塔》，用来纪念我们的壮士。

现在我把这首诗抄录于下（原诗收在《文集》诗歌卷中，此处略），并祝狼牙山五壮士永垂不朽！

宋学义同志是我的河南老乡。他的身体比较瘦弱，再加上跳崖后腰部受伤，很难在部队中继续干下去。1944年秋天，领导上决定他复员了。他临行之前，曾与我在一个名叫慈家台的山村依依告别。那时，路上还到处是敌人的据点，长途奔波，回到家乡也是很不容易的。建国后，他的家人也到过我的家里。

葛振林同志身体比他好，解放后任湖南衡阳军分区司令员。他往来北京开会，我们时常见面。前几年在狼牙山下举行狼牙山五壮士跳崖纪念活动的大会上，我们还一同合影留念。他那次还受到聂荣臻元帅的亲切接见。听说他经常给青少年作报告，继续为革命散播火种。但愿他健康长寿！

2005年1月2日

纪念英雄诗人陈辉壮烈牺牲六十周年

今年是抗日战争胜利六十周年。抗日战争是一个伟大的难忘的战争年代,也是中华民族起死回生的大觉醒的年代。正是这个神圣的战争,洗雪了中华民族一百多年来受外敌侵略的耻辱,第一次获取了完全的胜利。同时,也对世界反法西斯战争作出了伟大的贡献。如果从中国人民的革命史来看,中国共产党领导的人民的力量,也是在抗日战争的极其艰苦复杂的斗争中进一步发展壮大的,它实际为争取全国人民的解放准备了充分的条件。那时全国已经出现了大小十九块解放区,都是从国民党丢弃的土地重新夺回来的。朱总司令曾经对我们说:"你们拿着解放区的粮票可以从北方一直走到海南岛了。"可以说,没有抗日战争的胜利,也就不会有解放战争的胜利。因此,抗日战争的胜利在我国历史上具有伟大的历史意义。

当然,胜利的取得是付出了沉重的代价的,在长达八年空前激烈、残酷的抗战中,中国军民死伤了三千五百万人,日本强盗在南京屠杀了三十万人,这是大家都知道的。而在敌后,日寇每年都有几次大"扫荡",进行杀光、抢光、烧光,实际杀了多少人那就无法统计了。村庄是烧了一次又一次,连井台上的小棚棚也要烧掉。仅仅在我们身边,我们亲眼看到倒下了多少战友、同志和老百姓呀!为什么会杀死那么多无辜的老百姓呢?我后来才得知,日本兵杀死了多少老百姓,回去就报称消灭了多少"八路军",是可以算做自己的赫赫战绩的。我们不是狭隘的民族主义者,我们对日本人民是要讲友好的;但是我们对日本帝国主义,对穷凶极恶的日本法西斯所加给我们民族的沉重灾难,是不会轻易忘怀的。现在日本的右翼反动势力,在美帝国主义的支持下正在蠢蠢欲动,对此我们不能不加倍警惕!

今天,我们要隆重纪念在抗日战争中牺牲的人民、战友和同志。我们纪念英雄诗人陈辉同志,也是这个意思。陈辉牺牲之前,在晋察冀诗歌战线牺牲的还有雷烨、史轮、军城和女诗人任霄,他们都牺牲得很英勇、很壮烈。今天,我们在这里一起向他们表示深切的悼念。

陈辉和我是同龄人,虽然我们是并肩战斗的战友和诗友,但是并没有见过面,他壮烈牺牲的详情也是后来才知道的。我确实对他又感动、又敬佩,认为他不愧为英雄的诗人和诗人中的英雄。我曾为他的传记写了序言,就是发到大家手里的这篇《红杜鹃》。后来我在长篇小说《火凤凰》中写了一个青年诗人,也把陈辉的事迹集中到他身上了,那也是为了纪念这位可敬的战友。

陈辉的诗,我是很欣赏的。我曾说,他的诗,"使人感到他是一个浑身渗透着忠诚、热情的年轻战士,他的诗流露着一片孩子式的纯真"。他的那首《献诗——为伊甸园而歌》,至今读起来,依然使我感到非常亲切。他把我们的晋察冀这块从敌人手中夺回的土地、战斗的土地、新生的土地,比做天上的伊甸园,甚至比伊甸园更为美丽。并且把人民比做上帝,把自己的歌比做伊甸园门前守卫者的枪支,其中透露着诗人对晋察冀有多么真挚、深厚的感情。其实这也是晋察冀众多诗人的感情。那时候,我们对晋察冀是爱得很呀!所以,诗里常常会出现"我们的晋察冀呵!我们的晋察冀呵!"这样的诗句。田间有一篇长诗,题名就叫《亲爱的土地》。邵子南也有诗句:"人民有了晋察冀/心里像开了花/花/又鲜明/又大/要开出新中华。"确实,我们在一边流血战斗,一边也在炮火硝烟中孕育着一个新中国。至于这块土地为什么那么牵动诗人的情感,原因并不复杂:第一,这块土地是国民党逃窜时丢弃的土地,是我们从敌人手里重新夺回的;第二,我们在这块土地上,组成了许多子弟兵团,有力地打击着猖狂的敌人;第三,我们在这块土地上实现了减租减息等一系列进步的政策,使人民从封建的沉重压力下,初步地改善了生活,有了一口饭吃;第四,是我们在这块土地上,实现了真正的民主,人民第一次抬起头来,焕发了勃勃生机。记得乡村里选村长的时候,不识字的农民就用豆子来当选票,真是历史上的新鲜事儿。再加上有力的动员组织工作,不管老人、妇女、儿童全都行动起来,组成了真正的铁壁铜墙。一句话,是我们正确执行了毛主席人民战争的思想路线和政策。革命的深入,带来了文化的深入,文艺活动深入到穷乡僻壤之间。不管斗争是多么艰苦、残酷,在这块战斗的土地上从来没有停止过歌声。这块被称做模范抗日根据地的晋察冀边区,当时名声很大,从国内、国外来参观的人很多,有些外国记者把它比做欧洲战场的法国。那些从敌占区过来的人,从大后方国民党统治区来的人,谁见过这样的新天地呢?毛主席是在解放战争后期,从陕北来到晋察冀的,一路上对边区群众有颇深的印象,曾经对人说:"我过了龙泉关,就像回到了江西老苏区似的!"你想想,我们的诗人怎么会不深深地爱着这片亲爱的土地呢?怎么会不激发起诗的灵感呢!这就是诗人陈辉写《为伊甸园而歌》的感情,写《为祖国而歌》的感情,也正是这种生死不渝的感情,促使他到最危险的地带工作,他明明知道那个地方已经牺牲了六个区委书记,但他甘心情愿去当第七个。他带着二三十个武工队员,深入敌占区去打击敌人,那自然是很危险的。终于,在天将黎明之前,他以自己的鲜血,为祖国留下了一首无比崇高的"赞美词"。

陈辉作为一个诗人,他写的那份《志愿书》,是值得我们的诗人们百倍珍视和深深领会的。这份志愿书完全可以称做"一个共产主义战士诗人的宣言"。你听他说:"我是劳动人民的儿子,为着人民的利益,我将时刻准备着为他们战死,把自己投到战火最响亮的地方去。"你听他说:"在极残酷的斗争里,我举起诗的枪刺,我要把我的生命,我的爱情,燃烧得发亮,一直变为灰烬。——永远为世界、人民、党而歌。"你再听:"我的歌声是高亢的,钢铁般坚决而有力……我的歌声是自由的,海燕般地在暴风雨里飞翔……我的歌声是勇敢的,像战士,在枪林弹雨里绝不躲避,要大踏步地向战斗走去。我的歌声——要充满火辣辣的感情,与活生生的现实。"他还说:"对敌人丝毫不宽恕,好像一个战士,把子弹打光了就把血灌在枪膛里;枪断了,用刺刀、手榴弹;手榴弹爆完了,用手,用牙齿!屈服是没有的。我不能背叛世界和人民,也不能背叛诗!敌人不能捉住我,当他捉住我的时刻,也正是我的生命最后交给大地的时刻。"

听听这份诗人的志愿书和宣言,它是何等动人心魄,震人心魂!它不仅包含着一个战士最热烈的感情和最坚定的意志,而且十分清醒地宣布了一个共产主义诗人的世界观、人生观、生死观、诗观和一个革命诗人应走的道路。我想,它对众多的诗人都会有所启迪。

今天,我们纪念陈辉,就是要向陈辉学习。

去年在首届中国北京·国风诗人端午节大会上,我曾谈了一些对诗的意见。大体说,近年来出现了不少的新诗人,写了大量的诗作,其中也有相当不错的作品,风格上也有许多创造,这都是可喜的现象。但是就总的方面说来,还是令人感到离现实生活远了一点,离群众特别是工农大众远了一点。因此我表示希望:诗人们——不管什么风格、流派的诗人们,都能够关心人民的命运,关心社会主义的命运,进一步深入群众,充分反映现实生活,不要避开矛盾,回避矛盾。我还说,如果我们当代的作家和诗人,他的笔下不能反映当代的现实生活,即使技巧再高,他的作品也没有生命力。今天,如果拿陈辉这样的优秀诗人做标杆,就感到我说得很不够了。也就是说,与陈辉相比,我们在革命精神上也有不小的距离。

十几年前,有一位评论家,大概是叫李泽厚吧,他提出了一个口号,叫做"告别革命"。大意是,近代以来,中国的历史都让革命搞坏了,搞糟了,他甚至还认为,不仅中国共产党领导的数十年的伟大革命,是不应进行的,包括孙中山领导的辛亥革命,也都是不应该进行的。

他认为如果没有这些革命,采用逐步改良的办法,中国早就富强了,现代化了。这真是纯粹的混蛋逻辑!是彻底的反动!它不仅仅是对我们人民、对我们现代革命史的诋毁和否定,对我们成千上万先烈的生命和热血的否定,也是为了断送我们中华民族今后的生机。试想,我们中华民族从根本上消失了革命精神,我们还有什么希望呢?

我们共产党的理论基础是马克思列宁主义,我们的旗帜是共产主义。马克思主义讲得明白,从资本主义到共产主义是一个过渡时期,在这个历史阶段内,要运用无产阶级专政来进行不断革命,以便达到消灭阶级、消灭一切阶级差别,消灭剥削、消灭一切人际之间的不平等的关系,以及消灭一切私有制带来的陈腐观念。可见这样艰巨复杂的任务,没有革命精神怎么能够完成呢?怎么能够"告别革命"呢?如果共产党不革命了,还有什么存在的必要呢?今天,我们纪念陈辉,就是要借鉴陈辉的文学道路、诗歌道路,尤其要学习陈辉的革命精神。我们党现在正在提倡党员的先进性,先进性同革命性,同无产阶级的阶级性是不能分开的,没有革命性哪来的先进性呢?没有无产阶级的觉悟性和对共产主义的坚定信仰,哪里来的革命性呢?从陈辉的优秀诗作和他的诗歌道路以及他最后壮烈牺牲的英雄行为,都可以充分证明他是无产阶级的先进战士,是我们学习的榜样。我们的诗人们不仅应向他学习,就是一切共产党员都应该向他学习。

我还想说,我们中华民族的诗歌,是有光荣的优良的民族传统和革命传统的。关心人民的命运关心民间的疾苦这种深厚的人民性是一直延续下来的。从屈原的"长太息以掩涕兮,哀民生之多艰",到杜甫的"朱门酒肉臭,路有冻死骨","安得广厦千万间,大庇天下寒士俱欢颜";白居易新做了一件大棉袍,穿上很暖和,也大发感慨:"丈夫贵兼济,岂独善一身!安得万里裘,盖裹周四垠。稳暖皆如我,天下无寒人。"这同杜甫是同一心怀。宋代也有一大批关心国势安危、关心人民悲惨生活的诗人和词人,甚至有对阶级分化的感叹。梅尧臣有一首《陶者》就说:"陶尽门前土,屋上无片瓦。十指不沾泥,鳞鳞居大厦。"这样优秀的诗人,历代都有,到了"五四"出现了新诗。由于中国共产党领导的轰轰烈烈的革命运动和马克思主义的先进文化的出现,诗人们向前跃进了一步。诗歌不仅限于同情人民,而且逐渐同人民站在了一起,同人民一起战斗。中国诗歌传统的人民性就升华为无产阶级的革命性,自觉地为人民的前途而战。郭沫若的《女神》,无疑是我们革命诗歌的先驱。那个拍案而起的闻一多,也使我们的诗人感到骄傲。以后出现的一些大诗人,也都是站在人民一边的,站在革命一边的。我曾说过,艾青是属于"大堰河"的,臧克家是属于"老哥哥"的。田间的家庭虽是地主成分,但他在简历中宣告他是"地主阶级的叛徒"。他歌颂农村的土地革命,高声喊道:"扬子江,你站起来吧!"卢沟桥的炮声响起不久,他就发表了《给战斗者》,歌唱:"战士的坟场,会比奴隶的国家,要温暖、要明亮。"他不愧被称为时代的鼓手。人民共和国成立后,是中国人民精神最为奋发昂扬的时期。如果贺敬之不具备那种对新生祖国的无限热爱和满腔热情,怎么会有一泻千里的《放声歌唱》呢?郭小川如果没有他的《致青年公民》《投入火热的斗争》以及《将军三部曲》,怎么能称之为郭小川呢?从诗歌发展的历史来看,如果不是这些诗人同革命结合,同人民结合,他们怎么会取得这样辉煌的成就呢?总之,今天我们纪念英雄诗人陈辉,并回顾我们优良的诗歌传统,就是要找一找我们同他们之间的差距,看看我们身上到底还缺少些什么,还有什么不够的地方,然后,坚定地站在工农劳动群众一边,与他们同呼吸共命运,沿着社会主义的道路,一同战斗,一同前进!让我们的诗歌在继承优良传统的基础上,继续向前挺进!挺进!

最后,我还要说到,这次聚会我们特地邀请了两位下岗工人中的诗人。一位是王学忠,一位是梁彦选。他们在近年来都写出了许多好诗,充分反映了工人的现实生活,赢得了不少著名诗人的重视和群众的广泛赞扬,大大弥补了这方面的不足。我国过去就出现了不少工人作家、农民作家。工农群众自己拿起笔来,描写自己的生活,为本阶级说话,这是文学上的大好事,是我们的社会主义文学兴旺发达的标志。我们工农群众文化水平已经有所提高,他们之中有许多人才。我们热烈希望在他们之中出现更多的作家和诗人。那时,我们的文学和诗歌就更有希望了。我想这支文学的新军、诗歌的新军是一定会出现的!

2005 年 3 月 7 日

张春良的《网络游戏忧思录》

老实说,我对现在遍地流行的网络游戏,是很隔膜的。这次看了张春良同志的《网络游戏忧思录》,着实让我大吃一惊,冷汗直流。现在我国数以百万、千万计的青少年,沉溺在网络游戏中不能自拔。其间网络游戏开发商、经销商为了追求高额利润,不惜大量引进、散布当代资本主义最肮脏、最腐朽的文化垃圾,无日无时地不在腐蚀、污染、毒害着这些孩子的灵魂。简直可以说,这是在图财害命!这是在断送我们新的一代!我们天天都在说,我们代表着先进文化的发展方向,难道这就是我们所说的"先进文化"的方向吗?难道我们的宣传、文化领导部门就不能组织、引导我们的创作界创造出一种健康有益的新型的社会主义的网络文化、网络游戏来提供给我们的孩子们吗?真的到了那时,我就要给你们唱赞美歌了。

这里,我们不能不感谢张春良同志,他经过数年悉心的调查研究,搜集了七百多个实例,写成了这本书。可以说是他首次向全国敲响了对网络游戏危害的警钟。不错,作者把它比做"新一轮的鸦片战争",有人认为言之过重了,但我却同意梁柱同志在该书序言中的说法,认为此语"绝非耸人听闻"。只要看一看因网络有关的犯罪占总犯罪数的急遽增长(2001年只占0.6%,到2004年已占到21%),就令人信服了。

现今这个严肃的问题,已经提在党和政府以及全国人民的面前。我认为,只要从"经济发展就是一切"的理念中摆脱出来,下定决心,问题并不是不能解决的。

最后,我要和那些因孩子沉溺网络游戏而焦心如焚的父母一起高喊:

救救孩子！救救我们的孩子！救救中国的孩子！

2005 年 6 月 28 日

诗人周启祥同志碑文

周启祥同志,是我少年时的好友和诗友。1918年8月1日生于河南开封。在洛阳省立师范读书时,即积极参加爱国学生运动,是该校中华民族先锋队重要成员。同时创办《流沙诗刊》,并加入郑州进步文艺团体"劲风文艺社",成为中原诗坛活跃的诗人之一。他的诗直面社会现实,关心劳苦大众苦难,表现了鲜明的革命倾向。

抗日战争爆发后,即在党的领导下从事地下革命工作,于1943年正式入党。1947年调中共中央社会部工作,曾深入魔窟向党提供了重要情报。后被国民党逮捕,直到杭州解放时出狱。全国解放后调中央军委二处任朝鲜组组长,曾多次受到军委领导嘉奖。

1954年,转业至河南大学任教。从此转入教学与研究工作,为新一代青年诗人的成长付出了大量的心血,并编辑出版了《中原诗歌四十家选萃》《三十年代中原诗抄》《中原新文学史料钩沉》等书,为抢救新文学史料作出了宝贵的贡献。他主编的《中国解放区文学书系·报告文学卷》也产生了很大反响。

启祥同志一生为人热情诚恳,忠于党,忠于人民,不畏艰险,信念坚定,经受了长期地下工作的严峻考验,不愧为忠诚的共产主义战士。

启祥,我的好友,你安息吧!

2005年10月魏巍撰并书

一个高举爱国主义旗帜的诗人

——给诗人王一桃的信

一桃同志：

您好。好长时间不通音讯了，近况如何，你的身体还很好吗？

近日，在新华社出版的《参考消息》上，读到了你的新作《历史，并不如云烟……》我真是高兴！这无疑是纪念中国人民抗日战争胜利六十周年的一篇力作。读后使我十分振奋，我想广大读者也会有这样的感受吧！诗写得太及时了。它既是对日本帝国主义侵华史的概括，是中国人民屈辱史的记录，也是伟大的中国人民英勇奋起终于将东方法西斯彻底粉碎的凯歌！尤其今天，当日本右翼势力在美帝国主义的扶持煽动下再度嚣张起来咄咄逼人的时候，这首诗不仅是对我国人民长期处于太平岁月的唤醒，也是对日本右翼势力的严正警告！一桃同志，您真是一位高举爱国主义旗帜的诗人！

我愿以一个抗日老战士的身份向您致敬。

也许我记得不错，我们大概是70年代末认识的吧，岁月如流，已经二十多年过去了。你送我的几本书如《纯美的时空》《壮丽的人生》等等，我都读了，根据我总的印象，对你的感情的理解，我认为对你的上述评语是不错的。而且，我想特别指出，你的爱国主义感情是坚实的，因为它同深刻的反帝意识是联系在一起的。在中国一百多年来遭受帝国主义压迫和凌辱下，爱国而不反帝是难以想象的，也很难称它是真正的爱国主义。一桃同志，你生于马来亚，你从幼年起，即遭到日本侵略者铁蹄的践踏，你对英国殖民者的血腥统治也是亲身经受的。你从少年起就接近进步的革命文化，受到鲁迅、茅盾、高尔基、罗曼·罗兰的影响，向往着一条光明的道路，并因此尝到铁窗的滋味……因此爱国主义对你并不是什么抽象和空洞的东西,而是你的血肉和灵魂。正如你所说:"我所以要'感谢'英殖民者的是,因为他们把我推进斗争的熔炉。让我和一切热爱自由、追求民主、争取独立的人们一道去进行斗争,成了一名普通的战士。"

你在《纯美的时空》这本书的序言中,动人地说道:

"美,纯之又纯的美,流到我一篇篇'祖国情结'中。我这一生有二十八年是在祖国;是祖国热情接待了我这被人驱逐的海外孤儿,是祖国精心培养了我这人类灵魂的工程师,是祖国发现了我的艺术造诣和文学才能,要我走进艺术的殿堂……我怎能忘得了祖国呢?"

你又说:"美像一股暖流,流呵,流……如果说,我在祖国大陆是爱祖国、爱人民、爱中华文化的话,那么我在马来亚,是既爱第二故乡又爱第一故乡;我在香港,是既爱今天的香港又爱明天的香港,相信回归的香港明天会更好!——这就是我的心声,一个游子的心声!"

这不都是你的爱国主义热情的自然流露吗?

由此可知,你受到祖国文艺界和香港文艺家的广泛推重和赞许,绝不是偶然的。

此外,我注意到,以你为会长的香港文艺家协会,已经走过六年的里程。从媒体报道得知,你们正在为繁荣香港的文艺事业而努力。我想,香港的文艺界一定会在爱国爱港的旗帜下,进一步亲密地团结起来,取得更大成绩!

祝你们精神愉快,创作丰收!

魏巍
2005 年 8 月 4 日于北京

我的几点希望

——在中国解放区文学研究会换届后的致辞

中国解放区文学研究会的成立到现在已经二十年了。从1994年海南岛会议上选举我为新任会长至今,已经十一年了。我的前任会长是很有名的学者德高望重的田仲济先生。他推心置腹地向我交待了工作。特别叮嘱我,要把会址由天津转移到北京,以图进一步地发展。我按照他的意见,将本会正式挂靠在中国社会科学院,并增设了几位在文学界有声望和工作能力强的同志为副会长。在名誉会长李尔重、贺敬之和一些顾问的指导帮助下,使工作逐步开展起来。其间,克服了许多困难,尤其是经济上的难题,大家同心协力做了一些工作。这些工作已由副会长余飘同志向大会提供了报告,这些我就不重复了。应当特别指出,这些成绩的取得都是由大家共同努力所取得的。至于工作的好坏,成绩与缺点,也应该由大家来批评。转眼间,十年过去了,我们这个班子确实老了。2001年的唐山会议上,我已经提出,我应当退役了,也应当换届了,但是当时几位同志认为,时间太仓促,酝酿不够,不行。以致拖至现在,又是五年过去了,不能再拖了。今年1月,民政部向我们提出,我们的会长、副会长的大多数已经超过了70岁,不符他们的规定,如不换届,是否继续登记都是问题了。因此,这次换届是比较仓促的。

尽管如此,但余飘同志还是作了很多努力,向在京的常务理事、部分顾问分别进行了拜访和协商;一些副会长推出了自己认为合适的人选,理事会候选人名单的提出是严肃和慎重的。这次经过大家认真的选举,新的理事会产生了,新的会长、副会长、秘书长产生了。总的看,这是个年轻的,生机勃勃的,大有希望的,可以大有作为的班子。让我们向这个新班子致以热烈的祝贺！同时，应当指出，我们还有一个经验丰富、实力强大的顾问班子，会作为新班子强有力的后盾。让我们共同为繁荣社会主义文学而努力！

下面，我对新班子提出几点希望：

第一，要继续为坚持宣传毛泽东的文艺思想而努力。我曾说过，解放区文学，并不只是一个地域的概念和时间的概念，如果仅仅是这样认为，那它就早已成为历史的陈迹了，没有重视的必要了。正确地说，中国解放区文学是继承了五四新文学的优良传统，在以鲁迅为代表的无产阶级革命文学的基础上，经过毛泽东文艺思想的哺育成长发展起来的。也就是说，它是解放区广大文学艺术工作者，按照毛泽东同志的指示，长期深入工农兵火热斗争的产物。也正是因此，它被称为中国无产阶级革命文学发展的新阶段——光辉的新阶段。它在革命斗争中所发挥的巨大作用证明，毛泽东指引的道路是正确的，并具有无限的生命力。尤其在今天，我们从反面也看到了背弃毛泽东文艺思想的指导带来的后果是什么！此时一言难尽，令人感慨万千。因此，宣传毛泽东文艺思想的任务无疑是更加繁重了。

第二，要宣传解放区文学的光荣传统。解放区文学的光荣传统是多方面的，集中到一点就是文艺工作者要同人民群众结合，同革命斗争结合，深入工农兵火热的斗争。在这一点上，应当说解放区的作家、艺术家做得是很不错的，解放后的十七年做得也是不错的。就深入生活这方面来说，随手一举就有许多闻名的例子。如我们的女兵作家菡子，曾在上甘岭的激战中一天要经历几十万发炮弹的袭击而无一所惧，在深入农村中又学会了开拖拉机；作家柳青真正做到了"到群众中去落户"，长期安家在陕西长安县皇甫村，写出了为人称道的《创业史》；身体单弱的女作家草明在鞍钢炼钢厂兼任了该厂的党委副书记；闻名全国的丁玲也主动要求到北大荒去落户。许多人以为她是被作为惩罚去的，其实不是，是她被错划为右派之后，自觉脸上是刺了字的，与其飘在上层，不如深入到群众之中……这些例子不胜枚举。那时作家的深入生活已是常规，差不多每人都有自己的"生活根据地"，每年如果不下去几个月，甚至觉得脸上无光。这种风气今天谈起来恐怕已经成了新闻了。

第三,要研究和宣传解放区文艺工作的经验,要研究和宣传解放区的作家。关于解放区(包括苏区)文艺的历史资料及其研究的著作,本会及其他文艺团体,已经搜集出版了不少。其中有许怀中的《中国解放区文学史》、刘云的《中央苏区文艺史》、我会已故副会长王剑清及冯健男主编的《晋察冀文艺史》、钱丹辉主编的《中国解放区文艺大辞典》、已故作家艾克恩主编的《延安文艺运动纪盛》等。此外,一些同志还发表了各地区的专论。如王曼、吴之对华南地区文艺的论述,王建中对东北抗联时期文学创作的介绍,曹晋杰、卢兆海对华中抗日根据地文化活动的介绍等。(说得很不完全,请谅!)这里特别值得称道的是《中国解放区文学书系》共21卷大型丛书的出版。正如戈焰同志所说,它是对宣传解放区文学的一大贡献。这部丛书的编辑以林默涵同志为首,许多解放区的老作家、理论家都参加了,我和学新也参加了,但我没有做多少工作,值不得夸口。值得一提的倒是主编之一的重庆出版社的女出版家沈世鸣同志,她以豪迈的气概和全副热情致力于本书的出版。可惜她已英年早逝,今天这样的出版家怕是不多了。我在这里表示对她的深切感谢和怀念,祝福她在天之灵安息!

除了总结和宣传解放区文艺活动的历史经验,我们还要积极宣传解放区的作家。因为他们是毛泽东文艺思想的积极实践者,也是解放区文学的载体,我们不宣传他们该宣传谁呢?在这方面,应该说已经做了许多工作。一些著名作家大都成立了各自的研究会,他们组织的各种纪念会和研讨会,我们都积极地参加了。我们也举行了一些研讨会。近年来,由于余飘同志的辛苦经营,还组织了毛泽东文艺思想与解放区作家的讨论,并出版了专集。去年举行了解放区女作家《崔璇文集》出版的研讨会。今后我们还要继续加强这方面的宣传。像田间、邵子南这样出色的诗人、作家,在经济状况允许的情况下,都是应当热情宣传的。

第四,密切关注当前文艺形势,扶正祛邪,积极开展思想斗争。我在海南岛的会议上就提出,研究过去,继承过去,都是为了开拓未来。在唐山会议上,我也明确回答了什么是当代先进文化,什么是当代先进文化的代表。我说:"在当代只有有利于推动历史向社会主义和共产主义前进的文化,才有资格称之为先进的文化,也只有在马克思主义世界观指导下的文化才能称之为先进文化的代表。此外,帝国主义的文化,封建主义的文化,没落的资本主义的文化,都再没有资格称为先进文化的代表了。"我还提出:"在当前应特别注意以下三种文化现象,一是西方腐朽文化的大量涌入;二是旧中国殖民地文化、封建文化的沉渣泛起;三是资产阶级自由化的大肆泛滥。这三种力量似乎结成了'神圣同盟',它们向无产阶级体系——先进文化展开了一次又一次的猖狂进攻。"这话是五年前说的,形势改变了吗?没有,恐怕是变本加厉了。不久前,有人送我一本张春良写的《网络游戏忧思录》。作者经数年调查研究,搜集了700个青少年因沉溺网络游戏造成悲剧的案例,写成了这本书,令人触目惊心。据说,目前我国约有2000万网游少年,沉溺其中不能自拔的约有260万人。这些青少年网络成瘾,神魂颠倒,不愿上课,泡网吧到深夜,不愿回家,身体也搞坏了,甚至有因家庭、老师阻止而杀父杀母杀老师的。相关材料表明,2001年与网络有关的犯罪占总犯罪率0.6%,2002年增加至7%,2003年达到13%,2004年占到21%。这些都是网络游戏开发商、经销商为了追求高额利润,不惜大量引进、散布当代资本主义最肮脏最腐朽的文化垃圾所造成的"辉煌战果"!我们的孩子,他们的灵魂和身体就是在这样无时无刻不停的腐蚀污染中被断送了。它已成为千万家庭父母无法解除的心病。这不是图财害命吗?难道这就是我们先进文化发展的方向吗?难道我们的文化部门不能组织力量为孩子们制作一些有益的产品吗?因此,作者认为,这种网络游戏简直就是一场新的"鸦片战争"!梁柱同志专为此书写了序言,我以为是很好的。这种势头,今后也未必能完全刹住,因为我听说,现在文化政策已进一步放开,已经允许外国人在我国经营各种文化企业了,也允许外国人在我国开电影院了,这就走着瞧吧!

  我还要举一点另外的例子,说明封建迷信大量增加,封建余孽也蠢蠢欲动。我邻近一家寺院,经常来烧香拜佛的善男信女,近年来不知增加了多少倍,每天川流不息,其中也不乏干部和共产党员。这且不论。今年春我连续几天看到香港凤凰卫视播放为四川大地主刘文彩翻案的片子。刘文彩"收租院"已经改名为"刘氏庄园"。影片一再批驳过去的"收租院"的泥塑展览是如何的不符合事实。

并且公然使其儿女后代出来"辩诬"。说明他们过去对待农民是很公道很讲理的。租子交不上交不够是可以商量的、从缓的。对待长工是很客气很优厚的,他家的长工人多,每天开七八桌,是经常给他们吃红烧肉、回锅肉的。说他家有水牢,完全是造谣。说那个地下室并非水牢,是给他父亲刘文彩放大烟缸的房子,怕大烟坏了,地下放了水,如此等等。我真有点看不下去了,那地方我去参观过。我的确也看到了水牢。即使像他说的是他父亲放大烟缸的去处,下面放了水,问题是你关过人吗?虐待过穷人吗?如果没有关过人,何以被农民称为水牢呢?你说对待佃户很客气,难道他们不交租子行吗?少交行吗?旧中国那种倒三七地租,遇到荒年,农民还能活得下去吗?你说你不是恶霸地主,难道你是不剥削的地主吗?你的剥削就不是罪恶吗?就不应该受到农民的控诉吗?过去办的展览就错了吗?尤其令人百思不得其解的,这个片子并不是凤凰卫视派出的记者拍的,片子最后的署名竟是中共四川省委宣传部对外宣传处!共产党何以会拍出这样自毁长城的片子,我就没法说了。

至于说资产阶级自由化的泛滥,不仅思想文化领域有,政治领域也有,从来也没有停止过。在这方面表现很多,我就不多说了。

总之,树欲静而风不止,阶级斗争是不以人的意志为转移的。一切关心社会主义、共产主义的人们,关心革命文化事业的人们,在今天的环境下,除了缴械投降,改换门庭,不斗争是活不下去的。因此,我上面提出,密切关注当前文化形势,向一切反社会主义的邪恶倾向展开积极的思想斗争。

第五,加强内部建设。中国解放区文学研究会已成立二十年了。应该说已经打下了一个比较稳固的基础。它自然是一个学术团体,但是由于它的研究对象的特点决定了它的性质,它必然应该是一个革命的文艺团体。如果模糊了这一点,它也就没有生命力了。因此,在毛泽东文艺思想的指引下,把它建设成一个革命的文艺团体,为繁荣无产阶级的文艺事业而努力,这就是它的建设目标。

这个事业是艰巨的,只靠少数人不行。它也像其他事业一样必须后继有人。二十年来,原来参加工作的这一代人已经老了,必须不断有新生力量补充进来。今后,凡是对解放区文艺有兴趣的,愿意从事此项研究的,对毛泽东的文艺思想抱有信仰的年轻同志,都可以吸收进来,充实我们的研究队伍。我们的希望正在他们身上。

　　这就是我在交班之际表示的几点希望。希望新的班子,新的理事同志们,亲密团结起来,全心全力,取得更大更好的成绩,我有充分信心,相信他们会做到这一点!

　　毛泽东文艺思想胜利万岁!

2005 年 8 月 10 日

也谈农民工问题

近来由新华社播发的《死囚王斌余的道白》，引起了广泛的关注和同情。网上正为此纷纷议论。有人说："面对即将死去的王斌余，中国的相关机构及其领导人就应该下地狱，是他们的错误导致了王斌余的死亡。"有人说："一个民工因为要不回工资，他相信政府，去找了劳动部门；他相信法律，去了法院；但是，是什么让他把刀高高举起？是谁把一个民工逼上了共和国的刑场？"此人最后高呼道："拯救民工王斌余就是拯救中国！"还有人尖锐地说："人们在同情和声援王斌余的同时，强烈地谴责那些将王斌余们逼入绝境的权贵黑心贼，愤怒地诘问这种尖锐矛盾下的社会现状如何能够得到'和谐'，严厉地声讨包括广大民工在内的极弱势群体的生存根本不予保障的现行制度和法律体系。"

的确，农民工是当今我国重大的社会问题。社会能否和谐稳定，要看我们对这个问题解决得如何。

由王斌余身上爆发的问题，绝不仅仅是一个孤立的事件。也不是个人的悲剧，而是社会的悲剧，时代的悲剧。在王斌余事件发生的前后，还不知道全国会有多少类似的事件。更多的是王斌余们的被打杀。《楚天金报》2005年9月10日报道："9月8日二十多名在云南打工的湖北民工，在向包工头讨要工钱时遭到多名手持凶器的歹徒攻击，一名湖北孝感籍民工当场被殴打身亡，五名民工重伤。"《广州日报》2005年8月21日消息，来自湖南的民工彭某，与他的几名老乡正在吃晚饭时，被十多名男子殴打。结果彭某因抢救无效死亡，5名民工重伤。事件的起因不过是彭某向他原来的老板讨要100元欠薪所致。据《昆山视窗》网站消息，"2005年1月8日在无锡市东林广场六塔发生了黑社会劈杀讨要工钱的无辜民工的事件。当手无寸铁的民工们拿着证件去领取他们一年劳动所得的时候,做梦也想不到厄运突然降临。20名手持古巴刀的黑社会分子早已设好鸿门宴等这一伙无知的民工们,进去一个砍一个,鲜血溅满了办公室和门外的道路。……"这就是今天中国千千万万民工们面临的危境。毋庸讳言,这些问题绝不是个人之间的纠纷,而是一个劳资关系问题,阶级斗争问题。不过这种阶级斗争是资产者居于绝对优势,对弱势劳动者所进行的罕见的残酷剥削与压迫下的阶级斗争。使人感到它带有相当浓重的封建性野蛮性的色彩。对此我们必须正视它,勇于承认它,把它当做一个整体问题来解决,仅仅应付式地解决一些枝节问题是没有用的。

农民工是在当前我国特有的历史背景下,也就是"三农"问题尚未解决的情况下出现的。它已经成为我国社会中最庞大的劳动群体,据称人数达到一亿左右。同时,不能否认它又是劳动条件最恶劣,劳动时间最长、最苦、最累,充满危险,待遇最低,且最受鄙视的劳动群体,是名副其实的弱势群体,是处于社会底层的不幸的一群。

但是,千万不要忘记,他们又是在我国社会中居于重要地位、贡献很大很大的人群。试看我国大小城市,那一座又一座巍峨的高楼、工厂、立交桥,一条又一条高速公路、地铁,哪一处不是他们亲手创造的呢?哪一座建筑物没有他们洒下的鲜血和汗水呢?那些使我国被称为"世界工厂"的大量出口产品,哪一件不是出自他们的劳动之手呢?那些出现在珠江三角洲、长江三角洲以及各大城市的繁荣,哪里能离开他们的贡献呢?但是,他们的劳绩得到应有的承认了吗?他们受到的待遇合理吗?他们过的是人的生活吗?

这正是当今社会不合理的地方,令人想不通的地方。即使这样,你到时候给人发工资呀!还要变法儿克扣他们一点点可怜的收入,工资不仅不按月发放,年终也不发,这不是耍无赖吗?甚至还要行凶打人,谁见过这样丑恶的强盗资本主义呢?然而事实却如此!近年来虽然政府对此三令五申,也并未得到彻底解决。这正是王斌余事件发生的原因。悲剧也正是由此产生的。事实的严峻性已向我们宣告:这个社会已经倾斜得太厉害了,一个被压迫的阶级正在死亡线上挣扎呻吟,不能正常生活下去了。作为执政党再不改变这种阶级关系,已经不能继续下去了。近年来,在珠江三角洲等地出现的民工荒,是一个警号。已经说明再不改变现状,经济的持续发展是不可能的。

如果想从根本上解决问题,那就只有改变存在着压迫剥削的社会现状才有可能。今天,我先不谈这些。仅在可以立即操作的层面上谈几个问题。

首先就要端正对农民工的认识,要给这个劳动群体定位。应当看到,在当前我国城市大发展,农村有庞大剩余劳动力情况下发生的劳动力向城市大转移,是历史的必然。事实证明,农民工在我国现代化事业中已经作出并且还要继续作出伟大的贡献。应当承认,他们已经是我国伟大工人阶级的一部分。我们必须把他们当做工人阶级的成员,而不得再有任何轻视和鄙视。把他们看做是"乡老杆""打工仔""下等人"是完全错误的。既然他们已是劳动大军的主体,是国家的领导阶级、国家的主人,我们就必须认真解决他们的问题。

第一,必须改善和提高他们的待遇。应当承认,目前他们的工资实在是太少了、太低了,他们吃的是最粗劣的伙食,住的是十几人甚至几十人挤在一起的垃圾窝,简直太不像话了。除去很可怜的工资外,几乎再没有什么福利。以王斌余为例,他开始在天水打工,一天工资才11.5元,扣除4元的伙食费,仅拿7.5元,每月不过200多元。即使按每天20元计算,月工资不过500多元,这实在是一种罕见的超额的剥削。资本原始积累时期的残酷剥削也不过如此。在现代文明社会中是决不允许的。我们应设身处地为他们想想,这些人都是远离家乡,抛妻离子,既无法照顾年迈的父母,也不能抚育自己的子女。还有些夫妻双双在外打工,把孤苦伶仃的子女留在家中,无人管教,这些子女被称为"留守孩子",据称全国有1000万人,亲人缺失的伤害无法弥补。试想他们付出了何等的代价?现在这样低的报酬合理吗?据鄙人拙见,凭他们劳动本身的苦重和他们付出的沉重代价,每月的工资至少应达到1500元,才勉强说得过去。

第二,应严格重申《劳动法》,实行8小时工作制。现在农民工的工时实在是太长了,一般从早晨6点干到晚上6点,至少12个小时,有的甚至14个小时,和旧社会差不多。这种苦重的劳动,简直是常人无法忍受的酷刑,是对生命的严重摧残,也是工人对生命的透支。一个生龙活虎的年轻人,干不了几年就"报销"了。更不要说那些遭受各种伤残的人留下终身的不幸。这种野蛮的剥削制度,实在是违背人性的不人道的。8小时工作制,是工人阶级在资本主义制度压迫下长期斗争的成果,到现在已经实行了一百多年了。我国在新中国建立后即实行了这个制度,并实行了多年。这见诸《劳动法》的明文规定,为什么现在不执行了?这不是大倒退吗?为了爱护劳动者的生命,为了保持劳动者持续劳动的能力,为了国家进一步的发展,必须对此重申,无论公、私企业,都必须严格执行8小时工作制,违法者应当受到惩处。不得任意加班加点,偶尔加班,必须付加班费。

第三,必须严格执行劳动保护制度。在工业战线的众多部门中,都不免发生各种职业病及因公致伤致残。为了爱护劳动者的生命和健康,维护其继续劳动的能力,没有一套严格的保护措施是不行的。现在许多厂家,为了追逐高额利润,根本不顾工人死活,故意不与工人订立劳保合同。伤残没有人管,还要自己花钱到医院看病。有害的劳动条件造成的职业病,更是比比皆是。据国家劳动和社会保障部提供的材料,我国已有两亿人受到职业病的侵害。广西职业病研究所所长葛宪民说:全国有害有毒的企业已超过1600家,受职业病危害的人群也超过两亿人。我国职业病危害接触人数,职业病发病例数,累计病例数和死亡数,均占世界第一。这还不严重吗?

第四,必须把农民工所在之处的工会切实组建起来。在当前农民工自身的权益屡受侵犯的情况下,必须建立起自己的工会组织,以维护自己合理合法的权益。这对保持社会力量的平衡和稳定是不可少的。即以王斌余事件为例,如果有工会组织,王斌余的问题可以向工会反映,由工会出面与老板谈判,商讨合理的解决办法,王斌余也就不至于登门讨债,引起那样的悲剧了。一句话,必须赋予农民工主人翁的地位和民主的权利,使他们有说话的地方,有解决问题的地方。这是解决农民工问题有决定意义的一环。某些私营企业抗拒成立工会的,应进行严厉警告。同时农民工本身也应该深切了解,民主不是恩赐的,是需要提高自身的阶级觉悟,加强自身的团结,挺起腰板,积极斗争才能实现的。

以上不过是一点初步设想,也是《劳动法》范围所规定的。但能否实现，关键还要看权力部门的态度。也就是说还要解决一个屁股问题，即屁股坐在哪一边的问题。如果屁股坐在广大劳动者一边，坐在受压迫的农民工一边，解决上述问题会是顺理成章的；如果屁股坐歪了，或只是口头上坐在农民工一边，而心眼里是傍大款，惟恐与资产者追逐的高额利润的目标相抵触，那事情就难办了。例如拖欠农民工工资问题，这本是一个不应该发生的问题。我们是社会主义的法治国家，无故拖欠农民工工资，是违法的，是流氓无赖行为，是应当绳之以法的。事实上政府对此也发过号召，作出过规定，也有劳动的调解机构和法律机关，但却未能发挥应有的作用，这就是端正立场的问题了。一个执政党如果不能解决这个问题，长期拖下去，难免就要失信于民了。

  至于对王斌余案件的处理，也有一个立场问题。如果按抽象的法的概念看问题，杀人偿命是自然的。如果按科学的世界观看问题，真正揭开问题的实质，第一，老板对王斌余欠下的血汗钱硬是一拖再拖，耍赖不还，还纵凶聚众打人，是造成悲剧的根本原因，老板应负主要责任；第二，因为欠账不还，劳动所得落空，王斌余事先曾找劳动仲裁机构和法院，他们都互相推脱，致事态越来越严重化，负有不可推卸的责任，也是造成悲剧的重要因素；第三，才是王斌余的个人过失。由于他年轻，别人欠债不还，使得他无法生活，还打他，侮辱他是狗，他无法忍受了，用暴力起来反抗，产生了错误行动。实际上他只能负三分之一的责任。如果要判刑，那个拖欠工资不还的老板也应当同时被判刑。仅仅把王斌余判处死刑，那就是把三个因素造成的悲剧让他一个人承担了。这显然是不公正的。同时，应当深刻理解，我国的根本性质是人民民主专政的社会主义国家，我们的法不是抽象的法，不是超阶级的法，更不是维护资产阶级利益的法；我们的法是人民民主专政指导下的法。我们的法，如果不能维护广大劳动者的利益，不能维护那些受剥削受压迫的弱者的利益，就是失职了。因此，综合整个悲剧因素的造成，判处王斌余必要的徒刑就可以了。要知道千千万万老百姓都睁着眼睛在注视着这件事，考验我们的法律是在维护谁！

2005 年 9 月 26 日

白羽,您走好……

白羽同志逝世的消息,我是从电视上看到的。我觉得太突然了,第二天给他家里打电话,他女儿说,是很突然,是在家里摔了一跤,摔得很重,就不行了。最近纪念抗日战争胜利六十周年,见他没有出来,估计身体不好,正想去看看他,不想竟迟走了一步,见不上面了。

在我心目中,白羽一向是一位走在时代前列的作家,在我们的前面冲锋陷阵的革命作家。尤其解放战争期间,他作为新华社记者被派赴东北,随着四野大军纵横驰骋,鏖战在冰天雪地之中,随后又从北一直打到南,写出那么多那么好的报告文学和短篇小说,有力地鼓舞了全军的胜利前进。他的文字,简直就是我军战斗力的一部分!这是多么令人羡慕和敬佩的呀!也许可以说,这是他一生最辉煌的时期吧!他的这些功绩我们是不该忘记的,他那些鼓舞人战斗前进的有生命力的文字,也是会流传下去的。白羽同志不愧是我国军事文学的先行者。

当然,他的功绩绝不至此。由于党对他的信赖和器重,他还是我国文艺战线的重要领导者之一。他的贡献是多方面的。

在白羽同志身上,我还发现了一点很可贵的东西,这就是他的自我批评精神。

我记得,丁玲同志是在一个风雪弥漫的日子里去世的。在她弥留之际,我曾到协和医院去看她。那一次我也遇到白羽了,我们虽然没有说什么,但事后我看到了他悼念丁玲的文章。他在文章中表达的内疚和歉意,使我十分感动。在风风雨雨的文坛上,在复杂激烈的党内斗争中,谁敢说自己一点闪失都没有呢?但是作为一个共产党员必须要有襟怀坦白的自我批评精神,白羽同志就有这种精神。对于一个成名的共产党员,这很难得。

"文革"以后,白羽同志重又回到部队领导文化工作。有时我们在一起开会,亲自听他讲过自己思想改造的过程,他说毛主席《在延安文艺座谈会上的讲话》发表之前,他也写过不好的文章,经过《讲话》的教诲,他才转变过来。在延安整风期间,白羽是虚心诚恳地接受党的改造的,绝不像有一种人认为自己是天生的完美。也正因为如此,他后来才取得了那样大的成就。应该说,他是毛泽东文艺思想的忠实实践者。

进入新时期后,由于资产阶级自由化思想的泛滥,曾一度造成文艺界的思想混乱。那时候对一部作品的评价,往往发生截然不同的判断,甚至尖锐的对立。这种情况,严重阻碍了社会主义文艺的正常发展,不能不引起党中央的注意。在那场斗争中,我看到白羽同志是很清醒的,很坚定的。他不愧是无产阶级坚定的文艺战士……

今天,我们听到这位贡献卓著的作家,这位坚定的无产阶级文艺战士的逝世,怎么能不悲痛和惋惜呢?

白羽,祝您在天之灵安息!

白羽,您走好……

2005 年 8 月 28 日

很有意义的礼物

10月25日这天早晨,我刚刚用过早饭,从远方来了一个陌生的客人,他很热情地从挎包里拿出两样礼物:一件是一本书《烽火铁血鸭绿江》,来者介绍说,这是一本黔南和黔东南的志愿军老战士写的抗美援朝回忆录;另一件用鲜艳的红绸包裹着,展开一看,是一尊志愿军年轻战士的雕像,身披伪装衣,手托冲锋枪,怒视前方,十分英俊可爱。那副勃勃英姿,使人立刻想到当年雄赳赳、气昂昂跨过鸭绿江的中华儿女来。我用双手托在掌上,沉甸甸的,一面欣赏,一面问是用什么石头雕成的。来人说,不是石头,是当地的艺术家杨通河和凯里的腾云雕塑工作室用树脂做成的。来人见我对这座仿玉雕像赞赏不止,就说:这是我们为了答谢省外的朋友制作的。但是,如果哪位志愿军战友需要,我们黔东南州文化局可以联系制作。我说:那倒是好事!我翻了翻那本书,编者叫李凡玉,我就问:"你就是李凡玉同志吗?"他点点头笑了笑说:"这本书,是我们黔东南和黔南的老战友用了好几年工夫才搞出来的。"我说:"你也过江了吗?看你的年纪很年轻呀!"他笑着说:"我也不年轻了,七十二了,不过入朝时才十四岁!"他又说:"我今天真是高兴!很有意义!正好10月25日,志愿军出国作战五十五周年,我赶到你这儿了!"

他在我处坐不久就告辞了。他是从贵州凯里远道赶来的。凯里是我1984年寻访长征路时走过的,在那里我也结识了一些令人怀念的朋友。

客人走后,我把那尊英俊可爱的志愿军战士雕像置于我的案头,望着他,望着他,不禁又回到那战火燃烧风雪弥漫的日子里……

2005年10月31日于北京

序高智主编的画集《深切怀念毛泽东》

在纪念伟大领袖毛泽东主席诞辰一百一十二周年之际,画册《深切怀念毛泽东》出版了,这是对开国领袖、时代伟人毛泽东主席的深切怀念,也是当年毛泽东主席身边工作人员和亲属,献给中国人民最珍贵的礼物。对此,我们感到十分欣慰!

毛泽东主席是伟大的马克思主义者,伟大的无产阶级革命家、战略家、思想家和理论家,是中国共产党、中国人民解放军和中华人民共和国的领导者和缔造者。是近代以来中国最伟大的爱国者和民族英雄,是领导中国人民彻底改变自己命运和国家面貌的一代伟人。毛泽东主席不仅是中国人民的伟大领袖,而且在世界人民心中也享有崇高的威望。他以博大精深的智慧、无所畏惧的勇气和自我牺牲精神,引导中国革命取得了胜利,从根本上改变了世界的格局。为被压迫人民和被压迫民族的解放斗争,为维护世界和平作出了不可估量的贡献。

毛泽东主席是我们最敬爱的伟大领袖和导师。毛泽东思想是我们党最宝贵的精神财富,他引导和鼓舞了中国一代又一代人从胜利走向胜利。在毛泽东时代,群众思想道德高尚,人人学雷锋精神,处处树文明新风,一心一意为党的事业、为国家、为集体、为人民作奉献;广大党员干部清正廉洁、无私奉献、全心全意为人民服务;社会公正平等,国家安定团结,扫除了各种丑恶现象和不道德行为;社会治安秩序良好,人民安居乐业,创造了一个"路不拾遗,夜不闭户"令世人向往的美好时代。中华民族为有了毛主席而感到骄傲和自豪,世界被压迫民族和被压迫人民为有了毛主席而感到光荣。光辉的毛泽东思想,永远是我们党和国家各项事业的指导思想。他的精神,将永远鼓舞着我们继续推动中国社会不断向前发展。不管世界如何变换,在任何时候和任何情况下,我们都要始终高举毛泽东思想的伟大旗帜。

　　为了表达对毛主席的深切怀念,本书主编、当年在毛主席身边工作的机要秘书高智同志,近年来,为编辑出版本画册,在年事已高的情况下,除以多种方式联系同战友们收集当年在毛主席身边留下的珍贵照片外,还夜以继日地悉心整理图片资料,付出了心血。尤其是新闻记者张仕文,为编辑出版此画册做了大量的工作。还有毛主席身边的工作人员和亲属,以及社会各界有识之士也给予了热情的支持,使得《深切怀念毛泽东》画册顺利出版。

　　在画册中,这些珍贵的照片,都是原在毛主席身边的工作人员珍藏多年的,大多数尚属首次发表,对研究党史、军史和毛主席生活、工作经历提供了宝贵翔实的资料。这些珍贵的照片,从不同的视角描绘了历史伟人毛主席对子女、亲属既严格要求又充满着厚爱,对身边工作人员,对同志、对朋友又是那么无微不至的关怀和体贴。从一个个历史照片的镜头中,展现了毛主席的伟大风范、人格魅力和鲜明个性;领悟这一幅幅栩栩如生的历史照片,更使人体会到毛主席的可亲、可敬。每当回顾中国革命走过的艰辛历程和中国革命取得的历史成就,对伟大领袖毛主席就有一种油然而生、不能抑制的感激和崇敬之情。

　　伟大领袖毛主席,我们永远敬仰和怀念您!

　　伟大领袖毛主席,您永远活在人民心中,这是亿万中国人民发出的共同心声!

2005 年 12 月于北京

一个共产党员的建议

——在纪念毛泽东诞辰一百一十二周年会上的发言

今天是纪念毛泽东一百一十二周年诞辰,我也准备了一个简短的发言,题目可以叫做《一个共产党员的建议》。没有写成文字,只有一个意思,说一说。

我的话不妨从我国著名的经济学家刘国光的讲话说起,他的讲话受到广大社会人士的支持,我也很赞成他的讲话。刘国光同志的文章其实是很谨慎的,只是讲了政治经济学家教学领域中马克思主义边缘化的问题,其他领域怎么样?不妨考察一下。我看了《经济观察报》的一个记者访问刘国光,他最后说了一段话,意思是反思改革并不就是反对改革。我想这是有人给他扣帽子,如果这样乱扣帽子,那谁还敢说话呀?(孙永仁:有一个记者说:主流经济学家2005年在互联网上遭遇了"滑铁卢"。)任何一项政策在实践过程中都会有各式各样的反应,遇到各式各样的意见,听取意见进行反思,使我们的工作不断改进,不断发展,不是很好吗?怎么能说是反对改革呢?我因此想到了一些问题。其实反思在一个人的生活中占有很重要的位置,人一辈子实际上都是处于不断的反思之中的。哪有一个人根本就不反思呢?他怎么长进呢?是不是。一个党也是这个样子。古人曾参说"吾日三省吾身",每天都要反思怎么做人的问题。我们共产党员其实也有这个传统,一个礼拜要开一次小组会,这个小组会实际上就是反思,进行批评和自我批评。我们做的比曾参说的还多,比如检查自己的工作,为人民服务做得怎么样,我们的行动、我们的思想是不是符合党的原则,是不是符合共产主义要求,我们是有这个传统的。一个支部,半个月或一个月要开一次支部大会。支部书记作报告有几项，一是优点，二是缺点，三是经验教训和今后改进措施，我们都是这么过来的。不过反思这个词过去叫反省，1942年整风时我们都写反省，对照着二十二个文件一项一项写出思想反省来。这确实是一个非常大的反思，从基层党员到最高层领导都进行反思，其结果大大推动了我党飞跃的发展，迎来了中国革命的伟大胜利。新时期以来，从改革开放至今二十七八年了。2007年我们要开党的十七大，那时就三十年。这三十年时间和毛主席的前三十年时间一半对一半。那么对这一条路线和各项政策应不应该进行一次回顾呢？又是否应当进行一次反思呢？是否应该检查和总结一下得失呢？我看不但应该，而且十分必要。这样会使我们全党上下头脑更加清醒，马列主义、毛泽东思想水平更加提高，全党更加团结统一，斗志更加昂扬，共产主义信念更加坚定，党和国家的前途更加光明。因此，我看除了正常地抓经济建设以外，在十七大之前的这段时间里，我们全党应该进行一次全面的反思，进行一次全党性的讨论，在十七大时作出一个全面的、符合党心民意的总结。这个总结在我看来是非常必要的。从政治上衡量，我看没有比这个工作更重要、更有意义了。

当然，我们也可以不这样做，也可以有另外一种做法，就是不反思、不讨论，也不总结。仍然按照脑子里已有的框框、既定的方针，不管别人说什么，继续干下去。正像人们说的，一条道走到黑。这样就包含着极大的盲目性，也就不免会误入泥潭和陷阱。毛主席曾经沉痛地说过：人，有时候比猪还蠢！猪一个劲儿往前拱，碰到墙角，拱不动的时候它就要拐弯了，而人却不会拐弯！我认为毛主席真是个思想家，那时候他就看得很透。他说这些话当然是有所指的，不是无的放矢。政治会有惯性，当一种政治主张形成一种气候以后，就变得很难扭转，不同意见很难发言。要说出不同意见就要鼓起十分的勇气，冒很大的风险。什么一百年不动摇，二百年不动摇这些个框框，就把人框死了。就好像绳子一样把人捆死了，不敢动一动，也不敢往别的方面想一想。明明不对了，还是要继续干。这种情况是非常可怕的！那么怎样才能把这样的反思、总结、讨论做好呢？在我看来最重要的就是解放思想、实事求是。以马列主义、毛泽东思想的科学态度，以人民群众的利益为最高标准，以社会实践来检验真理。是就是,非就非,对的就肯定,不对的就否定。对的你说不对,不对你说对,这样不就坏了吗?

这个讨论不是少数人能搞好的,而是应该动员全党来做,动员工农群众也积极参加,甚至可以重新宣布"不戴帽子,不打棍子",以便真正发扬民主让大家都敢于提意见。这样众志成城,必然有好的结果。所以今天,在纪念伟大领袖和导师毛泽东同志诞辰一百一十二周年的时候,我就作为一个党员提出上述一些建议,当然这是非常粗糙的,没有经过周密的考虑。我希望通过网友们的讨论,看有没有不对的,怎样做更完美。我的话完了。

2005 年 12 月 24 日

致日本作家大江健三郎先生信

大江健三郎先生：

我已经是一个不大出门的老人了。前天在上海《文汇报》上，看到了您在中国社会科学院发表的讲演，使我既欣慰又感动。我可以告诉您：你的忧虑，也是我的忧虑；你的希望，也是我的希望，我们的心是相通的。

今年，日本东史郎先生逝世时，我曾为文悼念，今天我还要再写几句话，向您——一个既考虑本民族也考虑人类利益的作家表示自己的敬意。

我觉得你的讲话，感情是深沉的，是发自内心的。讲话透露了你对本民族的现状和未来发展的深深的忧虑。你说到，战后十八年来，不少人已经淡化了对战争的反省和战后初期的决心，甚至已经忘却；你说到，现在，对所谓"大东亚战争"的重新评价以及对其意义的强调，无论意图和动机是什么，都将导致所谓东亚新秩序亡灵的再次复活，导致灭亡共产中国的战争。你说："实际上，我们的国民中有人还没有从大东亚共荣圈的梦中醒来，'梦，再来一次吧'的希望仍旧残存。"同时，你还特别指出："当今，在与中国的相处中，尽管日本紧紧追随美国，一旦挑起战争，无论国土还是民族，首先从地球上'覆灭'的是日本和日本人。"这些话说得多么好啊，多么清醒，多么明智！这正是我在《悼念东史郎先生》的文章里所提醒日本人民的：决不要把自己绑在美国霸权主义的战车上，为人火中取栗是一条非常危险的道路，决非日本民族之福。

你在讲话中还谈到，你在战后那些年一直有个心愿，就是希望与因日本而遭受战争残害的亚洲，特别是中国人民真正和解。而你现在看到种种相反的事实，你怀疑了。你现在明确而坚决地主张：必须有勇气面对历史、面对现实，必须改变这种毫无反省的状态。这是完全正确的。这里我不妨举一个我身边的又是印象极为深刻的例子。我的老岳母是冀中平原上一个善良的农村妇女，在1942年5月冈村宁次指挥五万日军的大扫荡中，她的丈夫被杀死在村外的柳林地里，她从三十几岁就当了寡妇。可以想象到她带着三个孩子日子过得多么艰难。两年后，她的十四岁的儿子也参军走了，后来在战争中失踪，至今没有消息。全国解放以后，我把岳母接到我家一同生活。她是八十六岁去世的。去世前她的神志就不十分清醒了。有一天早晨，她穿得整整齐齐，手里提着一个小包，拄着拐杖出门去了。我们以为她是出去散步，不甚在意，不料她却走出很远，坐在路边一块石头上。家里人找到她，问她到哪里去，她才说："我要到东京去。"家里人惊问："你到东京干什么？"她说："我要去告状，问问他们，为什么要杀死我的男人！"这件事使我十分震撼。没想到老人家平时不说不道，内心里却刻下了这样深的几十年都没有平复的伤痕！这是小泉那类坚持参拜靖国神社的人能够理解的吗？这是那类至今仍陶醉在"大东亚共荣圈"美梦中的人能够理解的吗？但是，东史郎是理解的，你也是理解的，还有千千万万日本有觉悟的人民是理解的。而且这些人会一天一天多起来，队伍会一天一天大起来，这就是我们的信心和希望。我们寄希望于日本人民的觉醒。

　　现在，日本的一小撮右翼反动势力，正在把日本民族诱入毁灭的陷阱。他们用的武器还是那套封建的军国主义和狭隘的民族主义，这是一切帝国主义者的惯技。第一、第二次世界大战不都是这样的吗？事实也只能如此。这些反动家伙，如果不盗用"国家""民族"的名义来煽动群众，老百姓谁肯为他们去当炮灰呢？而战争的真实目的，却不过是为了一小撮资本家垄断集团的利益，对广大人民群众是没有一点好处的。不仅没有好处，而且真正付出重大牺牲和遭到伤害的却是劳苦大众。这就是问题的实质。因此，我们必须不断揭发反动分子的阴谋伎俩，免得人民再次受骗上当。

　　今年是中国也是世界的三个伟大人物毛泽东、周恩来、朱德逝世三十周年。他们既是伟大的爱国者，也是伟大的国际主义者。他们从来不用狭隘的民族主义教育自己的人民，而是从理论到行动上用国际主义来教育本国人民大众。尽人皆知，日本战败后，毛泽东有一个不同凡响的大举措，就是主张放弃对日战争索赔。这完全是从国际主义出发的，从日本人民的切身利益考虑的。因为他惟恐这种索赔被转嫁到日本人民身上，加重日本人民的痛苦。这是伟大的国际主义精神，而并非什么"以德报怨"。中国人民也在这种精神下受到了教育，提高了自己的国际主义觉悟水平。毛泽东对当时许多亚非拉国家的无偿援助，是在本国经济并不富裕的情况下进行的，这也是大家熟知的。还有他那个"永远不称霸"的著名口号，直到今天仍为中国人民信守不渝。现在某些国家散布的"中国威胁论"，十分荒诞可笑，不过是霸权主义者别有用心的煽动罢了。我想日本人民不会相信这样的谰言。今后中日关系，惟有和平共处，友好相处，才是最好的前途。

　　你在这次讲话中，多次提到伟大的鲁迅，这也证明我们的心是相通的，我从青少年起就是鲁迅的崇拜者，我们是吃了鲁迅的奶汁受到滋养的。今天，我们要更加学习鲁迅"韧"的战斗精神，正像您说的要"有所作为"。

　　鲁迅说："如果历史学家的话不错，则世界上的事物可还没有因为黑暗而长存的先例。"的确如此。人民总是要进步的，世界总是要前进的，世界的霸权主义和一切反动派都是要灰飞烟灭的。我们坚信这一点！

　　祝您健康愉快！
　　祝日本人民前途光明！

魏　巍

2006 年 9 月 13 日

重读五十年前的读者来信

从尘封的囊箧中找出五十年前的几十封读者来信,那些大小不一形形色色简陋的信纸信封,自然已十分破旧了。但是当年那些青年人灼热的情感、灼热的文字,仍然使我读来十分激动,重新被燃烧起来。那个年代,我国青年的精神面貌是何等地好啊!他们似乎有使不尽的力气,要把自己的全部生命都献给祖国的建设。从这里你就可以找出那时候我国各条战线都蓬蓬勃勃,各项事业都飞跃发展的原因。这是毛泽东无产阶级革命路线引导的结果。比比今天,不能不使人深为感慨。今天被卷入市场经济大潮的人们,除少数暴发户和权贵欢天喜地外,多数人为自己的生活疲于奔命,焦头烂额,其精神面貌早已今非昔比了。我是多么怀念那个难忘的时代啊!

这些读者来信,全部是由《中国青年》杂志编辑部转到我手中来的。由此也使我怀念起我和该杂志各位朋友结下的深厚友谊。《中国青年》是一个有光荣历史的杂志,我党的先贤英烈如邓中夏、恽代英、肖楚女等都参加过这个杂志的编辑工作。新中国建立后的《中国青年》也办得很好。他们和读者、作者的关系都很密切,内容生动活泼,在青年中影响日益扩大,每期销售达三百万份。应当说是办得很出色的。说起我和该杂志的关系,大约是从1954年《中国青年》开展"什么是幸福?"的大讨论开始的。讨论进行得很热烈、很深入,持续了很长时间,涉及内容也很广泛。讨论即将结束时,编辑部来人约我为这次讨论写一篇总结性的文章。那时《中国青年报》创刊还不久,我似乎记得肖枫同志约我写的《年轻人,让你的青春更美丽吧!》在创刊号上发表,颇受青年人的欢迎。我想《中国青年》编辑部来约我写总结文章可能与此有关。说实在的,当时我不大愿意写这篇文章，因为我觉得这样的文字应该是由革命前辈和更有威望的人来写，或者由英模人物本身来写比较恰当。但是他们坚持要我动手，我也只好应允了。《幸福的花为勇士而开》就是这样写成的。文章发表以后，读者反应出人意外的强烈。从此以后，该刊展开的关于人生观的多次讨论，都要找我来写总结发言，我和该刊的关系也就越来越密切了。那时常来我处的编辑，记得有曹炎、杜煦、江涵、郭楠宁等同志，有时是催稿，有时是来反映情况和讨论问题，有时是稿子尚未写起，他们就坐在一边等着完稿。有时稿子催得很急，我从第一个早晨写到第二个早晨，大概就是写的这类稿件。最近江涵同志回忆说，她在青岛约我写《夏日三题》的时候，因为编辑部等着发稿，她就坐在旁边等。等我写完，她就拿起稿子立刻跑到车站，把稿子交给列车员，托列车员带往北京，北京站上也同样有编辑在等候。那时大家的合作是多么地亲密呀！

当时《中国青年》杂志的总编辑是邢方群同志，他非常重视在青年中培植和树立革命人生观的问题。因此，他在青年中发现有倾向性的问题，便因势利导地从人生观的高度提出问题展开讨论。如1954年进行的"什么是幸福？"的大讨论；1957年进行的由"徐进思想"引起的"这是不是傻瓜？"的讨论。徐进是一个参加革命较早的机关工作者，其待遇反而不如参加革命较晚的技术人员，因而产生了自己是不是傻瓜的问题。这也是当时较普遍存在的一个矛盾。这次讨论的规模也很大，来稿有九千多件。最后由我写了长篇总结文章《春天漫笔》，剖析了"'吃亏'与革命"等人生观的问题。第三次是1958年开展的"人生最大的快乐是什么？"的讨论。1958年12月13日，广州何济公制药厂化工车间失火，危及爆炸性药物，整个厂房和周围居民的生命财产受到严重威胁。工厂女工共产党员向秀丽奋不顾身，扑住迅速蔓延的火焰，抢救了国家财产，保护了群众的安全。她因严重烧伤抢救无效，于次年1月15日光荣牺牲。在全国学习向秀丽的活动中，有种种不同的理解。《中国青年》1959年第九期发表了读者黄里的来信，并以此展开讨论。讨论结束时，由我写了《夏日三题》的长文作了总结。长文就"生与死""个人与集体""欢乐与悲愁"等问题进行了详细的剖析。该文影响也颇广泛，其中，《个人与集体》被选入中学课本，《生与死》由越南翻译出版。

第四次大讨论是 1963 年,毛主席为雷锋题词后在全国开展了"向雷锋学习"的群众活动。在这次活动中,由于对雷锋的幸福观持有各不相同的理解,《中国青年》再一次组织了对幸福观的大讨论。这次讨论结束时,我写了《弃燕雀之小志,慕鸿鹄而高翔——幸福的花为勇士而开》(续篇)的长文,更深入地探讨了一些问题。

总之,当时《中国青年》编辑部组织的这些讨论,我认为是非常成功的。它不仅大大活跃了全国青年的民主生活,而且以群众性的自我教育的方式,卓有成效地推进了我国青年革命人生观的建设。当然,这是《中国青年》编辑部全体同志努力的结果,也是与共青团中央的领导人胡耀邦同志的重视和富有思想性的生动活泼的领导分不开的。

此外,与青年有关的问题,我还写了其他一些篇章,也大都发表在《中国青年》杂志上。如《祝福走向生活的人们》(这篇文章使我结识了石油战线的许多情深厚谊的朋友,也有一些生动的故事,这里不能详说了)、《做新型的知识分子》、《百花盛开的国家》、《写你鲜红的历史》以及《路标》等等。这些文章,50 年代初以《幸福的花为勇士而开》的单行本由中国青年出版社出版,1980 年以《壮行集》的单行本由河北人民出版社出版。这些文章,都是为走向生活的青年朋友壮行,为他们献身社会主义祖国的伟大实践壮行。五十年过去了,现在回忆起来,对这些文章,也有几点可以说一说。

第一,为什么写这一类文章?可以说这是一个由不自觉到自觉的过程。如前所说,开始编辑约我写《什么是幸福?》的总结时,我是不太想写的,后来写了《幸福的花为勇士而开》后,反应极为强烈,青年们说是对他们很有帮助,这对我也是一个教育。从此我就改变了看法,认为既然群众需要,我就应当为他们服务,不应考虑其他。在这点上我们仍然应当向鲁迅先生学习。因此,有的文学界的朋友劝我,还是应当集中精力"写文学作品"的话,我也就不去听了。

第二,在实际生活中,使我越来越深刻地感觉到,在人生观的领域里也有战争,无产阶级和资产阶级两种思想的斗争,是很激烈的。正像列宁在《无产阶级专政时代的经济和政治》中说的:"这个过渡时期不能不是衰亡着的资本主义与生长着的共产主义彼此斗争的时期,换句话说,就是已被打败但还未被消灭的资本主义和已经诞生但还非常脆弱的共产主义彼此斗争的时期。"的确如此,可以时刻感到,资产阶级思想在拉我们的后腿,使我们不能顺利前进。因此,我在《春天漫笔》一书后记中曾说:我的这些文章,大体上是这么两个方面:一是火上加油,给能干的小伙子们、姑娘们添点干劲;一个是挖资本主义的墙脚——个人主义。资产阶级老是挖我们的墙脚,一点都不消极怠工。看来我们对他们也不便放松。这样才能使我们自己人兴奋愉快,轻装前进。

第三,我的这些文章之所以受到当时青年们的欢迎,把我当做知心朋友,我看主要是当时青年们的精神面貌好,他们力求上进,更容易接受真理;其次是我也把他们当做知心朋友,谈心交心,所讲的并不是枯燥无味的说教,而是自己在长期革命中锻炼成长和改造的亲身体会。而且尽量采取生动活泼的形式。

顺便指出,我的这些文章也是经历过风雨的,甚至是暴风骤雨的考验的。不管来自右的和"左"的袭击我都经受到了。一个是1957年,几个右派批评《幸福的花为勇士而开》和《春天漫笔》是"神经病";一个是1966年,有一伙比我要革命千百倍的"左派朋友",说《幸福的花为勇士而开》是"宣扬资产阶级的幸福观",是"杀人不见血的软刀子"。这些也都过去了,我也没兴趣多说了。今天,当我面对着青年朋友这些炽热的来信,我还有什么不知足呢?我还能有什么要求呢?作为一个作家,能得到青年朋友如此热情的回报,把我当做知心朋友,这不就是我最大的幸福么!

看到五十年前这些读者来信,今天我最想说的是对当年那些来信青年的怀念。当年他(她)们不过二十上下,现在该是七十岁以上白发满头了吧!他们不愧是历经艰难困苦,有所创造,对祖国有巨大贡献的一代!我依然要歌颂他们。也许有人已经不在人世了。如果他们还健在,我想说,我这个老头在想念他们。如果我能再次接到他(她)们的来信,在信上叙谈叙谈,那我真要高兴死了。同时,我也深切怀念那些与我结下深厚友谊的编辑们。前些时,我辗转曲折找出江涵同志的电话,与她在电话中说了半天。从电话中得知,和我来往最多的杜煦同志,已经在几年前去世了,我怀念他,他的音容笑貌依然在我心中。曹炎同志还在,但是还没有联系上。《中国青年》的主编邢方群同志的电话倒是打通了,这让我特别高兴。从电话中得知,他已经九十岁了,腿脚不灵了,出门要坐轮椅,我准备找一天去看望他。那些健在的同志,让我衷心祝他们生活愉快,健康长寿!

2006 年 1 月 6 日

序《诗坛诸家评论王学忠》

如果我的记忆不错，这是对诗人王学忠的第二本评论集了。为时不久，王学忠的诗竟引起诗坛诸家如此广泛和热烈的关注，实在是件令人高兴的事。我因年迈，收集在这里的四十多篇文章未能全看，但总体看来，对学忠同志的诗是热烈赞扬的和肯定的。尽管肯定的程度不一样，肯定的方面也不一样，个别评论家还有所保留，但在当前社会大变动，世界观、价值观、文化艺术观五光十色纷然杂陈的情况下，能够出现如此结果，也就很不容易了。从这一基本事实出发，我已经可以有根据地说：当代一位杰出的诗人已经站定在我们的面前了！

三年前，我曾为王学忠的诗集《雄性石》写了序言，题名为《一个工人阶级诗人的崛起》。在这篇序言里我曾说，王学忠在诗坛的出现是历史的必然，是不可能不出现的。因为在中国社会的大变动中，工人阶级日渐被边缘化所引发的种种苦痛，不可能不引起这个伟大阶级深刻的思考，也不可能长期不发出自己的声音。"青春献给党，老了无人养，本想靠儿女，儿女又下岗"的歌谣，不是在王学忠之前就出现了吗？在工人阶级的队伍里出现王学忠这样的诗人不是必然的吗？

因此，我把王学忠的出现，就其基本倾向和阶级本质说是一个工人阶级诗人的崛起，至少他是向这个目标大步迈进了。同时我又说，当然如果要当一个名副其实的工人阶级的诗人，还要更加提高阶级自觉，还要更好地掌握马克思列宁主义毛泽东思想，还要更好地理解工人阶级的历史使命，为工人阶级的命运进行不屈不挠的斗争。

可是，有的评论家却说他够不上"真正工人阶级的诗人"，只能称他为工人的诗人，"因为他没有完全跳出他的生活圈子"，故写的东西不全面，将一部分下岗工人"当做当代中国工人阶级的主体了"。同时，"在批判一些丑恶现象时就充分突出了对立现象"。这些提法未免有些奇怪。中国国企的下岗工人，几年前已达三千万人以上，近年来国企又大幅度因改制而下降，新增的下岗工人又不知有多少，难道要等全部国企工人全部下岗之后才能写他们遭遇的痛苦吗？至于说诗人批判一些丑恶现象时过分突出了"对立现象"，这个话我还看不明白。评论文章说，"诗人对有些腐败的市长进行批判和讽刺是可以的，也是正确的，但是对所有的市长进行否定就不正确了"。奇怪，难道王学忠写了一篇批判腐败市长的诗篇，就是把所有的市长否定了吗？

另有个别评论家则把王学忠"思想认识局限性的弱点"看得更加严重，说什么"诗人的偏激情绪，郁积而成的有色眼镜，不仅使作者陷入了一叶障目不见泰山的境地，连见到的事物也都偏了形体与颜色"。哟，这话未免说得太严重了，有点离谱。这位评论家似乎忘记了"以公有制为主体"还赫然写在宪法上，是否要诗人把某些主张"国退民进""靓女先嫁"的经济学家的时髦理论也写进诗篇，才算与时俱进，才算不背离时代，才算不偏执、不僵化，也才够得上"真正工人阶级的诗人"呢？尽管评论家无限诚恳地说，这是"良药苦口利于病"，是"为了王学忠诗歌现象更健康地向前发展"，恐怕这种"良药"一服下去，王学忠连同他的诗也就立即灰飞烟灭了。

我很高兴，我的朋友李子同志也参加了讨论。他从另一个角度出发，也不赞同称王学忠为工人阶级的诗人。我理解，他是语重心长，情长意长，要求也更高更严格。这自然对王学忠也有好处。但我们毕竟应当承认，王学忠在并不太长的时间，一连献出《挑战命运》《雄性石》和《太阳不会流泪》三部厚重的诗集，已经挺胸而出，用他的生命和血泪在为中国工人阶级的命运呐喊了；他已经跨上为工人阶级事业而斗争的道路了；而且他已赢得了广大群众和一切有正义感人士的热烈响应。当然，他面前的路还很远、很长，也会有艰险和考验。他还需要攀登再攀登，奋进再奋进，锻炼再锻炼，尤其在加强马列主义毛泽东思想的学习上更加努力。但就其基本倾向来看，他应属于无产阶级而不属于资产阶级,这一点是应予肯定的。要知道,诗人也需要在战斗中成长,在成长中战斗,不要要求一个新战士立刻成为成熟的布尔什维克,不会凭空从天上掉下一个马雅可夫斯基来!

即使就诗歌本身的成就来说,王学忠也是不平庸的。老实说,他的那些诗并不是每个诗人都能写出来的。即如短短的《国企妈妈》这样的诗,哪个写得出来?不是国企工人,不经历这样大的变动,哪里会有这样深的感情,怎么可能称"国企"为妈妈呢?工人阶级同社会主义的关系,同公有制的关系比其他任何阶级都来得深刻,是血肉不可分的,没有社会主义也就不会有作为国家主人的工人阶级。所以它是一个伟大的阶级,是捍卫社会主义、保卫公有制最积极、最坚定的力量!再说王学忠的诗,艺术质量也并不低,与某些名诗人初登诗坛的成名之作相比,恐怕也不逊色多少吧。为什么我们要这样苛求呢?

至于王学忠的出现,对于我们的诗坛具有何种意义,我在那篇序言里并未充分涉及。而在这本评论集中诗坛诸家就说得比较充分了。这对诗歌今后的发展实在很有意义。

贺振扬说:"我读了王学忠五本诗集之后,使我看到了一位站在工农大众的立场上,用工农兵的感情,描写工农大众现实生活的诗坛新星。他的诗给萎靡、灰暗的诗坛带来一股久违的清新之风、正义之风和一缕希望之光。"

吴投文说:"读王学忠的诗歌,得到的是一份真实的感动,展示在读者面前的是一幅真实得令人颤栗的生存画景,他的文学充满力量,一字一句都像是沉重的鼓点一样打在读者的心上。王学忠的诗歌是真实的诗歌,在多年来的诗坛上已经成为一种罕见的声音,这正是王学忠诗歌的创作意义所在,王学忠的这种创作追求对于当前诗坛盛行的脱离现实倾向具有重要的启示意义。"

颜小芳说:"为了创新,一些诗人多选择在形式上制造'陌生化'的效果,追求所谓'深度写作',造成诗歌在其'先锋'形式掩盖下与时代精神严重脱节,即内容的陈旧和思想的空虚,以及它在通向民众阅读之间的距离。这种一味追求形式创新的结果只能导致诗歌生命力的丧失,它忽略了一个重要方面,即艺术创新的源泉是生活。

没有生活,没有诗人对生活的真切体验和深刻理解,就不会有诗歌。"又说:"王学忠的诗让人看到了久违的现实主义传统的回归。"

李鹏慧说:"王学忠和他的诗歌给我们以清醒的启示,在经历了诗歌与大众的分离并逐渐雅化之后,他的诗歌使诗歌的社会功能又重新鲜活起来,这是王学忠给予诗坛不容忽视的贡献。"

这些话都说得多好啊!一句话,王学忠这位满身汗渍的诗人,带给我们诗坛的是多么可贵的好传统、好作风啊!这些正是我们当今的诗坛所缺乏的、所丢失的。我们的诗坛的确应该来补血、补钙了。只要我们仔细看看王学忠的诗,难道它对我们是陌生的吗?不,并不陌生,它是深深植根在我们民族诗歌优良传统之中的。"长太息以掩涕兮,哀民生之多艰","安得广厦千万间,大庇天下寒士俱欢颜",这不就是我们的诗歌延续了几千年的优良传统吗?"五四"以来,无数新诗,那些伴随着革命大军的战斗呐喊,不是又为我们的民族传统增加了新的内容和新的光辉吗?王学忠的诗作不就是在这些民族传统、革命传统的诗歌孕育中生长的吗?当然这一切都来源于活生生的现实生活。它既是传统的,又是崭新的。它感动了千千万万读者。从这里看,我们优良的诗歌传统是不能中断的,中断是没有出路的。

谢国有一个很明智的看法,他说:"我也试想过,从诗歌本体或纯语言学的角度,对王学忠的诗苛责一番。但后来,自己却发觉了这问题的可笑:为什么要用另一种标准和规则来套这一种标准和规则呢?……王学忠的诗就是王学忠的诗,他需要扩展和提高,他不需要拔苗助长式的建议,一切都应该由他的诗自然而然地完成。因为我担心,企求他的其他会影响到他的情感原汁原味的表达。而我眼下突出地喜欢着的,就是这为穷人粗门大嗓地说话的声调以及用胸脯挡在穷人面前的姿势。"好,我看谢国有不仅明智,还真是个内行。

本集中有一篇《对王学忠近年诗歌的阅读和思考》的文章,写得很认真,有些分析也写得不错,如对当前诗坛的"两个忽略"就写得很好,但是他批评的什么"群众崇拜"却很值得商榷,如果我们否认人民群众是创造历史的基本动力,那么我们该相信谁、崇拜谁呢?作者还建议诗人今后要采取"超越"的态度,"切不可站在现实世界的那些立场上来批判现实世界","真正能给这个世界带来一些光亮的,只有站在超越性精神立场上的批判,如释迦牟尼、耶稣、托尔斯泰、甘地……我们可以想见,如果陶渊明整天只念念不忘于现实世界的贫富分化、贪官弄权,而不另辟蹊径去寻求自然之美,去安顿个我的心魂,他又如何有写出具有意义的诗句。……"他已经说得很玄、很奇妙,使人很难理解了。现在这样"超越"的诗人是有的,但王学忠不是那种人,更不是衣食无忧可以在"超然世界"的畅游者,恐怕他不会走这样的路吧,文学教授怕白费一番苦心了。

还有一些评论家,认为王学忠的诗火气太浓,出于好心,他们劝诗人遵守怨而不怒、哀而不伤的温柔敦厚的诗教。我看,我们已经受这种孔老二体系下的奴隶哲学的影响太深了,我们是共产党,有自己的哲学,我们还是遵守自己的哲学行事吧!

总之,这本评论集诸家议论风生,丰富多彩,看了十分令人高兴。我企盼,在这种议论中能够酝酿出一点什么,能够让我们的诗坛出现一点新的变化,好的变化。不过,这在目前也许还是奢求。最后我想说,王学忠出现在我们的诗坛,实在是一件值得庆幸的事,但是,一个王学忠毕竟太孤单了。我热烈地期望着更多王学忠出现,随着他的脚步走来更多的诗人,如果能形成一支队伍,那我才高兴呢!

2006 年 5 月
纪念毛泽东《在延安文艺座谈会上的讲话》发表六十四周年

深深的怀念

——纪念毛泽东、周恩来、朱德三大伟人逝世三十周年

今年是我们中国人民的伟大领袖和导师毛主席和敬爱的周总理、朱总司令逝世三十周年。

他们是伟大的中国革命的三个光辉代表,是中国无产阶级和中华民族空前伟大的英雄。他们深深扎根在中国人民的心中,是任何力量也夺不走、拔不掉的!

今天,我们深深地怀念他们!请允许我首先朗诵《英雄颂》来表示自己的怀念。全诗三首:

毛泽东颂

纵有误失真英雄,
改天换地建伟功。
慧眼胆略谁堪比,
巍巍昆仑第一峰。

1988年2月

周恩来颂

光明磊落党性纯,
对敌坚定对友亲。
胸如大海含万脉,

团结一切革命人。

1976年1月

朱 德 颂

壮志如铁响铮铮,
危急时刻最分明。
朱毛并立天下定,
难忘井冈战红旗。

1988年2月

  这三首诗,是不同时期写的,以《英雄颂》为题收在我的文集里。我从十七八岁起就追随他们战斗,作为一个小兵至今已经将近七十年了。让我就用这区区三首小诗作为我对他们的终生崇敬和纪念吧!

  下面谈一点感想。

  自从毛主席逝世后,帝国主义和国内的阶级敌人,以及一切怀恨革命的分子,他们疯狂地掀起了否定、贬低和污蔑毛泽东的反动浪潮,向他身上泼了多少污水啊!但是他们动摇了毛泽东在人民心中的地位了吗?没有,他们永远也办不到!而且随着世界风云变化、人世沧桑,人民从今昔对比中,越来越感到毛泽东更伟大了,更亲近了,也更加怀念他了。请看毛主席纪念堂前绵绵不绝的人流,每天都是三四万人,节假日五六万人,不就证明问题了吗?这是罕见的历史现象,世界上除了伟大的列宁,是其他任何历史人物做不到的!

  在毛主席九十五岁诞辰时,我写了一首诗(就是上面朗诵的《毛泽东颂》),曾在毛主席纪念堂展出过。那天正好碰见康大姐也去了,她看了我这首诗,并且很高兴地同我站在这首诗前照了相,我想她是赞成这首诗吧,也代表了总司令生前的感情吧!总司令是毛主席的亲密战友,他在《遵义会议》一诗里曾经吟唱过:"群龙有首自腾翔,路线精通走一行。左右偏差能纠正,天空无限任飞扬。"不就是写的这种感情吗！毛、周、朱这三个伟人,是谁也离不开谁。近年来某些历史著作,企图提高这一个、贬低那一个,或者两败俱伤,这是应该受到谴责的。

纪念毛主席一百周年诞辰时,我应邵华、岸青之约为他们编的"中国出了个毛泽东丛书"写了一本书,叫《话说毛泽东》。在这本书里,我将毛主席的业绩概括为大智、大勇、大功、大德四个部分。另外我还说到毛泽东的遗产,讲了三个要点:第一,他给我们留下了一个好的党;第二,他给我们留下了一支好的军队;第三,他留给我们无价的精神财富——毛泽东思想。这三点都是多么可贵啊！想一想当年我们的党、我们的军队,是多么好的党、多么好的军队啊！真是不管多么艰苦恶劣的环境,多么凶恶的敌人,把她放在哪里都能生存,真是置之死地而后生啊。可是现在呢？党怎么样了？还能保持原来的素质吗？不说别的,仅说党的腐败现象这样严重,能不让人痛心吗？扪心自问,我们对得起他老人家吗？

我们的党,以前所以有那么坚强的战斗力,原因不是别的,就是她有一个马列主义、毛泽东思想的灵魂。对此,我们今天真是该重新加深认识了。前几年马宾老提出了一个口号:"只有毛泽东思想才能救中国。"我认为这个口号提得好,既有深意,也很实际。这个口号,自然已经把马列主义包含在内,因为毛泽东思想就是马列主义原理与中国具体革命实践的结合。如果再加上中国人民长期的经验总结提出的另一句口号"惟有社会主义才能救中国"那就更完整了。这就是说:我们只有高举毛泽东思想的伟大旗帜,坚定不移地走社会主义革命与社会主义建设之路(革命与建设这两者是绝不应分开的),中国才会有光明灿烂的未来！

当前,我们面前最大的问题,无非是:中国向何处去？世界向何处去？这是两个相关的问题。把这两个问题彻底弄清楚,问题才能真正解决。现在我要问:世界究竟要往何处去？难道美帝国主义称霸世界的局面会永远存在下去吗？难道世界资本主义体系会万世一统地永恒不变吗？我看不会,绝不会不变。

现在究竟如何看待美国,我看有两点可以概括:第一,美国的霸权地位的确已发展到历史的高峰;第二,也就是从另一方面看,它也的确处在败落的前夕。这两方面是结合在一起的。从美国对阿富汗和伊拉克发动的两次侵略战争看,人们已经可以看清楚了。他现在不是已经陷入伊拉克深深的泥淖之中了吗?真是骑虎难下,进退失据啊!撤军也不行,不撤也不行,处于十足的被动。对伊朗、朝鲜,从本心说,他简直是恨死了,他确确实实是想动手的,但他为什么不动手呢?因为他的脚已经陷在伊拉克了。从这件事看,一个伊拉克他尚且应付不了,怎么能对付更加强大的伊朗和朝鲜呢!怎么能对付世界上更多的地方呢!古巴不是在他鼻子下吗?不是他的眼中钉、肉中刺吗?为什么他不趁卡斯特罗生病的大好时机毁灭它呢?不行啊,那也是搞不得的!仅仅从这些方面看,我们已经可以看到,它已经捉襟见肘,力不从心,不再是人们想象中的那么强大了。纵然不说他是古道、西风、瘦马,也确实每况愈下了。当然这不是说,他明天就会垮台,但说他是在走下坡路,这是不会错的。而且这种局面也不是自今日始了。我们完全相信,伟大的列宁对帝国主义的科学论断,一点也没有过时。他说帝国主义是资本主义的垂死阶段,说的是一个历史阶段,并不是说立刻就会寿终正寝。而且列宁说得很清楚,即使腐朽并不排除仍会有迅速的发展。但是有人却不相信列宁的话,并且把美国一个时期的繁荣发展夸大了,看错了,说什么,你看,跟着美国跑的国家都富了。因此,他不再相信走社会主义的道路是正确的,认为毛主席搞的是贫穷的社会主义,认为那种社会主义是不够格的,甚至不能算是社会主义,认为再搞那种贫穷的社会主义没味道,因此他醉心于走一条使一部分人先富裕起来的新路——其实是一条老得没牙的资本主义的老路。可是不幸得很,他也许没有想到自己匆匆忙忙赶的却是资本主义的末班车啊!他也许没有想到,这才是真正没有出路的,没有前途的,脱离人民大众的,只为少数暴富者欢迎,而为大多数劳苦大众所痛恨所反对的道路。现在看,不要说你搞不成美国那个样子,即使你搞成了,你又怎么样?不是还要陷入资本主义重重危机之中最后垮台吗?现在我国社会两极分化已经十分严重,一个新的资产阶级(私营企业主)至少比三大改造前的十六万户大了二十六倍还多。这些情况,不管你承认也罢,不承认也罢,都是客观存在。这样的社会是不可能和谐稳定的。我的青少年时期是从旧社会走过来的,对这一点我是深有体会的。

　　我们看历史,要看到总的趋势。当前世界革命的低潮时期还没有完全过去,但我们要看到积极的因素,革命的因素正在新的萌动之中,新的高潮正在渐渐逐步升起。帝国主义霸权国家与第三世界国家的矛盾已经更加尖锐化,第三世界已经越来越不满意美国霸权的统治,以古巴、委内瑞拉为首的拉美国家的左倾化是很明显的。我们的近邻尼泊尔毛派共产党人取得的成绩特别令人振奋。普拉昌达领导的游击队,十年前从两把破枪开始,现在已经控制了尼泊尔大片国土,胜利的春天已经离他们不远了。谁敢说毛泽东思想已经过时不管用了,尼泊尔不就是一个活生生的例子吗?我从报纸上看到他们的战士,还有全副武装的女战士的形象,真是令人敬佩感动。我要不是年老体弱,真想赶到他们身边,亲眼去看一看。今天,请允许我在这里向他们致敬。毛主席说过,人民总是要革命的。这话不错。世界的总趋势还是要走向解放,走向进步,走向社会主义。近年来在国际进步人士中流行着一句话:"另一个世界是可能的!"另一个世界是什么世界?不就是社会主义、共产主义的含蓄说法吗?所以我们有充分的信心说,社会主义仍然是世界的未来!

　　世界如此,中国也将如此。中国人民几十年来的切身经验证明:社会主义道路是惟一正确的道路。其他的道路是不行的,资本主义的道路是走不通的,是没有前途的。不过我这里说的社会主义,是马列毛主义都认可的以公有制为基础的社会主义,不是什么以私有制为基础的"社会主义",是工人阶级和劳苦大众都认可的社会主义,不是什么连资产阶级也可以接受的超阶级的"社会主义"!

　　如果我们能走上这样的道路,即使我们再流更多的汗水,我们的劳苦大众也是会高兴的,他们心里是甜的,因为这样的道路才会有真正光明灿烂的明天。

2006 年 8 月 30 日

不要杀他！！！
——我也为退伍兵崔英杰说情

近日从网上获悉，退伍兵崔英杰以妨害公务罪和故意杀人罪被起诉，已被送入法庭，即将判决。此事已引起多方关注，尤其是退伍兵反映强烈。与此同时，有关方面纷纷向法院为崔英杰提供证明材料，其家乡老根据地阜平县各老村村民委员会、阜平平阳镇人民政府等有关单位，均证明崔英杰是个守法的好公民，在学校是品德良好、成绩优异的学生，其所在部队也证明，崔英杰服役期间曾荣获"优秀士兵"的称号。此外崔英杰所在部队的战友及阜平县各老村村民委员会和该村村民还给法院写了求情信，情节甚为感人。看了上述报道，连我这个老兵也禁不住心里难过，让我也为这个退伍兵，为这个苦人儿求个情吧！

大家知道，近些年来，退伍兵的生活也不是很好过的。他们复员回乡之后，大多数难以分配工作，如果靠一半亩薄田难以度日，就不得不跑到城市，在极其困难的环境下，苦苦挣扎，谋求一条生路。甚至连最脏最苦最累的工作，也找不到。只有去做一个小商小贩，勉强维持生存。退伍兵崔英杰就是这样，他好不容易买了一辆三轮车，在街上切割热香肠卖。他们每天面对的就是那些穿制服或不穿制服的城管人员的检查。城管人员一来，不是罚款，就是没收货物器具，往往吓得鸡飞狗跳，乱作一团。我在下岗职工、摆地摊的诗人王学忠的诗里就看到这种情景。崔英杰遇到的情况正是这样。当城管人员来临时，他既害怕没收他的三轮车，又怕自己被拘留，就脱身逃跑。不幸的事件就这样发生了，城管还是把他赖以活命的三轮车没收了，他苦苦哀告也没有用。在一片混乱中，他对追来的人用切割香肠的刀子,回头一挥,然后逃去。究竟对方伤势如何,也没有看清楚。在报道中,义务辩护律师列举了各种根据,证明崔英杰决非起诉书中说的"妨害公务和故意杀人",我认为是很有道理的。其实,即使是一个不懂法律的普通人也很容易作出判断。

我认为,我们所说的依"法"治国,绝不是抽象的书本上的条文,更不是资产阶级的法律。我们的国家工作人员,尤其是法律工作者,无论执行任何法令法规,都要同宪法联系起来,深刻理解我们国家的根本性质是工人阶级领导的以工农联盟为基础的人民民主专政的社会主义国家。我们处理任何具体案件,既要合法又要合情合理。我们最终的目标,还是要保护人民和教育人民。因此,我们处理退伍兵崔英杰这样的问题,就绝不应当离开当事人的命运处理,离开他的总体表现和对人民的贡献,离开事情发生的主客观情况,而置这一切于不顾,就简单地推论为"妨害公务和故意杀人",这就不能说服人了。如果法庭硬要根据这一罪名判定死刑,那就势必会出现极其恶劣的后果,遭到众多同命运者的强烈反对。试想,死了一个李志强,再陪上一个崔英杰,送掉两条性命,又有什么意义呢?我看,倒不如给予崔英杰适当处罚和教育,而对遭遇不幸的城管人员李志强家属则由国家给予优厚的抚恤。那结果会要好得多。

同时,我也要劝告城管人员几句。城管工作是很复杂、很繁重的,城管人员也是很辛苦的。但同时必须深刻理解,正因为工作本身复杂而应更加重视贯彻社会主义的精神文明。有一个老干部,住在一条小街上,他亲眼看到,一个小商小贩在被城管人员追赶时惊慌地喊道:"鬼子来了!"这是多么大的讽刺呀!城管人员决不能学旧社会的警察那样蛮横霸道,动辄罚款没收,敲诈勒索,打砸摊点,滥施虎狼之威。常言说得好:"问题在下边,根子在上边。"有些地方政府官员,满脑子形式主义,虚荣观念。为了自己的"政绩",脱离当地的实际情况,无视人民的生计,高调地提出什么"构建无摊城市",想把这些小商小贩统统"驱除出境",这就不能不把这些不幸的人群打入另册了。这才是发生一些大小悲剧的根源。要懂得,今天,小商小贩中,大多数是不幸的下岗工人、复员战士和城市贫民,他们是在极其艰难的道路上求生存者。他们的困难是很多的,对他们应该给予更多的热爱和帮助。我们如果能够为他们服一点务,做一点事,也就是精神文明的一道风景吧!

2007 年 1 月 4 日

致长江大学的信

《长江大学报》请转尊敬的校领导各同志和同学们:

你们好!

由于我和前江汉石油学院的历史机缘和深厚友谊,长江大学成立后,你校领导曾远道来看望我,并时常惠赠我《长江大学报》《校友通讯》,使我能经常看到你们前进的脚步,并为此而高兴。

今天一早,我起身打开3月20日的《校报》,忽然看到你校赵传宇同学舍身救人的壮举,不禁披衣坐起,拿起放大镜看起来。

哦,原来是一位七十五岁的老奶奶在长江边洗衣落水,赵传宇同学听到岸上的呼救声,立刻从百米之外的乱石中跑出来,连衣服皮鞋也没有脱,就毫不迟疑地跳入水中。直到把老人从冰冷的浪涛中救出来,岸上有人照顾时他才离开。当时周边有人询问他的姓名,他却没有说,就穿着满身滴水的衣服回学校去了……之后,经过被救人和热心人的多方探问和寻觅,终于四十天后在长江大学的校园内,出现了老奶奶和赵传宇有如母子相拥的感人场面。

这一切都使我陷入深深的感动中,并使我透过历史,重新看到雷锋的身影,雷锋高尚的灵魂!在当前,不少人的灵魂被"一切向钱看"的魔鬼蛊惑、腐蚀和污染的时候,赵传宇这种精神和英雄行为是多么地难能可贵啊!请你们向这位青年人转达我这个八十七岁的老兵、老共产党员对他的深深的敬意吧!

从报道得知,他是一个贫寒的劳苦人民的子弟,从小就打草放羊,长大后又勤工俭读,他无疑继承了中国劳动人民淳朴、善良、勇敢、勤劳的好品质;经过党的教育和英模人物的熏陶,使这一切更加升华了。从他今天的事迹来评价,完全可以说他是一位雷锋式的模范人物,至少他已经向这个伟大的榜样奔进了。

　　雷锋这个典型不同于一般的模范人物,因为他已经攀上一个新的高地,是一个具有共产主义世界观的新人。这得力于他对毛泽东思想的艰苦学习,使他能够同形形色色陈腐的世界观做了彻底告别。伟大领袖毛主席为他题词,号召大家向他学习,并得到千千万万人的热烈响应,正是为此。我们是共产党人,我们的旗帜是共产主义,我们远大的奋斗目标是共产主义。这是任何时候都不能淡忘,更不能抛弃的。做一个共产党员,做一个奋发有为的青年,仅仅有爱国主义觉悟是不够的,还要把爱国主义同共产主义理想结合起来,才能有更宽广的视野和更广阔美丽的胸怀,才会培养出更多的共产主义新人。我们的未来才是有希望的,我们这个世界才是有希望的。

　　从报道得知,赵传宇同志很喜欢书法。这里我写了两幅字,请转赠给他。一幅是录李白的诗:"为草当作兰,为木当作松。兰幽香风远,松寒不改容。"另一幅是我的题词:"共产主义理想,是我们前进的风帆。"

　　近些年来,我们新一代的青年,正在五光十色极其复杂的社会环境中经受着前所未有的严峻考验。我看出,一些人经不起种种不正之风的诱惑和腐朽文化的蛊惑而遭受不幸;同时,我也看到,另一些青年,正在苦读马列,深入群众,正在刻苦地磨炼自己,用坚强的意志抵御着各种无孔不入的腐蚀。从后一种青年身上,我看到希望。愿他们以革命前辈为榜样,像奔腾不息的长江一般,把我们的祖国推向前进。

此致

　　敬礼!

你们的朋友　魏巍

2007 年 4 月 19 日

纪念《讲话》,学习鲁迅

——纪念毛泽东同志《在延安文艺座谈会上的讲话》六十五周年

(一)《讲话》的历史经验说明了什么?

今年五月是毛泽东同志《在延安文艺座谈会上的讲话》六十五周年。《讲话》经过六十五年的风风雨雨,到今天,它说明了什么,它证明了什么? 一句话,历史完全证明它是真正颠扑不破的真理,是马列主义文艺理论的红色经典。不仅从理论上看,它完全符合艺术创作的规律;而且从实践来看,它也取得了辉煌的成就。

我以为《讲话》的基本精神是三个结合:一是文艺工作者与实际生活的结合;一是文艺工作者与劳苦大众(工农兵)的结合;一是文艺工作者与革命斗争的结合。由于在《讲话》的指引下,解决了这三个结合,就随之改变了文艺的根本面貌,焕发了文艺工作者的生命力和创造力,把革命的文艺大大地推向前进了。

《讲话》突出地提出了生活是艺术惟一源泉的原理,是完全符合艺术创作的规律的。前些年有人反其道而行之,提出什么"文艺创作向内转",已经过去了这么多年了,也没有看到他们转出什么东西来。而当年在延安和敌后抗日根据地的文艺工作者,却以极高的热忱,投入工农兵火热的斗争,与部队和群众在一起并肩战斗。诗人邵子南就是其中的光辉代表。反扫荡中,他同阜平李勇的游击小组吃住战斗在一起,事后写出来《李勇大摆地雷阵》,轰动了文坛;他本人也光荣地参加了晋察冀边区群英会。新中国成立后,丁玲最早提出作家"到群众中去落户",这无疑是一个最彻底的口号。柳青对此做了热烈的响应,他在长安县皇甫村的一座大庙住下来,后来写出来闻名的创业史。后来丁玲本人也身体力行,到了北大荒,别人以为她是被划成右派作为处罚去的,其实不是,是她主动要求去的;因为她认为脸上既是被刺了字,与其呆在北京,还不如彻底地走到群众中。在这方面突出的还有我们的女兵菡子,她在上甘岭激战的时刻,确实就在上甘岭,置身在几十万发炮弹的攻击中而毫无惧色。女作家草明,她的身体那么单弱,竟在鞍钢炼钢车间当了支部书记,在烟火缭绕、钢铁轰鸣中熔铸着工业的诗,为郭老所称道。还有周立波、刘白羽、艾芜、雷加、曾克等等许多人不都是深入火热斗争的模范吗?当时在文艺工作者中确实形成了一种风气,谁不去深入生活就显得脸上无光。正是因众多作家和广大文艺工作者,真正按毛泽东同志的话做了,所以都为人民捧出了可观的作品。除了丁玲、艾青、柯仲平、欧阳山、沙汀、艾芜、杨朔、田间、何其芳等三十年代的作家外,在抗日战争及以后崛起的一代代作家,如赵树理、孙犁、王林、梁斌、柳青、马加、雷加、秦兆阳、康濯、贺敬之、郭小川、李季、胡可、柯岗、白刃、沈西蒙、杜鹏程等蔚然可观的作家队伍(也许可以举出百人以上,还不包括文学以外的其他艺术部门),真是群星灿烂,汇成了一条银河。可以说,《讲话》成就了几代文艺的辉煌。他们的作品都是《讲话》这棵大树上的果实。难道这还不足以证明《讲话》是我们时代的马列主义文艺理论的真理吗?

今天,我们完全可以说,什么时候,我们以毛泽东的文艺思想为指导,认真实践,我们的社会主义文艺就兴旺、繁荣,成果辉煌;什么时候,我们背离了这个指导思想,冷漠了这个指导思想,我们的文艺就萧条,冷落,或者不那么繁荣,甚至走上邪路。这不是六十五年来的真理吗?

(二) 学习鲁迅

毛泽东和鲁迅是中国历史上的两位历史巨人,都是对中国历史已经产生并且还要继续产生影响的伟大人物。我们终生都要向这两个伟大人物学习,一代一代都要向他们学习。作为一个中国人,如果不读这两个伟人的书,那将是终生的遗憾。

这两个伟人的心是相通的,是相互理解的,因此,毛泽东同志对鲁迅的评价也最准确、最深刻。最先要求我们向伟大的鲁迅学习的也是毛主席。今天,我们重新强调向鲁迅学习,是什么意思?一句话,这是时代的需要,历史的需要,是人民命运的需要,是社会主义命运的需要。

毛主席在1940年就说:"鲁迅是中国文化革命的主将,他不但是伟大的文学家,而且是伟大的思想家和伟大的革命家。鲁迅的骨头是最硬的,他没有丝毫的奴颜和媚骨,这是殖民地半殖民地人民最可宝贵的性格。鲁迅是在文化战线上,代表全民族的大多数,向着敌人冲锋陷阵的最正确、最勇敢、最坚决、最忠实、最热忱的空前的民族英雄。鲁迅的方向,就是中华民族新文化的方向。"(《新民主主义论》)

我们认为毛主席对鲁迅的这一崇高评价,并非有意夸大,而是非常中肯和符合实际的。

但是,不久以前,我在上海《文汇报》看到一篇《鲁迅究竟是谁?》的文章,却让我感到惊讶和遗憾。该文说什么在一个相当长的时期,真实的鲁迅形象被严重"革命化"和"意识形态化了","以前很多描述鲁迅的文学把他刻画成了一个喋喋不休、拿着匕首的战士形象",以至于"完全掩盖了历史中真实的鲁迅形象,当然也就取消了鲁迅作为中国社会从传统向现代转型过程中巨大的思想存在和文化价值"。文章作者以为"立人为本、独立思考、拿来主义、韧性坚守"这些思想才是鲁迅精神。这实际是说,作为文学家、思想家的鲁迅被共产党当做阶级斗争的政治工具了,因而抹杀了他的真实价值。看了这篇文章,实在使人很不舒服。这实际是把伟大的革命战士鲁迅大大地贬低了。如果抽掉鲁迅的革命性,把他当成一般的作家,甚至当成一个学识渊博的学者,那么鲁迅也就不成其为鲁迅了。如果再把他打扮成一个自由主义者,眼睛里仅仅有现代化,没有人民大众,那他同胡适还有什么根本区别呢?他简直也可以到国民党政府里当外交部长去了。这就不仅是贬低,而且把无产阶级的鲁迅推到资产阶级那一边了。

此文引来一个问题,今天我们还要不要向鲁迅学习?学习鲁迅到底应当主要学什么?

依我看,今天学习鲁迅固然要学鲁迅高超的艺术,更重要的还是应当学习鲁迅彻底的革命精神、硬骨头精神、不断革命精神,为人民大众争光明的前途。这才是鲁迅作品生命力的所在。

1. 要学习鲁迅的彻底革命精神

鲁迅之所以能够"从进化论进到阶级论,从绅士阶级的逆子贰臣进到无产阶级和劳动群众的真正友人,以至于战士"(瞿秋白语),并不是什么抽象的"立人为本""独立思考",而是处处以人民大众为主体所进行的战斗,并且在持续战斗中不断前进、不断改造自己完成的。这是同一切自由主义者的不同之处。鲁迅写于1925年的《忽然想到(六)》中说:"我们目下的当务之急,是:一要生存,二要温饱,三要发展。苟有阻碍这前途者,无论是古是今,是人是鬼,是《三坟》《五典》,百宋千元,天球河图,金人玉佛,祖传丸散,秘制膏丹,全都踏倒他。"这是何等的勇敢、果决、彻底!这种如同天鼓轰鸣震天撼地的呼喊,岂不是对处于苦难深重的人民大众所发出的革命号召吗?如果没有对人民命运的深切关怀,没有充沛的革命精神,怎能够发出这样的呼声呢?今天,在历史的曲折发展中,人民大众再一次陷入"吃二遍苦,受二茬罪"的困境中,我们看到鲁迅的这段话,该发出何种感想呢?这不就是鲁迅作品生命力的所在吗?

2. 学习鲁迅对旧文化的彻底批判精神

鲁迅的这种彻底革命精神,在"五四"前后已经显示出来了。在批判封建旧文化的战斗中,他无疑是"五四"精神的最光辉的代表。他在小说《狂人日记》中,借狂人之口,说中国的历史每一页都歪歪斜斜地写着仁义道德,而他却从字缝中看出"吃人"二字。他在1925年写的《灯下漫笔》曾直接说道:"所谓中国的文明者,其实不过是安排给阔人享用的人肉的筵宴。所谓中国者,其实不过是安排这人肉的筵宴的厨房。不知道而赞颂者是可恕的,否则,此辈当受永远的诅咒!"鲁迅还说:"这人肉的筵宴现在还排着,有许多人还想一直排下去。扫荡这些食人者,掀掉这筵席,毁坏这厨房,则是现在的青年的使命。"谁能比得上鲁迅对旧文化批判的这样彻底呢!

我们不能说鲁迅不懂旧文化,他正是深切地感到旧文化对中华民族危害之广之深,而从旧文化的营垒里杀出来的。孔学就是旧文化消极面的集中代表。鲁迅对批孔是极坚决、极彻底的。我们近年来,不知从哪里刮来的一股怪风,又把孔二先生捧出来了,吹上天了。听说在世界上已经建了一百四十座孔子学院,有一些还是我们自己出钱办起来的。现在中国的孩子也有被强制读经的。而且还不讲阶级,不分敌我,把孔二先生的"和为贵"也引入我们共产党的哲学,这是什么意思?这不是要中国人民再一次做驯服的工具、做驯服的奴隶吗?看来这不是一个小问题。在反孔、批孔的问题上,毛泽东和鲁迅这两个巨人的思想是相通的。毛泽东同志在"文革"中发动的批孔运动,绝不是偶然的,因为孔学对中华民族统治几千年之久,实在毒害太深了,不彻底地从孔学的精神枷锁中解放出来,人民的精神就不能得到彻底的解放。而现在,我们一方面口口声声说自己是先进文化的代表,一方面却再次把孔学捧到头上,难道我们要退回到五四运动之前去吗?

当然,我们对中华民族长期创造的光辉灿烂的文化,应当加倍珍惜;但同时我们又应当按照毛泽东同志的指示,善于区分精华与糟粕,吸取其民主性的精华,弃其封建之糟粕,才是正确的态度。今天把封建糟粕特别端出来大事张扬,那就不对了。

鲁迅说的"人肉筵宴",其实指的是剥削制度,不仅仅是封建的剥削制度而且也包括"从传统向现代转型"的资本主义剥削制度。现在的中国被一度消灭的剥削制度,不是又重新复活了吗,难道这个"人肉筵宴"还要一直摆下去吗?

3. 学习鲁迅鲜明的阶级立场

自从鲁迅从进化论进到阶级论以后,他的爱憎就越发鲜明了。深刻的阶级性渗透在他的作品之中。这一点也是需要我们深入学习的。他在批驳人性论时有几句有名的话:"自然,'喜怒哀乐,人之情也',然而穷人决无开交易所折本的懊恼,煤油大王那会知道北京捡煤渣老婆子身受的酸辛,饥区的灾民,大约总不去种兰花,像阔人的老太爷一样,贾府上的焦大,也不爱林妹妹的。"这些话说得多透彻呀!

再如,他在论"第三种人"中说:"生在有阶级的社会里而要做超阶级的作家,生在战斗的时代而要离开战斗而独立,生在现在面前而要做给与将来的作品,这样的人,实在也是一个心造的幻影,在现实世界上是没有的。要做这样的人,恰如用自己的手拔着头发,要离开地球一样,他离不开,焦躁着,然而并非因为有人摇了摇头,使他不敢拔了的缘故。"

但是,鲁迅的文章又并不死板、僵硬,而是充满了辩证思维,注意到反右和防"左"。例如他在强调阶级性的同时,又反对了简单化、绝对化的理解。他在《三闲集》关于《文学阶级性》回答读者的询问时又说:"在我自己,是以为若据性格感情等,都受'支配于经济'(也可以说根据于经济组织或依存于经济组织)之说,则这些就一定都带着阶级性。但是'都带',而非'只有'。"这就把长期争论不休的问题说清楚了。

我们从30年代,鲁迅和周扬之间两个口号的论争中,可以最鲜明地看到,鲁迅坚定的阶级立场和辩证思维的统一。周扬等人因为党依据新形势提出了抗日民族统一战线的主张,随之提出了"国防文学"的口号,而强烈地反对鲁迅提出的"民族革命战争的大众文学"的口号,今天来看,鲁迅的阶级立场是更加鲜明的,而周扬等却因抗日把阶级性模糊了。鲁迅的马列主义水平确实更高明一些。

鲁迅的《非革命的急进革命论者》也对我们很有教益。此文是批评左派幼稚病的。《申报》上一篇文章,对叶永蓁的小说《小小十年》进行了苛责,认为小说中的主角从军动机是为了自己等等。鲁迅说:"凡大队的革命军,必须一切战士的意识,都十分正确、分明,这才是真正的革命军。……这言论,初看固然很正当,彻底似的,然而这是不可能的难题,是空洞的高谈,是毒害革命的甜药。"这使我想起在一个时期文坛上不是没有这种苛责的批评。鲁迅始终注意两条战线的斗争,说明他高度的马列主义水平,值得我们学习。

4. 学习鲁迅敢于直面现实的勇敢精神

最后,我还想说说鲁迅彻底唯物论的立场,对于今天文学发展的特殊重大意义。鲁迅在《记念刘和珍君》中说:"真的猛士,敢于直面惨淡的人生,敢于正视淋漓的鲜血。"鲁迅一生就是这样的猛士,因此他不屈服任何黑暗势力的压力。敢于面对现实,绝不回避矛盾,所以他才有那么光辉的战绩。试看今日,这种精神不是有些缺欠吗?作者常常回避矛盾,粉饰太平,在电影电视上,清朝的大辫子满天飞,甚至连相声也不可笑了。当然这些不能够完全埋怨作者,因为反映现实、说真话有危险啊,是有很大风险啊,何必自己找麻烦呢?说来说去,还是缺少民主啊,缺少无产阶级的民主啊!但是搞文艺的人都明白,在创作方法上,不管是现实主义也好,浪漫主义也好,现实主义与浪漫主义结合也好,总之,毕竟现实生活是基础,离开现实生活,无论什么天才也无用武之地。因此,在今天情况下,必须回到现实主义。不敢直面现实,回避矛盾,回避阶级斗争,搞无冲突论,是绝对没有出路的。总之,在今天,发展社会主义民主,改变工农大众的弱势地位,我们的作家、艺术家学习鲁迅敢于面对现实不怕矛盾的勇敢精神,才是真正繁荣社会主义文学、文艺的康庄大道。此外的道路是没有的。

话说得太多了,就此打住。最后再一次呼吁:

学习毛泽东,学习鲁迅!

2007年5月30日

惊闻山西"黑砖窑"事件

最近,山西的"黑砖窑"事件震骇国人。我是从河南电视台热心记者付振中同志的报道中得知的。他曾三赴山西,暗访黑砖窑上百家才第一个揭开这层黑幕的。据报道,社会上的一些黑中介,在全国各地绑架或拐骗青少年和老人、智障者,贩卖到这些黑砖窑做苦力。其中年纪最小者仅八岁,大者十三岁。他们都由黑心窑主雇的打手手持棍棒监管。每天劳动十七八个小时,如果哪个稍许怠慢,即以棍棒相加,这些可怜的孩子往往被打得遍体鳞伤,有的甚至被打傻了。新砖出窑,还没有冷却就让孩子们背,把他们的背也烫得红肿溃烂。吃饭只有馒头,喝凉水,还限十五分钟。晚上则挤在地铺上,冬天也不生火,挤在一个黑屋里,完全像牲口一般。终年不刷牙、不洗澡,一个个像黑人一样,身上的泥可以刮下一层,与记者会面时,有人身上还穿着破烂的校服。……亲爱的读者,你们谁能想到,这种只有在资本主义原始积累时期才有的最黑暗、最残酷、最野蛮的奴隶劳动,会出现在中华人民共和国的土地上呢?会出现在二十一世纪被称为社会主义的中国呢?正像鲁迅当年说的"我疑我在的并非人间"。

其实,冷静思之,这类残酷的剥削形式,并不自今始。把它和资本主义原始积累时期相比,也不是我一个人的看法。多年以前,不就出现过某鞋厂限制工人的自由,收缴他们的身份证,锁在铁门里劳动,以至于工厂失火烧死工人的事吗?外国工厂主让中国工人罚跪的事不是也发生过吗?有一年,总工会开劳动代表大会时,我曾给当时的负责人倪志福同志打电话,说到这类事件。倪志福同志深有感慨地说:"魏巍同志,你不知道啊,让工人趴在地下学狗爬的也有啊!"至于说到劳动时间,"八小时工作制"是资本主义国家的工人阶级长期斗争所获得的成果之一,是得到大家公认的。新中国成立一开始就实行了。可是改革开放以来,除国有企业外,其他一亿多农民工,劳动时间至少是十一二个小时,或者十四五个小时,还要不时加班加点,哪里还有什么"八小时工作制"呢?一个人精力、体力是有限度的,如果过度支出,就是生命的透支,到了四十多岁就不行了,这实际是摧残生命,扼杀生命。到现在,"八小时工作制"到哪里去了?何时才能够恢复呢?如果不改变这种残酷的剥削,我国经济的持续发展是没有前途的。

面对山西的"黑砖窑",当前最紧迫的,自然是坚决、干脆、果断地全部捣毁,将人一个不剩地全部救出来。同时必须将丧尽天良的黑窑主、黑中介迅速捉拿归案,绳之以法。对受害者则必须进行补偿,给以治疗,恢复健康。在处理这一事件时尤须头脑清醒,决不要把事情看得过于简单。这件事已经持续好几年了,有关各方,尤其是警方是绝对不会不知情的。那么为什么一直掩盖到今天?这其中有什么奥妙?我们不能不想到过去处理矿难问题。新时期以来,我国矿难之多,问题之大,死伤之重,影响之坏,在全世界数第一了。对此,政府也曾下了很大决心,关闭了相当大数量的煤矿。可是曾几何时,有些私人煤矿,又不断悄悄恢复,禁而不止,矿难又随之而起,再一次恶性循环。察其根源,还是官僚腐败造成的。腐败不除,叫你什么事情也办不成。教训是沉痛的。这次,要彻底消除"黑砖窑",必须与反腐败结合起来,对"黑砖窑"的保护伞展开追击。

这种坏事,今天出在这里,明天出在那里;今天解决这个,明天应付那个;总是摁倒葫芦浮起瓢,年年月月,何时才了?古语说,"善除恶者察其本,善理疾者绝其源",不从根本问题上解决是不行的。根本的问题是什么?就是要从市场经济和私有化的迷津中解放出来,在真正科学社会主义的光明大道上前进。这才是中国人民之幸、之福,也才符合党心民意,其他的道路是没有的。

马克思有一句大家熟知也最经典的名言:"资本来到世间,从头到脚,每个毛孔都滴着血和肮脏的东西。"要知道这句话不是随便说的,是深刻研究了资本主义的发展进程,特别是资本原始积累的进程之后得出的结论。而资本家正是资本的人格化,他有自己独特的灵魂。你在他耳边喊一千遍、一万遍"以人为本",也不能改变他"以利为本"——追逐最大、最高利润的本性。山西"黑砖窑"事件不就鲜明地说清了这一点吗?人生谁无父母,谁无儿女,面对着那些八九岁、十二三岁的孩子如此残酷对待,还有一丝一毫的人性吗?所以我说一切剥削制度,包括资本主义都是最没有人性的东西,最摧残人性的东西。最近,美国总统小布什在华盛顿举行的"共产政权下受难者纪念碑"落成仪式上,恶毒咒骂共产主义是恶魔,其实他不就是地地道道用炸弹吓得伊拉克儿童啼哭的恶魔吗?他不就是屠杀阿富汗、伊拉克人民并把美国士兵送进死亡之海的恶魔吗?他不就是全世界制造恐怖的总代表吗?而发誓要消灭一切剥削压迫的共产主义者才是最富有人性的人,才是真正维护人类尊严的人,才是代表人类真正友爱相处的未来的人。

恶魔们,诅咒吧,发狂吧,看将来,到底谁埋葬谁?

2007 年 6 月 19 日

老红军说话了

红军哥哥走四方,
一双草鞋一支枪。

为了天下受苦汉呵,
哪怕鲜血染他乡!

听见你的步伐声,
悲叹的茅屋飞红缨。

听见你的军号声,
城堡倾在烟火中。

你吃过多少苦中苦,
你走过多少艰难路。

几十年飞马报捷音,
哪里没有井冈人!

不是你草鞋带春风,
大地草花要苦苦等;

不是你的枪刀明,
黄河怎停止叹息声;

不是你穿过万重岭，
我哪能歌声接歌声；

不是你扑过急流攀险崖，
我怎能接过火把来！

井冈土地多芬芳，
满山樟树万里香；

万里香呀香万里，
人中的樟树就是你。

红军哥呀红军哥，
没有你来哪有我。

当这桃李满园春荡漾，
叫我怎不满含热泪谢井冈！……

　　这是我在四十多年前，怀着无限崇敬、无限感激的心情，在《井冈山漫游》中写下的诗句。可惜，我歌颂的这些老红军老战士，现在依然健在的恐怕不多了。我们已经很难听到他们的声音了。
　　但是可以想象到的是，这些依然活着的老同志，对于国家大事、人民命运、社会主义共产主义前途，是不可能不关心的，因为这是他们一生梦寐以求为之流血奋斗的成果啊！果然，在今天关键时刻，我们听到他们的声音了，老红军说话了！
　　这位红军哥已是93岁的老人，名唤郑加平。他于1933年参加革命，1934年入党，在战争年代浑身负伤三十余处，立过四次大功，是为我们的中华人民共和国这座大厦流过血的！现在他发言了！
　　这是我最近从网上看到的：《93岁老红军郑加平致中共中央的公开信》。这封信，真是字字扣我心弦。我觉得对我们全党、全国人民实在是太珍贵了、太重要了！大家不妨找出来认真读一读、议一议,思索一番。

这封信一共提了五个重大问题:

第一个重大问题是:今年"两会",关于我党的思想理论基础问题不再提马列主义毛泽东思想,这是为什么?为什么我党的指导思想只剩下邓小平理论和"三个代表"重要思想而把马列主义、毛泽东思想的伟大旗帜砍掉了?

第二个重大问题是:我国现在的腐败已经到了不可收拾的地步,为何出现这种局面?

第三个重大问题是:邓小平说,如果改革开放出现两极分化,出现了新的资产阶级,改革开放就失败了。事实上,现在新的资产阶级已经出现,两极分化居世界第一,请问你们现在还坚持高举邓小平理论和"三个代表"的旗帜,将怎样向国人交代?

第四个重大问题是:"有反必肃,有错必纠"是我党的一贯政策,云南的揭批查自立标准,全省遭批判斗争的一百五十万人,受开除党籍、开除公职的五万人,至今不予纠正。云南省委并宣布"不受理,不复查,不纠正"三不政策,符合正确处理人民矛盾的政策吗?有利和谐稳定吗?

第五个重大问题,代表先进文化的前进方向,是上层建筑领域极端重要的问题,现在竟然把为历代封建统治阶级服务的孔孟之道,从历史的垃圾堆中找出来,立为先进思想文化的前进方向,成立了研究孔孟之道的国学院、孔子学院,祭孔活动甚嚣尘上。这是为什么?

看了这封公开信,我应当说,亲爱的红军哥郑加平同志!你的声音我听到了!我举双手赞同。因为你的声音,绝不只是代表你一个人的,也不是代表少数人的,而是真正代表全国广大劳动人民的声音。你所提的问题,也是千千万万人心中的问题。你所提的几个问题,第一个问题尤其重要。也就是说,必须解决旗帜问题:全党全国人民到底举什么旗帜?到底马列主义、毛泽东思想的伟大旗帜还管不管用、应不应当砍掉?你们过去对全国人民是怎么说的、怎么喊的?到底邓小平理论和"三个代表"的旗帜应不应当保留?你们征求过全体党员、全国人民同意了吗?全国人民是否有权利用实践是检验真理的惟一标准重新衡量?请做出回答!这位红军哥最后郑重地说,对我反映的问题"不要不理不睬,我是党员,你们也是党员,在党内是平等的。反映的问题正确与否,应有个明确无误的答复"。

红军哥的话对,确实应当给予答复呵!不能置之不理呵!

2007 年 7 月 17 日

身赖工农熔俗骨　书攻马列铸诗魂

——痛悼杨柄不幸逝世一周年

我国著名学者马克思主义文艺理论家、美学家和诗人杨柄同志,是去年11月7日13时不幸逝世的,至今将近一周年了。他的死不明不白,据当时的说法是,他在龙潭湖散步时,被人推入水中溺死的。至于被什么人,被谁推入水中的,就没有下文了。对于这个不幸的消息,我当时既惊异悲痛,又是不能接受的。即使是一个普通劳动者也应该查问明白,何况是我国一个著名的学者。因此,我当时即写了一封信给北京市公安局,要求对此案追查明白,缉拿凶手归案。但是事情过去一年了,还是毫无结果。我觉得这位朋友死得实在太窝囊了。时至今日,我不能不留下一段文字表示深深的悼念。

杨柄是抗日战争时期参加新四军的老同志。但我认识他却比较晚,大约是80年代初。那时正是风云变幻的时期。非毛化的妖风已经吹起并有日渐炽烈之势。否定建国以来的伟大成就已成为很时髦的事情。许多老同志当然看不惯。这时,我国著名报告文学作家黄钢同志,挺身而出,创办了国际报告研究会并出版了会刊《时代的报告》。它的创刊号推出了黄克诚同志的著名讲话《关于对毛主席评价和毛泽东思想的态度问题》,这篇讲话以无比的政治坚定性和强大的震撼力,宣告必须坚持毛泽东思想毫不动摇,这无疑是我国共产党人在历史关键时刻发出的宣言。《时代的报告》也循此方向努力奋进。可以说这个杂志是当年最早出现的坚持马克思主义的左翼刊物。它诞生不久就投入批判《苦恋》(即电影《太阳和人》)的战斗,在我国文艺界曾掀起一场轩然大波。正是这个时候,黄钢同志也热情地邀请我参加了国际报告文学研究会和《时代的报告》的编辑工作。杨柄同志也是该刊物的撰稿人。这样我和这位马克思主义学者就相识了。我曾把他邀请到我的家里,我们果然志趣相投,一见如故。

但是,《时代的报告》的发展并不顺利,没有几年就被整编改造为《报告文学》,《时代的报告》的生命也就结束了。

上世纪1989年是一个凶险的年份。此时,资产阶级自由化反动思潮已发展到泛滥的程度。腐败和"官倒"也引起广大群众的不满,终于在各种错综复杂因素的作用下发生了春夏之交的天安门事件。这时,文艺界的一些有识之士,曾上书中央要求出版一份文艺刊物,以便对资产阶级自由化的反动思想有所批判,有所抑制。但是事情进行得并不顺利,几经周折,仍未获得批准,直至年终才出现转机。我记得很清楚,是在1989年的最后一天,中宣部部长王忍之同志把我找到中宣部,并约来了新闻出版署的负责人,当面说:"时机成熟了,你们提议的刊物批准了,可以出版了。"并说:"现在的文艺界的确倾斜得太厉害了。"此后不久,由默涵和我主编的文艺杂志《中流》问世了。

在复杂环境下诞生的《中流》,当然很清醒自己担负的历史责任,是要高扬马列主义、毛泽东思想的战旗,与一切反社会主义的恶劣倾向作不妥协的斗争。这一神圣任务必须要求它提高自己的理论性,于是也就很自然地想起杨柄同志,邀请他做了《中流》的撰稿人。这样,我和他来往也就更密切了。杨柄同志在《中流》存在的十年间,为《中流》写了不少重要诗文。其要者有:《〈讲话〉首先是整风文献》《一项重要理论工程——读〈列宁论文艺与美学〉》《平等剥削劳动,是资本的首要人权》《论社会主义社会中的社会主义文艺与非社会主义文艺》《森林必然覆盖全球——纪念恩格斯逝世100周年》《划破资本主义夜空的万里闪电——纪念〈共产党宣言〉发表150周年》《读吴冷西〈十年论战〉》等等论著。可以说杨柄对《中流》作了很大贡献,大大增添了《中流》的理论含量。

在这期间,杨柄亲手送我他编著的两部大书,一部是《马克思恩格斯论文艺与美学》,一部是《列宁论文艺与文学》,各约六七十万字。当你拿起这两部沉甸甸的皇皇巨著,你不能不惊异这个瘦老头怎么会有这么大的毅力。如果你不是全部通读了马恩列的原著,如果你没有惊人的追求真理的精神,如果你没有对马恩列伟大思想的执着的信仰,如果你没有甘于寂寞安贫乐道的革命战士的生活姿态,你是不可能完成这样的巨著的。这一事实,就告诉了你一个活生生的杨柄是一个怎样的人物。而且这两部大书的编辑,并不是寻章摘句加以分类合编,而是经过了精细地研究。值得重视的,他还为《列宁论文艺与美学》撰写了长篇代序:《文艺和美学的列宁时代》。评论家涂途在纪念杨柄的文章《但留魂魄走莱茵》中曾说:"这是我到目前为止,读到的中外关于列宁文艺和美学思想及其实践活动的,最全面、最完整、最深刻、最具独特见解的一篇论文。"我对这篇论文也很欣赏。我印象深刻的是,杨柄说:列宁在批判资产阶级文艺谬论的同时,光辉地发展了马克思主义文艺理论。他在同蔡特金的谈话中用四个"必须"来丰富了他一贯坚持的"艺术属于人民"的伟大思想。这四个"必须"是:第一,艺术"必须深深地扎根于劳苦群众中间"。第二,艺术"必须为群众所了解和爱好"——我的理解是,作家不仅要与群众思想感情相通,而且在艺术形式上也要为群众喜见乐闻。第三,艺术"必须使群众的感情、思想和意志一致起来,并使他们得到提高"——这也就是说,艺术必须用革命的世界观教育人民,使他们得到团结和提高。第四,必须"唤起群众中的艺术家,并使之发展"。这也就是说,党必须大力造就无产阶级自己的文艺大军。杨柄编著的这两部马恩列关于文艺与美学的皇皇巨著,无疑是我国社会主义文艺理论建设的重大工程,也是杨柄一生孜孜不倦所作的重大贡献!也正是在这时,杨柄把自己奋战十年的工作室称为"莱茵书屋",可见他怀有多么执着的马克思主义的情结呀!

这里我还想说,杨柄不仅是马克思主义的理论家和美学家,而且还是一位诗人。他已发表的诗词有二百余首,尚有数十首《杨柄诗存》尚未问世。他有一首《五十八岁自白》,很能概括他的一生:"大别牛娃小学生,南瓜糙米苦青春。展眉跨出参军步,掬手交出入党心。身赖工农熔俗骨,书攻马列铸诗魂。年华今作黄金色,蹦、跳、奔、呼、唱、笑、吟。"其中"身赖工农熔俗骨,书攻马列铸诗魂"两句,尤其令我激赏。我看这也是杨柄一生所持的生活态度,说明他是一个用马列主义世界观和劳苦大众的思想情感来自觉改造自己的共产主义战士。这一点在知识分子中是很可贵的。因此,他确实在革命的长途中取得了巨大的收获。这不仅表现在他的著述中,也表现在他的诗中。我反复吟咏他的诗,就得到了这样的印象。如果说他的诗有什么独特的东西,那就是他摆脱了旧文人的迂腐之气和小市民的俗骨,而用崭新的无产阶级世界观来观察世界。看来这就是他的诗魂吧。

如他写的《宇宙生机放眼量》:

> 宇宙生机放眼量,新陈互转会重光。
> 冰期严酷生人类,白色包围出井冈。
> 发表《宣言》人两个,汇流革命水千江。
> 惟需曲折增强韧,始得欢腾赴大洋。

在革命的漫漫长征途中,常常出现意料之外的曲折和无法解脱的困难,即使坚强的人也不免蹙眉叹气。然而用辩证唯物主义的世界观去看,确实是另一番景象。诗人在这首诗里所宣扬的不正是活生生的生活的真理吗!

前面提到,杨柄为完成他编著的两部大书几乎花去了十年时间。如果没有执着的信仰与安贫乐道的精神,在市场经济的条件下,是耐不住这种寂寞的。杨柄在论述自己的精神状态时,有如下两首诗词:

鹧鸪天·名与贫
耳际如钟警语鸣:"闪光未必定为金。"
书斋冷落毫端热,不捧明星捧我心。
蔬食足,绿茶斟。笑谈膝下滚双孙。
清风两袖鼾声远,马列盈橱岂曰贫?

什刹海边五千朝暮
镇日埋头马列篇,黄金不在这中间。
五千朝暮湖波暖,十载书斋板凳寒。
美钞本来戕美学,红心生就爱红天。

清贫不悔旗前誓,梦里莱茵水亦甘。

这些诗写得多么风流潇洒!尽管十年书斋板凳是冷的,但是"红心生就爱红天"嘛!这不就是洗去俗骨凡尘的杨柄的诗魂嘛!

再看他如何描写革命战士的艰苦生活之美:

延安颂
草鞋破袄笑哈哈,吟唱山丹艳艳花。
木案阅披燃豆火,礼堂比赛纺棉纱。
瓜蔬碗碗身躯健,马列篇篇养分佳。
真理从来皆朴素,何谈物欲竞奢华。
纛攀西北十三冬,万首千眸仰视中。
待创翻天覆地业,莫忘小米步枪功。
延河雨露天涯绿,窑洞灯光宇宙红。
黄土山沟出马列,莱茵万里一犀通。

这里描写的当年延安的生活是多么动人呀!
再看他如何描写艺术之美:

莫高窟之花
千年万年凿悬崖,沙漠无花窟有花。
彩笔绘神描幻境,飞天带我进云霞。
多姿多彩菩萨像,无数无名艺术家。
丝去舞来绸作路,青牛白马载歌娃。

再看他如何描写大自然之美:

绚烂的新疆
莫比葡萄吐鲁番,焉耆宝马不需鞍。
驼铃晓月丝绸路,佛影梵声艺术山。
峻岭如蜒边与塞,黑油成泊北与南。
六分之一金瓯地,朵朵峰头白玉兰。

再看他如何描写树木花草之美：

荷叶荷花兄妹
荷叶哥哥打伞来，荷花妹妹笑颜开。
深情厚谊微风拂，舞满池塘爱满怀。

这首咏荷花的诗是写得多么有情趣呀！在同类诗中怕是千古绝唱了。杨柄之作为美学家也不需要再作注释了。

随着我们的交往日多，也就更加深了彼此的相互理解。这时，志愿军的女战士田怡教授动手写的《魏巍评传》，已经完成不少。为了加强作品的思想性和理论性，我们商量也请杨柄加入，杨柄也就欣然参与了。这自然又要花去他很多时间。后来这作品顺利完成，并获得读者好评。这也是我特别感激杨柄的地方。

虽然我和杨柄已是很好的朋友，但是因为我们彼此忙着自己的事，我们相聚之日不是很多。只记得他八十岁寿辰时，《中流》诸友为他举行过一次生日宴会。当时贺敬之同志也参加了。其他也只有开会时见一见。不过他的生日我却记得很清，是12月25日，这天正是耶稣的生日，第二天便是毛主席的生日了。所以我每年这一天，总要给他打个电话表示祝贺。再就是他很喜欢玉兰花，因此，每年我窗前玉兰花开之日，我就想起杨柄，不是请他来我处赏花，就是折一枝玉兰，让我的女儿送给他。

想不到这样一位好友竟不幸去世了！这实在是我国文学界的重大损失！呜呼杨柄！痛哉杨柄！

2007年9月9日

话说毛泽东

我们,期待着……(代序言)

在毛泽东同志一百周年诞辰到来的时候,"中国出了个毛泽东丛书"出版了。这是一件大好事,大喜事。我国老一辈无产阶级革命家有不少人光临了今天这个盛会,还有国家领导人和各界的许多朋友,就说明了这一点。

这套丛书,是由毛岸青、邵华同志主编的。三年来,他们和他们领导下的丛书编辑部,南北奔走,组织书稿,并夜以继日地进行审读编撰,付出了很大辛劳。加上各出版社的热心协助,终于问世了。应当说,当此吉日良辰,这是他们献给中国人民的最好的节日礼物。

本丛书的作者是多方面的。其中有跟随毛泽东战斗过来的老同志,有当年一些部门的负责人,有毛泽东身边的工作人员,还有毛泽东的亲属。他们从各自的角度和感受描绘了这位伟人。邵华同志也要我为这套丛书写一本,作为一个跟随毛泽东战斗过来的战士,这是无可推辞的。经过一年的努力,我写成了《话说毛泽东》一书。我们——丛书的作者们,每当回顾伟大的中国革命的历程,对毛泽东就有一种不能自已的感激之情和崇敬之情。对于把中国引向胜利、引向光明的人,我们是不会忘记的。我想,这不只是丛书作者的心意,也是广大中国人民的共同情感。

毫无疑问,毛泽东是一位伟大人物。在我看来,他是本世纪继列宁之后最伟大的历史巨人。20世纪,先后升起两颗最光辉灿烂的明星——共产主义的明星:一颗在北方,这就是列宁;一颗在东方,这就是毛泽东。他们在地球上两个最大的国家,开创了共产主义事业的新纪元,把马克思主义理论变成了活生生的现实。不错,历史是由人民创造的,但一个民族如果没有自己的伟大人物和杰出人物,就会推迟历史的进程,甚至会显得黯淡无光。因此,"中国出了个毛泽东",不仅是中国无产阶级和中国人民的骄傲和光荣,也是中华民族的骄傲和光荣!

毛泽东是伟大的马克思主义者,是中国人民最忠实的儿子。在他心目中惟有人民而没有其他。在长达数十年的艰苦复杂的斗争中,他表现了无比的坚定和最大的勇敢。中国共产党和中国人民,在他的正确领导下,不仅推翻了压在头上的三座大山,一洗百余年来的奇耻大辱,使中华民族重振于世;而且及时实行了社会主义改造,并为社会主义工业化奠定了巩固的基础。即使在他逝世之后,也还给我们留下了一份丰厚的遗产——一个好的党,一支好的军队和一种好的作风;一份无价的财富——毛泽东思想。只要我们珍爱这份遗产和精神财富,勤于学习,善于发掘,并且运用于新的条件,毛泽东思想就会展示出无限的生命力。一句话,毛泽东的丰功伟绩是人民永远不会忘记的,伟大的毛泽东思想在中国这块大地上是生了根的,不论什么人,企图否定他、贬低他、歪曲他、丑化他,都是枉费心机。

毛泽东思想早已越出了国界,今后在世界上还将产生长远的影响。近年来,国际风云骤变,一系列社会主义国家,在帝国主义和平演变战略和内部机会主义、反社会主义势力的联合进攻下纷纷土崩瓦解。这是世界共产主义运动的重大曲折,也是世界无产阶级和广大人民的不幸,对那些变了质的原社会主义国家,更是无穷的灾难。全世界,凡是真正的共产党人,都不能不为此痛心。人们把当前的形势形容为共产主义的低谷。但是,正如严冬过去就是春天,低谷过去又会是新的高潮。在当前妖雾弥漫的世界形势下,毛泽东的革命理论,特别是反和平演变、反对资本主义复辟的理论,将会把一切陷于不幸的人们武装起来,重新把他们引向胜利。我们必将走出低谷。一个新的共产主义运动的高潮,必将在人们新的觉悟的基础上再度兴起。我们期待着!我们期待着!

1993 年 12 月 13 日

开 篇 辞

1993年12月26日是毛泽东同志诞辰100周年纪念日。全中国人民都在缅怀他。经有关部门批准,届时将出一套"中国出了个毛泽东"的纪实文学丛书来纪念这位伟人。丛书主编也要我担负其中的一本。作为一个跟着党、跟着毛主席奋斗了五十多年的战士,这是无可推辞的。但是,我毕竟不是一个党史专家,同时也没有足够的精力去查阅各种典籍,仅能从一个实践者的角度来讲一些个人的体会。

毛泽东已经逝世十七年了。按通常情况,人一死也就烟消火灭,随着岁月的推移,世情的变迁,也就渐渐被人淡忘了。即使一些生前异常显赫的人物,当其生也,一呼百应,一呼万应,真可谓汹汹然不可一世;而一旦一命呜呼,也就树倒猢狲散,连影子都留不下来,甚至比平常人消逝得还快。这真是一种有趣的人生现象。可是毛泽东却不然。尽管前几年,国外一些势力一再掀起"非毛化"的恶浪,国内也有一些人"反毛"很起劲儿,动不动就拼命地来贬低他,否定他,辱骂他,甚至编造一些根本子虚乌有的私生活的谎言来诬蔑他。可是结果怎样呢?毛泽东的形象不仅没有被踩在九地之下,而且愈来愈高大,愈鲜明。毛泽东的威望,简直就像是在中国大地上生了根似的不可动摇。尤其近两三年,人们对毛泽东反而由冷变热,逐步升温了。这真是令人惊奇的事。据说,到毛主席纪念堂参谒的人数,平时每天不下两万人。1988年全年为九百万人,而在毛泽东九十五岁诞辰那一天,半天竟达一万五千人。这几年来更大为增加。韶山、延安也是如此。其他同类现象还有很多。人们把这种现象,称为"毛泽东热"。笔者对此未加研究,但可以肯定一点:对毛泽东这个人,不管你喜欢不喜欢,是敬佩还是厌恨,是爱之欲其生还是恶之欲其死,他都是一个客观存在。他是中国近代史和20世纪世界史上的一位伟大人物,这恐怕是谁也无法否认的。

美国有一个很严肃也颇有意思的学者,名叫迈克尔·H.哈特。他按照自己所拟的衡量标准,在世界范围内,精心评选出来自古至今的一百人,称他们是对人类历史的进程产生过巨大影响的人物。他在《历史上最有影响的100人》一书中,以《巨人,屹立在人类历史上》为题,将毛泽东列入其中。作者说:"评价一个当代的政治人物的长期影响总是有点儿不太容易,为了估计出毛在本册中的名次,把他与其他一些杰出的领袖人物作个比较可能是有帮助的。毛泽东排列得略高于华盛顿,因为毛给国内带来的变化看来比华盛顿使国内发生的变化更加重要。毛排列的名次比拿破仑、亚历山大等高不少,因为他对将来的影响看来可能比这些人要大得多。"他还说:"毛泽东和列宁之间的比较也是显而易见的。毛统治的时间比列宁要长得多,统治的人口比其他国家的多得多。(事实上如果考虑到毛掌权的时间,他统治的人口比历史上任何其他人都多得多!)但列宁是毛的先辈,对毛有重大的影响,他在俄国建立了共产主义,为随后在中国建设共产主义开拓了道路。"由此可见,一个人只要不抱偏见,并不难判断出毛泽东在中国历史上和世界历史上的地位和价值。而另一些企图否定他和打倒他的人,由于主观情绪色彩过浓,与人民的感情相去过远,也就难以接近起码的真理了。

自然,一个人生活一辈子,总是有人赞成,有人反对。何况一个革命家,一个无产阶级的革命家,他要推翻一个旧制度,推翻整个的剥削阶级,改造一个旧世界,夺取政权后还要镇压剥削阶级的反抗,自始至终还要同自己营垒中的错误思想作斗争,再加上自己本身也会犯这样那样的错误,因此,会遇到一些人的赞成和一些人的反对,便是无可避免的了。问题在于:在赞成和反对这两者之间,何者居于人民群众的大多数?赞成意味着什么?反对又意味着什么?它们又各有什么实质性的内容?联系到近年来的一些情况,人们看到:凡是搞资产阶级自由化很厉害的,主张全盘西化的,主张走资本主义道路的,几乎没有不反对毛泽东的;而真心坚持四项基本原则的,坚持走社会主义道路的,则是毛泽东热情的拥护者。后一种人要占人民群众的绝大多数。可以说,在肯定和否定毛泽东的问题上,实际上反映了走社会主义道路和走资本主义道路的斗争。我在1990年《最珍贵的东西》一文中说过:"我从许多事实中觉察到,敌对营垒中的人,有时候比我们自己的人对某些问题的认识还清楚。就比如说那个方励之吧,他在讲话中就从来没有忘记过'批毛'。他说：'一定要彻底批判毛泽东思想才能改革,不能绕开这个关键问题。'他所说的'改革'就是复辟资本主义。他很明白毛泽东思想才是他们复辟资本主义不可逾越的障碍。这也从反面证明,毛泽东思想对于革命的人民是如何值得珍贵了。"因此,对毛泽东和毛泽东思想采取肯定或者否定的问题,绝不是一个人的问题,而是关系到党和国家前途和命运的问题。我们清清楚楚地看到,不久前东欧和苏联等一大片社会主义国家的剧变,无一不是从否定斯大林开始,进一步否定列宁,否定马克思主义,最后否定社会主义的一切而达到全面崩溃的。殷鉴不远,值得我们铭记和警惕。

对待历史上的杰出人物和伟大人物,我们怎样正确看待并进行研究呢?依我看,应当站在人民大众的立场,采取历史唯物主义与辩证唯物主义的观点进行研究。比如,对待一个无产阶级的革命家,如果我们站在帝国主义的立场,站在资产阶级的立场,站在封建地主阶级的立场,或者站在调和的改良派的立场,去观察,去研究,那就只能得出荒唐的结论。此外,我们还要采取辩证唯物主义的方法。在看待历史上杰出人物的作用时,历来有两种错误的观点:一种是英雄史观,即无限夸大杰出人物的作用;一种是不承认杰出人物的重大作用,认为杰出人物不过是历史规律的奴隶。这是一种机械唯物论的观点。这两者都不能正确地解释活生生的历史。19世纪末,俄国一个有名的马克思主义学者,名叫普列汉诺夫。此人后来变成了孟什维克,但前期是马克思主义者。他的《论个人在历史上的作用问题》是一部杰出的马克思主义著作。在这部著作里,他就反对了上述两种错误倾向。他说:"某些主观主义者为了尽量抬高'个人'在历史上的作用而不肯承认人类历史运动是规律性的过程,现代某些反对主观主义者的人却为了尽量强调这种运动的规律性而显然决意要把历史是由人所创造,因此个人的活动在历史上不能不发生作用这一原理置之脑后了。他们把个人看成是'值不得注意的东西'。这种理论上的极端性是与最狂热的主观主义者所犯的那种极端性同样不能容许的。为了反题而牺牲正题,也如为了正题而忘掉反题一样,同样是没有根据的。我们只有把正题和反题中间所包含的真理要素统一成为一个合题的时候,才能找到正确的观点。"我认为这才是正确的立场。

中国有句古话：时势造英雄。一般说这话是不错的，但还要加上一句，当英雄人物的活动符合历史发展的要求时，就能够在推动历史的发展上起到卓越的作用。我以为这就是上面所说的"合题"。

中国自鸦片战争以来，被帝国主义列强迅速推入半封建半殖民地的悲惨境地。这是中华民族最黑暗也最危险的时期。严重的民族危机和社会危机，迫使中国人惊醒起来奋起抗争。无数仁人志士前仆后继，揭开了中国近代史异常悲壮的篇章。其中最伟大的先行者是孙中山。但是由于敌人的强大和资产阶级的软弱，孙中山虽然推翻了帝制却未能完成民主革命的历史任务。这一任务不能不落在中国无产阶级和另一批杰出人物的肩上。于是毛泽东和周恩来等一大批杰出人物便应运而生。适逢这时，"十月革命一声炮响，给我们送来了马克思列宁主义"，而马克思列宁主义如何同中国革命的具体实践结合起来，选择出一条适合中国国情的道路，却不是一个简单的过程和轻而易举的事情。普列汉诺夫在上述的书中说："一个伟大人物之所以伟大，并不是他的个人特点使伟大的历史事变具有个别的外貌，而是因为他所具备的特点，使他自己最能为当时在一般的和特殊的原因影响下所发生的伟大社会需要服务。"那么，什么是当时中国伟大的社会需要呢？这就是马列主义同中国革命的具体实践相结合，并找出一条适合中国情况的革命道路的问题。而毛泽东无疑是后来形成农村包围城市独特道路的最早也最深刻的实践者和思想家。这正是他作为伟大人物的伟大之处。普列汉诺夫在该书里还说："卡莱尔在其论英雄人物的著名著作中，把伟人称呼为创始人（Beginners）。这是极其适当的名称。伟大人物确实是创始人，因为他的见识要比别人的远些，他的愿望要比别人的强烈些。他把先前的社会智慧发展进程所提出的科学任务拿来加以解决；他把先前的社会关系发展过程所造成的新的社会需要指明出来；他担负起满足这些需要的发起责任。他是个英雄。其所以是个英雄，并不是说他能阻止或改变事物的自然进程，而是说他的活动是这个必然和不自觉进程的自觉和自由的表现。他的全部作用就在于此，他的全部力量就在于此。但这是一种莫大的作用，是一种极大的力量。"毛泽东不正是在中国历史的重要关头，在中国人民急欲寻找一条解放道路的时候，起到了这种"莫大的作用"吗！一部活生生的中国近代史说明，如果没有当时的政治经济环境和社会要求，也就不会有产生毛泽东这种伟大人物的土壤；如果不是中国革命所特有的长期性、复杂性和难以想象的艰难，也就不会锤炼出像毛泽东、周恩来等一大批历史上罕见的英雄人物。同样，如果没有毛泽东、周恩来等这样的英雄人物，中国革命就不会这样快地获取胜利，也不会显得如此光辉灿烂。像印度等国和中国社会情况大体相同，但他们的革命至今还没有取得胜利，就是一个明显的例子。这正是时势造英雄，英雄人物又推动历史发展的辩证唯物主义的真理和活生生的图画。

我不赞成个人崇拜，更不赞成个人迷信。但我崇敬我们中华民族一切有巨大贡献的英雄人物和世界上一切对人类发展进步有贡献的杰出人物。"人民，只有人民，才是创造世界历史的动力。"这话一点不错，但是每个民族、每个阶级都必然有它的代表人物。正是他们代表了这个民族的精神和某些特征。试想，如果美国没有华盛顿，德国没有马克思和恩格斯，俄罗斯没有列宁，意大利没有但丁、达·芬奇，这些民族该是如何地减色啊！而雄踞东方的中华民族，也是由众多难以尽数的杰出人物，代表着祖国悠久的历史和影响深远的文化。为伟大的中国革命所造就的毛泽东等一大批无产阶级的杰出人物，简直像群星灿烂，如果加上群众中的英雄人物，那就构成一条壮观的星河了。这不仅是中国无产阶级和中国人民的骄傲，也是中华民族的骄傲。尊重他们就是尊重历史，尊重他们就是尊重我们的民族。一个民族，如果连自己的杰出人物都不尊重，那就没有多少希望了。

普列汉诺夫还引英国人泰纳1863年在其《英国文学史》的话说："当文明史发展进程中新的进步产生出一种新的艺术时，总会有几十个杰出人物以一两个天才人物为中心应运而生的，几十个杰出人物只能把社会思想表现出一半，而一两个天才人物却能把这种思想完全表现出来。"泰纳这里说的是文化领域，我想其他领域也会有类似的表现。在伟大的中国革命中，毛泽东无疑是杰出人物中之最杰出者，是灿烂的群星中一颗最亮的巨星。作为马克思列宁主义的一部分和一个发展阶段的毛泽东思想，正有其突出的表现。所以，在1988年毛泽东九十五岁诞辰时，我曾写过一首诗："纵有误失真英雄,改天换地建伟功。慧眼胆略谁堪比,巍巍昆仑第一峰。"下面,我将对这位伟人展开叙述。

大 智 篇

世界上到底有没有天才,什么是天才,一向议论纷纭。我看还是赋予它科学的、唯物的解释为好。人们的智力有高下,处于一条不等线上,这是客观事实。然而,一个人如果离开一切社会条件,离开一切前人的成就,不去参加任何实践,只凭天赋,那就什么也不会产生。这也是客观事实。但是同样的社会条件,同样的实践活动,同样的主观努力,会产生出不同的结果,这又是智能的差异了。因此,我认为把人类中那些稀有的智者称为"大智"比称为"天才"更为确当,这样可以排除那种只重天赋的唯心的偏见。

然而,什么样的人才可称之为大智呢?我看,那些对自然界和人类社会有重大发现的人,以及用自己的智慧在社会发展中解决了巨大矛盾的人,都可谓大智。例如马克思,他像达尔文发现了自然界演变的规律一样发现了人类社会发展的规律,还发现了资本主义社会的特殊规律,发现了剩余价值,揭穿了剥削的秘密,这就不是一般的智慧,而是大智。再如列宁,他创立了社会主义可以在一个国家首先胜利的理论,并把马克思的学说变为活生生的现实。这自然也是大智。至于毛泽东,他把马列主义的普遍真理与中国特有的情况结合起来,找出了一条独创性的农村包围城市的道路,为殖民地半殖民地人民开辟了一条解放的道路,这不也是重大的发现吗?毫无疑问,毛泽东也是一个伟大的智者。下面,我们将列举若干实例,来说明他的这个特点。

一、新道路的探求者

(一)

走一条现成的道路是容易的,而从没有路的地方找出一条新路来,却是不容易的。俄国十月革命一声炮响,给我们送来了马克思列宁主义,使中国的旧民主主义革命开了新河,而马克思列宁主义如何与中国革命的具体实践结合起来,走出一条适合中国国情的革命道路,则是一个漫长而艰难的探索。中国的第一次国内革命战争因蒋介石的叛变和我党党内的右倾机会主义路线的干扰而失败了。当时形势全面逆转,成千上万的工农群众被杀戮,共产党遭到极大摧残。在此腥风血雨中,中国共产党不得不单独挑起中国革命的重担继续前行。然而,究竟走一条什么样的道路才是正确的呢?

这就需要发现。而发现则需要艰苦的实践,也需要通常所说的天才。

在革命受挫的新形势下,以至于以后相当长的时期,共产党内存在着两种认识,这就是"城市中心论"与"农村中心论"的对立。"城市中心论"主张首先在若干重要城市举行工人暴动占领城市,然后发展到广大农村;"农村中心论"则主张土地革命与游击战争相结合,以农村包围城市,最后夺取城市。这两种思想的对立,由不明确到明确,一直伴随着根据地的创立到中央根据地的丧失,也就是直到红军的长征。历史上一种新事物的出现,一种新思想的被承认,往往是十分困难的。那时"城市中心论",在党内是居于统治地位的思想,是来自共产国际和党中央的指导思想,自然被认为是惟一正确的思想。同时作为世界典范的十月革命就是用这种方法取得胜利的,历史上还没有出现其他的例子。因此,在人们的头脑中,十月革命很容易形成一种理应采取的模式,甚至不会有突破这种模式的想法。毫无疑问,在大革命失败后所举行的南昌起义和广州起义,是具有伟大意义的,是光耀千古的,然而从指导思想上说,并没有脱离"城市中心论"的模式。因此,这两次起义都归于失败。即使预计中的秋收起义,最后也还是想占领长沙。可见突破一种固有的模式,真正做到从实际出发,找出一条适合中国国情的道路是多么艰难。

(二)

这里应该说,在探索中国革命道路的问题上觉悟最早的是毛泽东,不能不说这正是他的卓越之处。事实上他在1927年马日事变(5月21日)之后,即提出了"上山"的主张。据史料说,毛泽东在汉口日租界一家旅社召集了驻汉口的湖南同志会,要大家"回到原来的岗位,恢复工作,拿起武器,靠山的上山,滨湖的上船,坚持与敌人作斗争,武装保卫革命"。那是一个风云变幻的恐怖时刻,许多共产党领导人得到党的命令，要他们离开中国到俄国去或者到上海和其他安全的地方。毛泽东也接到这样的命令，叫他到四川去。但是毛泽东不愿意，他要到风暴漩涡中的湖南去。因为这时湖南在马日事变后，正笼罩着一片白色恐怖，至6月底，工会、农会的干部被杀者已达五百人以上。原省委干部已经分别隐蔽转移，基层组织纷纷要求毛泽东回湘。这时毛泽东向陈独秀提出要求，说服陈独秀允许他回湖南任省委书记。得到批准后，他便回到湖南展开了一系列的工作。其中最主要的便是恢复工农组织和设法保存工农武装。除把一部分编成合法的挨户团、一部分暂时将枪埋入地下之外，便号召其余的武装上山，去当"山大王"。正是这样湖南得以保存了相当数量的工农武装。但是为时不久，毛泽东便被召回武汉，陈独秀指责他在湖南组织暴动，反对当权的唐生智。这种局面一直持续到党的"八七"会议，才清算了陈独秀右倾投降主义路线的错误。这次会议确定了土地革命和武装反抗国民党反动派的总方针。在"八七"会议上和在8月9日举行的讨论秋收起义的中共临时中央政治局会议上，毛泽东在发言中除了批判陈独秀右倾投降主义的种种表现以外，第一次提出了"须知政权是由枪杆子中取得的"。还提出，"要在湘南形成一师的武装，占据五六县，形成了政治基础，发展全省的土地革命。纵然失败也不用去广东而应上山"。在会议进行中，瞿秋白曾提议毛泽东到上海中央去工作。毛泽东说："我要跟绿林交朋友，我要上山下湖，在山湖之中跟绿林交朋友。"事实上"枪杆子里面出政权"的思想和"上山""下湖"的思想，正是建立农村革命根据地思想的萌芽。正因为毛泽东已经萌生了这样的思想，所以在秋收起义失利后，他立刻改变了进攻长沙的计划，胸有成竹地率领队伍上了井冈山。在创建中国第一块红色根据地艰辛实践的基础上，他写成了《中国的红色政权为什么能够存在？》《井冈山的斗争》以及《星星之火，可以燎原》等著作，这些都标志着他的以农村包围城市，最后夺取城市的独创性的思想已经基本形成。在这些文章中，他分析了中国半殖民地半封建社会特有的社会条件，以及实行"工农武装割据"（用后来的语言说，就是创建农村革命根据地）所必备的主观条件，这就使农村包围城市的路线有了巩固的理论基础。从此他就在云雾迷离的征途上，开辟出了一条适合中国国情的崭新的革命道路。

(三)

可是，仅仅找到这条道路是不够的，在这条道路上能够坚持下来并取得最后胜利，在理论与实践上至少要解决三个至关重要的问题。

第一，要解决一个无产阶级思想领导的问题。有人往往以为毛泽东是农民出身，是以农民领导农民，这是大错特错。毛泽东多次说过，中国的资产阶级民主革命实质上就是农民革命，因此对于农民斗争的领导是中国无产阶级在资产阶级民主革命中的基本任务。他在《井冈山的斗争》中还说："我们感觉无产阶级思想领导的问题，是一个非常重要的问题。边界各县的党，几乎完全是农民成分的党，若不给以无产阶级的思想领导，其趋向是会要错误的。"至于军队的成分，当然更复杂一些。除大部分为农民外，还有其他小资产阶级、流氓、旧军人等。毛泽东在《关于纠正党内的错误思想》中所举出的单纯军事观点、极端民主化、非组织观点、绝对平均主义、个人主义、流寇思想、盲动主义残余等等倾向，其实质就是农民思想以及其他非无产阶级思想的反映。这种情况，如果不用坚强的无产阶级思想去领导，并使之向无产阶级思想转化，尽管可以轰轰烈烈于一时，但到最后则不免会使革命运动像太平天国以及历史上无数次的农民起义一样归于失败。毛泽东在当时就认识到这一点，可谓远见卓识。而当时他的同辈中大多数人则还没有认识到这一点，或者认识得很不够。1929年6月在龙岩举行的红四军党的第七次代表大会上，毛泽东本来想动手解决这些已经出现的错误的思想倾向，却不料事与愿违，反而使争论激化了。最后连毛泽东本人也未能当选为前委书记，不得不在会后离开了部队。七次大会出现的这一错误，不久为中央所纠正，周恩来曾亲自主持其事。几个月后，襟怀坦白富有自我批评精神的陈毅，重新把毛泽东请了出来。在当年的12月召开的红四军党的第九次代表大会上，正式作出了闻名的《古田会议决议》。这个决议的实质，就是加强无产阶级的思想领导，在党的建设和军队建设上，务必要始终注意保持我党我军的无产阶级性质。正是因为毛泽东和我们的党坚持了这一点，所以我们的党和军队才没有走错方向，才没有中途夭折，才没有被汪洋大海似的形形色色的非无产阶级思想所淹没,而且愈战愈强,历经人间罕有的艰难困苦而不溃败,终于获得了最后的胜利。这个决议所包含的精神,即加强无产阶级的思想领导,不仅在历史上起到了伟大的作用,就是今后也是一个不容忽视的课题。只要我们还想保持我党我军的无产阶级性质,我们就要时刻注意这个课题。

第二,还要解决一个根据地的建设问题。走农村包围城市的道路,其中最核心的就是建立农村革命根据地的问题。要想在敌人的包围中长期坚持下去,就要建立起巩固的根据地。这绝不仅仅是打仗的问题,而是要对根据地进行一系列的建设,例如党的建设、军队建设、人民武装建设、政权建设、经济建设、文化建设、群众团体建设等等,其中尤其是深入开展土地革命,解决土地问题,使人民得到真实的利益,才能把根据地造成攻不破的铜墙铁壁。试想,如果不是这样的根据地怎能经得起连年频繁的战争呢?抗日战争开始以后,由于党的正确领导,由于内战时期积累起来的建设根据地的丰富经验,由于团结抗战的群众基础更广泛了,在建设农村根据地上有一个很大的发展。不论在政治上、军事上、经济上、文化上等等方面的建设都头头是道,每一块大根据地都像一个国家的雏形。从外国或从国民党统治区来的人,常常大吃一惊,没有想到在敌人残酷扫荡烧杀的地方,竟还屹立着这么岿然不动的堡垒。而这些堡垒就屹立在北平、天津、保定、太原、济南、上海、南京等等大城市的鼻子尖下。由于我党政策的正确和群众发动的成功,不但山地能建立根据地,平原湖泊也能建立起根据地。即使在敌人的炮楼星罗棋布、公路密如蛛网的冀中平原,隐蔽的根据地依然存在,游击战争并未停息。所以聂荣臻元帅曾说,冀中没有山,但是有人山,依然可以开展游击战争,建立起根据地来。解放战争时期,革命根据地得到更加迅猛的发展,全国已有十九块大根据地。有一次朱总司令曾说,你们拿着解放区的粮票,从东北可以吃到海南岛了。当解放区发展到一亿多人口时,她所积蓄起来的实力已足可展开反攻。正是在这种情况下,我强大的人民解放军同国民党军队展开了人们所熟知的战略决战,最后我军夺取了各大城市,走完了农村包围城市路线的完整过程。解放初期,有人曾提出怀疑说:共产党打仗很内行,但不一定能管好大城市,管好国家。其实他不知道,在几十年根据地建设中,我党已经培养出了各个门类的干部,在建国时期许多岗位上的负责人,不就是这批人吗?其实人们早就说过革命根据地正是新中国的摇篮。

第三,要使根据地能够存在下去,还必须解决一个如何战胜强大敌人"围剿"的问题。因为只要根据地一建立,不等你站稳脚跟,就马上会有强大的敌人跟踪而至。而开始敌我力量必定是天地般的悬殊。如果不解决这个以弱胜强的问题,不粉碎敌人频繁的"围剿",根据地就无法存在下去。这是一个特殊的军事问题。正是在这个问题上,毛泽东解决了一系列战略战术问题,根据地才保持住了,并且得到了发展。这个问题先提一提,后边还要详细探讨。

由于上面三个重要问题陆续得到解决,农村包围城市的道路才得以坚持走下去。

(四)

下面,让我们探讨一下,为什么毛泽东能够比别人更早地发现和探索出农村包围城市的革命道路。

首先,我们看到,毛泽东对我国国情有比别人更深刻的认识,特别是对农民问题有更深刻的了解。毛泽东来自农民,对农民的疾苦,自然比当教授的陈独秀以及其他知识分子感受要深。这且不说,自从毛泽东接受了马列主义的学说,做了两年的工人运动以后,就投身到农民运动当中。1925年初,他从上海回湖南养病,就在农村中认真进行调查研究,并且在故乡韶山组织了第一批农民协会。1926年初他到了广州,被国民党中央任命为农民运动委员会的委员和广州农民运动讲习所的所长。在此期间,他亲自向学员讲授《中国农民问题》。在他的这部著作里,已经谈到"中国国民革命是农民革命","中国革命的中心问题是农民问题"。他还分析了辛亥革命的失败,认为政权所以落入军阀之手,完全是因为未得到三万万二千万农民的帮助和拥护。他还在《国民革命和农民运动》的文章中说:"经济落后的半殖民地的农村封建阶级,乃是国内统治阶级国外帝国主义之惟一坚实的基础。不动摇这个基础,便万万不能动摇这个基础的上层建筑物。"他还对青年知识分子发出热情的呼唤,号召他们"跑到你那熟悉的或不熟悉的乡村中间去,夏天晒着酷热的太阳,冬天冒着严寒的风雪,挽着农民的手,问他们痛苦些什么,问他们要些什么。从他们的痛苦与需要中,引导他们组织起来,引导他们向土豪劣绅争斗,引导他们与城市的工人、学生、中小商人合作建立起联合战线,引导他们参与反帝国主义反军阀的国民革命运动"。这个广州农讲所,培养了大批的农运干部,分配到湖南、湖北和全国各地,在发展农民运动、支援北伐军方面,起到了重大作用。此后农民运动的发展极为迅猛,简直可谓一日千里。至1926年5月,全国的乡农民协会已发展到五千多个,会员达九十八万多人。为了应付这种大发展的局面,中共中央成立了农民运动委员会,毛泽东奉命出任农委书记。但是,正当毛泽东雄心勃勃地开展工作之际,却出现了意外。当年12月在汉口召开的中央特别会议上,陈独秀提出了限制工农运动的发展,以换取蒋介石的由右向左。陈独秀还在会议上斥责湖南工农运动"过火""幼稚""动摇北伐军心""妨碍统一战线"。但是毛泽东在会上仍提出了土地革命的主张,因此与陈独秀发生了争论。会后,毛泽东亲自到湘潭、湘乡、衡山、醴陵、长沙五县考察农民运动。他仍然身着蓝布长衫,脚穿草鞋,手拿雨伞踏上仆仆征途。每到一处就调查一处,共历时三十二天,行程七百多公里。他那篇著名的、具有深刻洞察力和革命家热烈情怀的《湖南农民运动考察报告》就随之产生了。这是对反动派猖狂气焰和右倾机会主义的沉重打击。4月末,中国共产党在武汉召开了第五次全国代表大会。这次大会是为应付蒋介石的四一二事变的危急形势而召开的。会上毛泽东提出了开展土地革命,迅猛发展农民武装,建立农村民主政权的提案,但是在陈独秀的把持下,毛泽东的意见根本没有引起大会注意。因为当时很多同志没有认识到陈独秀已经形成一条右倾机会主义的路线,这是一个悲剧。从以上毛泽东从事农民运动以及对农民运动的理解来看,他不久后踏上一条新的革命道路,完全不是偶然的。

其次,从思维方法上来看,毛泽东不像有些人往往从现成的概念出发,而是从活生生的实际出发。他对农民问题的深刻认识,是长时间对农村深入研究得出的结论。在他身上不仅富有革命理想,而且有一种不畏艰苦、不怕危险、勇往直前的实践精神。如果与王明相比,可以说是两个截然不同的对立典型。例如毛泽东号召"上山",绝不仅仅是要别人上山,而是自己首先带头上山;他说"枪杆子里面出政权"，也不仅仅是要别人去暴动，而是自己首先拿起枪杆子去打仗。用不着说，在他走的这条路上是充满着风险的。但是他怀着满腔热情和强烈的责任感，以"其乐无穷"的壮志豪情去干了。与毛泽东相反，王明则是另一种类型的人。也许，他也要革命，也不是没有理想和热情，仅记住马列著作上几句条文就够了。认为靠着"本本"和上面的指示就可以指挥一切。他本来也有接触生活的机会，但是他不愿去。例如1929年4月，王明从苏联回到上海，中央就分配他到苏区去工作，但他赖在上海不走。而中央这个决定并没有撤销，1930年底，周恩来在政治局会议上仍坚持要王明执行中央的决定，王明还是不去。直到顾顺章、向忠发被捕叛变，党中央在上海已无法立足，决定全部迁入苏区时，王明宁愿跟随米夫到莫斯科，也不愿到中央苏区来。人既是这样的不同，难怪在思想上也毫无共同之处了。如果按照王明的思想方法和做法，那是一辈子也找不出一条适合中国情况的道路的。

其三，我们看到，农村包围城市这条正确路线所以能坚持下来，同毛泽东的那种顶逆风战恶浪的异乎寻常的坚忍品质不是没有关联的。熟悉党史的同志都知道，农村包围城市这条新道路的实践，是遭到重重阻挠的。可以说，从江西中央革命根据地的创立直到这块根据地的丧失，始终存在着"城市中心论"与"农村中心论"的冲突。1929年和1930年的两年间，江西根据地已经有了相当的发展。事实本身早已经说明了问题，但是以李立三为代表的党中央，仍然鼓吹"城市中心论"的思想，把农村包围城市的思想斥之为"农民观点"，"只是一种幻想，一种绝对错误的观念"，"无论在理论上和事实上都是不通的"。基于这种指导思想，他命令红军远离根据地去攻打中心城市南昌和九江。毛泽东以合理的巧妙的方法进行了抵制，才使红军避免了损失。1931年1月，王明路线统治了中央，他们虽然极力反对"立三路线"，但在推行"城市中心论"方面同"立三路线"却毫无二致。他们要求红军与敌军主力决战，并夺取中小城市，以开始"革命在一省与数省的首先胜利"。为了迫使红一方面军攻打敌人重兵驻防的南丰和南城，他们下了许多次命令，强令前方指挥者毛泽东、周恩来、朱德等"站在一致的战线上"执行这一无理的计划。随后就对毛泽东进行无情的打击。先后在中央苏区第一次党代表大会和中央苏区中央局召开的宁都会议上剥夺了毛泽东在党和红军中的领导权。这种接二连三的打击,假如不是一个意志异常坚强的人,那是顶不住的。而毛泽东却经受了这重重考验,使得这条正确的路线得以坚持下来。

农村包围城市的道路,其正确性已由历史本身作了结论。我认为,其伟大意义还在于,它为殖民地半殖民地国家的革命开辟了道路。凡是与当年中国情况类似的地方,都会有参考价值。毛泽东思想的生命力正在于此。

二、战略战术的独特创造

上面谈到,要把农村革命根据地长期坚持下去,并不断发展壮大,必须解决三个问题。即:(一)加强无产阶级思想的领导,保持党和军队的无产阶级性质;(二)加强根据地的全面建设;(三)战胜敌人的"围剿"。前两个问题已经谈过,现在讨论第三个问题。

前已提及,只要根据地一出现,便立刻会面临着敌人的"围剿",会越来越大,越来越残酷,只要反革命还有力量就不会停止。如果红军不能战胜敌人这种反复进行的"围剿",根据地就无法存在,更谈不到日后的发展了。红军在开始时必然是很弱小的,而以此微不足道的力量,如何与成十倍成百倍的强敌相抗衡,如何在敌人的反复"围剿"中站住脚跟并战而胜之,这不能不是一个头号的军事问题。而这些在以往的军事书上是没有现成答案的。但毛泽东和他的战友们却依据现实条件,创造了一系列独特的战略战术,不仅使红军站稳了脚跟,而且歼灭了大量敌人,不仅粉碎了敌人的"围剿",而且使根据地不断发展壮大,从而为无产阶级的军事学开辟出一片崭新的天地。如果不是毛泽东在军事上的大智,肯定达不到这样的成就。

试回顾一下这段历史,不正是这样的吗?毛泽东初上井冈山,不过千余人,朱、毛会师后才扩大到万余人。这时已经经历了湘赣敌人的多次"围剿"。在最初三年里,他们度过了红军历史上最困难的时期。当红军发展到三万人时,敌人更大规模的"围剿"也随之到来了。第一次大"围剿"的敌军是十万人,第二次大"围剿"的敌军是二十万人,第三次大"围剿"的敌军是三十万人,第四次大"围剿"的敌军是五十万人。除了第五次"围剿"因王明"左"倾路线的错误指挥而失败以外,前四次反"围剿"都取得了巨大的胜利。敌人每一次都以堂堂之阵汹汹而来,恨不得一口吞灭红军、吞灭苏区,但每一次都被英勇的红军打得损兵折将、狼狈奔逃,以致敌军官兵一听进入苏区就谈虎色变。试想,反动派以举国之力却无法击灭弹丸之地,以装备完善的几十万大军却无法对付连子弹都很缺乏的弱小的红军,这究竟是一个什么问题呢?我军究竟是采取了什么奇妙的战术才得以克敌制胜呢?

在第一次反"围剿"前的动员大会上,毛泽东曾写了一副对联:"敌进我退,敌驻我扰,敌疲我打,敌退我追,游击战里操胜算;大步进退,诱敌深入,集中兵力,各个击破,运动战中歼敌人。"这就是毛泽东战略指导思想的高度概括。

红军闻名的十六字诀,是朱德、毛泽东统率的红军在游击战争中创造而为毛泽东总结出来的。据说最早出现在1928年的1月,当时还只有"敌来我走,敌驻我扰,敌退我追"的十二个字,是毛泽东在遂川城主持召开前委和万安县委的联席会议上提出来的,以后就逐渐完备起来。等到红军发展到三万之众,为了迎接更艰巨的任务,红军已进入从游击战到运动战的战略转变。那个"大步进退,诱敌深入,集中兵力,各个击破"的后半句话,就成为红军运动战的方针了。也正是在这个时候,蒋介石向中央苏区接连发动了四次大规模的"围剿"。前三次反"围剿",是毛泽东亲自指挥的,第四次反"围剿"是周恩来、朱德指挥的。这四次反"围剿"都是以运动战的方式,采取诱敌深入、各个击破的战术取得圆满胜利的,在我军的历史上谱写了光辉的一页。

这种战术的第一个要点就是诱敌深入。为什么要诱敌深入呢?原因有三:一是把敌人放到根据地内部来打,是为了得到根据地优越的群众条件;二是疲惫敌人,并使我方兵力集中;三是在运动过程中发现敌人的弱点。这种战术的第二个要点是各个击破。敌人"围剿"往往是采用多路分进合击,将我主力压缩至中心地区聚而歼之。这种战术自然来势汹汹,而毛泽东却不慌不忙,在诱敌深入中首先选择其中的一路,集中优势兵力予以歼灭,然后逐次击破其他。至于首先选择的那一路,或者是敌人的弱点,或者是足以影响全局的要害,则视情况而定。当然,开始实行这种战术,会遇到很大的阻力。因为诱敌深入,从表面上看,就会丧失土地,也会使根据地的人民受到危害,不仅指挥员想不通,人民群众也有很大顾虑。但是当根据地军民尝到胜利的甜头,这一切顾虑也就烟消云散了。

这里,我们还是简要叙述一下毛泽东亲自指挥的三次反"围剿"战争,以便从中领会他对上述战术的运用之妙。

敌人对中央苏区的第一次大"围剿",是1930年10月蒋阎冯军阀混战初告结束,蒋介石指使何应钦组织的,并任命江西省主席兼第九路军总指挥鲁涤平为"围剿"军总司令,张辉瓒为前线总指挥,率领十万大军向我江西苏区发动大规模军事"围剿"。而我方兵力只有三万多人。当时敌军的分布是:最西头是罗霖的第77师在吉安,最东是刘和鼎的56师,两端相距八百里。其间分两大路:敌之右路军为张辉瓒的18师、谭道源的50师和公秉藩的28师共三个师;敌之左路军是朱绍良指挥的毛炳文的第8师和许克祥的第24师两个师。我军在罗坊会议上决定采取诱敌深入的作战方针。部队第一步东移赣江,到达樟树、抚州地区,使进攻袁水流域的敌人扑空;接着我军又向边沿区东固、南龚、龙冈、小佈移动,使到达樟树、抚州地区的敌军第二次扑空。经过这二次扑空,敌军已经现出疲惫,我军反攻的条件渐趋成熟。毛泽东考虑到,在三处敌军中,张、谭是其中的主力,如能将其首先击破,敌人整个的"围剿"计划也就打破了。于是决定首先在小佈设伏。但是连等两天两夜敌人都没有来。军中颇有怨言。而毛泽东为了"慎重初战",仍然"持重待机"。这时,张辉瓒由东固进至南龚,有东进之势。毛泽东遂令我军主力转移到黄陂以西之君埠一带秘密集结。当天黄昏张辉瓒率部到达距君埠二十里的龙冈。龙冈与君埠部有个黄竹岭,敌军东进必须仰攻此山。于是毛泽东决定在此处摆设战场,准备歼灭该敌。我军总部的指挥所就设在黄竹岭后面的小别山上,毛泽东、朱德就在这里指挥战斗。次日拂晓,在晨雾迷漫中,张辉瓒率部东进,在登山时受到我军的迎头痛击。战至下午三时,我红四军和红三军团从龙冈北面的高山上跑步冲下山来,敌军全线崩溃。等到毛泽东从黄竹山上下来时,前面已纷纷喊道:"捉住张辉瓒啦!"毛泽东的《渔家傲·反第一次大"围剿"》词:"万木霜天红烂漫,天兵怒气冲霄汉。雾满龙冈千嶂暗,齐声唤,前头捉了张辉瓒。"正是描写当时景象的。这一仗打得漂亮、干脆、彻底,张辉瓒的师部和两个旅全部被消灭,生俘九千余人,无一人一马漏网。在龙冈大坪上,有人把捆绑着的张辉瓒带到毛泽东面前,这位"围剿"军总指挥,穿着衣衫不整的士兵服装,向毛泽东鞠躬敬礼,口称"润之先生",说了些别后钦慕敬仰的话。龙冈首战告捷,吓得谭道源惊慌失措,连忙向东逃窜。我军又乘势猛击,于东韶将谭师歼灭数千。两仗共俘敌万余。毛、许两师则在我军围攻东韶时仓皇北逃。敌人来势汹汹的第一次大"围剿",就这样被粉碎了。

这次"围剿"结束还不到三个月,敌人的第二次大"围剿"又开始了。这次的总兵力是二十万人,而且采取的是"稳扎稳打,步步为营"的战略。正像毛泽东词中讲的:"二十万军重入赣,风烟滚滚来天半。"使人麻烦的还不仅是敌情严重,而是新上台的王明路线的"四中全会"代表团来到了苏区。他们看到形势如此严重,就提出红军主力退出中央苏区的主张,甚至要红军到四川去重新建立根据地。毛泽东在会议上严厉批判了这种逃跑主义的方针,对方争论非常激烈。幸而在中央局扩大会上,多数高级干部拥护毛泽东的主张,才把逃跑的声浪压下去了。紧接着毛泽东就引导大家分析讨论首先破哪一路敌人为适宜。有人主张先打蒋光鼐、蔡廷锴的第十九路军,理由是它只有两个师孤立驻在兴国;有人主张先打朱绍良的第八路军,因为朱绍良等人都是蒋介石的亲信。毛泽东则指出,蒋蔡的十九路军是这次"围剿"军中最强的,且已完成防御工事,事实上我军等于攻坚,如一时打不下来,北面的敌人一齐压下来,我们就难于粉碎这次"围剿"。如果先打朱绍良的第八路军,就得向西扫,西面是赣江,下一步无发展余地。鉴于这两种方案的缺点,毛泽东明确提出应先打弱的,后打强的,以先打王金钰的第五路军为好。他认为第五路军虽有五个师之多,但多系杂牌,各怀鬼胎,而且都是从北方新到南方的,水土不服,不善爬山,士气低落,便于击破。大家一致同意毛泽东的分析。战役开始后,我军仍采取诱敌深入的方针,从4月20日开始后移,向龙冈地区集中。随后又移至东固一带隐蔽集结。三四万人挤在一个狭小地带,三面都有敌人,被称为"钻牛角"。我军忐忑不安地在这里藏了二十天,自然少不了闲言碎语,但毛泽东拒绝了一切快打的建议，丝毫不为所动。终于等到5月14日，得悉王金钰、公秉藩的两个师分别向东固前进。从15日起，我军也分别前移，迂回包围敌人。毛泽东从第二天一早就登上白云山，与朱德一起指挥战斗。至中午时分，就从上次反"围剿"缴获的收报机里听到了公秉藩、王金钰两个师的呼救声。不久，呼救声听不见了，想来战斗已经结束，毛泽东这才从容下山。他后来写的《渔家傲·反第二次大"围剿"》中说的："白云山头云欲立，白云山下呼声急，枯木朽株齐努力。枪林逼，飞将军自重霄入。"就是当时战场景象的写真。这次反"围剿"首战告捷，歼公秉藩的28师全部和47师一个旅的大部，缴枪五千余支。我军乘胜向东横扫过去，又接着歼灭了47师一个旅的残部和43师一部，缴枪四千余支。从5月16日开始到30日结束，十五天中，我军从江西赣江边上的固陂、富田打起，一直打到福建建宁，横扫七百里，打了五个胜仗，缴枪二万余支，又彻底粉碎了敌人的这次大"围剿"。正如《渔家傲》的词里所描述的："七百里驱十五日，赣水苍茫闽山碧，横扫千军如卷席。有人泣，为营步步嗟何及！"那么这首词里讲的"有人泣"指的是谁呢？不是别人，正是指的蒋介石。但是，这绝不是艺术夸张，因为这时蒋介石在南昌召开的高级军官会议上，在大骂部属无能时，不禁痛哭失声，确确实实地哭了！

敌人第二次"围剿"惨败之后，仅仅隔了一个月，第三次"围剿"又开始了。这次"围剿"的规模更大，敌军的总兵力为三十万人。与以前不同的是，前两次"围剿"军全是杂牌军，这次却动用了蒋的嫡系十万之众，而且蒋介石亲任总司令。好几个帝国主义国家的军事顾问也到了南昌。而在这次反"围剿"中，毛泽东的军事指挥艺术表现得更加纯熟，更加精彩。鉴于敌情的严重和准备上需要时间，毛泽东毅然决定，红军主力向赣南后部集中。酷暑七月，来了一个千里回师，把部队集结于兴国东南的银坑地区。其目的是诱敌南进，以便插向敌人后方，寻机歼敌。当我军转至高兴圩、老营盘（兴国西北）一带企图出击富田时，发现富口系敌人主力且兵力密集，不便围歼，毛泽东即下令乘夜东移莲塘（兴国东北）。这次转移的惊险之处是在南北敌军40华里的空隙间穿插而过。我军到达莲塘后，发现北面之敌为上官云相的残部47师和54师，这是敌军中比较弱的一路。

毛泽东当即决定对该敌发起攻击。仅两小时即歼敌一个旅，并将旅长谭子钧击毙。接着乘胜攻击良村，又歼敌54师一个旅，击毙旅长张銮。上官云相和郝梦龄两位师长落荒而逃。于此，遂将此次"围剿"的第三纵队大部歼灭。这时毛泽东估计到敌必调兵东向，何不利用此有利时机把敌人大部吸引到东面呢？这样我军到西面攻打敌人的薄弱之处也就更为方便了。于是又在东面的黄陂歼灭了毛炳文的第8师。这样一来，果然西面的各路敌人都纷纷东移。毛泽东干脆来一个"示形于东"，命令一个师一路扬旗吹号向东开去。而我军主力则在敌军密集的缝隙中穿插而西，连夜进至兴国的白石、枫边山沟里隐蔽休息。这是第三次反"围剿"中极为精彩又惊险的一幕。待敌发觉上当，调头西向寻找我军主力时，我军已休整了半个月。敌疲劳万状，不得不狼狈撤退。我军又乘势追击，在高兴圩、老营盘等处歼敌一个多旅，在方石岭歼韩德勤师的六个团以及蒋鼎文师的一部。蒋介石亲自指挥的这次"围剿"也就被粉碎了。

　　从以上三次反"围剿"，我们已可看出毛泽东战略战术思想的一个概貌。可以说，三次反"围剿"的胜利标志着毛泽东战略战术思想的形成。这种战略战术，既不是从中国的军事书上抄下来的，也不是从外国的军事书上抄下来的，而完全是基于中国革命战争的特点，从具体战争实践中总结出来的、富有特色的创造。我以为其中最核心的是运动战和歼灭战的思想。运动战是调动敌人、造成敌人错觉的手段，而歼灭战是其目的。毛泽东经常强调："对于人，伤其十指不如断其一指；对于敌，击溃其十个师不如歼灭其一个师。"事实证明，这是毛泽东战术中最厉害的战术。为什么要采取歼灭战呢？因为第一，只有歼灭战才能给敌人最大的震撼，也才能从根本上削弱其战斗力；第二，只有歼灭战才能从对方取得我方缺乏的补给，借以加强我方的力量，达到愈战愈强的目的。而为了歼灭敌人，这就需要集中兵力，采取迂回包围战术。运动战和歼灭战的战略战术，在中国长期革命战争中得到极大发展，逐渐成为我军的特长。它不仅在红军弱小时期成为粉碎敌人"围剿"的有效方法，而且越来越成为我军克敌制胜最重要的军事法宝。到了解放战争时期，由于毛泽东思想的深入贯彻，运动战、歼灭战的战略战术发挥得越来越精彩，运用得越来越丰富了。我军的许多将帅都已成为运用运动战、歼灭战的能手,在全国战场上演出了许多威武雄壮的活剧。以西北战场为例,彭德怀指挥下的部队,最初也不过三万人左右,而胡宗南的进攻部队却是三十多万人。但我军一个歼灭战连接一个歼灭战,不到两年时间,狂妄一时的胡宗南便屁滚尿流地逃出陕北。全国其他战场也莫不如此。当时按毛泽东的标准,击溃战是不算数的,只以歼灭敌人多少个旅来填写账单。我军就是这样以一百二十万人的兵力,一口一口地吃掉数百万美械装备的国民党军队,最后取得了彻底胜利。毛泽东就其军事成就说,不仅在中国历史上,即在世界范围内也堪称最伟大的军事家之一。他独创的充满智慧的战略战术,将永远是我们宝贵的财富。

三、遵义会议上的政治智慧

遵义会议在我党的历史上具有伟大意义,这是大家都知道的。它不仅挽救了党,挽救了中国革命,而且开辟了通向中国革命胜利的道路,同时,就党内斗争来说,它也是一个最光辉的范例。试想,会议之前,两条路线的对立是何等尖锐,争论是何等激烈,而且错误的意见在领导集团中居于统治地位,可是仅仅经过几天时间,这个党内最尖锐的矛盾就解决了。尤其是,遵义会议从头到尾,都采取了共产党人最正常的斗争方式,即思想斗争的方式,通过摆事实讲道理进行批评与自我批评的方式,然后实行真正的民主集中制作出正确的决议。我在长篇小说《地球的红飘带》中,对遵义会议给以着力的描写,也正是因为它是这样一个难得的范例。今天虽然情况变了,党已经成为执政党了,但是在党内斗争上仍应继承遵义会议的优良传统。把"四人帮"抓起来,只是特殊情况下采取的特殊方式,这一措施是完全正确的,是符合全党和全国人民利益的,但也是不得已的。就解决党内的经常矛盾来说,还是要从我们的优良传统中汲取教益。

然而,遵义会议为什么能够开得这样成功呢?我看原因有三:一个是湘江之战,我军损兵过半,八万红军只剩下三万多人,从上到下都有一种改换领导的情绪。正像周恩来同志在1972年6月10日讲到遵义会议时说的:"毛主席取得领导地位,是水到渠成。"再一个是毛泽东善于做说服工作,在长征途中他说服了王稼祥和张闻天等人，并取得了他们的支持。另一个是采取了正确的斗争策略，即只解决军事路线问题，暂不解决政治路线方面的问题。我以为在第三个问题上，充分显示了毛泽东的政治智慧，这是遵义会议能够顺利成功的重要一环。相反，如果将党内问题全面展开，很可能使遵义会议归于失败。

在谈到这一点时，周恩来曾这样说："毛主席的办法是采取逐步地改正，先从军事路线解决，批判了反五次'围剿'以来的作战的错误：开始是冒险主义，然后是保守主义，然后是逃跑主义。这样就容易说服人。其他问题暂时不争论。比如'左'倾的土地政策，肃反扩大化，攻打大城市。那些都不说，先解决军事路线，这就容易通，很多人一下子就接受了。如果当时说整个都是路线问题，有很多人当时会要保留，反而阻碍党的前进。这是毛主席的辩证唯物主义，解决矛盾首先解决主要的矛盾，其次的放后一点嘛。"

张闻天在谈到遵义会议时曾说："遵义会议前后，我从毛泽东同志那里第一次领受了领导中国革命战争的规律性的教育，这对于我有很大的益处。"又说："但因遵义会议没有提出过去中央政治上的错误，而且反而肯定了它的正确，使我当时对于我自己过去的一套错误，还很少反省。这在毛泽东同志当时只能如此做，不然我们的联合会成为不可能，因而遵义会议不能取得胜利。为了党与革命的利益，而这个利益是高于一切的，毛泽东同志当时做了原则上的让步，承认一个不正确的路线为正确，这在当时是完全必要、完全正确的。这个例子，可以作为党内斗争一个示范来看。"

遵义会议后，毛泽东对另一件事的处理也颇重要。周恩来在1972年6月10日的谈话中说：主要矛盾解决后，"实际上次要矛盾跟着解决了，组织路线也是勉强解决了。当时博古再继续领导是困难的，再领导没有人服了。本来理所当然归毛主席领导，没有问题。洛甫那个时期提出要变换领导，他说博古不行。我记得很清楚，毛主席把我找去说，洛甫现在要变换领导。我们当时说，当然是毛主席，听毛主席的话。毛主席说，不对，应该让洛甫做一个时期。毛主席硬是让洛甫做一做看。人总要帮嘛。说服了大家，当时就让洛甫做了"。这件事的处理，不仅表现了毛泽东的宽广胸怀，也有助于团结同志。

遵义会议的成功,已为此后的历史发展作了证明。在会议期间,毛泽东所显示的政治智慧,不能不是会议成功的重要因素之一,所以这里我把它作为大智者的一个事例。

四、四渡赤水——毛泽东的得意之笔

在军事指挥艺术上,毛泽东无疑是个罕见的高手。从以少数兵力粉碎敌人重兵"围剿"起,直到震动世界的战略决战,都充分说明了这一点。长征中的四渡赤水,更是毛泽东的得意之笔。的确,谈起这一战役,军事家们没有不佩服的。

在红军进入贵州后的黎平会议上,党中央即确定,长途跋涉的红军暂时安顿下来,建立以遵义为中心的黔北根据地。但是随后发现,黔北一带地瘠民贫,少数民族多,语言不通,党的基础尤其薄弱,创建根据地是有很大困难的。而且蒋介石的"围剿"军已经入主贵阳,与黔军又将形成"围剿"之势。于是在遵义会议上,刘伯承和聂荣臻这两位四川人提出了一个新的建议。这个建议就是进军四川,在成都西北或西南建立根据地。他们认为,四川比之贵州要富裕得多,人口也稠密,而且四川一向封闭,外省军阀不容易进来。尤其是红四方面军已经在那里建立起了一块很像样的通南巴根据地,两个方面军合在一处,再也不用担心势单力孤了。中央接受了他们的建议。遵义会议一结束,就开始进兵四川。

但是,进入四川岂是容易的事。一来北有长江阻隔,二来有各路敌军围击堵截。红军原拟在宜宾至泸州段北渡长江,川军闻风而至,很快便有十多个旅四十多个团分路向川南集中。随后以一部分兵力防守宜宾、泸州,另以八个旅向红军进击。毛泽东本拟在土城歼其一部,以打破前进道路上的障碍,但因情况不明,打得不很理想,不得不采取新的机动,寻机渡江。于是在猴场、土城南北西渡赤水河。是谓一渡赤水。

我军渡过赤水后,鉴于敌军已加强了沿江防御,渡江计划不得不暂缓执行。这样便转到了川滇边的扎西(今威信)暂时落脚。这是一个极荒僻的所在,那个鸡鸣三省就在这里。为了实施高度的机动,部队在这里进行了整编,把全军编为十三个精干的团,并进行了彻底的轻装,连最珍贵的X光机都丢下了。这时敌人已从四面八方

围了上来,其中有吴奇伟的四个师,周浑元的四个师,滇军孙渡的四个师,以及王家烈的五个师,加上川军的八个师,共二十五个师的兵力,他们企图将红军围歼于长江以南、叙永以西、横江以东地区。形势是极其险恶的。而这时毛泽东却忽生奇谋,乘围攻之敌尚未到达,黔北敌兵力薄弱之际,令红军调头秘密东返,于二郎滩、太平渡二渡赤水,杀了一个回马枪。这个回马枪大大出人意料,很快红军便攻取了娄山关和遵义城,一举歼灭和击溃敌两个师又八个团,俘敌三千余人。这个仗打得十分漂亮,搞得王家烈狼狈不堪,吴奇伟落荒而逃,逃到了乌江南岸。这是长征以来最大的一次胜利,也是毛泽东重新指挥军队后的第一个胜利。以上是谓二渡赤水。

娄山关、遵义大捷,大大振奋了红军士气,部队也得到了一些补充,但是过江问题并未解决。毛泽东本拟乘胜利余威,再打一两个胜仗,进一步打开局面,但因敌人过于密集未获成功。而且由于遵义之捷大大震撼了敌人,蒋介石赶忙离开了汉口飞到重庆"督剿"。他严令川黔各军:"由本委员长统一指挥,如无本委员长命令,不得擅自进退。"同时把江西那一套筑碉堡的办法也搬了过来。这样,红军在遵义、鸭溪等狭小地区,便再次面临着被包围的形势。这时红军不得不转移到赤水河岸的茅台镇一带,准备由此三渡赤水。要知道,这是红军面临的一个最危险的时刻。因为前无进路,后无退路,即使渡过赤水再次进入川南古蔺、叙永地区,也无法渡江,而多路追兵又已迫近。究竟何去何从呢?红军的命运究将如何呢?而正是在这险象环生的危急时刻,毛泽东又创作了一篇千古妙文。研究四渡赤水者有人往往把三渡和四渡分开论述,其实三渡和四渡是一篇文章。事实上在准备三渡时,毛泽东已经为四渡作好了准备。即三渡只是姿态,是要摆出渡江入川的架势,借以把敌人的追兵都吸引过来。果然这一着很灵。在红军从茅台渡过赤水后,蒋介石即判断我军又要北渡长江,遂急令其所有部队都向川南进击,企图围歼我军于古蔺地区。毛泽东见时机已到,为了继续迷惑敌人,以一个团大张旗鼓地向古蔺前进,诱敌继续向西,主力则突然折向东南,直扑贵阳。这真是任何人也想不到的天才之笔!这时蒋介石又恰在贵阳,大兵都派出去了,在贵阳看家的仅有四个团的兵力,他怎么会不恐慌呢?我在小说《地球的红飘带》里描写到蒋介石被吓得拉稀的事,读者可能以为是艺术夸张;其实不是,那是他的侍从室主任晏道刚提供的真实材料。这时的蒋介石完全如堕五里雾中,既惊恐万状,又惶惑不解,一时判断红军要打贵阳,急令各军返回救驾,一时又判断红军要去湖南与二、六军团会合。其实都不是!毛泽东的最大心愿就是调出滇军,以便向云南转进。果然,那个颇想在蒋介石面前露一手的滇军将领孙渡,不惮风霜之苦星夜赶来。这时的红军只围着贵阳城转了一个弯弯儿,宛如炸了一个大麻花似的直奔云南而去。当蒋介石大梦方醒时,红军已以每日六十公里的速度赶到金沙江边,从容渡江,进入了四川境内。

  这就是四渡赤水的惊心动魄的一幕。四渡赤水不仅在我军战史上是以少胜多,变被动为主动的光辉范例,而且在军事史上也堪称指挥艺术的千古绝唱。毛泽东的高妙处、不凡处,就在一个"奇"字。孙子说"出其不意,攻其不备",这一点已被毛泽东运用得出神入化。因此,敌人纵有千般妙计,万般布置,最后仍不得不落入如来佛的手心之中。蒋介石早年毕业于日本军校,后又任黄埔军校校长,以后又作为一方统帅,与国内各军阀频频交手,又与中共为敌一生,直至逃到台湾为止,打了一辈子仗,搞了一辈子军事,也算得上是一位军事家了。可是若与毛泽东相比,在每次对敌中,毛泽东总要胜他一筹。这是不容否认的事实。当然从根本上说,是战争的性质和军队的本质不同最后决定了胜负。但单从军事的角度说,从智力的高下说,蒋介石比毛泽东似乎也低出很多,颇像一个侏儒站在一个巨人的脚下。因此尽管他手中掌握着绝对优势的数十万数百万人马,却不得不被毛泽东玩弄于股掌之间。虽徒有"不消灭共产党死不瞑目"的壮志,亦不得不老死小岛,饮恨九泉!

  五、团结与斗争的辩证法

  多年前一个春节,我去给一位革命前辈拜年。我看他正立在宽大的书案边挥毫作书。他是一位著名的书法家,字写得很漂亮,正在写着一副大大的对联。上联是"世界是我们的",下联是"做事要大家来"。我越看越觉得这副对联思想深刻,出语不凡。上联实际上讲的是革命者的世界观问题,下联实际上讲的是群众路线的问题。这是两个互相联系的根本问题。我们要革命,要推翻旧世界,创造新世界,就不能不依靠广大群众和一切可以团结的力量,依靠个人或少数人是完全无能为力的。当时我不禁为这副对联的内容深深吸引住了,立刻问:"你这副对联是从哪里来的?作者是谁?"他笑了笑反问道:"你看像是谁?"随后他才告诉我,他最近去了一趟湖南,才发现这副对联的作者不是别人,正是青年时代的毛泽东。于是我立即请这位书法家给我写了一个条幅。虽然直到今天我还没有找到别的旁证,但就其思想本质看,我是确信无疑的了。

联系到日后毛泽东思想的发展看,无论是群众路线的思想还是统一战线的思想,都是毛泽东思想的核心内容之一。即以统一战线思想来说,由于中国革命的丰富实践,毛泽东在统一战线的理论上和策略的运用上,都发展到极高的水平,为马列主义宝库作出了独特的贡献。

毛泽东是一向非常重视统一战线问题的。他在著名的《共产党人发刊词》中,曾经把统一战线、武装斗争和党的建设列为中国共产党战胜敌人的三个法宝,尤其在抗日战争中,毛泽东对抗日民族统一战线的理论指导和各项策略的熟练运用,已成为战胜日本法西斯的重要因素。但是统一战线并不是一个很简单的事物,更不是轻而易举可以处理好的。因为它内部包括复杂的、具有不同利益的、甚至是对立的阶级和政治集团,这就不可避免地存在着联合与斗争两个互相联系着的侧面。如果对这种规律性不认识,或者处理得不正确,就会使统一战线归于破裂和失败。毛泽东在《论政策》一文里曾经总结说:"在第一次大革命后期,是一切联合,否认斗争;而在土地革命后期,则是一切斗争,否认联合(除基本农民以外),实为代表两个极端政策的极明显的例证。而这两个极端的政策,都使党和革命遭受了极大的损失。"尤其是陈独秀的右倾机会主义路线,不仅不敢与资产阶级作斗争,而且处处引导无产阶级适应资产阶级一党一群的私利,结果导致了第一次大革命的失败,其教训是极其沉痛的。毛泽东吸取了这些丰富的历史经验,在抗日战争中对民族内部团结与斗争的问题上,可谓运用得得心应手。其中他制定的两项基本原则,是有决定意义的。其一,毛泽东深知,"抗日战争胜利的基本条件,是抗日统一战线的扩大与巩固。而要达此目的,必须采取发展进步势力、争取中间势力、反对顽固势力的策略,这是不可分离的三个环节，而以斗争为达到团结一切抗日势力的手段。在抗日统一战线时期中，斗争是团结的手段，团结是斗争的目的。以斗争求团结则团结存，以退让求团结则团结亡……"。其二，在同顽固派斗争时，也要注意以下三个原则，即自卫原则、胜利原则、休战原则，也就是毛泽东所说的"有理、有利、有节"。要知道，这两项原则是有很深刻的含义的。从十年内战以及八年抗战的过程来看，代表大地主大资产阶级的反共顽固派，其对民族敌人的态度始终是不坚决的。抗战实现之前，他们则热衷于"剿共"内战，讳言抗日；抗战实现之后，也始终是动动摇摇，后来又一变而为消极抗战，积极反共，甚至准备投降。试想，在这种状况下，如果没有以共产党领导的八路军、新四军为代表的进步势力的壮大，以致成为抗战的中坚力量，则抗战不仅没有前途，而且随时存在着夭折的危险。事实本身也证明，等到八路军、新四军壮大到抗击一半以上的敌军和绝大部分的伪军时，抗战的局面才真正不可逆转了。在与顽固派进行斗争时，为什么又要遵守"有理、有利、有节"的原则呢？这是因为同顽固派的斗争，不仅是为了防御他们的进攻，以便保护进步势力不受损失，并使进步势力继续发展；同时还是为了推动他们继续抗日行动，并保持同他们的合作，避免大内战的发生。回顾八年抗战，在民族矛盾与阶级矛盾互相交织的斗争中，在敌、伪、顽、我犬牙交错的复杂战场上，毛泽东牢牢地驾驶着抗战的航船，既极大地壮大了人民的力量，又避免了抗日统一战线的破裂，这是一个了不起的成就，这不能不说是毛泽东运用辩证法的高度智慧的表现。

　　在抗日战争期间，国民党顽固派，曾发动过两次反共高潮，使抗战的前途出现很大危机。如果不是我党我军正确运用毛泽东确定的上述原则，进行了坚决而又恰当的斗争，神圣的抗战事业就不知道会发生怎样的逆转了。

　　国民党反共顽固派，对我党我军始终是包藏祸心的。统一战线虽然确立，八路军和新四军开上了抗日前线，但他们并不希望我党我军发展壮大，甚至希望我军在优势敌军的打击下被削弱和消灭。这里面自然包含着"借刀杀人"的意味。顽固派认为，他们成百万的大军都被日寇打得溃不成军，一败再败，装备落后的、枪支不全的仅仅十万多人的八路军、新四军怎么能长期坚持呢？但是事情的发展却大大出乎他们的意料。由于我军抗战坚决、纪律严明,政策深得人心,受到敌后人民热烈的拥戴,所以就像滚雪球一般地发展起来。这就引起了国民党顽固派的震惊和嫉恨。反共高潮的掀起,正是他们打击和削弱共产党力量的罪恶企图的赤裸裸的表现。

第一次反共高潮,自1939年冬开始至1940年春迅速扩大。地区从陕甘宁边区周围,直到华北各地。在陕甘宁他们袭占了八路军驻防的五座县城,在山西阎锡山制造了"晋西事变",动用了四个军的兵力向我进攻,在晋西南摧毁了七个县的抗日民主政权,在太行山区国民党97军朱怀冰部频繁制造摩擦,在冀中张荫梧也乘机袭击我军。这种反共逆流,一时竟闹得乌烟瘴气,使根据地受到很大损失。在这种情况下如果我军不给以坚决的斗争,那就不能维持抗战的局面。于是我军根据以斗争求团结的原则和自卫的原则,对最猖狂的顽固分子,分别给以歼灭或驱逐之,使顽固分子得到教训,不敢再轻举妄动。然而我又并不无节制地斗下去,只求适可而止。随后我又派出负责干部与对方谈判议和,签订必要的协定,分区而治。前述各地的矛盾都是这样解决的。这样才使华北抗战的局面稳定下来。

1940年,抗战进入相持阶段。随着汪精卫伪中央政权的成立,日本对国民党政府进行诱降的步伐加紧了。国民党政府在英美绥靖主义的影响下,对抗战已更加动摇,以致发展到日本军方代表与重庆政府代表,在香港和澳门两次进行停战条件的秘密谈判。抗战确实处于极危险的关头。随之而来的,就是国民党顽固派掀起的第二次反共高潮。反共摩擦的重点,逐渐由华北转移到华中。

华中的新四军,其处境的艰难、复杂,比华北的八路军要严峻得多。一是它本身的力量比较小,经过三年游击战争的损耗,仅有万余人,步枪都已陈旧,子弹每人不过几发。有些步枪还是"半截子",是过去为了适应游击环境把枪把锯掉了的。轻机枪只有可怜的几挺。像这样的部队本应给以应有的补充,但国民党总是一再拖延,不给解决。一方面不给解决,一方面又强逼着立即开上前线。从一开始就可看出国民党顽固派包藏的祸心。项英就在一封给毛泽东的电报中说:国民党当局"以命令强迫新四军,显然是将我送到敌区听其自灭,含有借刀杀人的用意"。华中与华北另一个不同的地方,即国民党当局接受了华北的教训。华北方面他的几十万大军席卷而逃,这就给八路军留下了进入和发展机会。而在华中方面,为了限制新四军的发展,他们在划定新四军游击活动地区的周围,早已任命了许多牵制的武装,以监视和限制新四军的发展,这当然不能不给新四军带来巨大的困难。

然而,党中央的方针是明确而坚定的,即在一切敌后地区和战争区域,必须积极发展进步力量。在毛泽东于1940年5月4日为党中央起草的对东南局的指示中说:"这种发展的方针,中央曾多次给你们指出来了。所谓发展,就是不受国民党的限制,超越国民党所能允许的范围,不要别人委任,不靠上级发饷,独立自主地放手地扩大军队,坚决地建立根据地,在这种根据地上独立自主地发动群众,建立共产党领导的抗日统一战线的政权,向一切敌人占领区域发展。例如在江苏境内,应不顾顾祝同、冷欣、韩德勤等反共分子的批评、限制和压迫,西起南京,东至海边,南至杭州,北至徐州,尽可能迅速地并有步骤有计划地将一切可能控制的区域控制在我们手中……"毛泽东起草的这个指示,是发给东南局的。为什么要单单向东南局发出这项指示呢?因为东南局的书记项英本身存在着严重的右倾观点。他受了王明"一切经过统一战线,一切服从统一战线"的思想影响,前怕狼后怕虎,对中央的方针犹犹豫豫、动动摇摇,不敢放手发动群众,不敢在日本的占领区扩大解放区和人民军队,惟恐违反了国民党的政令、军令,受到国民党的指责,影响到统一战线。反之,对国民党发动进攻的严重性则认识不足,因而缺乏对付这种反动进攻的精神上和组织上的准备。中央这个指示到达后,项英仍然不愿执行。对国民党顽固派可能发动的进攻,仍然不作准备。以致在1941年1月蒋介石发动皖南事变时处于软弱无能的地位,使新四军总部及以下九千多人遭受覆灭。叶挺军长被俘,项英本人也被打死,造成了抗战史上最大的民族悲剧。这是国民党顽固派背叛民族利益、破坏抗战、消灭异己的罪恶的铁证。对我党来说,其教训是极为沉痛的。

而当时任东南局委员、新四军第一支队长的陈毅同志,却完全是另一种做法。他对中央的方针不仅竭诚拥护,而且领会得很深。从一开始他就认为,不能依赖国民党的补充,必须依靠自己的力量到敌后去解决,去发展。他的第一个目标是东进,即越过长江进入江南敌后。他以"寇能往,我亦能往"的豪气,动员部下,首先派出以粟裕为首的先遣队进入苏南的高淳。随后他本人也进入江南的茅山地区。粟裕进入江南沦陷区不数日,即在镇江西南的韦岗附近,伏击了日军从镇江开往南京的一个车队,首战告捷。这虽是一个小小的胜仗,但却震动了江南。因为周围国民党虽有正规军数万去而复来,但都住在沦陷区边缘,号称五万之众的国民党特务武装忠义救国军虽进入敌后,但都不敢与日军交手。所以新四军虽只取得了一个小胜,江南沦陷的老百姓却从新四军的身上看到了真正的希望。此后又取得了一连串的胜利,新四军的威望越来越高,很快便取得了人民信任,从而站住了脚跟。茅山根据地就这样逐渐发展起来。

但是国民党当局给江南新四军划定的活动区域,只是京沪铁路以南——东西不过百余公里,南北仅有五六十公里的一块狭长地带。且境内敌寇据点密布,交通发达,回旋余地十分有限。事实上等于对新四军画地为牢,使其早晚自生自灭。早在1940年5月4日给项英的指示信中,毛泽东就曾明确指出:"在茅山根据地大体建立起来之后,还应分兵一部进入苏州、镇江、吴淞三角地区去,再分一部渡江进入江北地区。"这一指示深合陈毅的心意,并从中领会到一个重要的战略意图,即从长江南北两面向东发展,夹江而阵,正好扼住华中日军运输兵员、运输掠夺物资的咽喉。由此,陈毅决心向江北发展,把进军苏北作为自己的第二个目标。

但是,江北的局面是复杂的。除了日伪军占据了各水陆要冲外,有国民党系统的江苏省代理主席、鲁苏战区副总司令兼24集团军司令韩德勤的七万人,还有苏鲁皖游击总指挥部的正副总指挥李明扬、李长江(人称"两李")的三万人。此外还有孔祥熙、宋子文系统的税警总团共三个团。其中韩德勤是主要的反共顽固势力,他从不积极抗日,日军一般不向他进攻,而把主要精力放在摧残抗日力量上。"两李"则实际上是中间力量,他们既与韩德勤有矛盾,也对新四军深怀戒心。陈毅经过分析,认为如欲在苏北发展,必须确立灭敌、联李、反韩的方针。而尤以联李为其中的重要一环。

当时,"两李"的部队分驻在泰州一线,处在我挺进纵队与韩德勤部队之间，正是新四军到江北向东发展的大路旁。与"两李"的关系搞好，不仅可以减少摩擦，且可以作为顽我之间的缓冲。为此，陈毅曾两进泰州，主动做好宣传团结工作。正好这时李明扬有求于我，他通过老友向三战区要来一批子弹，却无力运输。韩德勤曾帮助他运过一小批，不知是谁从中掉包，运到的子弹都不能用，李明扬只好转托陈毅。从远在浙皖交界处的三战区弹药库运到江北，要穿过整个苏南地区，要通过公路、运河、铁路、长江等多道日军封锁线，除了新四军是办不了这件事的。陈毅遇此请求，立即慷慨答应，并予以圆满实现。李明扬得到弹药，自然大为高兴，觉得新四军不仅有能力，而且有诚意，双方关系大为改善。陈毅在取得"两李"的谅解后，即派以陶勇为首的部队西入扬州、天长、六合、仪征地区活动，叶飞率主力进入江北的大桥、吴家桥一线。至此，已经初步奠定了向北发展的基础。但是，其间发生过一点小小的曲折。由于挺进纵队领导大做争取"两李"部下的工作，事机不密，引起"两李"的反感，再加上韩德勤的极力挑拨，于是发生了"两李"向我驻郭村部队乘虚进攻的不幸事件。由于挺进纵队打得英勇顽强，以两个主力营横扫敌垒，消灭"两李"部队三个团部，打下宜陵，"两李"才被迫全线退却至塘头一带。此时，我军本可乘势直捣泰州，但陈毅考虑到，如果这样，则很可能促使"两李"同韩德勤进一步联合，对我今后发展壮大甚为不利。于是在攻克塘头，进至距泰州七里处的面粉厂时，毅然收兵。"两李"得知我军本可轻取泰州而不入时，大喜过望。随后我军又主动送还两千余名战俘及全部枪支，并归还原属"两李"防区的郭村、塘头等地，只要求"两李"让路助我东进。"两李"对此极为感激。陈毅与粟裕为了集中东进兵力，又向"两李"投下了一着高棋，即在部队东进之后，愿将每月可收税务五万元的吴家桥一带我方根据地让给"两李"。此举内部虽有不同意见，但实际上我军东进后不分兵把守吴家桥，而将后方与伤员委托"两李"保护，无疑请"两李"替我看家，大有利于对韩决战。对"两李"来说，既可增加税收，还可把新四军送走，何乐不为！遂欣然同意，协助我军东进黄桥。1940年7月25日，陈毅决然率部东进。在经过"两李"防区时，"两李"部队如约让路，对空鸣枪，向韩德勤报告"在缪湾一带发生激战"，"新四军伤亡惨重，一部绕道东去"。陈毅用尽心机争取团结中间力量于此得到了报偿。

陈毅的东进是为了冲破蒋介石困死新四军的牢笼,全军士气高昂,加上"两李"之助,进展顺利,一举占领黄桥。黄桥地区是泰县、泰兴、靖江、如皋等县的中心,在此处建立根据地,东可向南通、海门敌占区挺进,北可与八路军对进打成一片,也可与江南部队策应,掌握长江通道。而且此处物产丰富,人口稠密,税收充盈,为日后的发展奠定了基础。

韩德勤是苏北最顽固的反共势力头子。他多次受蒋密计消灭新四军。蒋介石为了鼓励他的反共积极性,还在重庆召见他,把他的代理省主席正式任命为江苏省主席。陈毅的进占黄桥,岂是他能够容忍的?所以在新四军占领黄桥之后不久,他即动员了二十余个团向我进攻,同时,还开始了粮食封锁,不准海安、泰州一线以北粮食南运。在韩军向我进攻的同时,日军也在路东向我"扫荡",双方的行动显然颇为默契。但是韩军的这次进攻并未成功,我也因为诱敌深入不够,仅歼其两个团。韩军见我军势盛,即逃遁缩回。这时韩德勤才认识到新四军力量的强大,不集中大的军力是不能决战的。于是他在经过一段紧张的准备工作之后,动员了四到五个旅及炮兵部队,加上各保安旅及"两李"陈泰运的部队共二十六个团三万余人,企图将孤悬于江北的陈毅部"一鼓而荡平之"。

韩德勤为了师出有名,在进攻前首先提出了要我军退出重镇姜堰;姜堰税收丰足,他估计我是不会退出的。但是陈毅为了争取中间势力的同情,却真的将姜堰让与"两李"。这一着不仅出乎韩德勤的意外,也出乎各界人士的意外。但韩德勤的进攻计划是确定了的,并不因新四军退出姜堰而停止下来。这一来彻底暴露了韩德勤的真面目,引起各界人士的极大义愤。中间派人士韩国钧说:"贼子无信,天必殛之!"很想当江苏省主席的李明扬也给蒋介石打电报说:"苏北局势日非,措置未免有失当之处。恳即派大员来坐镇,力求改善,挽救危局,否则将不堪闻问矣!"

可是,一切呼吁都制止不住韩德勤的野心,自10月3日开始,进攻黄桥的作战还是打响了。其右路军为"两李"和陈泰运的部队,韩德勤既用十万元拉拢,复用高压手段令其向黄桥以西进攻;左路则由五个保安旅担任,进击黄桥东南;中路则由韩军的一万三千人作为主力，攻击黄桥北面。同时，日寇也加强了沿江封锁，顽军则劫走船只，不让我军"逃往江南"。历史上被称为的"黄桥决战"，是抗战开始以来规模最大的一次反摩擦作战。

　　与进攻兵力相比，我驻守黄桥的部队则远远居于劣势。尤其是回旋余地狭小，不易发挥我军运动的特长。这个作战方案是相当难以制定的。但是，在陈毅、粟裕与钟期光、叶飞、王必成、陶勇诸将的精心策划下，终于制定了以黄桥为轴心，诱敌深入，各个击破，以独六旅为首歼对象的作战计划。尤其出敌意外的是，以四分之三的兵力（近六千人）作为机动突击力量；以四分之一的兵力（不足两千人）驻守黄桥。战斗开始后，由于我军指挥高妙，将士浴血奋战，不到数小时即将敌独六旅歼灭，旅长翁达中将自杀。随后我军三个纵队将89军的一万之众逐步包围，经过反复恶战，终于将敌大部歼灭。其中将军长李守维在突围中被乱兵拥于河中淹死。此役韩军主力89军及独六旅共被歼十二个团，连同保安旅，共歼顽军一万一千余人。韩德勤这次气势汹汹所谓"一鼓荡平"的进攻，于此彻底失败。韩德勤从东台逃入兴化水网地区，一面增修工事，一面托韩国钧前来求和。中央根据全国形势，认为对韩暂时不宜采取彻底消灭的政策，免得国共关系严重恶化。这次摩擦就这样停了下来。

　　以上事例，在《陈毅传》中都有详尽而生动的记述。从陈毅同志东进北上的一系列活动中，不仅看出他对毛泽东制定的发展进步势力、争取中间势力、孤立顽固势力等方针深刻领会和运用的艺术，而且看出这些原则是何等地正确！假若不是这样，怎么会有华中抗战的局面呢？又怎么会有日后那么一支强大的华东野战军呢？

六、以革命的两手对付反革命的两手

　　作为一个革命的领导者，尤其是无产阶级革命的领导人，我觉得至少要具有两个重要的品质：其一，是目标始终如一，有如钢铁般的坚定，不为任何强敌所屈服；其二，还要有一双火眼金睛般的慧眼，能够识破一切阴谋诡计，不为敌人的任何花招所欺骗，这样才能使革命的航船达到胜利的彼岸。在这两种品质上我最佩服的是毛泽东和鲁迅。这不是说别的革命家身上不具备这两种品质，而是说上述两个人是其中最杰出的典型。

有人可能以为,上述第一种品质的确是不简单的,至于说第二种品质——不受敌人的欺骗,岂不是很简单吗?一个革命家,一个革命的领导人怎么还会受敌人的欺骗呢?其实不然,在历史上因上当受骗而失败者,并不罕见,即使足智多谋、精明过人之士亦在所难免。例如石达开,可以说是太平天国杰出的名将了,当他在大渡河边处于绝境之际,他本想投水自尽,但他忽然转念一想,自己固不惜一死,而这些部卒随自己多年,落到今日这般田地却如之何!清廷今日步步紧逼,无非是要自己的头颅,如能以自己的头颅换取部属的生存则未尝不是一个办法。遂修书敌营要求谈判。敌将立刻表示同意他的要求,可以到洗马姑共商善后。石达开信了这话,第二天就带了几个人前去谈判,还未到达洗马姑即被生擒,剩下的数千部卒竟全被坑杀,无一幸免。和敌人战斗了一生的名将竟落到这个下场,真令人可叹!汉朝有一位开国的元帅韩信,可说是一位无人不知的"智多星"了。他一生打了那么多胜仗,献出了那么多妙计,但最后却被吕后与萧何设计诱入宫中斩首,最后还叹息说:"吾不用蒯通计,反为女子所诈,岂非天哉!"可见人是很容易受骗的。中国近代史上的蒋介石,那是一个最阴险、最毒辣,也是一个诡计多端最善于骗人的家伙,与他同时代的军阀,差不多全被他用武力征服,或用分化、收买、利诱等手段一个个地消除了。可以说除了共产党没有被他搞垮以外,在这一点上没有谁顶得过他。

　　回顾历史,日本投降后的时局,是最为扑朔迷离、前途难测的。在中国人的面前,有如隔着一道浓重的雾障,或者难知的深渊。抗战之初,由于外来的灾难笼罩在整个中华民族的头上,民族的矛盾超过了国内的阶级矛盾,这就构成了以国共合作为中心的各阶级团结抗日的共同政治基础。现在日本投降了,这个矛盾已经解决了,其共同合作抗敌的基础已不复存在。那么在这种新的情况下,国共两党究竟是战是和,首先这一点人们还看不清楚。按人心所向说,全国人民都是愿意和平的。试想,这一场旷日持久的抗战进行了整整八年,人民遭受了何等惨重的损失!尤其处于抗日第一线的,几乎无时无刻不和敌寇进行着犬牙交错斗争的解放区人民,有的地方简直成了"女儿国"了。他们更是迫不及待地渴望着和平。但是和平能否实现,则不在于人民的主观愿望,而在于国民党当局。其次,中国究竟要向何处去,人们更看不清楚。和平建国的口号不错,但是要建一个什么样的国家呢?是建立一个新型的、无产阶级领导的人民大众的新民主主义国家呢,还是仍旧回到大地主大资产阶级专政的半殖民地半封建的国家呢?这又是一个未知数。其三,是对当时的美国看不清楚。美国一方面大喊和平,一方面又用大量武器武装国民党军队,他们究竟是何居心呢?因为对以上几个问题看不清楚,所以在中国人民的心头上普遍笼罩着重重疑云。

然而,这时毛泽东的头脑却是最为清醒的。我想这里加个"最"字绝不过分的,因为这一切都已为历史证明。日本于 1945 年 8 月 15 日宣布无条件投降。8 月 13 日毛泽东在延安召开了一个干部会,并发表了演说,也就是后来发表在《毛泽东选集》第 4 卷的第一篇文章,即《抗日战争胜利后的时局和我们的方针》。这篇文章对当时的时局和方针作了最透彻的说明。现在看,要透过历史的迷雾和一切假象,真正看清问题的实质和前进的道路,其中最核心的问题,是认清敌人的本质。反之,如果在这个关键问题上认识模糊或发生偏差,那么对其余的问题就不会有正确的答案了。对于国民党反动派,对于蒋介石,毛泽东是怎样认识的呢?他在讲话里说:"对于蒋介石发动内战的阴谋,我党所采取的方针是明确的和一贯的,这就是坚决反对内战,不赞成内战,要阻止内战……但是,必须清醒地看到,内战危险是十分严重的,因为蒋介石的方针已经定了。按照蒋介石的方针,是要打内战的。"因为毛泽东明确无误地看破了这一点,所以正确的方针也就定下来了,这就是"针锋相对,寸土必争"。按照毛泽东形象的说法,就是"现在蒋介石已经在磨刀了,因此,我们也要磨刀"。而且他还特别警告说:"这个时期如果有机会主义的话,那就是不力争,自愿地把人民应得的果实送给蒋介石。"

日本投降后,第一件不祥和颇出人意料的事,就是蒋介石竟下令不准在敌后血战八年的八路军、新四军向日伪军受降,而要等远居大后方的"国军",坐着飞机、轮船、火车赶来受降,这显然就是内战爆发的信号。这种蛮横无理的、违反一般常情常理的命令,当然不能不激起解放区广大军民的愤慨。但是,即使他们坐上火箭来,也难以及时赶到。于是蒋介石就来了第二个花招,即施放和平烟幕,连续发出三封电报,邀请毛泽东前去重庆谈判。然而,这种非同小可的行动,究竟真意何在呢?是真正意在共商建国大计呢,还是大规模内战未部署好,先来一个缓兵之计呢?从解放区的军民说,从党内到党外,可以说百分之九十以上的人是不同意毛泽东到重庆去参加这种极为冒险的行动的。因为蒋介石是极为阴险的,过去曾不止一次软禁和扣押自己的"政敌"。李济深和胡汉民都被他扣押过。可是,作为一个伟大的政治家,作为共产党的领袖,对这种关系全民族命运,关系到全世界视听的大事,则不能不衡量周全。衡量的结果还是以去为上策。且不说在当时全国各方的压力下,还有一线争取暂时和平的希望,即使对方是缓兵之计,也还是要去。因为全国人民都在热切地渴望和平,如果共产党不响应这个邀请,蒋介石就会把拒绝和平的责任很轻易地推到共产党的头上。自然这事包含着极大风险,但即使狼窟虎穴,也得挺身而入。因此,毛泽东以大无畏的英雄气概,毅然决定飞往重庆。当时著名诗人柳亚子曾在欢迎毛泽东到重庆的诗中,称赞毛泽东的行动为"弥天大勇"。随着毛泽东到重庆,很快就暴露出蒋介石的邀请不过是一个骗局。因为他们对所谓和平谈判,什么准备也没有做,一个方案也提不出来,原因很简单,他们原来估计,毛泽东根本就不会来,也不敢来,这样他们就师出有名,可以大打出手了。现在毛泽东竟然以单刀赴会的精神出现在重庆,他们自然就手足无措了。所以最初几天谈判,不过虚与委蛇,拖延时间罢了。后来他们又让共产党方面提出谈判方案。从我方来说,既然来了,总还是尽力争取以便有所收获。所以这场谈判竟持续了四十三天。我党在维护人民根本利益的原则下,也作了一些让步,同意让出广东、浙江、苏南、皖南、皖中、湖南、湖北、河南(豫北除外)等八个解放区;同意按比例缩编我们的部队。国民党的部队官多兵少,照他们的编法,我们一百二十万人的军队,可以编为二百个师,但我们不这样提。我们最后提出,如果国民党真的肯把他的军队缩编的话,我们可以把解放军编为二十个师,只占全国军队的七分之一。从我方来说,应该说是已经作了很大的牺牲,但是由于国民党的目的是要根本消灭解放区和解放军,所以关于解放区和军队的问题,始终没有达成协议。尽管如此,但总算有了一点收获,签订了一个《双十协定》。毛泽东在《关于重庆谈判》中说:"'针锋相对',要看形势。有时候不去谈,是针锋相对;有时候去谈,也是针锋相对。"我们以后把这个总结为"以革命的两手对付反革命的两手"。这次重庆谈判,就是以真和平击破假和平的政治斗争。实践证明,这一次的斗争是非常成功的,不但击破了国民党说共产党不要和平、不要团结的谣言,而且使国民党被迫承认了和平团结的方针。尤其是在全国人民为战与和惴惴不安的历史关头,毛泽东出现在重庆,在全国人民的心目中树起了中国共产党光明磊落忠于民族的崇高形象。在政治方面的收获上,无疑是一个重大的胜利。

在重庆双方握手言欢。进行谈判的时候,毛泽东和党中央丝毫也没有放松警惕进攻解放区的枪声。毛泽东是在 8 月 28 日飞抵重庆的。就在他到达重庆的第二天,蒋介石就密令各战区印发他在 1933 年所编写的《剿匪手本》。9 月 17 日,蒋介石又密令送发这些手本。同时,国民党军阎锡山部对我晋冀鲁豫解放区上党地区的进攻也在 9 月间开始了。这个阎锡山自太原陷落后,长期躲在黄河彼岸的吉县秋镇一带,这时却气势汹汹地出动了十三个师,在日伪军的配合下,先后自临汾、浮山、翼城和太原、榆次出发向我进攻,占领了襄垣、长治、屯留、潞城和壶关等地。有名的上党战役也就从此展开。然而,毛泽东对此早有所预料,他在飞往重庆之前,就嘱咐在延安的刘伯承、邓小平说:"你们到前方去,放手打就是了。不要担心我在重庆的安全问题,你们打得越好,我越安全,谈得越好。"所以上党战役在刘、邓的指挥下,打得相当漂亮,尽管各部队都是从游击环境中仓促集中,装备也很差,但由于全军将士同仇敌忾,刘伯承又作了精细的战术指示,从 9 月 10 日到 10 月 12 日,我上党解放区军民终于打败了进犯的国民党阎锡山军队,共歼灭敌人十三个师三万八千人中的三万五千人,击毙国民党第 7 集团军副总司令彭毓斌,其 19 军军长史泽波也被我生俘。在此之前,《双十协定》本来已经商妥,但国民党当局仍拖延不肯签字,直到阎军在上党彻底覆灭,也就是 10 月 12 日才正式公布。历史上的有些事件也真是有趣,这两个 10 月 12 日绝不是巧合。

毛泽东在《关于重庆谈判》中,还有一句有名的话:"已经达成的协议,还只是纸上的东西。纸上的东西并不等于现实的东西。"这话一点不错。《双十协定》已在 10 月 12 日堂而皇之地公布了,而 13 日蒋介石又对其部下颁发了"剿匪"密令,要他的将领遵照他的《剿匪手本》,"督励所属",对解放区"努力进剿","迅速达成任务"。于是,在10月底就爆发了有名的邯郸大战。对解放区的命运来说,邯郸战役也是关键性的一仗。上党战役后,胡宗南的先头两个军经同蒲路、正太路,进抵石家庄,其后续部队已到达晋南闻喜。与此同时,其另一路大军——孙连仲部的30军、40军和新8军也自新乡出发,沿平汉路北犯,妄想在十天左右到达石家庄与胡部会师。其后续部队四个军业已到达新乡。敌人的目的如果得逞,不仅等于打开了解放区的南大门,而且等于进入华北解放区的腹地。敌人的总兵力约七万余人,且装备好,久经训练,刘邓集结起来的兵不过六万人。他们究竟能否顶得住这股向北涌来的祸水,全国人民无不为之担心。但是,这一仗也打得十分漂亮,刘邓不仅成功地争取了11战区副司令长官高树勋将军率新8军及河北民军万余人起义,而且将40军、30军全部歼灭,其指挥官第11战区副司令长官马法五等也被生俘。邯郸北面有一个小车站叫"黄粱梦",附近还有一个卢生和吕翁的庙。传说中的"黄粱梦"的故事就发生在这里。故事说唐代有一个卢生,在邯郸一家客店里昼寝入梦,历尽了一生荣华富贵,醒来时却黄粱未熟。蒋介石的七万大军在此彻底覆灭,不过是再一出"黄粱梦"的重演而已。

回顾日本投降后,围绕着重庆谈判所进行的严重斗争,可以说是毛泽东以革命的两手对付反革命两手的典范,对我国人民和每一个革命者都是有深刻启示的,而且是有长期的教育意义的。只要革命的敌人还存在,斗争就不会止息。敌人或以武力征服的方式迫使人民屈服,或以花样繁多的政治欺骗迫使革命者就范,这两种方式是会交替使用的。能用武力征服者则征服之,暂时难以征服者则欺骗之,至于哪种手段合算,则依据当时的形势。回想二次世界大战后的历史不正是这样的吗?对待北朝鲜,对待越南,对待巴拿马,对待伊拉克,帝国主义不就是以武力征服的方式吗?对待东欧、对待苏联,对待中国,近年来不是以和平演变的战略企图不战而胜,并在某些国家获得了相当大的成功吗?难道这些不值得警惕吗?难道毛泽东以革命的两手对付反革命两手的深刻思想不值得我们好好地重温吗?我在上面提到,要正确运用革命的两手对付敌人反革命的两手,关键是对敌人反革命的本质应有深刻的认识。有人认为今天帝国主义的本性已经改变了,资本主义的本性也变得比以前善良可爱了,世界上已经没有敌人了,那怎么还谈得上以革命的两手对付反革命的两手呢?大家知道,近几年出现了一个名叫千家驹的名人,他就是这样主张的,甚至他公然嘲笑"帝国主义亡我之心不死"的话,难怪他公然主张"惟有和平演变才能救中国"了。这样的人,近年来确实出现了不少,我曾说过,如果将来帝国主义打进来,这种人是肯定要当汉奸的。我说的话决不会冤枉他们,因为他们已经是帝国主义和平演变战略的冲锋队员了。

七、伟大战略家的主要智慧是什么

中国人民的解放战争,即第三次国内革命战争,其发展进程之迅速,是超出我们的预料的。战争之初,双方力量的对比虽和十年内战时有很大不同,但仍然相当悬殊。我方当时有军队一百二十七万人,民兵二百多万人,并拥有一亿人口的解放区。但军队多从分散的游击环境下刚刚集中起来,缺乏训练,装备尤其落后。而蒋介石方面,其总兵力则有四百三十万人,由于接收了日本侵华军队一百万人的全部装备,尤其是得到美国的大量援助,其装备已大大加强。在八十六个整编师(相当于军)中,有二十二个师为美械和半美械装备。此外还拥有大量的炮兵和一定数量的飞机、军舰和坦克。在人力物力方面实力也比我们雄厚得多,并拥有百分之七十六的土地和百分之七十一的人口,以及全国的大城市和交通线。特别是还得到美国在军事和经济上的全面援助。仅1946年上半年,美国对国民党政府即给予了十三点三亿美元的物资,为抗战期间援华物资总数的两倍。在这种双方力量对比相当悬殊的形势下,难怪蒋介石的野心大大膨胀起来,其气焰简直高到天上去了,竟企图在三至六个月内首先消灭关内我军,然后再解决东北问题。于是空前激烈的全面内战就此展开。

然而,战争的进程如何呢?事实上不仅大大出乎蒋介石的预料,出乎美国人的预料,也出乎我们自己的预料。毛泽东在1948年11月发表的《中国军事形势的重大变化》中说:"这样,就使我们原来预计的战争进程,大为缩短。原来预计,从一九四六年七月起,大约需要五年左右时间,便可能从根本上打倒国民党反动政府。现在看来,只需从现时起,再有一年左右的时间,就可能将国民党反动政府从根本上打倒了。"这话一点不错。不过两个多月,即1949年2月3日,我军就在北平举行了庄严的入城式,随后中共中央的机关和人民解放军总部也进入了北平。又过了两个多月,即4月23日,我军占领南京,标志着蒋介石国民党二十二年的反动统治从此宣告灭亡。从蒋介石发动全面内战的1946年7月到我军占领南京,还不到三年时间;从我军1947年3月19日退出延安到我军占领南京,刚刚两年时间;从我军主动放弃张家口到我军再次解放张家口,也是两年时间。在如此短的时间内,就击败了美帝国主义全力支持的蒋家王朝,战争进程如此地迅速和顺利,战果又是如此的辉煌,这不是人类战争史上的奇迹吗?

但是,出现这种奇迹的原因何在呢?从总的方面说,这是由于我党的高度成熟,其标志就是毛泽东思想的高度水平以及全党在毛泽东思想上的团结和统一。表现在军事上,不仅毛泽东的指挥艺术得到天才的发挥,即各大战略区的领导人,也都在"集中优势兵力,各个歼灭敌人"的统一思想下,指挥大兵团作战,做到得心应手。战争的第一年,敌军即被我歼灭一百一十二万人。以后又逐年增多,以致最后全部覆灭。我们又何以能做到这一点呢?毛泽东同志说:战争的伟力之最深厚的根源,存在于民众之中。可以说,在解放战争中,这种人民战争的伟力,是最集中、最有力、最高度地发挥出来了。这才是解放战争胜利的真正的源泉。

陈毅元帅曾很感慨地说过:我们的胜利是老百姓用小车推出来的。这是身历其境的高级指挥员深有所感的话。试想,百万大军开到前方,一无火车,二无汽车,那些数量庞大的粮食弹药,是依靠谁来运输的呢?在华东平原上不就是靠老百姓的千千万万辆的小车吗?没有这些老百姓的小车,淮海战役能够进行吗?其他战场又何尝不是如此!聂荣臻元帅在其回忆录中也说到平津战役中华北人民支援前线的动人情景:"那时候,正值隆冬,冰天雪地,他们听说要解放北平、天津、张家口,立即掀起了支援前线的热潮。那情景真是非常感人,非常壮观!当我从孙庄去孟家楼平津战役指挥部的时候,一路上看到成千上万的人民群众和广大民兵,赶着满载物资的大车,不分昼夜地朝北平、天津方向前进,真是前不见头,后不见尾,一眼看不到边呵!我还得知大清河两岸的人民群众,昼夜组织四万多人参加突击破冰队,两天内砸开了一百多里冰河,使白洋淀和大清河两岸的船只,能够将物资源源不断地送往前线。"其实,在整个解放战争期间,都是如此。随着部队野战远征,攻城夺地,便有成千上万的民工跟随其后,有的扛着担架,有的牵着骡马,有的赶着大车,大车上拉着丈把高的云梯,一路上欢歌笑语,声震四野。有的甚至随军转战数月不归。这种景象一直持续到抗美援朝期间。笔者在朝鲜,就看到有不少东北民工也伴随大军来到异国战场。他们戴着大皮帽子,扛着担架,背着粮食,冒着敌机轰炸,行进在冰天雪地之中。据统计,自1946年7月至1948年9月,山东有五百八十万民工支援前线,冀中有四百八十余万民工支援前线,有的曾随大军转战万里,走过四十余县。其他战场也莫不如是。这些民工,他们都是普通农民:一不要报酬,二不避艰险,抛家离子,将生死置之度外,情绪还那样愉快,这种景象在战争史上实属罕见。值得思考的是,他们何以有如此高昂、持久不衰的革命积极性呢?这种积极性又是从何而来的呢?

至于说军队,军队也是穿军服的农民。解放战争,其战争规模之大,战争之残酷和损耗之多,都大大超过抗日战争。部队如果没有及时大量的补充,那是难以支持的。可喜的是,农民参军的热情异常高涨,且觉悟程度很高。华北解放区就有成百万农民参军,东北有一百六十万农民参军,使我军源源不断地得到补充和不断地扩大。不言而喻,这同农民对战争的态度是密切联系着的,同农民高涨的革命热情是联系着的。问题是他们何以迸发出如此高的革命积极性呢?原因正是由于解放区普遍实行了彻底的土地改革,使广大贫雇农分得了土地,这才唤醒了他们深厚无比的革命潜力,以令人目眩的姿态,升华在为自身利益而战的战争之中,这正是解放战争迅速胜利的秘密所在。

结束了存在数千年的封建剥削制度,这是中国历史上一件了不起的伟业。在近代,统治中国的封建势力又同帝国主义与买办资本相勾结,是中国贫穷落后、衰弱不振、为列强肆意侵凌的真正根源。这一伟业的完成,使这个根源从根本上消除了。而完成这项伟业的不是别人,正是毛泽东领导的中国共产党。在过去的中国历史上,许多仁人志士,圣贤豪杰,他们说了无数"仁爱""爱人"的话,都不过是一些无济于事的空话。伟大的革命先行者孙中山先生提出了"平均地权""耕者有其田"的主张,既来不及实现也无法实现,因为他那个党的基础就有相当大的地主豪绅势力,他的理想怎么能够付诸实现呢?因此,真正把土地无偿地分到广大农民手中,使广大农民得到真实利益的,只有共产党。所以,难怪中国共产党和毛泽东在农民的心目中有那样崇高的威望和深厚的感情。中国共产党在中国大地上所扎下的深根,可以说是任何政党都无法比拟的。

土地改革制度的完成,在中国历史上是应当给予高度评价的。第一,是摧毁封建制度的彻底性。凡是无地和少地的贫雇农,都无偿地得到了一份不少于平均数的土地,而地主的土地则被没收,没收后也分得了一份平均数的土地;第二,在土改进程中,一些地区虽发生过右倾和"左倾"的错误,但都予以纠正,做到了不侵犯中农的利益;第三,严格遵守新民主主义革命的界限,在土改中不得侵犯工商业者的利益,包括地主经营的工商业的部分;第四,土改进行的基本方法,不是由政府没收地主土地分给农民的"恩赐"办法,而是在党的领导下,依靠贫农团结中农向地主进行说理斗争。实践证明,这种方法是正确的,不仅使农民翻了身,也使农民翻了心。而实行"恩赐"的办法,则不能起到真正发动群众的作用,往往形势略有变化,农民就把分得的土地送还地主。其他国家的土地改革就有这样的情况出现。这项经过群众斗争进行土改的方法,可以说是中国共产党的独特创造。

长达二十二年的中国新民主主义革命,在世界的资产阶级民主革命中,究竟应居于何种地位,它有什么优点和特长,这是值得研究的一个问题。过去一向认为,法国大革命是资产阶级民主革命中最彻底的,被大家视为资产阶级民主革命的典范。如果单就土地革命这一点作比较,则我认为比起中国土地改革的彻底性未免逊色。法国的资产阶级革命领导者,一开始在1790年6月,规定把没收来的地产分大块出售,地价四年内付清。农民买不起地,土地绝大部分落入大资产阶级手中。1793年6月,雅各宾派执政后,国民工会通过法令,将没收的逃亡者的土地分块出售,地价分十年偿还。虽然一些贫苦农民也得到一些土地,但政府主要优待那些能够立即付清全部地价的赎买者,从而有利于富有者。6月10日,又颁布了第二个土地法令,规定把二百年来从农村公社夺来的土地归还农民,按人口进行分配。7月17日,第三个土地法令规定无条件废除一切封建特权,豁免农民一切义务,焚毁封建文据和其他契约。1794年,在击溃欧洲反动势力的围攻之后,雅各宾派认为他们的主要任务是巩固资产阶级的共和国,因此再也提不出团结广大劳动群众的政策了。2月间颁布的"风月令",规定没收人民公敌的财产,分给无产的爱国者,但这个法令迟迟没有实施。农村贫民的均产要求和限制大地产的要求也未能得到满足。从出售国有财产中得到好处的,主要是买得大部分土地的富裕的上层农民。这正是资产阶级革命的不彻底处。

本文上面谈了很长一段关于中国土地革命的问题,这与毛泽东的大智是否有关联呢?这正是笔者所要阐述的。

一个伟大的革命战略家,他的主要智慧应当表现在何处呢?依我看,其主要智慧不在于他对社会中的某个局部问题或某个方面有所发现,而在于他对当代社会的基本矛盾有深刻的认识和掌握。也就是说,他在总的客观规律中,能够掌握住其中影响全局、决定全局的根本问题。毛泽东就是这样的革命战略家。例如,在第一次国内革命期间,他就认识到中国革命的基本问题是农民问题,而农民的根本问题是土地问题。如果不解决土地问题,不将农民发动起来,则一切问题的解决都是做不到的。这正是毛泽东同陈独秀右倾机会主义的主要分歧。它表明,毛泽东对中国民主革命的基本问题已经掌握住了。如果不是这样,在革命形势逆转的情况下,他何以会走井冈山的道路,并逐步形成以农村包围城市的独特路线呢?因此,在十年内战期间,革命的主要斗争形式是武装斗争,而其内容则是土地革命。抗日战争发生,民族的矛盾超过了阶级矛盾,实现了国共合作的统一战线,土地革命宣告中止。但毛泽东并没有忘记农民,改而实行减租减息以减轻农民负担的政策。实践证明,这是完全正确的。国统区和解放区就是个鲜明的对照。在国统区,广大农民在封建地主及官僚势力的重压下,奄奄一息,只有用抓壮丁的办法,把他们绳绑索捆地送上前线,甚至在前线的牺牲者中,还发现有被捆绑者的惨事。而在敌后的解放区,由于农民过上了民主生活,经过减租减息,他们的生活得到初步改善,从而焕发出巨大的革命精力,地雷战、地道战、麻雀战等人民战争的奇观,正是从这种政策的基础上绽放的花朵。日本投降后,随着内战的迫近,在1945年的12月间,毛泽东即发出"各地务必在一九四六年,在一切新解放区,发动大规模的、群众性的、但是有领导的减租减息运动。工人则酌量增加工资"。随着解放战争的全面展开,土地改革也逐渐深入地展开了。在刘少奇同志的主持下,召开了全国土地会议,制定了《中国土地法大纲》,要求按人口平均分配土地。毛泽东着重指出:"全党必须明白,土地制度的彻底改革,是现阶段中国革命的一项基本任务。如果我们能够普遍地彻底地解决土地问题,我们就获得了足以战胜一切敌人的最基本的条件。"全国胜利后,在一切新解放区又有秩序地展开了全面的土地改革,笔者在朝鲜战场上看到源源不绝地涌向志愿军行列的新战士中,就有相当大的部分是实行土改后的年轻人。这些人生气勃勃,斗志高昂,在战斗中表现得相当勇敢。以黄继光为例,他就是土改后从四川新区参军的。他牺牲时才二十一岁,参军还不到一年。在上甘岭上,他面对着祖国慰问团的亲人说:"请你们听我的胜利消息吧!"说完,就拿着爆破筒扑上了敌人的枪眼,在上甘岭腾起的惊天动地的火光,不就是土地革命折射出来的光辉吗?综上所述,在整个新民主主义革命时期,毛泽东始终如一地抓住了土地革命这个中国革命的基本内容,也是中国革命总任务中的关键问题。这正是他善于抓根本规律的大智慧的表现。在这一点上,他无愧是第一流的革命战略家。

八、在锣鼓声中消灭了一个剥削制度

1955年的隆冬至1956年的1月,在中国历史上却是一个最喧腾热闹的季节。全国的私营工商业户,几乎每天都有人敲锣打鼓放鞭炮,到政府里请求批准公私合营。按预定计划,中央本来准备在1956年后两年内,分期分批地实行全行业公私合营。但是面对着这一席卷全国的社会主义改造高潮,不得不改变做法,采取一次批准、全面合营,先收编、后改组的步骤。正如陈云同志所说:"他们要求的很厉害,天天敲锣打鼓,迎接公私合营,就只好倒个头,先承认公私合营,再来进行清产核资、生产安排、企业改组、人事安排。"这样,到1956年底,私营工业户的99％,总产值的99.6％,私营商业户数的82％,资金的93.3％,分别纳入了公私合营或合作化的轨道。1956年1月,笔者曾在首都,亲眼看到私营工商业户的队伍,他们高举红旗,敲锣打鼓地行进在天安门前,那种热烈的场景,是很动人的。

私营工商业的改造,在中国是分两步走的。第一步由私人工商业改造为国家资本主义,第二步由国家资本主义改造为社会主义。而公私合营已经是国家资本主义的最高形式了。实行公私合营后,企业利润的分配,除分给资本家的股息红利约占四分之一外,其余的四分之三,则为工人(福利费)、国家(所得税),及扩大生产设备所有。按毛泽东的说法,私营工商户的"一只半脚已经踏进了社会主义"。一个阶级的失败和消灭,通常是一件非常痛苦的事情,而在我国,资产阶级经济基础的消灭,却是在敲锣打鼓中完成的,没有流血,没有对抗,生产上没有受到任何破坏,国家生活没有任何颠簸,这不能不说是历史上的奇迹,是我党独一无二的光辉成就。这同毛泽东的大智也是分不开的。

为什么我党能够取得这一成就呢?这是偶然的吗?或者是凭空臆想出来的吗?不是。

第一,对民族资产阶级实行赎买政策,这是从中国的具体国情出发的。中国的民族资产阶级不同于帝国主义国家的资产阶级,也不同于当年俄国和东欧的资产阶级,而是半殖民地半封建国家的资产阶级。因此,它具有两面性,一方面它经常受到帝国主义政治上和经济上的挤压,因而具有革命性的一面;另一面也具有软弱性和妥协性。这就决定了在民主革命的长途中,它曾是我党的盟友。进入建国以后,这个阶级同样具有两面性,既有拥护共产党的领导、拥护共同纲领的一面,也有消极地与工人阶级对抗的一面。根据以上这种历史和现实情况,加上中国工人阶级力量的强大,政权紧紧掌握在工人阶级手中,对民族资产阶级完全可以采取和平赎买政策。这样就确定了对私人资本主义采用利用、限制和改造的方针。这一方针显然是完整而不可分割的,即不能只强调一面而否定另一面。如只看到发展生产的需要而强调利用的一面,对限制和改造加以忽视,那就会对社会主义产生消极的一面。如只强调限制和改造,而忽视利用的一面,也是不利的。总之,这一政策的精神,包含着团结和斗争,斗争也是为了达到团结。对私人资本主义实行利用、限制和改造,其本身也是另一种形式的阶级斗争,不可能是没有斗争的。按彭真同志的说法,我们是"两仗定天下,一仗是'三反''五反',一仗是'公私合营'。经过这两仗,问题才基本上解决了"。事实的确如此,"五反"以前,资产阶级很威风,怀疑我们是否有能力把工厂管好。一个"三反""五反",打掉了资本家的威风。这一仗下来,资本家在政治上比较老实、服从领导了;在经济上也比较老实,"五毒"减少了。这就为"公私合营"铺平了道路。

第二,对民族资产阶级实行赎买政策,这是实践的产物,不是任何人空想出来的。任何正确的方针要圆满地实现,还必须找出具体的办法。对私人资本主义实行利用、限制和改造的方针也是一样。1953年春,李维汉同志率领中央统战部一个调查组到武汉、南京、上海等地专题调查私人工商业改造的问题。当时各种形式的国家资本主义已有相当发展。多数仍为加工、订货、统购、包销等形式。其中公私合营企业在全国范围内还处于萌芽状态。但它是由社会主义成分直接领导、同私方代表共同经营的企业,是最有利于领导企业和资产阶级分子向社会主义过渡的形式。他们认为,国家资本主义是社会主义经济领导私营经济的主要形式,也是对资本主义经济实行社会主义改造的主要形式。我们的方针,不应盲目把私人资本主义搞垮,而应采取积极的态度,经过国家资本主义,逐步地利用、限制私人资本主义,并把它逐步地改造成社会主义企业,把资产阶级分子经过教育改造带到社会主义。李维汉回到北京后,当即向毛泽东作了汇报。毛泽东对这一调查报告高度重视,曾连续召开两次政治局扩大会议进行讨论。也就是在这次会议上毛泽东宣布了党在过渡时期的总路线。在6月至9月三个月内,毛泽东对改造资本主义工商业作了多次讲话。9月7日,毛泽东又约请了李济深、陈叔通、黄炎培、章伯钧、章乃器、李烛尘、盛丕华、张治中、程潜、傅作义等党外人士座谈,发表了《改造资本主义工商业的必经之路》的讲话,确定了私营工商业改造的各项基本原则,其中指出:资产阶级作为阶级是要消灭的,但资产阶级分子则可能逐步分化。在我国的具体条件下,要相信资产阶级、上层小资产阶级、宗教界上层人物的大多数是可以改造的。还谈到,实行国家资本主义,不但要根据需要与可能,而且要出于资本家自愿。关于采取赎买政策的具体做法,可以采取"四马分肥"的方法(即将企业利润分为国家、工人、资本家和扩大生产四个部分)。要求在两年半、三年之间或者在三年到五年内解决这个问题,要稳步前进不能太急。刘少奇、周恩来等党内绝大多数的同志都支持毛泽东的意见。陈云同志则作了多次讲话,作了具体部署。陈云同志指出:在社会主义改造中,对资产阶级不要"两面夹攻",应当"网开一面",在清产核资、人事安排、工资福利等问题上要照顾资本家的合法权益,对所有的资方实职人员应该全部安置。"他们过去没有吃艾森豪威尔的饭,是吃的中国饭,而且就是吃他那个铺子里的,所以还是让他们吃下去。"他还提出要合理使用资本家,"必须让资方实职人员担任实际业务,不坐冷板凳","有许多资本家懂得技术,有经营管理能力,如果不使用他们,不合理,也不近人情"。在定息问题上,陈云同志决定从简从宽,息率一律五厘,并决定七八月间发一次定息。大中资本家原来对定息是"求三(厘)望四(厘)"。在当年(1956年)6月人民代表大会上宣布后,他们表示"喜出望外"。当年12月,在全国工商联大会上,陈云同志又宣布,从1956年起,定息七年不变,如七年后工商业者生活还有困难,还可以拖个尾巴。事实上,从建国起到1966年采取定息的十七年间,国家以"四马分肥"和定息的方式,付给资本家的利润共达三十多亿元,而公私合营时(1956年)清产核资的结果,全国私股的投资总额仅为二十四点二亿元,作为赎买的代价,已经超过了他们原有的企业资产。显然这不是什么半赎买,而是十足的、完全意义的赎买。此外,对企业原有的人员,国家采取包下来包到底的方针。在人事安排上,量才录用,适当照顾。在工资福利上,原有的高薪不动,生老病死予以照顾。所有这些,事实上也是一种赎买。由于党的政策这样英明正确,周到细致,所以私营工商业改造进行得如此顺利,全国私营工商业者敲锣打鼓地欢呼进入社会主义,绝不是偶然的。

第三,近几年来,有一种观点认为,我们党并没有真正理解列宁关于国家资本主义的思想,没有充分利用资本主义,过分强调了限制和改造,将私人资本主义消灭得太早了。李维汉同志在回忆录中指出,这种观点是不对的。他说,诚然,列宁曾经强调说"应该利用资本主义(特别是要把它引导到国家资本主义轨道上去)作为小生产和社会主义之间的中间环节,作为提高生产力的手段、途径、方法和方式",但是列宁关于国家资本主义的思想绝不是只讲利用资本主义来提高生产力,同时还指出要限制资本主义,并且在条件具备时要把国家资本主义过渡到社会主义。他说:"国家资本主义,就是我们能够加以限制、能够规定其活动范围的资本主义。"还说,全部问题,在于找出正确的方法,保持在不久的将来把国家资本主义变成社会主义。因此要完整地理解列宁关于国家资本主义的思想,应该把握三条:(一)他强调要利用资本主义来发展生产力;(二)他还强调要限制资本主义的发展;(三)他提出要在不久的将来使国家资本主义过渡到社会主义。只有把这三点结合起来,才是列宁关于国家资本主义完整的思想。片面地只讲利用资本主义而不讲限制资本主义和过渡到社会主义,恰恰是曲解了列宁的国家资本主义的思想。据此,李维汉同志认为,党对资本主义工商业利用、限制、改造是统一的不可分割的完整政策。决不能离开限制改造,孤立地讲利用资本主义,那样只能导致资本主义的自由泛滥。他还指出,在我国全行业公私合营或迟或早地到来,是社会主义改造的必然,是符合我国的实际的。我认为,李维汉同志的看法是完全正确的。事实上近年来有一些全盘西化论者,他们之所以攻击我国的私人工商业改造搞得太早了、太彻底了,实际上是主张在我国建国后应该有一个完整的资本主义的发展阶段,只有等到资本主义得到高度发展之后,才能谈到社会主义的问题。他们整日喋喋不休地埋怨中国生产落后,不具备搞社会主义的条件,这就是一切资本主义"补课论"的思想根源。有一个叫刘宾雁的人,前几年就多次说过:"解放以后犯了可以说是战略性的理论错误,就是把社会主义和资本主义一刀切开,彻底得很,一条血管,一条神经都不能连在一起。"其实包括农业、手工业和私营工商业改造的三大改造,不仅当年受到全国工农大众、知识分子的热烈赞扬,而且受到了资产阶级的拥护,而刘宾雁却如此地诋毁它!看来只有丝毫不触及资本主义,使资本主义的血管万世畅流,反而合乎刘宾雁之流的心意。这不是彻底暴露了刘宾雁的资产阶级右派的立场吗？立场不同,当然他同人民群众的大多数就没有共同语言了。

从新民主主义革命到社会主义革命,这是一个伟大的革命转变。在这个革命转变中,我们党掌握得既积极而又稳妥;既不早又不迟;既避免了资本主义的前途,收到了预期的革命成效,而又未引起重大的社会震动;既消灭了历史上最后一个剥削阶级的经济基础,而又改造了人。因之转变是极其成功和极其伟大的。这是同毛泽东和党中央的高度智慧因势利导分不开的。把对私人工商业的利用和限制改造分开,把革命停滞起来,设想有一个长长的发展资本主义的阶段,这是不符合中国国情的,是违背人民意志的,也是不合乎辩证思维的。

小结

表现毛泽东的大智者,岂止以上数端,这里举几个例子不过说明大意罢了。问题是为什么能造就出具有这样大智的人物呢？他的大智又是从何而来呢？据笔者看,这绝不是天生的或者仅靠自己的天赋形成的。我认为,构成毛泽东大智的因素,有几个主要方面：第一,是他参加了中国革命丰富多彩的实践,广泛地接触了工农兵、知识分子以及其他各界人物,具有丰富的实践经验；第二,是他平常极为注意学习和研究历史与现状,具有渊博的知识；第三,是他精通马列主义,尤其在马克思主义哲学方面具有别人难以企及的水平；第四,是他确实具有不凡的禀赋。这四者汇聚在一起,才构成他的大智。在历史的长河中形成这样一个人物,自然是很不容易的。

大 勇 篇

大智与大勇往往是联系在一起的。诸葛亮设"空城计",如果司马懿兵临城下,诸葛亮吓得面如土色,也就难以在城头怡然悠然地抚琴了。所以我前面写的"大智篇"中各例,也都可以从中看出毛泽东的大勇来。

但是,智和勇也还不是一回事。比如有人纸上谈兵,可以说得天花乱坠,头头是道,而到了战场,也难免临危失态。毛泽东从率领数百人上井冈山,直到后来成为数百万大军名副其实的最高统帅,一生的大部分时间是在战争中度过的,故不可不在勇字上单独立篇。但本篇不拟写得太长,仅举出以下两例作为说明。

一、不打败胡宗南决不过黄河

记得早年看过一本小说,讲一个英雄人物,从前当战士和下级军官时,非常勇敢,后来当了大官,地位高了,顾虑就多了,勇气反不如前。我想这种情况是有的。而毛泽东在解放战争时,早已是全党的领袖和全军的统帅了,其位置不可谓不高。他本身的安全,也的确关系到全党全军全国的命运。但毛泽东的心理状态却与上述情况相反。解放战争时期转战陕北,就是一个典型例子。

1947年3月初,蒋介石在西北地区集中了三十四个旅二十五万人的兵力,准备进攻陕甘宁边区。他企图以攻占延安,来"摧毁匪方党、政、军神经中枢,动摇其军心,瓦解其意志,削弱其国际地位",并在此步骤达成后,抽出胡宗南这支战略预备队,加强其他战场的攻势。大家都知道,陕甘宁边区是一个地瘠民贫,只有一百六十万人口的地区。我军部队也少,只有第1纵队(辖两个旅)及新编第4旅、教导旅等4个野战旅,约一万七千余人,另有三个地方旅。这样不得不从晋绥增调了一个纵队,其机动作战兵力总共仍不过六个旅二万七千人。与敌人的兵力相比,处于绝对劣势,其装备更无法相比了。

在我军主动撤出延安后的第三天,在绥德城南的枣林沟开了一次会议。参加会议的除毛泽东、周恩来、任弼时外,还有朱德、刘少奇以及彭德怀等将领。在会上曾引起过一场争论,即多数同志提出,要统帅部和毛泽东主席渡过黄河,在黄河彼岸某地指挥全国的解放战争。理由很明显,陕北敌我力量过分悬殊,地区也狭窄,回旋余地并不大,而毛泽东一身而系全党安危,在战争中危险是无可避免的。如果渡过黄河,转移到安全地区,并不影响指挥全国的解放战争。将最高统帅和统帅部安排到较安全地带指挥战斗,不仅合情合理,且很有必要。这样做,也决不会引起任何非议;因此,此议一出,几乎全体响应;但是只有一个人不同意,这就是毛泽东。他说:"我不能走,党中央最好也不走。我走了,党中央走了,蒋介石就会把胡宗南投到其他战场,其他战场就要增加压力。我留在陕北,拖住胡宗南,别的地方能好好打胜仗。"同时,他也不同意给陕北再调部队来。他说:"不能再调部队了。陕甘宁边区巴掌大块地方,敌我双方现在就有几十万军队,群众已经负担不起,再调部队,群众就更负担不起了。"双方争执得很厉害。尤其是任弼时,对毛主席应过黄河坚持最力,双方争得面红耳赤,最后都带了火气。毛泽东声言:"不打败胡宗南决不过黄河!"大家看说不服他,只得让步。会议经过两天讨论,最后确定:毛泽东、周恩来、任弼时留在陕北,主持中央和军委的工作;刘少奇、朱德、董必武东渡黄河,前往华北,组成中央工作委员会,由刘少奇担任书记,负责那里的土改和根据地的建设工作;叶剑英、杨尚昆前往晋西北地区,负责中央机关的后方工作。事情就这样确定了。从这件事上,我们可以充分领略到作为伟大无产阶级革命家和统帅的勇士情怀!他想的不是什么我已经是最高领袖了,应当格外地珍惜自己,而想的却是人民,陕甘宁边区的人民,在危急时刻决不应当离开他们。只要能更有利于全局的胜利,至于个人的安危早已置之度外。他对自己是这样,而对自己的战友却是另一番体贴。例如朱总司令,那时已经六十一岁,董老的岁数更大,毛泽东把他们安排到环境比较安定的华北晋察冀地区,又未尝没有照顾的意思。朱总司令当然很深刻地体会到这一点。他临行前的一天下午,专门召集了警卫部队连以上的干部会,再三嘱咐大家:"中央和毛主席的安全就交给你们了!这个任务很重大,也很艰巨。你们要坚决勇敢,千万不能出一点差错,要保证他们的绝对安全。否则是无法补偿的!"朱总司令讲完后,又把团长、政委找到跟前,要他们把力量重新调整一下,老弱的自己带去,精壮的留下来。战友之间的心心相印又是多么感人啊!

在国民党集结重兵侵占延安,并深入陕甘宁边区腹地的严峻时刻,毛泽东率中共中央及军委总部始终在陕北坚持的消息,不仅安定了陕北的人心,而且大大鼓舞了全国各解放区人民的战斗意志,对推进战争的胜利进程起到了有力的作用。

当然,陕北战场是异常艰苦的,比之全国也许是最艰苦的战场。那时毛泽东已经五十五岁了,由于山径崎岖,战争的头几天,他已经丢弃宋庆龄早年赠送的那辆汽车,开始骑马或步行。住下时则住在又黑又窄的窑洞里,连地图也挂不下,墙上、酸菜缸上、锅台上摆的都是地图。尽管战争一开始,他很风趣地说过,"大路朝天,各走半边","你在那个山头,我在这个山头",但在这样狭窄的地区回旋,不遇到危险,几乎是不可能的。根据毛泽东的卫士李银桥的记述,其中最危险的有两次。

第一次,是我军连续取得青化砭、羊马河、蟠龙三次大捷之后,胡宗南气急败坏,利用我主力远在西线的机会,专门派了刘戡率领四个半旅,向我中央领导机关扑来。这时毛泽东和中央机关住在一个小小的村庄里。敌人既然来了,不得不连夜转移。傍晚出发时,一阵闷雷沿山梁滚过,接着便下起大雨来。队伍冒雨爬上西边的山梁,由于天色漆黑,不得不跌跌撞撞地摸索前进。走了一夜,其实走出来并不很远。天亮时距王家湾还有四十里路,只好停下来稍作休息。半晌午,后面即传来激烈的枪炮声,飞机也在头上嗡嗡盘旋。侦察员赶上来报告,警卫部队已同敌人接火,正在杨屹崂湾的制高点上进行阻击。警卫部队的指战员个个都是过得硬的,一连打退敌人三次集团冲锋,硬是把刘戡的四个半旅抵挡住了。经过三个半小时的激战,毛泽东下令将警卫部队撤了下来。天黑以后,率中央机关继续转移,天又下起了瓢泼大雨。部队刚爬上一道山梁,突然发现左面山沟里一片火光。火堆一个连接一个,看不见头尾,把雨天照得通红,显然追兵就在脚下。在这危急时刻,恰巧向导又迷了路,部队无法前进。这时毛泽东迎着风雨,站立在光秃秃的山梁上,时而仰望天空,时而俯瞰着脚下的火光。整个部队不用说都紧张万分,个个的心都提到了嗓子眼上。大家都默然无声,在夜色里望着自己的统帅,意思是怎么办呢?而毛泽东却似乎若无其事,吮了吮下嘴唇悠然地说:"这场雨下得实在好。再过半个月,就该收麦子了!"据李银桥描述,这声音不但镇定自若,简直可以说是逍遥!话的内容似乎与当时的危境无关,却无疑是暗示大家:这情况简直算不了什么,很快就会转危为安。果然,时间不长,任弼时蹚着泥水走过来,悄声地说:"主席,向导找到了,我们走吧!这里离田次湾只有二十里了!"毛泽东点点头,部队摸黑在山梁上继续前进。到达田次湾时,敌人顺沟也出发了。毛泽东慢条斯理地说:"敌人上来,我们就走;敌人顺沟过去,我们就住下休息。"不一时,侦察员报告说:"敌人顺沟过去了!""敌人全部过完了!"这时,毛泽东将他那支行军时用的柳木棍子朝地上一戳:"好!我们就住下!"这是在转战陕北中相当惊险的一幕,然而对惯于打游击的毛泽东来说,却似乎是一件很平常的事情。

第二件事,比上述经历更为危险。据李银桥记述:1947年8月18日,是转战陕北最紧张的一天。刘戡屡次扑空,恼羞成怒,这次率七旅之众,对我中央机关穷追不舍。从绥德追到米脂,又从米脂追到葭县,一直追到了黄河边,几日来由于连降暴雨,山洪暴发,连平时山沟里的小溪,也都发出隆隆声,成为汹涌的激流。这天他们赶到葭县的葭芦河(老百姓俗称黄河汊),发现河水暴涨,轰鸣声震耳欲聋,羊皮筏子刚一下水,立刻像一片草叶被巨浪翻卷而去。此时,前有大水,急不可渡,后有数万追兵已经迫近跟前,看得清清楚楚。这确实是从未遇到过的危急情况。而我方的兵力,仅有一个骑兵连、两个步兵连、一个手枪连和一个警卫排,总共不过九百人。在这种险境下,究竟怎么办?是东去过黄河呢,还是转而向西呢?很明显,只要向东渡过黄河,即可立刻转危为安。也许不少人已在心里想:看来要过黄河了。这时,大家都望着毛泽东。只见毛泽东伸出两个手指,说:"给我拿支烟来!"接着队伍中传出:"得胜同志要抽烟!谁有烟?"李得胜是毛泽东当时的化名,是为保密采用的。可是连日暴雨,大家身子都没有干过,哪里来的烟呢?幸亏马夫老侯,是个细心人,用油布包着一点烟,这时递过一支来。大家支起被子遮住风雨,好不容易才把烟点着。但见毛泽东深深地吸了一口烟,接着又一连猛吸了几口,接着把烟头用力地掼下,习惯性地用脚踏灭,接着说了一声:"不过黄河!放心跟我走!老子不怕邪!"说过,不慌不忙地沿着黄河汊向前走去,在数万追兵面前昂首而过。卫士们抢上去扶,也被他喝退。接着几百人随后跟进。这时,不知是敌人被打怕了,还是不明情况不敢贸然追击,却像惊呆了似的停止射击,眼看着他们大摇大摆地走过去……毛泽东率队走到西面一带群山之下,仰面望了望云遮雾绕的山峰,把目光转向任弼时默默颔首,任弼时会意,立刻命令部队攀上西山,并吩咐刘长明参谋:上山完毕,让后尾人员将上山的痕迹擦掉。正在上山的毛泽东,闻声立即转回身,把手中的那根柳木棍往山坡上一戳,说:"擦什么?就在这里竖块牌子,写上毛泽东由此上山!"同志们劝道:"还是擦掉吧!敌人跟脚就会追过来的。"毛泽东又戳着柳木棍说:"给我竖!我看他敢追?我看他刘戡有多大本事!"毛泽东上山了。周恩来扯了一下刘参谋小声嘱咐,还是按照任弼时的指示把痕迹擦掉。也许毛泽东想借此证明:他说过的"不打败胡宗南决不过黄河"的话,是算数的。果然,在一系列胜利后重新收复了延安,在刚好一年的次年3月,毛泽东才率领中央机关渡过黄河。

毛泽东的大勇,使我不禁想起另一位煊赫一时的人物蒋介石。当三万左右的红军四渡赤水时,蒋介石在贵阳前线督战。当他听到红军突然进至贵阳城郊时,竟吓得大便失禁,屙了一床。蒋介石与毛泽东,且不说是代表两种势力,是两种人,即从任何一方面来说,都不是毛泽东的对手。

二、胆略与慧目

上面讲到毛泽东的大勇表现在战场上,下面则着重说明他的大勇表现在战略决策上。

革命胆略对于一个革命领导人特别是革命领袖说来,无疑是一个极端重要的品格。对重大问题的决策,既要谨慎而又要有足够的勇气,二者缺一不可。革命是亿万人民的事业,绝非个人小事,一旦处理不够谨慎,则将损害千百万人的利益,甚至会使革命遭受重大挫折和失败。而缺乏勇气,当取不取,当舍不舍,当断不断,也难有所成就,甚至也会使革命毁于一旦。至于只善纸上谈兵,好谋寡断,或仅凭血气之勇,举措轻率,都谈不上是革命战略家了。

记得《伊索寓言》上有一则故事,叫狐狸与葡萄,讲的是一只狐狸,从葡萄架下经过,看见葡萄成熟,馋涎欲滴,但它出于胆怯或者是够不着,每次从葡萄架下经过总是说:"葡萄太酸,还没有熟呢!"如果用这则故事来比喻缺乏革命胆略的革命家却是很恰当的。因为不管如何成熟的革命形势,在他们看来,都是"葡萄太酸,还没有熟呢"!

但是,历史现象是极端复杂的。有一些新出现的问题,即使极老练、不乏革命勇气的革命家,也难于作出决断。原因是这个新事物本身,各种矛盾交织,过于错综复杂,往往现象与本质相去甚远,甚至呈相反状态,使人很难判断。有些事还要等候历史本身的进一步发展，矛盾的各方面才能逐渐暴露出来。但某些重大而又紧迫的问题，必须当机立断，很快定下决策。在这种情况下，就只有靠革命家本身丰富的经验、慧眼和胆识了。朝鲜战争爆发并出现危机后，我国是否出兵援朝的问题，就属于这样的问题。

1950年夏爆发的朝鲜战争，是出乎我们的意料的。朝战发生后的第三天，美军就侵入朝鲜国土，直接插手这场战争，更出乎我们的意料。战争初期，北朝鲜发展顺利，一直打到大邱、釜山，不意在9月15日凌晨，美军在麦克阿瑟的指挥下突然在仁川港实行了总数为七万人的大规模两栖登陆。登陆成功后，麦克阿瑟一面命令美军的第10军团向汉城和水原进攻，一面命令在洛东江固守的沃克第8军团向北猛攻。按麦克阿瑟的说法，即一面是"砧子"，一面是"锤子"，企图将北朝鲜的军队一举歼灭。战争的危局是显而易见的。深入南朝鲜已四五百公里的北朝鲜人民军，很难一时撤回。仁川登陆的成功，是麦克阿瑟军人生涯的高峰，在帝国主义阵营中他竟被称为"伟大的英雄"。他本人更是骄傲至极，不可一世。美帝国主义的头子也被胜利冲昏了头脑，授权麦克阿瑟可以越过三八线，放胆向北进攻。于是，李伪军于9月30日起越过了三八线，美军第8集团军和在元山登陆的第10军团也准备越过三八线。为了阻止战事的扩大，周恩来总理发出严正警告："中国人民决不能容忍外国的侵略，也不能听任帝国主义者对自己的邻人肆行侵略而置之不理。"但是，一向轻视我国的美帝国主义分子，认为这一警告"不过是外交上的一种勒索"，年轻的中国是没有力量也不敢出兵和美军抗衡的。于是美军从3日至7日悍然越过了三八线，开始了大举进攻。与此同时，又沿鸭绿江轰炸我国边境。朝鲜民主主义人民共和国遂处于生死存亡的关头。

事实上，从朝战爆发后的7月上旬，毛泽东、周恩来等即作了应战准备。7月13日正式下令，将第四野战军的四个军和三个炮兵师约二十六万人的部队组成东北边防军，于8月至9月集中在中朝边境。这是毛泽东一贯的有备无患的思想，但此时并未下定入朝作战的决心。现在既然形势如此危急，不得不下定最后的决心了。

要知道，这是一个十分困难的抉择，或者说比之其他决策要困难十倍的抉择。其困难之处在于，当时我们还是一个刚刚取得革命胜利的国家,新中国只不过是一个刚刚一岁的婴儿。西藏等少数省份还没有解放;国民党留下的残匪还有百万之众,流窜各地继续作乱。约占全国四分之三面积的新解放区,土改还未进行。尤其是长达数十年的战争遗留的创伤还很严重。恢复国民党时期全面破产的经济,才刚刚起步。在某些群众中,还存在着多年来形成的崇美、恐美的暗流。而我们面对的敌人,却是世界上头号的帝国主义,它不仅国力、经济力极为强大,还是一个令许多人畏惧的拥有原子弹的国家。对比我们的国力、经济力和军队的装备,无疑是极为悬殊的。如果双方一旦兵戎相见,究竟有几分胜利的把握呢?

而从另一方面说,这场战争又是完全应该进行的,从大义上说是义不容辞的。因为我们与朝鲜民主主义人民共和国不仅是友好邻邦,而且同为社会主义国家,如今邻邦遭难,我们怎能袖手旁观,坐视不救呢?何况如果美帝得逞,直接压到我国边境,我国东北将直接面临威胁,对我也是极其不利的。

一方面是从国力、经济力和整体军力的对比上,出国作战无法进行,而从另一方面看,这场战争又无可推辞,这就是问题的真正困难所在。且战争问题的决策不同于一般问题。一般问题,即使决心错了,还可以急流勇退,迅速改变;而双方战端一开,就容不得你不干了,除非是丧权失地或屈膝求和。我军出兵朝鲜,至少要能顶住敌人,如能战而胜之,自然一切都好说了;如果不能顶住敌人,敌军反而侵入我国边境,即使不深入我国国土,仅广泛轰炸我国大城市和边境各地,我恢复经济的计划也将无法进行,那就比不出兵更糟。而我军从来不曾与美军这个陌生的敌人交过手,我军究竟能否取胜,这是很难预料的。这是另一个决策中的难题。

对毛泽东来说,恐怕这也是他一生中最难于下决心的决策之一。据说,在下决心前,毛泽东废寝忘食,煞费考虑。经过几天几夜反复分析思考,才下定了出兵朝鲜的决心。对于这样一个惊天动地的决心,不仅党外,而且党内也都存有疑虑。害怕出兵、反对出兵的意见,不仅下层有,领导核心中也有。其中最明显的是林彪。林彪在历史上也是一位能征善战的名将,他曾率领百万大军,从北打到南,对战争应该说是有丰富经验的。他认为,还是以不出兵为稳妥。他在军委常委居仁堂会议上,对出兵问题一再反对,并且说为了拯救一个几百万人口的朝鲜，而打烂一个五亿人口的中国有点划不来。还说，我军打蒋介石国民党的军队是有把握的，但能否打得过美军很难说。美国有庞大的陆海空军，有原子弹，还有雄厚的工业基础。把它逼急了，它打两颗原子弹，或者用飞机对我大规模狂轰滥炸，也够我们受的。因此，他的意见是最好不出兵。如一定要出，那就采取"出而不战"的方针，屯兵于朝鲜北部，看一看形势的发展，能不打就不打，这是上策。周恩来在会上支持了党中央毛主席出兵的方针。他严肃地批评了林彪，说：现在不是我们要不要打的问题，而是美国逼着我们非打不可。我们的自卫是正义的，正义的战争最后一定会胜利。特别是现在朝鲜政府、金日成首相一再要求我们出兵援助，我们怎能见死不救呢？党中央、毛主席决心已定，现在我们不是考虑出不出兵的问题，而是考虑出兵后如何去争取胜利的问题……当时，党中央毛主席本来考虑要林彪去当中国人民志愿军的统帅，因为最初出国的部队主力是原四野的部队，是林彪的老部下；志愿军将来的后方东北又是解放战争时四野的老根据地，各方情况林彪都比较熟悉；林彪在当时的名将中又最年轻，当年才四十四岁，他去当志愿军的统帅是最合适的。但是林彪以有病为由，要求到苏联去治病。党中央毛主席只好改派彭德怀去当统帅。彭德怀的表现与林彪完全不同，他在10月初毛泽东主持的中央政治局讨论抗美援朝的会议上，及10月6日周恩来主持的中央军委常委居仁堂会议上，两次都明确表示赞成毛泽东出兵作战的方针。他说："出兵援朝是必要的，和美国打仗，大不了美国打进中国来，最多也就是等于解放战争晚胜利几年。如果美军摆在鸭绿江边和台湾，它要发动侵略战争，随时都可以找到借口。"在这次政治局会议上，毛泽东曾动人心弦地说："大家说的都有理由，但是别人处于国家危急时刻，我们站在旁边，无论怎样说，心里也难过。"还说："至于说美国有原子弹，那也没有什么了不起，它有它的原子弹，我有我的手榴弹……最后一定可以打败美国的原子弹！"党内统一了思想，解除了疑虑，于是，抗美援朝出国作战的伟大决定，就此定了下来。彭德怀也毅然决然地"受命于危难之中"，接受了志愿军司令员兼政治委员的重担。从此在中华民族的历史上揭开了最壮丽的令中国人任何时候都深感自豪的一页。

从以下几则电报中,可以看到毛泽东决策中的思想历程。

在1950年10月2日给斯大林的电报中,他说:"我们决定用志愿军名义派一部分军队至朝鲜境内和美国及其走狗李承晚的军队作战,援助朝鲜同志。我们认为这样做是必要的。因为如果让整个朝鲜被美国人占去了,朝鲜革命力量受到根本的失败,则美国侵略者将更为猖獗,于整个东方都是不利的。"又说:"我们认为既然决定出动中国军队到朝鲜和美国人作战,第一,就要能解决问题,即要准备在朝鲜境内歼灭和驱逐美国及其他国家的侵略军;第二,既然中国军队在朝鲜境内和美国军队打起来(虽然我们用的是志愿军名义),就要准备美国宣布和中国进入战争状态,就要准备美国至少可能使用其空军轰炸中国许多大城市及工业基地,使用其海军攻击沿海地带。"还说:"这两个问题中,首要的问题是中国的军队能否在朝鲜境内歼灭美国军队,有效地解决朝鲜问题。只要我军能在朝境内歼灭美国军队,主要的是歼灭其第八军(美国的一个有战斗力的老军),则第二个问题(美国和中国宣战)的严重性虽然依然存在,但是,那时的形势就变为于革命阵线和中国都是有利的了。这就是说,朝鲜问题既以战胜美军的结果而在事实上结束了(在形式上可能还未结束,美国可能在一个相当长的时期内不承认朝鲜的胜利),那么,即使美国已和中国公开作战,这个战争也就可能规模不会很大,时间不会很长了。我们认为最不利的情况是中国军队在朝鲜境内不能大量歼灭美国军队,两军相持成为僵局,而美国又已和中国公开进入战争状态,使中国现在已经开始的经济建设计划归于破坏,并引起民族资产阶级及其他一部分人民对我们不满(他们很怕战争)。"从这份电报可以鲜明地看出:其一,毛泽东考虑问题,完全是从朝鲜人民、中国人民以及东方和整个革命阵营的利益出发的。其二,为了从事这一正义的战争,已经下定最大的决心,敢于冒最大的风险,即美国可能公开向我宣战,并轰炸我国各大城市和边境,并使我已经开始的经济建设遭到破坏。其三,指出形势发展的关键是志愿军出动后能否战胜美军。

六天以后,即1950年10月8日,毛泽东发出了《组成中国人民志愿军的命令》:

（一）为了援助朝鲜人民解放战争，反对美帝国主义及其走狗们的进攻，借以保卫朝鲜人民、中国人民及东方各国人民的利益，着将东北边防军改为中国人民志愿军，迅即向朝鲜境内出动，协同朝鲜同志向侵略者作战并争取光荣的胜利。

（二）中国人民志愿军辖十三兵团及所属之三十八军、三十九军、四十军、四十二军，及边防炮兵司令部与所属之炮兵一师、二师、八师。上属各部须立即准备完毕，待令出动。

（三）任命彭德怀同志为中国人民志愿军司令员兼政治委员。

（四）中国人民志愿军以东北行政区为总后方基地，所有一切后方工作供应事宜，以及有关援助朝鲜同志的事务，统由东北军区司令员兼政治委员高岗同志调度指挥并负责保证之。

（五）我中国人民志愿军进入朝鲜境内，必须对朝鲜人民、朝鲜人民军、朝鲜民主政府、朝鲜劳动党（即共产党）、其他民主党派及朝鲜人民的领袖金日成同志表示友爱和尊重，严格地遵守军事纪律和政治纪律，这是保证完成军事任务的一个极重要的政治基础。

（六）必须深刻地估计到各种可能遇到和必然会遇到的困难情况，并准备用高度的热情、勇气、细心和刻苦耐劳的精神去克服这些困难。目前总的国际形势和国内形势于我们有利，于侵略者不利，只要同志们坚决勇敢，善于团结当地人民，善于和侵略者作战，最后胜利就是我们的。

中国人民革命军事委员会主席　毛泽东

从这个命令里，我们强烈感到，它通篇都渗透着高度的国际主义精神和热情。尤其第五条，它日后成为中国军队与朝鲜人民亲密团结、共同战胜敌人的政治保证。在朝鲜人民心目中，不仅留下了中国军队崇高的形象，而且中朝人民间结成了最珍贵的友谊。在1958年志愿军撤军期间，朝鲜人民送行的眼泪几乎洒湿了朝鲜的国土。那种难分难舍的情景，你是在任何地方和任何军队中也找不到的。

还有一份10月13日的电报，那是周恩来在苏联商谈期间，毛泽东发给他的。这已经是距志愿军出兵的 10 月 19 日不足一周了。这则电报说:"与政治局同志商量结果,一致认为我军还是出动到朝鲜为有利。在第一个时期可以专打伪军,我军对付伪军是有把握的,可以在元山、平壤线以北大块山区打开朝鲜的根据地,可以振奋朝鲜人民。在第一时期,只要能歼灭几个伪军的师团,朝鲜局势即可起一个对我们有利的变化。"又说:"我们采取上述积极政策,对中国,对朝鲜,对东方,对世界都极为有利;而我们不出兵,让敌人压至鸭绿江边,国内国际反动气焰增高,则对各方都不利,首先是对东北更不利,整个东北边防军将被吸住,南满电力将被控制。总之,我们认为应当参战,必须参战,参战利益极大,不参战损害极大。"从这份电报可以清楚看到,毛泽东派兵出国作战的决心,已经无比坚定,且已初步寻找出实施这一决心的策略。

现在大家都爱说,实践是检验真理的惟一标准。那么,我们就来看这一带有风险性的决策所展示的结果。

中国人民志愿军于 1950 年 10 月 19 日晚奉命分三路入朝。其简要过程是,担负这一沉重担子的彭老总和志愿军将士不负众望,他们不仅以低劣武器顶住了敌人,而且在初战告捷之后,连续三次战役,把以美军为首的十六个仆从国家的所谓联合国军赶到了三八线以南,并且再度解放了汉城。其中尤以第二次战役胜利为最大,在我诱敌深入至有利地区后,西线以六个军十八个步兵师、三个炮兵师向敌主力美第 8 集团军实施突击,东线以两个军于长津湖地区向美第 10 军实行反击,共歼敌三万六千多人,并一举解放平壤,收复了三八线以北地区。美军狼狈万状,向南狂逃,被美军称为"黑暗的十二月"。笔者赠抗美援朝纪念馆的一首短诗曾说:"中华好儿女,何惧风雪狂,一战惊天下,大败兽中王。"我想这也会是许多中国人的亲切感受。敌人也不得不承认,"联合国军遭遇的是第一流的军队"。不久,我军不顾疲劳又举行了新年攻势,又一举突破了三八线,歼敌一万九千余人,并解放了汉城,推进至三七线一带。我军一连串的沉重打击,使美国朝野震动。不久,麦克阿瑟这位目空一切的"伟大的英雄",就被另一位革命阵营的英雄彭德怀打下了台。这就是当年在全世界面前中国人显示力量的壮观的一幕。毛泽东的英明决策胜利了!

另一个令人惊异的是，出国作战不仅没有影响到我国的经济建设，反而大大促进了全面的建设。由于抗美援朝、土地改革和镇压反革命等运动，大大激发了中国人民的革命热情，各条战线的建设事业都以空前未有的声势蓬蓬勃勃发展起来。志愿军的英勇作战，有力地鼓舞了国内人民的建设热情；国内日新月异的建设，又大大激励了前方将士的高昂士气。前线和后方就仿佛两个彼此互相推动的热火朝天的战场，那种景象是非常激动人心的。凡是经历过那个年月的人，都是有这种感受的。

现在，让我们来研究一下，为什么毛泽东能够和敢于作出这个别人不大敢作出的决策呢？决策本身是否只包含着热情和勇气的因素呢？或者说朝鲜战场上的胜利有没有偶然和侥幸的因素呢？

作为战场统帅亲身经历这一战争的彭德怀，在1957年5月15日审议《抗美援朝战争经验总结》初稿时曾说："这个决心不容易定下，这不仅要有非凡的胆略和魄力，最主要的是要具有对复杂事物的卓越洞察力和判断力。历史进程证明毛主席的英明正确，这是下决心干一场惊天动地的大事业。"

从彭老总的话，我们可以找到回答上述问题的线索。即除了毛泽东非凡的胆略和魄力之外，他还具有对复杂事物卓越的洞察力和判断力。如果再进一步具体探求，这个卓越的洞察力和判断力又主要表现在哪里呢？

据我看，在抗美援朝出国作战的决策上，有以下两点是值得重视的：

其一，是毛泽东对美帝国主义的看法。他不像别人只停留在现象上，只看到它强大的一面，还看到了它在本质上虚弱的一面。用毛泽东本人的话来说，既承认它铁老虎的一面，也看到它纸老虎的一面。如只看到美帝的舰艇、飞机、大炮、原子弹，像林彪那样，那就谈不到什么卓越的洞察力和判断力了。对敌人要看到本质，看到它的两个方面；对我们自身也要看到两面，这才是真正的辩证思维。其卓越的洞察力正是建立在这种辩证思维上。

其二，是对人民群众力量的估计。建国之初，由抗美援朝、土地改革和镇压反革命这三大运动所激发出来的革命热情是相当惊人的，甚至可以说是出人意料的。但是在这三大运动开始之前，人们却是看不到的。因为它只是作为一种潜力蕴藏在人民群众之中,或者是像深厚的矿藏被压在地层之下。只是由于革命粉碎了群众身上的枷锁,有如地层被揭开,这才腾起了冲天的火光。我前年到过云南,得知龙陵、腾冲等地有一个面积相当大的热海,但是这个热海深深地藏在地下,人们是看不到的。如果以此相比,蕴藏在人民群众中的革命潜力,不就像是地下的热海吗?但是一般人视而不见,而毛泽东的一双慧目却能穿过深深的地层看见这个热海。这双慧目不是别的,正是构成他血肉一部分的马列主义世界观,即相信群众是真正的英雄,是创造历史的动力。只要革命的政党用正确的政策将他们唤起,使其真正认识到自己的利益和奋斗的目标,就能发挥出千百倍的潜能。我想,当毛泽东作出这一重大决策时,他的信心中是包含着这种潜力的。不然,他就不会有那样的信心了。

因此,依我看,只有毛泽东这样的胆略和慧目,才能够作出这样的决定。

大 功 篇

我认为,毛泽东的主要功绩是:

一、率领中国人民推翻了三座大山

纵有误失真英雄,
改天换地建伟功。
慧眼胆略谁堪比,
巍巍昆仑第一峰。

这是毛泽东九十五岁诞辰时我写的一首诗。

为什么我要说"改天换地建伟功"呢?因为首先,毛泽东的功绩,不是一般的大功,而是率领中国人民推翻了压在头上的三座大山,摆脱了长期的苦难,从世界上最黑暗的牢狱里走出来,开天辟地第一次做了自己国家的主人。这不是任何局部的改良,而是一场改天换地的革命,是人类历史最伟大最有影响的革命之一。而这场革命正是从毛泽东的手中,从他领导的中国共产党的手中最后完成的。从此,中国历史真正出现了一个新纪元,开辟了一个崭新的时代。要说振兴中华,这才是振兴中华的真正开端。

从1840年鸦片战争开始,帝国主义强盗用军舰大炮轰开了中国的大门,从此中国揭开了一页又一页屈辱的历史。接着列强们又纷纷闯进中国,支持各大小军阀割地争雄,造成混战不休的纷乱局面,使人民陷入极端悲惨的境地。这一页页历史,中国人民是永远不会忘记的。凡我炎黄子孙、中华儿女,只要还有一点民族良心和一点血性,对帝国主义列强的侵略与在中国土地上的横行,无不视为奇耻大辱而咬牙切齿。因此,百余年来,从洪秀全到孙中山,无数仁人志士和广大民众,纷纷起而抗争,前仆后继,斗争从未停息过。但是由于农民革命的局限性和民族资产阶级的软弱性,虽然付出了很大牺牲,但都未达到预期的目的。此后,无产阶级领导的新民主主义革命开始了。这一革命在共产党杰出人物毛泽东的领导下,实行了马克思主义与中国革命具体情况的结合,运用了正确的战略和策略,经过人间罕有的艰难困苦,以长达二十二年的国内战争和民族解放战争,终于把所有帝国主义强盗干净彻底地扫出了中国大陆。这一伟大胜利,实现了中国人民百余年来奋斗的梦想,洗雪了中华民族的奇耻大辱,使中国人民真正地站立起来了。这样,毛泽东也就成为我国人民所景慕的民族英雄。除了少数洋奴以外,凡是中国人都会感念他的。

其次,是毛泽东领导中国人民,彻底摧毁了长期存在的封建制度,使土地真正回到农民手中,从而解放了广大农村人口的生产力。

再次,毛泽东领导的革命,从根本上打倒了以蒋、宋、孔、陈四大家族为代表的官僚资本主义的统治,彻底砸碎了他们腐朽的国家机器,建立了以工人阶级为领导、以工农联盟为基础的人民民主专政的新型国家。

总之,以毛泽东为首的中国共产党所领导的新民主主义革命,无论就其规模之宏大,群众动员之广泛和深入,革命之彻底,路程之漫长、曲折和之复杂,领导者的坚定性和群众斗争的英勇,都是人类最伟大最壮观的革命之一。在一些方面远远超过资产阶级领导的旧式的民主革命,其中也包括著名的法国大革命。最近几年,有一小批醉心全盘西化的洋奴,认为"五四"是救亡压倒了启蒙,从那时起中国历史就走错了路。这就是说,从"五四"起就不应该成立共产党,就不应该进行这场与中国人民命运攸关的革命,这种观点完全是错误的和反动的。这种感情和立场,是同中华民族的根本利益,同中国广大人民的愿望和要求,完全背道而驰的。

二、适时地实现了革命的转变,为社会主义和工业化奠定了巩固的基础

毛泽东的第二个功绩,是他适时地领导中国人民实现了从新民主主义革命到社会主义革命的转变,以不流血的方式,完成了农业、手工业和资本主义工商业等三大改造,实现了社会主义,避免了资本主义的前途,并建立了现代工业的完整体系,为我国的四个现代化奠定了巩固的基础。

毛泽东是一个不断革命论和革命阶段论相连结的论者,这完全是符合马克思列宁主义的。一方面,他明确主张中国革命应分两步走:反对混淆民主革命和社会主义革命的不同性质;一方面他也不赞成两个革命之间隔着一个万里长城。因此,在新民主主义革命阶段,他既反对陈独秀不争取无产阶级革命领导权的右倾机会主义,又反对李立三、王明混淆两个革命阶段的"左"的做法。例如在土地革命中他就坚决反对侵犯工商业者的利益。建国以后,他也没有立刻实行超越民主革命阶段的政策。这说明,他在区分两个革命时是相当分明的。但是当新民主主义革命的任务已经完成,并具备了一定的条件之后,将革命引申到社会主义的改造也就开始了。当时应当说对这种革命转变的时机是掌握得很恰当的。一是由于中国的特殊情况,已经没收了占国家经济主要部分的官僚资本,形成了国民经济的骨干;二是农业的社会主义改造已经完成;三是私营工商业已经过渡为公私合营,已经成为国家资本主义的一种形式;四是经济已经有一定程度的恢复;五是人民的觉悟有了很大提高;六是政权牢固掌握在无产阶级的手中。在这种条件下,及时实行革命的转变,逐步地有秩序地以赎买的形式,将私营工商业改造为社会主义的企业,是完全可能的,事实上就是这样做的。应该说,毛泽东在掌握这一革命转变上,既是适时的,又是积极的和稳妥的。其结果是毫无任何社会震动地完成了这一伟大的革命。当然,直到今日,仍有人对这种做法持有异议。按他们的见解,中国根本不应该实行这种转变,而应彻底实行资本主义的一套。在新民主主义与社会主义之间,应该有一个几十年或者几百年的资本主义阶段,然后在资本主义高度发展之后,再来实行社会主义革命。他们岂不知在中国大地上重新造成一个强大的资产阶级之后,再来一次推翻他们的革命,不是还要流很多的鲜血吗?难道那是轻而易举的吗?让解放了的中国人民,重新再做几十年或几百年的资本的奴隶,难道中国人民会满意吗?这会代表中国人民的心愿吗?与毛泽东的做法相比,到底哪个更符合人民的心愿,哪个更符合历史的要求呢?

当然,某些人想搞一个完整的资本主义发展阶段的做法是有一些论据的。其论据就是在经济和文化落后的国家,是无法建设社会主义的。这种说法,与俄国十月革命后某些人的论据不谋而合。列宁曾彻底批判了这种论点的荒谬。他在《列宁选集》第4卷的《论我国革命》中指出,经济文化落后固然会给建设社会主义的事业造成困难,可是为什么不能利用我们掌握的苏维埃,更快地促进经济和文化的发展呢?毛泽东和列宁的想法完全相同。从建国后我国工农业发展的速度来看,完全证实了这一点。据美国学者莫里斯·迈斯纳援引我国的资料,从1950—1977年,我国的工业产量以每年平均百分之十三点五的速度增长,与资本主义发展的速度相比,我们远远地超过了他们。据世界银行统计,从1950年到1970年,除日本外,一般工业国家增长五倍,中国则增长了十五倍。中国四十年走完英国一百年的路程。直到毛泽东逝世为止,我国已建成了一套完整的工业体系,为以后的发展奠定了巩固的基础。这是任何人都不能否定的。

三、支援了世界革命和人类的进步事业

毛泽东是一个真正的国际主义者。他始终忠于国际主义,随着中国国力的增强,真心实意地力所能及地支援了世界革命运动,其中包括对社会主义兄弟国家的支援以及对亚非拉广大第三世界国家的支援。从而大大提高了我国的国际地位,使我国在国际共产主义运动中和世界人民中享有崇高的威信。

凡是真正的共产主义者,必然是国际主义者。从马克思主义诞

生之日起，共产党人就把"全世界无产者联合起来"写在自己的旗帜上。但是，是不是每一个共产党人都是真正的国际主义者，却要经过实际的检验。在实际的检验中，也不是每个称做共产党员的人包括共产党的领导人都能打满分。而就毛泽东的一生来看，在各项国际问题的处理中，他都是具有高度原则性的，称他为彻底的国际主义者或者完美的国际主义者并不过分。

我在前面提到，毛泽东在民族利益的问题上是很敏感的，在维护民族利益方面是很坚定的，是寸步不让的。但是，他又和狭隘的民族主义者毫无共同之处。他总是从世界无产阶级的利益和人类的进步事业看问题，从世界革命的全局看问题。他既坚定地维护我们的民族利益，同时又在关系到世界革命全局的重要时刻，不惜作出局部的民族牺牲。可以说，在他身上爱国主义与国际主义达到了完美的统一。因此，他不愧是真正的国际主义者。他的声誉远远超出中国的范围，全世界人民都热爱他，不是没有原因的。

二次大战后，在东方接连发生了两次战争：一次是朝鲜战争，一次是越南战争。这两次战争都发生在我们的周边。就地域说，面积并不大，而规模都不小。以朝战论，双方都陈兵百万。其胜利和失败的结局，对战争的双方都是有重大影响的。

关于抗美援朝战争，前已论及，中国人民的确是在面临着多方面的困难和风险的情况下进行的。促使毛泽东下决心的决定因素，恐怕还是他那出自国际主义的责任感。他当时反复说的一句话是："不管你们说的一千条理由，一万条理由，但别人的国家遭了难，我们站在一边看，心里总难过。"这不就是发自内心深处的国际主义的情感吗？当时的社会主义阵营，是以苏联为首的，中国不过是充当"老二"的角色。有人就说："老大哥怎么不出兵？怎么轮到我们出兵呢？"毛泽东当时就解释说：我们出兵比苏联出兵好。我记得，他当时曾举出田忌赛马的故事说服大家。甲方有上、中、下马各一匹，乙方也有上、中、下马各一匹。当甲方首先把上等马拉出来的时候，你是用哪等马去与之比赛呢？一般愚者必拿出上等马与之较量。然后再拿出中马与中马比，下马与下马比。其实，这不是聪明的办法，必不能稳操胜券。如对方出上马，我出下马；然后对方出中马，我出上马；对方出下马，我出中马；则我必能三战两胜，稳操胜算。

何况苏联出兵，很容易引起世界大战，不免战端再起；我们出兵，搞得好，可以将战争限制在局部范围。这样对世界的和平将大为有利。其后的发展果然如此。可见毛泽东处处从国际主义的立场出发，他的胸怀是世界革命的胸怀。这里不妨再提一件事。当毛泽东决定出兵的时候，苏联是答应出动空军与我配合作战的，后来他们又因某种顾虑改变了。在这种情况下，到底我们是出兵呢，还是也随之改变呢？毛泽东的决心没有变，还是决定出兵。原来与苏联的协议，我们出兵，他们援助武器。这一点是实现了，尽管是二次大战中的旧武器，有的枪栓拉不开，战士们戏称为"用脚蹬"。这些军援本来是不要钱的，后来苏中交恶，赫鲁晓夫向我要钱，我们只好一一还债。在中朝两国的友谊史上，还应大书一笔的是，尽管中国人民在这次战争中，从物力到人力，不仅付出了巨大的代价和牺牲，包括毛泽东亲生儿子的鲜血，而且对朝鲜方面毫无所图。在朝鲜战争结束后的 1958 年，中国部队立即全部撤出，在朝鲜半岛上不留一兵一卒。这是何等纯洁的国际主义友谊！从这些事例，都可以看到毛泽东的国际主义精神是何等感人。

　　朝战结束之后，在东方又发生了第二次大规模的战争——越南战争。自从美国军队入侵越南，战火便蔓延不息，仗越打越大。这次战争，充分显示了美帝国主义者的罪恶企图。它不仅要阻止越南南方人民的解放，而且要把已经解放的越南北方重新变为它的殖民地，并把印度支那变为它的势力范围，以完成对中国的包围圈。从战争开始之日起，毛泽东就看穿了这一点。中越两国是唇齿相依的社会主义兄弟邻邦，在越南解放之前，中越人民就有极为深厚的友谊。当越南人民命运攸关的时刻，中国怎么能无动于衷、漠然坐视呢？毛泽东这时又提出"援越抗美"的口号。这次的"援越抗美"，中国人民同样是尽心竭力、倾力相助的。毛泽东当时曾说："中国人民一向把越南人民的斗争看做是自己的斗争，决心不惜作出最大的民族牺牲，全力支援越南人民的抗美救国战争。"还说："七亿中国人民是越南人民的坚强后盾，辽阔的中国领土是越南人民的可靠后方。"这一立场极大地鼓舞了越南人民的斗志。在越南人民整个抗美斗争中，中国政府以数量庞大的战争物资、粮食和生活必需品，源源不断地运往越南前线，据统计，其总值超过二百亿美元。此外还向越南派出专家、顾问两万余人。在美国侵越战争升级、轰炸越南北方后,我国还派出了高射炮部队和工程兵部队,约三十万人,给予越南以有力的支援。直到越南南方全部解放,把美国侵略者赶出越南国土,有些援助也没有停止。当然,必须说到,越南人民也像当年的朝鲜人民一样,在艰苦困难的条件下,斗争是极为英勇的、杰出的,他们也把最大的民族牺牲献给了祖国的解放事业和人类的进步事业,保卫了社会主义阵营。在东方发生的这两次战争,都给了不可一世的美帝国主义极其沉重的打击,使美国的国力受到了很大削弱,美帝国主义正是从这两次战争开始走了下坡路。这正是东方两次战争的伟大意义所在。这样估计绝不是夸张。在这两次战争中,中朝人民和中越人民结下了鲜血凝成的最深厚的友谊。笔者在这两次战争中都身历其境,对此是有深切体验的。遗憾的是,在此后的中越关系中,也曾出现一段不正常的情况和不愉快的事情,但在中越人民长期的动人的友谊长河中,这些毕竟只是暂时的现象,在共产主义理想的光辉下,还会是"同志加兄弟"!

1970年5月,美国又把战火燃烧到柬埔寨。毛泽东当即发表了"五二〇"声明,庄严宣布:中国人民坚决支持印度支那三国人民和世界各国人民反对美帝国主义及其走狗的革命斗争。关于中国对柬埔寨的支援,西哈努克亲王是有亲身体验的。他在回忆起那段艰苦的岁月时,曾说,当他向毛泽东主席提出偿还中国对柬埔寨的援助时,毛泽东说:"我们不是军火商,对于某些方面的帮助,你可以把它叫作贷款,也可以记账,可是军火除外。"西哈努克又不安地说:"中国自己的负担很重,给了第三世界很多帮助,而现在我连同我的随从人员、朋友和工作人员又成了中国的额外负担。"毛泽东又回答:"我请求你让我们多负担一点,相信你们的人愈多我就愈高兴,到你身边来的人愈多我就愈喜欢。"

毛泽东不仅对周边国家是如此,而且放眼世界,对亚、非、拉广大地区的民族解放运动,无不给以热情的、力所能及的支援。1964年,拉丁美洲的巴拿马举行反美示威,要求收回巴拿马运河,美国对此进行了残酷的镇压。毛泽东对美国进行了强烈的谴责,并组织了两千万人举行示威游行,来声援巴拿马人民。有人认为对这样一个仅仅十万人口的国家不必如此重视,毛泽东说:不对!巴拿马人民已经直接起来反对美国军队,这就是最重要的事。不管什么地方发生了这样的事情,我们都应该支持。对非洲许多国家,我国的援助也是很广泛的。由中国援助兴建的坦赞铁路,那是举世闻名的。但这不过是其中的一件而已。

对资本主义国家人民的正义斗争,毛泽东也都给以有力的声援。三十年前,在美国发生了黑人牧师马丁·路德·金被杀害的事件。这一事件激起了全美国黑人的愤怒与骚乱。毛泽东当时曾发表过一个声明,指出:"美国的种族歧视,是殖民主义、帝国主义制度的产物。美国广大黑人同美国统治集团之间的矛盾,是阶级矛盾。只有推翻美国垄断资产阶级的反动统治,摧毁殖民主义、帝国主义制度,美国黑人才能取得彻底解放。"这一声明,在美国黑人中引起很大反响。

在天安门城楼上,挂着一条巨大醒目的标语:"世界人民大团结万岁!"世界人民团结起来干什么呢?我认为:这就是彻底推翻帝国主义在全世界的统治。因为帝国主义制度既是宗主国无产阶级和一切劳动人民受剥削受压迫的根源,也是所有第三世界殖民地半殖民地国家贫困的根源。正因为如此,所以全世界无产阶级的解放事业,与一切国家的民族解放运动,必须团结起来,构成巩固的统一战线,结成亲密的联盟,才能找到世界人民的解放之路。因此,世界革命是一个整体。毛泽东正是基于这一马克思列宁主义的原理,密切注视时代的风云,纵览世界革命的全局,来观察问题和处理问题的。他在《纪念孙中山先生》一文中曾说:"中国应当对于人类有较大的贡献。而这种贡献,在过去一个长期内,则是太少了。这使我们感到惭愧。"从这段话可以看出,毛泽东对解放了的新中国所应担负的历史责任,不仅有高度的自觉,而且具有充沛的国际主义精神。由于我们所做的一切使新中国在全世界树起了崇高的形象,人们把毛泽东看做是光明和希望的象征,他不仅是中国的民族英雄,也是一个世界英雄。当然,有些人觉得我们对其他国家的援助似乎太多了,这是还没有国际主义自觉性的缘故。虽然我们不免付出了许多代价,自己的生活紧一点,苦一点,但对于受援者说却是极为珍贵的。我们所做的一切,是中国人民值得自豪的。

四、毛泽东留给我们的宝贵遗产

毛泽东的重大功绩之一,是他留给我们一个好的党,一支好的军队和好的作风。这是极其宝贵的遗产。至于后人如何看待这个遗产,是否能保住这个遗产并发扬光大,那是另外一个范围的问题。但从毛泽东本人说,他留给我们这笔宝贵的遗产,是确凿无疑的事实。

我们的党——中国共产党的历史,是一部惊天动地可歌可泣的光辉灿烂的历史。历史表明:她是从中国人民沉重的苦难中挺身而起,不断成长壮大,经过几十年革命战火锤炼和艰苦创业的党;是一个真正为马克思列宁主义、毛泽东思想武装起来的党;是一个全心全意为人民服务的、与群众血肉相连的在中国大地上真正扎下深根的党;是一个以三大作风为标志的有优良传统的党;是一个将马列主义的普遍真理与中国的具体实践相结合的成熟的党。正因为如此,她不断地纠正了来自"左"的和右的机会主义倾向,在既定的航道上勇敢前进;正因为如此,她经历了人间罕有的艰难困苦和惊涛骇浪而不溃败,最后终于战胜了强大的敌人,把革命引向了光辉的胜利。她为我们的民族和这个世界已经作出了人所共知的贡献。

为什么我们的党具有这样强大的战斗力呢?这同毛泽东一贯重视党的建设是分不开的。无论党的思想建设和组织建设,毛泽东都是很重视的,但他尤其重视党的思想建设,并且善于抓思想建设。思想建设的核心是什么?就是学习马列主义,真正用马列主义来武装这个党。我们看到,没有什么时候毛泽东不强调学马列主义的。一个人要有灵魂,一个党也要有灵魂,马列主义就是共产党的灵魂。如果共产党没有马列主义作灵魂,那就很容易成为一个工具,宗派的工具,个人的工具,机会主义者的工具,甚至是个人野心家的工具。由于毛泽东一向重视党的思想建设,就产生了如下的积极成果:第一,大大提高了党员的觉悟和理论水平。值得大书一笔的是1942年毛泽东领导的全党整风运动。这一运动对于我们党的建设具有巨大的历史意义。它不仅清除了教条主义的影响,而且大大提高了全党马列主义的理论水平,进一步促进了马列主义的原理与各项工作的结合,使一般下层党员也大都知道,工作要从实际出发,干事要看具体情况,处处要注意调查研究。这就把党的思想路线放在坚实的辩证唯物主义的基础之上,从而大大提高了党的战斗力。第二,随着党的思想建设的加强,也就带来了新的作风,优良的作风。这就是著名的三大作风:理论联系实际的作风,密切联系群众的作风,批评和自我批评的作风。还有一整套群众路线的工作方法。第三,这就把我们的党变成了一个伟大的熔炉。前文曾经提到,有人认为我们党有一个先天的弱点,这就是党员中无产阶级成分不占优势,而农民和小资产阶级成分却又过多,因而怀疑中国共产党不是一个真正无产阶级的政党。不错,我们党确有这种先天的弱点,但是他们不了解毛泽东的一个基本观点——"人是可以改造的"。由于我们党一向重视思想改造,这就把各种非无产阶级成分的人逐步地无产阶级化了。在长期的革命斗争中,他们不断清除和抛掉了自己原有的农民、小资产阶级的弱点,扔掉剥削阶级的脏东西,而逐步变成坚强的无产阶级战士。党的无产阶级先锋队的性质就是这样保持下来的。

我们的军队——中国人民解放军,确实是世界上一支少有的好军队。张学良将军在回忆往事时,曾经高度评价过这支军队的战斗力,他说他的一个战斗力最强的师被红军消灭之后,他才真正体验到红军确实厉害。其实,解放军的全部战史,都是英勇无比的以少胜多、以弱胜强的历史,能够战胜任何艰难的历史。从国内战争到抗日战争,一直到朝鲜战争打败高度现代化的美国军队,都充分说明了这一点。为什么我们的军队具有这样强的战斗力呢?不是别的,正是因为它有来自人民、为了人民的高度的政治觉悟。为什么它会有这样高的政治觉悟呢?这是因为它是以无产阶级的建军原则来建设这支军队的。毛泽东亲自领导制定的古田会议决议,就是这一原则的体现。因此,这支部队不仅有坚强的战斗力,而且有良好的官兵关系和军民关系。这就使它能够在任何艰难环境中存在下去。比如,在抗日战争中,冀中根据地曾经为日寇全部占领,公路如网,碉堡如林,根据地已经变质为敌占区了。而即使在这样的环境中,我军化整为零的小部队,依靠人民群众的掩护,仍能继续战斗下去。试问,在这样的环境下,还有什么军队能够做到这一点吗?前面已经提到,在志愿军从朝鲜返回祖国的时候,朝鲜人民牵着他们的衣襟,依依难舍,竟流了那么多的眼泪,有谁见过世上还有这样动人的景象吗?毛泽东曾接见过英雄黄继光的母亲,当毛泽东握着黄妈妈的手称赞她有一个好儿子时,黄妈妈说:"这是毛主席教育得好。"应该说,这句话也道中了问题的实质。毛泽东确实给我们培育了并且留下了一支最好的军队。

应当强调提醒,不应该轻视一个党和一支军队的作风。正是由于我们党和我们的军队的好作风,给我们的民族带来了决定性的影响。不应忘记,当年我们刚刚进城时,我们的党在全国仅有四百多万人,军队也不过二百多万人。这两者加在一起,在全体人民中也是个极少数。而当时的城市和新解放区的乡村,还是未曾触动的完完整整的旧社会。腐朽污秽的种种丑恶现象还是到处可见。用毛泽东的话来形容,就是"资产阶级的污泥浊水淹到了我们的胸脯"。那么,究竟是这个极少数来改造这个庞大的传统的"臭酱缸"呢,还是这个极少数被这个"臭酱缸"所淹没呢?而后者不仅有可能,且是轻而易举的事,甚至不要很长时间。但事实恰恰相反。由于毛泽东头脑清醒,意志坚定,目标明确,措施有力,不是这个极少数被污泥浊水所淹没,而是这个党、这支军队带来了从未有过的清新的风,艰苦朴素、清廉自持的风,以劳动为荣、以为人民服务为荣的风。这股风由小到大,日渐强劲起来,终于使那种奢侈浮靡之旧风为之一扫,各种丑恶现象被荡涤干净,使旧城市、旧乡村出现了新的面貌。一句话,不是这个极少数被淹没,而是这个极少数改造了一个完整的旧社会。为什么能够做到这一点呢?因为毛泽东是一个无产阶级的革命家,而不是一个农民领袖。他的头脑始终是清醒的。在中国革命接近胜利的时候,他就要求全党全军来学习郭沫若写的《甲申三百年祭》,在西柏坡的小山村里,他已经告诫全党"务必使同志们继续地保持谦虚谨慎、不骄不躁的作风,务必使同志们继续地保持艰苦奋斗的作风",并且提出不要被资产阶级的糖衣炮弹击中的问题。在中央进入北京的途中,他又对周恩来说:我们是进京赶考啊,不要学李自成。正是他的这种思想及时地武装了全党全军,使大家都有充分的精神准备。入城之后,有一位将军看到我军将士的生活很寒酸,与城市的资产阶级和富裕阶层的生活相差太远,曾写信给毛泽东,建议提高我军将士的生活水平,要吃到几个菜、几个汤。这封信当即受到毛泽东的严厉批评。在建国后不久的1951年,我党又接连开展了大家知道的"三反""五反"运动,把一些开始露头的资产阶级作风,很快地消灭在萌芽状态。当然,这一运动有粗糙和扩大化的地方,也曾误批了一些好人,但就其总的历史作用看,是积极和不可少的。如果让那种倾向发展起来,党和军队的作风以及社会的风气,在建国初期就会出很大的问题。在"三反""五反"期间有一个著名的事件,就是枪毙天津地委负责人刘青山、张子善的决定。这是毛泽东亲自处理的。当时也有某高级干部找毛泽东说情,说不要处理这样重,但毛泽东不同意,说杀这两个人是挽救更多的干部。事情果然如此,如果不是采取这种坚决措施,还不定会产生多少刘青山和张子善。其实,查一查张、刘二人的贪污数字,比起今天的某些人,简直是小巫见大巫了。我们党和毛泽东同志,正是这样顽强地不断地同官僚主义、贪污腐化、铺张浪费作斗争,才使我们党和军队保住了传统的优良作风。事实证明,同资产阶级、封建阶级的腐朽作风和千百年来旧的习惯势力作斗争,不可能一劳永逸。因为我们党和军队的成员,都是来自社会各个阶层,又同这个社会不可分离地连在一起,因此不可能避免种种非无产阶级的影响,稍一放松就会受到腐蚀。这是绝对不能忽视的。

令人深感遗憾的是这些年我们这方面的工作放松了。这就不能不使我们党和军队发生了某种变化,甚至是很大的变化。尽管我们的干部、党员和军队成员,绝大多数是好的,能够保持清廉的操守;但是一切向钱看的狂潮和形形色色的腐朽思想,正猛烈冲击着我们的精神长城。应该说我们的精神壁垒不是没有被冲塌的地方。我们队伍中一些意志不坚定的人,或者不够坚定的人,经受不住金钱、权力和奢侈浮华恶风的诱惑,他们为人民服务的人生观正在向资产阶级的人生价值观方面转化。他们对于共产主义的理想已经越来越淡漠和疏远。这样,我们的党和军队赖以生存和发展的优良作风,不能不一步一步地失落。我们同群众的血肉联系,也不能不大为削弱。这种情况不能不引起党内外众多同志的不安和忧虑。应当说,已经到了我们该正视这些问题的时候了!该认真解决这些问题的时候了!如果再视而不见,或措施软弱无力,那是很危险的!陈云同志说:党风问题,是党的生死存亡问题。这是一针见血之论。

如果不能解决这些问题,或者把它和以经济建设为中心机械地对立起来,或者认为经济上去了,这些问题会自然而然地得到解决,势必会使问题继续严重化。这样我们就对不起一切为中国革命流血牺牲的前辈,对不起中国人民,也将愧对给我们留下一个好的党、一支好的军队和好的作风的毛泽东同志。

五、毛泽东留给我们的无价财富

毛泽东思想,是毛泽东留给我们的无价财富。

在中国共产党领导中国人民进行的长期革命斗争和社会主义建设中,随着马克思列宁主义与中国的具体革命实践的逐步结合,便创造和形成了伟大的毛泽东思想。毛泽东思想既继承了马克思列宁主义,同时又丰富和发展了马克思列宁主义。既具有中国的特点,但又绝不像某些外国学者说的与孔孟之道有什么关联,而是地地道道的中国式的马克思列宁主义。

毛泽东思想的形成同长期的中国革命斗争是分不开的,同中国共产党的历史是分不开的,同人民的创造力和集体智慧也是分不开的;但它又不是一般的集体创作,而是毛泽东对中国革命和建设经验的马克思列宁主义的理论概括和天才的总结。

我不是理论研究工作者,我不想在这里论列宁毛泽东究竟在哪些问题上发展了马克思主义。我只想着重谈谈毛泽东思想的意义和价值,对我们民族的价值以及对这个世界的价值。

(一)我所说的无价财富,当然首先是指我们的民族。毛泽东思想不仅在已往的中国人民的解放事业和建设社会主义的成就中,显示了巨大的威力,证明了它是行之有效的真理,而且对今后我们民族的进一步振兴和发展,仍长期具有潜在的生命力。我觉得,我国人民,首先是共产党员,我们的干部和青年,要充分地意识到这两点。毛泽东思想对我们的事业究竟有多么重要,这一点敌人或许比我们有的同志看得还清醒。方励之和刘宾雁就曾说过,不批判毛泽东和毛泽东思想,就不能彻底解决问题。因为他们看到毛泽东思想才是他们反革命的最大障碍。方励之和刘宾雁之流虽然只是些微不足道的人物,但他们却反映了敌对势力的心愿,也说中了问题的要害。于此,我们可以从反面看到毛泽东思想对我们是多么珍贵!

毛泽东逝世后的一段时期，一些本来就仇视毛泽东的人，乘澄清毛泽东若干错误之机，以批"左"为名，拼命地否定他、贬损他，甚至谩骂和污蔑他，毛泽东一度被冷落和疏远了，对毛泽东思想的学习不能不受到一定影响。但是广大的人民群众在内心里还是尊敬他和热爱他。近年来在广大群众中兴起了"毛泽东热"，这是可喜的现象；但由于缺乏引导，并没有提高到理性的认识。这时，也就是"八九风波"之后，在北京大学传来了"寻找毛泽东"的呼唤，这是一群有志气的青年人，关心祖国前途、关心社会主义命运的青年人发出来的声音。这种声音令广大人民深感欣慰和高兴。听说，至今为止，他们仍经常地孜孜不倦地阅读毛泽东的著作，并成立了毛泽东思想研究会，不断地进行学习和讨论。这是一种自觉自愿的学习，是为寻找真理、掌握真理而学习，绝非过去某种形式主义的学习可比，这是非常可贵的。毛泽东思想究竟是不是无价的财富，只有接触它、钻研它、认识它，才能够确定，否则就无从谈起。懂得了它是宝贵的财富，最重要的是运用，把财富埋在地下就永远不能放光。也许有人说，毛泽东著作讲的都是陈年旧事，是老古董了，今天学它还有什么意义呢？这是因为他还不了解学习马列主义是在于掌握它的精神实质，是在于理解它的立场、观点与方法，也就是掌握无产阶级的世界观。只要认真学习，就会从中汲取无穷的智慧，就可以运用它来观察和解决新的问题。马恩列斯的著作，同样是陈年旧事，但毛泽东正是从中掌握了它的精神实质，运用它来解决了中国革命许多重大问题。为什么我强调说，毛泽东思想对我们的民族、对我们的事业有长远的意义呢？我想至少可以举出下面三点：第一，四项基本原则是我们立国之本，这是写在宪法上的。在四项原则中，一般认为党是最重要的，但从实质看，马列主义、毛泽东思想是党的灵魂，如果没有这个灵魂，党就成为谁都可以利用的工具，那就没有任何意义了。不仅没有意义，而且党就会变质，由代表无产阶级和广大人民的利益变为代表少数剥削者的利益。我们的社会主义事业和无产阶级专政都会成为一句空话。第二，马列主义、毛泽东思想是我们的精神支柱和战斗的武器。放弃了它就等于自动解除武装，就无法同形形色色的敌人进行战斗，最后只能是招致全面的溃败。第三，共产主义是我们奋斗的理想，是我们的最终目标。社会主义仅仅是共产主义的第一阶段，然而又是必要的过渡阶段。既然失去了社会主义，也就中断了通向共产主义的道路，中断了通向共产主义道路的一切探索，人类的未来必将更加渺茫。这是显而易见的。

（二）毛泽东思想是在中国的土壤上产生的，它带有中国的特点，但并不是说它不具有普遍性。尤其是在地球上至今仍占有很大面积的那些与中国国情类似的国家，那些殖民地、半殖民地半封建性质的地区，中国新民主主义革命的经验，也就是毛泽东思想中的重要部分，例如在民族民主革命中无产阶级争取领导权的思想，武装斗争、统一战线、党的建设三大法宝的思想，将对这些国家和地区具有特殊的参考价值。当然，这必须依据他们各自的民族特点，政治、经济、文化的特殊情况作为借鉴。事实上毛泽东思想已经在世界上广泛传播，那些地方的革命家们正在艰难的环境下进行着各种探索。这些探索，虽然有的成功，有的失败，但都存在着巨大的希望。人们看到，即使距美国最近的古巴，他们的革命不就取得了光辉的胜利吗？古巴革命是在著名的马列主义者卡斯特罗的领导下，以武装斗争为主要形式取得的，并且很快走上了社会主义的道路。他们在美国强大的压力下和长期封锁中仍然像高山一样巍然屹立着，完全说明了古巴革命的生命力。毛泽东思想的普遍意义，并不限于上面所说的那些国家和地区，他的建党学说、群众路线以及正确处理人民内部矛盾的学说等等方面，对于其他共产党人也并非没有参考价值。

（三）毛泽东思想的长远意义。要谈这一点，不妨从当前的现实问题谈起。从1989年起，两三年内在国际上发生了一连串震天动地的事件，这就是东欧以及苏联等社会主义国家发生的剧变。这种剧变，西方称之为"民主"战胜了共产主义，我看实际上是由无产阶级专政蜕变为资产阶级专政。人民已由国家的主人变为资本的雇佣奴隶。所有这些国家，没有一个不是通货膨胀，债台高筑，人民生活水平急剧下降，失业大批增加，社会犯罪率恶性上升，社会主义的成果丧失殆尽。人民重新跌入革命前的黑暗中。这一变化来得如此猛烈而急速，令人震惊。而世界帝国主义却兴高采烈，额手称庆，认为是共产主义的彻底崩溃，从此是或者不久就是他们的一统天下了。究其事件发生的原因，当然因立场的不同各有不同的说法，而就马克思主义的观点看来,其中最重要的原因是两个:一个是西方帝国主义长期推行的和平演变战略发生了作用;二是共产党内的右倾机会主义亦即修正主义势力篡夺了党中央的领导权。后者更为重要。对东欧来说,戈尔巴乔夫这个大叛徒篡夺了权力之后,向东欧社会主义国家施加了强大的压力,也是搞垮这些国家的重要因素。这些触目惊心的现实,不能不使我们想起三十多年前伟大的马克思列宁主义者毛泽东的惊人预见。50年代末,毛泽东在《关于正确处理人民内部矛盾的问题》中,就指出了现代修正主义的危险。此后,他又提出,在社会主义时期,存在着阶级、阶级矛盾和阶级斗争的理论,以及关于反修防修、关于反对帝国主义和平演变,防止资本主义复辟的理论。这是毛泽东对马列主义所作的重大贡献。对于已经变质的原社会主义国家和还未变质的社会主义国家,这些都是异常宝贵的理论武器。人们看到,在那些资本主义已经复辟的国家中,不仅"休克疗法"宣告失败,经济日趋陷入崩溃;在政治上也一步步抛去"民主"的面纱,露出法西斯的狰狞面目。谁也不会想到,有的地方甚至出现了以坦克大炮轰击人民代表的奇闻,真比当年的希特勒毫不逊色了。但是,我们也同时看到,处在这种境遇中的人民,并不是所有的人都弄清楚了他们的国家何以会发生这种剧变,这种演变的性质是什么,以及他们的敌人究竟是谁,他们究竟怎样才能摆脱这种悲惨的命运。这正是真正的悲剧所在。其所以如此,一个重要的原因,就是修正主义的统治时间过长,人们的思想武装被解除了。由此可见,毛泽东反对和平演变,反对修正主义,防止资本主义复辟的理论是多么重要!在今后他们改变自己命运的斗争中是离不开这个理论武器的。

综上所述,我们可以看到,毛泽东思想不仅没有过时,而且具有强大的生命力和深远的意义。毛泽东是本世纪出现的历史巨人,他的理论影响并不因他的逝世而消失,而是会像伟大的马克思、列宁一样跨过本世纪,长远地影响我们的历史和我们的时代。当前的问题是,虽然中国是毛泽东思想的故乡,但我们对它仍然学习得不够,研究得不够,我们还未充分挖掘出有用的东西来,为我们的事业服务。现在毛泽东的信仰者已经遍布全世界每一个角落,对毛泽东思想的研究正方兴未艾。欧美各国都拥有众多研究毛泽东思想的学者，日本还设有毛泽东思想研究院，可见他们对这一问题的重视。近些年来，有人提出对毛泽东思想坚持和发展的问题。马列主义和毛泽东思想当然要发展，不发展它们的生命就会停止；但是这种发展，只能是在坚持前提下的发展，只有很好地坚持，才能更好地发展。连坚持都做不到，还谈什么发展呢？有些搞自由化的人嘴里的"发展"，只能说是异己思想的输入和其他不相干的思想的嫁接，是为了否定毛泽东思想，并不能称做什么发展。总之一句话，我们要无限珍惜毛泽东留给我们的无价财富，并很好地运用这个财富。

大 德 篇

何谓大德？难道"德"还有大小之分吗？依我看还是有的。小德多半指个人范围内的一些操守，例如在人际关系上，对朋友诚实，言而有信，对师长和长辈尊敬，对父母兄弟友爱相处，夫妇间互敬互爱之类，这些都可称为小德，亦即古语谓之小善也。而大德则是指大范围的，其标准自然有阶级立场的不同。例如对无产阶级的革命战士来说，其阶级立场的坚定性，对无产阶级的无限忠诚，对民族利益和广大人民利益的忠实和献身精神，以至对国际无产阶级道义的信守不渝，这些都属于大德的范围了。总之，一个人对无产阶级，对人民，对民族愈忠实，愈有利，贡献愈大，其德也愈大。衡量毛泽东的一生，我看在大德上也不愧是个典范人物。

一、无产阶级立场的坚定性

毛泽东的大德，首先表现在他对无产阶级的忠诚及其阶级立场的坚定上。这一点，特别在与资产阶级合作和在统一战线中表现得最鲜明。

统一战线被毛泽东列为中国革命的三大法宝之一，是毛泽东思想中的一个重要部分。但是毛泽东的统一战线思想，是与争取革命的领导权，与保持共产党的独立自主和正确处理团结与斗争的关系分不开的。在第一次国内革命战争中，毛泽东与陈独秀右倾投降主义的斗争，是大家都知道的。这一点前面已经涉及，此处不再详述。而在抗日战争中，也就是第二次国共合作的时候，毛泽东在这方面的表现尤其典型。一方面,他用极大的精力,全神贯注地促进抗日民族统一战线的实现,在他的书信集中,我们看到,他给国民党人士和非嫡系的军队将领,如张学良、阎锡山、傅作义、宋哲元等写了许多亲笔信,以宣传团结抗日的主张。这一工作一直持续到西安事变的正确处理,使国共合作团结抗日的主张成为现实。而另一方面,他又鲜明地提出统一战线中的独立自主、放手壮大人民力量的方针。在抗战爆发、八路军开赴抗日前线前夕的中央洛川会议上,我们党提出了《抗日救国十大纲领》,以促进国民党改变片面政府抗战为全民抗战。此外,毛泽东又提出了我军应实行独立自主的山地游击战的战略。这一条是有深刻含义的。一方面游击战是我军的拿手好戏,充分发挥我军的这一特长,才能起到配合正面战场的战略作用;二是以此来发动群众,壮大革命力量。因为毛泽东早已识破蒋介石的阴暗心理,即用日本人之手"借刀杀人"。如果我军把自己的长处弃置不顾,而将有限的两三万人纳入国民党的所谓正规战,实行单纯的消极防御,还不是拼几下子就完事了?那么国民党一旦动摇投降,谁来坚持抗战的局面呢?此后的历史发展,已经完全证实毛泽东这一方针的正确。

1937年11月12日,毛泽东在延安发表了《上海太原失陷以后抗日战争的形势和任务》的演说。在这篇演说里,他鲜明地提出了反对两个投降主义,即民族投降主义和阶级投降主义。毛泽东之所以提出反对民族的投降主义,是因为他已看出,国民党不要人民群众参加的片面抗战,是一定要失败的。抗战开始不久,国民党的复兴社中有一部分人即已动摇,CC团中也有一部分人在动摇,尤其是统一战线的右翼集团大地主大资产阶级,他们更是投降主义的大本营,既害怕战争对他们的财产带来破坏,又害怕民众起来,动摇其统治地位,他们的投降是必然的。毛泽东并且预言,他们从民族统一战线中分裂出去是为期不远的。这一预言没有落空,此后不久即为汪精卫集团的树起降旗所证实,仅仅只在国民党的国旗上添加了和平二字就跑到南京去了。显然,不提出反对民族投降主义,不制止这股逆流,抗战是无法坚持的。

与此同时,毛泽东为什么又提出反对阶级投降主义呢?这是指共产党内说的。1927年陈独秀投降主义路线使中国革命遭到失败的痛苦教训,对毛泽东是极其深刻的。而且在抗日统一战线实现后的新的历史条件下,又出现了一些令人担心的消极倾向。由于从国共内战转到国共合作,我军从山沟里走出来,党内军内某些不坚定的分子,便模糊了自己的阶级意识。1937年7月,闽粤边区游击队领导人何鸣,在同国民党军第157师谈判时,由于丧失警惕,致使近千人的部队在漳浦被国民党军队包围缴械。在统一战线中,有的地方过分相信国民党,因而主张在国民党统治区域内党的一切活动公开化。军队中个别人甚至以接受国民政府的委任为荣,不愿严格接受党的领导,少数人主张在国民党未改变其一党专政的情况下,共产党员也可以到国民党政府中去做官。有人甚至对国民党特务在根据地的破坏活动,不敢进行坚决斗争。在国民党"限共""溶共""削弱共产党力量五分之二"的新政策下,如不提早注意,那是很危险的。毛泽东认为,这种阶级投降主义,将引导无产阶级去适合资产阶级的改良主义和不彻底性。不克服这种倾向,就不能进行胜利的抗日民族革命战争,就不能变片面抗战为全面抗战,就不能保卫祖国。他认为阶级投降主义实际上是民族投降主义的后备军,是援助右翼营垒而使战争失败的最恶劣倾向。因此,他认为,"统一战线中的独立自主"这个原则的坚持,"是把抗日民族革命战争引向胜利之途的中心一环"。

正当这一正确方针顺利贯彻,游击战争在敌后蓬勃发展的时候,我党驻共产国际代表团的代表王明回来了。他提出了另一套方针。

共产国际和斯大林,对中国革命有很多帮助,提出过不少正确意见。但他们对中国共产党的情况始终若明若暗,有许多情况是不了解的,尤其是对中国共产党及其军队的力量估计不足。直到进行三大决战前夕,米高扬到西柏坡秘密访问时还是如此。抗日战争开始后,他们对我党的力量和潜力更是认识不足,认为中国共产党和中国工人阶级的力量都很弱小,因而把抗战的希望寄托在国民党领导的政府和军队身上。他们认为,中国共产党应当在国民政府的基础上促成统一,不要提什么谁领导谁的问题;而应该运用法国共产党"一切经过统一战线""一切服从统一战线"的经验,做到共同负责,共同领导。同时,他们还担心在新的形势下,中国共产党能否胜任新的任务。因此,需要派"能在国际形势中辨明方向的、有朝气的人去帮助中共中央"。这就是王明被派回来的背景。

据《中国共产党历史》记载:王明回国后,于1937年12月召开了中共中央政治局会议。王明为贯彻共产国际的"新政策",在会上作了《如何继续全国抗战与争取抗战胜利呢》的报告。报告的重点是对党中央和毛泽东在统一战线上的许多政策提出批评。他认为,过去对国民党的根本转变认识不够,对国民政府开始起到全国统一战线的国防政府的作用和国民革命军开始起到全国统一的国防的作用估计不够,过去太强调解决民主、自由问题,没有把握住"抗日高于一切""一切服从抗日"的原则;过分强调独立自主,没有采取"一切经过统一战线""一切服从统一战线"的工作方法。他认为,应有统一的群众组织和统一领导的群众运动,在抗战条件下,不怕国民党限制,要到国民政府去立案,争取合法。他不同意公开批评国民党片面抗战的路线,认为这样的提法太尖锐,使人害怕。他不同意国民党营垒有左、中、右的提法,认为只能以抗日或亲日为标准;也不赞成谁吸引谁的提法,认为不应空喊领导权,不应说谁领导谁,而是国共"共同负责,共同领导"。他还指名批评刘少奇文章中所提出的要求过高、过多,认为不应该改造旧政府机关,在山西等地区仍应用旧县政府和旧县长,不能成立抗日人民政府。

由于王明传达的是共产国际和斯大林的指示,许多与会者盲目信赖,一时竟不能明辨是非,就依据王明的错误观点,检查过去的工作,承认自己在统一战线工作中有"狭隘观念"和"不策略的地方"。毛泽东在原则问题上作了辩白和说明。但会议未对分歧展开进一步的辩论。会议还决定增补王明等为书记,并由周恩来、王明、秦邦宪、叶剑英组成中共代表团派赴武汉,负责与国民党谈判。

王明到了武汉,并任中共长江局的书记后,便在工作中贯彻他的错误主张。当年12月25日,他自己起草了《中国共产党对时局的宣言》,在坚持全面抗战路线和独立自主的原则问题上,从我党提出的《抗日救国十大纲领》后退了。随后又于次年1月在《群众》杂志上发表了《挽救时局的关键》,散布了许多对国民党迁就退让的错误观点。他在武汉大学的讲演,走得更远。甚至说什么"在对内的问题上,现在也有一种恶劣倾向,就是先问民主自由够不够,然后再谈统一战线。这是不对的。统一战线的建立,抗日之外没有其他的条件"。还说,"现在都谈游击战,好像有了游击战什么都不成问题似的"。但是国民党政府并不以这种退让为满足,更不欣赏他的"共同负责,共同领导"那一套,还是照旧坚持它的"一个党,一个主义"。对这种叫嚣,王明不敢反驳,而是以发表《毛泽东与延安〈新中华报〉记者其光谈话》的形式来反驳。而他起草的这个"谈话",却并未经过毛泽东和中央书记处的审阅。王明如此独断专行,自然引起毛泽东、张闻天等中央领导人的不安。王明不但在长江局颐指气使,而且也不尊重党中央,甚至发展到以通知的口吻决定召开政治局会议。这次会议上,在国民党"只要一个军队"和"统一军令"的叫嚣声中,他竟也提出建立几十个新式装备的师团,"统一编制""统一指挥""统一军令""统一作战计划""统一作战行动""统一待遇"的主张。这一主张,无异于响应和屈服于国民党"统一军令"吞并我军的压力。如果实行这种主张,共产党还有什么独立自主呢?敌后的游击战还怎样开展呢?尽管毛泽东等许多同志提出了正确的意见,但王明硬是不听。王明回到武汉后,并没有按中央的意见,把工作重点放在战区和敌后,仍然放在大城市和国民党的谈判上,以致武汉失守后,没有抓住有利时机,在上海、南京、武汉及其他重要敌占城市附近放手组织共产党领导的游击战争,没有及时地在这些地区建立起抗日民主根据地。因此,在这些地区乡村工作比较薄弱,许多自发的抗日武装,未能及时得到共产党的领导,使新四军丧失了大好时机,没有得到更大更快的发展。而这时华北的抗日游击战争早已蓬蓬勃勃地发展,根据地也得到了巩固。这是严重的教训。当然也要指明,大量国民党军的阻挠,使新四军面临着更多的困难条件。

　　正在这时,接替王明任中共驻共产国际代表团团长的王稼祥,从莫斯科带回了好消息。由于1938年4月任弼时到共产国际汇报了国内的真实情况,共产国际对中国革命有了新的理解。在王稼祥回国前夕,共产国际负责人季米特洛夫接见了王稼祥与任弼时,他明确表示:在中共中央应支持毛泽东同志的指导地位,王明缺乏实际工作经验,不应争当领袖。共产国际的这一指示,无疑是极端重要的。在1938年9月召开的中央政治局会议上,王稼祥传达了这一指示,并指出中共一年来建立了抗日民族统一战线,政治路线是正确的,中共在复杂的环境和困难的条件下,正确运用了马克思列宁主义,在中共领导机关中,要以毛泽东为首解决统一领导问题,中央领导要有亲密团结的气氛。这就为六届六中全会的举行创造了有利条件。

在六中全会上,毛泽东对十五个月来的抗战经验作了总结,最后讲了统一战线和战争战略问题。在统一战线中他批判了关门主义倾向和投降主义倾向。特别批判了"一切经过统一战线""一切服从统一战线"的错误主张。他说,国民党是当权的党,它统治民众运动,限制共产党的发展,剥夺各党派的民主权利,不愿制定共同的政治纲领,不允许有统一战线的组织形式。在这种情况下,"一切经过统一战线","一切服从统一战线",那就是一切经过蒋介石、阎锡山,成为单方面的服从,自己束缚自己的手脚。正确的方针应该是既统一又独立。统一战线中的合作和让步,都是以承认对方为前提,不能因为合作而抹杀党派与阶级的独立性及其必要的权利。不然,那样的合作就成了混合,必然牺牲统一战线。毛泽东还深刻地阐明了民族斗争和阶级斗争关系的原理。抗日战争时期,民族敌人深入国土,民族矛盾上升为主要矛盾,阶级矛盾降到次要和服从的地位,但阶级矛盾仍然存在,并没有减少和消灭。所以抗日的民族斗争是第一位的、最紧迫的任务,但是没有民主、民生问题适当的解决（属于阶级斗争范围),就不能实行广泛的民众的动员,以战胜民族敌人。进行抗日与解决民主、民生问题不能分离,互为条件。会后还根据当时形势,撤销了长江局,设立南方局,以周恩来为书记,从此,毛泽东的正确方针才能得以贯彻。

以笔者在抗战中的切身体会,自从平、津、太原等各大城市沦陷之后,日军大举南下,以国民党军队的正规战为主体的华北抗战即告结束。在南方,自上海、南京、武汉失守之后,也出现了幅员广大的沦陷区域。在这些区域内,如果不是中国共产党放手发动群众,广泛开展游击战争,并建立起为数众多的抗日根据地使日军深深陷入无法脱身的泥淖之中,则这些地区势必成为日军巩固的后方和提供人力物力的基地,加上敌人的诱降和大地主大资产阶级的动摇性,国民党恐怕早就投降了。历史的实践已经证明,如果不是共产党在统一战线中坚持独立自主、壮大人民力量的方针,抗战就无法坚持到底，也就不会有抗日战争的胜利。

至于抗日同实行民主、改善民生的关系，笔者的体会更为深刻。在抗战期间，敌后抗日根据地与国民党统治区无疑是两条抗战路线最鲜明的对照。笔者长期生活在敌后抗日根据地，亲眼看到那个时代人民大觉醒的精神风貌。所有的以农民为主体的各阶层群众，包括妇女、儿童、老人全部被组织到各抗日组织之中。母亲送儿打东洋，妻子送郎上战场的动人情景，随处可见。地雷战、地道战、麻雀战遍地展开，使敌人寸步难行。尽管日寇进行了无数次的"讨伐""扫荡"，施用了最残酷的"三光政策"，但我根据地仍巍然屹立，成为日寇日夜不安的心腹大患。被称为模范抗日根据地的晋察冀边区，其幅员相当于一个完整的法国，紧紧地包围着平、津、保等大城市，像一把尖刀直插入敌人的心脏。令人深思的是，抗日根据地为什么能发挥出这样大的威力呢？原因不是别的，是千百万群众被真正地发动起来了。而被称为一盘散沙的群众，为什么能发动起来又是怎样发动起来的呢？原因有两个：一是实行了民主，把封建官僚的旧式政权改造成为新型的民主政权，砸碎了封建的枷锁，这就使千百年被压在底层的人民群众，得以抬起头来，一如经受了雨水滋润的春草，勃发出潜在的生机；再一个就是经过减租减息、实行合理负担的政策，在一定程度上改善了人民的生活，这就使得在封建剥削重压下奄奄一息的农民，能够缓过一口气来。尽管为了维护统一战线，农民仍然保证交一定的地租，但总的说来已经减轻了负担。实行了这两项改革，自然使群众抗战的积极性被发动起来。共产党在毫无援助，国民党政府不发一枪一弹的情况下，所以能够坚持在极其困难的敌后抗战，其原因就在这里。反观国民党统治区，实行的完全是另一套办法。由于他们所代表的剥削阶级的本质，他们根本不愿实行民主和改善民生，甚至连这样的字眼也不愿听。因此在国统区内是原封不动的封建统治。他们不仅不愿减轻人民的负担，反而借抗战之机，巧立名目，任意派捐加税，大发国难财，使人民越发不堪重负，比之抗战前陷入了更深的苦难之中。试问，这样困境中的人民群众，从哪里来的积极性呢？在这种情况下，国民党只有采取抓壮丁的办法，将老百姓绳捆索绑地送上前线。这样的军队如何能不一触即溃？国民党也学共产党的办法，在敌后留下一点部队，打算搞点游击战争。但他们因为根本不愿实行民主、改善民生,从根本上脱离群众,所以在敌后无法立足。例如在中条山地区,国民党也留下几十万部队,但在日寇的进攻下,很快就土崩瓦解。如果我们接受王明"一切服从统一战线"的政策,一切照国民党的办法做,则根本不会有那样坚强的抗日民主根据地,也不会有人民力量的壮大。即使勉强能够存在,在日本投降后,也绝难应付国民党的进攻。历史的经验已经清楚证明:如果不是执行毛泽东在统一战线中独立自主的方针,也就不会有人民的胜利,不会有中华人民共和国的诞生。

近几年,反"左"谈得比较多,更有甚者,某些人只反"左"不反右,甚至讳言反右,好像右成了香花。其实,"左"和右在历史上对党和革命的危害都很大。"左"既不比右好,右也不比"左"好。正确的态度应当是有"左"反"左"有右反右,我们的党正是在两条战线的斗争中壮大成熟起来的。毛泽东本人就是既反"左"又反右。如果在抗战中不是坚决纠正王明右倾投降主义的错误,极有可能演变成第二次的陈独秀路线,抗战的胜利既无从谈起,更不要说解放战争的胜利了。在第二次世界大战中,欧洲不少国家的共产党都有武装,随着二次大战的胜利,某些国家的共产党自动解除了武装,交给了合法政府,革命的胜利也就从此遥遥无期了。而中国则不然,二战结束数年后就接着取得了新民主主义革命的胜利。这正是毛泽东无产阶级立场的坚定性所引来的胜利,也正是毛泽东大德方面的表现。

二、为维护民族利益,不屈服于任何压力

毛泽东不仅具有极其坚定的无产阶级立场,而且在维护民族利益上,能够做到不屈服于任何强大的压力。作为伟大的马克思主义者的毛泽东,这二者在他身上得到完美的统一。

为争取中华民族的彻底解放,将帝国主义者一个不留地驱逐出中国,表现在毛泽东一生的事业中。"在野兽面前,不可以有丝毫的怯懦",这就是毛泽东对待所有帝国主义强盗的态度。这方面不需要多说了。我想说的是,即使对于来自同盟者或革命营垒内部的压力,凡是有损于民族利益者,他也决不让步,不管这种压力来自何

方,有多么强大。

抗日战争胜利以后,中国面临着一个向何处去的十字路口。是回到大地主、大资产阶级专政的旧中国,还是建立起新民主主义的新中国,这是一个重要的历史关头。我们党和全国人民当然希望成立民主的联合政府,运用和平方式促进中国朝进步的方向发展,而国民党蒋介石却迫不及待地发动了全面内战。在这种情况下,为了中国人民的利益,为了中华民族的长远利益,中国共产党已别无选择,只有用革命战争迎击敌人的反革命战争。

据师哲同志《在历史巨人身边》中回忆说:在重庆谈判的前夕,也就是国民党在局部地区已经向我进攻的紧张时刻,斯大林通过苏军驻延安情报组转来一份电报,内容主要是:中国不能再打内战,要再打内战,就可能把民族引向灭亡的危险地步。由于来电者的身份,对中国共产党自然是一个巨大的压力。毛泽东看了电文,引起了极大的不快,甚至是很生气。他愤然说:"我就不信,人民为了翻身搞斗争,民族就会灭亡!"

两三天以后,斯大林又来了第二封电报,主要内容是:世界要和平,中国也要和平,尽管蒋介石挑衅,想打内战消灭你们,但是蒋介石已再三邀请你去重庆协商国事,在此情况下,如果一味拒绝,国内、国际各方面就不能理解了。如果打起内战,战争的责任由谁承担?你到重庆去同蒋会谈,你的安全由美、苏两家负责。

谈判自然是可以的,从积极方面看,是另一种形式的斗争。但这封电报显然也是一种压力,毛泽东从内心说是不能接受的。因此他在赴渝前同刘少奇整整谈了一天一夜,面授机宜。大致意思是:我在重庆期间,前方和后方都必须积极活动,对蒋介石的一切阴谋都要予以揭露,对蒋介石的挑衅应给以迎头痛击,有机会就吃掉它,能消灭多少就消灭多少。我军的胜利越大,农民群众的活动越积极,我的处境就越有保障,越安全。要知道,蒋委员长是只认得拳头的。

不久之后,蒋介石假和平、真内战的阴谋就彻底暴露了,全面内战爆发了。由于毛泽东从一开始就顶住了来自革命营垒的压力,摈弃了斯大林错误的方针,实行了自己正确的方针,大大超过预料地提前取得了中国革命的彻底胜利,成立了中华人民共和国。我们的民族不仅没有灭亡,而是从此真正地站立起来了。

历史的发展未免使斯大林这位伟人感到内疚。据师哲同志《在历史巨人身边》中记载,在新中国建立前夕,刘少奇率中共代表团秘密访苏时,曾察觉了这一点。

大约是1949年7月27日,斯大林在孔策沃别墅的二层楼上欢宴中共代表团。席间,他曾动情地说:中国共产党已度过了她的幼年与青年时期,现在已经是政治上成熟的党、成年的党了。而且说,中国党是一个在烈火中锻炼成熟的党!

这时,斯大林举起酒杯,深有所思地面对中国同志说:我说的中国马克思主义者成熟了,苏联人和欧洲人要向你们学习的话,并不是奉承你们,不是客气话。西欧人由于骄傲,在马克思、恩格斯死后,他们就落后了。革命的中心由西方移到了东方。现在又移到了中国和东亚。

接着,斯大林建议:在国际革命运动中,中、苏两家都应多承担些义务,而且应当有某种分工,就是说,希望中国今后多担负些对殖民地半殖民地附属国家的民族民主革命运动方面的帮助,因为中国革命本身和革命经验会对他们产生较大的影响,会被他们参考和吸取。苏联在这方面起不到像中国那样的影响和作用。

斯大林说到动情处,沉默了一会儿,仿佛想起了什么,突然问:"在你们进行斗争中,我们是不是扰乱过或妨害了你们呢?"

少奇同志作了有礼貌的有分寸的回答后,斯大林说:"胜利者是不受审判的,凡属胜利了的都是正确的。"接着又说:"中国同志总是客气的、讲礼貌的,我们觉得我们是妨碍过你们的。你们也有意见,不过不肯说出来就是了。你们当然应该注意我们的讲话正确与否,因为我们常常是不够了解你们事情的实质,可能讲错话。不过,如果我们讲错了,你们还是说出来好,我们会注意到的。"斯大林用抱歉和不安的语气讲了这些话。大家一听就明白是指1945年那两封电报的事或者还包含更多的事。斯大林当着中共代表团的面所作的公开的自我批评,说明他不愧是一个光明磊落的共产党人,一个伟大的马克思主义者。他的话使人感到意外,也使人感动。

与中国的经验相对照,我们不妨举一点另一方面的例子,也许有助于对问题更深入的理解。

在这方面，法国共产党在二次大战中及战后的经历，是令人深思的。

在二次大战中，法国人民在共产党的领导下所进行的英勇斗争，是举世皆知的，是非常动人的。当时法共组织和领导的义勇军游击队，已发展到数十万人，他们对法西斯德国占领军进行了历时数年的广泛战斗。法共党员已发展到五十四万多人。法共领导的群众组织解放委员会已经遍及城乡，力量相当强大。在巴黎，成千上万的巴黎居民一直在打击德国鬼子和伪民警，烧毁或炸毁德国人的卡车、机动车停车场和为德军生产武器的工厂。1944年8月，在盟军迫近的有利形势下，巴黎人民举行了起义，整个巴黎，到处都展开了英勇的战斗。他们攻取了德军在城内的各个据点，占领了警察局等要点。最后又不惜伤亡，前仆后继，攻下了纳粹军队最后据守的卢森堡宫的一些要塞和共和国广场，迫使巴黎德军最高司令官冯·科耳提茨无条件投降。巴黎就这样在警车宣布德军投降的喇叭声中宣布解放。巴黎的解放，完全是依靠义勇军游击队、爱国民警以及英勇的巴黎人民自我解放的。这是巴黎人民的光荣和骄傲！在此后肃清全国各地的德军，解放全国领土的战斗中，法共领导的义勇军游击队，起到了极其重要的作用。

据法共党史分析，在二次大战后，法国共产党面临着一种空前有利的局面：首先是法共在全国人民中赢得了从来没有的崇高威信；法国资产阶级的国家机器由于法国战败和投降，已经威信扫地并且陷于瘫痪；戴高乐建立的代替机构虽然得到了某种响应，可是很不稳定，所以不得不寻求在群众中享有崇高威信的共产党为其担保；法共推动起来的民族阵线、法兰西义勇军游击队、法国国内武装部队和爱国民警队已经把全体人民吸引到争取民族解放的广泛统一战线中来，同时给予这个统一一种即使不是革命的也是社会的和进步的内容；重新统一起来的工会以空前的规模恢复了，而且在解放委员会里实现了无产阶级与同盟军之间的基层联盟，并根据最高委员会拟定的共同纲领——全国抵抗委员会纲领——管理了市政和省。

这是一种对法共、对人民多么有利的形势！如果法共以适当形式建立起无产阶级领导的各革命阶级联盟的国家并转变为社会主义的国家，那是完全可能的。可惜的是，这时法共的总书记莫利斯·多列士从苏联居住数年后回来了。原先在他居住在苏联时，资产阶级的代表人物戴高乐为了打击共产党，曾企图以逃避兵役为罪名判处多列士徒刑，这时他却欢迎多列士回来。据戴高乐的回忆录说，多列士的回来是有利无害的。果然，多列士回来之后，很快就被接纳参加了临时谘议议会，并且要"再把党掌握到手"。他喊出的第一个口号就是："单一的国家，单一的警察，单一的军队！"他所做的第一件事，就是解除了共产党领导的爱国民警的武装。他认为，这些爱国民警在德国占领期间的存在是有理由的，现在情况已经改变，已经没有这种必要了。戴高乐在《战争回忆录》中谈到当时必须斩断共产党人的脚爪，收回被他们篡夺去的权力，没收他们所炫耀的武器时说：多列士"刚回到法国，就帮助政府解决了'爱国民警队'余部的复员问题。他……反对了解放委员会制造障碍的企图，阻止了某些过激分子阴谋实行暴力的行动。"接着是多列士的第二步行动，解散解放委员会。这个群众基础很强、势力很大的群众组织，在战争期间，早已经过人民选举，建立了从工厂、街道、村庄到全国三级会议的民主集中制的强大机构。本来可以为下一步的发展创造条件，可惜这样影响广泛的群众组织也被解散了。接着是共产党与社会党的团结也瓦解了。根据法共党史分析，以当时情况，即使说建立一个由共产党领导的人民民主制度是不可能的，建立一个工人阶级能保持作用的、具有深刻社会内容的民主政权肯定是可能的。但是这一切都化为泡影，光明的远景被放弃了，停留在单纯地在资产阶级政府中做官的范围内。党和人民在战争期间牺牲了成千上万的战士所积累起来的力量被放弃了，仅仅换了政府中两三个部长，而这两三个部长也在几年后被撤换了。

  法共的这一历史教训，是多么地沉痛啊！

  多列士与我国的王明，颇有一点类似之处，这正像毛泽东对王明的评价：他想别人的事太多了，想自己的事想得太少了。也就是说想本民族的事太少了。

  苏联在赫鲁晓夫当政时期，他的修正主义错误观点，不仅在国际共运中产生了许多恶劣的影响，而且他的大国沙文主义也有恶性的发展。这就同中国共产党不能不发生尖锐的矛盾。坚决维护民族利益的毛泽东,在这场斗争中也就表现得更鲜明。

1958年夏,苏联通过驻华大使尤金约见毛泽东,表示苏联领导希望:在中国能有一个潜艇基地,建一个长波电台以便于同他们的舰队保持联络,并提出和中方搞一个联合舰队。尽管尤金是毛泽东的老朋友,毛泽东经常同他探讨哲学问题,但听到这个要求,毛泽东却不免感到震惊和意外。毛泽东的表情立刻严肃起来,当即问他:"你们这是什么意思?为什么要搞这个?"尤金一时说不清楚,毛泽东便严肃地说:"你讲不清,请赫鲁晓夫来讲!"7月21日,赫鲁晓夫秘密来京,毛泽东在颐年堂同他进行了会谈。赫鲁晓夫解释说,现在苏联的远程潜艇开始服役了,而且苏联的舰队也在太平洋活动,但只有个符拉迪沃斯托克(海参崴)基地,远程潜艇服役后,需要有一个长波电台。而且特别说明他们的舰队是为了对付美国的第七舰队的……毛泽东见他说话不着边际,便有些恼火,立刻说:"你讲了很长时间,并没有讲到正题。请你讲清楚,什么叫联合舰队?"赫鲁晓夫支支吾吾地说:"我们出钱给你们建立这个电台,电台属于谁倒无所谓,我们甚至可以把电台送给你们。"毛泽东发火了,拍了一下桌子,站起来指着赫鲁晓夫的鼻子说:"你讲的这一大堆,毫不切题,我问你,什么叫联合舰队?"赫鲁晓夫红着脸说:"我们不过是来同你们商量商量。"毛泽东立即反驳道:"什么叫共同商量?我们还有没有主权了?你们是不是想把我们的沿海地区都拿去?你们都拿去算了!"赫鲁晓夫见毛泽东真的发了火,他不乏机智,马上狡辩道:"为了合情合理,假如你愿意的话,你们的潜艇也可以使用我们的摩尔曼斯克做基地。"毛泽东断然说:"不要!我们不想去你们的摩尔曼斯克,不想在你们那里搞什么名堂,也不希望来我们这儿搞什么名堂!"他接着说:"英国人,日本人,还有别的许多外国人,已经在我们的国土上呆了很久,被我们赶走了,我们再也不想让任何人利用我们的国土来达到他们自己的目的!"

"好,那我们就不提这个建议了。"赫鲁晓夫尴尬地说。

上述场景,是当年担任翻译的李越然同志提供的。事后毛泽东还问李越然:"你是不是怕赫鲁晓夫?我用手指他的鼻子,你为什么不用手指他?"可见当年赫鲁晓夫损害我们民族利益的企图,的确是触痛了毛泽东属于炎黄子孙的那根神经,毛泽东确实是存心要教训他。

　　但是,赫鲁晓夫碰了一鼻子灰似乎还嫌不够,第二年,即1959年秋天,赫鲁晓夫与美国总统艾森豪威尔在戴维营会谈之后,来到了北京。他这次兴冲冲地说:"毛泽东同志,我给您带来了好消息。"他说已经找到了"解决台湾问题的好方法"——"台湾应该用列宁远东共和国的办法来解决"。原来他把列宁在特殊情况下所作的让步,当做解决台湾问题的办法,实际是要中国承认台湾脱离中国。毛泽东一听,立刻反驳说:"远东共和国是由共产党控制的,你所说的台湾也是由共产党控制的吗?"赫鲁晓夫见此计不成,又碰了一个钉子,立即转变话题,要求释放在朝鲜战争期间以及后来在中国东北被俘获的美国空降特务。毛泽东说:"这就更难办了,你知道我们是有法律的。"原来赫鲁晓夫在美国已经答应了艾森豪威尔的要求。他这时只好叹了口气,可是谁又让他替中国越俎代庖呢!

　　同类的事件还可以举出尼赫鲁制造的中印冲突。这件事也与赫鲁晓夫有关。他曾设想把中国的一块领土划给尼赫鲁,认为"那只不过是块荒无人烟的冻土地",如果能说服毛泽东,就能换取尼赫鲁"反帝"。事实上他在背后已经答应了尼赫鲁。尼赫鲁在这种背景下,于1959年8月派印度军队侵占了朗久,挑起了冲突。随后又提出要占领我国十二点五万平方公里的领土的要求。这完全是荒谬无理的。我军就是在这种情况下,展开了英勇的反击。这一仗打得相当干脆漂亮,几乎使入侵的印军全军覆没,仅有小部分逃窜。尼赫鲁本来有恃无恐,宣布要把我军"清除掉",不料却得到这样的下场。而我们考虑到印度是第三世界国家,今后还要团结它,于是战后将全部缴获的武器以及所有俘虏全部送还。这一仗从头到尾都是毛泽东亲自掌握和指挥的。战前连续七次向印方提出抗议,又让周总理连写三封信给尼赫鲁,劝其悬崖勒马,以中印友谊为重,可谓做到仁至义尽。印军入侵后,又等他们深入我国领土一段距离,便于包围歼灭后,才开始反击,因此大获全胜。整个中印边界反击战,不仅有力地维护了我们的民族利益,而且从头到尾,从政治到军事,从战斗到送还武器、俘虏,其全过程可以说是一部完整的艺术创作。不是毛泽东这样的高手,是做不出来这样的千古奇文的。毛泽东曾经估计,中印边界这一仗,可以争取十年的安定,这种安定局面至今已有三十年了。

　　至于来自美国的压力,毛泽东尤其采取蔑视的态度。1944年,那个后来当过美国驻中国大使的赫尔利,就曾来到延安调停过国共两党的关系。当时他是作为反法西斯同盟者的身份出现的,但据师哲同志介绍,此人相当粗鲁无礼。他与毛泽东会谈时,不由自主地拿出帝国主义者的架势,蛮横地说:中共必须同蒋介石国民党合作,绝不要打内战。如果你们答应,美国的武器就可以源源而来;如果你们打起来,你们未必赢,美国人也不能原谅你们,他们就会议论、批评、责难,甚至骂人。难道你们不怕这种不利于你们的舆论压力吗?毛泽东听了,不禁火冒三丈,当即不客气地说:你们美国人吃饱了面包,喝足了牛奶,睡够了觉,无事可做,天天想骂人,那是你们自己的事。飞机、大炮、坦克、军舰也是你们自己的。我们有的是小米加步枪,还有两只手、两条腿,我们自己会处理好自己的事情……这一席话,把不知天高地厚的赫尔利弄了个目瞪口呆。也许这时他才醒悟到他面对的不是别人,而是共产党人毛泽东。

　　由此可知,中华民族的利益,在毛泽东的心目中是何等地神圣啊!不管压力来自何方,不管是谁,也不管这力量有多么强大,我们的民族是不能受到丝毫的玷辱和损伤的!

三、时刻关怀着国家的安全,力争快步跨入强国之林

　　毛泽东的大德,还表现在他时时刻刻关心着国家的安全,并渴望能早日跨入世界强国之林。

　　这里只举"两弹"上天的例子,就足可说明。

　　在抗美援朝战争中,美国军队遭到了从来没有过的沉重打击。美国总统杜鲁门在我军二次战役后不久的11月30日说,"我们可能要节节败退,就像我们前次所遭受的失败一样",但"联合国的部队不打算放弃他们在朝鲜的使命"。说到这里,他露出了狰狞的面目,说美国政府"一直在积极地考虑"在朝鲜使用原子弹。

　　这是中国人第一次受到的核讹诈。尽管未成事实,中国人也并不在乎这种讹诈,但是毕竟有一个隐约的暗影,在威胁着我们。这对时刻关心着祖国安全的毛泽东,不能不引起格外的警惕。事情很明显,要防备狼咬,就得有一根打狼的棍子。而且在有人企图以核

武器称霸的世界上,如果没有原子弹,就没有你的地位。毛泽东曾说过:"原子弹就这么大个东西嘛,没有这东西,人家就说你不算数。那好吧,我们就搞一点原子弹和氢弹。我看有十年工夫完全可能。"

因此,正像解放战争时期那个"敢于胜利"的毛泽东一样,在原子弹、氢弹的问题上,他又下了巨大的决心。我在前面已经提出,毛泽东是能看穿地下热海的人,是对人民的创造力有充分信心的人,他作的这个为期十年的估计,听起来仿佛是个不着边际的预言,但是从说这话的1958年起,在不到六年的1964年10月,在祖国西北的上空就腾起了一团蘑菇云,从而震撼了世界。

自然,这一创造过程是极其不寻常的,可以说它的每一步都充满了艰辛。

在钱三强同志的回忆里,1955年1月15日是他毕生难忘的日子。这一天毛泽东亲自主持了中央书记处扩大会议。参加者有刘少奇、周恩来、朱德、陈云、邓小平、彭德怀、彭真、李富春、陈毅、聂荣臻等人,另外,还特别邀请了两个人,这就是原子能学者钱三强和地质学家李四光。毛泽东开宗明义地说:"今天,我们这些人当小学生,就原子能有关问题,请你们来上一课。"李四光拿出一块黄黑色的铀矿标本,说明铀矿资源与发展原子能的密切关系。我国在前一年的上半年,才第一次在广西发现了铀矿资源。中央领导一个一个地传看着铀矿标本;对它那神话般的威力感到新奇。钱三强讲了几个主要国家原子能发展的概况,随后将自己制造的盖革计数器放在会议桌上,把铀矿石装在口袋里从桌旁走过,计数器便立刻发出嘎嘎的响声,引得全场的人都高兴地笑了起来。有的领导人兴趣甚浓,还亲自试了试,问这问那,十分活跃。毛泽东点燃了一支烟,神情悠然地作了总结讲话。他说:"我们的国家,现在已经知道有铀矿,进一步勘探,一定会找到更多的铀矿来。我们也训练了一些人,科学研究也有了一定的基础,创造了一定的条件。过去几年,其他事情很多,还来不及抓这件事。这件事总是要抓的。现在到时候了,该抓了。只要排上日程,认真抓一下,一定可以搞起来……你们看怎么样?"他以征询的目光看了看大家,然后又说:"现在苏联对我们援助,我们一定要搞好。我们自己干,也一定能干好!我们只要有人,又有资源,什么奇迹都可以创造出来。"

在会议上,毛泽东还以哲学家的深邃目光望着钱三强问:

"原子核是由质子和中子组成的吗?"

"是这样。"钱三强回答。

"那质子和中子又是由什么东西组成的呢?"

钱三强感到有些为难,只好照实地说:

"这个问题正在探索中。根据现在研究的成果,质子、中子是构成原子核的基本粒子。所谓基本粒子,就是最小的,不可再分的。"

毛泽东略加思考,然后说:"我看不见得。从哲学的观点来看,物质是无限可分的。质子、中子、电子,也应该是可分的,一分为二,对立统一嘛!不过,现在实验条件不具备,将来会证明是可分的。你们信不信,你们不信,反正我信。"

钱三强很赞服这位大哲学家的预言。因为就在同年晚些时候,美国科学家塞格勒、恰勃林等,发表了他们的研究成果,用具有六十二亿电子伏能量质子轰击钢靶,首先发现反质子;同时,发现一种不带电、自旋相反的中子,即反中子。

会后,毛泽东以三桌普通的六样饭菜来款待客人。他满怀信心地举起酒杯站起来说:"为我国原子能事业的发展,大家共同干杯!"

这就是中国"两弹"腾空的起点。

这一工作,总的是由周恩来总理领导,具体重担却落在聂荣臻元帅的肩上。聂荣臻1919年到法国勤工俭学,是抱着"实业救国"的想法去的,回来时却变成了一个共产主义者。因为他了解到,不首先改造这个社会,"实业救国"不过是梦想而已。现在条件不同了,新中国成立了。尽管过了几十年的戎马生活,但他并未忘情于科学事业。因此,当中央向他征求意见的时候,他主动选择了这项工作。

万事开头难。研究原子能的科学尤难,开始的时候,高级研究人员仅有十人左右,说到设备,连一台小型的加速器都没有。这等于外科医生没有手术刀,工人没有车床,农民没有锄头一样。

幸而我们已经拥有几位原子核科学的著名学者,如吴有训、钱三强、何泽慧、彭桓武、王淦昌等人。后来又有几位著名的科学家,如赵忠尧、郭挺章、邓稼先、金星南、肖健等,满怀爱国热望,冲破重重阻拦,先后回国。聂荣臻对这些科学家的回国特别高兴,一有机会就同他们亲切交谈,把他们视为国宝。当原子科学家们在孕育原子弹蓝图的时候,研究导弹的要求不久也提出来了。正是这个时候,1955年10月,著名的火箭科学家钱学森也战胜种种困难,漂洋过海从美国归来。他们的到来,使人们对"两弹"的研究工作增加了许多信心。但显然光有他们的力量还是大大不够的。聂荣臻不得不向全国各个单位发出呼吁,请他们支援各方面的科学技术人才。终于经过千方百计的搜罗,才渐渐组成了一支科学技术队伍。

但是要探求原子弹的奥秘,却不是一件简单的事。当时世界上只有三个国家拥有核武器,这就是美国、苏联和英国。核技术是他们的最高机密,是他们称霸的资本,他们是不会告诉任何人的。但是我们的朋友——苏联,是否可以给我们某些帮助呢?若能这样我们的步子就可以走得稍许快一点。当聂荣臻这样想着的时候,毛泽东也早已这样想了。1954年10月,赫鲁晓夫率代表团来参加我国建国五周年的盛典。10月3日与我国领导人进行会谈。在会谈中,赫鲁晓夫曾主动问道:"你们对我方有什么要求?"既然对方这样好意相问,毛泽东也就当即表示:"我们对原子能、核武器感兴趣。今天想同你们商量,希望你们在这方面对我们有所帮助,使我们有所建树。"赫鲁晓夫顿时愣住了,因为他没有想到毛泽东会提出这个问题。他稍停了一下,结结巴巴地说:"搞那个太费钱了。我们这个大家庭有了核保护伞就行了,无须大家都来搞它。"他还带有开导的意味说:"须知那东西既费钱费力,又不能吃,不能用,生产出来,不久又过时了,还得重造,太浪费了。我们的想法是,目前你们不必搞这些东西,还是集中精力搞经济建设,发展与国计民生有关的生产,改善人民的福利,提高人民的生活水平比搞原子弹好。假使目前要搞核武器,把中国的全部电力集中用在这方面是否够还很难说。"赫鲁晓夫最后表示,如果中国实在想办这件事,可以帮助中国先建设一个小型原子堆。问题很明显,即使朋友,在这样的问题上也是不会慷慨解囊的。但是聂荣臻似乎很不甘心。1956年10月以后,聂荣臻从当时的国际形势中,看出赫鲁晓夫在新技术援助方面出现了松动的迹象,他觉得是个好机会,就对周恩来说:"是不是再和他们谈一谈,让他们援助一下,派一点专家,提供一点资料和样品,由我们自己搞。"周恩来说:"可以先找苏联顾问谈谈。"1957年7月,聂荣臻找到苏联当时负责经济技术的总顾问阿尔希波夫。阿尔希波夫是个热心肠的人,听了聂荣臻提出的希望,立刻表示本人同意,待向苏联政府请示后给予答复。7月20日,即得到阿尔希波夫的答复,说苏联政府表示同意,由中国派出一个代表团去谈判。9月间,中央组成了二个代表团,由聂荣臻、陈赓、宋任穷等率领前往莫斯科。双方经过三十五天的谈判,达成协议,签订了苏联在火箭和航空等新技术方面提供援助的协定。由于是在10月15日签订的,也被称为"十月十五日协定"。依据协定,尽管苏联提供的只是几种过了时的导弹、飞机和其他军事装备实物样品,派了些技术专家,但这些都使我们争取了时间,缩短了差距。

应该说,在1957年和1958年间,协定的执行是比较顺利的。但是好景不长,由于前面提到的赫鲁晓夫提出同我国建立联合舰队和在我国设立长波电台等侵犯我国主权的要求被拒绝,双方的关系恶化了。加上中苏两党在国际共产主义运动中的分歧,苏联就在执行上述协定方面越来越后退。至1959年6月20日,苏共中央正式通知我方,中断若干重要援助项目,从而赫鲁晓夫片面撕毁了"十月十五日协定"。

这自然给我们增添了许多困难。在这种情况下,聂荣臻向中央和毛泽东提出了三点建议:(一)苏联在重要技术关键上卡我们,令人气愤,但气愤并没有用,一定要争口气。事情有可能这么一逼,反而会成为发展科学技术的动力,会使我们更加坚决地在科学技术上贯彻自力更生的方针,而不是指望外援。(二)今后科技来往应采取新的做法。凡协议上有的项目,我们到时候就要询问,但对方不给绝不再催。(三)独立自主,立足国内,但也不封锁自己。这个报告,很快就得到毛泽东和周恩来的批准。

至1960年8月,苏联从我国撤走了全部专家,甚至连一张纸片都没有留下。加上我国连续三年的自然灾害和工作中的失误,困难越发严重了。在这种情况下,以导弹和原子弹为主要标志的国防尖端科研项目,究竟是"上马"还是"下马",出现了不同的意见。在1961年7月的北戴河国防工业会议上,两种意见发生了热烈的争论。有些人认为,当前困难太多、太大,国防尖端技术应当放慢速度。还有人甚至提出停止搞尖端技术,说什么用在这方面的钱太多了,影响了国民经济其他部门的发展。主张我们只搞飞机和常规武器,不搞原子弹、导弹。争论的温度在不断升高。在困难面前,一些同志搞"两弹"的信心动摇了。聂荣臻觉得问题严重了,他是不同意"下马"这种意见的。他在发言中说"两弹为主,导弹第一",这是中央批准的方针,不能动摇,三五年内要力争突破尖端。现在遇到些困难,但这是历史任务,在困难面前是退还是进?他明确表示"我的意思还是要进"。另外,他解释说,常规武器和尖端武器的研制,必须两条腿走路。这二者上不去的关键都是新型原材料和精密仪器仪表。这两个问题不解决,就是尖端武器的研制都停下来,常规武器也上不去。解决的办法是要列入国家计划,大家都来攻关,否则就会事倍功半。另一方面是要缩短战线,任务排队。这好比过河,大家都想过,但桥就那么宽,得排排队,否则一拥而上,就谁也过不去。他同时说明,导弹和原子弹的研究,三年来已经有了相当的基础,已经有了自己的近程地地导弹,中远程地地导弹也正在设计中。原子弹方面,专业技术干部已经有好几千人。从选矿到原子武器装配的一系列工厂,大部分设备已经具备,尤其一些关键性的问题已经突破。因此,只要坚持攻关,措施得当,再有三五年或者长一些时间,突破是完全可能的。聂荣臻的意见赢得了大家的赞同。大家认识到,在这种情况下如果轻率"下马",不仅功亏一篑,且将受到不应有的很大损失。会后,聂荣臻把"上马"的决心和理由报告了中央。毛泽东和周恩来表示完全同意。毛泽东说:"对尖端武器的试制工作,仍应抓紧进行,不能放松或下马。"还说过:"赫鲁晓夫不给我们尖端技术,极好,如果给了,这个账是很难还的。"陈毅老总也特别向聂荣臻表示说:"就是脱了裤子当当,也要把原子弹、导弹搞出来!"

会后,就集中力量解决攻关问题。在攻关过程中,为了更好地组织全国大协作,1962年11月,中央宣布成立以周恩来为首的中央十五人专门委员会,由各有关方面的负责同志参加。会上还传达了毛泽东关于"要大力协同,做好这件工作"的指示。"专委"成立后,每次重要的"两弹"试验和存在的问题,都要开会研究,使研制工作的领导有了进一步加强,问题能够得到及时解决。

有人讥讽说:"离开外国的帮助,中国二十年也搞不出原子弹。就让他们守着这堆废铜烂铁吧!"但是他们没有想到,在赫鲁晓夫撤走全部专家所造成的严重困难面前,整个科研战线上的人们,从上到下，反而激发起了千百倍的热情。钱三强在文章中曾说："作为一个有爱国心的知识分子，此时此刻的心情是什么滋味！我很清楚，这对中国原子核科学事业，以至于中国历史，将意味着什么。前面有道道难关，而只要有一道攻克不下，千军万马都会搁浅。真是这样的话，造成经济损失且不说，中华民族的自立精神将又一次受到莫大创伤。"钱三强同志的话，足以代表当年知识分子的心情。攻关的战斗打响了。科学家们、科研战线有关工厂的技术人员和工人，到处都有夜夜不熄的灯光。为了解决科学技术人员营养不足的问题，聂老总向全军发动募捐，要求他们给以支援，并亲自过问分发的东西是否到了这些同志的手中。这些都给了知识分子们以特别的感动，使他们至今记忆犹新。总之，千万人的茹苦含辛没有虚掷，终于换来了1964年10月16日我国西部上空升起的第一朵蘑菇云。这是一曲响彻云霄的中华民族自力更生的凯歌，是中国人民伟大的创造力和凝聚力的表现，是中国人民有志气有能力的活生生的证明。

在此之前，导弹方面，1960年11月5日成功地发射了第一枚"东风一号"导弹；1964年6月，我国自行设计制造的中近程导弹发射成功。

接着是：1965年爆炸成功第一颗空投原子弹。

1966年10月，试验成功第一枚由导弹和核弹头相结合的导弹核武器。

1967年6月，我国第一颗氢弹爆炸成功。

1970年4月，我国第一颗人造地球卫星发射成功。

1980年5月，我国向南太平洋发射远程火箭成功。

总之，从60年代以后，我国的液体火箭技术，包括"长征"系列运载火箭，完全是我们独立研制出来的。我国的固体火箭技术和人造卫星技术，更是在外国严密封锁的情况下，完全依靠自己的力量发展起来的。

从1955年到1980年，我国的原子能等尖端科学技术，从一无所有到洲际导弹的发射成功，按我国的科学技术和经济基础来说，其发展速度是惊人的。从原子弹到氢弹，美国用了八年，苏联用了四年，法国用了六年，而中国只用了二年零八个月。在仅仅二十多年的时间内，就使我国跨入能够掌握核技术和空间技术的五个主要国家之列。这不仅大大提高了我国的国际地位，有力地保证了我国的安全，而且带动了我国整个科学技术和各种工业的发展。其意义是非常伟大的。某些人认为，研制"两弹"，花了那么多钱，搞了一些不能吃、不能喝的东西，这完全是一种极端浅薄的庸人之见。

中国"两弹一星"的诞生史，是我国人民极其动人的历史。中国的科学家、科研战线的职工、组织工作者以及解放军的官兵都为此付出了巨大的牺牲，作出了光辉的贡献。中国历史将不会忘记他们。正像台湾教授颜元叔先生说的，他们是"一辈子做了两辈子的工作"。而国内某些人，则把一些优秀的知识分子的英年早逝称做"四殇"，这是很不妥当的。对知识分子如果有关心不够的地方，当然是应该注意纠正的，但把他们所作出的牺牲，看做是可悲的，认为是没有体现出人生价值，这却是对这些贡献者的不尊敬。试问，在战争年代，那些千千万万的牺牲者，他们的大多数岂不都是"英年早逝"吗？而他们换来的却是人民的解放和民族的生存。这也许是题外的话。

总之，我国以"两弹一星"为标志的科学技术，何以在如此短的时间内获得如此辉煌的成就呢？我看，原因不是别的，第一，是中央"以自力更生为主，以争取外援为辅"的方针的正确，尤其是自力更生精神发挥了强大的生命力；第二，是全国的大协作，这是社会主义制度所特有的优越性；第三，是在极端困难下，万众一心，高度发挥了为祖国献身的革命精神。用周恩来的话说，这是精神的原子弹变成了物质的原子弹。然而，还要加上的一条，这就是毛泽东所作的战略选择，以及他那贯彻始终的坚定意志。而这一点，正是从他时刻关心国家的安全并力争早日跨入强国之林的愿望出发的。

四、为祖国的长治久安而运筹

和一切目光短浅者不同，在重要的战略决策上，毛泽东总是从我国全体人民（当时是六亿人口）的根本利益着眼，从祖国的长治久安筹划。这一点是显而易见的。

我国于60年代中期开始的大三线建设，就是这一战略决策的表现。

所谓大三线,是当时党中央依据全国各地区不同的战略地位而作出的一种地域划分。全国划分为一、二、三线。一线是指沿海和边疆地区,二线介于一、三线的广大地区,当时的三线,最初是指西南和西北地区(包括湘西、鄂西、豫西),70年代其范围有所扩大,一般指长城以南,京广线以西的广大地区。具体来说,西南的四川、贵州、云南,西北的陕西、青海和甘肃的大部分地区,中原的豫西、鄂西,华南的湘西、粤北、桂西北,华北的山西和冀西地区,都是大三线。

1964年的5月到8月,毛泽东多次强调建设三线的重要性。他指出,原计划在二线打圈子,对基础的三线注意不够,现在要补上,今后六年要在西南打下基础,要在西南形成冶金、国防、石油、铁路、煤、机械工业基地。在另一次谈话中,又说:要有第三线,要搞西南后方,要搞快些,但不要毛糙。还说,我们的工业建设,要有纵深配备,把攀枝花钢铁厂建起来。

为什么要搞建设三线的战略布局呢?如果我们仔细研究毛泽东思想,就会发现,在50年代的《论十大关系》中,他已经指出我国工业布局不合理的问题。我国的工业基地,多集中在沿海一带,内地有些地区几乎是空白。当然这是特殊的历史条件遗留下来的,是一时无法改变的。而在建国初期,为了更迅速地恢复经济和发展经济,也是没有余力去改变这种现状的。现在我国的经济既有了一定的基础,再继续长期忽视这一问题,就不妥当了。其次,大部分工业地区集中于沿海城市,不单形成畸形发展,而且有一个明显的战略弱点,即容易受到战争的威胁。战争的发生总是突然的和难以预料的,十之八九的战争都是如此。如果一旦发生战争,沿海地区的工业,很容易遭到敌人优势空军的摧毁,这将是一个致命的打击,极不便于坚持长期的战争。毛泽东在战略上一向就有有备无患的思想。何况那时,美、苏两个超级大国,与我国的关系都很紧张,发生战争的可能性是不能排除的。出于上述两点考虑,加强三线建设,改善工业布局,就很迫切了。何况这种布局不改变,一向比较落后的少数民族地区,其经济和文化条件的改善都是谈不到的。

8月中旬,毛泽东再次指出,要准备帝国主义可能发动的侵略战争。现在工厂都集中在大城市和沿海地区不利于备战。重要工厂可以一分为二，要抢时间迁到内地去。成昆、川黔、滇黔这三条铁路要抓紧修好。他说："机不可失，时不再来，内地建设不好，我就一天也睡不好觉。"又说："现在不建设第三线，就如同大革命时期不下乡一样，是革命不革命的问题。"建设大三线的工作，就这样展开了。

9月，李富春副总理在全国计划工作会议上，作了具体部署。总的目标是，在西南和西北地区建立起一个比较完整的后方工业体系。初步设想：（一）用三年或多一些的时间，把重庆地区，包括从綦江到鄂西的长江上中游地区，以重钢为原材料基地，建设成能制造常规武器和某些机械设备的基地；（二）用五年或六年时间，把酒泉钢铁厂建设起来，依靠这个基地，在西北地区初步建设一个能够制造常规武器和必要机械设备的地区；（三）用七年到八年的时间，依靠攀枝花这个原材料基地，初步建立起一个比较完备的包括冶金、机械、化工、燃料等主要工业部门的基地。

1965年2月26日，党中央决定成立中共中央西南局三线建设委员会，由李井泉任主任，程子华、阎秀峰为副主任，后又增加彭德怀、钱敏为副主任。中央许多领导人都曾亲自到西南实地视察。三线大规模的建设工作从此展开。

三线建设的过程，自然是充满了艰辛的。由于建设项目不少是摆在远离大城市的边远地区，人烟稀少，交通不便，施工困难，物资供应当然十分艰难。而参加三线建设的工人、知识分子、干部，一般都来自生活较为优越的大城市，工作上、生活上的差距将会很大。但是，那个年代人们的精神状态好，一接到通知，很快地便处理好家事，告别亲人，踏上征途。以攀枝花钢铁厂的建设为例，那里处于金沙江的峡谷地带，头上是烈日当空，脚下是不毛之地。成昆铁路尚未通车，大量建设器材和生活用品，都要靠公路长途运输。钢铁厂厂址选在长不到三公里，宽不到一公里的弄弄坪。背靠荒山，下临金沙江，建设者住的是"干打垒"、帐篷、席棚子，吃的是干咸菜，正如当年流传的一首歌谣说的：天是罗帐地是床，担水要到金沙江。三块石头架口锅，帐篷搭在山窝窝。人们就凭着两只手、三件宝（水壶、毛巾和草帽）艰苦地奋战。三线的其他工程没有一项不是靠这种艰苦奋斗的精神建设起来的。

大三线建设，前三年的进展颇为顺利。自"文化大革命"开始后,边疆的内乱把这种形势破坏了。工程建设不能不一度受到极大影响。直到1970年才又继续大力进行。前后经过十余年的艰苦奋战,大三线建设取得了巨大的成绩。

三线建设原来的目标是,要在中国纵深地区再建起一套比较完整的后方工业体系。仅以四川的情况看,十多年来已建起三百多个大中型企业,它们已成为四川工业的主干。全国三十八个重要工业部门四川样样俱全。以重庆为中心的常规兵器工业基地,以攀枝花为中心的钢铁工业基地,以川南盐化工和天然气化工生产基地以及以成都、德阳、绵阳、广元为中心的电子、重型机械、发电设备制造工业基地的建设,不仅为奠定四川以后工业发展的基本格局打下了较好的基础,而且对改善中国原来工业只集中在东北和沿海一带的布局,带动四川以至毗邻地区社会、经济进步,发展少数民族地区经济,改变"老、少、边、穷"地区的面貌等方面将继续发挥重大的作用。

在铁路建设方面,除成昆铁路早已开始外,1970年又开始了襄渝铁路的建设。这条铁路的走向是毛泽东亲自确定的。铁道兵先后投入八个师二十四万人,铁路沿线动员民工最多时达五十八万人。此路于1973年全线接轨通车。襄渝铁路的建成,使四川拥有五条大动脉(宝成、川黔、成昆、襄渝铁路和长江)与全国相连。公路建设和邮电事业也有很大发展。

经过三线建设,西南工业生产能力已有很大提高。仍以四川为例,从1965年到1979年,铁矿石开采能力由40万吨增加到817.15万吨;炼铁能力由38.89万吨增加到271.69万吨;炼钢能力由59.56万吨增加到289.7万吨;钢材生产能力由92.48万吨增加到251.85万吨;发电装机容量由83.47万千瓦增加到379.32万千瓦;水泥生产能力由117.02万吨增加到556.88万吨。四川已成为全国著名的三大电站成套设备生产基地之一,四大电子工业基地之一,五大钢铁基地之一;机械工业,形成了重型矿山和工程机械制造、汽车、仪器仪表、农业机械等较完整的体系。已能独立生产许多高、精、尖产品。四川已由原来一个偏僻闭塞、交通不便、工业薄弱的落后省份,一跃而成为中国西南部新兴的工业基地。

总之,经过大三线建设,原来的战略设想已经实现。尽管还有某些缺点和不足,但中国不合理的工业布局已经有所改观,大三线地区的工业基础已大为加强,随着经济的发展,包括少数民族在内的偏远地区,社会面貌也发生了变化,其成绩是应充分肯定的。尽管战争并未发生,但对保障我们祖国的安全,却是有长远意义的。我们不能忘记当年毛泽东为我国长治久安所作的运筹。

五、毛泽东与群众的关系说明了什么

凡在毛泽东身边工作过的同志所写的回忆录中,几乎没有不提到他同群众的关系,这不是偶然的。

在师哲同志的回忆录《在历史巨人身边》中,就深入地记述了这一点。他说:"主席对劳动人民的感情深沉而真挚,发自内心,没有任何矫揉造作。"这是师哲同志长期观察作出的概括,是符合实际的和精确的。

师哲同志还提到,中央驻地杨家岭沟口,住着一家姓杨的贫农,窑洞只有门没有窗子,里面很黑,一做饭满屋都是烟,烟熏火燎使土窑洞变成了黑洞。杨家婆姨经常在门口推碾子。她虽然只不过三十几岁,看上去手很脏,连脖子也是黑油油的。每逢毛主席过来,杨家的人总是同他打招呼,毛主席也亲切地问长问短,有时还到门口站站。毛主席曾很有感触地对师哲说:"老百姓不懂得什么叫卫生,也没有条件洗澡。他们辛辛苦苦劳动,还被人们看不起。"从语调里可以听出他对劳动人民是怀着何等的深情。

与此相关,毛泽东对那些瞧不起群众的人是很反感的。一次,师哲陪毛泽东在河滩上散步,碰上一位作家从城里回来。那位作家手里拿着手杖边走边在空中打转转,遇到驮盐的毛驴队,大模大样地把老乡和毛驴队挤到一边,见到毛泽东也只打了个招呼,仍不停地旋转着手杖走过去了。看到这个样子,毛泽东气愤地说:"真是目中无人!只因为认识几个方块字,就看不起老百姓,不把劳动人民放在眼里……"

阎长林曾在毛泽东身边任警卫排长和卫士长达五年之久。在他的回忆录《警卫毛泽东纪事》中,曾记载有毛泽东关心老马夫的动人情节。转战陕北结束,东渡黄河之后,前方派汽车来接毛泽东等人。一年多来,毛泽东一直骑着一匹老青马行动,这时要换汽车了。一天,即将出发前,他对阎长林说:"走!咱们先去看看老侯同志。"

老侯正忙着给牲口添草料,没有看见毛泽东过来。毛泽东也没有像往常见面那样先打招呼,而是轻轻地走到老侯跟前,握着老侯沾满草屑的湿漉漉的手缓慢地说:"老侯同志,谢谢你啦。咱们在陕北转战一年多,全靠你喂马。今天,我们要坐汽车了,你不能和我们一起走,你要随机关一起行军。你年纪大了,走路不方便,就骑上这匹老青马走吧。你同你的领导讲,就说这是我的建议。"老侯握住毛泽东的手不放,眼睛里慢慢流出了泪水,说:"主席,你放心吧,我能走。有困难了,走不动了,我一定按你说的去办。"这老侯是河南人,早年参加革命,同毛泽东的感情很深。尽管他比毛泽东还大几岁,毛泽东用的三匹牲口都由他喂,而且一个个膘肥体壮。他常对人说:"我不能拿起枪上前线,又不会拿笔写文章,只会铡草煮料喂牲口。我看到毛主席骑着我喂的牲口指挥打胜仗,越干越有劲。"正因为如此,毛泽东对他的感情也是很深的。他们之间完全体现了同志和战友的关系,这同旧的主仆关系是完全不同的。

阎长林还记述了毛泽东对一般农民的关切。在路经雁门关的路上,沿途看见许多农民在地里光着膀子干活,而且还有些中年妇女也是这样。他们正在为土改后的第一个春耕而忙碌。毛泽东在车上指着光膀子和穿单衣的农民说:"我穿着棉衣也不觉热啊,可是他们却穿得这么单薄!"汽车在雁门关口停下来,毛泽东抽着烟,同跑过来的几个孩子说话,有一个中年农民也走过来。毛泽东嚓地划了一根火柴要替他点烟,那农民连忙推说"不敢当",忙把火柴接了过去。毛泽东问:"你多大年纪啦?"农民回答说四十岁了。毛泽东又问:"你家几口人?土地改革的时候分了多少地?"农民说:"我家里一共七口人,以前只有八亩坡地,土质都不好。现在又分了十几亩好地……还有些坡地。……现在小麦长势很好,盼望着今年夏季有个好收成,秋天也能有个好收成。我们有了粮食,吃饭就不犯愁了,也能更好地支援前线。"毛泽东鼓励他,又指着他的上身问:"你为什么不穿上衣?光着膀子不冷吗?"农民说:"不冷。干活穿棉衣要出汗。"毛泽东问:"你们是没有单衣穿,还是有不穿单衣的习惯呢?"那农民不好意思地笑了:"什么习惯不习惯呀!日本侵略军没有来以前,那时也是穷,但那时穿破旧衣服也不愿意光着膀子。自从日本侵略军打来以后,大伙没有钱买布……也只好光着膀子干活。"毛泽东听后沉默了一阵子,又鼓励了他几句话,才同那位农民分手。

　　李银桥同志《在毛泽东身边十五年》中,也记述了许多生动的故事。其中谈到毛泽东亲自为卫士改作业的事是很生动的。毛泽东一向非常注意培养他周围那些来自工农、过去没有上过学的战士。他为他们组织业余学校,还要检查他们的作业。有一次,他看了卫士封耀松的作业,开始看了分数喜形于色,因为教师在上面用红笔打了一个大大的"5"字。但接着他就皱起了眉头,"嘿"了一声说:"你们那个老师也是马大哈呀!"小封凑过脸去看,原来他默写的是白居易的《卖炭翁》。毛泽东用手指甲在其中一句的下面划着,问:"这句怎么念?"小封说:"心忧炭贱愿天寒。"毛泽东说:"你写的是'忧'吗?哪里伸出来一只手?你写的是'扰',扰乱的'扰'。怪不得炭贱卖不出价钱,有你扰乱么!"小封脸红着,抓着头皮笑。毛泽东又指着一句:"这句怎么念?"小封说:"晓驾炭车辗冰辙。"毛泽东又问:"这是辙吗?到处插手,炭还没有卖就大撤退,逃跑主义!这是撤退的'撤'。"这样,小封的"5"分,就变成了"3"分。李银桥说,机关业余学校有五位老师,第六位老师就是毛泽东。那五位老师,每人只教一门功课,而毛泽东则门门都教。从查字典、四则运算,到地理、历史、时事,他为我们不知花了多少心血。那个"的、地、得"的用法,不知讲了多少遍。

　　李银桥同志在毛泽东身边一共工作了十五年。开始调他去的时候,他有些不愿意,因为他是个"三八"式,资格很老了,不愿再当警卫员,但是毛泽东看中了他,说:"咱们来个君子协定,你工作一段后,再调你走。"但是,工作了几年,李银桥反而不愿离开毛泽东,这样就干了十五年。两个人成了知心朋友,毛泽东连和江青吵架的事也跟他说。1957年毛泽东号召整风的时候,他曾诚恳地征求周围同志的意见,并作自我批评。有一次,李银桥为他做睡前按摩,他抓住李银桥的手背亲切地问:"银桥,你怕我吗?"李银桥说:"不怕。"他又问:"别人呢?别的卫士呢?"李银桥说:"一般都不怕。也许个别人……怕主席睡不好觉发脾气。"毛泽东立刻说:"这是我的不对。人睡不好容易烦躁,烦躁了就容易发脾气。我也是人,也有点脾气。可是我又是主席,发脾气就容易给同志们造成很大压力。"说到这里,他吁口气,又恳切地说:"告诉他们,毛泽东不可怕。我没有想到我会当共产党的主席。我本来想当一名教书先生,就是当名教书先生也是不容易呢!"可见他对下面的人,是完全看做平等的朋友。

诸如此类的事例不必多举了。问题是毛泽东为什么对普通群众,尤其是对劳动人民,对来自劳动人民的同志,有这样深厚、这样热烈的情感呢?这是值得深长思之的。回答这个问题,需要从他一生的经历、从他的思想、从他根本的世界观上去找原因。在毛泽东思想中,有一个基本的思想,就是他常说的:"人民,只有人民,才是创造世界历史的动力。"还有一句:"群众是真正的英雄,而我们自己则往往是幼稚可笑的。"这不是一句寻常的话。过去历史上一切剥削阶级的统治者,在他们的眼睛里,大地上的芸芸众生,不过都是些浑浑噩噩的愚民百姓,通通称为"黔首"。在那些被称为英雄豪杰的人物看来,人民群众不过是些只能跟着他们走才有出路的无知的"群氓",或者是可以招之即来、挥之即去的可供利用的"工具"。即使某些历史上的圣人,也不过把黎民百姓视做"刍狗"。老子就曾说过:"天地不仁,以万物为刍狗。圣人不仁,以百姓为刍狗。"刍狗是什么?就是草芥和猪狗,或者是用茅草扎成的狗,祭祀时当做祭物,用后立即弃去。而毛泽东却把人民看做"真正的英雄"。两者相比,真有天渊之别。这就是毛泽东的伟大之处。这也正是毛泽东不同于一切剥削阶级中杰出人物的地方。

正是因为毛泽东具有这种牢固不拔的思想,所以他才能充分地相信群众,相信群众无限的创造力。这一点,在他身上似乎比别的共产党人体现得更充分,更鲜明。这也是他本人最显著的特点。我在前面提到,在解放战争中,为什么他有那种"敢于胜利"的气魄?在朝鲜战争中,他为什么敢于作出出国作战的决策?这都是因为他相信群众,相信群众有伟大创造力的缘故。

同样地,由于他相信群众,也就能够最坚定地依靠群众。不论是新民主主义革命与社会主义革命和建设,都是如此。要革命,就有一个依靠力量的问题,依靠谁的问题。这个问题不解决,不鲜明,含含糊糊,或者依靠错了,把本来是革命主角的群众冷冷清清地放在一边,或只依靠少数人,少数人组成的"智囊",就不能达到预期的目的。在革命力量还很弱小的时期,毛泽东就提出了人民战争的思想:"只有动员群众,才能进行战争;只有依靠群众,才能进行战争。"

长达数十年的革命战争,正是依靠这种思想的指导,依靠全面展开的人民战争,中国革命才取得了彻底的胜利。社会主义革命和建设时期,也是如此。当然,依靠群众不等于事事都搞群众运动,真理多迈出一步,就会出现谬误,但依靠群众的精神是没有疑问的。

在毛泽东这一基本思想的基础上,我们党逐渐形成了一个显著的特点,这就是党的群众路线和作风。从群众中来,到群众中去,集中起来,坚持下去,以及调查研究等等,已成为我党长期坚持的领导方法与工作方法。这才是真正唯物论的工作方法,也是行之有效屡试不爽的工作方法。过去,我们就是依靠这一套方法才取得了人民的信任,赢来了一个又一个的胜利。那时,凡是能善于走群众路线的,被认为是群众观点强,有坚强党性的表现,反之,则被认为是党性不纯。而这些现在听起来,都似乎有些陌生了。

下面,让我们来探讨一下,当初毛泽东只不过是一个有爱国心的知识分子,他受的是旧式学校封建的和资产阶级的教育,为什么他对人民群众、对劳动人民有这样深厚的感情呢,有这样坚强的群众观点呢?当然最基本的是由于他接受了马克思主义的世界观,此外,还同他一生的革命生涯所经受的锻炼和改造是分不开的。在战争烈火中,在革命熔炉中,他的那些非无产阶级的旧意识被逐步抛弃,而无产阶级的意识逐步增强,这才造成后来他那样的人。他认为"群众是真正的英雄",并不是他对群众故意阿谀奉承,而是他从活生生的革命运动中亲身体验到群众的伟大。不认识革命,不参加革命行动,就很难懂得群众的伟大力量。某些知识分子目空一切,瞧不起群众,正是由于他缺乏这一些缘故。真正参加了革命的实际运动,也就渐渐认识到自己的弱点,从而在实践中逐步加以改变。1942年,毛泽东《在延安文艺座谈会上的讲话》中曾语重心长地说:"我是个学生出身的人,在学校养成了一种学生习惯,在一大群肩不能挑手不能提的学生面前做一点劳动的事,比如自己挑行李吧,也觉得不像样子。那时,我觉得世界上干净的人只有知识分子,工人农民总是比较脏的。知识分子的衣服,别人的我可以穿,以为是干净的;工人农民的衣服,我就不愿意穿,以为是脏的。革命了,同工人农民和革命军的战士在一起了,我逐渐熟悉他们,他们也逐渐熟悉了我。这时,只是在这时,我才根本地改变了资产阶级学校所教给我的那种资产阶级的和小资产阶级的感情。这时,拿未曾改造的知识分子和工人农民比较,就觉得知识分子不干净了,最干净的还是工人农民,尽管他们手是黑的,脚上有牛屎,还是比资产阶级和小资产阶级知识分子都干净。这就叫做感情起了变化,由一个阶级变到另一个阶级。"这一段话是一个革命领袖当众所作的最赤诚的自我解剖,是毛泽东本人改造过程的真实描绘,任何时候读来都是非常感人的。

毛泽东总是告诫一切共产党员,要热爱人民,尊重人民。他说过,不管你的地位多高,官有多大,都不要称王称霸,都不要摆臭架子。要当霸王,总有一天要唱霸王别姬。他还说过,要平等待人,上下级之间不要搞成猫鼠关系。在群众中,要以普通劳动者的身份出现,要先当群众的学生,然后才能当群众的先生。总之一句话,就是要当"孺子牛",全心全意地为人民服务。毛泽东的这些思想,是无产阶级世界观的光辉体现,也应该是我们共产党人道德观、人生观的基础和根本出发点。正是由于党和毛泽东同志多年来的谆谆教导,所以我们的党形成了与广大群众亲密无间的牢固联系。这正是我们的事业兴旺发达的基础,是我们共和国力量强大之所在。令人深感遗憾的是,近年来党同群众的亲密关系大大削弱了。由于一切向钱看的不良影响,一部分党员的思想作风发生了变化。一些人的身上增长了官气,即使一些小头头,也架子十足。尤其是为人民服务的思想,逐渐为资产阶级个人主义的价值观念所腐蚀。假公济私、损公肥私的恶劣作风,已到了令人不可容忍的程度。这样发展下去,是极其危险的。也许是为了弥合党与群众的关系吧,有人在报纸上把"感情投资"也作为经验来介绍。岂不知所谓"感情投资",正是为了得到更大的利益,只不过是利己主义的另一种表现,实质上是资产阶级的东西,与我们所讲的群众观点是完全不同的。在今天的形势下,我们惟有正视我们所存在的问题,恢复我党与群众密切联系的光荣传统,从毛泽东的思想作风中认真汲取营养,加强我们的群众观点,这才是共产党人真正的党性。

结束语

当毛泽东诞辰一百周年纪念日即将到来的时候,笔者为纪念这位历史巨人而作的小书,就写到这里。

  总起来说,中国革命是世界上最伟大、影响最深远的革命之一。在这场翻天覆地的革命中,必然会造就出一批伟大的历史人物,而毛泽东就是其中最杰出的代表。历史已经证明:毛泽东是中国无产阶级与广大人民和中华民族最忠实、最勇敢、最坚定的儿子。革命的烈火铸成他最坚强的性格与卓越不凡的品质。他在斗争中显示了大智、大勇,为我国人民和中华民族立下了大功、大德。就像任何伟大人物都有自己的弱点一样,他也不免有自己的弱点。但总起来说,他是中国共产党的"巍巍昆仑第一峰",是本世纪继列宁之后最伟大的马克思主义者,是立功、立德、立言的中华第一人!在中国土地上能够诞生出这样的历史伟人,不仅是中国共产党和中国无产阶级的骄傲,而且是中华民族的骄傲!在他的领导下,把压在中国人民头上的帝国主义赶出去了,把封建制度彻底摧毁了,并且为社会主义的新中国奠定了巩固的基础,结束了中国人民悲惨的历史,实现了中国人民一百多年来的宿愿,中国人民将永远感念他,一切没有偏见的人都会感念他。

  毛泽东的一生,其成就是多方面的。他不仅是伟大的革命战略家,还是一个伟大的思想家。尤其在哲学上有极高的成就,而且他还是一个杰出的诗人。本文限于篇幅,也就难以尽述了。

  当然,这位历史巨人,在领导社会主义革命和建设的开创性事业中,也不免有这样那样失误。但这些失误,究竟有多大,是什么性质,产生的历史条件是什么,放在历史的长河中应怎样看,都要作客观的、公正的和历史唯物主义的考察。也就是站在无产阶级和人民大众的立场,进行具体分析。有些事,既不能一概肯定,也不宜笼统否定。成绩中也可能包含有错误,错误中也可能包含有真理。同时,随着历史的新发展,原来我们不认识的东西,现在比较认识了;原来感觉模糊的东西,现在比较清晰了。我于1991年写的《认识真理也要时间》中曾说:"发现真理,需要实践,需要时间。而马克思主义的经典作家发现了某一真理之后,人们认识它,懂得它,也需要时间。"例如毛泽东远在三十年前就提出,在社会主义阶段中还存在着阶级斗争,还存在着资本主义复辟的危险性。这在当时人们还只能是半信半疑,因为当时还没有出现过这样的事例。而现在不同了,苏联东欧等一系列社会主义国家发生的资本主义复辟,都充分说明了这一点。如果说实践是检验真理的标准,毛泽东的论断就不能不令人折服了。总之,如何正确认识和理解毛泽东同志的失误,这是一个十分严肃的课题,今后还需要作认真深入的研究,将来如有机会,本书还将增订出版,使本书更加完整。

毛泽东给我们留下的遗产是什么呢?除了给我们留下一个初步繁荣、昌盛的新中国,留下一个好的党和好的军队之外,还留下了无比珍贵的毛泽东思想。这是留给我们的无价的精神财富。毛泽东思想确实给马克思主义增添了新东西,成为马克思列宁主义的组成部分。他的思想不仅仍是我们行动的指针,而且早已越出国界,成为世界一切革命人民的精神武器。不论在殖民地半殖民地,还是在第三世界,在一切蒙受不幸的资本主义复辟的国家,都将产生长远的影响。今后的历史将会证明这一点。

我国人民和我国青年,今后需要更好地学习马克思列宁主义和毛泽东思想,才能保持正确的方向。我们高兴地看到,近年来部分青年在一度的迷惘后,重新发出"寻找毛泽东"的呼唤。因为他们困惑的问题,纷纷在毛泽东的著作里找到了答案。他们学习得更认真了,真正是自觉自愿地学习。从他们的身上,我们看到了真正的希望,看到了未来。

写这样一本书,对我说来确实是力不胜任的。我的学识远远不够。我虽然在革命的行列里有半个多世纪的经历,但只不过是一个普通的战士,见闻有限。因此对一些历史事件和人物的评述,未必妥善精当。我写出的不过是个人的一点体验而已。我不求完美,因为我达不到完美。但我坚信:由马克思、恩格斯、列宁、斯大林和毛泽东这些伟大人物所代表的共产主义的方向,是人类惟一的出路和希望。此外没有其他出路。世界资本主义正在经历着新的危机,最后必然走向衰亡。社会主义不管经过多少曲折起伏,最后必将胜利。一切违反人性的、不合理的、丑恶的剥削制度,在这个星球上是注定不能永存的!我希望人们的眼光放远一点!

1992 年 7 月 21 日至 1993 年 6 月 5 日初搞
1993 年 6 月 7 日至 1993 年 6 月 16 日修改